W0378564

LE TEMPS D'UNE AUTRE

Delphine Benattar

LE TEMPS D'UNE AUTRE

Éditions Anne Carrière

De la même auteure

Si mes souvenirs sont bons, Anne Carrière, roman, 2021

ISBN : 978-2-3808-2244-1

© S. N. Éditions Anne Carrière, Paris, 2022

www.anne-carriere.fr

À toutes les femmes d'une vie.
À ma mère.

« Il n'y a pas de vacances à l'amour, ça n'existe pas. L'amour, il faut le vivre complètement avec son ennui et tout, il n'y a pas de vacances possibles à ça. »

Marguerite Duras,
Les Petits Chevaux de Tarquinia

I

L'invisible

Samedi 17 avril 2021

Cette nuit j'ai fait un cauchemar. J'étais seule, assise sur une chaise au milieu d'une grande pièce froide. Il faisait sombre. C'était l'hiver. Un drap blanc me recouvrait tout entière. C'était le vide autour de moi. Autour de moi, il n'y avait rien. Tout était blanc immaculé. J'étais seule au centre et je ne savais ni où j'étais ni la raison pour laquelle je me trouvais là.

En m'entendant suffoquer dans mon sommeil, Raphaël m'a réveillée. Il m'a gentiment secouée et j'ai ouvert les yeux sur lui. J'étais dans ma chambre. Dans mon lit. Il était 3 h 14. Raphaël s'est aussitôt rendormi. Je me suis redressée. J'ai songé à l'étrangeté du rêve et, tout à coup, le sentiment de solitude m'a terrassée. Une angoisse profonde m'a serrée à la gorge. Mon cœur s'est mis à battre violemment dans ma poitrine. La respiration s'est accélérée. La sensation d'étouffer. J'ai réalisé qu'il était impossible de mettre en pratique les exercices de cohérence cardiaque quand on se trouvait dans un état comme celui-ci. Je me suis raisonnée. J'ai pensé pouvoir me calmer seule. Ça allait passer. Mais l'esprit s'est focalisé sur les battements du cœur. Il m'a semblé qu'il allait jaillir de ma poitrine. J'ai eu peur. Alors, je me suis serrée contre Raphaël. J'ai ôté mon tee-shirt pour mieux le sentir. Trouver du réconfort dans nos deux corps juxtaposés. Je me suis collée nue contre lui parce que je voulais sentir sa peau contre la mienne. Nos odeurs mélangées. Je voulais absorber sa chaleur. Son désir. Sentir les corps qui se répondent. Combler le vide de ma solitude, du silence, de la nuit, de la chambre noire. Je voulais tout à la fois. Mon cœur a cessé de cogner dans la minute qui a suivi. J'ai pu respirer à nouveau. J'ai insisté pour l'embrasser. Je me suis obstinée avec la langue, les mains, mes jambes qui l'ont enveloppé. Il n'était pas question qu'il se rendorme et qu'il me laisse. Il a rouvert les yeux, s'est demandé s'il n'était pas en train de rêver. Et nous avons fait l'amour.

Après, on s'est rendormis. Tout est revenu à la normale. J'ai de nouveau aimé cette chambre, cette obscurité, ce lit, cette maison.

J'entends la musique de Joséphine résonner à l'autre bout du couloir. Joséphine a dix-huit ans et ne sait pas l'écouter autrement qu'à tue-tête. La musique doit être forte, puissante, elle doit lui casser les oreilles. Elle doit se disperser dans toutes les pièces pour ne pas nous laisser tranquilles. Joséphine est comme ça. Elle prend de la place. Elle est ainsi parce qu'elle veut être tout en même temps, à tous les endroits différents.

Raphaël est déjà levé. Il l'est toujours avant tout le monde. Je ne l'ai pas entendu ce matin. Même le weekend, il a cette manie de s'extirper du lit trop tôt pour acheter son journal, chercher le pain, laver sa voiture. Une hyperactivité qui cache sa furieuse envie de contrôler le temps qui passe. On ne se réveille plus jamais ensemble. C'est devenu épouvantable avec les années et ça ne s'améliore pas.

Pour ma part, je crois qu'en vieillissant, je laisse peu à peu derrière moi le poids de la contrainte et du compromis.

Je commence à noircir les pages de ce journal aujourd'hui. On m'a offert ce cahier à mon dernier anniversaire et, parmi les nombreux cadeaux que j'ai reçus, celui-ci m'est apparu comme le plus captivant. Je n'arrive pas à me rappeler qui a eu cette riche idée. Certainement quelqu'un qui me connaît bien…

Je l'ouvrirai à mes heures perdues, quand les pensées trop nombreuses se bousculeront et voudront s'y réfugier. J'ai toujours aimé ça, écrire. Je me souviens des longues soirées passées à corriger les dissertations de Léo et Joséphine. J'avais tendance à leur arracher le stylo pour m'y coller à leur place. J'aime ça, écrire.

Je crois que j'ai tout ce qu'une femme rêverait d'avoir. Néanmoins, quelque chose m'interdit d'être pleinement heureuse. Une partie de moi sait que cette vie n'est pas tout à fait celle que j'aurais espérée. Pour autant, elle ressemble en tout point à celle que j'avais projetée étant plus jeune.

J'ai dépassé la quarantaine, j'ai deux enfants, une belle maison, un mari brillant, un cabinet de thérapeute avec des spécialisations à n'en plus finir et une santé de fer. Aucune ombre au tableau. Je peux dire que tout m'a réussi. Que je n'ai pas à me plaindre. Et pourtant. Je creuse mais je ne trouve pas la solution à mon bonheur. Je l'ai connu autrefois, mais je l'ai perdu aujourd'hui. Le temps est passé dessus et l'a enseveli avec les années.

Les enfants prennent leur petit déjeuner en bas. Je les entends brailler. Je n'ai aucune envie de me lever pour faire la police. J'ai passé vingt ans à élever ces deux gamins à qui j'ai tout donné, et j'ai décidé il y a quelque temps de ne plus m'en faire pour eux. De ne plus endosser ce rôle de mère qui m'a pris tout ce qu'il me restait de force. Au début, je voulais voir ce que ça leur faisait, de me fondre dans les murs de cette maison sans jamais intervenir dans leur éducation. Puis, je me suis prise au jeu. Je m'y suis habituée. Et j'ai aimé sortir du conflit en n'incarnant plus la loi. Ne rien forcer. Tout laisser couler pour faire place à la tranquillité. Je vis avec eux mais je n'en attends plus rien. En réalité, il n'y a pas grand-chose à en espérer. Il n'y a plus ni dialogue ni tendresse. De la distance seulement.

Je suis fatiguée d'être mère. Je trouve le temps trop long. Vingt ans. C'est une vie à l'intérieur d'une autre. Ce sont de nombreux compromis que l'on a faits par amour. Mais quand la douceur s'est dissipée, on finit par le vivre comme un sacerdoce. On suppose à un certain moment qu'il vaut mieux s'en détacher pour se préserver. L'ingratitude de mes deux enfants m'a confortée dans l'idée que le temps passé à tenter de leur inculquer le meilleur est vain.

Mes enfants et mon mari sont passés avant tout le reste pendant près de vingt ans. Ils ont été ma priorité et j'ai aimé ça. Durant tout ce temps, cela m'a comblée de leur donner sans compter. De m'oublier totalement au profit de leur bien-être. J'avais ça en moi. Être une mère dévouée, c'est ce que j'ai su faire de mieux. Jongler entre mes rendez-vous au cabinet, l'intendance de la maison, les repas, les activités, les sorties. J'ai consacré la moitié de ma vie à ça. À cette charge mentale omniprésente. Je n'ai pas senti passer les années. J'ai tout assumé en ayant un sens inné de l'organisation. Je n'en ai pas souffert. Ma famille, c'était toute ma vie.

Et puis brusquement, tout a basculé. Du jour au lendemain, j'en ai eu marre. Aucun d'entre nous ne l'a vu arriver.

Il y a deux ans donc, j'ai fini d'être mère. C'est drôle d'écrire cette phrase. On ne finit jamais d'être mère, surtout quand on a deux enfants. Je sais cependant qu'en moi s'est produit ce jour-là un petit miracle qui m'a sauvée de la dépression. J'ai dit adieu à cette aliénation et j'ai démissionné de cette responsabilité sans limite.

C'était le 21 janvier 2019. Précisément le jour de mon anniversaire. J'étais rentrée du cabinet vers 21 heures, après une séance avec M. Georges qui s'était éternisée. Raphaël avait commandé des pizzas pour tout le monde. Il m'avait souhaité mon anniversaire entre deux buts, puis était retourné à son match de foot PSG-Barcelone, match retour qu'il attendait depuis longtemps.

Personne n'avait vraiment pris le temps de s'occuper du dîner. Personne n'avait eu l'idée d'une bougie ou d'un geste. Je m'étais retrouvée seule, face à une pizza pepperoni trop épicée, et j'avais pleuré en silence.

Ce soir-là, je crois bien que je me suis dit stop. Quand nous sommes allés nous coucher, Raphaël était désolé. À l'hôpital, c'était infernal et il s'en voulait de n'avoir rien organisé. Je n'ai pas dit un mot. Je suis restée digne mais silencieusement vexée. Joséphine et Léo, de la même manière, s'étaient cachés derrière l'idée que j'avais tout. Qu'ils ne savaient plus quoi m'offrir, à part un lifting. La vacherie de cette phrase était tout droit sortie de la bouche des deux enfants que j'avais portés, nourris et chéris durant toutes ces années. Tout était ma faute. J'avais contribué à accroître leur égoïsme en leur donnant tout. En n'attendant jamais rien en retour. En les contentant sans limite. En pensant toujours à eux avant de penser à moi. Il était évident, après cet épisode, que j'avais raté quelque chose d'essentiel dans leur éducation. Le constat fut pénible sur le moment. À bien y réfléchir, il l'est toujours autant aujourd'hui.

J'ai démissionné ce jour-là et, depuis, rien n'a plus jamais été comme avant. Ma place, je ne l'ai jamais retrouvée au sein de cette famille. Elle s'est envolée avec mon quarante-cinquième anniversaire.

Donc, il y a deux ans, j'ai cessé de me soucier des autres, y compris de ma famille. Je donne tout à mes patients, uniquement parce que c'est lucratif.

Aujourd'hui, je suis passée ailleurs. Je crois que je n'aspire plus qu'à une seule chose – ce que je n'ai jamais su faire avant : penser à moi. Il vient un âge où, après s'être concentré sur les siens, on finit par se recentrer sur soi. J'imagine que ça fait partie du chemin intérieur qu'une femme se crée quand elle prend conscience du vide laissé par ses enfants devenus grands.

Raphaël est remonté dans la chambre pour prendre sa douche. Il est passé devant moi en me détaillant le bulletin météorologique du jour. M'a vue écrire dans mon cahier sans s'en étonner. Je crois que sa capacité à ne plus me regarder alors qu'il partage la même pièce prend, avec le temps, la valeur d'une insulte. L'indifférence dans un couple est pire que le désamour. Il n'y a plus de mots. Plus de sons qui sortent de nos bouches parce qu'on est anesthésiés par nos vies respectives. Ses patients, les miens, nos enfants, nos carrières, nos comptes en banque. Tout cela prend le pas sur les sentiments, le partage, le dialogue. Alors on se recentre sur soi parce qu'on n'a plus que ça. On se crée une vie intérieure. On se renferme. On ne se parle plus. On couche ses pensées dans un cahier. Et on s'éloigne…

Je me souviens de nous deux. Du lien si fort qu'était le nôtre. J'ai rencontré Raphaël à une soirée étudiante et j'ai su dans la seconde qu'il serait le père de mes enfants. On était connectés. Lui et moi, nous avions cette même envie furieuse de réussir et de construire. Nous avions tout à prouver à nos parents. Par la suite, nous avons été portés par la volonté commune d'y parvenir. Nos années d'études ont été bercées par cette idylle amoureuse. Notre désir était sans limite. Je peux dire aujourd'hui que cette période fut la plus torride de ma vie. Pendant dix ans, nous avons été le parfait couple fusionnel. Nous ne faisions qu'un. Nos corps, nos esprits, nos projets, nos envies. Nous étions parfaitement alignés. On ne disait jamais « je » mais toujours « nous ». C'était un cadeau inestimable de la vie et ce sentiment était délicieux. Il était ce qu'il y a de plus réconfortant. Je ne connais pas d'état plus subtil que celui-ci. L'insouciance dans l'état amoureux a ce don précieux de lui insuffler une dimension supplémentaire. Il vous berce et vous porte jusque dans vos tripes alors que vous n'en avez même pas conscience.

J'étais étudiante en psycho et lui en médecine. Nous avions chacun notre chambre sur le campus mais jamais nous ne dormions séparément. On avait trouvé la formule magique. Celle qui nous permettait d'être au summum de notre capacité de réussite : être ensemble. Tout le temps. Le plus souvent possible.

J'ai connu cette ivresse permanente. Cet état de plénitude alimenté par l'amour de l'autre. C'est de cette manière-là qu'on s'est longtemps aimés.

Je ne sais pas définir quand tout a commencé à changer. Quand notre centre d'intérêt s'est détourné de nous. Ce n'est pas si vieux que ça.

Raphaël s'est mis à rentrer plus tard le soir. À traiter ses mails au lit avant de se coucher. À prioriser son travail sur nous, sa famille. À mesure que le temps passait, il me semblait que son désir pour moi se tarissait. Je n'ai pas vraiment fait état de ce changement d'attitude. Je l'ai plutôt subi en faisant comme si tout allait bien. En me disant que le temps finirait toujours par nous réunir. On était suffisamment solides pour affronter ce type d'épreuve. J'ai voulu laisser passer cette crise mais il me semble qu'elle dure encore.

Récemment, j'ouvre les yeux sur ce qui pour moi est devenu insoutenable. Le sentiment d'invisibilité, l'indifférence. L'impression d'être inutile. D'être un peu sa seule ombre au tableau.

Samedi 24 avril 2021

Je dois préparer le mariage de ma plus vieille amie dont je suis le témoin. Camille a dix ans de moins que moi. Elle se marie avec l'homme avec qui elle partage sa vie depuis dix-sept ans. C'est long, dix-sept ans. C'est plusieurs cycles de vie qui s'enchaînent. C'est le temps qui a consolidé la relation par le biais des épreuves, des projets.

Les histoires qui perdurent sont les plus belles. Celles qui se soudent à travers les années par les liens du mariage les plus solides.

Comme toujours le samedi matin, je reste au lit jusqu'à ce que la culpabilité m'en empêche. Je me laisse glisser dans le plaisir de l'inaction. Dans cette oisiveté qui me sert de réconfort.

Je prends le temps d'écrire. C'est bien de prendre le temps tout court.

L'odeur du café se répand dans la maison. Je voudrais bien qu'on m'en apporte une tasse, mais je ne le demanderai pas. Ici, je ne réclame plus jamais rien.

Raphaël proteste contre les enfants. La table du petit déjeuner n'est encore pas débarrassée. Je ne le ferai pas, pas plus que lui. Joséphine a une dissertation à préparer pour lundi, elle refuse de s'y coller. Son frère n'a qu'à le faire, il n'en branle pas une et passe ses journées sur YouPorn. C'est comme ça qu'elle le dit. Avec ces mots-là. Avec ce ton menaçant. Cette désinvolture qui la caractérise et s'empare d'elle trop souvent. Raphaël est sans réaction. Il ne réagit jamais. Il laisse couler parce que c'est plus simple. Que ça n'engage aucun conflit. Dans cette maison, c'est devenu un sport national de ne pas réagir. On ne s'offusque de rien, on a baissé les bras. Simplement démissionné d'une tâche qui ne nous incombe plus. Les portes claquent, les cris retentissent. Je reste extérieure à tout ça. Ça ne me concerne pas. Je prends même un certain plaisir à assister à leurs disputes, tout en restant à l'écart. Calée dans ce lit qui, chaque week-end, accueille ma solitude. Ce moment rien qu'à moi.

Raphaël emprunte l'escalier pour rejoindre notre chambre. Il passe la porte, se plante devant moi et me demande si j'ai bien entendu ce qu'il vient d'entendre.

J'acquiesce. J'ai bien entendu mais je ne bougerai pas. C'est aussi leur père. Il peut se débrouiller sans moi et gérer les crises de temps à autre.

Il s'agace de ma réponse. J'ai changé. Je ne suis plus la même. On dirait que plus rien ne m'atteint. Que je me fous de tout.

Oui, Raphaël, tu as enfin saisi le changement qui s'est opéré en moi ces deux dernières années. Je suis contente que tu le mentionnes enfin. Ça prouve que tu me regardes encore, que tu me considères un peu, que tu prends parfois conscience de tout ce pour quoi j'ai œuvré avant toi. Oui, tu as raison, je me fous de ce qui se passe dans cette maison. Les engueulades, les embrouilles, les hauts et les bas de chacun ne m'affectent plus.

Il ne me laisse pas finir ma phrase et claque violemment la porte de la salle de bains.

Un texto d'un de mes patients : Jérôme Finkiel, quarante-cinq ans, marié. Chaque week-end, il m'envoie un message pour me dire qu'il est heureux de me voir le lundi suivant. Qu'il n'attend que ça. Que son esprit tout entier est accaparé par moi. Lors de nos séances, Jérôme Finkiel me raconte ses rêves, la façon dont je me glisse dedans, la forme que j'y prends et, parfois, l'amour qu'il me fait. C'est assez commun pour un thérapeute d'avoir ce genre de lien avec ses patients. Mais celui-là n'est pas tout à fait comme les autres.

Raphaël sort de la douche. Il semble s'être calmé. Je le trouve toujours aussi séduisant, après toutes ces années. Comment se peut-il que nous, les femmes, vieillissions au sens le plus ingrat du terme, quand les hommes gagnent en charme et en charisme avec le temps ? Quelle injustice… Hier, j'observais l'état de mon corps. Je le vois se transformer, prendre du poids là où il ne le devrait pas. J'aimerais savoir ce qu'en pense mon mari. Ce qu'il entrevoit de moi. Ce qu'il n'ose pas dire à voix haute. Si parfois il se remémore celui qu'il avait entre les mains quand nous avions vingt-cinq ans. S'il regarde des femmes plus jeunes. S'il me regrette un peu. Moi, à vingt-cinq ans…

Il me répond souvent qu'il ne me voit pas vieillir puisque lui aussi prend de l'âge. Il dit que je suis toujours belle. Que je ne devrais pas y penser parce que plus on y pense, plus l'entourage détecte la non-acceptation de soi. Les jolies femmes sont celles qui ont fait la paix avec tout ça.

Ces mots n'ont évidemment aucun effet sur moi. Ils n'atteindront jamais la complexité profonde que j'entretiens secrètement avec la vieillesse. Quand il s'agit de mon rapport à l'âge, rien n'a d'effet sur moi.

Je m'interroge… Est-ce que mon mari mérite de savoir que d'autres hommes me regardent de la façon dont il ne le fait plus lui-même ?

Il s'approche. Me demande ce que je suis en train de faire. Un journal, j'écris un journal parce que je tiens à honorer ce cadeau de mon dernier anniversaire. Il me regarde et me lance : « Un journal, à ton âge ? »

Je ne réponds rien. Il s'avance et, pour la première fois depuis longtemps, m'adresse un regard tendre. Il me prend dans ses bras. Fait tomber le cahier au sol et m'embrasse. La porte de la chambre ouverte. Léo au téléphone dans le couloir.

Je suis surprise de le voir si entreprenant. Mais il y a une raison à ça. Il arrive un temps où l'autre finit par revenir vers vous quand vous ne lui donnez plus ce qu'il attend. C'est ce qui se passe. Raphaël me sent glisser. Il subit mon épuisement. Il perçoit ma démission. Même dans mes yeux, il ne se reconnaît plus. Il n'y est plus. Il est quelqu'un d'autre. Jamais plus le même. Il se précipite vers la porte pour la claquer brutalement et s'avance vers moi. Je me souviens de ces instants où nous le faisions partout, sans jamais nous soucier de rien. À nous, tout était permis. Nous étions libres. Il n'y avait pas de règles. Le sexe était notre meilleure thérapie. Chaque fois que nous nous engueulions, nous étions de ceux qui se réconcilient sur l'oreiller. Le sexe était notre ciment. La chose la plus extrême, la plus intense jamais connue sur cette terre.

Ces deux dernières années, il me semble que la machine s'est un peu rouillée. Faire l'amour est devenu un acte qu'il faut accomplir à tout prix. La dimension érotique s'est comme volatilisée. Le désir n'est plus intact.

Je repense à une patiente que j'ai suivie il y a quelques années. Elle avait à peine quarante ans. Laura était plutôt jolie et il était évident qu'elle devait avoir tous les hommes à ses pieds. Elle venait d'être maman et ne supportait plus que son mari pose les mains sur elle. Depuis son accouchement, il était hors de question qu'il la touche. Elle le vivait comme une offense et éprouvait un profond dégoût quand le père de son enfant voulait lui faire l'amour. La dimension quasi incestueuse de leur couple était nouvellement apparue et lui ôtait toute envie. Elle était éteinte. Malheureuse. Sollicitée de toutes parts et incapable d'y répondre. Petit à petit, elle s'était fait une raison. Le sexe ne faisait plus partie de sa vie. Elle n'en avait plus besoin.

Nous avions longuement travaillé sur ce rapport au corps, à la maternité, au désir. Et puis, un jour, elle était arrivée au cabinet métamorphosée. Ce jour-là, je l'avais trouvée particulièrement en beauté. Je lui avais demandé ce qui avait changé. Elle avait répondu qu'elle venait tout juste de tromper son mari. Sa joie de vivre était réapparue. À travers cet acte interdit, elle s'était abandonnée à une forme de légèreté, et c'était de ça qu'elle avait besoin à ce moment-là. Par le biais de l'adultère, elle avait retrouvé le chemin du sexe, le goût du plaisir. Elle était revenue à la vie. Comme ressuscitée. Ensuite, elle ne pouvait plus arrêter de le faire parce qu'elle avait ouvert la porte à une multitude de possibilités. Une seule fois lui avait autorisé toutes les autres. L'adultère était devenu son nouveau remède. Après s'être affranchie de sa culpabilité première, elle avait intégré qu'il était désormais possible de prendre du plaisir avec n'importe qui, à la seule condition que ce soit bien maîtrisé.

Je m'étais fait cette réflexion : la première fois était la plus périlleuse. Ensuite, effectivement, pourquoi résister ? Pourquoi ne pas céder à la tentation d'une deuxième, puis d'une troisième ?

J'avais intégré pour ma part que je n'y succomberais jamais. Nous en avions longuement discuté et Raphaël était d'accord : il ne fallait pas ouvrir la porte à cette fameuse première fois. Jamais. Nous pouvions trop facilement nous perdre dans les méandres de l'adultère. Lui comme moi, on avait le potentiel de s'y laisser prendre et on s'était fait le serment qu'on ne franchirait jamais la limite tant que l'amour entre nous durerait. La promesse avait été faite à l'aube du jour où les idées de cet ordre avaient commencé à pointer.

J'aime à croire qu'il l'a honorée, tout autant que moi.

Mercredi 5 mai 2021

Raphaël dort à côté de moi. Je l'envie. 2 h 13 du matin et je n'arrive pas à fermer l'œil.

Le cabinet tourne à bloc en ce moment. J'enchaîne les rendez-vous et ma capacité d'écoute commence à en pâtir. J'ai trop de patients. Je ne sais plus comment réguler ce flux. Je me suis donc décidée à ne plus en prendre de nouveaux, pour le moment.

Un jeune homme est venu en rendez-vous aujourd'hui, envoyé par une amie de sa mère. Il m'a exposé son désir de consulter pour son addiction à la cocaïne. Il en prend de plus en plus. N'arrive pas à s'en défaire. Devient fou rien qu'à l'idée de devoir s'en fournir pour affronter son quotidien. Sans cocaïne, Rémi manque d'oxygène. La drogue est devenue sa béquille, sa meilleure amie, sa maîtresse. Rémi n'a plus un centime. Sa mère l'a menacé de lui couper les vivres s'il ne consultait pas très vite.

Tout en réfléchissant à mon trop grand nombre de patients, je lui ai répondu que je n'étais pas spécialiste en addictologie. Mon idée était de lui suggérer l'adresse d'un confrère qui s'en chargerait mieux que moi. Le jeune homme s'est alors rétracté dans la seconde, profondément heurté que je ne prenne pas en considération sa souffrance. Être psy, a priori, c'était écouter et, selon lui, je n'avais pas su remplir mon rôle. Rémi a ramassé ses affaires et a claqué la porte du cabinet.

Je suis restée face à moi-même, incapable d'avoir su l'écouter, trop concernée par mes petites réflexions personnelles du moment. Je n'aurais pas dû le laisser partir…

Joséphine et Léo sont encore réveillés. Il est plus de 3 heures du matin. Je les entends rire aux éclats. Ma seule réussite avec ces deux gamins, c'est d'avoir su préserver leur complicité. Les avoir eus aussi rapprochés les a soudés dans leur adolescence. Joséphine et Léo font tout ensemble. Ils partagent le même cercle d'amis et sont indispensables l'un à l'autre. Ce n'est pas un schéma commun, dans une fratrie. Ça me plaît de les savoir ainsi. Je note qu'en se rapprochant l'un de l'autre, ils se sont peu à peu éloignés de moi. C'est étrange. Je me demande d'ailleurs s'il n'y a pas un lien de cause à effet. Demain, ils ont cours à 8 heures. Avant, cette situation m'aurait rendue dingue. Avant, je ne serais pas restée dans ma chambre en les entendant ricaner à une heure si tardive. Je me serais levée. J'aurais éteint leur lumière en les menaçant de leur supprimer l'argent de poche. J'aurais joué mon rôle. Aujourd'hui, je me sens étrangère à eux. Ça ne m'atteint plus. Je m'en contrefous.

J'avale un Lysanxia. Je me colle à Raphaël. Je ferme les yeux mais le sommeil ne vient toujours pas.

Une poignée de minutes plus tard, le cachet commence à faire effet. Le cours de mes pensées a ralenti. La réflexion est devenue pénible.

Samedi 8 mai 2021

Encore un de ces maudits samedis nuageux. J'ai la tête dans un étau.

Hier soir, on est allés dîner dans un très bon restaurant. Dans ce très bon restaurant, il y avait aussi de très bons vins. Il n'y a jamais de hasard quand Raphaël se met en quête de boire. « Le vin, c'est la vie. » Il le dit avec cette même conviction. Cette intention tout à fait malhonnête de dissiper la culpabilité quand il s'agit de bien vivre. Sa passion pour l'œnologie est devenue une religion à laquelle il se raccroche chaque week-end. Nous nous mettons au vin. Ensemble. Sous-entendu : nous nous mettons à boire de plus en plus…

Hier soir donc, les enfants avaient décidé d'organiser une soirée avec quelques amis en notre absence. Quand on est rentrés vers 1 heure du matin, le salon n'était plus qu'un énorme nuage de fumée fortement dosé au THC. L'air était irrespirable. Les yeux de tous, rougis par la défonce et l'alcool. La musique à fond. J'ai regardé Raphaël, j'ai regardé les yeux de Léo, ceux de Joséphine. J'ai gentiment souri aux trois et je suis montée me coucher. Il n'y avait rien à dire, rien à faire, excepté quitter cette pièce, déguerpir au plus vite parce que ce spectacle était tout ce qu'il y avait de plus désespérant.

J'ai regagné ma chambre, me suis mise au lit et j'ai pris mon mal en patience. Je les entendais rire, parler fort, danser, crier au rythme de la musique qui résonnait. J'ai réfléchi longtemps à l'état dans lequel ça me mettait d'être consignée à l'étage alors qu'en dessous les gens étaient bel et bien vivants. Cette nuit-là, je me suis sentie abandonnée par mon âge autant que par ma famille. Et j'ai désespérément attendu mon mari. Qu'il daigne me donner signe de vie après notre soirée en tête à tête qui avait si bien commencé. J'aurais voulu la terminer dans ses bras. J'aurais voulu que ce soit une évidence, une envie ou un geste naturel venant de lui. Mais Raphaël n'est pas remonté. Je me suis endormie la lumière allumée. J'ai sombré dans un profond sommeil, alimenté par le doute et le vin. Vers 3 h 15 du matin, je me suis réveillée en sursaut. Il n'était toujours pas là. En bas, j'entendais encore les gens rire. J'ai enfilé un gros pull et je me suis levée. Je n'avais aucune idée de ce que j'allais y trouver.

Du haut de l'escalier, j'avais une visibilité quasi parfaite sur l'ensemble du salon. Il n'y avait plus de musique mais des dizaines d'ados affalés sur les canapés qui cuvaient leur alcool et leurs pétards. Ça discutait de part et d'autre. Ça emballait sur la méridienne. Au fond de la pièce, j'ai vu Raphaël, seul avec une jeune fille d'une vingtaine d'années aux longs cheveux bruns. Il se tenait face à elle et les deux s'échangeaient un pétard tout en discutant. J'ai observé cette scène. J'ai observé ce joint qui passait de main en main, de bouche en bouche. J'ai guetté les mimiques de mon mari. J'ai cherché à le reconnaître dans ce personnage qui me paraissait tout à coup étranger. J'ai eu la sensation qu'on me plantait un couteau au niveau du plexus. Que cette lame s'enfonçait plus profond encore au fur et à mesure que je voyais cette scène se dérouler. Une vive douleur m'a serré la poitrine. Je les voyais prendre du plaisir à être ensemble et ça m'était insoutenable.

Je me suis assise discrètement sur la première marche de l'escalier. D'ici, il ne pouvait pas me voir. D'ici, il pouvait faire ce qu'il voulait en imaginant que j'étais profondément endormie dans notre lit. Et j'ai observé encore. Le sourire de la jeune fille, celui de mon mari, ses gestes, les mains de Raphaël qui lui remettait en place une mèche de cheveux, le pétard qu'ils partageaient en même temps que leurs salives, à travers cet échange incongru. Je suis restée longtemps prostrée face à ce spectacle ahurissant. Et j'ai pleuré. Tout ce qu'un corps peut évacuer de tristesse. De déception. De trahison. J'ai pleuré de me rendre compte que je connaissais mal mon mari. Que cette facette-là de lui m'avait totalement échappé. Que, derrière cet homme que je fréquentais depuis vingt-huit ans, se cachait probablement le même homme que celui qui trompe, qui trahit, qui ment ou quitte sa femme pour la première venue. Hier soir, j'ai réalisé qu'il en était capable.

Je suis repartie me coucher. J'ai tout envisagé. Je les ai imaginés s'embrasser sous le regard de mes enfants. Faire l'amour dans le bureau. Et lui, me rejoindre dans mon lit comme si de rien n'était, une fois l'acte accompli, le plaisir assouvi. Je l'ai imaginé le faire avec cette gamine du même âge que nos enfants. Cette amie de Léo ou Joséphine qui me savait là-haut, profondément endormie. J'ai de nouveau avalé un cachet et mes pensées sordides se sont peu à peu évanouies.

Ce matin très tôt, j'ai ouvert les yeux sur Raphaël. Il dormait profondément. Ma première pensée fut de savoir s'il l'avait fait. S'il avait trouvé ça bien. J'ai attendu qu'il se réveille et je le lui ai dit. Ce que j'avais vu. Son comportement vis-à-vis des enfants. Son immaturité. Le mal qu'il m'avait fait. Il s'en est défendu comme il pouvait. M'a dit que cette fille était étudiante en médecine. Qu'ils avaient beaucoup parlé de son cursus. Qu'ils avaient fumé deux ou trois pétards ensemble mais rien de plus. Que ferait-il avec une gamine de vingt ans, qui plus est amie de Léo et Joséphine ? Il s'est excusé de m'avoir blessée. Il pensait que je dormais et que je n'aurais pas mal pris le fait qu'il veille un peu avec nos enfants. Il m'a rassurée, me jurant qu'il n'y avait que moi. Ça s'est résolu comme ça. De cette manière-là. Il m'a prise dans ses bras et c'était terminé. Je l'ai cru parce que ne pas le croire, c'était ne plus croire en rien.

C'est une intuition profonde que j'ai et qui me hante. Que mon couple part lentement à la dérive en même temps que j'accompagne Camille dans les préparatifs de son futur mariage. Étrange analogie.

Mercredi 12 mai 2021

Hier matin, j'ai de nouveau été réveillée par un message de Jérôme Finkiel. Il disait :

Bonjour Nikola, cette nuit, j'ai encore rêvé de nous. Je n'oserai pas vous le dire en séance mais ça devient du genre « obsessionnel ».

Il est évident que je n'ai pas répondu. La sonnerie du SMS a dérangé Raphaël. Il s'est retourné brutalement et a soupiré. Pour n'importe quel couple, le soupir prend la forme d'une insulte avec les années. C'est l'agacement qui devient insurmontable au fil des jours. Le rejet de l'autre dans toute sa splendeur.

Je me suis levée en silence. Pour la première fois depuis longtemps, je me suis décidée à aller acheter des croissants pour la famille. Un élan de générosité spontané. Un geste gratuit qui contredit totalement mon état d'esprit du moment.

J'ai enfilé un survêtement et j'ai marché jusqu'à la boulangerie. C'était une belle journée de printemps, une de celles qui vous mettent en joie dès le réveil. Sur le chemin du retour, je me suis postée devant cette grande maison, mon sac de croissants à la main, et je me suis dit qu'elle était le symbole de ce que nous avions accompli durant ces années de vie commune. Elle était le reflet de notre réussite à tous : à Raphaël, à moi, aux enfants. J'ai regardé cette maison. Les fenêtres de la chambre de Joséphine, celles de la chambre de Léo. J'ai pensé à eux. À l'idée qu'au même moment, ils y dormaient paisiblement et j'ai éprouvé de la reconnaissance. De la fierté aussi. J'ai été soudainement emplie de gratitude. J'ai scruté chaque fleur de mon jardin, respiré une grande bouffée d'air frais et savouré ce moment délicieux du samedi matin. Ça ne me ressemblait pas, mais ce moment de béatitude était comme un appel du pied de l'univers. Il me soufflait secrètement que ma vie n'était pas si désastreuse.

Ensuite, j'ai eu envie de préparer le petit déjeuner de Raphaël. Celui des enfants aussi. J'ai réalisé à quel point cela me manquait. J'ai tout disposé sur des plateaux. Un pour chacun. Avec une petite fleur du jardin que j'avais soigneusement coupée. Je suis montée à l'étage et je leur ai livré leur repas un par un. Joséphine m'a éjectée de sa chambre en hurlant qu'on était en week-end et qu'elle voulait dormir. Léo s'est caché sous la couette en me jetant un coussin à la figure. Raphaël m'a remerciée gentiment, me suggérant que j'avais oublié l'essentiel : ses journaux. « Et *Le Parisien* ? Et *L'Équipe* ? » Je l'ai regardé sans réagir. J'ai foncé sous la douche, et j'ai été prise d'une envie irrépressible de quitter cette maison au plus vite. Celle que j'avais idéalisée quelques minutes auparavant m'était devenue tout à coup étrangère.

Je suis allée rejoindre Camille. On a bu un café en terrasse. On a parlé de nous, de son mariage. J'ai raconté la déception de ma matinée. Le mariage. Mon mariage. Ce qu'il devenait. Ce que je ne voulais pas qu'il devienne. La désillusion à laquelle j'étais confrontée au quotidien. Le manque de reconnaissance. Le vide qui m'apparaissait chaque jour un peu plus pesant dans ce lieu impersonnel et dénué d'amour.

Camille m'a écoutée. Et puis on est passé du café au vin blanc. Et j'ai noyé mon chagrin dans un verre, puis une bouteille et une deuxième. Je n'ai pas voulu rentrer chez moi. J'avais envie de sortir. De faire la fête encore. De danser. De rencontrer. Raphaël a essayé de me joindre plusieurs fois. Des messages qui disaient qu'il s'inquiétait : *T'es où ? Tu rentres à quelle heure ? Tu peux répondre stp ?* Répondre, c'était les rassurer. Les autoriser à passer une soirée sereine. Je voulais qu'ils se fassent du souci. Qu'ils se disent que, peut-être, je ne rentrerais plus. Sentir un peu d'amour. Ne serait-ce qu'une légère inquiétude de leur part.

On est entrées dans ce bar. Camille connaissait tout le monde. J'ai parlé à Nathan, une de ses vieilles connaissances. Nathan ne ressemblait à rien et avait une sacrée descente. On a parlé de son thérapeute qu'il voyait depuis dix ans, du travail analytique qu'il avait entrepris. Son discours était décousu, le mien aussi. Dans un élan de détresse affective, il a voulu m'embrasser après s'être enquillé trois shots de tequila offerts par le barman. Je lui ai balancé une gifle. Nathan prenait pour tout le monde. Humilié, il a déserté le bar. Je suis peu à peu revenue à moi. J'ai récupéré Camille, qui flirtait avec un inconnu au fond de la salle. J'ai balayé du regard l'ensemble de la clientèle alcoolisée, les visages émaciés et fatigués de chacun, l'état de perdition dans lequel on était tous. J'ai été prise d'une nausée terrible. J'ai couru aux toilettes pour ne pas subir la sensation trop longtemps. Après, on est rentré, Camille et moi, et je me suis écroulée sur son canapé. Je n'ai jamais répondu à

Raphaël, mais je sais qu'elle l'avait secrètement fait pour moi.

Ce matin, je suis rentrée à contrecœur. Je ne la trouvais plus très accueillante, ma maison. J'ai songé qu'il valait mieux rester dehors. J'ai passé le dimanche à jardiner avec une migraine terrible.

Plus tard dans la soirée, Raphaël est venu me voir. M'a dit ne pas avoir compris mon attitude de la veille. Pourquoi ne pas lui avoir répondu ? J'ai rétorqué : « Je crois que vous n'avez plus besoin de moi. » Il m'a fixée du regard, interpellé par ce que je venais de dire. Et on a eu la conversation qu'on aurait dû avoir depuis des années. Celle que je redoutais le plus. Tout ce que je garde en moi depuis des mois. Ce qui occupe mon esprit au quotidien. Son indifférence, celle de nos enfants, le peu de temps qu'il me consacre, l'angoisse qui me prend à la gorge dès que je mets un pied chez nous.

Il m'a répondu qu'il ne se posait pas toutes ces questions. Qu'il avait toujours été convaincu de la solidité de notre couple. Nous finirons ensemble, quoi qu'il arrive. Il continue de me regarder comme au premier jour, même si j'ai la sensation qu'il est ailleurs. Il pense que nous devrions partir en week-end tous les deux, avant le mariage de Camille et Matthieu. Pour nous retrouver. Sans doute qu'en ce moment, j'ai besoin de ça. De me retrouver avec lui.

Il va s'occuper de tout. Je n'ai qu'à lui faire confiance et me reposer sur lui. *Lui faire confiance et me reposer sur lui.*

Jeudi 20 mai 2021

Ce matin, en regardant par la fenêtre, j'ai pensé au temps qu'il ferait dans trois semaines. Comme Raphaël qui dépend systématiquement de la météo et qui réclame le soleil à la moindre occasion.

Tout est prêt pour le mariage. J'ai même déniché ma tenue. Un costume trois pièces bleu des années 1960. Il y a quelques jours, en me baladant pendant mon heure de déjeuner, j'ai déniché cette petite merveille dans une friperie. Une boutique dans laquelle je vais parfois et qui regorge de trésors anciens, de vieux vêtements qui ont une histoire. Je l'ai essayé sans grande conviction mais, sur moi, il était impeccablement coupé. D'une élégance quasi parfaite. Habillée en homme alors que toutes les femmes seraient en robe, c'est dans cette tenue que je compte célébrer le mariage de ma plus vieille amie.

Hier soir, les enfants sont venus me dire qu'ils partaient à une soirée et qu'ils rentreraient certainement très tard. Je leur ai répondu qu'ils pouvaient bien faire ce qu'ils voulaient, ça ne changerait pas la face du monde. Ils ont eu l'air de mal le prendre. Joséphine a immédiatement rétorqué cette phrase à son père : « Tu vois, papa, ça ne sert à rien d'être sympa avec elle... » Je n'ai pas aimé cette réflexion parce qu'elle suggérait une complicité dont je ne faisais plus partie. Surtout, ça signifiait qu'ils avaient eu une discussion à mon sujet. J'ai fait mine de ne pas entendre. Comme si ça ne m'atteignait pas. J'ai ravalé la phrase trop crue qui aurait de nouveau déclaré la guerre entre nous.

Ensuite, Émilie et Jérémy sont arrivés. Deux semaines que ce dîner était prévu.

Raphaël a longuement épilogué sur la situation à l'hôpital, le manque d'effectifs auquel ils sont confrontés en ce moment. C'était assez rébarbatif. Comme toutes les choses qu'il a tendance à ressasser, ça devenait chiant. Vivre avec quelqu'un, c'est un peu regarder à la loupe chaque détail de ses agissements. Je connais mon mari par cœur. Il n'a plus aucun secret pour moi. Il ne me surprend plus. Et pourtant je l'aime. C'est fascinant.

Je l'ai écouté parler. Je l'ai observé dans ses moindres gestes. Me suis demandé ce qui m'avait attirée en lui il y a vingt-huit ans. Pas qu'il ne me plaise plus aujourd'hui, bien au contraire, mais j'avais précisément besoin de me remémorer notre première rencontre. De m'y replonger encore. Vingt-huit ans, c'est une vie tout entière. Que reste-t-il de la personne qu'on a aimée à vingt ans ?

J'ai regardé mon mari comme s'il m'était étranger. Aujourd'hui. Et pas il y a vingt ans. Je me suis interrogée sur ce qui émanait de lui quand on ne le connaissait pas et qu'on était n'importe quelle femme. Une passante au coin de la rue, une infirmière dévouée, une secrétaire à son service. Je le fais souvent avec ceux dont je veux me remémorer les raisons qui me font les aimer. Au départ, on est attiré par une allure, un physique ou la projection d'un fantasme. Avec le temps, on finit par aimer ou désaimer pour les bonnes raisons. On pénètre au cœur de la vérité de l'autre.

Raphaël est charismatique. Il est doté d'une grande capacité d'écoute. Il l'a toujours été. Ce qui m'a conquise il y a vingt-huit ans chez lui me séduit toujours autant aujourd'hui. Il a pris en force et en confiance. Est-ce que ma voisine de droite, Émilie, le percevait comme moi ? J'ai coupé court à leur discussion ennuyeuse et je lui ai demandé ce qu'elle pensait de lui. Elle m'a regardée fixement comme si ma question était inappropriée. Son visage s'est tout à coup fermé. Elle s'est tournée vers son mari à elle pour témoigner de ma maladresse et savoir ce qu'elle devait répondre. Il y a eu un silence pesant. Émilie a continué à fixer son mari, puis le mien, et enfin toute l'assemblée, l'air de dire que je pétais complètement les plombs. L'idée m'est alors venue de faire un tour de table sur ce que chacun pensait du conjoint de l'autre. Je trouvais ce nouveau jeu très excitant. Raphaël a jugé mon idée totalement absurde. J'ai insisté. Je voulais bousculer ce dîner. J'avais envie qu'il s'y passe quelque chose. Que nos esprits s'entrechoquent. Je m'emmerdais et c'était le seul moyen d'y mettre un peu de fantaisie. J'ai commencé par Jérémy, qui était assis en face de moi.

Droit dans les yeux, je lui ai dit que je le trouvais charmant mais qu'il était complètement autocentré. Qu'il manquait d'écoute, comme à peu près tous les hommes sur cette terre. Personnellement, je ne suis pas très sensible aux hommes qui manquent d'écoute. Donc sensible à très peu d'hommes… Émilie l'a mal pris et a piqué le nez dans son assiette. J'avais attaqué son mari et, indirectement, c'était à elle que je m'en étais prise. Jérémy a rougi et pris ma remarque à la lettre, un peu comme un règlement de comptes. Ça évitait de se poser les bonnes questions. Il était à terre et ruminait silencieusement sa revanche.

J'ai alors proposé à Raphaël de s'exprimer sur ce qu'il pensait d'Émilie. Sa réponse n'a pas été tout à fait dans mon sens. Il était furieux des mots que j'avais pu prononcer à l'encontre de son ami. Pour qui je me prenais ?

Alors Jérémy l'a interrompu, il voulait se défendre seul. Il m'a décrite comme une personnalité complexe. Je n'ai plus en tête l'exactitude des mots employés, mais je faisais partie de ces femmes qui avaient plusieurs facettes. Ces derniers mois, j'étais complètement éteinte. Avec le temps, je devenais cynique, parfois même aigrie.

Le jeu que j'avais initié était pour le moins dangereux, et j'allais le payer très cher. Ensuite, il m'a demandé la permission de continuer parce que ça lui faisait du bien de dire enfin ce qu'il avait sur le cœur. Émilie a tapé du poing sur la table. Elle voulait arrêter sur-le-champ. Elle détestait ce à quoi elle était en train d'assister. Jérémy a fait mine de ne pas l'entendre et a poursuivi sur sa lancée. Il était parti, il s'agissait de ne pas le contrarier. Selon lui, j'avais trop de colère en moi. Je devais faire attention à ne pas la laisser prendre le dessus. Il espérait après toutes ces révélations que je ne sois pas trop vexée – autant que lui l'était certainement. Ça lui avait fait du bien de me parler.

J'ai souri, comme je le fais quand je suis piquée au vif. Sourire me sauve toujours de ces moments d'embarras. C'est comme ça que je m'en sors. La meilleure façon que j'ai trouvée d'échapper au malaise. Je lui ai répondu que c'était de bonne guerre. Lui et moi, on ne s'était jamais vraiment aimés. Sa femme non plus, d'ailleurs. Ça ne me dérangeait pas qu'on se balance toutes ces horreurs à la gueule. Au moins, ça avait le mérite d'être clair. On repartirait sur de bonnes bases. Alors, je les ai salués. J'ai embrassé Raphaël en prétextant un début de migraine. J'ai quitté la table et regagné ma chambre.

Quelques minutes plus tard, il m'a rejointe et on s'est disputés. Il ne comprenait pas ce qui m'était passé par la tête. Cette attitude ne me ressemblait pas.

J'ai longuement réfléchi à la raison pour laquelle j'avais enclenché ce jeu stupide. Et j'ai fini par comprendre. Que je n'arrive plus à me satisfaire du minimum. Du petit peu. Je ne supporte plus les effets de politesse, l'hypocrisie ambiante qui règne dans cette maison. Les liens qu'on prend soin de préserver coûte que coûte. Le rôle de mère et d'épouse parfaite dans lequel je me suis enfermée pendant toutes ces années et qui a fini par m'étouffer. J'ai repensé à ma vie. À ces années d'annihilation et de dévouement aux autres. Aux miens. À l'absence totale de lâcher-prise qu'avait exigé ce mode de vie pendant vingt ans. Vingt longues années d'apnée. J'ai pris conscience de tout ce temps perdu à vouloir contenter tout le monde, ma famille, mes patients, nos amis. Je n'en pouvais plus. Peut-être même que cette crise existentielle était intimement liée à ce nous traversions dans notre couple.

En tout cas, il y avait un endroit où, tous les deux, nous ne nous rejoignions plus.

Jeudi 27 mai 2021

Je ne m'en remets pas. Je ne suis pas du genre prude, mais je ne suis pas non plus capable de tout relativiser. Pour quelle raison avais-je eu le réflexe d'ouvrir la porte de la chambre de mon fils au petit matin, en étant persuadée qu'il avait découché ? Jamais auparavant l'idée ne m'avait effleurée…

J'avais repensé à tous ces moments qui, autrefois, me ravissaient. Aux réveils de chacun, aux cris dans l'escalier, à l'heure qui tournait et au temps qui était compté. Je m'étais replongée dans ces instants chaleureux et rassurants de la maison qui s'agitait au petit matin.

J'avais donc eu la bonne idée d'ouvrir la porte de la chambre de Léo. Peut-être même avais-je envisagé de me recoucher dans son lit. Dans l'odeur de mon fils qui me manquait.

Aussitôt, j'ai été stoppée net dans mon élan. Léo était affairé à donner du plaisir à un autre jeune homme. Il avait le sexe de son ami dans la main et s'apprêtait à le mettre dans sa bouche. Je les ai regardés, Léo m'a regardée et nous nous sommes dit pardon les uns aux autres. Nous étions tous les trois désolés et pétrifiés de s'être fait surprendre.

Moi parce que je n'avais pas à entrer dans la chambre de mon fils au petit matin, et eux parce que cette étreinte devenait tout à coup inconvenante en ma présence. J'ai fermé la porte. Comme si je n'avais rien vu. Comme si jamais je ne l'avais ouverte. Je l'ai claquée très fort pour laisser cette vision derrière moi. Et je suis partie me recoucher.

Ensuite, cette image de Léo m'a hantée. D'abord parce que j'ignorais totalement l'attirance de mon fils pour les garçons, et ensuite parce que cette vision accidentelle était plutôt brutale et inattendue.

Je n'ai pas eu envie de réveiller Raphaël pour le lui dire. C'était un sujet intime et je n'étais pas certaine que mon fils ait envie de le partager avec nous.

Plus tard, Léo est venu m'interrompre dans ma conversation téléphonique, prétextant qu'il voulait me parler. Il était assez rare qu'il vienne me réclamer de l'attention. Il n'était pas très à l'aise avec ce qui s'était passé. Je lui ai répondu que, pour ma part, c'était oublié. J'espérais qu'il me croie, parce que le plus important était qu'il ne se focalise pas sur l'idée qu'il ait pu me heurter. Ensuite, il a tenté de m'expliquer qu'il n'était pas gay. Il aimait autant les garçons que les filles. Il préférait que je ne le catégorise pas. Pour lui, tout était bon à essayer. Je lui ai répondu que l'essentiel était qu'il s'épanouisse et qu'il se protège. Et puis, il a écourté la conversation. Il avait dit le plus important. Il s'était délesté de ce qu'il avait à me dire. Il ne voulait pas « parler cul » avec moi. C'était « trop bizarre de parler de ça avec sa mère ».

Dans l'après-midi, j'ai reçu un message d'Émilie.

Je ne sais pas ce qui t'a pris l'autre soir. Peut-être qu'en ce moment tu ne vas pas bien. En tout cas, je suis là.

Émilie était gentille mais je me foutais complètement de ce qu'elle pouvait penser. Et si j'allais mal en ce moment, il était peu probable que je me tourne vers elle.

Dans mon entourage, il y a peu de personnes sur lesquelles je peux compter. La plupart sont autocentrées, égoïstes, mal dans leur peau. Elles n'aspirent qu'à vous prendre du temps là où vous n'en avez plus. Elles parlent mais ne vous écoutent pas. Se déversent mais ne vous regardent pas. L'empathie est un concept qui jamais ne les effleure. Elles n'aiment qu'elles. La relation à l'autre est à sens unique. Elle ne profite qu'à leur narcissisme exacerbé. Pas d'échange. Pas de lien profond. Un attachement illusoire, sans autre intérêt que le leur. Ces amitiés-là, je décide de m'en passer. Je fais le ménage.

Donc, hier soir, j'ai attrapé mon téléphone et effacé un à un les numéros qui m'avaient inspiré cette réflexion. Je crois que cette prise de conscience avait été motivée par le message d'Émilie. Au moins, elle aurait servi à ça.

Dorénavant, elle n'apparaît plus dans mes contacts. Comme les soixante-deux autres numéros supprimés. Elle sort de ma vie avec un simple geste sur l'icône « poubelle » de mon téléphone. C'est moche.

C'est une période étrange. Un peu comme si je marchais à l'aveugle au beau milieu d'une foule immense, un bandeau sur les yeux. Je ne sais pas où je vais. Ce dont je suis certaine, c'est que je me dirige vers un ailleurs inspirant. Mes fondations s'écroulent. J'en recrée de nouvelles. Je sais désormais ce que je veux. Je me connais de mieux en mieux.

Dimanche 6 juin 2021

8 h 45. J'écris dans mon lit. Dans le lit de la chambre 17 d'un petit hôtel charmant situé en plein cœur de la Ciutat Vella de Barcelone.

Raphaël dort, comme souvent quand j'ouvre ce cahier.

Vendredi matin, il ne m'a pas laissé le choix. J'ai dû faire mes bagages en quatrième vitesse, un taxi nous attendait pour l'aéroport. Et annuler tous mes rendez-vous, au grand désespoir de Jérôme Finkiel.

Le geste de Raphaël m'a touchée. Parce que, dans cette famille, il n'y avait plus d'attention depuis longtemps. J'ai préparé un sac sur-le-champ et j'ai dit banco !

Trois heures plus tard, c'est ici qu'on était.

Barcelone pour nous changer les idées. Barcelone pour nous raccommoder.

À une semaine du mariage, il m'était difficile d'abandonner Camille, mais la quiétude de mon couple me semblait plus précieuse que la sienne à ce stade de ma vie.

Dès notre arrivée, on a loué deux vélos et roulé dans les vieux quartiers de Barcelone. On a mangé des tapas en terrasse avant d'aller revisiter la Sagrada Familia. On s'est embrassés et perdus dans les grandes artères. Le soir, on est allés dîner chez *Canete*. On s'est affalés au bar et on a dégusté des tapas à n'en plus finir. Le vin était divin et l'énergie qui circulait entre nous aussi. On a ri, trinqué à notre amour. J'ai parlé de mes questionnements du moment. Il m'a écoutée. M'a prise dans ses bras parce que je crois bien qu'avec le vin je n'ai pas su contrôler mes larmes. On a parlé des enfants. De ma démission vis-à-vis d'eux, et Raphaël m'a très justement rappelé que les liens étaient rompus des deux côtés. Qu'il ne tenait qu'à moi de les réparer. Ensuite, on a déambulé dans les petites rues pavées pour rejoindre les Ramblas. On a marché main dans la main. L'air était doux, comme ce moment entre nous.

On est remontés dans notre chambre, exténués par cette journée. On n'avait aucune envie d'y mettre un terme. Il fallait veiller pour que ce moment-là s'étire. Qu'il dure encore longtemps. Alors on s'est installés sur le balcon. Lui sur un fauteuil, moi sur ses genoux. On a continué de boire, de fumer des cigarettes tout en admirant la ville de plus haut. On a ri en reparlant du dîner raté avec Émilie et Jérémy. On a refait le point sur nous, nos enfants, nos boulots. Ce qu'il restait à améliorer parce que, tous les deux, nous avions toujours été en quête de faire mieux. On a traîné toute la nuit comme ça. À rire de tout et de rien parce qu'on avait trop bu. Comme ces vieux amants lâchés dans une ville inconnue pour y trouver du bon temps et de la liberté.

Je te regarde dormir et je comprends que tu es encore tout pour moi. Qu'il faudrait que jamais je ne cède à la mélancolie, même quand ton regard se détourne du mien.

N.B. : Jérôme Finkiel : *Chère Nikola, peut-être faudrait-il stopper la thérapie… Je préférerais perdre un psy et en contrepartie, gagner un dîner en tête à tête avec vous.*

Samedi 12 juin 2021

Le temps est magnifique. Un taux d'humidité faible, comme j'aime.

Je me suis levée aux aurores, malgré la soirée arrosée d'hier. Camille a dormi à la maison pour ne pas passer la nuit avec son futur mari, la veille de la cérémonie. Elle s'habillera ici, avec nous. Hier soir, elle ne tenait pas en place. Pas tellement debout non plus, d'ailleurs.

Raphaël a fait tout un sermon sur le mariage. Il a prôné ses vertus devant nos enfants. Le nôtre, de mariage, était la meilleure chose qui lui soit arrivée. Indirectement, en prononçant ces mots-là, il me disait dit oui, une nouvelle fois.

On a fini la bouteille de vodka qui traînait dans le congélateur, puis une deuxième que Raphaël est allé chercher à la cave. Les enfants ont mis de la musique et on a dansé. Il y avait de la bonne humeur entre nous. Ça faisait du bien. Même si je crois qu'on était tous un peu ivres et que l'alcool y était pour beaucoup.

On dit souvent : « Mariage plus vieux, mariage heureux. » Je crois très fort en ce dicton. Je crois que lorsqu'on se dit oui sur le tard, on a plus de chances de faire durer son couple. Parce qu'on se dit oui pour les bonnes raisons.

Celles qu'on a fini par trouver essentielles, celles qui avec l'âge et l'expérience sont devenues fondamentales. À moins que ça ne soit : « Mariage pluvieux mariage heureux… »

Je vais préparer le petit déjeuner pour tout le monde. Je vais reprendre mon ancien rôle. Mais pas pour longtemps.

La cérémonie est à 12 h 15.

Samedi 19 juin 2021

J'ai dormi jusqu'à 10 heures. Me suis réveillée en sursaut avec encore cette sensation désagréable de maison vide et abandonnée. Comme si tout le monde l'avait soudainement quittée sans prévenir.

Camille est mariée depuis une semaine. Ce mariage nous a tenus en haleine pendant près de six mois. On s'y est préparées. On y a pensé chaque jour. On a pris soin de ne rien oublier. De veiller à ce que chaque détail soit parfait. On a même anticipé les souvenirs qu'il laisserait. Et, en un claquement de doigts, il a traversé le mur du temps en disparaissant quasi simultanément de notre quotidien. Je me demande s'il ne va pas laisser un grand vide derrière lui. Le vide. Sujet décidément trop récurrent en ce moment.

J'ai lâché quelques larmes pendant la cérémonie. On pleure souvent dans ce genre de circonstances parce qu'on se projette dans cette même scène. On voudrait la revivre ou on la vit par procuration. C'est totalement égocentrique. Ça nous rappelle à quel point l'être humain est gouverné par son ego. Même dans ces moments où l'on devrait se réjouir pour l'autre, c'est de nous-même qu'il s'agit. De notre rapport profond à ce qu'ils nous renvoient. Ce à quoi ils font écho, en nous et nous seuls.

Ensuite, il y a eu le dîner et la soirée. Avec Raphaël, on était assis à la table des mariés avec une dizaine de proches de Camille et Matthieu. On a bu, on a ri, on a dansé. Les enfants sont restés entre eux et se sont noyés dans l'alcool. J'ai vu Joséphine et Léo descendre des shots de tequila derrière le bar. Je les ai vus choper des bouteilles de pinard sur les tables. J'ai tout vu et je n'ai pas bougé. J'ai observé leur manège une bonne partie de la soirée. Nos regards se sont croisés à plusieurs reprises mais ça ne les a pas retenus pour autant. Comme si ce petit jeu de provocation entre eux et moi les excitait. Comme s'ils avaient cherché à le faire sciemment pour marquer le point de non-retour de notre relation. Je crois bien qu'ils ont intégré ma démission comme une étape inhérente à leur développement affectif.

Au cours de la soirée, on les a retrouvés derrière le moulin avec d'autres jeunes de leur âge. Joséphine vomissait les shots ingurgités quelques heures auparavant et Léo, qui ne marchait plus droit, essayait vraisemblablement d'emballer la nièce de Matthieu. J'ai feint de ne pas connaître ces enfants. Ils n'étaient pas les miens. En tout cas, ils avaient l'air d'en tenir une sacrée couche. Intérieurement, je me disais : « Tant mieux pour eux. » La nature se charge de leur faire comprendre que se bourrer la gueule n'est pas la façon la plus judicieuse de profiter du moment présent. Plus tard, je me suis demandé si ces enfants que j'avais totalement ignorés, je les aimais vraiment. C'est étrange de se poser cette question. Parce que je ne me l'étais jamais posée auparavant. Il m'apparaissait qu'ils étaient devenus beaucoup trop cons et qu'ils ne me touchaient plus à aucun endroit. J'espérais que cette période ingrate se termine un jour, pour qu'enfin je puisse les exhiber à nouveau avec fierté, comme le font la plupart des parents.

Vers 3 heures du matin, le tableau du mariage idyllique avait brutalement changé de couleur. Camille était allongée au milieu de la piste. Elle enquillait cigarette sur cigarette. Sa robe blanche avait perdu sa couleur d'origine et partait en lambeaux. Matthieu la suppliait de se reprendre. J'avais bien essayé de la relever mais c'était perdu d'avance. Elle disait que la seule manière de ne pas avoir la tête qui tourne, c'était de rester à terre. Qu'elle ne pourrait pas tomber plus bas. Elle riait aux éclats. Elle riait en proclamant qu'elle aimait son mari. Que dorénavant, il devrait l'appeler « ma femme ». Elle faisait le spectacle. C'était elle. Elle avait toujours été comme ça : ivre et désinhibée dès qu'elle en avait l'occasion. Ensuite, ils sont partis. Je ne suis pas très sûre de ce qu'elle a été capable de faire ce soir-là, une fois leur suite nuptiale regagnée.

Il y a eu un moment où mon regard s'est posé par inadvertance sur notre table. Et j'ai vu une jeune femme assise au côté de Raphaël. Une jeune femme blonde qui mettait du cœur à lui faire la conversation. Elle le dévorait des yeux. Il l'écoutait avec attention. Sans doute qu'il la trouvait jolie parce qu'elle l'était, de loin. J'avais aperçu cette fille en début de repas. Elle était assise à l'autre bout de la table. J'en avais conclu qu'elle faisait partie des proches des mariés.

Leur échange a eu l'air de s'éterniser. Et je me suis demandé ce qu'elle pouvait bien lui dire, cette fille. Qu'est-ce qu'ils pouvaient se raconter ? J'ai observé longuement leur attitude, leurs gestes. Un peu comme s'il fallait décrypter quelque chose de l'ordre de l'invisible. À quoi me renvoyait cette scène ? À quel endroit venait-elle appuyer ? Quelle était la raison pour laquelle je n'arrivais pas à les quitter des yeux ? Sa jeunesse ? Sa fraîcheur ? La mienne que je sentais me lâcher précisément en cet instant ?

Je suis allée à leur rencontre. Et la fille, en me voyant avancer dans leur direction, s'est immédiatement levée. Comme au garde-à-vous. À ma seule démarche, elle avait senti qu'il valait mieux qu'elle quitte la table.

J'ai demandé à Raphaël qui c'était. Il ne savait pas vraiment. Mais elle était très sympa. « Une cousine de Matt qui travaille dans la com'. » Ensuite, il a attrapé ma main pour me faire danser et je suis passée à autre chose. Comme d'habitude. Parce que, dans ces moments-là, Raphaël savait très bien me faire oublier ce genre de petite contrariété. Une douce attention me faisait tout lui passer. Comme un bonbon qu'on donnerait à un enfant pour le calmer.

Je ne suis pas de nature jalouse, je ne l'ai jamais été. Et je n'aime pas cette place. Mais je perds confiance en Raphaël. Ou en moi. De toute évidence, les deux sont étroitement liés.

Ce sentiment de doute s'est immiscé le soir où je l'ai aperçu avec l'amie de nos enfants. L'élan vers une autre que moi. Vers une jeunesse que je n'incarne plus.

On a dansé, serrés l'un contre l'autre. Elle était dans mon champ de vision. Elle discutait avec un couple de personnes âgées tout en continuant de nous regarder. Parce que ce qui l'intéressait au-delà de tout, c'était lui. Savoir s'il m'aimait encore. S'il y avait quelque chose à en espérer.

Il restait peu de monde sur la piste de danse. Les autres invités étaient partis se coucher, ou trop ivres pour s'adonner à un slow. J'ai entraîné Raphaël loin d'elle et de tous les autres. C'est étrange comme la simple idée que l'être aimé puisse soudain vous échapper vous le rend instantanément plus désirable. La fille nous observait toujours. Elle était comme hypnotisée par nous, irrésistiblement attirée par l'information qu'elle pouvait recueillir.

Dehors, à l'abri des regards, dans la nuit noire, j'ai ôté mon pantalon et mes talons. J'ai baissé celui de Raphaël d'un revers de la main. Et nous avons baisé en nous vautrant sur le capot d'une MG rouge.

Raphaël et moi, on avait cette chose en plus. Cette force qui nous liait au-delà de tout. Au-delà des jolies filles, au-delà des années, au-delà des épreuves et des tentations de la vie. On était chanceux que le désir se manifeste encore, malgré tout.

Jérôme Finkiel est venu au cabinet hier. A encore insisté pour m'inviter à dîner. J'ai dû lui suggérer la possibilité de mettre fin à notre travail. Je ne peux plus recevoir ses SMS tous les week-ends. Je lui ai rappelé que j'étais sa thérapeute. Que ce qu'il ressentait pour moi n'était qu'une pâle conséquence du transfert qui s'opérait en lui. Il a soutenu mon regard sans rien dire, comme pour ne pas m'insulter. Et puis il a tout lâché. Transfert ou pas transfert, il savait encore mettre des mots sur ce qu'il ressentait. Je n'avais pas besoin de lui souffler quoi penser, ni d'émettre un avis sur les déclarations qu'il me faisait. Il était tombé amoureux de moi. Ce n'était pas de la psy mais de la femme qu'il s'était épris. Il était décidé à quitter la sienne, de femme, pour vivre sa vie. Il comptait appeler ses parents pour le leur dire, sans les ménager. Que Juliette, la mère de ses enfants qu'ils aimaient tant, l'emmerdait depuis le premier jour. Elle était ashkénaze, tant mieux pour eux, mais tant pis pour lui. Parce qu'elle était chiante à mourir et vraisemblablement dépressive chronique. Il ne supportait plus ses angoisses et ses questionnements du quotidien. Parfois, il espérait même qu'elle la fasse, sa tentative de suicide. Qu'elle ne se rate pas et qu'elle en finisse une bonne fois pour toutes. À quarante-cinq ans, Jérôme Finkiel se rendait compte que sa vie était un fiasco et qu'il pouvait enfin prendre le chemin d'un vrai renouveau. Il ne voulait plus jamais faire semblant. Petit à petit, il se rapprochait de la vérité. Totalement aligné avec ce qu'il avait toujours voulu être. Il avait donc pris la décision de tout envoyer balader. Sauf sa psy. Sa psy, c'était la seule chose qu'il souhaitait conserver de son ancienne vie. J'ai souri à ces mots. N'ai pas réussi à garder la distance nécessaire. C'était sincère. C'était comme une « déclaration d'amour » et cela faisait longtemps qu'un homme ne m'en avait pas fait. J'ai souri spontanément à Jérôme Finkiel et j'ai dans l'idée que ce n'était pas la meilleure réaction à avoir. Parce que c'était tout sauf une déclaration d'amour. C'était une déclaration d'un patient à son psy.

J'ai fini par dire qu'il mélangeait tout. Il a attrapé son caban en se dirigeant vers la sortie sans un mot. Je lui ai rappelé que nous avions programmé une nouvelle séance dans les jours à venir. Il a claqué la porte avant même que j'aie pu retrouver la date et l'heure de celle-ci.

Dimanche 27 juin 2021

Je n'aime pas les dimanches de ciel gris. Il va pleuvoir, c'est sûr. La pluie et moi, ça n'a jamais fait bon ménage. Je ne pourrais jamais vivre dans un pays au climat humide.

Raphaël est rentré tard hier soir. Une urgence qui s'est éternisée, m'a-t-il dit.

Je suis descendue me préparer un café vers 11 heures. Je l'ai surpris dans le jardin à faire les cent pas dans toutes les diagonales possibles. Il semblait en grande conversation téléphonique.

Les enfants n'étaient pas là et n'avaient sans doute pas dormi à la maison. Ça devenait une habitude pour eux de la déserter chaque fois que l'occasion se présentait.

Juste après notre week-end à Barcelone, j'avais imaginé qu'un nouveau départ serait possible. Raphaël, tout autant que moi, ne voulait pas laisser notre couple s'enliser. Il tenait à nous et à notre famille.

Mes doutes sont peu à peu réapparus. Mes insomnies, mes crises d'angoisse du milieu de la nuit. Tout ça est revenu se glisser dans notre quotidien.

Je n'ai eu droit qu'à quelques semaines de répit. Après le mariage de Camille, tout a repris sa place initiale. Tout est redevenu comme avant.

Aujourd'hui, dimanche 27 juin, je crois bien que je ne supporte plus ma vie dans cette maison. Je me répète cette phrase depuis des mois sans trouver la solution. Rien ne change. Mais par où commencer pour opérer une transformation ?

Tout ici me semble vide d'empathie, d'amour, de chaleur. Tout ici est mépris, égoïsme et indifférence. Ils passent, se servent et repartent. Je les observe, impuissante. Incapable de leur dire à quel point leur attitude m'affecte. Inapte à exprimer une quelconque émotion. Observer sa propre famille se disloquer sous son toit est certainement la chose la plus absurde que j'aie eue à subir.

Dans cette maison où j'ai élevé mes deux enfants, je constate que nos liens se desserrent de jour en jour. Je pourrais relativiser, me dire que deux ados ensemble c'est deux fois plus ingrat, deux fois plus violent, deux fois plus cruel. Que cette période-là, qui est la leur, finira par passer. Je pourrais me dire que Raphaël est plus préoccupé que d'habitude. Que c'est un moment à traverser. Dans un couple, il y a toujours des périodes où l'on se regarde moins, initiées par l'un ou l'autre. C'est un savant équilibre entre le trop-plein et le pas assez.

La vérité, c'est que je me sens délaissée par cette famille. Et sans doute que j'y ai ma part de responsabilité. En démissionnant de mon rôle de mère, j'ai divorcé de cette famille tout entière. Être mère demande une humilité totale à laquelle je ne me suis jamais résolue.

Hier soir, Joséphine m'a demandé où était son tee-shirt rouge. Certainement au linge sale, puisque je ne m'en occupe plus. Elle a suggéré de faire venir une femme de ménage si j'avais décidé de ne plus le faire. J'ai eu envie de la gifler, ma fille. De brûler tous ses vêtements et de la foutre dehors. Les mots ne sortent pas. Les gestes non plus. Tout est bien compartimenté à l'intérieur : ce que je pense d'elle, ma colère, mon mépris, mes rancœurs, l'amour qui s'est éteint avec le temps. Ce que je n'arrive plus à lui dire parce qu'entre nous le dialogue est rompu. Qu'il n'y a plus que des phrases du quotidien type « Y a quoi à manger ? » ou « T'as fait ma lessive ? ». Ce type de phrase qu'on dirait à n'importe qui, qu'on l'estime ou non, qu'on le respecte ou pas. J'ai perdu cette enfant en cours de route. J'ai perdu la saveur de nos échanges et la grandeur de notre lien.

Joséphine, si tu tombes sur ce cahier un jour, je voudrais que tu lises ces lignes, même si tu as la sensation de voler une part de mon intimité. La mienne, d'intimité, je n'ai jamais voulu te la cacher.

Tu ne vois rien. Tu ne sens rien. Mais il se passe des choses que seule une mère peut détecter au sein d'une famille. Ton regard s'est détourné de nous. De l'essentiel. Tu étais cette petite fille si délicate qui me disait « Maman, je t'aime » et tu es devenue cette adolescente colérique qui ne respire plus que pour la bouffe ou les sorties. Où est passée notre complicité ? Qu'as-tu fait de ton joli sourire et de ta joie d'autrefois qui ravissaient tout le monde dans cette maison ? Où sont passés ta légèreté, tes désirs et tes moments de peine que tu partageais avec moi ?

Ta colère contre la mienne, c'est de ça qu'il est question entre nous. Toi, tu entres dans la vie tandis que chaque jour, moi, je fais un pas vers la sortie. J'ai toutes les raisons de l'être, en colère, tandis que toi, tu devrais te réjouir de ce qui t'attend. Ta liberté, ta beauté, ta jeunesse, tes idéaux, tes espérances. Tu peux compter sur ça. Moi, je n'ai que vous sur qui compter. Voilà, tu peux désormais fermer ce cahier. Je vais dorénavant m'adresser à ton père et ça ne te regarde plus.

À l'hôpital, tu es confronté à des problèmes d'ordre administratif qui semblent t'affecter plus que d'ordinaire. Hier soir, tu es rentré tard. Tu as prétexté une urgence au boulot. J'ai essayé de t'en parler. J'ai demandé des nouvelles de tes patients aussi. Ça m'intéresse parfois, que tu me parles de tes patients. Tu n'as pas daigné lever les yeux de ton écran de télévision et tu m'as délicatement rembarrée d'un gentil baiser sur le front. Après, tu as attrapé cette bonne vieille revue médicale pour te plonger dedans. Une manière subtilement détournée de me dire : je préfère que tu fasses comme si je n'étais pas là. J'ai envie d'être seul. Respecte-le. J'ai attrapé mon roman et je me suis tue. Obéissante comme je peux l'être quand je choisis la fierté plutôt que le combat.

Après quelques minutes de lecture distraite, mon imagination a pris le relais. Je nous ai visualisés tous les deux à nos débuts. Notre première rencontre, notre complicité, nos échanges interminables. Nos grandes joies et nos fous rires. La manière dont tu me regardais quand tout chez moi t'émerveillait encore. Nos soirées, où même si nous étions chacun dans nos livres il n'y avait pas moyen de faire abstraction l'un de l'autre. J'ai pensé à tout ça. Et j'ai pleuré, plus par peur de ne jamais revivre ces moments que par nostalgie. J'ai effacé la larme pour que tu ne la voies pas. Que tu me laisses seule dans cet instant de recueillement.

Sous les draps, tu étais tout prêt. Je pouvais sentir ta jambe contre la mienne. Mais, dans la réalité, tu étais à des années-lumière.

Le couple est un mystère. Le mien, celui dont je croyais détenir tous les secrets et sur lequel j'ai toujours tout misé, perd petit à petit de sa substance. Avec le temps, j'ai la sensation de n'avoir plus de prise sur lui. De faire partie des meubles et d'avoir perdu ma place dans ta vie.

Mon esprit s'est soudain détourné de toi pour se poser sur Jérôme Finkiel. Je me suis imaginée dans ses bras. Là, maintenant. À ta place dans notre lit. À celle qu'il me ferait dans sa vie. Et je me suis dit que c'était comme ça, dans cette même énergie que les couples se trompent et se disloquent. C'est comme ça que tu pourrais te jeter dans les bras d'une autre femme. Dans cette lassitude de nos deux vies.

Pour la première fois, j'ai ressenti cela à tes côtés. J'ai eu envie qu'un autre homme soit à ta place et qu'il me prenne dans ses bras. Qu'il me prenne tout court. Qu'il me considère comme la femme de sa vie. Ces quelques minutes, j'ai rêvé de passion, de fougue, de me sentir vivante dans les bras d'un autre. Je me suis tournée vers toi et je t'ai dit de faire attention. À nous. Tu n'as pas réagi. C'est toujours comme ça que tu fais quand tu ne sais pas quoi répondre. Tu m'as embrassée et tu m'as de nouveau tourné le dos pour finir l'article si palpitant de ton magazine médical. Quand tu as éteint la lumière pour t'endormir, tu m'as dit de ne pas m'inquiéter. Que « je me prenais trop la tête ».

Il est 13 heures. Léo et Joséphine viennent de rentrer de leur soirée de la veille. Je ne sais pas où ils ont encore passé la nuit. Je les entends se préparer à manger. Ils ne sont pas seuls, ils sont au moins une dizaine. On dirait qu'ils déménagent la cuisine. Ces derniers temps, la maison est devenue le repaire de tous les jeunes du quartier. Ils se retrouvent chez moi. Ils disent qu'ici c'est la maison du bonheur. Mais de quel bonheur parlent-ils ?

Raphaël me trouve dans le lit en train d'écrire. Me demande si je compte en sortir. Non, il va pleuvoir. Tu ne vas pas rester au lit toute la journée, il me dit. Si, je crois que c'est ce que je vais faire.

Il me propose d'aller prendre l'air. Me demande encore ce qui ne va pas. Au fond, je le comprends. Je me mets à sa place. Ma déprime du week-end est trop récurrente. Elle vient titiller ses nerfs avec une régularité désarmante. Elle agit comme une vieille rengaine et lui rappelle trop souvent qu'il est incapable de me rendre heureuse.

Il me prend dans ses bras. Il sait bien que c'est la seule chose dont j'ai besoin. Le remède immédiat à toutes mes angoisses. Son contact, sa considération, sa présence prennent la forme de tous mes désirs.

Je découvre ce sentiment de dépendance qui s'installe peu à peu. J'en fais le douloureux constat. Ça ne me ressemble pas. Il fabrique un nouvel être, une autre femme : plus fragile, plus en attente, méfiante, soumise. Je n'ai jamais eu besoin d'un homme pour avancer. L'indépendance a toujours été la clef de mon équilibre. Ma vie a été rythmée par des moments de grande solitude que je considérais comme nécessaires, salvateurs. J'ai toujours été libre et je l'ai toujours revendiqué comme une fierté.

Aujourd'hui, je me sens prise au piège dans une relation qui ne me ressemble plus. Comment en est-on arrivés là ? Sans doute que la confiance s'est délitée entre Raphaël et moi. Sans doute que le manque de celle-ci m'a fait me sentir en danger. À l'affût du moindre signe se mettant en travers de notre chemin. Totalement aux aguets.

La période que je vis actuellement remet en question toutes mes certitudes.

Raphaël est ailleurs. Je ne pense pas l'avoir déjà senti si distant avec moi auparavant.

Ce qui s'est passé ensuite m'a réellement fait prendre conscience de ce qui se tramait… Après ça, j'ai perçu les choses différemment. L'écrire m'aide aussi à mieux le comprendre.

Il s'est approché pour m'embrasser. Au contact de ses lèvres, j'ai ressenti une chose qui n'avait rien de rationnel. Il n'était pas avec moi. Il n'y était pas, dans ce baiser. J'ai voulu le faire durer, mais il m'a gentiment repoussée. Il n'avait pas le temps. J'ai toujours eu un sixième sens et il ne m'a jusque-là jamais trompée.

J'ai forcé la main de Raphaël. Je voulais le faire maintenant. C'était sans doute une manière détournée de savoir à quel endroit il se trouvait vraiment. Il a dégrafé ma chemise, obéissant et soucieux de respecter ma volonté. Puis il a obéi à cette injonction. Au rythme des bruits de casseroles et de couverts des adolescents qui déjeunaient copieusement en bas. Quand il a fini, il s'est retiré d'un coup sec, comme satisfait de cet exploit accompli en bonne et due forme. Étendue sur le lit, je l'ai observé encore parce que je n'avais toujours pas la réponse à ma question. Où était-il vraiment ?

Et tout à coup, j'ai su. J'ai su que je ne me trompais pas et que, dans ses yeux, je ne m'y voyais plus. Qu'il y avait quelqu'un d'autre. Et qu'il s'appliquait rigoureusement à ne pas me le faire sentir. Il fallait à tout prix m'éloigner des pensées dangereuses qui l'accaparaient.

Il m'a de nouveau lâché un baiser. M'a dit « Je t'aime », comme on pourrait dire « Je vais prendre une douche ». Il a attrapé son téléphone. Est parti s'enfermer dans la salle de bains. L'eau qui coule à flots.

Le bruit des casseroles et celui de l'eau qui coule. Mon instinct.

Samedi 10 juillet 2021

Je me suis posée dans un petit café avec vue sur la mer. À côté de moi, quelques touristes déjeunent sur le pouce. Près de la mer, il me semble que tout s'apaise. Que tout peut s'arranger. J'avais besoin de la mer.

J'ai décidé de partir en Grèce. Les enfants ont assez mal vécu ce départ précipité. Mais il le fallait. Pour nous tous, il valait mieux que je m'échappe quelques jours. J'ai toujours fonctionné comme ça. Quand je sens que je perds pied, je me réfugie dans la solitude du voyage.

Raphaël et moi, on s'est disputés. Les enfants ont tout vu, tout entendu. Les mots, qui explosent dans un élan de colère. Dans la violence d'une situation qui nous échappe. Les plus crus, les plus douloureux, ceux qui ne devraient jamais être dits sous peine de n'être jamais oubliés.

Mercredi soir, je suis rentrée du cabinet vers 20 heures. Raphaël et les enfants avaient entamé le repas de leur côté, prétextant qu'ils étaient affamés. Je me suis attablée avec eux. Je me réjouissais par avance de ce dîner en famille. Il me semblait que nous n'avions pas eu de moments tous ensemble depuis longtemps.

Les premières bouchées ont eu du mal à passer. Raphaël ne lâchait pas son téléphone. Il disait échanger des messages avec son chef de service. Les enfants se goinfraient en silence, le nez dans leur assiette. J'ai focalisé mon attention sur cette scène et j'ai réalisé à quel point cette photo de famille était pathétique. Je me suis pincée pour ne pas tout envoyer balader. J'ai gentiment demandé à Raphaël s'il pouvait reposer son téléphone, le temps du repas. Aux enfants de me raconter leur journée. Ils ont relevé leur tête et ont fait la moue. D'un air de dire qu'une fois de plus, je faisais chier. Joséphine et Léo s'étaient vraisemblablement engueulés quelques minutes auparavant. Ils n'avaient aucune envie de parler. Raphaël a posé son téléphone et n'a plus prononcé un mot. J'arrivais encore une fois pour pointer du doigt le malaise qui régnait dans cette famille…

Alors, j'ai insisté. Je ne les ai pas lâchés. Raphaël est sorti de ses gonds. Je venais d'arriver et j'avais le chic pour les emmerder, comme à chaque fois. Je devenais invivable. C'était sûrement moi, le problème. J'étais en train de péter les plombs. Je sombrais dans la dépression et j'embarquais toute la famille avec moi. Les enfants ont regagné leur chambre, dépités. Je crois qu'à ce moment-là je me suis autorisée, dès lors qu'ils n'étaient plus dans la pièce, à tout lâcher. Sans aucune retenue. Je lui ai dit que je savais tout. Qu'il était ailleurs. Qu'il sous-estimait mon instinct. Je préférais, si c'était le cas, qu'on en reste là. J'avais tendu la perche à la porte de sortie. Raphaël a acquiescé très calmement. C'était mieux pour nous tous d'en rester là.

Il a pris quelques affaires à la va-vite et a quitté la maison en claquant la porte. J'ai attendu qu'il fasse demi-tour. Qu'il revienne en me disant qu'il était désolé, mais c'était considérer que je comptais encore. Pendant la nuit, j'ai espéré qu'il rentre et se glisse dans notre lit. S'il rentrait, c'était qu'il n'y avait personne d'autre dans sa vie. Qu'il tenait encore à nous. S'il ne réapparaissait pas, ça ne présageait rien de bon. Dans la panique, j'ai appelé Jérémy. Il ne savait pas où il était. J'ai senti au ton de sa voix qu'il n'était pas très enclin à m'aider. À mesure que j'avançais dans mes recherches, je me rapprochais de la possibilité d'une autre femme. La fièvre est montée. J'ai avalé des cachets pour cesser de ruminer. Et dans cet accès de désespoir, j'ai fait ce que je fais toujours quand je n'y vois plus clair. J'ai pris des billets pour partir voir la mer. Aussi vite que possible.

Me voilà en Grèce. Loin de lui. Loin d'eux. C'est ici que je vais faire le point. Je ne sais pas quand je rentrerai. Je me sens la moitié de moi-même. Je ne trouve pas d'issue à cette situation. Tout se désagrège et je n'y vois plus clair. Tout m'échappe, à moi, celle pour qui chaque problème a toujours eu une solution. Je n'aime pas quand les choses m'échappent. Je n'ai jamais aimé ça.

Je n'ai aucune nouvelle de Raphaël. J'ignore où il est allé l'autre nuit. Je ne sais pas s'il est rentré depuis mercredi. Je ne sais rien et je suis loin. C'est déstabilisant.

13 h 43, Jérôme Finkiel : *C'est inconvenant mais j'ai envie de vous voir.*

Je vais aller nager. Il fait 32 degrés. J'étouffe.

Impossible humidité.

Dimanche 11 juillet 2021

J'ai dormi avec un inconnu. Je ne me souviens pas de son prénom. Ou alors je n'ai pas cherché à le savoir.

Hier soir, j'ai dîné au restaurant de l'hôtel. J'étais seule, assise devant mon assiette, et un homme s'est présenté à moi. Il n'était pas français. Il voulait s'asseoir à ma table pour partager son dîner en bonne compagnie. Sur le moment, j'ai trouvé ça inopportun. Je n'en avais pas envie. Je n'étais pas venue ici pour faire des rencontres mais pour m'isoler et réfléchir. J'avais besoin d'être seule. Je lui ai suggéré de faire comme il voulait. Pendant le repas, j'ai évité de croiser son regard. Il avait une bonne cinquantaine d'années, sportif a priori, fumeur, la peau cramée par le soleil, tout de noir vêtu, dragueur invétéré très certainement. Originaire du sud de l'Italie, il était parti sur un coup de tête, lui aussi. Sauf que lui n'était pas marié. Il respirait l'indépendance et l'oisiveté.

En l'écoutant, je me suis secrètement mise à l'envier et à m'y intéresser. Il était l'extrême inverse de moi. Il semblait coupé de toute forme de lien. Ses enfants étaient grands et n'avaient désormais plus besoin de lui. Il avait décidé de vivre en ne faisant que ce qu'il voulait, de partir quand bon lui semblait et de ne rendre de comptes à personne. Cet étalon du sud de l'Italie s'était délesté de tout engagement. J'ai commencé à le trouver touchant. Il a continué à me parler de sa vie et de la manière dont il avait décidé de la mener. Elle n'était qu'une quête de liberté en tous points. Même professionnellement, il s'était débrouillé pour monter une affaire qui lui rapportait gros, sans avoir à la gérer au quotidien. Aucune contrainte. C'était l'exemple même de ce à quoi j'aspirais à l'instant T, la solution à tout. Le miracle se tenait là, devant moi. Il m'était offert sur un plateau.

Je ne suis pas entrée dans les détails de ma propre situation. Et pourtant, il avait manifesté l'envie d'en savoir plus sur cette Française venue seule dans ce petit hôtel du nord-ouest de la Grèce. Sa vie à lui était trépidante, passionnante, faite de voyages et de rencontres incertaines.

Je l'ai longuement écouté me raconter ses expériences. Je l'ai questionné sur son rapport à l'amour. Que faisait-il de l'amour dans tout ça ? Il m'a répondu que la femme qu'il aimait était quelque part en Italie. Qu'il avait eu deux beaux enfants avec elle. Qu'elle s'était lassée de ses infidélités et qu'elle ne voulait plus de lui. Ils s'aimaient encore, mais n'étaient pas faits pour être ensemble. Elle aspirait à une vie de famille paisible alors que lui rêvait de liberté et de voyages. Il s'était fait une raison. Cette femme continuait de le fasciner et, en chaque conquête féminine, il espérait retrouver un peu d'elle. Le son d'une voix, un profil, une bouche ou une simple démarche, tout le renvoyait au souvenir inaltérable qu'elle lui avait laissé. C'était douloureux souvent mais, la plupart du temps, il s'en accommodait et passait de femme en femme parce qu'aucune n'était sa réplique parfaite. Aucune n'arrivait à la lui faire oublier. Je lui ai demandé son prénom. Il a dit :

« Rosetta. » Et, dans ses yeux, j'ai entraperçu la nostalgie, la tristesse de ne peut-être jamais la retrouver. Devant moi se tenait un homme amoureux, libre, infidèle et trop complexe pour vivre aux côtés de celle qu'il aimait. N'être pas fait pour l'autre… Cela m'a laissée perplexe pendant quelques instants. Le temps de me dire que Raphaël et moi étions indiscutablement faits l'un pour l'autre. Il n'y avait pas de doute à ça.

Après quelques cocktails, le bel Italien m'est apparu plus sympathique. Presque familier. Il est venu s'asseoir près de moi dans le canapé moelleux qui faisait face à la mer. Nous sommes restés silencieux en réfléchissant à nos situations respectives. Certaines personnalités sont décidément inconciliables avec la vie de couple. Et pourtant, c'est de loin celles qui en ont le plus besoin. J'ai posé la tête sur son épaule. Il se faisait tard. Les autres clients de l'hôtel commençaient à déserter le lieu. Il ne restait plus que nous et le calme de la mer. Il a pris ma main et m'a conduite jusqu'à sa chambre. Je n'ai pas réfléchi. Tout cela relevait de la pulsion de vie. Une fois là, je n'ai plus eu de doute sur ce que je m'apprêtais à faire avec cet inconnu. Je voulais sentir une autre peau, une autre odeur, une autre forme d'excitation, une nouvelle jouissance. Je voulais toucher un autre sexe. Tout en moi le désirait ardemment. Une partie de moi réagissait de toutes ses forces au sentiment d'abandon qui me terrassait depuis des mois.

Je savais que l'infidélité nous rattraperait un jour. Aucun couple qui dure ne sait s'en passer.

L'homme a préféré rester dans l'obscurité. Il m'a plaquée contre le mur et m'a embrassée. C'était différent de Raphaël. C'était une autre bouche. Je redécouvrais les plaisirs de la lenteur du baiser. La langue chaude et humide qui se fraie un chemin. La sensation de chaleur que ça provoque à l'intérieur. Le désir qui s'installe ici et qui doucement remonte jusqu'à soi. Le baiser ne m'avait plus fait cet effet depuis longtemps. Les années avaient passé et effacé son absolue nécessité.

L'homme a dégrafé les boutons de ma robe un à un. Il me semblait que ça n'allait pas assez vite. J'étais prête à ce qu'il la déchire, cette robe. Qu'il me l'arrache pour que ça aille plus vite. Ensuite, nous nous sommes jetés à terre, affamés.

Toute la nuit, c'est l'ivresse de la nouveauté et du désir qui nous a emportés. Le bel Italien m'a prise à l'envers, à l'endroit, sur le dos, par terre, sur le ventre, par-derrière et par-devant. Nous l'avons fait sans interruption jusqu'au petit matin. Au lever du soleil, nous n'en avions pas encore fini. Il était inépuisable et moi aussi.

Quand je me suis réveillée, j'ai trouvé le lit vide. L'homme s'était esquivé en douce. Sûrement qu'il avait l'habitude de le faire : quitter discrètement la chambre des femmes qu'il baisait. Et ça m'allait parfaitement.

J'ai repensé à ma patiente infidèle et à la discussion que j'avais eue avec Raphaël à ce propos. Je me suis dit que notre serment était désormais rompu. Les mots ne sont que des mots. Même prononcés dans le plus sincère des élans amoureux, les mots se meurent avec les années. La tentation de se brûler est plus forte que tout le reste. Il n'y a pas meilleure adrénaline que de braver l'interdit. Raphaël était sûrement en train de le comprendre. J'étais persuadée que cette pensée, il l'avait également de son côté. Probablement que lui aussi touchait le corps d'une autre femme. Il aimait son contact, son odeur et à travers elle, il fuyait peu à peu notre ennui.

À midi, j'ai posé le pied à terre et regagné ma chambre, sonnée. De la tête aux pieds, mon corps me donnait la sensation d'avoir quatre-vingts ans. J'ai pris une douche glacée. Je sentais l'odeur de l'Italien, le sexe et la transpiration. Je me suis savonnée très fort, pour effacer tous les stigmates de la nuit. Il me fallait faire peau neuve.

En m'habillant, je me suis arrêtée devant le miroir. J'ai refait le jeu de ce qui me fait aimer une personne et je me suis demandé ce que je pensais de moi. De cette femme qui se tenait là et qui n'était certainement plus la même. J'ai songé aux regards des hommes posés sur elle. Celui de cette nuit et ceux qui pourraient se manifester encore.

Et, tout à coup, ce regard sur moi-même était inédit. Presque émerveillé.

Lundi 12 juillet 2021

Jérôme Finkiel : *J'ai besoin de vous voir.*

Je suis installée sur la plage. Sur cette plage, il n'y a pas grand monde à part moi. Il y fait une chaleur de plomb. Je me suis mise sous un parasol pour mieux écrire. Je suis face à la mer et, depuis mon réveil, je n'ai pas bougé. Je réfléchis. Je ressasse. Prendre des nouvelles de Raphaël ou pas. Me remettre en question ou non. Je ne sais pas où j'en suis. Je suis anesthésiée par le trop-plein d'émotions. Il n'y a rien. La mer qui s'étend devant moi seulement. Rien que la mer et moi.

J'ai eu Léo au téléphone qui m'a passé sa sœur après m'avoir cuisinée sur les raisons pour lesquelles son père et moi ne nous parlons plus. Pour la première fois depuis longtemps, j'ai ressenti l'inquiétude de mes enfants. Tout à coup, ils se mettaient à regarder dans une autre direction que la leur et ça leur faisait tout drôle. À moi aussi, ça m'a fait tout drôle. Par des phrases anodines, ils ont réclamé leurs repères. Comme déstabilisés par la soudaine fragilité de notre couple. J'ai compris qu'ils n'étaient encore que des enfants malgré leur soif d'indépendance et leur égoïsme démesuré. J'ai trouvé la force de les rassurer. J'ai employé les bons mots et les bonnes formules, sans émotion ni affect. La vérité, c'est que je ne sais plus me comporter en mère avec eux. Nos relations sont devenues froides, distantes. Suffisamment pour qu'il n'y ait plus aucune spontanéité entre nous. Je leur ai dit que cette période ne durerait pas. Qu'ils soient rassurés, j'allais bientôt regagner le domicile et tout rentrerait dans l'ordre. Ces mots n'avaient fait qu'attiser mes angoisses quand ils n'étaient destinés qu'à apaiser les leurs.

Leur père est rentré dimanche soir mais n'a pas demandé où j'étais. Ça ne lui ressemble pas. Il a déposé ses affaires dans le hall d'entrée. A vérifié que Joséphine et Léo étaient bien là et que je n'y étais pas, puis s'est éclipsé dans notre chambre en prétextant qu'il avait déjà dîné et qu'il était crevé. Léo m'a téléphoné dans la foulée. Il voulait savoir quand j'allais rentrer. Avait besoin d'une échéance pour se projeter. Il manifestait l'envie que tout s'arrête. Que ça n'empire pas. Indirectement, il me suppliait de faire cesser l'hémorragie.

En raccrochant, je me suis mise à broyer du noir. J'étais au bord de la mer, seule, et j'avais abandonné mes deux enfants après une violente dispute avec leur père. Que pouvait-il y avoir de plus égoïste et de plus irresponsable que ça ? Et puis j'ai tout remis en perspective. Je me suis remémoré chacune de leurs attitudes jour après jour. L'ingratitude avec laquelle ils me traitaient depuis des années. J'ai repris une énorme gorgée de ce délicieux cocktail, reposé le verre vide et suis allée me baigner pour me nettoyer de toutes ces mauvaises pensées. J'étais venue ici pour me faire du bien et il était hors de question que je retombe dans cette culpabilité que je m'infligeais trop souvent.

J'ai nagé longtemps. L'eau était bonne. Ni trop chaude ni trop froide, juste ce qu'il fallait. J'ai mesuré la chance que j'avais d'être là. Et j'ai réalisé que même si la situation avec Raphaël m'affectait, je n'étais plus tenue par la peur. Elle s'était volatilisée. Il n'y avait plus cette inquiétude écrasante qui m'interdisait d'être sereine. Il s'était produit un déclic. En nageant, j'ai eu la sensation étrange de reprendre des forces. J'avais dépassé mon angoisse d'abandon en décidant de partir seule. Loin d'eux. J'étais redevenue celle que j'étais : libre.

Si un jour ils venaient à m'abandonner, le bonheur serait encore possible.

Mercredi 14 juillet 2021

Ce matin, la sonnerie de mon téléphone a sonné trop tôt. C'était un appel de Raphaël. Ensuite, je n'ai pas pu me rendormir. Il lui avait fallu sept jours pour m'appeler. Je ne me suis pas inquiétée plus que ça. Je suis juste en colère. Et cette colère a l'avantage de me rendre solide et résistante.

Ce matin donc, il faisait déjà chaud. J'ai enfilé un maillot de bain et je suis partie nager. Longtemps.

Après cette baignade solitaire et revigorante, j'ai rejoint la terrasse de l'hôtel pour prendre mon petit déjeuner. L'Italien était seul. Je me suis installée à côté de lui. Ces deux derniers jours, il était parti visiter les alentours. Il m'a décrit avec passion les petits villages grecs qui lui faisaient penser au sud de l'Italie.

Au beau milieu de la conversation, l'Italien s'est remémoré la singularité de nos ébats amoureux. Je me suis instantanément refermée. Je ne voulais pas que cet épisode prenne la forme d'un souvenir. C'était arrivé, certes, mais c'était du passé. Cette nuit-là, il ne fallait pas en parler. Ne pas en faire toute une histoire. Ne pas épiloguer.

La nuit qu'on avait passée ensemble ne devait en aucun cas s'inscrire dans la réalité de nos vies. Plus jamais je n'y repenserais.

Il m'a proposé de dîner avec lui. Je lui ai répondu que j'avais très peu dormi.

Puis j'ai rejoint ma serviette et mon cocktail sur la plage. Comme chaque jour, j'ai regagné ma place habituelle. Cette crique, je l'aimais de plus en plus. On y accédait par un téléphérique qui descendait tout droit de l'hôtel, lui-même situé au sommet d'une montagne dominant la mer Ionienne. L'eau était turquoise. Il n'y avait pas grand monde et je m'y sentais bien.

Je me suis assoupie. J'ai rêvé de l'Italien, de Raphaël, d'autres hommes aussi. Il y avait Jérôme Finkiel et une fille blonde que je ne connais pas. Je ne sais plus de quoi il s'agissait exactement. Tout était mélangé. Un bébé s'est mis à pleurer à quelques mètres de moi et m'a subitement réveillée. J'ai attrapé mon téléphone, j'avais trois appels en absence dont deux de Raphaël et un de Camille.

Je me suis décidée à le rappeler. Il le fallait bien.

La conversation fut brève. Il voulait savoir où j'étais, mais pas vraiment où j'en étais. Quand je comptais rentrer aussi. Il a proposé de venir me chercher à mon arrivée. J'ai préféré qu'il ne le fasse pas. La situation était bien trop chaotique pour des retrouvailles à l'aéroport. J'ai demandé des nouvelles des enfants. De ses nouvelles à lui. Je voulais savoir si je lui manquais mais ça, je n'ai pas su le lui dire. Et on a raccroché.

En regardant la mer, j'ai pleuré. En voyant le bébé faire ses premiers pas au bord de l'eau, j'ai pleuré. En repensant à nous deux et à tout ce qu'on était en train de traverser, j'ai pleuré. Tout me ramenait à nous et à l'avenir incertain de notre couple. Me retourner sans cesse sur ce que nous n'étions plus n'était pas la solution. C'était trop douloureux. Entre nous, ça ne serait plus jamais comme aux premiers temps de l'amour. J'avais du mal à l'accepter, mais il me fallait pourtant laisser derrière moi tout ce qui s'apparentait à notre ancien « nous ». Il me fallait regarder de l'avant.

La nostalgie ne me ramènerait qu'à une chose : à ce qui n'est plus. Autant donc s'en affranchir.

Jeudi 15 juillet 2021

Je rentre demain. J'ai appelé mes patients un à un pour caler les nouveaux rendez-vous. Je l'ai fait au réveil. Je ne voulais pas que ça empiète sur ma dernière journée.

Je m'habitue à cet endroit. Je n'arrive pas à me dire que, demain, je prendrai l'avion à midi pour me replonger dans la vie que j'ai fuie. Même si je sais que ces quelques jours m'ont fait du bien, je crains le retour. Je vais devoir l'affronter, ce désordre de mon existence. Et je ne sais pas si je m'en sens capable.

Je termine ma valise à la hâte pour aller retrouver la mer une dernière fois.

Est-ce qu'après ces cinq jours passés loin d'eux je me sens mieux ? La réponse est oui. J'ai compris que la dépendance qui me lie à Raphaël n'est que le reflet de ce qu'il me renvoie. La femme désespérée par son couple, ce n'est pas moi. Elle est le prolongement de ses angoisses et de la manière dont il me perçoit actuellement. Elle est ce qui l'arrange dans sa propre histoire. Loin de lui, il n'a plus jamais été question de vide ou d'abandon. Loin de lui, je reprends vie.

Hier soir, j'ai recroisé l'Italien au restaurant. Je me suis assise toute seule. Je l'ai vu chercher une table où se poser mais n'ai pas eu envie de lui proposer la mienne. Le malaise était à la hauteur de notre gêne quand nos regards se sont croisés. Il s'est installé dos à moi. De là où il était, nous n'avions aucune chance d'entrer en communication. Personne dans le restaurant n'aurait pu imaginer une seule seconde que, quelques jours plus tôt, lui et moi avions partagé le même lit et revisité la quasi-totalité du *Kamasutra*.

Cette soirée de veille de départ, je voulais la passer en solitaire. Un groupe de musiciens accompagné de danseurs de sirtaki s'est mis à jouer à tue-tête. J'ai embarqué mon dessert et fui la cacophonie du dîner pour la tranquillité de ma crique favorite. Le téléphérique m'a télétransportée sur la plage. Je me suis vautrée dans le sable humide face à la mer. Il n'y avait personne. Le noir complet. Seule la lune qui éclairait l'horizon. Rien de très rassurant, en vérité. Je ne sais pas pourquoi, mais ce lieu m'inspirait plus de quiétude que n'importe quel autre.

Dans ma poche, j'avais glissé un joint retrouvé au fond de ma trousse de toilette. Un souvenir rapporté d'un voyage au Maroc avec Raphaël. Je savais qu'un jour, il me serait utile.

Je l'ai allumé et il s'est consumé lentement jusqu'à ce que les effets se fassent sentir. Je me suis concentrée sur le bruit de l'eau et je ne l'ai plus lâché pendant l'heure qui a suivi. Le bruit de l'eau. Le bercement des vagues. Je suis partie loin. Aussi loin qu'il m'était possible de partir dans ce décor propice au voyage. J'étais en gratitude totale. La beauté de ce qui se tenait devant moi relevait tout simplement du divin.

Ensuite, j'ai réfléchi à cette idée de l'émerveillement. J'ai repensé à ce sentiment. À l'émotion débutante qui le provoque. Celle qui nous habite enfant, parce qu'elle est associée à la découverte. En grandissant, les choses les plus simples, et souvent les plus belles, finissent par nous échapper. On ne les perçoit plus. L'habitude empiète désespérément sur les premiers émois.

J'ai repensé aux premiers instants amoureux avec Raphaël. Encore une fois, tout me ramenait à nous. Encore une fois, je me raccrochais au passé. J'avais conscience de devoir en faire le deuil une bonne fois pour toutes, mais je ne savais pas très bien pour quelles raisons. Pourquoi devoir laisser derrière moi ce qui m'avait autrefois comblée ? Pourquoi ne pas me battre pour tenter de retrouver le frisson à ses côtés ? Cette nostalgie que j'éprouvais me tétanisait. Je voulais être à nouveau dans les bras de cet homme qui m'avait aimée inconditionnellement. Je voulais tout refaire. Tout déconstruire pour tout reconstruire.

Allongée sur le sable, c'est ce que j'ai fait. Et je nous ai vus tous les deux, sur cette plage.

On est venus quelques jours en Grèce pour se retrouver. On a laissé nos enfants seuls. Face à l'immensité de la mer, on regarde les étoiles. On discute. On est heureux. Tant que ces moments dureront entre nous, tout ira bien. Je crois qu'ensuite j'ai perdu de vue les étoiles parce que je me suis endormie.

Je me suis réveillée frigorifiée, dans l'humidité du sable et de l'air marin. Il était certainement très tard. Je suis remontée me coucher, télétransportée une nouvelle fois vers ma chambre.

Vendredi 16 juillet 2021

J'ai mal partout. Mon corps est en miettes. Mes os me tirent et me brûlent. Les cervicales sont bloquées, mes mains enflées. J'ai du mal à écrire.

Je me suis réveillée dans un piteux état. Je m'en veux d'avoir fumé ce pétard. Petite joueuse. J'ai avalé un Doliprane, fermé ma valise et embarqué sur le ferry en direction de l'aéroport sans trop me focaliser sur la suite de la journée.

Si je me mets à penser à mon retour, une boule se forme en travers de ma gorge et ne se déloge plus. La vie que je pars retrouver ne m'a pas manquée. C'est comme si l'espoir de regagner un équilibre au sein de ce foyer s'était définitivement envolé. J'appréhende le moment où je poserai ma valise. Celui où, Raphaël et moi, on s'avancera l'un vers l'autre pour se dire bonjour. Celui où Joséphine et Léo m'accueilleront. Ou pas, d'ailleurs.

Ici, j'ai pris le recul nécessaire et les décisions qui s'imposent. Je ne veux plus subir. Je veux reprendre le cours de ma vie avec ou sans lui. Si ça pouvait être avec, ce serait mieux.

Je réfléchis à ce retour. Plusieurs scénarios s'offrent à moi.

Je rentre, je pose mes valises dans l'entrée. Pas un bruit dans la maison. J'appelle Raphaël, les enfants. Personne ne répond. Je monte prendre une douche. Dans la chambre, je tombe nez à nez avec mon mari. Il est assis sur le lit en silence. Je lui dis bonjour, lui souris. Il me serre contre lui. Je respire son odeur, pose ma tête sur son épaule et je m'y sens bien.

Je rentre, je pose ma valise dans l'entrée. Raphaël m'attend devant la télé. Dans un élan, il se lève pour venir à ma rencontre. Je ressens son enthousiasme jusque dans la manière de m'étreindre. Il évite mon regard. Je renifle son odeur. Un parfum de femme lui colle à la peau. Je ne dis rien. Je ravale mes réflexions et je prends sur moi.

Je rentre, je pose ma valise dans l'entrée, les enfants m'attendent au salon. Ils sont contents de me revoir. Je leur demande si leur père est rentré du travail. Ils me disent qu'en ce moment, il finit tard. Je vais prendre une douche. En sortant, toujours pas de Raphaël. La colère monte. Je prépare le dîner. Raphaël pointe alors son nez au beau milieu du repas. Il m'embrasse sur la joue comme s'il m'avait quittée la veille. Il a dîné de son côté. Il est crevé et préfère aller se coucher. Bienvenue chez moi.

Je rentre, je pose ma valise dans l'entrée. Tout le monde m'attend de pied ferme. J'ai droit à un accueil chaleureux. Je suis agréablement surprise parce que Raphaël a réservé un restaurant en famille pour mon retour à la maison. Je retrouve tout à coup la famille idéale. J'ai bien fait de disparaître quelques jours.

Je rentre, je pose ma valise dans l'entrée après avoir constaté que la porte est verrouillée à double tour. Je monte dans ma chambre. Notre lit est défait. La maison est sens dessus dessous. Les chambres des enfants sont à l'abandon, des vêtements jetés à terre dans tous les sens. Raphaël n'a pas dû passer beaucoup de temps ici. Je prends une douche. J'ai faim mais je constate avec effroi que le réfrigérateur est vide, que personne n'a pris soin de le remplir pendant mon absence. Personne ne m'attendait. Rien n'a bougé. C'est même pire qu'avant.

Je rentre, je pose mes affaires dans l'entrée. Il n'y a personne. Raphaël rentre du boulot, éreinté. Il m'accueille froidement. Ne me parle pas, ne me regarde pas. Me demande simplement si mes quelques jours au soleil m'ont calmée. Je n'apprécie pas la réflexion. A priori lui aussi a dû prendre du bon temps pendant mon absence. Parlons-en.

Le message d'appel qui invite les passagers à monter dans l'avion me ramène à la surface de la terre. Allez savoir ce qui m'attend à l'atterrissage.

II

L’inconnue

Dimanche 18 juillet 2021

J'ai ouvert les yeux au petit matin. Je ne savais plus où j'étais. En Grèce avec l'Italien ou chez moi avec Raphaël dont je frôlais le pied au même instant. J'ai d'abord eu le réflexe de balayer la chambre du regard. Ensuite, j'ai regardé à ma gauche. C'était bien lui qui dormait à côté de moi. C'était ma vie, celle que j'avais choisie et dans laquelle j'étais supposée être à mon retour de ce voyage initiatique.

Je me suis extirpée silencieusement du lit. Me suis installée au salon pour admirer le lever du soleil en prenant mon café. Dans la maison, c'était le calme absolu. Tout le monde dormait. En passant d'une pièce à l'autre, j'ai traversé le couloir de l'entrée. Sur le guéridon à côté des clefs de la maison, il y avait le téléphone portable de Raphaël. Il m'était quasiment offert de lire ses messages et de découvrir enfin ce qui ne cessait de me hanter depuis des semaines : la possibilité d'une autre. Ce n'était pas mon genre de mettre le nez dans le téléphone de mon mari. C'était même à l'opposé de mes principes.

Pour autant, cet objet m'appelait. Il me suggérait d'aller y chercher la vérité. C'était trop tentant et, par essence, ce qui est tentant est mal. Et parce que c'était mal, il m'était encore plus difficile d'y résister.

J'ai tapé son code : ma date de naissance. J'ai regardé ses derniers messages. Ceux de sa mère, un de Jérémy, un de son assistante et un dernier provenant d'un numéro dont le nom n'était pas enregistré. J'ai ouvert le message, il avait été envoyé à 23 h 15. Il y en avait deux échangés la veille au soir. Le reste de la conversation avait vraisemblablement été effacé. Et j'ai lu : *Je t'appelle demain*. En dessous, l'inconnu avait répondu : *OUI*. Après cette affirmation anodine, la personne avait apposé un cœur rouge. Un cœur rouge, ça ne pouvait être envoyé que par une femme. Dans mon esprit et en une fraction de seconde, l'inconnu s'est subitement transformé en inconnue avec un « e ». Elle s'adressait à mon mari avec cette proximité-là. Le cœur à la fin de leurs échanges impliquait que ça dépassait le cadre de la simple relation de travail. Dans mon corps, il y a eu un énorme choc électrique qui m'a tétanisée de la tête aux pieds. J'ai arraché une feuille de papier et recopié le numéro en vitesse. Je volais précisément son intimité, et ma colère me dictait de le faire sur-le-champ. Ensuite, j'ai entrepris de vérifier ses dernières photos. J'ai voulu voir s'il avait eu l'idée d'effacer les stigmates de son dernier week-end avec elle. S'il avait osé en laisser quelques-uns. Rien. Il n'y avait rien. Aucune photo depuis plusieurs semaines. Aucun souvenir agréable. Sa vie semblait s'être arrêtée le jour du mariage de Camille et Matthieu. Après, il n'y avait plus rien.

Je suis remontée dans notre chambre. Je l'ai longuement observé, sans rien faire. Il dormait profondément. J'ai toujours pris plaisir à faire ça, regarder les gens dormir. Dans leur intimité la plus absolue. Il y a dans cet abandon une forme de plénitude qui me fait les aimer plus encore.

Pour autant, j'étais sonnée par cette dernière révélation. Mes doutes venaient de se confirmer. Cela devenait réel. Ça prenait le chemin d'une vulgaire relation « extraconjugale ». Après vingt-huit ans de vie commune, on y avait droit. On n'y échappait pas.

J'ai eu envie de lui sauter à la gorge. De le frapper, de lui tirer les cheveux, de déchirer toutes ses fringues. Mais j'étais immobilisée par l'effroi. Le calme apparent qui m'animait n'était pas bon signe. Intérieurement ça bouillonnait. Mais j'allais faire comme si de rien n'était. J'allais tout garder pour moi. Je serais comme tous ces gens dans le déni. À ne jamais flancher. Même sous la torture que s'avérait être cette découverte, je resterais digne.

Voilà quel type de femme j'étais. Je ne l'aurais jamais cru. Mais j'étais du genre à me taire.

Lundi 19 juillet 2021

J'attends mon patient de 18 heures. M. Jourdain arrive souvent avec vingt minutes de retard. Il écourte volontairement ses séances. C'est comme ça qu'il a décidé d'entreprendre sa thérapie. Au début, il se plaignait d'attendre trop longtemps son tour. Je lui avais répondu qu'un patient se devait d'être patient. Au fil du temps, il s'était mis à m'habituer à ses retards récurrents et n'avait plus jamais cessé de l'être. En inversant les rôles, je me trouvais dès lors à la place de la patiente, selon ses propres règles. Je repense à hier matin. J'y pense sans arrêt. Le téléphone. Le message de l'inconnue. C'est une chose d'imaginer que son mari vous trompe, de se le représenter avec une autre ou de sentir qu'il est ailleurs. C'en est une autre de tomber sur la preuve irréfutable que c'est en train d'arriver. Ça fait mal.

Je ne peux pas m'empêcher de scruter chaque geste. Je l'observe et ne laisse rien passer. Il fait ça bien. C'est un véritable talent que de manier la tromperie avec autant de savoir-faire. Il se donne du mal pour ne rien laisser paraître. Il est taillé pour ça. Mon mari est fait pour l'infidélité. Peut-être même qu'il le fait depuis toujours sans que jamais j'aie eu à m'en douter. Comment fait-il ? La culpabilité, le mensonge, les rendez-vous qui ne s'éternisent pas sous prétexte qu'il ne faut pas se faire prendre. Je voudrais le lui dire. Qu'il ne se fatigue pas trop, maintenant que je suis au courant.

Mais avant, j'observe jusqu'où tu es capable d'aller. Je savoure ces moments où je te regarde faire. Je ne sais pas tout à fait où j'en suis. Si j'ai de la haine, de la peine, du mépris ou de la colère. Pour le moment, je crois que la déception l'emporte sur le reste. Tu me déçois. Je ne te regarde plus comme avant. Je t'appréhende comme un étranger. Je compose. Moi aussi, je me mets à faire semblant. Peut-être même que j'y prends goût. J'imagine que de nombreux couples fonctionnent de cette manière-là. On pourrait tenir des années à se mentir l'un l'autre. Avec l'inconnue au milieu.

Hier, quand on marchait en ville, j'ai imaginé qu'elle était là. Juste derrière nous. Qu'elle nous observait et souffrait de nous voir si proches. Alors, j'en ai rajouté un peu. C'est un truc de fille, ça. Je t'ai embrassé, je t'ai pris dans mes bras, j'ai mis ma main dans la tienne. J'ai menti à la terre entière. Comme toi. Comme une môme.

On a dévalisé les boutiques et tu m'as couverte de cadeaux. Tu avais vraisemblablement quelque chose à te faire pardonner et moi, j'en ai profité.

Je réfléchis à toi dans les bras d'une autre. L'image est entêtante et me bouleverse. Pourtant, ça ne devrait pas m'affecter autant. Tromper, quand on a passé près de trente ans avec la même personne, ça pourrait être le chemin normal vers la reconquête de l'autre. Certains couples fonctionnent ainsi et n'en font pas toute une histoire. C'est même leur manière de résister au temps. Pourquoi ai-je ce sens si prononcé de la propriété ? D'où me vient-il ? Peut-être ai-je passé trop de temps à tes côtés sans jamais douter…

Ça aurait pu n'être qu'une histoire de chair. Une aventure sans lendemain dont on n'entendrait plus parler. Je suis passée par là avec l'Italien, mais j'ai su respecter notre engagement. J'ai laissé ce souvenir derrière moi.

Une histoire d'un soir, j'aurais pu te le pardonner. Mais entre cette fille et toi, il y a plus que ça. Il y a cette pensée paralysante qui t'obsède. Nous ne sommes plus deux, mais trois.

Tu as rompu notre pacte à cet endroit-là. Celui de l'amour.

À présent, le plus dur, c'est de faire le deuil de ton irréprochabilité. Tu étais tout pour moi. Aujourd'hui, je réalise que tu es capable d'en regarder une autre du jour au lendemain, de la faire passer avant nous, ta famille. Tu es capable de devenir cet homme infidèle, lâche, menteur et égoïste.

J'aurais aimé que tu fasses comme moi. Que jamais tu ne permettes à une inconnue d'entrer dans notre vie.

Je reconnais avoir ma part de responsabilité. Il y a deux ans, je me suis détachée de toi. De vous trois. J'ai sans doute laissé l'espace pour qu'une nouvelle femme s'y glisse et me vole la place.

Pourtant, nous avions fait le plus dur : nos enfants, nos boulots, le quotidien. Nous avions réussi, là où tous les autres avaient échoué. C'était inespéré. Notre couple, c'était ma fierté.

Qui est-elle ? Est-ce qu'elle compte vraiment pour toi ? Est-ce qu'elle sait que tu es marié ?

C'est épuisant, toutes ces questions sans réponse.

Il faudrait pouvoir anesthésier son esprit dès lors qu'on est confronté au doute. Il faudrait pouvoir lui dire stop le temps que ça dure.

Mercredi 21 juillet 2021

J'ai passé trois jours à travailler. Le cabinet était plein à craquer. Un patient derrière un autre. Une souffrance suivie d'une autre.

J'ai composé le numéro de l'inconnue plusieurs fois. Je voulais entendre sa voix, comprendre qui elle était, d'où elle venait et comment il l'avait rencontrée. Je voulais tout savoir.

L'inconnue répond toujours de la même façon. Avec cette douceur qui vous invite à raccrocher aussitôt, si jamais vous effleurait seulement l'idée de hausser le ton. Après plusieurs « Allô ? » sans réponse, elle finit par mettre un terme à l'appel. Elle raccroche froidement. Et je n'ai toujours pas la réponse à mes questions. Je ne sais pas qui elle est, ni d'où elle vient.

Apparemment, Raphaël se donne du mal pour que je ne me doute de rien. Mardi soir, il est rentré avec un bouquet de fleurs. Ça n'était pas arrivé depuis longtemps. C'était un geste délicat, auquel il ne m'avait plus habituée. Mais je savais pourquoi il le faisait.

Jeudi, il a pris en main le repas du soir parce que je terminais tard. C'était gentil de sa part. Mais je savais pourquoi il le faisait. Après dîner, on est allés se coucher et il a voulu me faire l'amour. Mais je savais pourquoi il le faisait.

Tous ces gestes cumulés les uns derrière les autres prenaient sens, dès lors que je savais qu'il y avait une autre femme.

Je n'ai pas supporté qu'il pose les mains sur moi. C'était épidermique. Le cul nous avait pourtant toujours soudés. Me dire tout à coup qu'il le faisait avec l'inconnue marquait la fin de notre communion physique. Il était exclusivement à moi ou à toutes les autres femmes, mais il ne pouvait décemment pas être aux deux. Désormais, il me semblait que je pouvais accepter les avances de n'importe qui, tandis que celles de mon mari me paraissaient indécentes.

Le lendemain, quand Raphaël a réitéré, je me suis dit que ce n'était pas comme ça que je rivaliserais avec sa maîtresse. Alors je me suis forcée. Ce qui auparavant relevait d'une nécessité m'était devenu carrément insoutenable. Ses caresses, ses baisers, sa peau n'avaient plus le goût de l'amour. Ni même du plaisir. L'exclusivité n'y était plus. Sa façon de me toucher était différente. Il n'était plus le même. Je n'y étais plus réceptive.

Le désir que j'éprouvais pour lui s'était clairement fait la malle avec l'arrivée de l'inconnue dans sa vie.

C'était une nouvelle donne avec laquelle il allait falloir que je compose. Tout me ramenait indubitablement au mensonge de notre couple.

Au beau milieu de l'acte, Raphaël s'est subitement figé. Il m'a regardée et m'a demandé à quoi je pensais. J'étais prise sur le vif. Je pouvais enfin lui dire que je savais tout, mais ce n'était pas la stratégie que je m'étais fixée. Je voulais aller au bout de nos mensonges. J'avais un plan tout tracé, et il ne s'arrêtait pas à la découverte de cette tromperie. Il m'incluait. Il y avait quelque chose de profondément intrigant qui se jouait en moi. L'adultère auquel j'étais confrontée m'éloignait de mon mari alors que, dans le même temps, il me rapprochait sans doute de la vérité. C'était peut-être la fin de ces deux années de décrochage. J'y voyais là l'opportunité d'en sortir. D'y voir même un peu plus clair.

Je dois affronter mon patient Jérôme Finkiel. Je ne céderai jamais à ses avances. Déontologiquement parlant, c'est impensable. Mais il s'accroche désespérément à cette idée de l'amour entre nous. Je vais moi-même devoir mettre un terme à la thérapie.

Samedi, nous partons pour trois semaines aux îles Baléares avec les enfants. Je n'ai aucune idée de la manière dont je vais gérer ces retrouvailles au soleil. J'évite d'y penser. C'est angoissant de se dire que nous allons vivre au rythme du mensonge une fois là-bas. Nous serons ensemble les trois quarts du temps à devoir réapprivoiser ces instants en tête à tête. Ce sera sans doute épuisant, pour l'un comme pour l'autre.

J'attends de voir comment il va gérer ces semaines loin d'elle mais avec moi…

Lundi 26 juillet 2021

On y est.

L'*agroturismo* dans lequel nous logeons est situé au milieu des terres d'une île des Baléares. Autour de nous, c'est le désert. Autour de cette île, la mer. Noir foncé. Il fait chaud. Il y a les cigales et l'odeur de la crème solaire tout à côté.

Les enfants ont leur propre chambre. Raphaël et moi avons la nôtre, un peu plus loin. Nous ne sommes pas sur le même rythme. Le matin, on se lève quand eux dorment jusqu'à 13 heures. Le soir, on se couche quand eux sortent jusqu'à pas d'heure.

Depuis notre arrivée, on fait bonne figure. Nous passons pour des clients exemplaires. La famille idéale. Le couple parfaitement assorti avec ses deux ados s'entendant à merveille.

Le déni : c'est cela que nous avons choisi pour nous affranchir de cette situation. C'est cela qui va nous sauver durant ces trois longues semaines de vacances. Tout ici est fait pour nous réunir, et pourtant, impossible de jouer la sincérité. Je ressens continuellement sa présence. Dans les sourires de mon mari, dans ses expressions masquées ou ses intonations faussées, elle est là. Elle l'obsède et il peine à le masquer. Il se donne du mal pour se replonger dans notre souvenir. Pour y croire à nouveau. Il résiste à l'envie de céder, de l'appeler. De lui dire qu'elle lui manque et qu'il préférerait que ce soit elle, plutôt que moi, qui soit ici. Je vois tout ça. Je le ressens à travers lui. Ça me fait mal de l'écrire. Ça me tue de ne pas pouvoir le lui dire.

Ce matin, quand je suis sortie de la douche, il avait le nez dans son téléphone. Et puis, comme un enfant qui se fait prendre, il a relevé la tête. Il a dit que j'étais toujours aussi jolie. Que je ne changeais pas avec les années. Je l'avais vraisemblablement interrompu et la seule parade qu'il avait trouvée avait été la flatterie. N'importe laquelle, pourvu qu'elle efface la possibilité d'une autre.

Raphaël avait l'air bouleversé. Il m'a enlacée. J'ai laissé passer l'instant en simulant le plaisir de cette étreinte. Mais j'avais la gorge serrée et nulle envie de mettre mes mains autour de son cou. La proximité de nos deux corps ne fonctionnait plus. Le sien refroidissait instantanément le mien.

Qu'est-ce qu'elle avait bien pu lui dire pour le mettre dans cet état ? À partir de ce moment-là, je n'ai eu qu'une seule idée en tête : lire le message.

On est sortis prendre notre petit déjeuner au soleil. Il faisait déjà chaud. C'était bon de sentir le dépaysement des vacances. Ça m'aidait à relativiser. On s'est installés à table. À côté, il y avait d'autres couples. Des qui s'aimaient et d'autres qui n'y étaient pas. J'ai repensé au bel Italien avec lequel j'avais dîné. À ce que les autres clients de l'hôtel avaient pu s'imaginer sur nous ; si ça s'était vu qu'on se connaissait à peine ; si la tension sexuelle qui émanait de nous se ressentait. Je me suis replongée dans ce souvenir. Raphaël me faisait face. Me souriait avec cet air forcé que je commençais à connaître par cœur. Sous mes yeux se tenait un étranger qui simulait le bonheur d'être avec moi.

Il m'a demandé si j'avais besoin de quelque chose. Je lui ai répondu que non, tout était parfait à part lui, qui semblait ailleurs. Il s'est agacé de ma remarque. Ça le rendait dingue de constater que je n'étais pas réceptive à tous les efforts qu'il déployait. Je n'ai pas insisté. Il s'agissait que nos vacances se passent bien. Que je prenne sur moi pour ne rien gâcher. Désormais, faire bonne figure faisait partie intégrante de notre mode de communication. C'était plus commode pour tout le monde.

La priorité de ma matinée était donc la lecture de ce message. J'éprouvais un mélange de curiosité malsaine et d'excitation. L'envie d'en savoir plus sur ses intentions. Sur ce qui m'attendait, aussi.

Trouver des preuves supplémentaires pour étayer mes doutes, c'était comme gagner ma bataille contre lui. Pendant tout le repas, je n'ai pensé qu'à la manière dont je m'y prendrais pour mettre la main sur son téléphone. Le récupérer discrètement dans la chambre pendant qu'il terminait tranquillement sa tartine. J'ai prétexté un mal de tête. Je devais absolument aller chercher une aspirine. J'ai rapidement quitté la table. Les femmes de service étaient en plein ménage. J'ai attrapé son téléphone comme si c'était le mien et me suis enfermée dans les toilettes.

Au petit matin, Raphaël et l'inconnue s'étaient envoyé de nombreux messages pendant que je dormais. Elle lui disait qu'elle vivait mal son départ. Il lui racontait l'île. Lui décrivait notre chambre. Trois semaines, ça passerait vite. Il fallait qu'elle prenne aussi des vacances de son côté et ils seraient heureux de se retrouver à leur retour. Ensuite, j'ai lu : *Je crois bien que je t'aime*, à 10 h 05, moment où j'étais sans doute sous la douche. Raphaël répondait qu'il ne savait plus où il en était. Qu'il lui fallait absolument passer ces trois semaines avec moi pour prendre sa décision. Il préférait couper court à leur communication dès maintenant. Ça devenait trop compliqué à gérer pour lui. Il était important qu'elle respecte sa volonté. Ce dernier message n'était suivi d'aucune réponse. J'ai relu plusieurs fois leurs échanges. Ils s'arrêtaient à 10 h 20, précisément quand je m'étais trouvée face à lui, ruisselante, en serviette de bain. J'ai pris une grande inspiration. J'ai remis le portable à sa place et l'ai rejoint, comme si de rien n'était. J'étais sous le choc, pétrifiée par la douleur. Je voulais la tuer. Ça devenait concret. J'ai forcé le sourire et regagné ma place en face de lui. Il ne fallait rien laisser transparaître. Il fallait être ce couple parfait auquel on voulait faire croire. En cela, je commençais à exceller.

Ce cahier est mon déversoir. Il devient aussi la preuve que ça existe. Que ce n'est pas simplement une vue de mon esprit. J'écris pour me souvenir de tout, laisser une trace. Les mots jetés ici sont la démonstration tangible de l'infidélité de mon mari.

Raphaël fréquente une inconnue dont le numéro de téléphone se termine par 65. Il la baise depuis plusieurs semaines. Elle est amoureuse de lui. Il lui demande de ne plus lui envoyer de messages pendant nos vacances. Nous ne sommes plus dans la projection fantasmatique de mes angoisses, nous sommes dans la vie. La mienne, de vie.

Je me souviens d'un patient, il y a quelques années. Cet homme-là plaisait aux femmes. Il les aimait par-dessus tout. Son drame, c'était de les désirer une à une, sans jamais vouloir les blesser. Un jour, en séance, il avait eu cette réflexion pertinente qui m'avait marquée : « La première fois elle n'est pas encore conquise, la deuxième elle s'attache à vous et la troisième, elle tombe amoureuse. Après c'est foutu. Elle est accrochée et vous lui faites irrémédiablement du mal. Quoi que vous fassiez, elle s'apprête à souffrir. Parce que la troisième fois, c'est celle qui soude les liens. Les corps se sont habitués l'un à l'autre et les peaux se reconnaissent déjà. La troisième fois, c'est la fois de trop si on ne veut pas s'attacher. »

Je repense à lui et me dis que Raphaël ne vit pas une aventure sans lendemain. Ils se sont vus plus de trois fois. Entre eux, ça semble être bien plus que ça. Ils sont déjà dans les sentiments qui bousculent. Dans le manque de l'autre qui obsède. Je l'avais déjà pressenti avant notre départ en vacances, mais ça se confirme. Elle est bien là. Au beau milieu de notre quotidien. Au centre même de nos préoccupations.

Je ne sais pas à qui j'en veux le plus : à elle, qui détruit une famille tout entière, ou à Raphaël, qui me ment effrontément. Je m'étonne même de pouvoir continuer à faire comme si de rien n'était et à le préserver.

Dans les messages échangés avec l'inconnue, il lui parle de nos trois semaines de vacances pendant lesquelles il veut faire une pause. Ça me laisse trois semaines pour récupérer mon mari. Trois semaines pour supprimer l'existence de l'inconnue et tout rétablir entre nous.

Mercredi 28 juillet 2021

Ici, il fait toujours beau. L'air est sec. C'est le climat idéal. Il n'y a pas de portes qui claquent, pas d'inconnue dans l'ombre. Il n'y a pas d'ados ingrats, ni de mari qui rentre tard. Ici, on s'autorise à être la famille parfaite. On prend plaisir à se montrer sous notre meilleur jour. Le sourire, la douceur et la complaisance sont nos maîtres mots. C'est un jeu dangereux que nous composons tous les quatre dans les règles de l'art. Et s'il nous est permis de plonger dans le compromis à ce point-là, c'est parce qu'en arrivant ici, nous étions à deux doigts du naufrage. Nous n'avons pas eu d'autre choix que de nous raccrocher à ça. À cette hypocrisie désarmante qui nous sert de béquille.

Nous incarnons le mensonge par excellence et nous prenons plaisir à le jouer.

Je lui souris plus souvent. Je lui tiens la main quand il ne s'y attend pas. Nous nous remettons à faire l'amour et j'excelle dans l'art de simuler. Je m'émerveille des paysages, de ces moments de bonheur formidables partagés en famille.

Le mensonge est un art. Il ne requiert aucun effort quand il est motivé par l'instinct de survie ou la colère.

C'est un jeu d'acteur. Un mécanisme chaque jour bien huilé qui finit par devenir spontané. Plus on joue, plus on est bon, plus ça devient naturel. Chaque membre de ma famille est doté de ce talent. Je prends conscience de cela après vingt-huit ans de vie à leurs côtés. C'est déroutant. Je me demande si l'on est capable de passer la totalité d'une vie dans le déni. Le déni, c'est le mensonge qu'on se fait à soi-même pour se préserver d'une réalité trop crue. Mais quand on n'a pas conscience d'être dans le déni, est-ce que ça compte vraiment comme un mensonge ?

Hier, Joséphine et moi sommes parties en ville faire un peu de shopping. Elle a choisi quelques vêtements, puis est partie les essayer en cabine. J'ai regardé ma fille sous un angle que j'avais négligé depuis deux ans. Deux ans pendant lesquels je n'avais pas su distinguer autre chose que de l'ingratitude. Tout à coup, ses formes et sa quête de féminité exacerbée me révélaient de plein fouet ce qu'elle était en train de devenir. Elle avait grandi. Et il était évident que je ne m'en étais pas rendu compte. Je n'avais vu chez elle que ce qui me déplaisait, alors qu'elle s'apprêtait à devenir une femme. Ma jeune fille avait poussé comme une fleur et j'avais raté l'occasion de la voir se transformer. Pourtant, il y avait une part de poésie dans la manière dont elle était en train de se dévoiler. Aujourd'hui, elle mettait des tee-shirts coupés sous la poitrine pour qu'on aperçoive son nombril. Portait des shorts en jean trop courts pour qu'on devine la longueur de ses jambes. Elle espérait qu'on s'attarde sur la finesse de ses chevilles ou la délicatesse de ses attaches. Cette transformation soudaine me la rendait plus touchante. J'entrevoyais chez elle comme un petit prolongement de moi-même.

Ensuite, elle a enfilé une brassière, s'est postée devant moi et m'a fixée en attendant la remarque désobligeante.

Je me suis attardée en silence sur la volupté de ses formes, l'harmonie de ses courbes, et j'ai pensé très fort qu'il fallait que je lui dise qu'elle était belle. Ce n'était pas si évident d'accéder à ce moment de vérité inattendu. Mais je le lui ai dit. Elle a simulé un rictus de soulagement qui sous-entendait : « J'attendais que tu me regardes enfin. Que tu décèles chez moi autre chose que l'adolescente ingrate et révoltée. » Elle avait espéré depuis longtemps un regard bienveillant de sa mère. C'était simplement de l'amour qu'elle attendait, et c'était arrivé à point nommé. Dans cette famille, la vérité se faisait rare. Ça la rendait précieuse.

En fin d'après-midi, on est allées déguster une glace sur le port. Il y avait de la douceur dans cet instant suspendu. Alors, elle s'est mise à me poser des questions sur son père. Elle voulait savoir ce qui se passait entre nous. Elle sentait que quelque chose ne tournait pas rond. Il y avait lieu de s'inquiéter parce qu'elle ne nous avait jamais vus comme ça. Ce n'était pas dans nos habitudes d'en faire autant. On donnait l'impression de devoir se prouver des choses, que rien n'était sincère. On ne s'aimait plus ?

À cette question, je suis restée bouche bée. Je n'ai pas su quoi répondre parce que je ne voulais pas encore mentir ou gâcher cette occasion inédite d'être ensemble. Elle l'avait formulée avec une telle insouciance…

En vérité, Joséphine avait raison. Notre situation se résumait à ça : ce n'était qu'une question d'amour. Inconnue ou pas, il fallait avant tout se demander si l'on s'aimait encore.

Elle avait tout senti. Ils en avaient parlé, son frère et elle, et s'étaient demandé si nous allions nous séparer. J'ai répondu qu'il y avait des périodes dans la vie d'un couple. Que pour l'heure, ça n'était pas la nôtre. Qu'il fallait essayer de la dépasser en profitant de ces vacances en famille. Ça irait mieux dans quelques temps. Parce que, entre nous, il y avait toujours eu beaucoup d'amour. Je l'ai prise dans mes bras. Elle a posé sa tête sur mon épaule et ce rapprochement m'a fait me sentir toute petite. Il m'a donné la sensation d'avoir écarté pendant trop longtemps mon rôle de maman. Elle avait grandi. Contre moi, ce n'était plus une enfant mais une petite femme.

Plus tard, j'ai pensé que nous étions en train de lui transmettre notre vision de l'amour. Il était fort possible que l'épreuve que nous traversions, son père et moi, ait un impact irréversible sur son rapport aux hommes et à l'amour. Je prenais la mesure de notre responsabilité en tant que parents. J'avais omis mes propres enfants. Je les avais exclus de l'équation alors qu'ils en faisaient partie intégrante.

On n'était pas deux mais quatre à être pris dans cette tempête.

Jeudi 5 août 2021

Il n'y a pas de temps ni d'heure sur cette île des Baléares. Je note la date en haut à gauche mais j'ai dû m'y reprendre à deux fois pour m'en souvenir.

Presque deux semaines qu'on est ici. On perd doucement nos repères. C'est un sentiment délicieusement serein. La quête de tout vacancier qui fuit la routine. C'est la liberté absolue.

On s'est tous habitués à nos nouveaux rôles. Chacun s'y retrouve. Chacun y met du sien pour être au meilleur de soi-même. Parents parfaits, couple exemplaire, enfants irréprochables.

Il y a eu cette histoire sordide qui nous a fait légèrement vaciller avant-hier. Joséphine et Léo étaient sortis. En plein sommeil, la sonnerie de mon téléphone a retenti. J'ai sursauté, pensant que c'était l'inconnue qui craquait et qui appelait Raphaël en détresse. Mais ça ne venait pas de son téléphone, c'était du mien que l'appel provenait. Mon fils essayait de me joindre à une heure improbable de la nuit et ce n'était pas normal. J'ai décroché dans la précipitation alors que Raphaël dormait encore. Il parlait difficilement. À travers ses sanglots, j'avais perçu chez ce petit homme la volonté de contrôler une situation qui lui échappait totalement. Joséphine avait perdu connaissance. Il l'avait isolée sur le parking de la discothèque pour qu'elle ait un peu d'air. Elle avait certainement bu dans le mauvais verre et ses yeux s'étaient révulsés une heure plus tard. Elle était dans ses bras, endormie depuis dix bonnes minutes, et il ne savait pas quoi faire. J'ai paniqué en prenant conscience de la gravité de la situation. Raphaël est sorti du lit et m'a arraché le téléphone des mains. Dans ces moments-là, il savait être pragmatique. Raphaël est médecin, il est dans l'action. Il ne fallait pas perdre une minute. Je savais qu'il fallait que je le laisse faire parce que j'étais choquée et vraisemblablement incapable de prendre la situation en main. On s'est habillés en vitesse, on est montés dans la voiture et on est partis à leur rencontre. On a roulé dans la nuit noire. Le GPS nous a conduits au beau milieu d'une carrière abandonnée. Impossible de trouver ce foutu chemin. On a fini par se perdre. On a aussi perdu notre sang-froid. J'agaçais Raphaël en lui disant de tourner à droite quand il s'était déjà engagé à gauche. Le ton est monté et c'est devenu incontrôlable. Ce qu'on tentait de contenir depuis des jours est tout à coup sorti à travers une succession d'insultes. Je ne me souviens plus de ses mots parce qu'une fois que j'ai eu balancé les miens, plus rien n'a compté que ma fille. Aller la chercher. Trouver le chemin de cette foutue boîte de nuit et rentrer avec elle. Raphaël continuait de me dire des horreurs et je n'entendais rien. J'avais les yeux rivés sur le GPS. La seule chose qui m'intéressait, c'était Jo. La récupérer et la ramener saine et sauve. Le reste me paraissait sans importance. Mon mari était passé du personnage principal au personnage secondaire en quelques minutes. Je me rendais compte que l'instinct maternel ne m'avait, en vérité, jamais vraiment quittée.

J'ai ordonné à Raphaël de faire demi-tour. On a repris la route en sens inverse, puis emprunté un chemin de terre qui semblait être le bon. On n'y voyait rien et la voiture n'était pas faite pour braver ce genre de sentier. On entendait les basses qui se rapprochaient au fur et à mesure qu'on avançait. Quelques centaines de mètres plus loin, la boîte de nuit se tenait là, cerclée par un parking rempli de fêtards. La musique résonnait de toutes parts. Des lasers de couleur surgissaient de cet énorme complexe pour se disperser dans la nuit noire.

Au fond du parking, il semblait y avoir un attroupement. Raphaël a arrêté net la voiture et a couru vers Léo, qui lui faisait des signes. Joséphine était allongée au sol et ne bougeait pas. Léo était en état de choc. Sa sœur n'avait rien pris mais elle avait naïvement accepté qu'on lui offre des verres. On l'a portée à la voiture. Je me suis assise près d'elle et j'ai laissé Léo à l'avant. Je l'ai serrée contre moi. Je l'ai serrée fort pour lui faire sentir que j'étais là. Que j'étais revenue. Que rien ne pouvait lui arriver tant que j'étais près d'elle. Ses yeux s'entrouvraient pour se refermer aussitôt. Elle cherchait à remonter à la surface mais elle était happée par le produit. On a roulé encore. Ensuite, on a passé le reste de la nuit à l'hôpital à attendre le résultat des examens.

Et quand, au petit matin, on a pu la ramener à l'hôtel, Raphaël a voulu m'embrasser et s'excuser de s'être emporté. Je lui ai souri. J'ai bien entendu accepté ses excuses parce qu'il fallait que chacun reprenne son rôle. Les vacances n'étaient pas terminées. On avait encore une longue semaine à tenir.

L'après-midi, on s'est installés tous les quatre au bord de la piscine sur des transats, nos lunettes de soleil sur le nez, et on a dormi. Pour n'importe qui, on était la famille parfaite. En réalité, nous étions la pire qui soit.

Joséphine avait été droguée à son insu.

Samedi 7 août 2021

L'hôtel est plein à craquer. Autour de la piscine, la clientèle s'agglutine à la recherche d'un fauteuil ou d'un transat. Le samedi, les nouveaux arrivants prennent possession de leurs chambres et les autres quittent le navire. En trois semaines, on voit trois vagues de vacanciers débarquer. On s'habitue à leur présence avec la sensation étrange de recréer une nouvelle communauté. Ensuite, ils repartent de la même manière qu'ils sont arrivés : en un claquement de doigts. Certains marquent par leur présence, d'autres pas. C'est un cycle sans fin auquel on assiste à la manière de spectateurs.

Je repense à ces personnes que j'ai vues passer depuis le début du séjour, en particulier à cet homme d'une cinquantaine d'années accompagné d'une femme plus jeune. Ceux-là avaient attisé ma curiosité parce que la différence d'âge entre eux était flagrante et que je n'avais pas été très sûre que la jeune femme ne puisse pas être sa propre fille. L'homme était venu me voir alors que j'étais avec Léo, près de la piscine. Il avait demandé à emprunter ma crème solaire. Le soleil était trop fort et il n'avait pas le courage d'aller jusqu'à sa chambre pour chercher la sienne. Toute la semaine qui avait suivi, j'avais discrètement épié leurs faits et gestes.

C'est étrange de rester longtemps dans un hôtel. On partage des tranches de vie. On assiste à ce roulement permanent et ça donne l'impression d'être chez soi. On s'autorise à être cordial avec la clientèle, à lui sourire poliment, comme si on lui avait ouvert la porte de sa propre maison.

Ici, il n'y a pas de familles avec enfants en bas âge. Ce n'est pas un hôtel familial. C'est un endroit qui invite à la contemplation et non aux interactions. Où les grands enfants sont déjà en âge d'apprécier la quiétude.

Aujourd'hui, je reste seule. Raphaël est parti à la plage avec Joséphine et Léo. J'observe les nouveaux arrivants. Je guette ceux avec qui je vais partager cette dernière semaine. Ceux à qui je vais sortir le grand jeu de la famille modèle.

En vérité, je crois qu'on est arrivés au bout de notre capacité à composer. À être l'un avec l'autre aussi. Je commence à percevoir les tensions de Raphaël. Il s'agace vite d'un rien. Perd patience. S'isole souvent. Je fais le maximum pour le ramener à moi mais on s'essouffle. Tout semble conduire à cette règle inéluctable : le mensonge est éphémère et fait office de pansement. Il ne guérit pas la source du problème. Il la colmate.

La frustration et la rancœur ne font pas bon ménage. Je ne rivalise pas avec le goût de l'interdit ou la puissance de la tentation. Il n'y a pas de rivalité possible entre ça et moi. L'inconnue sera toujours plus surprenante et plus attrayante que celle qui partage sa vie depuis vingt-huit ans. Certains disent que la routine et les années soudent les liens. Moi je pense qu'elles finissent invariablement par les distendre.

Raphaël et moi n'éprouvons plus le besoin d'être ensemble. C'est un fait. L'envie a disparu. Il me ment et je n'aime pas la place qu'il m'attribue. Ce n'est pas seulement le fait qu'il voie quelqu'un d'autre. C'est l'idée de la stratégie élaborée depuis plusieurs semaines. L'idée qu'il se foute ouvertement de ma gueule. Qu'il puisse m'amener dans cet hôtel des Baléares avec mes deux enfants pendant qu'il fait une pause avec sa maîtresse, attendant de savoir s'il tient encore à moi. Quoi de plus humiliant que la position de celle qui attend de se faire quitter sans le savoir, tout en le sachant quand même ?

J'avais l'intention de le retenir. Je voulais le reconquérir, mais je n'y crois plus. Je n'y arriverai pas. Il n'y a plus l'envie. Et si aucun de nous deux n'a cet élan pour l'autre, comment y parvenir ? Nous allons droit dans le mur parce qu'il est bien plus facile de se laisser prendre au piège par la nouveauté du désir que de lui résister. Je l'observe et je sais qu'il y a cédé. Il est déjà parti.

Je découvre que le désamour n'est pas fait pour moi. Qu'il me renvoie indubitablement à cet état de victime que je me refuse à être. J'aime Raphaël jusqu'à ce qu'il me fasse trop souffrir. Et puis, je finis par m'en détacher, parce qu'un homme comme Raphaël qui en regarde une autre n'est pas juste un homme infidèle. C'est tout simplement un homme épris.

Je l'aperçois qui s'avance dans ma direction. Il revient de la plage. Me demande si je veux boire quelque chose. Non, ça ira, je n'ai pas soif. Il me remercie de lui avoir gardé un transat. Voilà un réflexe que j'ai encore pour toi, même si je sais que tu es déjà parti. Je te garde une place près de moi, au cas où tu voudrais bien me revenir.

Tu t'installes et tu sirotes ta boisson, le regard dans le vague. Je me demande à quoi tu penses. Tu as de la chance d'être à cette place. Je t'envie. Tu ne souffres pas, toi. Tu dois prendre une décision mais, en vérité, tu n'y es pas vraiment contraint. Tu peux très bien continuer à vivre ainsi, puisque je ne te demande rien. Que vas-tu décider ? Quitter l'inconnue ? Plaquer ta femme et tes enfants ? Ou continuer de tricher ?

Je te demande à quoi tu penses. « À rien. À notre vie. À nous deux. On est bien, non ? » Tu me regardes droit dans les yeux comme si cette phrase t'avait malencontreusement échappé. Comme si le mensonge était devenu un réflexe incontrôlé. Je ne réponds rien parce que je préférerais te balancer ton verre à la gueule. Et il y a cette phrase qui m'échappe à mon tour : « On est tellement bien. On n'a jamais été aussi bien. » Il poursuit sa mise en scène impeccable. Me propose de regagner notre chambre pour faire l'amour. Faire ce qu'on ne fait plus jamais ensemble : se surprendre en plein après-midi, alors que les enfants sont à la plage. L'idée m'effleure tout à coup que c'est sans doute la seule façon que j'ai de le ramener à moi. Le sexe, c'est notre arme à tous les deux. Je comprends en cet instant que c'en est une pour moi comme pour lui. Qu'elle est de loin la meilleure contre l'inconnue. Alors je me lève sans rien dire et lui suggère de me suivre.

Quelque chose de différent s'est pointé entre nous cet après-midi-là. Quelque chose n'était pas comme d'habitude. Nos corps se répondaient d'une tout autre façon. Je ne reconnaissais ni ses gestes ni sa manière de faire. Ce n'était pas à moi qu'il faisait l'amour, mais probablement à l'inconnue qui lui manquait furieusement. C'était sans doute comme ça qu'il la baisait et comme ça qu'il aurait voulu le faire, si elle avait été à ma place. Par terre. Contre une porte. Dans cette même urgence. En lui arrachant ses vêtements parce que le désir était incontrôlable. Parce qu'elle lui manquait trop. Que la frustration n'était plus supportable.

Il l'avait fait dans la violence de quelqu'un qui s'en voulait d'être si faible et à qui il en voulait d'être absente.

Cet après-midi-là, l'inconnue s'était encore glissée entre nous. Au cœur même d'une intimité qui ne nous appartenait plus.

Dimanche 8 août 2021

J'ai parcouru les dernières pages. J'ai souri en me relisant. Parfois, je me dis que ce cahier a la valeur d'un trésor, qu'il est bien plus qu'un déversoir. Il n'y a pas de hasard. Tout est tracé. C'est ce que je crois intimement. Que dans le fond, tout a un sens et qu'il est essentiel d'y prêter attention. Derrière chaque expérience vécue se cache une vérité, une bonne raison de se mettre en travers de notre chemin. Il s'agit de le comprendre, de le saisir, d'être en pleine conscience de ce qui se tient devant nous.

Ce que je n'ai pas encore raconté, c'est ce qui a suivi notre petite escapade sexuelle.

Raphaël était retourné à la piscine pendant que je me douchais. On était épuisés par cet après-midi « sportive » qui avait fini, contre toute attente, par recréer un semblant de complicité entre nous. Je persiste à croire que quand les corps se retrouvent, les liens se régénèrent. Même si le désir de Raphaël ne m'était pas totalement voué.

J'avais donc l'intention de retrouver mon mari au bord de la piscine, à l'heure où le soleil faiblit et l'apéritif s'impose. Je m'étais apprêtée. Pour lui, j'avais fait un effort. Mes batteries étaient rechargées à bloc, comme ça avait toujours été le cas quand nous nous rapprochions, lui et moi.

Il devait être 18 h 30. Nos transats étaient vides et nos serviettes encore étendues dessus. Raphaël était en pleine discussion avec un couple assis au bord de la piscine. La femme était blonde, les cheveux longs et raides, cachés sous un grand chapeau de paille. De loin, elle avait l'air d'avoir trente-cinq ans, tout au plus. À côté d'elle se tenait un homme plus jeune encore, imberbe. Je n'ai pas eu l'élan spontané de m'avancer vers eux pour me présenter. Je ne sais pas trop pourquoi, mais je pressentais quelque chose d'inhabituel. De loin, la gestuelle de Raphaël trahissait le malaise. La fille m'a regardée, si bien qu'instantanément, il s'est tourné vers moi. Gêné, il m'a fait un signe de la main, me suggérant de les rejoindre. Je me suis approchée et j'ai vu mon mari se liquéfier. Totalement. Raphaël était blême. La jeune femme, très sûre d'elle, s'est levée pour me tendre la main, arborant fièrement ses formes, dans un maillot de bain noir une pièce décolleté jusqu'au nombril. Elle avait une énorme paire de seins. Elle était grande, jeune et blonde. Il me semblait l'avoir déjà vue quelque part. Son visage m'était familier, mais je ne la remettais pas tout à fait. Elle s'est postée devant moi, sa main dans la mienne avec aplomb. Elle l'a serrée très fort, comme pour bien y laisser son empreinte. Ensuite, elle s'est présentée : « Julie, ravie de faire votre connaissance. » Elle a dit qu'on s'était croisées au mariage de Camille et Matthieu, qu'elle y avait longuement discuté avec mon mari. « Quelle coïncidence incroyable ! » Et puis, que « la vie était bien faite et les hasards, parfois heureux »... Raphaël a acquiescé bêtement. Elle a présenté le jeune homme qui l'accompagnait. Son prénom m'a échappé parce qu'à partir de ce moment-là tout est allé très vite dans ma tête. Je n'ai plus rien entendu, plus rien écouté. À partir de là, je n'ai fait que ressentir. Les vibrations, les énergies. Ce qu'il est impossible de décrire tant c'est irrationnel. Ce qui bouscule le corps tout entier, tellement c'est évident.

Chaque signe l'un après l'autre m'avait conduite à cette ultime évidence qui se tenait devant moi : il n'y avait pas de hasard, cette fille, c'était l'inconnue. Tout avait été planifié à l'avance. Et parce qu'elle n'avait pas supporté le silence imposé par Raphaël, elle s'était outrageusement pointée sur notre lieu de vacances pour forcer notre porte et s'interposer entre nous. C'était une redoutable.

En quelques secondes, je me suis sentie partir parce que l'émotion était trop forte. J'ai eu chaud, beaucoup trop chaud. Des gouttes de sueur ont commencé à couler le long de ma nuque. L'impression que mes bras se scindaient en deux. Ma tête s'est mise à tourner. La nausée à prendre le dessus sur le reste. Je me suis agrippée à Raphaël dans un mouvement de panique. Et puis plus rien. Le trou noir. Ensuite, j'ai rouvert les yeux, allongée sur un transat. J'avais perdu connaissance et c'était la première fois que ça m'arrivait.

Raphaël me tendait un verre de jus de fruits. Il y avait un attroupement autour de nous, dans lequel se tenaient l'inconnue, le jeune homme, mon mari. Tout doucement, j'ai fini par reprendre mes esprits. Je ne pouvais rien dire, j'étais sonnée. J'ai demandé à Raphaël de me ramener à la chambre. Ce qu'il a fait. Il était inquiet et bouleversé, lui aussi. La fille nous a regardés partir. Elle nous a regardés partir et c'est comme si dans notre fuite, on avait emporté ses dernières volontés. Elle était défaite. D'une certaine manière, j'avais gagné cette toute première manche contre elle.

C'était donc la fille du mariage. C'était elle, l'inconnue. Et c'était au mariage de mon amie qu'ils s'étaient rencontrés. Elle voulait Raphaël. Elle le voulait sans concession. Elle était obstinée, tenace. Pire que ce que je pensais.

Raphaël avait été complètement désorienté. Anéanti par sa survenue au beau milieu de nos vacances en famille. Il était responsable de cette situation mais, étrangement, c'était sur elle que je focalisais toute ma rage.

Ma seule motivation à l'heure actuelle était de ne pas la laisser gâcher la fin de nos vacances. Qu'elle n'approche plus mon mari de trop près.

Il nous reste quelques jours. Je ne sais pas de quelle manière affronter la suite mais je m'y prépare. Il s'agit de ne pas lâcher Raphaël d'une semelle. D'être plus déterminée qu'elle.

Lundi 9 août 2021

Après mon malaise, on avait regagné notre chambre. J'étais fébrile et la nausée m'avait empêchée d'avoir les idées claires. Je m'étais mise au lit pour oublier cet épisode traumatisant. J'étais anéantie sans pouvoir le cacher. Il y avait, dans sa quête de confrontation, quelque chose de terriblement violent auquel je ne m'attendais pas. Je n'étais pas préparée à cette rencontre. Je n'étais pas prête à l'imaginer se pointer dans notre hôtel. Je n'en reviens toujours pas. Quel genre de femme est capable de ça ?

Hier soir, c'est avec l'homme qu'elle aime que j'avais regagné ma chambre. C'est de moi qu'il s'était occupé toute la soirée. Moi qui avais coupé court à ce qu'elle était venue chercher.

La soirée s'était poursuivie en famille. J'avais regardé Joséphine, Léo et Raphaël se disputer autour du choix du film qu'on allait louer et je m'étais dit qu'au lieu de nous séparer, l'inconnue nous avait finalement réunis. Sur ce coup-là, elle avait fâcheusement manqué de discernement.

Je n'arrive pas à dormir. Je tourne dans tous les sens. Je n'ai pas emporté de somnifère. Pendant cette période de repos, rien ne laissait présager la possibilité d'une angoisse nocturne. J'ai peur. J'écris ce que je sens et ce que je sens n'est pas bon. La fille est dans l'une des chambres voisines. Je suis dans tous mes états – de ceux qui vous remuent l'estomac et vous serrent la poitrine. Le corps parle. Le corps me dit qu'il n'est plus capable de prendre sur lui. Je passe de la personne la plus solide à la femme la plus fragile. La nuit, c'est le pire. C'est tout qui remonte. C'est ma force qui me lâche. La nuit, j'ai la rage au ventre. C'est la fureur qui prend possession de moi.

Je suis sur le ring. Devant moi se tient la fille, un peignoir posé sur les épaules. Elle le retire, dévoilant une poitrine indécente, compressée dans une brassière noire. Je lui souris froidement. Je ne lui laisse pas le temps de me rendre la pareille. Je trépigne. Je lui fous mon poing dans la gueule. La force que j'ai dans les bras me surprend, elle est décuplée. Un puis deux uppercuts la font tomber à terre. Elle tente avec difficulté de relever la tête, me supplie de l'épargner. Je l'observe, à mes pieds. Elle n'a plus la force de se hisser. Elle lutte. Finit par capituler. Elle est là, rampant pour échapper au prochain coup. Le sang lui barre son joli minois. Je la toise encore, affaiblie et prête à tout pour faire cesser le supplice. Elle met sa main en travers de son visage pour se protéger. Il ne faudrait pas que je le lui abîme, ce visage. C'est tout ce qui lui reste.

Je rouvre les yeux. Raphaël est allongé à côté, son livre posé sur le ventre. Lui, il arrive à dormir. Il cesse de penser quand il le décide. Même s'il a peur, il fait abstraction du désastre qui nous guette. Je n'en reviens pas. Comment peut-elle délibérément venir diviser une famille ? Quel genre de femme est capable d'une telle chose ? Cette phrase, je sais, je me la répète en boucle.

Demain matin, je serai dans d'autres dispositions. Il n'y aura plus de place pour le doute parce que le jour sera levé. Avec lui, les pensées sombres évaporées. Je serai fatiguée mais j'aurai recouvré ma force. Regagner mon rôle, le contrôle de ma famille, de mon mari, de ma vie. Pour l'heure, je me débats encore. La nuit, c'est le pire.

Au petit matin, comme prévu, je tiens à peine debout. J'agis avec Raphaël comme si de rien n'était. Je souris. Tout me semble déplacé tandis qu'elle est là, tout près, attendant patiemment de nous briser.

Je la sens. Peut-être même qu'elle séjourne dans la chambre voisine. Peut-être aussi qu'elle épie nos gestes, nos discussions, dans l'espoir d'y entrevoir les prémices d'une rupture.

Je ne lui laisserai pas cette chance. J'embrasse mon mari. Je continue de l'aimer et de me battre pour prétendre au bonheur. Le lieu, nos vacances, notre famille, notre amour qui a su traverser les années. Je ne sais plus si c'est du mensonge. Je ne sais plus si je fais semblant. Je mélange tout. Ce que je dois penser, ce que je ressens vraiment. Je ne sais plus rien. Je suis perdue. Totalement noyée.

Quelque chose de fort s'installe depuis l'arrivée de l'inconnue. Quelque chose de l'ordre de la survie, de la résistance. Un lien puissant. Au-delà de tout.

Mardi 10 août 2021

On ne l'a pas encore revue. Je me demande s'ils ont réussi à se reparler. S'il lui a dit qu'elle n'avait rien à faire ici. J'observe Raphaël. Il est différent. Plus attentionné, c'est vrai. Il s'en veut, il est au plus mal. Il ne s'attendait pas à ce qu'elle débarque ici. Partout où il passe, il balaie l'assemblée du regard. Il est anxieux. Il guette. Redoute le moment où nos chemins vont se croiser. Je me mets à sa place. Me dis que la situation est aberrante pour nous tous.

J'arrive encore à éprouver une certaine empathie pour lui. Je ne sais pas comment. L'amour a ses ressources inespérées. Jamais je n'aurais imaginé vivre pareille situation, tenir le secret aussi longtemps. Je crois que je décide de souffrir pour épargner notre couple. Je décide de garder le silence pour que l'inconnue n'empiète pas trop sur nous. Je me dis que cette Julie est capable de tout. Qu'elle a pu faire flancher Raphaël parce que c'est une fille comme ça. Volontaire. Intraitable. C'est à elle que revient toute la faute. Sa tentative d'intrusion dans notre intimité me conforte dans l'idée qu'elle est capable du pire. Déjà au mariage de Camille, cette fille ne m'avait pas fait bonne impression.

Ce matin, Joséphine a débarqué au petit déjeuner en catastrophe. En l'apercevant de loin, j'ai pressenti que quelque chose ne tournait pas rond. Elle n'était pas comme d'habitude. Elle n'avait pas dormi de la nuit parce que, la veille au soir, elle avait croisé dans l'hôtel un acteur français dont elle était éperdument amoureuse. L'urgence se lisait dans ses yeux : sa vie avait basculé pas plus tard qu'hier. Il n'y avait guère d'ouverture vers la relativisation. Pour elle, c'était comme un signe du destin, un message de l'univers lui invoquant l'amour. Lucas Marsan était ici, à des centaines de kilomètres de chez elle, et peut-être depuis quelques jours dans la chambre qui jouxtait la sienne. Elle a pris place à notre table et s'est mise à monologuer en se goinfrant de gaufres au Nutella. Sa nécessité d'être entendue à ce moment-là évinçait le peu d'attention qu'il lui restait. Pas une seule seconde elle n'aurait pu sentir que ses parents n'étaient pas tout à fait réveillés et que, peut-être, elle venait perturber leur routine matinale. Elle s'est donc mise à raconter sa soirée dans les détails. Il y avait eu sa rencontre avec Lucas, accompagné de Julie, et trois bouteilles de Ruinart rosé généreusement offertes. Julie, c'était le prénom de l'inconnue, et Lucas Marsan, le beau gosse qui l'accompagnait.

J'ai besoin de l'écrire parce que moi-même, je n'en reviens pas. Ensuite, Joséphine a raconté son rêve dans les bras de Lucas Marsan. On ne partageait plus grand-chose, mais elle ne nous épargnait aucun détail du rêve érotique qui avait hanté sa nuit. Le destin continuait de s'acharner sur nous. En une fraction de seconde, mon sang n'a fait qu'un tour. C'en était trop pour moi. Ça prenait la tournure d'un mauvais scénario.

Dans un élan, j'ai quitté la table pour ne pas gifler Raphaël alors qu'il était en train d'accuser le coup. Je commençais à lui en vouloir. Il s'agissait de nos deux enfants. La sortie de Joséphine avait couronné le tout. D'après elle, *le hasard faisait bien les choses parce que Julie était la cousine de Matthieu, et avait été présente au mariage de ma meilleure amie, quelques semaines plus tôt.* J'ai abandonné Raphaël à son triste sort. Je l'ai laissé se démerder avec sa fille. J'ai déserté la table pour ne pas exploser. Désormais, nos enfants faisaient véritablement partie de l'équation. Pour moi, c'était ce qu'il y avait de pire. Pour moi, cela touchait à l'inacceptable et c'était la blessure de trop.

Je suis partie direction la chambre, sans pouvoir me calmer. J'avais des envies de meurtre. Je voulais que ça cesse. Je me suis posée sur le lit quelques instants et j'ai réfléchi à ce qu'il y avait de mieux à faire. Mais aucune solution n'était la bonne. Je ne savais plus où j'en étais. Tout était sens dessus dessous. Je bouillonnais. C'était un énorme sac de nœuds et ça ne présageait rien de bon pour la suite. En pensant à ma fille discutant avec la maîtresse de son père devant une coupe de champagne, j'ai senti ma poitrine se serrer. Je crois que cette vision a été une épreuve de plus à encaisser. M'entendre dire qu'elle l'avait trouvée *super*. Qu'elle s'était bien entendue avec elle. Qu'elle avait potentiellement noué avec elle la complicité que nous n'avions plus.

J'ai préparé un sac. Quelques affaires pour passer la journée. Peut-être la soirée. Je me suis dirigée tel un robot vers la voiture. Raphaël m'a aperçue de loin et m'a couru après. M'a demandé ce que je faisais. Pourquoi je partais si vite sans prévenir. Je lui ai répondu que je ne supportais plus cet endroit. Que j'avais besoin d'air. Que je ne savais pas si je rentrerais ce soir ou demain matin. Ou peut-être même plus jamais, d'ailleurs. Je n'ai pas pu cacher mon effroi et ma douleur. La panique se lisait dans les yeux de Raphaël.

Il était en train de comprendre que je savais tout. Que je partais pour m'en éloigner. Il s'est arrêté à quelques mètres de moi et m'a fixée sans un mot. J'ai su qu'entre nous il n'y aurait désormais plus aucun secret. À travers nos regards, on s'était échangé la vérité.

Il n'a pas cherché à me rattraper. Il a senti qu'il ne le fallait pas. Que me laisser partir était certainement la meilleure chose à faire. Que la situation méritait qu'on prenne un peu de recul et que tout finirait par s'apaiser.

J'ai démarré la voiture, le regard dans le rétroviseur. Il est resté immobile, les bras ballants, planté au milieu du parking, sans savoir quoi faire. Jusqu'à ce qu'il disparaisse enfin.

J'ai roulé des kilomètres sans savoir où j'allais. Sur cette route, j'ai pleuré. J'ai lâché un à un les mensonges restés bloqués à l'intérieur. J'ai versé autant de larmes qu'il y avait de virages. Je ne savais ni où j'allais, ni où j'étais. Le sentiment de solitude m'a accablée. Je réalisais que tout était en train de s'écrouler. Que je n'avais plus personne sur qui compter. Plus le temps passait, plus nous nous enlisions.

Je me suis rangée sur le bas-côté parce qu'aucun chemin ne me semblait être le bon. Il y a eu ce petit bar de bord de route. Il ne devait pas être très fréquenté parce qu'il était perdu au milieu de cette campagne déserte. Probablement qu'il se tenait là pour accueillir une clientèle égarée, comme moi. Je m'y suis installée. J'ai commandé une boisson fraîche et j'ai appelé Camille. À elle, j'ai tout déballé. Dans les moindres détails. J'ai enfin dit la vérité.

En lui racontant notre histoire depuis le début, j'ai pris la mesure de la complexité de la situation. Il y avait tant de mensonges de part et d'autre, et Raphaël et moi n'étions plus liés que par eux. Après avoir raccroché, je me suis à nouveau effondrée. Je n'étais parvenue à trouver aucune solution. Tout était contre nous. Le mal était fait et plus jamais ça ne redeviendrait comme avant. *Avant.* Ce à quoi je me raccrochais désespérément depuis trop longtemps n'était plus. Je devais en faire le deuil immédiatement. Sortir de ce mécanisme qui me faisait ruminer en boucle la perte de notre couple. Désormais, notre mariage comporterait un avant et un après. Je devais l'intégrer une bonne fois pour toutes.

J'ai été interrompu dans mes pensées par un appel de Joséphine. Elle voulait savoir où j'étais, pourquoi j'étais partie aussi vite, sans prévenir. Je ne lui ai pas donné d'explication. J'ai répondu que j'avais besoin d'air et que j'avais prévu une petite escapade toute seule à la plage.

Ensuite, j'ai erré jusqu'à me poser dans une petite crique. Je me suis installée au bord de l'eau et j'ai réfléchi. À côté de moi, il y avait une famille allemande avec deux enfants, blonds comme les blés. Des jumeaux sans doute. Le père et la mère étaient eux aussi des gravures de mode. Une certaine magie s'en dégageait. Ils avaient l'air pleins d'amour les uns pour les autres et tout en eux respirait l'harmonie. Il y avait des rires, des larmes et de la tendresse. Je me suis arrêtée devant cette famille un long moment, en pensant à celle que je n'avais plus. Encore une fois, je me terrais dans le passé, les souvenirs, la nostalgie. Je les ai observés un long moment. Comme on observe un tableau qu'on tente de décrypter parce qu'on y entrevoit un sens au-delà de la couche superficielle. Quelque chose qui vous transcende. J'aurais eu envie que la famille m'adopte pour quelques heures, quelques jours tout au plus. En tout cas, le temps de me réconcilier avec le cours de ma vie.

J'ai été interrompue par un nouveau message de Joséphine. Elle venait me rappeler qu'un dîner se profilait le soir même avec leurs nouveaux amis, Lucas Marsan et

Julie. Elle se réjouissait de passer la soirée en bonne compagnie et de me présenter « l'amour de sa vie ». La situation devenait rocambolesque. Je m'apprêtais à partager un repas avec mes enfants, mon mari et sa maîtresse. Et pourtant, je ne me voyais pas décliner l'invitation. Refuser d'y aller, c'était la laisser se glisser plus encore dans la faille qu'elle creusait intentionnellement. Je voyais clair dans son jeu.

Sous mes yeux, il y avait cette famille allemande idéale et la mienne, de famille…

Mercredi 11 août 2021

Je veux pouvoir me souvenir de chaque phrase prononcée, de chaque moment évoqué.

Depuis un certain temps, les situations s'enchaînent comme dans un film dont on dirait que tout y est tiré par les cheveux. Un jour, je me relirai et j'en rirai, c'est certain. Ce jour-là, je ne sais pas où je serai, mais j'en rirai parce que le temps a cette vertu de rendre légers les moments les plus pénibles.

Donc, hier après-midi, j'ai pris le temps de réfléchir. Je me sentais fragile. Sur le fil. Et ma présence à ce dîner organisé par ma fille ne me semblait pas être la meilleure manière d'outrepasser mon état. J'avais donc pris la sage décision de prétexter un coup de fatigue.

Quelques heures plus tard, je me trouvais à l'hôtel, face au miroir, en train de me maquiller plus qu'à l'accoutumée. Ce dîner, j'étais résolue à l'affronter. C'était une histoire de bras de fer entre elle et moi.

Voilà ce que je m'étais dit. Voilà le raisonnement que j'avais enclenché et qui m'avait conduite à changer mes plans. Je m'étais souvenue d'une citation d'un philosophe dont le nom m'échappait : « La jalousie ou le désir de posséder n'est pas signe d'amour. On ne se venge pas par amour, on ne tue pas par amour. Le véritable amour ne s'intéresse qu'au bonheur de l'autre. Il ne se soucie pas de posséder. Il ne possède rien. »

Je m'étais dit que le combat était perdu d'avance si je me mettais dans la situation de posséder Raphaël. Que je pourrais m'en sortir le plus noblement du monde si je passais outre son infidélité, si je n'y résistais pas. J'avais dépassé le cap de la jalousie. La jalousie, c'était le premier degré de l'amour. Elle m'avait fait souffrir. Plus que ça, elle m'avait anéantie. J'étais arrivée à un point de non-retour. Aujourd'hui, je me trouvais ailleurs, à un autre niveau de conscience. Pas encore au stade où, par amour, je souhaiterais le bonheur de Raphaël, mais plutôt dans un entre-deux déstabilisant. J'acceptais peu à peu cet état de fait. Je m'inclinais devant l'absurdité de ce combat. Peu à peu, je me faisais à l'idée que tout cela était vain. La fille faisait partie de notre vie, de notre famille, de notre histoire. Le mieux pour moi était que je l'accepte et que je vive avec. En considérant les choses sous cet angle, j'anesthésiais mon esprit tout entier. En quelque sorte, je le mettais au repos.

À partir de maintenant, je décide de laisser Raphaël vivre son histoire. D'oublier toutes les informations de ces dernières semaines et de tenter une nouvelle approche. Celle de ne plus résister. Je m'efface. J'étais celle qu'on trompait mais qui ne le savait pas. Celle qu'on blessait mais qui ne flanchait pas. Désormais, je suis solide, indulgente, aimante, généreuse, amoureuse. Je lui laisse l'espace et le temps nécessaire pour la voir. Je ne crée plus d'obstacles entre elle et lui. Je m'évince de l'équation. J'évite même d'en faire partie. À partir de maintenant, je ne me mesure plus à cette fille parce que je suis celle avec qui mon mari a partagé vingt-huit ans. Qu'il n'y a plus lieu de rivaliser avec elle. À partir de maintenant, je décide qu'elle et moi ne jouons plus dans la même cour.

Voici mon plan. L'écrire me permet de m'en souvenir au cas où je viendrais à sortir du droit chemin. Si, un jour, cette « abnégation » ne m'est plus supportable.

En pensant à cette nouvelle résolution, je me suis tout à coup sentie alignée avec ce à quoi j'aspirais. Il y avait tout un cheminement personnel à enclencher. Pour ma part, c'était aussi une manière d'avancer. De ne plus me tourner vers le passé. Et sans doute de me réconcilier avec la femme et mère de famille que j'avais été.

Quand je suis arrivée à l'hôtel, Raphaël m'a accueillie avec une joie non dissimulée. Il m'a prise dans ses bras, se disant soulagé de mon retour. Ensuite, il a voulu parler. Savoir ce que je ne lui disais pas. Il valait mieux détourner son attention plutôt que d'entrer dans des explications qui ne mèneraient nulle part. Il a insisté pour qu'on ait cette discussion. Il en avait besoin. On ne pouvait pas faire semblant plus longtemps. J'ai répondu que ce n'était pas le moment. Nous avions un dîner organisé par nos enfants. Il s'agissait désormais de s'y préparer.

Je lui ai raconté la crique où j'avais passé l'après-midi. Cette famille allemande que je n'avais pas quittée des yeux et qui m'avait inspiré l'harmonie. Il n'a rien répondu, sinon qu'il était désolé. Qu'il ne pensait pas… Je l'ai interrompu. Mon téléphone a sonné et je lui ai suggéré de se taire. Je ne pouvais pas entendre qui était à l'autre bout du fil si en même temps il me parlait.

Désormais, Raphaël et moi étions sur le point d'enclencher une toute nouvelle forme de communication basée sur un mensonge qui n'en était plus un, puisque chacun de nous connaissait celui de l'autre… Il savait que je savais et vice versa. Le mensonge avait disparu pour ne laisser place qu'à l'indicible.

Le dîner tant redouté a suivi. Le plan de table était ainsi fait que les deux enfants avaient été relayés en bout de table. Ma pauvre Joséphine n'avait été utile que pour initier le repas entre son père et sa maîtresse. Elle était loin de s'en douter. Je me suis d'ailleurs demandé pourquoi Raphaël n'avait tout simplement pas décliné l'invitation. Quelque part, il jouait le même jeu qu'elle. Il fallait être sacrément tordu pour s'infliger une telle situation.

Je me suis installée et j'ai siroté un verre de vin en discutant avec le jeune Lucas. Il était sympathique et véritablement charmant. J'ai gardé un œil sur Raphaël, qui n'avait pas l'air dans son assiette.

Pour l'occasion, Julie avait revêtu une robe bordeaux qu'elle avait agrémentée d'un rouge à lèvres de la même teinte. Le décolleté était à la hauteur de ses intentions et j'ai cru voir que Raphaël n'y était pas insensible. Il avait plongé ses yeux à moitié dans les siens, à moitié dans ses seins.

On a échangé sur tout et rien. Ces personnes n'étaient pas très captivantes. Ce qui l'était, en revanche, c'était d'observer le manège qui s'opérait entre Julie et Raphaël. Est-ce que Lucas était au courant de ce qui se passait entre mon mari et Julie ? Je me suis interrogée sur la nature de leur relation. Avait-elle été capable d'amener un de ses amants sur le lieu de vacances d'un autre de ses amants, dont elle était éprise ? Lucas avait l'air complètement extérieur à tout ça. Comme mes enfants.

J'ai tâché d'être agréable juste ce qu'il fallait. J'ai questionné Julie sur son métier sans écouter ses réponses. De toute manière, elle et moi n'étions concentrées que sur ce qui n'était pas dit.

Elle a pris le temps d'examiner notre famille dans ses moindres détails. Elle cherchait à comprendre notre fonctionnement. Un peu comme je l'avais fait, l'après-midi même, avec la famille allemande. Alors, j'ai fait de la mienne la réplique parfaite de ce que j'avais eu sous les yeux ce jour-là. Je lui ai donné à voir ce qu'elle redoutait le plus : l'absence de faille. Ce qui jamais ne pourrait faire le poids avec elle.

J'ai appelé Raphaël « chéri », « mon amour ». J'ai parlé à Joséphine de ses coups de soleil et de la crème que j'allais généreusement lui passer au coucher pour la soulager. Je lui ai fait la leçon, comme une parfaite mère de famille. Une parfaite épouse. J'ai parlé de nos vacances idylliques. Des criques que nous avions découvertes, ensemble. De l'hôtel qui n'avait plus aucun secret pour nous. J'ai dit « nous » à chaque phrase. Il me semblait même que je n'avais pas utilisé ce pronom depuis longtemps. J'ai perçu une légère déception de sa part.

Vers la fin du repas, elle a questionné Léo sur ses velléités de réalisateur. L'école qu'il avait choisi de faire l'année prochaine. Ses metteurs en scène de prédilection. Elle lui a proposé de l'emmener sur des tournages quand elle en aurait l'occasion. Lucas allait justement beaucoup tourner dès la rentrée, c'était peut-être l'occasion pour lui d'y assister et de rencontrer des gens du métier. La proposition n'est pas tombée dans l'oreille d'un sourd et a été accueillie avec joie. Cette démarche était encore plus pernicieuse que le simple dîner en famille. Elle suggérait d'aider Léo et donc, potentiellement, de le revoir. Seule à seul. Dans un contexte qui n'avait rien à voir avec Raphaël. Elle engageait nos enfants dans leur aventure et j'ai pu déceler, entre deux œillades égarées, que ça ne plaisait guère à leur père. Il commençait à voir clair en elle et ça me rassurait de le constater.

On a recommandé une bouteille de vin. Joséphine et Léo ont demandé à trinquer avec nous. Lucas les a resservis. Plusieurs fois. Je n'ai pas eu mon mot à dire. De toute façon, il n'était pas question de gâcher la bonne impression que nous faisions.

Je ne sais pas décrire ce que j'ai ressenti durant cette soirée, hormis le sentiment de toute-puissance. Au point qu'avoir cette fille à mes côtés ne m'avait finalement demandé aucun effort. J'étais détentrice de la vérité et vraisemblablement plus maligne qu'elle. Cette histoire allait tellement loin que je me cantonnais désormais au rôle d'épouse irréprochable. Je ne pensais plus qu'à ça. J'aimais mon mari. Je l'aimais sans limite. C'était tout ce dont j'étais certaine. C'était tout ce qui comptait.

Quelques verres plus tard, arrivés au dessert, les enfants ont suggéré qu'on aille danser. Il y avait cette fête de village en plein air près de l'hôtel, c'était l'occasion d'y aller tous ensemble. J'avais bu autant que les autres et recouvré un tant soit peu de légèreté. J'omets cependant un détail qui a pu me contrarier, l'espace d'un instant.

À la fin du repas, mon regard s'est posé sur un geste de Raphaël. Rien ne m'échappait. J'ai aperçu le pied de Julie tentant désespérément d'accéder à l'entrejambe de mon mari. D'un coup de main ferme, Raphaël l'a éjecté. Julie était aussi le genre de femme à aimer s'adonner à ce jeu en présence de mes enfants et de moi-même. Elle s'était autorisé cet écart sans scrupule et n'avait décidément pas plus de limite que de morale.

Raphaël s'était laissé happer dans un moment de faiblesse. Sans doute que nous finirions tous par le payer très cher…

On s'est finalement décidés à aller à la fête. Les enfants étaient en pleine forme et ont dansé avec Lucas. Joséphine n'avait d'yeux que pour Lucas. Lucas n'en avait que pour Julie. Julie n'en avait que pour Raphaël. À un moment, j'ai réalisé que mon mari et sa maîtresse s'étaient éloignés et qu'ils étaient sortis de mon champ de vision. J'ai balayé du regard l'ensemble de la soirée. Je suis allée vers les toilettes publiques pour voir s'ils n'y étaient pas. J'ai tendu l'oreille et entendu deux personnes chuchoter. Alors je me suis enfermée dans la cabine qui jouxtait la leur et j'ai espionné. Un peu comme dans un confessionnal, j'ai collé mon oreille à la paroi et je les ai écoutés me dire ce qu'ils avaient à se dire.

Tu étais dans tous tes états. Tu lui reprochais d'être entrée de force dans notre vie de famille. Tu ne comprenais pas qu'elle ait eu l'audace de débarquer ici, alors que tu lui avais demandé quelques jours pour réfléchir. Tu la menaçais de ne plus jamais la revoir. Tu ne voulais pas qu'elle s'approche de nos enfants.

J'étais heureuse de t'entendre enfin réagir. Je comprenais que cette fille faisait exactement ce qu'elle voulait et que tu t'en défendais.

Elle n'a eu aucune réaction. Je crois bien qu'à ce moment-là, elle s'est accroupie à la hauteur de ton entrejambe et t'a répondu de cette manière. En défaisant ton pantalon. Très doucement. D'une façon que tu ne pouvais pas lui refuser. Tu t'es agacé plus fort encore. Tu lui disais que ce n'était pas le moment. Que tu n'en avais aucune envie. Tu voulais tout arrêter. Qu'elle sorte de ta vie. Tout ça n'avait été qu'une erreur. Elle ne répondait toujours pas à tes menaces. Elle ne le pouvait pas car, pendant que tu tentais de lui résister, elle avait entrepris de te faire jouir. Tu as fini par capituler et te laisser aller au plaisir d'être avalé par elle. Malgré la rage qui grondait à l'intérieur. Malgré la rancœur et les ressentiments. Tu as fini par la laisser prendre le dessus.

J'ai voulu crier de l'autre côté de la cloison. J'ai regardé ses genoux à terre. J'ai continué d'assister à ce spectacle par le petit espace qu'il y avait par le bas. J'étais à la fois aux premières loges et à la pire place. Tu as joui dans un soupir. Dans l'intonation discrète de celui qui ne veut pas se faire prendre mais que le plaisir emporte. Tu t'es déversé dans la bouche de cette fille et j'ai mis la main sur la mienne pour ne pas hurler de douleur.

Je vous ai laissés retourner à la fête comme si de rien n'était. Plus un mot entre vous deux. Plus un son. Tu as ouvert la porte. Tu t'es lavé les mains. Et tu l'as laissée seule savourer son meilleur trophée. Elle s'est recoiffée, s'est remis du rouge à lèvres bordeaux et t'a suivi quelques secondes plus tard.

J'ai respiré profondément pour reprendre mes esprits. Plusieurs fois, une seule n'aurait pas suffi. J'ai eu chaud. Très chaud. La goutte de sueur a dégringolé le long de ma nuque. J'ai retiré ma première couche de vêtements. Mes bras se sont de nouveau coupés en deux. Je ne les ai plus sentis. Ma tête s'est remise à tourner. J'ai vomi. C'était le bon endroit pour vomir. J'ai senti que j'allais partir mais il ne le fallait pas. Il fallait que je tienne bon. Que je sorte de ces toilettes publiques discrètement. La tête haute.

J'avais littéralement vécu un choc traumatique. Je me l'étais infligé à moi-même. J'étais allé me frotter à l'insoutenable. Je me suis demandé jusqu'à quel point je n'étais pas complètement masochiste pour réussir à me contenir tout du long, sans oser les interrompre.

J'ai passé de l'eau sur mon visage. Une femme espagnole m'a demandé si j'allais bien, si j'avais besoin d'aide. J'ai souri. Lui ai répondu que j'allais mieux. J'avais beaucoup trop bu. Beaucoup trop de sangria ce soir… Elle a ri à son tour et m'a rétorqué : « *La fiesta !…* »

En sortant des toilettes, tu n'étais pas non plus dans ton état normal. Tu avais l'air secoué. Tu me cherchais partout. Tu voulais rentrer et n'avais plus le cœur à la fête. Les enfants ont râlé et nous ont suppliés de rester avec Julie et Lucas. Tu as été catégorique en leur assénant de rentrer sur-le-champ avec nous. Joséphine s'est mise à te tenir tête. Julie s'en est mêlée. J'ai mis ma main sur son épaule et lui ai dit de se taire. Très calmement. De se mêler de ce qui la regardait. De rester bien à sa place. Totalement décontenancée, elle s'est figée et n'a rien trouvé à répondre. C'était mon nouveau moi. Avant, je n'aurais jamais pu lui parler de cette façon-là. Avant, je me terrais dans le silence et prenais sur moi.

Tu n'as pas compris ma réaction. Tu ne semblais pas reconnaître la femme qui venait d'agir de la sorte.

J'ai entrepris de réunir ma tribu en direction de la voiture. J'ai démarré le moteur en appuyant sur l'accélérateur d'un coup sec. J'avais la sensation étrange de reprendre le contrôle sur toute la famille.

Si j'avais voulu, en appuyant un peu plus fort sur la pédale, je vous butais tous en un clin d'œil. À commencer par toi, mon traître de mari…

Aussitôt après avoir regagné notre chambre d'hôtel, j'ai voulu faire comme elle. Voir jusqu'à quel point je pouvais moi aussi te faire vaciller. Tu as préféré dormir. Tu n'avais vraiment pas la tête à ça. Tu as prononcé cette phrase sur le même ton qu'avec elle. Sauf que moi, j'étais du genre à respecter ta volonté. Moi, je n'étais pas faite comme elle.

J'ai ravalé une nouvelle fois ma blessure.

Elle, j'ai voulu la tuer.

Jeudi 12 août 2021

J'ai la sensation que tout peut imploser d'un instant à l'autre. Je ne dors pas. La nuit, quand mon corps me lâche, je sombre dans un sommeil paradoxal qui ne dure pas longtemps. Je rêve que je la bute. De toutes les façons possibles. Un peu comme si je perdais la raison. Comme si je n'entrevoyais plus aucune limite dans ce qu'il est possible de lui faire. La torture, le sang, la douleur, les cris, la séquestration, le couteau, le poignard. J'ai peur de ce dont je pourrais être capable.

Ce matin, je ne te regarde plus. Quelque chose a changé. Tu fais partie du décor. Peu à peu, je me détache de ce que j'éprouve pour toi. Ce qui m'importe, c'est de la voir souffrir. Tout a basculé. Tu me parles, mais je ne t'entends pas. Ça ne m'intéresse pas. Je fais semblant d'être là, avec toi, dans cet hôtel. Dans ce lieu hanté par cette fille. En vérité, je suis ailleurs. J'ai quitté notre vie pour un monde parallèle, celui de mon imaginaire où je me charge de faire régner l'ordre. Un endroit rien qu'à moi où, très secrètement, j'applique ma mission.

Je veux voir Joséphine et Léo. Si mon couple est menacé, je veux pouvoir préserver ce qu'il me reste de famille : mes enfants. Au petit matin, j'ai eu besoin de les entendre. Ils dormaient. N'ont pas compris l'urgence de mon appel. M'ont dit que ma voix était bizarre. Qu'est-ce qui me prenait de leur téléphoner si tôt ?

En réalité, je n'ai qu'un seul problème : elle. Elle agenouillée aux pieds de mon mari en train de lui faire la chose qu'il m'avait refusée par la suite. Elle, en train de draguer mes deux enfants pour se les mettre dans la poche. Elle, rêvant de prendre ma place au beau milieu de mes vacances en famille.

On a petit-déjeuné en tête à tête, comme chaque matin, à la même table. Je n'avais plus grand-chose à te dire. Ça me faisait mal de le constater. Je t'ai observé en train de manger ton croissant et je crois bien que, pour la première fois, j'ai ressenti du dégoût. Il ne me restait plus que ça. Du dégoût.

J'ai levé la tête pour me plonger dans la splendeur du paysage et je l'ai vue débouler au bras de Lucas. Elle s'est avancée vers nous, sûre d'elle. Certainement qu'elle s'attendait à partager notre table comme la veille au soir. Ce qu'elle ignorait, c'est que je n'étais pas d'humeur à m'infliger un tel supplice. Je n'avais plus de ressource. On était arrivés à ce point de non-retour où sa présence m'étais devenue insoutenable. Elle s'est approchée pour me saluer. Je me suis levée pour être à sa hauteur et j'ai tendu une main entre elle et moi afin qu'elle se tienne à l'écart. Afin que plus jamais elle ne me touche. Je lui ai dit tout bas que je m'apprêtais à la tuer si elle ne prenait pas ses distances avec nous dans la seconde. Elle m'a fait répéter. J'ai répondu qu'elle avait très bien entendu. Elle a détourné son regard en direction de mon mari, comme pour chercher son approbation et est partie s'asseoir à une autre table. Lucas l'a suivie, déstabilisé par la violence de ma réaction.

Tu as accusé le coup, abasourdi. Il était temps que nous parlions, toi et moi.

— De quoi ?

— De nous, de ce que tu sais et que tu ne dis pas. Allons à la plage. Loin des enfants et des deux autres.

Des deux autres, il a dit…

À la plage, je suis restée impassible quand tu m'as tout raconté. Il n'y avait rien que je ne sache déjà. Tu as évité d'entrer dans les détails pour ne pas paraître indélicat. Je t'ai mis à l'aise : des détails, j'en connaissais déjà certains. Notamment l'heure à laquelle elle t'avait sucé la veille au soir, par exemple. À ces mots, tu t'es décomposé. Pourquoi ne pas t'en avoir parlé ? Comment j'avais pu supporter ça en silence ? Ce n'était pas normal de ne rien dire. Il fallait que je parle. Si j'étais en colère, de te le dire. Si j'étais triste, de laisser couler mes larmes. Si j'étais déçue, de te le faire savoir.

J'ai mis du temps à encaisser ta réaction. Ce qui m'était difficile, c'était de prononcer les mots à voix haute alors que je m'étais terrée dans le silence pendant trop longtemps. J'ai attendu d'être prête avant de te répondre. Et j'ai simplement prononcé cette phrase : « Je ne ressens plus rien. À part de la honte pour nous. »

Raphaël s'est effondré. Il disait ne plus savoir où il en était. Il m'aimait, mais cette fille incarnait ce que nous n'étions plus. Jeune, volontaire, déterminée. Il aimait cela. Il aimait être aimé par elle. Elle le faisait se sentir vivant. Il vibrait de nouveau. Le sexe avec elle était sans limite. Il en était complètement accro. Il avait conscience d'avoir rompu notre serment mais il espérait qu'un jour je le lui pardonne.

Il n'y avait rien de très clair dans ce qu'il exprimait. Ni la volonté d'être avec elle, ni celle de vouloir me garder.

Ce que j'ai fait ensuite mérite quelques mots dans ce cahier, parce que cela révèle à quel point j'avais franchi toutes les limites de l'autoflagellation et du masochisme. Quelque part, j'avais eu besoin d'en entendre plus sur leur liaison pour récupérer une part de notre intimité. Il m'était apparu naturel que, dès lors que tout avait été révélé, il m'en dise un peu plus et me fasse partager aussi ce qui n'avait pas été dit à l'autre. J'avais l'impression de mériter cela, à la place où je me trouvais. Alors, il a raconté encore ce que c'était que d'être avec elle. La chair qui les soudait d'une façon qu'il n'avait jamais connue auparavant mais qui, d'une certaine manière, finissait par l'écœurer. Il savait que ça ne durerait pas. Mais c'était intense, charnel, érotique, enflammé. Chaque moment passé en sa compagnie méritait d'être vécu, et il n'était pas prêt à en faire l'économie. Il s'était attaché à elle très rapidement. Son corps la réclamait tout le temps.

Je n'ai posé qu'une seule question. La seule qui méritait qu'on s'y attarde. J'ai demandé s'il l'aimait. Il a répondu : « Dépendance. » L'avoir fait une seule fois avec elle l'avait condamné à jamais. Il se sentait pris au piège dans une relation qu'il ne maîtrisait pas. Comme une drogue que l'on doit absorber quotidiennement sous peine d'être mal, perdu, de souffrir le martyr. Une unique putain de fois et il était foutu. Sa dose, il la lui fallait tout le temps.

J'ai eu besoin qu'il m'en dise encore plus. C'est là qu'il a raconté sa peau, son odeur, sa bouche, ses mains. À chaque détail énuméré, une nouvelle larme me surprenait à perler au coin de mes yeux. Un peu comme avec un patient, je suis restée stoïque et je n'ai rien laissé paraître. Seules les larmes me trahissaient. Celles-là, je n'avais pas su les retenir. Il n'y avait rien eu que je puisse faire pour les maîtriser.

Il a avoué détester ce que Julie représentait. Mais il la désirait jusque dans ses entrailles. Ça ne ressemblait en rien à l'amour qu'il éprouvait pour moi. Cette fille, c'était le démon. Elle était ce qu'il y a de plus maléfique. Croiser son chemin avait anéanti sa vie. C'était pareil pour elle. Elle collectionnait les amants, mais Raphaël était devenu une obsession. Elle ne pouvait plus s'en passer. Ils étaient infiniment connectés par le manque, le besoin, le plaisir, la dose, le produit, le fix. Ils ne savaient plus comment se sortir de cette dépendance. À maintes reprises, il en avait eu envie, mais à chaque fois elle revenait et il la reprenait.

Il m'a supplié de lui pardonner. De le comprendre et de l'aider. Il avait la sensation d'avoir été envoûté et ne se reconnaissait plus. Il devenait fou. Mais Raphaël n'était pas mon patient et pour une fois, c'était moi qui avais besoin d'aide. Pour une fois, il ne s'agissait que de moi.

Je me suis levée pour reprendre mes esprits. Je devais encaisser tout ce que je venais d'entendre. Je suis allée marcher au bord de l'eau. Quand je suis revenue, Raphaël s'impatientait. Il espérait que sa peine ne soit pas trop lourde.

En l'espace de quelques minutes, je venais de prendre la décision ferme de le quitter. J'étais prête à tout pour que ça s'arrête. Je me sentais trahie, abandonnée, meurtrie. J'étouffais. Je n'arrivais plus à y voir clair. J'avais tenu longtemps sans réagir, mais là j'étais à bout de forces. À son retour, on s'occuperait de mon déménagement.

Il s'est excusé encore, me jurant que cette fille sortirait de notre vie dans les mois à venir. *Les mois à venir*, il a dit…

Mais il n'y avait rien à faire. Ma décision était prise. Je ne reviendrais plus dessus. Il ne s'agissait pas d'attendre « les mois à venir ». Mon départ était déjà enclenché.

À ces mots, Raphaël a paniqué. Il a agrippé mon bras pour me retenir. S'est tout à coup défendu d'être prisonnier de cette fille. À présent, il me promettait de s'en séparer. Je comptais plus que n'importe qui.

Je l'ai observé se débattre dans le flou de ses émotions, et sa faiblesse m'est apparue tout à coup comme une révélation. Il n'était pas seulement décevant, il était lâche et soumis. Il n'avait rien de l'homme que j'avais aimé. Il perdait le contrôle comme un enfant ne sachant plus à quoi se raccrocher. Plus tard, en repensant à cette image, je savais que je ne regretterais jamais ma décision.

J'ai marché vers l'hôtel. J'ai senti son bras s'accrocher de nouveau à moi comme pour me retenir. J'ai voulu m'en défaire. L'ai violemment repoussé. Il ne me lâchait toujours pas. Alors je l'ai frappé de toutes mes forces. Je l'ai frappé à tous les endroits possibles. Partout où mes mains pouvaient l'atteindre, où je pouvais lui faire mal. Je l'ai frappé autant de fois qu'il m'avait été permis de le haïr durant ces derniers mois. J'ai hurlé qu'il me laisse tranquille. Il m'a écartée d'un geste brutal pour se défendre. Et je suis tombée. Ma tête a supposément heurté une pierre et, quelques secondes plus tard, après avoir réalisé que j'étais au sol, j'ai senti le liquide chaud couler sur ma tempe. Tout s'est arrêté net. Je nous ai observés. C'était la fin. Raphaël s'est précipité dans ma direction. Je ne voulais pas qu'il s'approche. Je me suis relevée seule et j'ai très calmement repris la direction de l'hôtel, en espérant qu'il ait compris.

J'ai fait ma valise. J'ai appelé Joséphine et Léo pour leur dire d'en faire autant. On prendrait l'avion plus tôt que prévu. Ils n'ont posé aucune question. Ce n'était pas dans mon habitude de changer de plan à la dernière minute. Ils ont obéi sans rien dire. Et m'ont suivie.

Samedi 14 août 2021

Quelque chose de notre couple est resté là-bas à jamais.

Je sais qu'à présent ils ont tout le loisir d'être ensemble. Avec pour seule contrainte Lucas. Pas d'interdit. Aucune barrière. N'importe où, n'importe quand. Sans limite d'espace ni de temps.

Il y a vingt ans, j'étais à sa place. Je sais que les premiers instants de liberté amoureuse sont les plus fous. Les plus galvanisants. Qu'ils finissent par s'estomper avec les années, les habitudes et la conscience que l'autre nous appartient. Par la suite, on passe le plus clair de son temps à courir après cet émerveillement, cet état quasi extatique qui ne dure jamais plus de trois ans. On suppose qu'en allant voir ailleurs, on retrouvera l'étincelle. C'est un fait mais c'est aussi un éternel recommencement. Si l'on ne s'attache qu'à aimer dans cet état de passion absolue et dévorante, on finit invariablement par se lasser. Avec les années et les épreuves de la vie, on disparaît peu à peu dans le spectre de l'ennui.

Raphaël doit se sentir de nouveau vivant au contact de cette fille et, quand j'y songe, la jalousie m'étrangle. Finalement, je n'ai jamais vraiment cessé de l'être, jalouse.

J'ai la sensation pénible et entêtante de lui avoir cédé ma place. C'est injuste, quand on y pense, de passer la moitié de sa vie à se battre pour son couple et de le voir tout à coup voler en éclats, dans un élan passionnel irréfléchi.

Raphaël rentre après-demain. J'ai commencé à planifier mon déménagement. Une amie me prêtera très certainement sa maison secondaire à la campagne. Ça ne sera pas pratique pour me rendre au cabinet mais ça me dépannera quelque temps.

Les enfants m'ont déjà appelée plusieurs fois. Le dîner est prêt. Je suis couchée. Je ne sors plus de ma chambre. Je rumine les souvenirs de Raphaël. Je me refais le scénario de leur liaison avec les quelques informations recueillies ces derniers jours. Je les imagine à l'hôtel, dans notre chambre. Dans notre lit. Dans nos draps. Je les imagine en train de le faire partout. De parcourir l'île, main dans la main. Le bonheur d'être enfin seuls, loin de moi.

Je ne pense qu'à elle. À elle et à la vengeance. Les images défilent. Le sang, la torture, le couteau, mes mains qui serrent fort autour de son cou. Mes mains qui l'empêchent de respirer. Je pourrais le faire. J'en serais capable. Je serre fort mon oreiller comme si c'était son cou. La tuer sur-le-champ, si je le pouvais. Je ne la lâche pas. Je serre plus fort encore. J'y mets toute ma force.

Quelqu'un frappe à la porte. Joséphine me surprend. Je lâche l'oreiller. Je ne réponds pas quand elle s'adresse à moi. Je n'entends pas ce qu'elle me dit. Je suis ailleurs. Dans un autre espace-temps. Lentement, tout doucement, je reprends le contrôle et reviens à moi.

Elle me suggère de venir manger quelque chose. Elle s'inquiète. Je lui réponds que je préfère rester seule, ça passera. Elle insiste. Entre dans ma chambre et se plante devant moi, agacée par mon état. Elle voudrait que je réagisse. Que je me reprenne. Joséphine se sent démunie. D'habitude, je suis celle qui console et qui écoute. D'habitude, je ne flanche pas. Je ne suis pas du genre à me laisser abattre. Elle me supplie de réagir. Je dois me ressaisir. « Parle-moi. Dis-moi ce qui ne va pas. » Elle a cru comprendre qu'entre son père et moi, ça n'allait pas trop en ce moment. « Pourtant, les vacances avaient bien démarré. Qu'est-ce qui s'est passé ? Est-ce que Julie a quelque chose à voir là-dedans ? » Elle a vu son père avec Julie la veille de notre départ. Elle ne peut pas me le cacher plus longtemps. Devant sa chambre. Ils étaient tous les deux contre un mur. Ils faisaient plus que s'embrasser. Elle préfère me dire la vérité, même si elle est dure à entendre. Ils le faisaient contre un mur. Elle a vu son père le faire et c'était dégueulasse. Elle est certaine que c'est pour ça. Que je suis au courant. Je suis trop instinctive pour ne pas l'avoir senti. Je suis du genre à capter ces choses-là. Et puis, le fait qu'on soit partis si vite lui a mis la puce à l'oreille.

Joséphine s'est rapprochée de moi et m'a suppliée de lui dire si c'était à cause de ça. Aucun son ne sortait de ma bouche. Rien que des larmes.

À son tour, elle se met à pleurer. M'avoue ne pas supporter de me voir dans cet état. Son père ne le mérite pas. Il l'a tellement déçue. Jamais elle ne l'aurait cru capable de faire une chose pareille. Et cette fille, Julie, est pire que tout. Joséphine se revoit échanger avec elle au bord de la piscine. Elle repense à la manière dont elle s'est servie d'eux pour se rapprocher du père. Elle ne veut plus jamais les voir. Son père est *un connard et elle, c'est une vraie pute* ! Sur ces mots, elle claque brutalement la porte pour signifier son mécontentement. Joséphine est entière. Joséphine est empathique et solidaire. Une part de moi ne peut ignorer qu'elle dit vrai. La savoir de mon côté me réconforte.

J'ai filé dans la salle de bains et j'ai avalé deux anxiolytiques d'un coup. J'avais mal dans tout le corps. Je tremblais. Rien n'y faisait. Ça ne se calmait pas. L'image de Raphaël et Julie le faisant contre le mur. Sous le regard de ma fille. Malgré la discussion qu'on avait eue juste avant. La trahison. La sensation d'avoir définitivement perdu mon mari. De n'être plus rien pour lui. De n'être plus que cet être qui empêche et qui pèse lourd sur sa liberté. Raphaël, bien loin de moi. Trop loin de nous.

Le téléphone a sonné. C'était lui. Je n'ai pas décroché. Qu'est-ce que je pouvais bien lui dire dans l'état où j'étais ?

Demain je reprends les consultations au cabinet. Jérôme Finkiel, 10 heures.

Mardi 31 août 2021

Je n'ai pas écrit depuis longtemps. J'ai compris qu'écrire me rendait la tâche plus difficile. Écrire, c'est manifester ma colère et ma rancœur. C'est laisser la souffrance noircir le papier. Lui donner l'occasion de s'exprimer. Encore et encore. En couchant les mots dans ce cahier, j'ai hurlé chaque jour plus fort la perte de notre couple. J'ai gravé dans les lignes, les points et les virgules, le déclin de notre mariage.

Il n'y avait pas d'autre issue possible que celle qu'on connaît déjà. Aujourd'hui, je comprends que notre histoire était foutue bien avant la rencontre avec cette fille. Je l'avais pressenti des mois auparavant. Les crises d'angoisse qui m'empêchaient de fermer l'œil étaient le signe avant-coureur de ce qui s'apprêtait à exploser quelques mois plus tard. Nous avions lentement glissé vers la fin bien avant le mariage de Camille et Matthieu. Je ne saurais dire les raisons exactes qui ont motivé Raphaël à rompre notre serment, ni si c'est le temps, les années ou les habitudes qui nous ont abîmés. Je n'ai pas la recette miracle pour que ça dure. Personne ne l'a, je crois. L'arrivée de Julie dans notre vie n'a été que la résultante de la faillite de notre couple.

Avec le recul, il me semblait urgent que quelque chose se passe. Même dans la douleur qui fut la mienne.

Il y a eu le retour de Raphaël. Les enfants, lui et moi sous ce même toit alors que nous ne partagions plus le même lit. La présence de Julie que je ressentais continuellement. Et ce jour tant attendu pour nous tous… Mardi 31 août 2021.

Au réveil, j'observe Raphaël une toute dernière fois. Je ne sentirai plus jamais les effluves de son parfum fraîchement vaporisé le matin. Je ne le verrai plus jamais boire son café en quatrième vitesse parce qu'il est en retard. Je n'assisterai plus aux disputes incessantes de mes enfants quand il leur demande de débarrasser la table du petit déjeuner. Ces matins-là sont derrière nous.

Ces derniers jours, Raphaël s'est installé dans la chambre d'amis. Dorénavant, il lui est fidèle.

On en est là.

Je quitte la maison. Mes valises sont bouclées et mes quelques cartons entassés dans l'entrée. Il fallait que ça se fasse le plus vite possible. La rentrée exigeait qu'on mette sérieusement les choses à plat. Qu'on avance et qu'on dépasse le cauchemar de ces derniers mois.

Je n'ai plus goût à rien. Je n'ai plus d'appétit. Mon corps est fatigué, éreinté. J'ai perdu du poids. En me regardant dans le miroir, j'ai pensé que la souffrance m'avait fabriqué un nouveau faciès. Que dorénavant, il en comporterait les stigmates. La douleur se lit malheureusement plus aisément que le bonheur sur les traits d'un visage.

Je lui laisse la maison. Il a accepté mon départ sans faire d'histoire. Sans doute une part de lui n'attendait-elle que ça. Sans doute aussi l'orgueil ne l'a-t-il pas fait réagir sur le moment.

Mes enfants ne disent plus un mot à leur père. Leur père a fait trop de mal à leur mère. À leur famille. À leurs repères.

Joséphine a laissé de côté ses réflexions amères et sa désinvolture. Elle fait soudainement profil bas. Sa mère n'est plus qu'un morceau d'elle-même. Elle prend soin de ce qui reste. Le soir, elle dépose un plateau devant la porte de ma chambre avec une petite fleur du jardin, en souvenir d'une autre époque. Elle sait que je ne veux pas croiser son père. Joséphine est devenue mon alliée. Ma meilleure amie dans cette maison.

Je passe mes soirées à me demander comment remonter la pente. Par où commencer ? Comment vivre sans lui ? Comment ne plus l'aimer ? Comment cesser de ressasser les souvenirs communs ?

Même écrire me demande un effort surhumain, alors qu'autrefois c'était une nécessité. Je peine à trouver les mots et la formule juste. Je ne suis plus sûre de rien.

Voilà. Je pars. Je quitte Raphaël. Pour de bon. Je quitte la vie que j'ai mis tant d'années à construire pour une autre dont je ne connais pas encore l'issue.

Je dis adieu à ce cahier. Je l'abandonne ici en même temps que je quitte cette maison. Je tourne une page.

Si je quitte Raphaël, je quitte aussi ces heures de réflexion qui me renvoient à nous. Je laisse derrière moi la peine qui s'est inscrite au fil des jours, au fil des pages.

Je laisse tout ça loin derrière et je ne me retourne pas.

C'est une autre vie que je pars chercher. Une nouvelle voie.

III

L'inattendu

Je viens de me relire. Je reste secouée par la violence avec laquelle j'ai écrit. De toute évidence, ce cahier était dédié à ça.

C'était il y a plus d'un an. Je me souviens d'avoir été plongée dans un tourbillon d'émotions toutes plus anxiogènes les unes que les autres. D'avoir eu la sensation de glisser. De perdre pied. De n'être plus tout à fait lucide. De nourrir des idées insensées. Je découvre ce texte comme je lirais le témoignage d'une femme meurtrie. Une femme que je ne connais pas mais qui résonne en moi. Intimement. Je revis la douleur, le vide, la trahison, l'abandon. Le corps a décidément une mémoire infaillible. Le mien réagissait à la lecture de chacune de ces lignes.

J'ai souvent pensé au moment où je me relirais. Je me disais que ce serait comme le témoignage d'une partie de ma vie. Que coucher ses pensées à l'âge que j'avais serait forcément salutaire. Mais j'étais loin d'imaginer que ce cahier offert par une amie serait rempli d'un nouveau chapitre de ma vie. Qu'il en serait même à l'origine.

Je réfléchis à celle que j'étais et celle que je suis devenue. Au long cheminement parcouru pour sortir de cet enfer. Aujourd'hui, ma seule certitude est qu'on vient toujours à bout des situations les plus chaotiques. Qu'elles se mettent en travers de votre route pour une bonne raison. La raison, je ne l'ai pas encore trouvée tout à fait. Je n'en suis qu'au début.

Elle était plus jeune, plus sûre d'elle. Elle n'avait peur de rien. Elle obtenait tout ce qu'elle voulait sur son passage. Elle faisait chavirer le cœur de mon mari quand moi, dans l'ombre, je m'éteignais peu à peu. Son désir pour elle était sans limite, tandis que pour moi il se tarissait de jour en jour. J'ai fini par perdre au jeu. Mes nombreuses tentatives pour le récupérer sont restées vaines. Je ne faisais pas le poids, quand toutes les planètes étaient alignées dans sa direction.

À force d'imaginer que je pouvais le perdre, j'avais fini par inscrire la chose dans le champ des possibles. L'issue était fatidique. Je dirais même qu'elle y était inscrite dès les premières pages de ce carnet. J'avais invariablement influencé le cours des événements en projetant l'idée que ça pouvait exister. En échafaudant tous les plans qui serviraient à le garder, je lui avais sournoisement insufflé la possibilité de partir.

Au début, je me suis sentie abandonnée. C'était certain, il y avait quelqu'un d'autre de plus présent dans sa vie. Lentement, j'ai fini par me fondre dans le décor de cette maison. Certaines femmes peuvent se contenter de ça. Moi, ce n'était pas mon truc de passer inaperçue. J'avais viscéralement besoin d'être une priorité pour mon mari. Et d'en avoir l'exclusivité.

Elle est devenue réelle pendant nos vacances d'été. Ce n'était plus le fruit de mon imagination. Elle était sa maîtresse. Là, sous nos yeux. Les miens mais aussi ceux de nos enfants. Elle était venue jusqu'à lui pour nous l'enlever. Elle avait accompli la chose, tel un acte de violation de notre vie privée.

Dès lors, elle était devenue mon obsession. J'ai imaginé des plans dans tous les sens pour protéger notre couple avant de me protéger moi-même. J'étais au courant de tout mais je me suis évertuée à me taire. Quelque part, en ne disant rien, je nous préservais encore un peu. Notre couple restait vivant. C'est étrange de se dire que le silence nous a gardés en vie. Souvent le silence est associé à la mort ou à l'absence...

Je me suis alors adonnée au même jeu que Raphaël : faire semblant. Tout voir mais ne rien dire. Mentir pour mieux tromper. Le mensonge me permettait de rester sa femme. De me figer à jamais dans nos repères et de ne plus en sortir.

Dans cette stratégie où nous excellions chacun de notre côté, nous protégions ce parfait duo que nous étions. Il n'était pas question d'énoncer ce qui se passait vraiment. Ni lui ni moi n'étions prêts à faire le bilan de notre couple. Ce qui était en train de nous arriver n'était pas digne de nous. Le couple parfait que nous incarnions ne pouvait subir le même sort que le commun des mortels. Nous valions mieux que ça. Je me suis alors cloîtrée dans cette bulle de mensonge pour nous préserver du naufrage. J'ai protégé Raphaël jusqu'au bout. Encore maintenant, il m'est extrêmement difficile de lui faire porter la responsabilité de la situation. J'ai protégé notre couple jusqu'à aujourd'hui tandis que moi, je me suis oubliée.

Alors, j'ai décidé de partir. Partir m'était nécessaire.

J'ai habité dans la maison secondaire d'une amie. Et je m'y suis plu. Il y avait ces kilomètres qui me séparaient de ma vie d'avant et c'était salvateur. Même si les trajets étaient longs et contraignants, la distance semblait me rendre plus forte. Elle mettait les choses au clair : j'étais loin et je me préparais à un nouveau départ, ailleurs.

De leur côté, les enfants ont emménagé dans un petit appartement près de leur université. Ils n'avaient pas voulu choisir entre leur père et moi. Je soupçonne Raphaël d'avoir préféré leur payer un appartement plutôt que de vivre sous notre toit avec sa nouvelle compagne et les deux enfants de son ex.

Leur passion n'a duré que quelques mois. Un peu plus d'une année. Quinze mois, c'est le temps d'une aventure qui touche à sa fin. C'est le temps d'aller jusqu'au bout d'une idylle et d'en être totalement écœuré. Quinze mois, c'est ce qu'il m'a fallu pour digérer. Pardonner. Comprendre. Quinze mois pour retourner toute une famille. Séparer ses membres les uns des autres. Les monter les uns contre les autres. Et puis, un jour, se demander pourquoi on a tellement désiré cette fille… pourquoi on a tout bazardé pour elle… Pourquoi elle ? Et plus tard encore s'apercevoir, en la regardant, qu'on ne ressent presque plus rien. Qu'on est allé au bout de l'histoire. Au bout du désir. Au bout de la relation.

Alors, revenir au point zéro. Au point de départ. À l'essentiel. À tous ceux qu'on aimait avant et qui nous maintenaient vivant. Se languir de sa vie de famille. Se dire qu'on a perdu la raison le temps d'un écart. Revenir à cette raison-là et frapper à ma porte.

Pendant qu'ils étaient ensemble, il m'a fallu réapprendre à vivre seule. Bizarrement, mon cabinet tournait à bloc et ça m'allait très bien. Je n'avais plus de vie de famille à gérer. J'étais libre de rentrer à n'importe quelle heure. Libre de prendre un patient à 21 heures si je le souhaitais. Délestée de toute contrainte. De toute obligation. J'avais recouvré une liberté totale de vie et de mouvement. Pour moi, c'était nouveau. J'aurais pu mal gérer le vide que cette liberté soudaine m'inspirait. Étrangement, j'en suis tombée amoureuse. Je découvrais une nouvelle manière d'appréhender la vie, dénuée de toute charge mentale. C'était nouveau et plus jamais je ne serai capable d'un retour en arrière.

Je n'ai plus vu Jérôme Finkiel au cabinet mais dans des chambres d'hôtel. Jérôme Finkiel a cessé d'être mon patient du jour au lendemain pour devenir mon amant. Je tiens à dire que je n'ai jamais voulu qu'il le devienne. Il a mis un terme à sa thérapie de lui-même en ayant une idée très précise de ce qu'il attendait. C'était tout sauf déontologique. Mais Jérôme Finkiel était malin. Et patient…

J'ai redécouvert la joie d'être aimée et regardée comme au premier jour. Mais, blessée comme je l'avais été, il m'était difficile d'accueillir la douceur d'un autre. Cet autre-là me renvoyait désespérément à celui qui n'était plus.

Jérôme Finkiel a sans aucun doute souffert tout autant que moi durant cette période. Parce que ce que je ne lui donnais pas le rendait plus amoureux encore. Il m'aimait deux fois plus, quand j'aurais préféré qu'il m'aime deux fois moins. La vie est ainsi faite. J'ai dû lui dire que je n'y arriverais pas. J'ai dû interrompre la relation plusieurs fois. Y mettre un frein. Prendre de la distance. Au fond de moi, j'aimais encore follement mon mari. Malgré sa nouvelle compagne, malgré le mal qu'il m'avait fait, malgré les trahisons et les mensonges, j'aimais mon mari de tout mon être et je n'étais pas prête à en faire l'économie. Jérôme ne serait jamais à cette place-là parce que, secrètement, je la lui gardais pour quand il reviendrait.

Pour quand il reviendrait… Pendant tout ce temps, j'ai tenu bon en étant persuadée que Raphaël réapparaîtrait. C'était une pensée quotidienne et entêtante qui prenait toute la place. Chaque détail de la vie me renvoyait indubitablement à son absence et, par voie de conséquence, à son potentiel retour. Dans mon for intérieur, j'étais convaincue qu'une fois sa liaison consommée, Raphaël se raccrocherait aux souvenirs de nos vingt-huit années passées ensemble. Une part de moi-même était certaine qu'il n'était pas vraiment parti. Il me semblait que notre amour valait bien plus que la relation passionnelle et addictive entretenue avec Julie. J'étais blessée mais persuadée que notre histoire n'en était pas encore à sa fin. De la même manière que j'avais été sûre qu'il avait quelqu'un dans sa vie, mon instinct me soufflait qu'elle ne le comblerait pas complètement. Avant Julie, nous avions, lui et moi, un lien qui ne mentait pas. Qui ne pouvait pas mourir comme ça. Nous étions connectés par l'âme et plus encore par le corps. Plus forts que n'importe qui susceptible de s'interposer entre nous.

Le soir, dans mon lit, il m'arrivait de le sentir près de moi. Je passais la nuit dans ses bras, contre lui. Au petit matin, je constatais qu'il n'avait jamais été là. Que j'avais cette capacité à fabriquer des pensées et à les matérialiser jusque dans mon sommeil. Je me disais que si j'avais cette force-là, il n'y avait pas de raison pour que ça ne se manifeste pas dans la réalité.

Je me suis coupée de lui pendant près d'un an. Nous n'avions des nouvelles de l'autre qu'à travers les enfants. Et c'était parfait comme ça. La distance que j'avais délibérément imposée nourrissait une part de mystère. Le silence a ce pouvoir magique de recréer le désir par le manque. Cet éloignement volontaire me rendait totalement insubmersible. Et plus le temps passait, plus j'avais la conviction de redevenir le sujet à conquérir, tout en percevant le mal-être de Raphaël.

Le temps a cette faculté inédite de gommer les émotions les plus fortes et de les adoucir…

Ce que je veux dire par là, c'est que tout a fini par s'apaiser, dans le silence, au fil des mois. Et c'est à ce moment-là que Raphaël s'est à nouveau manifesté. L'absence de l'être aimé ne ment jamais. Le manque est la chose la plus authentique qui soit en amour.

C'était il y a trois mois, tout juste. Je me souviens du coup de téléphone en pleine nuit. De l'angoisse que quelque chose de grave ne soit arrivé à l'un d'entre nous. C'était lui. Il parlait à voix basse. Il ne voulait pas qu'elle entende. Il avait pris le téléphone pendant qu'elle dormait et avait composé mon numéro parce que mon silence lui était devenu insupportable.

Je lui avais demandé s'il était heureux. Il m'avait répondu que le vide avait pris ma place. Le vide, c'était une chose que je connaissais bien. J'étais experte en matière de vide. Alors, je lui avais proposé de venir boire un café. C'était loin, il faisait nuit et froid. Mais c'était l'occasion rêvée. Sans doute qu'il s'était penché sur Julie pour vérifier qu'elle était bien endormie. Une heure plus tard, Raphaël se tenait là, devant ma porte.

C'était comme si, chacun de notre côté, nous avions secrètement espéré ce moment.

On s'est vautrés dans le canapé du salon tout en discutant. Un peu comme deux vieux amis qui ne s'étaient plus parlé depuis longtemps. J'avais enfilé en vitesse ce peignoir en soie bleu, offert lors d'un voyage en Thaïlande. Il s'est souvenu du cadeau. Puis du voyage que nous avions fait là-bas après la naissance de Joséphine. On s'est replongés dans nos souvenirs et dans le bonheur que nous avions à passer du temps ensemble. Ensuite, on a parlé des enfants, de leur nouvelle vie. Ils semblaient se débrouiller très bien sans nous. On avait comme par magie effacé tous les mauvais souvenirs. Puis, on n'a plus rien eu à se dire. Parce que, entre nous, il y avait bien plus que de l'amitié. Il y avait une attirance réciproque et inaltérable. Il me brûlait les lèvres de lui poser des questions sur sa relation avec Julie. S'il était là, c'est qu'elle ne remplissait plus son rôle. Quelque chose devait lui manquer.

J'ai à peine eu le temps de l'interroger qu'il m'a interrompue pour me le dire. Que me revoir lui faisait le même effet que lors de notre tout premier rendez-vous. Notre tout premier baiser. C'était ça qu'il avait ressenti quand je lui avais ouvert la porte, quelques minutes auparavant. Parfois, il me cherchait dans son sommeil. Il aimait Julie, mais c'était un amour passionnel qui ne le comblait pas. Elle était fragile, jeune, excessive. J'étais sa femme. Encore et pour toujours, je le resterais.

Ensuite, il s'est approché de ma bouche. Il ne savait pas vraiment si ce geste était bienvenu. Il l'avait fait en espérant que oui. L'espace d'un instant, j'ai pensé au désir fou qui nous brûlait et à celui qui n'était plus, entre Raphaël et Julie. J'ai pris conscience de la fragilité du lien. De l'instant suspendu qui pouvait tout faire basculer.

Cinq minutes plus tard, je perdais mon statut d'ex pour m'approprier celui de maîtresse. J'avais songé à Julie et à ce qu'on était en train de faire. Je m'étais demandé si elle avait eu, elle aussi, ces mêmes remords quand elle avait couché avec mon mari pour la première fois. J'avais pensé à la place que je reprenais et à celle que je lui laissais.

On l'a fait sur le canapé du salon. Je n'ai pas de mots suffisamment forts pour exprimer ce que la chimie de nos deux corps réunis ce soir-là a réussi à recréer. Il y avait du désir et de l'amour encore. Tellement d'amour. Les vêtements arrachés, éparpillés au sol, nous avions fini en nage. Raphaël voulait recommencer. Plus il était en moi, plus j'obtenais la sensation qu'il ne pourrait pas se défaire.

Ensuite, l'impact a été immédiat. Ce qui m'était apparu merveilleux quelques secondes auparavant m'a tout à coup semblé sale et indécent. J'ai voulu qu'il s'en aille sur-le-champ. Je l'ai poussé hors du canapé avec la triste sensation d'un caprice trop vite assouvi. Derrière le fantasme, il y avait la réalité, et je ne me reconnaissais pas dans celle-ci. Raphaël pataugeait et faisait n'importe quoi. J'avais pensé au gâchis de ces quinze derniers mois. À la meilleure place qu'avait été la sienne, entre Julie et moi, et ce n'était pas juste.

Dans cet élan de colère, je lui ai ordonné de rentrer chez lui. De la colère, il m'en restait, tout compte fait. Il voulait se faire pardonner. Il m'aimait encore. Mais rien n'y faisait. Toutes les mauvaises pensées avaient repris leur place initiale, y compris la peur. J'étais furieuse. Contre moi-même. Contre lui.

Il a réuni ses affaires, s'est rhabillé à la hâte et a disparu. Avec le recul, je me dis que ça l'avait sûrement arrangé de regagner son lit en pleine nuit. Il n'avait pas eu besoin d'inventer un prétexte pour se justifier auprès d'elle. Il s'était discrètement glissé sous les draps et, ni vu ni connu, s'était réveillé dans ses bras au petit matin.

Les jours suivants, je l'ai cherché partout. Entre deux patients, je me surprenais à jeter un coup d'œil distrait sur mon téléphone. J'attendais un signe. Mais il n'y en a pas eu. Il était retourné à elle et à sa nouvelle vie. Il était réapparu dans la mienne le temps d'une soirée, et c'était tout. Peu à peu, le doute est revenu s'immiscer dans mes pensées. Je n'avais plus de réponse à rien. Mon instinct m'avait quittée du jour au lendemain. Comme si lui succomber ce soir-là m'avait subitement replongée dans les mois désastreux de notre séparation. J'étais revenue au point de départ et je n'avais plus de forces pour me battre.

Les choses ont pris un nouveau tournant quand nos chemins se sont recroisés, quelques semaines plus tard, lors d'une soirée organisée chez des amis communs. J'avais suggéré à Jérôme Finkiel de m'y accompagner. On était arrivés un peu éméchés. J'avais d'abord vu Julie. Elle était venue nous saluer, très sûre d'elle. Manifestement, elle n'avait toujours aucun scrupule à s'adresser à moi comme si nous étions de vieilles amies. Jérôme avait tout de suite compris qui elle était. Elle ne lui avait pas paru si à l'aise que ça. Elle semblait trop jouer l'assurance. J'en avais conclu que Raphaël n'avait sans doute pas pu venir.

On s'est dirigés vers le bar pour prendre un verre. Jérôme avait essayé de poser sa main sur ma taille et j'avais eu le malheureux réflexe de le repousser. C'est à ce même moment que la vision de mon ex-mari m'est apparue tout au fond de la salle. Son regard a balayé la pièce et s'est aussitôt focalisé sur moi. Et Jérôme. Ensuite, il ne m'a plus lâchée de la soirée.

Partout où j'allais, il semblait m'observer. C'était l'occasion parfaite de lui faire savoir que d'autres hommes pouvaient m'aimer. L'exercice avait été assez jubilatoire. Il s'agissait désormais d'honorer chaque geste tendre de Jérôme Finkiel. Ça n'a pas duré très longtemps parce que

Raphaël a fini par m'intercepter dans le couloir des toilettes. Il m'a demandé si j'allais refaire ma vie avec l'homme qui m'accompagnait. Il n'a pas attendu ma réponse, la réponse ne l'intéressait pas. Ce qu'il voulait, c'était mesurer mon degré de fidélité. Savoir jusqu'à quel point je pouvais lui résister en présence d'un autre. La seconde d'après, nous étions enfermés dans une des chambres de l'appartement pour braver l'interdit. Entre nous, c'était électrique, chimique, érotique, organique. C'était plus excitant que n'importe quel jeu d'adolescent. L'interdit pratiqué dans le sentiment amoureux est ce qu'il y a de plus extrême. Je frissonnais de plaisir à l'idée que le temps nous était compté et que « les deux J » se trouvaient peut-être derrière la porte, à l'affût.

Ce qui nous arrivait relevait tout bonnement de l'inattendu. Raphaël et moi étions en train de retomber amoureux, à travers une passion charnelle qui nous dépassait. Et plus le sentiment de se faire prendre était proche, plus nous éprouvions la sensation de devoir consommer notre relation, de peur qu'elle nous échappe.

Ensuite, il m'a demandé d'être patiente. Ensuite, il avait prononcé une phrase que j'avais cru mal entendre parce qu'elle avait été bien trop brutale pour être dite comme ça. Je la lui avais fait répéter deux fois. « Sois patiente, il m'a dit. Je vais revenir. »

Raphaël avait un plan tout tracé. Il espérait que nous nous remettrions ensemble. Il savait même déjà comment il allait s'y prendre. Je n'avais qu'à l'attendre. La question de savoir si j'en avais envie ou non ne se posait même pas. Il en était convaincu. Il s'adressait dorénavant à moi comme si nous n'avions jamais vécu ensemble, jamais partagé de quotidien. Nous étions de jeunes amants en pleine découverte l'un de l'autre. Ses yeux brillaient à nouveau. Il n'y avait plus de soupirs, plus d'indifférence, plus de désillusions.

Les mois suivants se sont poursuivis dans cette même intensité. Raphaël et moi avions de nouveau vingt ans, à cela près que nous étions ce couple illégitime que rien ne pouvait ébranler. Sur nous, ça faisait l'effet d'un remède miracle. L'interdit offrait tout à coup la possibilité d'explorer une nouvelle facette de nous-mêmes alors que vingt-huit années de vie commune nous précédaient. Contre toute attente, nous n'étions pas loin d'avoir trouvé l'antidote à la lassitude de notre couple. Après des mois de souffrance et de silence, nous nous réinventions. Notre couple reprenait vie par le prisme de l'adultère. *J'étais* l'adultère.

Mon ex-mari prenait désormais des risques pour moi. Il me redonnait l'exclusivité quand Julie passait au second plan. C'était un nouvel homme. Je finissais même par lui trouver un certain courage à se mettre en danger pour nous. Notre situation était insolite. Je ne pensais plus qu'à ça. Je me foutais de tout le reste. J'avais perdu tout sens moral. Je n'étais plus son ex-femme, ni la mère de ses enfants. J'étais celle avec qui il trompait sa légitime. J'avais comme revêtu la partie la plus *wild* de moi-même. C'est en ces termes qu'il le disait.

Braver l'interdit. Jamais, auparavant, nous n'avions connu ensemble sentiment plus exaltant. Nos rendez-vous secrets s'échelonnaient à raison de deux fois par semaine, le mardi et le jeudi. Le temps était notre meilleur allié. Nous en trouvions toujours quand il était question de se voir parce que nous nous étions mis en tête de le rattraper.

Mardi, 11 heures, c'était toujours la même patiente dont j'espérais secrètement écourter les séances pour arriver plus vite à l'heure du déjeuner. En écoutant Élise O. aborder sa relation conflictuelle à sa mère, je me surprenais à rêver de mon ex-mari et à compter les minutes qui m'en séparaient.

Dès 12 h 30, nous nous retrouvions à l'hôtel. Jamais le même. Il fallait scrupuleusement le choisir et s'atteler à brouiller les pistes. Raphaël y mettait un point d'honneur. C'était une petite fête quand la veille au soir, faisant croire à Julie qu'il avait des dossiers en retard, il s'enfermait dans son bureau et se mettait en quête de la chambre du lendemain midi. Il était devenu incollable en matière d'hôtellerie. Toujours à l'affût du dernier en date, du plus beau, du plus ancien, du plus secret, du plus chic, du plus réputé. Pour nous.

La chambre d'hôtel devenait progressivement le refuge de notre amour. Elle abritait tout ce qu'il nous restait d'intimité. Elle venait nous offrir une bulle de liberté dans laquelle, petit à petit, notre couple reprenait vie. La chambre d'hôtel de l'heure du déjeuner était ce qu'il y avait de plus excitant. Elle déterminait le degré de qualité de nos ébats. Elle devenait le paramètre incontournable de notre liaison, la friandise bien méritée qui venait pimenter la routine fastidieuse de nos journées. Nous ne pensions plus qu'à nous y réfugier. Nous y enfermer et nous y aimer. Manger parfois, boire souvent, baiser inconditionnellement. Oublier que, pendant ce temps suspendu, le monde continuait de tourner. Deux heures trente d'enfermement, à raison de deux fois par semaine. Cinq heures au total pendant lesquelles nous nous coupions de toute forme de lien avec le réel. Cinq heures d'une nouvelle vie à deux que nous construisions au fil des semaines, au fil des mois.

La chambre d'hôtel sous toutes ses formes nous octroyait ce luxe-là.

À 12 heures, je quittais le cabinet en direction de l'adresse indiquée par Raphaël. Il s'agissait de ne pas être en retard. De ne jamais faire attendre l'autre. Quand, parfois, il arrivait que nos boulots respectifs nous retiennent, nous prétextions une urgence de dernière minute. Nous coupions court à la réunion ou à l'entretien. Il était l'heure de partir. Quelqu'un nous attendait quelque part et c'était une question de vie ou de mort.

Deux fois par semaine donc, je ne déjeunais pas. Je m'apprêtais à découvrir le nouveau lieu dédié à notre rencontre et, par-dessus tout, retrouver mon amant. Le trajet de mon cabinet jusqu'à lui devenait, par définition, celui qui me menait au plaisir. Je vivais sensiblement toujours la même émotion dès que j'entrais dans le hall : mon cœur s'emballait. Je brûlais de désir pour cet homme que je retrouvais en secret. Je communiquais notre nom à l'accueil et j'obtenais instantanément la clef. Pour tous les hôtels de la capitale, j'étais toujours sa femme. Rien n'avait changé. À la différence près que le désir que nous éprouvions désormais l'un pour l'autre était démultiplié. À la différence près que nous devions le cacher puisque sa femme, je ne l'étais plus.

Nous avions donc intégré tous deux que ces instants de magie nous ressuscitaient et qu'il fallait à tout prix les honorer.

Ce désir sans limite qui prenait la forme d'une renaissance était indiscutablement attisé par le secret dont il était l'objet. Il fallait taire notre liaison. Pour nos enfants, pour sa nouvelle femme, pour nos amis et tout notre entourage, notre couple n'avait plus lieu d'être. C'était un dossier résolument classé. Et ce secret-là, que nous nous appliquions rigoureusement à préserver en bravant l'interdit, nous conduisait à la source du désir. À la quintessence même de celui-ci. Avant Julie, le désir avait toujours été un moteur mais l'idée de devoir s'en cacher aujourd'hui avait comme reconsolidé la machine. Nous avions tout à coup l'impression de faire quelque chose de mal. *Faire quelque chose de mal.* De quelle manière l'homme est-il conçu ? Pourquoi l'interdit rend-il les choses si attrayantes et si formidablement appétissantes ?

Il fallait donc se réapprivoiser. Lui en amant et moi en maîtresse, nous n'étions plus les mêmes. Nous étions deux particules irrésistiblement attirées l'une par l'autre. Sans passé, sans futur. Sans rien en commun, si ce n'est ce secret. Nous étions dans le présent. Dans l'instant et dans l'immédiateté du moment à saisir. Dans cette bulle chaude et réconfortante de la chambre d'hôtel du midi. C'était aussi troublant que puissant. C'était une porte d'entrée vers l'insouciance, celle à laquelle nous n'avions encore jamais eu accès. Quelque chose qui ne durerait pas mais qu'il fallait vivre intensément. Un peu comme deux adolescents venus se brûler pour parvenir coûte que coûte à l'extase.

Je me revois monter discrètement jusqu'à lui. Il y avait toujours en moi cette appréhension secrète qu'il ne soit pas là. Qu'il ait décidé de mettre fin à notre « liaison ». Qu'il ait tout à coup recouvré la raison. Je crois que j'aimais cette sensation. De n'être plus sûre de rien. De ne pas savoir ce qui m'attendait. Je glissais la carte dans la rainure de la porte et je le trouvais emmitouflé dans son caban, assis, à m'attendre tranquillement dans un coin de la chambre. À l'abri des regards indiscrets. À l'abri de ce que les autres pouvaient en penser. Dans cette fébrilité déconcertante, aussitôt soulagée par l'étreinte.

Plus Raphaël vivait avec Julie, plus ma présence lui devenait indispensable. Elle sans moi, il n'en était plus capable. Ma longue absence l'avait conforté dans l'idée qu'il pouvait vivre avec elle à la condition que je ne sois pas trop loin. Sans doute la vie à ses côtés avait-elle fait ressortir ce qui lui manquait le plus : moi. Nous étions de nouveau trois mais, cette fois, les rôles s'étaient inversés pour de bon. Et c'était tout à mon avantage. Je ne regrettais rien. Même les instants douloureux de la séparation me paraissaient anecdotiques en comparaison avec ce que nous traversions. La rancœur des mois passés avait miraculeusement disparu. Je n'avais plus qu'une idée en tête : profiter de mon ex-mari autant que possible, dans ces moments inédits qui nous étaient offerts. Il était, cela dit, bien plus que mon ex-mari. Il était devenu pour moi l'amant inaccessible alors que j'endossais le rôle de la maîtresse tant convoitée.

Ce dernier détail a son importance. Le sentiment de ne pas posséder l'autre nous excitait au plus haut point. Le fait qu'on ne s'appartienne plus permettait d'alimenter notre désir. Ce que je veux dire par là, c'est que tout paraît plus excitant quand la quête de récupérer l'autre n'est pas encore gagnée. Lui comme moi, nous avions tout à faire pour nous reconquérir. Et ce petit jeu de séduction qui redémarrait entre nous était tout bonnement délicieux.

Ce qui m'amène à penser que je n'avais pas hâte de reformer notre ancien couple. D'une certaine façon, je crois que nous repoussions cette échéance… D'ailleurs, le sujet était tabou. Raphaël et moi ne nous étions rien promis. Je ne lui avais pas dit oui. Je n'étais même plus sûre qu'il soit capable de quitter Julie. Le temps passait et il ne l'avait toujours pas fait. Elle était là, à l'attendre chaque soir. Sans doute ne la quitterait-il jamais. La vérité, c'est que je n'attendais rien. Ma vie commençait à me plaire.

Nous avions eu l'expérience de ce qui dure et se consume. Le couple légitime et bien sous tous rapports, nous l'avions déjà exploré dans tous les sens du terme. Il ne nous faisait plus rêver. J'avais laissé ma place à Julie et il était fort probable qu'un jour elle aurait à vivre ce que moi-même j'avais enduré. Peut-être même plus vite que prévu, puisque Raphaël lui était déjà infidèle…

Je n'aurais jamais cru aimer l'idée d'être la maîtresse de mon mari. Je n'aurais jamais imaginé l'être un jour. Encore moins vouloir le rester. Je redevenais tout à coup le centre de son attention. L'envie de tout partager s'imposait comme une nécessité. Les messages du milieu de la nuit, ceux du réveil ou du coucher avaient un caractère dangereux mais incontournable. Nous éprouvions constamment le besoin d'être connectés. Ce que nous mangions, ce que nous buvions, ce que nous regardions. Chaque détail du quotidien nous renvoyait à l'absence de l'autre. La situation était souvent inconfortable mais elle avait, en soi, quelque chose d'infiniment réconfortant. Nous étions là l'un pour l'autre, même si nous n'étions pas officiellement ensemble.

Parfois, il nous arrivait de faire entorse au règlement du mardi et du jeudi. En sortant du travail, si j'éprouvais le besoin de le voir, il prenait le risque de passer par mon cabinet avant de rentrer chez lui. Ça durait cinq minutes, mais c'était précieux.

Nous avons donc pris l'habitude de mentir beaucoup. À Julie, à nos amis, à nos collègues, à nos enfants. Nous mentions à la terre entière pour tout et n'importe quoi, du moment que ça servait nos retrouvailles. Nous espérions en silence que cet état extatique ne faiblirait jamais. Nous nous trouvions précisément dans l'émerveillement. Coupés de tout, même de nos réalités. Nous finissions par devenir égoïstes. Assoiffés l'un de l'autre. Obnubilés par ces rendez-vous qui, contre toute attente, nous comblaient et nous replongeaient dans une seconde jeunesse.

C'est dans cet état quasi hypnotique que nous nous sommes redécouverts.

Le seul terrain sur lequel Raphaël ne s'aventurait pas avec moi, c'était son intimité avec Julie. De ça, il ne parlait jamais. Il préférait m'en tenir à l'écart. J'avais pourtant intégré que l'équilibre de leur couple reposait en grande partie sur leur entente physique. Mais je ne savais pas à quel point il la désirait encore, ou s'il était moins enclin à l'aimer depuis que nous étions redevenus amants. Comment le gérait-il, une fois au lit ? Un jour, j'ai osé le lui demander.

Quand Julie venait vers lui, il prétextait souvent qu'il était fatigué ou mal fichu. Parfois, en faisant des efforts pour paraître plus sexy, elle se disait qu'il la regarderait davantage. Alors, il accomplissait son devoir. Pour s'acheter une tranquillité. Pour lui faire plaisir. Après tout, elle était sa compagne. Il ne pouvait pas faire comme si elle n'existait pas. S'il ne remplissait pas son rôle, elle lui rendait la vie trop difficile. Alors il le faisait pour s'en débarrasser. Ensuite, il était épargné quelque temps. Il avait fini par me dire que, de ce côté-là, entre eux, c'était toujours bien. Même si parfois il se forçait, Julie était intense, y compris sexuellement. Avec elle, *c'était autre chose.*

Je n'étais pas jalouse. J'assumais de le partager. Je crois même que le savoir dans les bras de celle qui avait pris ma place et dont j'avais pris la sienne venait titiller un endroit sensible chez moi. Cette situation complètement invraisemblable était excitante à tous les niveaux. D'abord parce que j'étais dans la confidence, ensuite parce qu'encore une fois j'avais obtenu la meilleure place. J'étais, je le crois, la favorite.

Pendant ce temps-là, Julie se transformait en une autre femme. Souvent seule dans mon ancienne maison, elle perdait peu à peu de sa substance. Elle semblait se défaire de ses obligations professionnelles. Elle restait enfermée, affaiblie par son état de dépendance qu'elle peinait à contrôler. Sans Raphaël, la vie ne valait pas la peine d'être vécue. Sans lui, elle n'était plus rien. Alors tout tournait autour de lui et de leur nouvelle vie à deux. La maison, les projets, leurs soirées d'hiver, il n'y avait plus que ça qui la tenait. Elle passait ses journées à l'attendre de pied ferme. Le dîner, le brushing, le ménage, rien ne dépassait puisque tout son temps libre lui était dédié. Elle s'était transformée en parfaite épouse, pour que jamais il ne puisse avoir à regretter notre séparation.

Raphaël, de son côté, n'hésitait pas à se confier à moi sur ce qu'il ressentait en la voyannt dépérir à petit feu. Il imaginait sûrement que je prenais plaisir à la savoir malheureuse. C'était faux. Je la plaignais. Je me surprenais même à développer vis-à-vis d'elle une empathie sincère. Je comprenais ce qu'elle vivait. J'en avais exploré tous les recoins. Nous étions différentes mais la vie était ainsi faite que je savais exactement à quel endroit elle se trouvait aujourd'hui. C'était son tour. Ce qu'elle vivait, j'en avais fait les frais quelques mois auparavant et je savais mieux que personne à quel point Raphaël pouvait en abuser. J'étais comme partagée entre deux sentiments contradictoires : la plaindre ou me réjouir qu'elle ait à vivre ce par quoi j'étais passée. Sans doute une part de moi-même se régalait-elle en assistant à cette lente agonie. C'était ma revanche. C'était cruel mais ça ressemblait à la vie.

Julie était paralysée par la peur de l'abandon. Tout tournait autour de cette angoisse omniprésente. Elle exprimait l'insécurité dans tous ses agissements. Rien n'était simple. Pour elle, aimer Raphaël était un supplice. Aimer n'importe qui l'était, manifestement. Elle s'en était défendu toute sa vie jusqu'au moment où elle avait croisé la route de mon mari. Pour quelqu'un qui avait fui l'engagement depuis toujours, c'était un coup du sort de tomber amoureuse d'un homme marié à l'occasion d'un mariage.

Au bout d'un certain temps, elle s'est mise à subir son indifférence. Elle ne supportait plus d'être l'ombre d'elle-même, de se fondre lamentablement dans le décor de cette maison qui m'avait appartenu. Peu à peu, elle réclamait d'être aimée et regardée. Elle se révélait jalouse, possessive, amère. Elle devenait irascible et n'était plus capable de prendre sur elle. Elle ne savait pas mentir, ni faire les choses à moitié. Elle était entière. Dans une impulsivité infantile irréfléchie. Son manque d'expérience ne lui permettait pas de relativiser. Elle ne cherchait pas à comprendre pourquoi l'homme qu'elle aimait lui échappait. Pourquoi il ne la regardait plus. Pourquoi il se détournait d'elle. Non, elle subissait les émotions à la chaîne comme des claques qu'on lui infligeait pour la remettre dans le droit chemin. Mais le chemin, elle n'en voyait pas le bout.

Dès le réveil, elle était assaillie par le doute et l'ennui. Parfois, il lui arrivait de craquer. De piquer des crises de nerfs terribles. Et ça lui était insupportable de se dévoiler de cette manière-là à l'homme de sa vie. Pour elle, c'était un aveu de faiblesse.

Jamais auparavant Julie n'avait vécu pareille situation parce que toujours, elle s'en était protégée. Pour sa première histoire d'amour, Raphaël était assurément la dernière personne qu'il eût fallu aimer.

Un soir, dans un accès de fureur incontrôlé, elle avait cassé la table basse en verre du salon. C'était le genre de fille à balancer des piles d'assiettes pour faire passer ses colères. Le genre prête à tout pour ne pas perdre son homme. Raphaël n'avait pas réussi à la maîtriser. Il s'était enfui en claquant la porte. Raphaël n'avait jamais supporté les cris, ni les scènes de ménage. Avec elle, ce n'était pas de tout repos.

Un soir, il m'avait téléphoné dans tous ses états. Cette fille avait été l'erreur de sa vie. Il n'avait jamais vécu relation plus toxique. Elle était en train de *le rendre dingue*. Une fois de plus, j'entendais cette phrase sortir de sa bouche et je me demandais pourquoi il restait. Pourquoi il ne réussissait pas à s'en défaire. Qu'est-ce qui faisait qu'il ne la laissait pas, une bonne fois pour toutes ? Ils n'avaient pas d'enfant. Pas de projet commun. Rien qui les retenait. En un claquement de doigts, ils pouvaient se séparer sans craindre de dommages collatéraux.

Ce soir-là donc, j'avais osé demander à Jérôme Finkiel de rentrer chez lui pour permettre à mon ex-mari de venir se réfugier chez moi. Il avait eu l'air d'accuser le coup. Mais s'était éclipsé sans rien dire et j'avais trouvé son attitude d'une grande délicatesse.

J'avais donc récupéré Raphaël le temps d'une nuit. Nous avions longuement parlé d'elle. Il m'avait semblé qu'elle devenait une sorte d'objet de curiosité. Cette fille était tellement imprévisible qu'on avait passé la soirée à tenter de la décrypter pour en comprendre les mécanismes.

La nuit avait été chaste. Je crois même qu'on s'était à peine effleurés. Raphaël n'était pas dans son assiette et j'avais compris qu'elle comptait davantage que ce qu'il voulait bien me faire entendre. Il voulait la rendre heureuse. C'était comme une mission pour laquelle il s'était engagé depuis leur rencontre. Comme s'il avait besoin de prendre soin d'une personne fragile pour panser ses propres blessures. Il n'y parvenait pas et, pour cette raison, il restait. Tant qu'il n'avait pas atteint son objectif, il n'était pas prêt à la laisser. Je m'étais dit que c'était ça, le point de départ de l'amour : vouloir rendre une femme heureuse.

Je ne savais plus quoi penser. Ni à quel endroit je me trouvais dans cette équation. Une psy, une femme, une ex-femme, une maîtresse, une rivale. Tout ça n'était plus très clair.

Ce qui était certain, c'est que nous n'étions plus dans la projection fantasmatique d'un avenir commun. Nous n'en parlions jamais et Raphaël ne se voyait pas sans Julie. Ça m'allait très bien mais je ne comprenais pas la raison pour laquelle nous étions incapables de le formuler une bonne fois pour toutes. C'était sans doute une étape de plus à franchir dans l'évolution de notre couple. Sans doute aussi le fait de rester dans le flou continuait-il d'alimenter la flamme entre nous. Nous n'avions pas d'idée précise sur ce qui nous attendait et nous préférions que les choses ne soient plus écrites à l'avance.

Ces instants de chaos entre Raphaël et Julie étaient donc très significatifs. Il n'y en avait pas eu beaucoup mais, à chaque fois, Raphaël et moi basculions dans tout autre chose. Je devenais une confidente. Une oreille attentive prête à tout entendre. Notre équilibre amoureux semblait dépendre de la bonne santé de leur couple.

Quand Julie et Raphaël se fâchaient, nous étions dans le même temps privés de désir. Il n'y avait plus d'escapades à l'hôtel ni d'élans passionnels incontrôlés. Physiquement, quelque chose s'éteignait entre lui et moi. Nos corps disparaissaient sous elle. Je ne l'expliquais pas vraiment. Je prenais conscience que l'harmonie de notre trio dépassait largement le cadre du rationnel. Raphaël continuait d'honorer nos rendez-vous, mais il n'avait pas le cœur à la légèreté. J'avais l'impression d'un petit garçon dont il fallait soulager les tensions. À quel endroit le désir pouvait-il bien éclore dans ce contexte ?

Il venait me rendre visite au cabinet et s'installait tout naturellement dans le fauteuil du patient. Nous prenions le temps de déjeuner tout en discutant de sa situation. J'écoutais leurs déboires. Je l'aimais. Je ne voulais que son bonheur. Et j'intégrais peu à peu qu'il était arrivé à obtenir ce qu'il avait toujours souhaité depuis Julie : vivre à trois. Ni sans moi, ni sans elle. Il avait deux femmes. Et nous formions à trois, et uniquement à trois, un équilibre fragile mais imperturbable. Chacun y trouvait son compte. À la seule condition qu'entre eux tout aille pour le mieux.

On ne me croirait pas si je disais que j'espérais secrètement qu'ils restent ensemble. On ne me croirait pas non plus si j'affirmais qu'en écoutant mon ex-mari parler de sa nouvelle compagne, il ne me venait jamais à l'idée de les juger.

Je comprenais simplement que de leur équilibre dépendait aussi le nôtre. Aussi, j'en avais pris mon parti. J'avais fait un travail colossal sur moi-même. Il n'y avait plus d'ego. Plus de rivalité. Plus d'amertume. Je parvenais à éprouver pour cet homme un amour pur et inconditionnel. Complètement désintéressé. Dénué de toute possessivité.

J'avais repensé à cette fameuse phrase du philosophe : « Le véritable amour ne s'intéresse qu'au bonheur de l'autre. » J'y étais enfin.

Les mois ont encore passé. Nous étions de plus en plus attachés à ces rendez-vous qui rythmaient notre quotidien. C'était notre bouffée d'oxygène et nous nous sentions vivants. Nous rêvions de voyages ou de retrouvailles plus longues mais il y avait toujours Julie. Et Julie était de plus en plus inquiétante. Elle ruminait dans son coin. Elle devenait suspicieuse, acariâtre. Elle se mettait à douter de tout. À s'énerver ou à s'agacer sans raison. Julie avait vraisemblablement elle aussi un sixième sens. Elle ne parlait plus que de *ça*. De la femme qu'elle était persuadée qu'il voyait en cachette. Elle était convaincue qu'il lui faisait la même chose qu'à moi. Elle l'avait observé en pleine action aux Baléares et elle savait qu'il était expert en la matière. Comment pouvait-il lui être fidèle, alors qu'elle-même l'avait séduit par le prisme de l'infidélité ?

Julie commençait à tourner en rond. Et Julie n'était pas du genre à baisser les bras dès la première difficulté. Alors, pendant ses longues journées de solitude, elle avait passé le plus clair de son temps à planifier sa sortie. Ou plutôt, son engagement définitif.

Elle avait réfléchi à la manière dont plus jamais il ne pourrait se passer d'elle...

Au début, Raphaël était pourtant décidé à la quitter. Il avait rêvé de notre nouvelle vie à deux. Il s'était imaginé que nous avions les ressources nécessaires pour repartir de zéro. Mais plus le temps passait, plus cette promesse s'était dissipée sous le confort de notre liaison qui, contre toute attente, nous comblait. Il n'était pas question de mettre en péril cet équilibre à trois. Nous étions heureux. Épanouis. Avec elle au milieu. Il valait mieux laisser les choses ainsi et décider de ne rien changer.

D'un autre côté, il était vrai que Julie nous faisait de l'ombre. Elle écourtait nos instants de retrouvailles. Elle nous rendait la tâche difficile. Elle était un frein aux projets que nous pouvions faire ensemble. Mais toutes ces choses qu'involontairement elle mettait en travers de notre chemin ne faisaient qu'alimenter notre désir. Elle nourrissait incontestablement notre relation par la frustration et l'interdit qu'elle imposait. Grâce à elle, nous renaissions.

Julie avait sans nul doute un rôle prépondérant dans le couple idéal que nous reformions et dont nous avions réinventé les codes.

Je ne sais pas si nous aurions pu revenir à notre vie d'avant. Je ne sais pas si, sur la longueur, les choses auraient été viables. Je ne sais pas non plus si j'aurais aimé ça. Ma vie d'avant ne me manquait pas. Je ne regrettais rien. Je me disais que les choses étaient ainsi faites et qu'il y avait une bonne raison pour qu'elles se soient présentées à nous sous cette forme. Peut-être même fallait-il y réfléchir. Que tous deux, nous étions piégés par notre plus grand cauchemar : l'infidélité. Du premier jour de notre mariage jusqu'à aujourd'hui, l'infidélité avait été un sujet entre nous. Nous avions lutté des années pour ne pas faire entorse à notre serment. Et c'était à travers elle que nous étions en train de renaître. L'adultère, dont nous étions les acteurs principaux, était de loin la chose la plus inspirante jamais vécue dans notre histoire.

C'était en plein été. Exceptionnellement, nous avions décidé de déserter la chambre d'hôtel parce qu'il faisait beau et que nous voulions profiter du soleil. On s'était attablés en terrasse. Ce n'était pas dans nos habitudes de le faire. Mais avec le temps, on avait tendance à s'autoriser plus de liberté ; parfois, notre vie sociale d'autrefois nous manquait. C'était dangereux mais l'excitation en valait la peine. Nous étions devenus ce genre de gamins habitués à transgresser et dopés à l'adrénaline que ça procurait. Nous n'étions plus à un risque près. Jouer avec le feu était devenu l'un de nos moteurs.

Raphaël voulait organiser un séjour à l'étranger en tête à tête. Je crois bien que j'en rêvais secrètement. Il allait prétexter à Julie un colloque médical de quelques jours. Il était excité à l'idée de repartir en voyage avec moi, comme avant.

Je l'ai écouté divaguer sur les possibles destinations. Je me suis retenue de l'embrasser en public, de lui passer la main dans les cheveux. J'étais heureuse et c'était un état qui ne faisait que s'accentuer de jour en jour. Ensuite, il a appelé son agence de voyages. Et pendant qu'il était au téléphone, j'ai continué d'observer les gens passer, les voitures circuler tout en me replongeant dans les souvenirs de l'un de nos derniers week-ends à Barcelone.

Je l'ai aperçue au loin. Elle était sur son vélo, les cheveux au vent. Elle les avait coupés plus court, ça semblait lui avoir ôté tout son charme. J'ai eu un doute, pendant quelques secondes, parce que je n'étais pas tout à fait sûre que c'était bien elle. Elle avait changé, mais la silhouette et l'allure ne trompaient pas. C'était bien Julie. Pile dans notre trajectoire. Comme si le destin en avait décidé ainsi. Il n'aurait pas pu mieux faire pour nous confronter enfin et faire cesser cette mascarade.

Nos deux regards se sont interceptés. Je n'ai pas eu le réflexe de me lever pour quitter la table et protéger Raphaël. Je n'ai pas eu le temps de réagir, ni même de m'enfuir. C'était trop tard. Elle m'avait vue. Ensuite, elle a posé les yeux sur la personne qui m'accompagnait, a violemment freiné et jeté son vélo à terre parce que ce à quoi elle assistait méritait une explication sans délai. Elle s'est dirigée vers nous telle une furie. Dans un état de panique qui la trahissait. A embrassé Raphaël en me regardant droit dans les yeux, d'un air de dire : *il est à moi maintenant, ne t'avise même pas d'y toucher*. Elle a demandé la raison pour laquelle nous nous trouvions ensemble. J'ai répondu que nous devions parler des enfants et que j'avais moi-même suggéré ce déjeuner à la dernière minute. Elle a eu l'air de le croire et a dit à Raphaël qu'ils en parleraient « à la maison ». J'ai repensé à cette maison qu'elle appelait dorénavant *la maison*, autrement dit *sa maison*.

Tout ce temps, Julie était convaincue que Raphaël et moi étions fâchés. Tout ce temps, elle était loin d'imaginer que nous pouvions encore nous côtoyer. Ça l'avait bien arrangée. Elle préférait me considérer comme une affaire classée. Un « vieux dossier » qui n'avait plus lieu d'être. En nous voyant ensemble, elle avait perçu la gêne et les énergies qui circulaient. Ses certitudes s'étaient aussitôt effondrées.

Ça avait duré moins de deux minutes. En deux minutes, tout est capable de foutre le camp. Y compris les choses qu'on croyait indéfectibles.

Quelques semaines plus tard, nos habitudes n'avaient pas changé et nous nous apprêtions à honorer notre rendez-vous du jeudi midi. Raphaël avait réservé la suite nuptiale d'un hôtel de charme. Je me réjouissais à l'avance des deux heures qu'on allait passer ensemble. En arrivant dans la chambre, il ne m'avait pas prise dans ses bras. Il n'avait pas dit un mot. Il m'avait regardée, comme s'il ne l'avait pas fait depuis longtemps. Il avait dit que j'étais belle. « De plus en plus belle. » Dans ses yeux, ce n'était pas comme d'habitude. Il y avait de la tristesse, un soupçon de nostalgie qui ne lui ressemblait pas. Quand la légèreté quittait Raphaël, ce n'était pas bon signe. J'avais pensé qu'ils avaient dû se fâcher une nouvelle fois, Julie et lui. J'avais demandé si tout allait bien. Il valait mieux que je m'asseye. La nouvelle allait être de taille.

Il s'est agenouillé à ma hauteur. Ce geste délicat aurait pu amorcer un semblant de demande en mariage, une jolie nouvelle. Ça semblait doux et solennel. Et il me l'a enfin dit.

Que Julie était enceinte. Qu'elle avait bien calculé son coup. Quelques semaines après nous avoir croisés à cette terrasse, c'était arrivé. Julie attendait un enfant du père de mes enfants...

Je ne peux pas décrire l'effet que cette annonce a eu sur moi. Un cataclysme. La peur, la trahison, la déchirure, la rupture... En une fraction de seconde, j'ai été terrassée par le chagrin. Tout s'écroulait. Les larmes m'ont étranglée. Impossible de les retenir. J'ai pris ma tête entre les mains pour me cacher. Je ne voulais pas pleurer. Je ne voulais pas qu'il le voie. Je m'attendais à tout sauf à ça, je n'y étais certainement pas préparée. Je n'ai plus voulu qu'il s'approche de moi. Ni qu'il me touche. Je me suis dirigée vers la fenêtre pour observer la rue. Le monde, le bruit, les gens, la foule. J'avais besoin de la sentir, la vie. D'imaginer que, hors de cette chambre, il y avait un ailleurs. Les gens continuaient de rire et de marcher, il y avait de l'agitation et ça me faisait du bien de le voir. S'ils en étaient capables, je le pouvais moi aussi. Pour autant, je ressentais un vide immense. Tout en moi s'était rompu. Quelque chose de l'intérieur était mort, pour toujours.

J'ai fini par me rasseoir. Je ne tenais pas debout. J'étais comme « débranchée ». J'avais besoin de réfléchir à ce que j'allais lui dire dans l'instant, mais je n'y arrivais pas. Le silence était trop pesant. Raphaël avait les yeux dans le vague et ne disait plus un mot. Il fallait prendre la décision.

Agir vite. Couper. Tout arrêter. Pas pour Julie, ni pour Raphaël, mais pour moi. Pour une fois, me préserver. Moi.

L'enfant, c'était ce qu'il y avait de pire. C'était le symbole d'une union à vie. C'était la fin de nous deux. Il n'y avait rien à ajouter.

Ensuite, on avait pleuré en silence. Juste nos sanglots étouffés par le brouhaha extérieur de la chambre d'hôtel du midi. Lui d'un côté du lit, moi de l'autre. Dos à dos, nous avions pleuré sans même nous toucher. Ce rendez-vous venait mettre un terme à nos retrouvailles. Nous avions eu droit à une courte renaissance. C'était déjà formidable, il fallait s'en réjouir. La douleur était à la hauteur de ce que nous avions vécu. La douleur était immense.

J'ai voulu sortir prendre l'air. J'ai ordonné qu'il ne me suive pas. Je voulais être seule. Incapable de le regarder droit dans les yeux. Incapable de m'adresser à lui. De prononcer ne serait-ce qu'un mot. J'étais paralysée. Alors, j'ai claqué la porte derrière moi. Et dans le couloir, en me dirigeant à grands pas vers l'ascenseur, j'ai entendu le poing de Raphaël frapper violemment le mur de la chambre. Un grand coup dans lequel il semblait avoir mis toute sa colère et son désarroi.

IV

L'indéfectible

Un an et quatre mois plus tard

Depuis que mon cabinet est installé dans l'appartement, je m'autorise à prendre plus de temps pour moi.

Je rouvre ce cahier que j'avais soigneusement mis de côté. Tant que « l'histoire » durera, je continuerai d'y écrire ce qui s'y passe.

Jérôme est malencontreusement tombé dessus pendant notre emménagement. Il a préféré ne pas lire. Il l'a reposé et m'a demandé ce que je comptais en faire. Je lui ai répondu : « Rien. Je ne vais rien en faire. Mais tu fais bien de ne pas lire. »

Depuis plus d'un an, Raphaël est sorti de ma vie. Sitôt la grossesse de Julie annoncée, j'ai cessé de le voir. Je l'ai laissé à sa nouvelle famille, et je n'ai plus voulu en faire partie. Notre première séparation avait été la résultante d'un cheminement long et pénible. La seconde fut totale, brutale, cruelle. Stoppés net dans notre élan. La folle passion s'est éteinte en un claquement de doigts. Et avec elle, l'insouciance et la légèreté.

Même si je savais que cette parenthèse entre nous ne pouvait pas durer éternellement, je ne m'attendais pas à un tel retournement de situation. Après ça, je n'ai gardé en moi que la colère de la déchirure. Un sentiment d'indignation omniprésent. Il est toujours là. Enfoui depuis des mois. Silencieux, parce que le dévoiler serait un aveu de faiblesse et qu'il n'est pas question que je m'effondre à nouveau. Il me donne la force de me lever le matin. L'indignation, c'est un moteur puissant quand l'esprit s'entête à ruminer. Il vaut mieux que ce soit elle, plutôt que la tristesse, qui me tienne. Je me suis donc relevée, battante comme je l'avais toujours été.

J'ai traversé cette épreuve comme un soldat. Un énième combat entre lui et moi. Le choc de cette révélation ne devait en rien altérer la nouvelle vie que je m'étais fabriquée. Les choses devaient reprendre leur cours. À un détail près : Raphaël n'y serait plus. Il n'y aurait plus de chambres d'hôtel, plus de messages ou de coups de fil échangés en pleine nuit. Plus de mensonges ni de rendez-vous volés. J'ai décidé de me passer du merveilleux et je l'ai entrepris à la manière d'un sevrage. Ça n'a pas toujours été simple, mais j'étais résolue à tourner la page.

Quelquefois, dans un élan de sagesse inattendu, il m'est arrivé de penser que, tous les deux, nous avions fait notre temps. Et qu'aujourd'hui c'était le temps d'une autre.

Les enfants me tenaient très régulièrement au courant de la situation. Jusqu'au bout, je me suis abstenue de leur livrer ce que je pensais. J'ai fait en sorte qu'ils encaissent la nouvelle du mieux possible. Sans parasitage de ma part.

Joséphine le vivait mal. Elle exprimait de la révolte et du ressentiment. Que son père redevienne papa, elle le subissait comme un bouleversement. L'idée que notre famille « explose » à cause de cette fille lui était insupportable. Elle n'aimait pas Julie, elle ne l'aimerait jamais. Du jour où elle les avait surpris en pleine action aux Baléares, Joséphine avait compris que jamais plus elle ne pourrait s'y attacher. C'était perdu d'avance. Secrètement, elle avait un moment rêvé que son père et sa mère se remettent ensemble. Que nous reformions la famille que nous étions bien avant qu'elle ne bascule dans l'indifférence. Elle y avait cru longtemps. Mais la grossesse avait tout remis en question.

Léo était plus réservé. Ce que vivait son père semblait ne pas l'intéresser outre mesure. Il n'était pas en demande de nouvelles ou d'attention. Il ne lui rendait que très peu visite. Il espérait seulement que j'aille bien. Que je sois heureuse. Que je refasse ma vie sans grande difficulté. En regardant son père devenir père à nouveau, Léo se transformait peu à peu en homme. Et, miraculeusement, se mettait à se soucier de sa mère.

C'était un mal pour un bien. J'avais perdu l'amour de Raphaël mais regagné celui de mes enfants.

Au bout de trois mois, les messages se sont espacés. Et, un jour, ils ont totalement cessé d'encombrer mon téléphone. Raphaël avait dû finir par le comprendre. Que la seule manière de s'en tirer, c'était de couper net la relation. Il n'y avait pas d'autre solution que celle-ci.

Avec le temps, je comprends ce qui s'est joué en moi. Il me semble qu'à l'annonce de la grossesse, l'espoir qui nourrissait notre liaison s'est envolé. Il faut toujours espérer quand il s'agit d'adultère, ne serait-ce que pour alimenter la flamme. Il ne faut pas être trop certain de posséder l'autre, mais toujours en garder l'espoir. C'est un savant dosage. Et cette nouvelle était venue mettre un terme à la possibilité d'un avenir commun. Elle avait sournoisement menacé notre équilibre. Nous n'étions plus trois, mais quatre. Julie mère ne m'inspirait plus que du respect. Je ne voulais plus être la femme qui la piétinait nuit et jour. Je crois qu'en un instant, je n'ai plus du tout assumé ce rôle. Je devais à tout prix m'en affranchir.

Il y a eu un autre point de rupture. En étant la maîtresse de mon ex-mari, j'étais tout à la fois. Celle qu'il désirait, celle avec qui il avait eu deux enfants, celle avec qui il s'était marié, celle qu'il continuait d'aimer par-dessus tout. J'étais la seule. L'unique. Aucune autre n'avait eu plus d'importance que moi dans sa vie jusqu'à présent. En apprenant la grossesse de Julie, j'ai tout à coup perdu cette suprématie. Une partie de moi s'est dès lors confondue avec elle. Un enfant dans un couple, c'est un lien à vie. C'est bien plus qu'un mariage. Cette étape, il l'avait franchie avec une autre que moi. Et je comprenais que l'idée même de perdre ma place était bien plus pernicieuse que la tristesse de cette nouvelle séparation. Cela m'empêchait de dormir la nuit. Ma colère s'est glissée ici et a creusé à l'endroit de la blessure. Du côté de mon ego.

Quand Noé a vu le jour, Joséphine et Léo n'ont pas pu s'empêcher de me faire partager les photos de naissance. Des photos que j'ai eu peine à regarder, tant mes enfants ont pris plaisir à me les montrer. Il y avait Julie, épuisée par l'accouchement, le petit accroché à son énorme sein. Julie et Raphaël l'un contre l'autre, le petit assoupi dans leurs bras. Raphaël, ému aux larmes, le petit pleurant dans son berceau en Plexiglas, Joséphine et Léo souriants, à ses côtés… Il y avait l'image d'une famille qui n'était plus la mienne et qui repartait de zéro. L'arrivée de Noé avait d'ailleurs un caractère sacré qui nous remettait tous dans le droit chemin. Chacun de son côté, chacun à sa place, nous démarrions le nouveau chapitre de nos vies.

Je n'ai pas eu envie de les féliciter. J'aurais certainement dû. Mais comment mentir ou faire croire à une bonne nouvelle alors qu'à mon niveau ça restait la pire ? Je n'entrevoyais dans cette naissance aucun message de douceur. Je ne percevais que Julie entrant par effraction dans la vie de Raphaël. À travers cet acte prémédité, elle avait forcé notre porte et nous avait imposé sa présence pour l'éternité. J'en voulais à Raphaël de s'être laissé prendre au piège. Je lui en voulais d'avoir été si faible. D'être tombé si facilement dans ses filets. Finalement, elle avait obtenu gain de cause. Ce qu'elle avait projeté dès le départ, elle l'avait obtenu sans grande difficulté. Certaines femmes sont faites comme ça. On préfère qu'elles ne croisent jamais notre route, au risque de la saccager. Celles-là sont les pires.

De mon côté, à l'opposé de Julie, Jérôme pouvait se vanter d'être entré dans ma vie tout en douceur. Entre nous, tout s'était passé sans encombre.

Je crois que jamais il ne s'est douté de mon aventure avec Raphaël. Il avait tout quitté pour moi avec l'assurance que ça durerait longtemps. Que rien ne se mettrait en travers de notre chemin tant qu'il y était fermement décidé. Je ne sais pas si ça relève chez lui d'une forme de déni. De ne pas avoir perçu la présence de mon ex tout au long de notre liaison. Il fallait être complètement aveugle pour ne pas le sentir. Pour ne pas comprendre que je me partageais entre deux hommes. Avec le recul, je crois que rien ne l'intéresse plus que d'être à mes côtés. De quelque façon que ce soit, Jérôme a toujours été motivé par l'idée de prendre la place de Raphaël. Et de la garder. Le reste lui est égal. Il aurait même été capable de faire semblant de ne rien voir. D'attendre patiemment que je lui revienne, sans jamais le signifier.

Plus les jours ont passé, plus j'ai pris goût à la quiétude de ce mode de vie. Raphaël construisait une nouvelle famille, tandis que la mienne avait éclaté par sa faute. Parfois, il m'arrivait de me sentir seule. En vérité, j'étais miraculeusement libre. Comme délestée d'un poids que j'avais trimballé durant des années. Une pression omniprésente avec laquelle je m'étais trop souvent débattue.

Un nouvel horizon s'offrait à moi : un homme plus jeune, une vie de couple sans enfant et mon cabinet qui ne désemplissait pas. Ce n'était pas difficile de m'y faire et d'y trouver une certaine satisfaction.

Peu à peu, j'ai senti ma rancœur se dissiper. Elle a laissé place à la douceur de nos souvenirs. Il a fallu presque une année entière pour que tout s'apaise.

Un matin, il n'y a pas si longtemps, en ouvrant les yeux, j'ai pensé à la journée qui m'attendait plutôt qu'à mon mari qui m'avait quittée. J'étais libérée. Rien ne pouvait plus m'atteindre. Raphaël pouvait avoir un nouvel enfant, demander la main de Julie ou partir vivre à l'autre bout du monde, tout ça était enfin derrière moi. En réalité, le processus de deuil s'était enclenché dès notre première séparation et bien avant que nous redevenions amants.

Mon entourage n'y a pas échappé. Nos amis communs ont fait le choix inéluctable de se tourner vers l'un ou vers l'autre. Je n'ai pas lutté. J'en ai laissé filer certains sans trop en pâtir, parce que ma vie sociale était de toute façon déjà bien remplie.

À travers Jérôme, je découvre une nouvelle version de moi-même. Une seconde partie de vie qui correspondrait en tous points à l'inverse de ce que j'ai vécu lors de la première. Et je m'y adapte parfaitement. Je n'aurais jamais cru cela possible. En regardant derrière moi, je n'aurais jamais imaginé le quart de tout ce qui s'est passé…

Noé semblait m'avoir offert à moi aussi la possibilité d'une renaissance.

Il y a trois mois jour pour jour, au cours d'un dîner chez des amis de Jérôme, le sujet du divorce a été longuement évoqué. Jérôme était en plein dedans avec son ex-femme et ce n'était pas simple. Je m'étais dit que nous aussi, nous allions devoir en passer par là. Divorcer. Comme tous les couples qui se séparent, il fallait mettre un terme juridique à cette union et s'en affranchir. « Divorcer » après trente ans de vie maritale, c'était faire le deuil de plus de la moitié de mon existence.

Le lendemain, dans un élan irréfléchi, j'ai contacté mon avocate. Je n'ai pas voulu prendre le temps de la réflexion. J'avais l'intention de tout clarifier, sans état d'âme. Je voulais que ça se fasse rapidement. Désormais, nous avions chacun notre vie. Rester mariés me semblait totalement hors de propos.

*

Sixième étage, salle d'attente n° 3. Tribunal des affaires familiales.

Quand je suis arrivée seule au bout du long couloir sombre, ma détermination m'a tout à coup abandonnée. Raphaël et moi ne nous étions pas vus depuis presque un an et demi. Je ne savais pas comment il avait encaissé la demande de divorce. Il n'avait pas tenu à prendre un avocat et avait suggéré que nous ayons le même pour simplifier les démarches. Tout s'était enchaîné, sans même qu'on ait eu l'occasion d'en discuter.

La seule chose que nous avions en commun était la maison. Pour moi, ce n'était pas un sujet. Il y habitait avec sa nouvelle famille, je la lui laissais sans regret. Les enfants étaient grands, nous n'avions pas de problème de garde ou de résidence alternée. Il fallait signer ces foutus papiers pour tout remettre en ordre et rentrer chacun chez soi. Je voulais que ça aille vite. Je ne sais pas pourquoi, mais j'appréhendais de le revoir. Ce n'était pas tant la raison pour laquelle je me trouvais là qui me rendait fébrile, c'était lui.

Il y avait des hommes et des femmes, des tranches de vie sur le point de capituler. Tous mobilisés pour signer les papiers qui leur rendraient la liberté. Certains se parlaient, d'autres ne se regardaient même pas. Un jour, ils s'étaient dit : *pour le meilleur et pour le pire*. Il me semblait que leur présence ici ne valait que parce qu'ils avaient connu le pire.

Les sièges étaient tous occupés. Raphaël n'était toujours pas là. J'ai commencé à envisager la possibilité qu'il ne vienne plus. Il avait déjà dix minutes de retard et ce n'était pas dans ses habitudes. J'ai attendu encore. J'ai tendu l'oreille pour écouter le couple qui se tenait à ma gauche. La douceur ne faisait plus partie de leur histoire. Il n'y avait que des mots rudes, entrecoupés de phrases cinglantes pour écraser l'autre. Ça parlait des enfants, de la pension alimentaire, de ce qu'il leur resterait en fin de mois, une fois les factures payées. Parce que financièrement, vivre seul, ce n'était pas comme vivre à deux. Ceux-là s'étaient certainement aimés dans une autre vie. Mais à quel prix ?

J'ai relevé la tête et je l'ai vu pousser la porte du couloir, essoufflé. Face à moi se tenait un nouvel homme, les cheveux grisonnants, en bataille. Les kilos s'étaient posés sur son ventre et les rides avaient creusé les traits de son visage. Il n'a pas eu à me chercher. Ses yeux m'ont trouvée dans la seconde. Il s'est avancé dans ma direction. M'a demandé si nous avions déjà été appelés. Il n'était pas pressé d'honorer ce rendez-vous. C'était certainement la raison pour laquelle il avait du retard. Alors, il s'est excusé. De la douceur, il nous en restait encore.

J'ai demandé comment allait son fils parce que je ne savais pas quoi dire d'autre. Il m'a répondu que Noé était souvent malade. Il avait oublié ce que c'était que d'avoir un bébé. Les nuits, les jours, le temps et l'énergie que ça prenait. Mais il aimait ça. Il disait qu'à travers lui il avait enfin compris le sens de la paternité. Nous avions eu nos enfants trop jeunes. Raphaël était ambitieux, il avait fait passer sa carrière avant tout le reste. Il reconnaissait que j'avais entièrement assumé l'éducation de Léo et Joséphine. Aujourd'hui, ils n'avaient plus besoin de lui. C'était trop tard, il avait passé son tour. À travers Noé, il avait l'impression de réparer cette absence. C'était une chance inespérée.

En quelques secondes et alors que je ne l'avais pas revu depuis longtemps, Raphaël s'était repenti. Cet aveu n'avait rien d'anodin après les mois de silence entre nous. Il fallait qu'il me le dise, comme dans un élan de vérité. Cette révélation avait toute son importance. Il s'agissait de lui en tant que père, mari, homme. En tant que tout ce qu'il avait été à mes côtés depuis la naissance de nos enfants. C'était aussi de notre famille qu'il était question. De nous et des années qu'il avait probablement laissées filer sans s'en apercevoir. Il avait mis ça sur le compte de sa jeunesse. Et, dans cette honnêteté maladroite, je dois avouer que Raphaël m'est apparu, à ce moment précis, plus touchant que jamais.

Quand il en a eu assez de parler de lui, il m'a demandé comment j'allais. Si j'étais heureuse. À croire que, sans lui, je ne pouvais pas l'être. Il a mis sa main sur la mienne. L'a serrée très fort. S'est excusé pour tout ce que j'avais enduré par sa faute. Je l'ai rassuré. J'ai raconté l'emménagement avec Jérôme. Mon nouveau cabinet au sein de l'appartement et le confort que c'était de ne plus avoir à faire de trajet pour aller travailler. J'ai dressé le tableau de la vie parfaite sans entrer dans les détails de mon intimité. En cours de route, j'ai pris soin de retirer ma main pour qu'elle ne s'habitue pas trop à la sienne. Tout avait été dit, de mon côté. Moi, je ne baissais pas la garde.

Après de longues minutes d'attente debout, nous avons tous deux regagné le sol. On a regardé les divorcés d'en bas et ça nous a donné le vertige. Le couple de gauche, répondant au nom de M. et Mme Klein, venait d'être appelé dans le bureau de la juge. À bien les observer, nous n'avions rien en commun avec eux. Alors, Raphaël m'a demandé si j'étais sûre. Je lui ai répondu que oui. Parce que j'espérais, après avoir signé ces papiers, laisser derrière moi le passé qui m'avait abîmée. Dorénavant, nous avions chacun notre vie. Il fallait apprendre à se passer l'un de l'autre. C'était comme une peine de prison, et nous allions prendre perpétuité.

À nouveau, il m'a demandé pardon. A remis en place une mèche de mes cheveux. Ce geste, je le connaissais par cœur. C'était celui qu'il faisait quand la distance entre nous devenait trop pesante. Nous nous sommes regardés longuement sans dire un mot. J'ai posé ma tête sur son épaule. L'un contre l'autre, coincés entre le radiateur et la porte du bureau de la juge, j'espérais que le temps s'étire encore. Parce que, en réalité, son contact m'avait manqué. Juste sentir à nouveau ce que ça nous faisait d'être si près. Hypnotisés par l'odeur et le contact de l'autre. L'odeur et le contact de l'autre. Galvanisés par le souvenir entêtant du passé. Le moment suspendu du couloir des affaires familiales a eu l'air de se prolonger indéfiniment.

Un homme et une femme accompagnés de leurs avocats respectifs sont passés devant nous, décontenancés par notre

« désordre amoureux ». Nous avions l'air de tout, sauf d'un couple s'apprêtant à divorcer.

Je me suis blottie contre lui et je n'ai plus voulu que ce soit notre tour. J'espérais que le cas Klein serait si complexe que ça nous laisserait encore un peu de répit. Alors, Raphaël s'est mis à me raconter ce que je ne savais pas encore.

Julie avait été au courant de notre liaison depuis le début. Elle avait projeté de tomber enceinte après les vacances d'été, en espérant que ce soit immédiat. De cette manière, elle me tiendrait définitivement à l'écart. Son plan n'avait pas tout à fait fonctionné comme prévu parce que la grossesse ne s'était pas déclarée dans les temps. Chaque mois, elle avait compté les jours de son cycle. Plus l'enfant avait tardé à arriver, plus elle avait eu la sensation de sombrer. Elle avait souffert de savoir que Raphaël me voyait encore, mais elle avait tenu bon pour ne pas le perdre. Elle avait continué de patienter sans rien dire. Sans jamais perdre la face. Nos rendez-vous, nos messages, nos appels, les hôtels, rien ne lui avait échappé. Jusqu'à ce fameux jour de l'altercation à la terrasse du café. Là, elle s'était contrôlée pour ne pas exploser. Elle avait pris sur elle parce qu'elle persistait à croire que l'arrivée du bébé m'écarterait pour de bon. Elle avait engagé une bataille contre moi en espérant que je capitule la première.

Le mois suivant, le test de grossesse s'était révélé positif, comme par miracle. Julie avait gagné. C'était tombé à pic. Pile au moment où nous étions prêts à nous donner davantage de liberté. Où nous étions le plus heureux. Et, sans doute, juste avant que nous prenions la décision de tout recommencer.

Au début, Raphaël avait voulu que Julie ne le garde pas. Il avait envisagé cette possibilité sous toutes ses formes. Il ne voulait pas d'un troisième enfant. Il n'avait plus l'âge de vivre ça. Il ne le lui avait pas dit tout de suite, pour ne pas la brusquer. Il avait commencé à y réfléchir et avait attendu d'en être sûr pour lui en parler.

Et puis, un soir, alors qu'elle était en train de se dévêtir, il avait longuement regardé son ventre plat. Il s'était dit qu'à l'intérieur quelque chose de lui grandissait. Il s'était demandé si ce n'était pas un signe. S'il ne fallait pas que ce soit lui qui grandisse. Il avait pensé qu'un enfant était capable de ça. De le faire grandir. Il en avait déjà eu deux, mais à l'époque il était trop jeune pour le comprendre. Que la naissance d'un enfant pouvait être aussi le symbole d'une renaissance. Un signe du destin. Il avait la sensation d'être arrivé au bout de quelque chose. D'étouffer sous tous ses mensonges et la double vie qu'il menait depuis des mois.

Elle le lui avait d'ailleurs confirmé le jour de la naissance. Elle lui avait dit : « Cet enfant est ici pour te ramener à la raison. » En d'autres termes : « Cet enfant est ici pour te ramener à la maison. » Elle était certaine que l'enfant était l'ultime solution. Elle l'avait attendu comme le messie. Elle savait qu'il serait un point final entre nous. C'était pour ça qu'elle l'avait fait.

Il y a eu un silence. Un long moment de flottement. Le bruit des gens qui s'activaient tout autour. Le bruit des couples qui piétinaient, s'impatientaient. Les divorcés qu'on appelait deux par deux. Et, comme ça, dans l'énergie vibrante de ce couloir des affaires familiales, Raphaël s'est approché de ma bouche. C'était un élan naturel, spontané. Comme s'il en avait envie et qu'entre nous il n'y avait plus eu de distance à respecter. Pour me signifier aussi qu'elle n'avait pas complètement gagné. Et dans cet ultime souffle, je me suis laissé happer. Au beau milieu de ce couloir passant, nous avons réalisé que la vie continuait d'être en mouvement, à l'exception de nous deux. Que nos corps se répondaient de la même manière. Qu'entre Raphaël et moi, rien n'avait changé.

Nous avons entendu résonner notre nom. Nous nous sommes levés, nos mains serrées très fort. Le bureau, ou « lieu de notre désunion », était à l'image du couloir qui le desservait : exigu, austère, des dizaines de dossiers empilés. Le nôtre sur le dessus. La juge s'est installée face à nous. Elle a pris le temps de nous observer, tout en relisant nos dernières volontés. A insisté sur les termes du divorce et ce que ça impliquait. Elle venait de nous apercevoir, quelques minutes plus tôt. Elle avait l'habitude des couples qui se déchiraient mais rarement de ceux qui s'embrassaient. Alors, elle a redemandé si nous voulions vraiment le faire. J'ai répondu que oui. Elle a récapitulé les modalités du divorce et j'ai signé. Raphaël aussi, et c'était fini. Quand il a posé son stylo, il a pris mon visage entre ses mains pour me regarder droit dans les yeux. Comme pour me dire que ça aussi, on l'avait réussi. Ensuite, il m'a serrée contre lui. Je me suis instantanément replongée dans le souvenir de notre mariage. Il a dit qu'il avait eu envie de mettre un peu de douceur et d'amour dans ce bureau. La juge nous a félicités. Elle a prononcé une phrase qu'elle aimait bien dire, parfois : *L'important dans le divorce, c'est ce qui le suit.* Sur le moment, rien ne paraissait réel. J'avais fait les choses mécaniquement sans m'autoriser à y penser. Tout s'était passé trop vite.

Nous nous sommes dirigés vers la sortie, silencieux, assommés. Le souvenir encore tout frais du baiser échangé. Celui de nous deux au cours de ces trente dernières années. Notre rencontre, nos études, notre mariage, nos voyages, la naissance de nos enfants, nos retrouvailles. L'énergie de la passion qui parvenait encore à nous surprendre. Et, plus que jamais, je me suis sentie liée à celui dont je tenais encore la main. Tout à côté. Jamais très loin.

Je comprenais qu'il ne s'agissait pas de papiers ou de signature. Il ne s'agissait pas de naissance ou d'une autre femme, mais bien d'un lien indéfectible qui malgré tout persisterait. Sans loi, sans principe ni fondement, sans rien pour lui barrer le chemin. Notre règle immuable tout comme notre force, c'était ça.

Entre Raphaël et moi, il n'y avait pas de fin possible.

Cet ouvrage a été composé par IGS-CP
à L'Isle-d'Espagnac (16)
et achevé d'imprimer par
par l'Imprimerie Floch,
à Mayenne,
pour le compte de S. N. Éditions Anne Carrière
57, rue Gaston-Tessier – 75019 Paris
en Mai 2022

Imprimé en France
Dépôt légal : Juin 2022
N° d'édition : 1074 – N° d'impression : 100498

dtv

W0384509

Wenn die Bomber über Köln wieder abgedreht hatten und die Abwehr nicht mehr zu hören war, sammelten die Jungen auf der Straße die Granatsplitter ein: kleine Überbleibsel der gefährlichen Munition, leuchtend rot oder gleißend gelb, mit schwarzen gezackten Rändern. Es ist Krieg. Aber was genau ist ein Krieg? Warum und von wem wird er geführt? Ein Junge, am Anfang des Zweiten Weltkriegs sieben Jahre alt, beginnt zu fragen: Wie ist das Böse in die Welt gekommen? Und wie konnte es das Gute und Schöne verdrängen?
Karl Heinz Bohrer erzählt die Geschichte einer Jugend in Deutschland zwischen 1939 und 1953. Köln und Umgebung, ein Internat in Süddeutschland und London sind die Orte dieser gleichzeitig unheimlichen und glücklichen Geschichte. Eine Jugend in Deutschland in schwierigen Zeiten – schöner, fragender, reicher ist sie selten beschrieben worden.

Karl Heinz Bohrer, 1932 in Köln geboren, Professor em. in Bielefeld, seit 2003 Visiting Professor an der Stanford University. Er lebt in London und Paris. Zuletzt veröffentlichte er: ›Das Tragische. Erscheinung, Pathos, Klage‹ und ›Selbstdenker und Systemdenker. Über agonales Denken‹.

Karl Heinz Bohrer

Granatsplitter

Erzählung einer Jugend

Deutscher Taschenbuch Verlag

**Ausführliche Informationen
über unsere Autoren und Bücher
finden Sie auf unserer Website
www.dtv.de**

MIX
Papier aus verantwortungsvollen Quellen
FSC® C019821

2014 Deutscher Taschenbuch Verlag GmbH & Co. KG,
München
Lizenzausgabe mit Genehmigung des Carl Hanser Verlages
München
© Carl Hanser Verlag München 2012
Umschlagkonzept: Balk & Brumshagen
Umschlagfoto: ullstein bild / TopFoto
Satz: Gaby Michel, Hamburg
Druck und Bindung: Druckerei C. H. Beck, Nördlingen
Gedruckt auf säurefreiem, chlorfrei gebleichtem Papier
Printed in Germany · ISBN 978-3-423-14293-9

Für Angela

I

GRANATSPLITTER

War es schon Herbst neununddreißig oder erst Sommer vierzig? Die Jungen hatten plötzlich ein neues Spiel erfunden. Das konnte es vorher nicht gegeben haben. Buchstäblich über Nacht hatte es nämlich diese in allen Farben funkelnden Steine vom Himmel geregnet. Das geschah jedes Mal, wenn die feindlichen Flugzeuge dagewesen waren und der Donner über der großen Stadt lag. Die Jungen, die kleinen Sechs- bis Achtjährigen, hatten zunächst gar keine Vorstellung von dem, was geschah: dass es englische Flugzeuge waren und dass die deutschen Abwehrgeschütze rund um die Stadt den Donner verursachten. Dass Bomben fallen könnten, daran dachte keiner. Man hatte das Wort seit etwa einem Jahr von den Erwachsenen gehört. Eine Bombe würde auf das Haus fallen, und vielleicht würde man sterben. Tod, Krieg – solche Worte. Aber es waren unverständliche Worte geblieben: Bomben, Engländer, die vom Westen übers Meer heranflogen, die Stadt war eine der westlichsten und daher eine der ersten, die die fremden Flieger erreichten. Und überhaupt das Fliegenkönnen. Das lenkte ab von dem Wort feindlich. Es war ein aufregendes Bild: dass jemand durch die Luft flog. Die älteren Jungen wussten Bescheid: Sie kritzelten auf ihre Schiefertafeln in der Schule die Umrisse von Flugzeugen, die Stukas oder Messerschmitt hießen. Die Namen der englischen Flugzeuge kannte man noch nicht. Es sollte noch Jahre dauern, bis die Jungen die Wörter wirklich verstehen würden, wenn Tausende Bomben fielen, der Donner von ihren Explosionen herrührte und Phosphor in die Keller fließen würde.

Davon wussten die Jungen noch nichts, als sie zum erstenmal nach so einer Donnernacht am Morgen auf die Straße gingen, auf dem Weg in die Volksschule, und die bunten funkelnden Steine auf Trottoir und Straße herumliegen sahen. Es gab sie in allen Größen, in allen Farben, keiner war wie der andere. An den Rändern waren sie aufgerissen, gezackt von unterschiedlicher Schärfe. Wenn man sie unvorsichtig anfasste, konnte man sich die Finger aufreißen. In dem Moment merkte man, dass die Steine nicht aus Stein waren, sondern aus Eisen, blitzende Metallstücke. Die größeren Jungen erklärten, um was es sich handelte: Granatsplitter. Das waren aus großer Höhe heruntergefallene Splitter, die von den explodierten Flakgranaten stammten, die nachts den Donner verursacht hatten. Die Sirenen hatten den aufpeitschenden Klang, der eine Katastrophe schon beim erstenmal anzukündigen schien, bestimmt aber eine Warnung ausstieß, hinter der mancher etwas Größeres, Erschreckenderes ahnte. Aber in den Keller gingen die meisten Eltern der Granatsplitterjungen noch nicht.

Das also war der Anlass des neuen Spiels. Denn kaum hatte am Morgen der eine Junge, den Schulranzen auf dem Rücken, eines der blitzenden Dinger in der Hand und der andere ein anderes und ein zweites und drittes – sie stießen bei den heftigen Entdeckungssprüngen zusammen, weil sie im Eifer, das schönste Stück zu bekommen, keine Rücksicht nahmen –, da begann auch schon der Vergleich, wer wohl das schönere Stück erwischt hätte. Und da jeder eine andere Ansicht hatte, begann ein Tauschhandel. Nicht gleich nach der ersten Nacht, aber wohl nach der zweiten oder dritten: Man tauschte Granatsplitter. Auf dem Gang in die Schule blieb dazu nicht viel Zeit, aber an den Nachmittagen konnte man sich treffen und tauschen. Die Granatsplitter waren das Schönste, was man sich ausdenken konnte. Manche waren von dunkel leuchtendem Rot und schwarz an den Rändern, andere hatten eine bläulichweiße Färbung, und wieder andere waren von gleißendem Gelb oder Silber. Es war wie ein Märchen – man war der Held eines Märchens, der etwas Wunderschönes, sehr Fremdes, sehr Seltsames fand, das ihm das Gefühl gab, fortan Glück zu haben. Der Junge war regelrecht entzückt von dieser Schönheit. Er hatte das gleiche Gefühl wie damals, als man ihm aus *Tausendundeiner Nacht* die Geschichte vom Prinzen in dem funkelnden Palast vorgelesen hatte, in dem es viele Gemächer gab, die wiederum funkelten, und in den Gemächern wiederum kleine Kästchen, in denen funkelnde Edelsteine lagen.

Das Leuchtende und die Vielfältigkeit der Granatsplitterfarben waren das eine. Es war aber noch etwas anderes: Das Rissige der scharfen Ränder war ja das Gegenteil von den Schmückstücken, wie seine Mutter sie immer trug. Einige Jungen hatten erklärt, dass das Rissige davon käme, dass die Flakgranaten in der Luft explodierten, wenn sie ihr Ziel, die englischen Flugzeuge, nicht trafen. So ein Stück scharfes Metall in die Hand zu nehmen war genauso, wie wenn man das Wort »Krieg« hörte. Es war das erste Bild des Kriegs für ihn. Er hatte das Wort »Krieg« zum ersten Mal aus seinem liebsten Märchenbuch von früher mit dem Titel *Schlierilei* gehört. Das war die Geschichte einer kleinen Waldschnecke mit einem Schneckenhaus auf dem Rücken, die mit den Pilzen aneinandergerät und vor deren angsteinflößendes Strafgericht geladen wird. Das farbige Bild davon war so dramatisch, dass er es immer wieder anschauen musste. Ein Krieg aller kleinen Waldtiere gegen die Pilze. Mäuse, Frösche, Bienen, verschiedene Käferarten und selbst Vögel griffen die Pilze an. Das Bild dazu zeigte ein erschreckendes Durcheinander von kopflosen, zerspaltenen, zertrümmerten Pilzen. Krieg war also etwas Grausames.

Ungefähr ein Jahr zuvor hatte er das Wort wiedergehört, während eines Gesprächs des Vaters mit dessen Bruder. Sie hatten in einem so nachdrücklichen Ton gesprochen, als ob etwas bisher noch nicht Bekanntes, Gefährliches bevorstehe. Zuerst hatte er sich Krieg so vorgestellt, dass sich zwei feindliche Parteien in einer Halle gegenüberstehen und aufeinander schießen, bis der eine Teil weniger an Zahl als der andere hätte. Das Ganze nicht in einer Landschaft, sondern in einer riesigen Halle aus Blech. Jetzt war von vielen Bomben die Rede, die auf die Stadt fallen würden. Es gab auch Nächte, in denen es auf der Straße plötzlich dunkel wurde, weil man die Laternen und die öffentlichen Beleuchtungen abgestellt hatte und in der ganzen Stadt die Fenster der Wohnungen verhangen wurden. Jetzt durfte kein Lichtschein mehr nach draußen dringen. Eines Morgens, als er zum ersten oder zum zweiten Mal in die Schule ging, erblickte er Leute mit von Masken verdeckten Gesichtern, die wie Schweinerüssel aussahen. Er hörte das Wort »Gas«. Was es wirklich damit auf sich hatte, wurde auch nicht ganz klar, als er mit Schulkameraden darüber sprach. Man könnte ersticken, wenn man diese Maske nicht trüge und die englischen Flieger Gasbomben abwürfen. Das alles bedeutete das Wort »Krieg«. Es war also Krieg.

Er hatte dieses Wort dann noch einmal gehört, als er mit der Mutter und deren Freundin in den letzten Augusttagen die Ferien auf einer Nordseeinsel verbrachte. Das Wort hatte sofort wieder einen ganz besonderen Klang, weil es mit einem anderen Wort, dem Wort »England« verknüpft war. Das prägte sich ihm deshalb so ein, weil im Nachbarstrandkorb eine sehr freundliche Familie mit einem Jungen saß, der ungefähr so alt war wie er selbst. Die Sprache, die sie sprachen, war unverständlich. Manchmal aber doch so, dass er sie auch verstehen konnte. Die Mutter sagte ihm, es seien Engländer. Der Satz, dass sie Engländer seien, klang so, als wenn sie etwas ganz anderes wären als er selbst und die Mutter. Das Wort hatte ja keinen besonderen Sinn, es klang zuerst nur so. Es war der Klang des Wortes, der sich ihm einprägte: Engländer – England. Außerdem hatte der fremde Junge eine kleine Fahne mit einem sehr schönen Muster aus den Farben blau, rot und weiß, die zwei gekreuzte Kreuze trennten. Die Fahne hatte eine aufregende Wirkung auf ihn ausgeübt. Es war schwer zu sagen, warum: etwas Unruhiges und gleichzeitig sehr Ruhiges. Jedenfalls stießen ihm die eindrücklich wirkende Farbe und die Kreuzformen wie ein Zeichen von etwas in die Augen. Die ganze Zeit danach, vor allem seitdem die englischen Flieger nachts über der Stadt flogen, dachte er an die schöne Fahne und das Wort »England«.

Die englische Familie war plötzlich nicht mehr in ihren Strandkorb gekommen, und er ging ohne den englischen Jungen allein auf Muschelsuche. Dass sie nicht richtig miteinander reden konnten, hatte sein Gefühl, etwas ganz Besonderes zu erleben, nur noch mehr angeregt. Er hatte den Namen des neuen Spielkameraden richtig auszusprechen gelernt: »Harry«. Manchmal hatten sie sich weit entfernt von den Eltern und der Mutter, vorbei an vielen Sandburgen, die mit Mustern aus Muscheln bedeckt waren, so weit, bis sie es merkten und sich das Gefühl, sie seien auf einer Entdeckungsreise, noch mehr verstärkte. Denn dazu musste man ja nur bei Ebbe den unbekannten riesigen Strand entlang bis zur Wasserlinie hin laufen, die aus der Entfernung wie ein Horizont zu anderen blauen Räumen aussah. Sie kamen an den gallertartigen, blauweißen Quallen vorbei, die sie mit Schaufeln in einen kleinen Eimer zu heben versuchten, ein umständliches Unternehmen, das sie zugunsten des Sammelns von ungewöhnlich aussehenden Muscheln aufgaben. Wenn jeder einen Haufen von Muscheln gesammelt hatte, tauschten sie. Sie wurden Freunde. Einmal, am Ende des Ebbestrands, blickte Harry auf die See hinaus und zeigte mit der Hand in die Richtung nach Westen und sagte: »There is England.« Das war für ihn sofort zu verstehen, und umso mehr merkte er sich die ganz andere Aussprache des Wortes »England« in englischer Sprache als in deutscher. Es klang so wie die Fahne aussah, eindrücklich.

Als die englische Familie plötzlich weggeblieben war, ohne sich verabschiedet zu haben, und er die Tage am Strand wieder mit der Mutter und ihrer Freundin verbrachte und sich langweilte, hörte er aus ihren Gesprächen, warum die Engländer nicht mehr kamen: Der Krieg stünde bevor. Der Vater, der nicht mitgereist war, hatte telegrafiert, er habe den Stellungsbefehl bekommen, und sie würden von Westen nach Osten verlegt. Er hatte nicht viel Zeit, Harry zu vermissen. Denn plötzlich war es soweit. Der Krieg, von dem er seit einem Jahr hatte reden hören, war da. Als er mit der Mutter in die Stadt zurückkam, hatte sich vieles schon verändert. Es gab sogar eines Nachts zum ersten Mal das Aufheulen der Sirenen, ein Ton, der etwas Schlimmes ankündigte, das dann aber gar nicht kam. Doch war das der Zeitpunkt, als die Jungen Granatsplitter in der Straße entdeckten. Der Fliegeralarm hatte also Flieger gemeldet, die Flakgeschütze der Stadt mussten geschossen haben, sonst hätten sie keine Splitter gefunden. Einige Monate später war dann ab und an das Dröhnen der Motoren und das Aufbrüllen der Geschütze länger zu hören, sodass die Bewohner der Häuser sich allmählich daran gewöhnten, in den Keller zu gehen. Einmal, als er einen Granatsplitter in die Hand eines anderen Jungen legte, damit der ihn anfassen und von allen Seiten betrachten konnte, musste er an Harry denken. Wie sie die Muscheln umgewendet und in ihre Öffnung hineingesehen hatten. Eine Muschel war natürlich kein Granatsplitter, aber das Tauschen machte die gleiche Freude. Man bekam von dem Gleichen etwas Ähnliches, sodass man das Eigene nicht verlor, aber etwas Anderes hinzugewann. Beim Granatsplitter war das Wichtigste, dass es sich um das Stück einer Waffe handelte. Das hatte etwas. Die Älteren sprachen jetzt häufig über Abschussziffern, darüber, wie viele englische Flugzeuge abgeschossen worden seien. Es gab immer jemanden, der das genau wusste.

Ein neuer Tauschhandel kam unter den größeren Jungen auf: das Tauschen von polnischen, französischen und englischen Helmen und Uniformstücken, die von gefangenen Soldaten stammten. Die Kleineren wussten nicht genau, was es damit auf sich hatte. Diese bläulichen oder gelblich-braunen Helme und Uniformjacken mit roten oder blauen Litzen und Stickereien wirkten irgendwie böse, sie sahen so ganz anders aus als die vertrauten grauen Helme und graugrünen Uniformen, die die deutschen Soldaten trugen, wenn sie in ihren Lederstiefeln vorbeimarschierten, dass es auf dem Pflaster knallte, den Helmrand dicht über den Augen, die so vertrauenerweckend geradeaus starrten, auch wenn sie ihre rauhen Lieder sangen mit dumpfen Stimmen und abgehacktem Rhythmus. Er hatte diese graugrünen Soldaten, seit er sie zum erstenmal so starr dahinziehen sah, in gleichem Schritt und Tritt, den einen Arm am Gewehr, den anderen im Rhythmus des Dahinschreitens, immer mit einer unbestimmten Neugier betrachtet, die noch nicht wusste, was sie tun würden. Sie würden in den Krieg ziehen, sie würden die anderen Soldaten mit ihren Gewehren erschießen. Das bedeutete das Wort Krieg. Jetzt stellte er sich nicht mehr eine große Halle vor, in der die grauen oder blauen oder braunen Soldaten gegeneinander schritten. Er wusste nun, es war ein riesiges, unübersehbares Gegeneinander von Menschen und Maschinen.

An einem Wochenende wurde ein merkwürdiges Kriegsspiel auf dem Schulhof gegeben. Alle waren eingeladen. Es gab Suppe und Wurst aus der Gulaschkanone und dann das Spiel. Es hieß »Heckenschützenjagd«. Er wusste nicht, was das heißen sollte. Er fragte und bekam die Antwort: Heckenschützen seien Polacken ohne Uniform. Sie liegen hinter Hecken und erschießen deutsche Soldaten. Am schlimmsten seien die Flintenweiber. Das Kriegsspiel bestand nun darin, dass deutsche Soldaten als polnische Heckenschützen verkleidet aus kleinen Holzhäusern, die im Schulhof aufgestellt waren, mit Platzpatronen schossen, während deutsche Soldaten in ihren regelrechten Uniformen diese Häuser umzingelten und am Ende die Heckenschützen mit erhobenen Händen aus den Häusern herauskamen. Sie wurden zusammengetrieben und dann an einem Galgen, den man im Hof aufgestellt hatte, aufgehängt. Mit einem Strick um den Hals wurden die Polacken am Balken hochgezogen, und die Zuschauer klatschten und lachten. Hochgezogen wurden natürlich nicht die als Polen verkleideten deutschen Soldaten, sondern große Puppen aus Stoff und Stroh, die ihrerseits wieder zivile Kleidungsstücke und Kappen trugen.

Die seltsamen Anzüge sahen besonders minderwertig aus. Hier die bekannten, irgendwie anheimelnden deutschen Uniformen, und da die zerlumpten Kleiderpuppen. Waren das Verbrecher? Man musste sie gewiss gefangen nehmen, aber dieses langsame Aufhängen, eine Puppe nach der anderen? Er fand das Ganze unheimlich, er verstand nicht, warum die Leute lachten. Er hätte seinen Vater gefragt, warum dieses Kriegsspiel auf dem Schulhof gespielt worden war, das mit den Platzpatronengewehren so wirklich erschien, aber der Vater war ja seit einiger Zeit nicht mehr zu Hause, und die Mutter verstand von so etwas nichts, sie war zu jung und zu desinteressiert an seinen Fragen. Mit den Granatsplittern hatte das nichts mehr zu tun. Sie waren wie farbige Sterne vom Himmel gefallen, und ihre leuchtende Schönheit gehörte zu den ersten blendenden Erscheinungen, aus denen für ihn das Leben bestand. Erscheinungen, deren tieferen Sinn er erst allmählich verstand. Es gab Vorkommnisse, Geräusche, die entweder auffielen oder auch nicht. Das einprägsamste Geräusch war gewiss die nächtliche Sirene.

Einmal, als er von ihrem Aufheulen geweckt wurde und die Mutter nicht ins Zimmer kam, stand er auf und sah, dass die Wohnung leer war. Das Schlafzimmer der Eltern war unberührt, die schimmernde Seide der Steppdecke auf dem Bett war nicht aufgeschlagen, nur die Platte auf dem Grammophon neben dem Bett zeigte an, dass die Mutter kürzlich noch hier gewesen war. Als der Donner wieder einsetzte, dachte er an die Granatsplitter am nächsten Morgen, aber dann, als die Mutter nicht zurückkam, wusste er, dass er für eine Zeit allein sein würde, und er setzte sich auf die Steppdecke, die Sammlung der Granatsplitter neben sich, ausgelegt gegen seine Angst. Die Granatsplitter waren ein Mittel gegen alle Unbill des täglichen Lebens geworden. Sie hatten den Schein des Fremdartigen nicht aufgegeben. Sie strömten eine Atmosphäre des Wunderbaren aus, aus der man Stärke beziehen konnte: ein Geheimzeichen, das die Jungen erfanden, um ihrer Welt einen eigenen Namen zu geben.

Sehr viel später wusste er, dass die Mutter bei einem jungen Mann gewesen war, bei einem Offizier in schöner graugrüner Uniform. Es gab damals einen Schlager, den alle Jungen in der Schule kannten und über den die Älteren lachten: »Titeriti, Titeriti, meine Mutter kriegt ein Titti, von einem Flaksoldaten, das darf ich nicht verraten.«

Als die Mutter spät in der Nacht in ihr Schlafzimmer kam, war sie ihm absolut fremd. Sie hatte sich eben noch im Spiegel des fremden Mannes betrachtet: eine wirkliche Schönheit, die Dauerwelle, der blutrote Lippenstift und der Nerz um den fünfundzwanzigjährigen feinen Hals, das Jackenkleid. Nicht viele deutsche Mütter – die meisten liebten den schweren Knoten, waren ungeschminkt und irgendwie kräftig – sahen so aus. Der Vater war auch kein Vater wie die anderen Väter. Er war oft und lange im Ausland gewesen. Schon als Primaner, während seine Eltern auf Ferienreise an der Mosel oder an der Nordsee waren, hatte er sich vom Dienstmädchen das Wochengeld geben lassen, um damit nach Paris zu fahren und die berühmte Tänzerin Josephine Baker zu sehen.

Diese Auslandsaufenthalte hatten sich während des Studiums des Vaters in den zwanziger Jahren gehäuft. Er sprach die Sprachen dieser Länder allmählich fließend, und einige der besten Freunde kamen von dorther. Auch das Studienfach Nationalökonomie verstärkte das Interesse, über die Grenzen zu sehen.

Eines Nachts war einer dieser Freunde gekommen und hatte sich im Elternhaus des Vaters versteckt, bis dieser ihn mit dem Auto über die nahe Grenze im Westen brachte, dort, wo man durch dichte Wälder unbemerkt in das andere Land hinübergehen konnte. Der Vater war damals zu einer Person geworden, von der eine wunderbare Festigkeit ausging, im Gegensatz zu seiner eleganten Mutter. Zwar zeigte auch der Vater weltläufige Züge – er tanzte gerne Tango und ging in moderner Kluft in die Seebäder –, aber er verkörperte für den Jungen eine Sicherheit, die er nicht genauer benennen konnte, die ihn aber ein absolutes Vertrauen in die Welt entwickeln ließ, ein Vertrauen, das von der Mutter nicht ausging.

Als er mit seinen Granatsplittern auf dem Bett wartete – inzwischen hatten die Entwarnungssirenen ihren langen gleichmäßigen Ton hören lassen –, hoffte er, dass der Vater kommen würde. Aber er kam nicht in dieser Nacht. Als die Mutter den Jungen sah, der sie so fremd anschaute, wurde sie unruhig: Sie sei sofort, als die Sirenen anschlugen, aufgebrochen, aber der Wagen der Freundin sei nicht sofort angesprungen. Im übrigen solle er die Granatsplitter nicht so einfach auf der Steppdecke herumstreuen, die scharfen Ränder würden sie aufreißen. »Hier, siehst du das nicht?« Nein, die Mutter gehörte nicht dazu. Nicht mehr. Sie hatte keine Ahnung von Granatsplittern, was sie waren, wie sie entstanden. Sie sah nicht ihre Schönheit. »Sie sind schön.« – »Was ist schon schön daran?« – »Die Farben sind so schön.« – »Schön?« – »Ja. Schön.« Er hatte keine genauen Worte dafür, was das besonders Schöne daran war: vielleicht, dass sie vom Himmel gefallen waren. Aber wenn er das gesagt hätte, hätte das die Mutter noch weniger verstanden. Am liebsten hätte sie gesagt, er solle die Splitter in den Müll schmeißen; jedenfalls aus der Wohnung entfernen. Er spürte, dass sie das wollte, aber in diesem Moment nicht sagte, weil sie ein schlechtes Gewissen hatte. Sie fragte ihn, warum er die Dinger sammle, woher er sie habe, und dann kam es doch zu einem heftigen Streit. Sie meinte, die Splitter könnten giftig sein oder etwas Explosives enthalten. Nun war es tatsächlich so, dass die älteren Jungen, die nicht Granatsplitter sammelten, in ihren Verstecken, wo es die blauen Stahlhelme gab und fremde Uniformstücke, auch scharfe Munition hatten, die ebenfalls schön aussah. Es gab Jungen, die hatten ganze Maschinengewehrgurte: eine goldene Patrone mit spitzem Kopf neben der anderen. Weiß der Teufel, wie sie daran gekommen waren, wo doch die Kasernen streng bewacht wurden. Die Größeren sprachen, wenn sie die Munition zeigten, in einer Weise daher, als wenn sie selbst schon Soldaten wären. Sie gaben sich hart. Es waren diejenigen, die die Formen der Stukas und Messerschmitts auf die Tafel kritzelten und dabei deren Technik erklärten. Besonders die heulenden Angriffssirenen der kopfüber niedergehenden Stukas wurden in den Klassenräumen jeden Tag nachgeahmt, ein Triumphgeschrei, das dem Jungen zu laut war.

Die Granatsplitter hatten damit nichts zu tun. Sie waren das, was übriggeblieben war von einer Waffe, nachdem diese selbst zerstört war. Er musste der Mutter erklären, wieso die Flakgranaten explodierten und in Splitter zerfielen: Wenn die Flakgranaten kein Flugzeug treffen würden, dürften sie nicht einfach wieder herunterfallen. Deshalb brächte ein Zünder diejenigen, die ihr Ziel verfehlten – und das waren die meisten –, zur Explosion. Aber wieso würde die Bevölkerung denn nicht gewarnt vor den herunterfallenden Splittern? Dem Jungen waren all diese Fragen nicht wichtig. Sie hatten nichts mit ihm und den Granatsplittern zu tun. Schließlich durfte er sie behalten und hütete sie als einen Schatz, von dem geheime Kräfte ausgingen.

Der Grund, warum der Vater in jener Nacht und auch die Tage danach nicht kam, war nicht bloß eine Verwundung an der Front, sondern dass er sich von der Mutter hatte scheiden lassen. Eines Morgens sagte sie zum Briefträger, der ein offizielles Schreiben brachte: »Der Brief ist nicht für mich. Ich bin geschieden.« Das war Monate nach der allein verbrachten Nacht auf der Steppdecke mit den Granatsplittern, und der Junge verstand, dass der Vater nicht mehr zurückkommen würde. Warum hatten sich seine Eltern getrennt? Bevor die Leere der Wohnung zuviel für ihn wurde, hatte ihn die Mutter zu den Großeltern in die westliche Vorstadt gebracht. Die Großmutter war das Gegenteil ihrer Tochter, einfach und fromm. Sie hatte Nonne werden wollen und setzte sich in die Badewanne mit einem Überkleid aus grauem Stoff, weil es sündig war, den eigenen Körper zu betrachten. Der Großvater war ebenfalls ein guter Katholik, aber ansonsten ein sehr weltlicher Mann, gutaussehend und eitel wie ein Pfau, der die Hälfte des Morgens eine Ledermaske trug, um seinen täglich neu arrangierten Bart zu festigen. Wenn er ausging, trug er manchmal einen schwarzen Hut mit einer roten Feder. Die Großeltern liebten den Jungen sehr, und er fühlte sich in dem kleinen Haus geborgen, anders als in der großen Wohnung der Mutter mit den eleganten Melodien aus dem Grammophon.

Das lag auch daran, dass das Haus der Großeltern ihn an ein anderes Märchenbuch erinnerte, das *Das alte Haus* hieß. Es erzählte von seltsamen Vorgängen und wunderbaren Gestalten, die alle in diesem alten Haus vom Speicher bis zum Keller wohnten. Es erzählte vom Uhrenmännchen in der alten Uhr, vom Nussknacker und dem Zwerg im Kohlenkasten.

Und vom guten Kartoffelkönig aus der großen Kiste Kartoffeln im Keller. Das Buch vom alten Haus hatte die Großmutter ihm und dem Vetter schon vor dem Kriege vorgelesen. Und dabei hatte er das wunderbare Empfinden, dass alles, was da vorkam, sich jetzt im alten Haus der Großeltern wiederhole. Seitdem war das Haus der Großeltern noch schöner, noch herzlicher, noch willkommener geworden. Es war das älteste Haus aller alten Häuser, und im Garten standen Kirsch- und Birnbäume. Es konnte ihm kein größeres Glück geschehen als fortan bei den Großeltern im altem Haus zu wohnen, auch wenn er nun nicht mehr dachte, im Uhrenkasten wohne das Uhrenmännchen.

Inzwischen kam der Donner in den Nächten nicht mehr bloß von den Geschützen, sondern von explodierenden Bomben im Stadtzentrum. Man blieb nicht mehr im Bett, sondern ging mit vorher zurechtgelegten Kleidern in den Keller, die Großmutter, die Tante und deren kleine Kinder und eine Nachbarin, die sich in diesem Keller sicherer fühlte. Der Großvater blieb oben: Die Engländer seien zu allem Ernsten und Wichtigen unfähig, und deshalb auch unfähig, dieses Haus zu treffen. Er hasste sie, denn er war irischer Herkunft. Die Großmutter hatte er auf einer Kirmes in den Niederlanden getroffen, sich in sie verliebt und war – ihr folgend – vor über dreißig Jahren hier hängengeblieben. Der Großvater war nicht bloß eitel, er war auch jähzornig. Es gab das Gerücht, er habe als junger Mann, als er im Glockengerüst des Doms zu arbeiten hatte, einen sozialistischen Arbeiter mit dem Hammer bedroht, er solle zur Heiligen Jungfrau beten, und sei deshalb zu sechs Wochen Gefängnis verurteilt worden.

Während der Großvater die Engländer, die ihn nicht treffen würden, verachtete, saßen die Frauen im Keller und beteten den Rosenkranz. Ab und zu kam der Großvater herunter und berichtete mit wichtiger Miene über den Stand der Dinge: Die Stadt brenne im Zentrum, aber auch der Süden habe viel abgekriegt. Und weil die Engländer nicht treffen könnten, schmissen sie einfach ziellos alles über der Stadt ab.

Man konnte nichts weiter tun, darüber war man sich einig. Der Großvater, das war immerhin beruhigend, hatte keine Angst. Der Junge war inzwischen neun und hatte vom Tode noch immer keine Vorstellung. Er hatte inzwischen eine Jungenbande gegründet, die sich in halbgefährlichen Spielen hervortat: Man stahl Obst in den zahlreichen Gärten des Viertels oder Briketts aus den Eisenbahnwagen auf den Dämmen am Rande der Stadt, wo es zur Westgrenze ging. Manchmal schlug man sich mit Zigeunerjungen, die am Bahndamm hausten. Einige Jungen trugen Stahlhelme, deutsche, belgische, englische, auch polnische und französische – und fühlten sich wichtig.

Um sich aber auch irgendwie nützlich zu machen, sammelten die Jungen in bestimmten Vorgärten Säcke voll Grünfutter, besonders Klee, denn seit einiger Zeit hielten die Großeltern Kaninchen. Dass die auch irgendwann geschlachtet wurden, dass ihr einziger Daseinszweck darin bestand, die Einschränkungen der Kriegsernährung auszugleichen, das war eigentlich keinem der Bandenmitglieder bewusst. Sie waren einzig und allein darauf konzentriert, von den Besitzern der Vorgärten nicht erwischt zu werden, auch wenn es sich nur um einen älteren Hausmeister handelte. Gerade die konnten ziemlich rabiat werden. Es war ein Abenteuer, die Gräser in einer vom Haus der Großeltern entfernteren Gegend zu finden, in dem Viertel, wo die Stadt nach Westen hin aufhörte und das freie Land mit den Eisenbahngleisen begann. Dort waren sie auch auf die Zigeunerjungen gestoßen. Weil diese Messer hatten, war es schon eine Sache des Mutes, sich auf sie einzulassen. Es blieb aber gar nichts anderes übrig. Hätte er gekniffen, hätte er seine Stellung als Anführer verloren.

An diesem Tag waren sie mit einigen älteren Jungen aus der

Nachbarschaft zu den Bahngleisen gegangen. Ohne diese Dreizehn- bis Vierzehnjährigen wäre es wahrscheinlich gar nicht zur Schlägerei gekommen. Aber die Älteren auf beiden Seiten fingen an, sich gegenseitig beleidigende Schimpfworte an den Kopf zu werfen, so als ob man längst auf eine Gelegenheit zum Kampf gewartet hätte. Eigentlich hatten sie nichts Besonderes gegeneinander. Die Zigeunerjungen waren eben nur in dieser Gegend und hatten etwas zum Fürchten an sich, ihre braunen Gesichter und ihre bunten Kittel. Sie waren ihnen völlig fremd und sprachen auch irgendwie unverständlich. Wieso taten sie so, als ob sie hier das Sagen hätten? Jedenfalls begann mit einem Male einer der älteren Zigeunerjungen ihren Anführer direkt anzugehen, und die allgemeine Prügelei begann. Er geriet direkt an einen von gleicher Größe, der zwar kein Messer, dafür aber einen Knüppel bei sich hatte. Bevor der diesen ausschwingen konnte, hatte er ihn niedergerungen und auf den Boden drücken können. Als ihm selbst die Kraft auszugehen drohte, ihn in dieser Stellung zu halten, kam eine Radfahrerkolonne von Polizisten mit Tschakos vorbeigeradelt und fuhr zwischen den Tumult von sich prügelnden Jungen, sie sofort trennend, wobei die Zigeunerjungen es schafften, unbemerkt zu verduften, ohne verfolgt zu werden. Ein paar der Kaninchengrassucher bluteten, aber es war nichts Schlimmes passiert. Kein Messer war gezogen worden. Die Messer der Zigeuner waren nicht so gefährlich wie ihre Hunde, die sie dieses Mal aber nicht dabeihatten. Die Schupos schrieben sich einige Namen auf, auch seinen, und erklärten, es würde höchste Zeit, dass sie sich im Jungvolk benehmen lernten, und sie fragten auch, wer im Jungvolk sei. Aber da die meisten das zehnte Lebensjahr noch nicht erreicht hatten, blieb es bei einer mageren Verwarnung ohne Folgen.

Er hatte diese Gegend an den Bahngleisen gerne, denn es gab dort viele Schrebergärten, wohin ihn der irische Großvater mehrfach mitgenommen hatte. Einer gehörte dessen bestem Freund. Der hieß Hannes, wurde manchmal aber auch Schinderhannes genannt, nämlich von der Tante, die den Mann greulich fand. Auch die Großmutter konnte ihn nicht leiden und wollte nicht, dass der Großvater und der Junge mit dem Fahrrad dort hinaus fuhren. Aber der Großvater setzte seinen schwarzen Hut mit der roten Feder auf und zog seine schönen alten Zimmermannsgesellenhosen an, die nach unten immer breiter wurden und kleine silberne Glöckchen hatten. Und der Junge kam auf die Stange des Fahrrads. Hannes oder Schinderhannes lebte alleine in einer Bretterhütte in seinem Schrebergarten, die so düster wie ein Loch war und merkwürdig roch. Der Grund waren die vielen Katzen, die herumschlichen und böse fauchten, wenn Besucher kamen. Die Bretterhütte war vollgestellt mit Tierköpfen, Geweihen, ausgestopften Vögeln und alten Zeitungen. Der Junge wusste, warum die Tante den Mann Schinderhannes nannte. Das war vor hundert Jahren ein Räuber am Rhein gewesen, zwischen Hunsrück und Westerwald, der schließlich gefangen und geköpft worden war. Und der Freund des Großvaters sah so finster aus, dass man Angst vor ihm bekommen konnte. Dabei holte er immer einen großen Rodonkuchen mit Rosinen aus dem Schrank und machte schwarzen Kaffee mit Zucker, von dem der Junge auch etwas trinken musste. Dazu gab es kleine Gläser mit Schnaps, aber nur für die Alten. Das war eine Art reiner Alkohol, den der finstere Freund selbst herstellte. Großvater und Hannes saßen dann an einem Tisch, auf dem zwei Laternen mit Kerzen standen, sodass der größere Teil des Raumes weiter im Dunkeln blieb, aus dem nur die Augen der Katzen starrten.

Der Junge kam sich vor wie im Märchen. Das alte Haus des Großvaters war ja auch voller Wunder, aber nicht unheimlich. Hier war alles unheimlich, vor allem der Mann selbst. Er verstand eigentlich nie, worüber der Großvater mit Hannes redete. Es kamen fremde, völlig unbekannte Namen und Orte vor. War Hannes überhaupt aus Deutschland? Woher und seit wann kannten sie sich? Er fragte den Großvater nie danach. Es passte nicht, so etwas zu fragen. Der Mann blieb für ihn immer derselbe: der, der in der düsteren Hütte wohnte am Bahndamm. Hannes durfte niemals ins Haus des Großvaters zu Besuch kommen. Das hatte die Großmutter verboten. Wahrscheinlich kam er niemals in die Stadt. Was er brauchte, wuchs im Garten, und seine Sachen wusch er selbst in einem riesigen Kessel, der auf dem mit Briketts geheizten Herd stand. Die Briketts besorgte er sich von den vorbeifahrenden Güterzügen, die oft in seiner Gegend stehenblieben. Sein Klo war draußen im Garten, über einer großen Dunggrube. Hannes lebte hier wohl wie im Frieden, denn die Engländer hatten noch nicht begonnen, die Gleise zu bombardieren. Es fiel ihm auch auf, dass Hannes kein Kreuz, keine Mutter Gottes und kein Jesusbild hatte, wie der Junge es vom Haus der Großeltern gewohnt war. Der Mann glaubte wohl nicht an den lieben Gott. Er würde in die Hölle kommen. Ja, sie waren hier in einem Vorort der dunkelroten Hölle. Das war gruselig, aber so ungeheuer aufregend, dass er sich immer wieder auf die düstere Hütte am Bahndamm freute.

Die Prügelei war nicht heftiger gewesen als das, was er manchmal in der Schule erlebte. Nun machte er sich wieder auf den Weg nach Hause zum Haus der Großeltern. Er ging an einer langen Friedhofsmauer entlang, an die direkt ein Zuckerrübenfeld anschloss. Dieser westlichste Vorort gehörte erst seit kurzem offiziell zum Stadtgebiet. Hierher verlief sich kaum einer. Am Beginn einer langen Chaussee mit Kopfsteinpflaster und Kastanienbäumen auf jeder Seite lauerten ihm einige Jungen der nächsthöheren Klasse auf, mit deren Anführer er schon auf dem Schulhof aneinandergeraten war. Sie hatten alle, wie er selbst, diesen schleppenden Akzent im rheinischen Singsang, der sich besonders dafür eignete, eine

Frechheit auf die andere zu türmen. Einem dieser Älteren hatte er auf dem Schulhof gesagt, was für ein Blödmann er sei, jetzt folgte die Rache. Zwei von ihnen hielten ihn fest und drückten ihm mit Wut und Gelächter eine Ladung Pferdekot ins Gesicht. Davon gab es genug auf der Chaussee, wo täglich die schweren Brauereigäule mit ihren von Bierfässern beladenen Wagen entlangfuhren. Zu seinem Glück hatte das warme Wetter des Sommers 1941 die Pferdeäpfel so getrocknet, dass nur eine geringe Menge des weichen Inneren an seinem Gesicht hängenblieb.

Das genügte allerdings, den Großvater sehr ärgerlich werden zu lassen – nicht gegen seine Feinde, sondern gegen ihn. Es kam zu einer der letzten Bestrafungen mit der Folge, dass er seine Freunde auf der Straße einige Tage nicht sehen durfte. Kurz darauf aber geschah etwas, das ihn dem Großvater für immer, was er auch anstellte, besonders gewogen machte. Der Junge ging zur Zeit des Hochamts besonders gerne in die Pfarrkirche, die den Namen der Heiligen Drei Könige trug. Dort gab es funkelnde, geheimnisvolle Farben in allen Schattierungen: der Tabernakel in seinem gleißenden Gold, die roten Teppiche zu den Altarstufen, der gelblich-weiße Talg der großen und kleinen Kerzen, das gedunkelte Metall der Weihrauchkessel. Und die Gewänder des Priesters und der Messdiener! Ihre Farben waren offensichtlich von besonderer Bedeutung. Am stärksten kam ihm dies am letzten Karfreitag seines Aufenthalts im großelterlichen Haus zu Bewusstsein: als in der Kirche das düstere Violett und Schwarz der Kartage zum strahlenden Weiß und Rot des Ostermorgens wechselte. Wie beneidete er die Messdiener! Dann, wenn sie in ihren feinen seidenen weißen Hemden über dem Scharlachrot des Leibrocks die Ärmel über die Hände fallen ließen und sie dann mit einer energischen Geste hochwarfen, um die Schelle zur heiligen Wandlung zu läuten oder das Weihrauchfass zu schwenken. Und wie gerne wäre er einer von ihnen, wenn sie den Hochaltarbereich verließen, um die Kollekte zu machen. Wie Engel sahen sie aus, wenn sie auf der Seite der Frauen und Mädchen Reih um Reih stehenblieben und den Geldkorb umgehen ließen: Lange dachte er darüber nach, wie er an dieser Verwandlung teilnehmen könnte.

Dem Pfarrer war er während der Kinderandacht nach der Hochmesse aufgefallen. Die Kinder sollten eigene Antworten auf manchen seltsamen Vorgang des Neuen Testaments geben. Zum Beispiel, was das Jesuskind bei diesem oder jenem Ereignis gedacht habe. Das war eine gewiss einschüchternde Frage, bei der fast alle Kinder schwiegen. Nur seine Hand flog dann immer hoch, und einer staunenden Zuhörerschaft erzählte er in allen Einzelheiten, was das Jesuskind gedacht hatte. Des Herrn Pastors Miene strahlte wohlgefällig über der jungen Gemeinde. Eines Tages erschien er bei den Großeltern mit der frohen Botschaft, es sei die Zeit gekommen, dass der Enkel Messdiener würde, zumal er ja auch bald die Heilige Erstkommunion empfangen sollte. Dabei machte der Pastor die Andeutung, aus dem Jungen könnte einmal ein Priester werden und, wer weiß, vielleicht noch etwas sehr viel Höheres. Seit diesem Tag war der Junge endgültig des Großvaters Favorit unter den Enkeln.

Er war auf die Idee gekommen, im ausgebauten Speicher des großväterlichen Hauses eine Art Altar zu bauen und Messe zu spielen. Messe spielen hieß vor allem: erstens sich irgendwie Gewänder mit einschlägigen Farben zu beschaffen, in die eintauchend man alles Alltägliche abstreifte, und natürlich brauchte es einen Kelch mit Hostien. Zweitens: Andere Kinder der Umgebung sonntags zur Predigt einzuladen. Predigen und die Verteilung der Hostien behielt er sich selbst vor, ein Vetter sollte den Messdiener spielen und mit der Schelle klingeln. Aber wie das anstellen? Die fromme Großmutter durfte von all diesen Planungen nichts wissen, wohl aber ein Verwandter des Onkels. Dieser Verwandte gehörte zu einem sektenartigen Privatorden innerhalb der Kirche, zu jener Sorte fanatisch strenger Katholiken, die dem Papst ermahnende Briefe schrieben. Er war ein Mann, der morgens auf die Straße trat und vor vorbeikommenden Nonnen aufdringlich-unaufdringlich den Hut zog: ein »Beginengrüßer«. So nannten die Leute der Stadt jemanden, der eigentlich kein richtiger Mann war, sondern ein Frömmler. Sie sagten: »Dat is ne Bejigenjrößer.« Er war verheiratet, und deshalb schied die Möglichkeit aus, die einzig seiner frommen Begierde Erfüllung hätte bringen können, nämlich Priester zu werden. Dafür kam er eines Karfreitags ins großväterliche Haus und wusch den Kindern nach dem Vorbild Jesu die Füße. Dieser Halbonkel hörte mit Wohlwollen von dem Vorhaben des Jungen, sonntags die Messe nachzuspielen, und half, über seine kirchlichen Beziehungen, bei der Beschaffung täuschend echter Gewänder in der richtigen Größe. Er hatte auch immer am 6. Dezember den Nikolaus gespielt, nicht als Weihnachtsmann mit Kapuze und Sack, sondern in der Maske eines richtigen Bischofs!

Schließlich war es soweit: Der Altar war fertig, die Gewänder lagen bereit, und zehn Kinder kamen am auserwählten Sonntag in den Speicher. Man würde ein besonderes Spiel spielen, wurde der Großmutter gesagt, die Nachbarskinder in Haus, Keller und Garten gewohnt war. Als alle Kinder auf dem Boden saßen, dann aber auf sein Geheiß – er trug ein mit einem leuchtenden goldenen Kreuz bedecktes weißes Gewand – knien mussten, vollzog sich das Schauspiel eines neunjährigen Priesters, der mit ausgebreiteten Händen vor einem echten Messkrug unverständliche Worte murmelte, während der kleinere Vetter im Weißrot des Messdieners das Messbuch von Zeit zu Zeit auf die jeweils andere Seite trug. Er kannte nicht den liturgisch vorgeschriebenen Ablauf, sondern imitierte alles, was ihm spontan einfiel. Den Höhepunkt bildete natürlich der Augenblick der Eucharistie, der Heiligen

Wandlung, denn hier konnte der kleine Vetter zeigen, wie er gelernt hatte, rhythmisch mit der Klingel umzugehen – kniend, während er selbst im leuchtenden Priestergewand stehend die Hostie demonstrierte und alle Kinder das Kreuzzeichen schlugen. Dann kam es zur Einnahme von Brot und Wein. Alle Kinder hatten auf Geheiß einzeln nach vorne zu kommen und die Zunge herauszustrecken, auf die er dann die echte Oblate legte, die ihm der frömmelnde Halbonkel beschafft hatte. Statt Wein gab es Wasser.

Das war die Aktion. Sie war aber nicht das Wichtigste, so sehr sie ihn packte. Das Wichtigste war die Predigt. Sie erfolgte zu dem Zeitpunkt, an dem sie auch beim richtigen Hochamt stattfand: vor der Wandlung. Als Kanzel dienten zwei zusammengestellte hohe Stühle, deren lederne Rückseite geschlossen war, sodass der junge Prediger wirklich nur von der Brust an sichtbar war. Der Inhalt der Predigt schwankte zwischen den Jesusgeschichten aus der Kinderandacht und willkürlichen Einfällen darüber, wie Gott die Welt erschaffen hatte. Diese Erzählung aus dem Alten Testament hatte es ihm nicht nur wegen der ozeanischen Größenordnung angetan, sondern wegen der bewegenden Redeweise Gottes, der einfach nur sprechen musste, auf dass etwas geschah. Irgendwie wusste er das nachzuahmen und mit entsprechenden Handbewegungen zu unterstreichen, wobei dann die gestickte Borte des priesterlichen Gewandes dem jungen Prediger über die Hände fiel. Er kümmerte sich nicht sonderlich darum, ob die Kinder zu seinen Füßen dem folgten, was er sagte. Dafür war er viel zu sehr mit seinen großartigen Gedanken beschäftigt. Er hatte erreicht, was er wollte: in dieser schönen Atmosphäre mit besonderen Worten und Bewegungen aufzugehen! Natürlich war es schade, dass keine Kerzen angezündet wurden, das hatte der Halbonkel verboten. Dadurch fehlte es der Kindermesse an dem Glanz, der in der Kirche auf einen Schlag, wenn man in ihr Halbdunkel trat, alles bis dahin auf der Straße Gesehene vergessen ließ. Aber dieser Nachteil wurde dadurch aufgewogen, dass hier ein heimliches Spiel gespielt wurde, von dem die Erwachsenen keine Ahnung hatten.

Sehr oft konnte dieses Spiel nicht wiederholt werden, denn eines Sonntags kam die Großmutter dahinter. Zwar sangen die Kinder keine Kirchenlieder, aber gerade die relative Ruhe, unterbrochen von einem unverständlichen Gemurmel, das Latein sein sollte, ließ die Großmutter die Treppe zur obersten Etage hinaufgehen und entdecken, dass hier etwas ganz Unmögliches geschah. Eine Blasphemie, die in ihrem Lieblingsenkel Gestalt gewonnen hatte, der gerade, als sie eintrat, eine weiße Oblate aus dem goldenen Kelch in die Höhe hob und den Kindern den Segen gab. Von diesem Tag an war es mit der Messe zu Ende, und der Speicher war wieder leer wie zuvor.

Für den Jungen war es ein schwerer Schlag. Aber Rettung war nahe: die Vorbereitung auf die Erstkommunion. Inzwischen hatten die wundersamen biblischen Erzählungen von Jesu Leben und Sterben eine klarere Bedeutung für ihn gewonnen. Jesus war sein Held geworden. Das passte durchaus zu den kriegerischen Spielen der Jungen auf der Straße, unter denen er einer der Anführer blieb. Es passte nicht zu den Reden, die aus dem Rundfunk kamen, von denen die Großeltern sagten, sie seien unchristlich. Aber es gab sogar an diesem Pfingstsonntag noch immer die wunderbaren Blumenaltäre vor vielen Häusern des Viertels. Jesus als Held passte zum Christkönigsfest, das nicht dem leidenden, sondern dem siegreichen Heiland gewidmet war. Für den Jungen, der zur Erstkommunion ging, leuchteten der Kelch, die Hostie, das Weihrauchfass, leuchteten die Kirchenfenster, der Brokat auf den Priestergewändern, leuchtete alles. Es blitzte nicht so wie die Granatsplitter damals, aber es war doch eine Erscheinung von etwas Außergewöhnlichem.

Die Erstkommunion hatte vor allem anderen diese Wirkung auf ihn. Er hatte nicht nur einen Tag, sondern Tage in der Vorstellung gelebt, etwas Außergewöhnliches sei mit ihm geschehen. Dass er den dunkelblauen Kommunionsanzug mit dem weißen Flieder im Knopfloch eigentlich nur einmal tragen durfte, war ihm ein Schmerz. Noch mehr aber, dass für die Erwachsenen der Alltag wie gewöhnlich weiterging, selbst für die fromme Großmutter. Die Geschichte über die jungen Christen in Rom, die vom Kaiser verhaftet und hingerichtet wurden, war zu diesem Zeitpunkt das, was er in der katholischen Jugendzeitschrift *Das Kommunionsglöckchen* am liebsten las. Nach dem Tag der Erstkommunion kam ihm der katholische Alltag plötzlich schal vor, im Vergleich zu dem glühenden Glaubensleben dieser jungen Märtyrer.

Inzwischen durfte er während der Luftangriffe, die sich vom Zentrum der Stadt den Vororten näherten, mit dem irischen Großvater in den dritten Stock steigen, um die Richtung der Einschläge und die Brände zu sehen. Sie standen am Fenster des Speichers, in dem er gepredigt hatte. Wenn sie dann hinunter in den Keller kamen, wo die Frauen mit den kleinen Kindern saßen und beteten, spürte der Junge in sich das Gefühl des Beschützers wachsen. Der Großvater erklärte zwar weiter den Stand der Dinge, aber der Junge durfte etwas Eigenes hinzufügen: wie die Feuer aussahen und wie der schwarze Rauch zu riechen war, wenn man die Fenster öffnete. Dieses neue Gefühl von Verantwortung kam ihm zugute, wenn er mit seinen Jungen auf der Straße unterwegs war. Letztens hatten sie wieder Klee aus fremden Vorgärten als Kaninchenfutter geholt und waren einem aufgebrachten Schrebergärtner gerade noch entkommen.

Der neue Ruhm wurde allerdings gefährdet durch den gelegentlichen Besuch seiner eleganten Mutter. Sie war inzwischen mit einem wegen einer Sportverletzung vom Militärdienst freigestellten Arzt liiert, der im Zentrum der Stadt seine

Praxis hatte. Sie erlebte also die Luftangriffe in ihrer ganzen Heftigkeit, was an ihrer modischen Eleganz aber nichts geändert hatte. Wenn die Mutter, meist ohne Vorwarnung, mittags erschien, um ihn für einen Nachmittag zu einem Treff mit der Freundin in eins der besseren Cafés auf dem großen Boulevard mitzunehmen, wartete sie nicht, bis der Großvater am Ende des Mittagessens das kurze Dankgebet gesprochen hatte, sondern stand schon vor dem Spiegel und schminkte sich unter den vorwurfsvollen Blicken der Großmutter die Lippen nach. Wenn er mit der Mutter dann die Straße betrat, wartete schon eine Reihe der Nachbarjungen: Die fremde schöne junge Frau sah irgendwie verboten aus. Das fanden auch die Mütter der Nachbarschaft mit den dicken Haarknoten, die sich über die ungewöhnliche Erscheinung aufregten. Die Großmutter sagte nichts zum Aussehen ihrer Tochter, aber sie mochte nicht, dass sie sich so schminkte, Lippen, Augen, alles.

Bevor der Junge mit der Mutter das Haus verließ, musste er sich waschen und den dunkelblauen Bleyle-Anzug anziehen, den sie mitgebracht hatte. Sie kämmte ihn so heftig, dass es wehtat. Und dann folgte die eigentliche Erniedrigung. Feingemacht musste er neben der geschminkten Mutter an der Reihe der Nachbarjungen vorbei. Er tat so, als ob nichts sei, aber er schämte sich wie noch nie in seinem Leben. Im Café ging es ihm auch nicht besser. Er musste sich neben die Freundin der Mutter setzen und sollte die Vögel zeichnen, die in einem großen Käfig saßen. Ein Klavierspieler klimperte Melodien, an die er sich aus der schrecklichen Zeit, als der Vater nur noch selten da war, erinnerte. Jedes Mal, wenn er die Mutter in die Stadt begleiten musste, begann es mit der Erniedrigung und hörte es auf mit der Langeweile im Café. Ein solcher Besuch drohte ihn um sein ganzes Ansehen als Anführer zu bringen. Wer eine solche Mutter hatte, passte nicht dazu, mochte er sich noch so anführerhaft gebärden.

Eines Tages, es war Mitte zweiundvierzig, erschien im Hause der Großeltern ein fremd aussehender Mann in Knickerbockern und mit einer Baskenmütze. Es war der Vater. Wie lange hatte er ihn nicht gesehen? Der Vater kam aus dem neutralen Ausland, wo er eine schwere Krankheit auskuriert hatte. Jetzt wollte er den Sohn holen. Der Vater wirkte nicht nur fremd, weil er ihn solange nicht gesehen hatte. Er wirkte fremd wegen seines Äußeren und seines legeren Benehmens. Er sagte, es sei die Zeit gekommen, dass er auf einer guten Schule etwas Ordentliches lerne. Aber die Granatsplitter, die Bande, das Messdienen, die Uniformlitzen, die von Kerzen erleuchtete Kirche! Das sei alles sehr schön, aber es gäbe Wichtigeres, zum Beispiel die lateinische Sprache, die er auch als Messdiener ja nur in Bruchstücken gelernt habe: »Ad altare dei« oder »Juventutem meam« und ein grammatisch nie richtig gelerntes »Confiteor«. Die Schule, die der Vater für ihn ausersehen hatte, war ein Internat im äußersten Süden des Landes, in dem die antiken Sprachen neben den Künsten und dem Sport das Wichtigste waren. Zuvor musste er auf die Aufnahmeprüfung in die Sexta vorbereitet werden, was im Privatunterricht des Vaters geschehen sollte. Dann kam der mit Spannung erwartete Tag. Und mit dem großen Tag kam auch das, was ihn die Abwesenheit der Großeltern, der Bande und des Messdienens ertragen ließ. Das, was ihn nun in Bann schlug wie der schönste Granatsplitter, war ein bebildertes dickes Buch mit altgriechischen Sagen, das er sich aus der Bibliothek ausgeliehen hatte. Schon der Anblick der Bilder hatte etwas, was beunruhigte, weil es so fremd war und gleichzeitig durch seine Schönheit anzog. Er konnte die einzelnen Geschichten nur schwer verstehen. Zwei Namen hatten es ihm aber sofort angetan, »Agamemnon« und »Klytämnestra«. Wie der noch für Troja Gerüstete auf dem Kampfwagen in den Palast einfährt, wie er über den roten Teppich in das Innere des Palasts schreitet, und wie er dann, im Bad, vom

Beil Klytämnestras getroffen wird, aufschreit, noch einmal getroffen wird und stirbt. Der Junge las die Geschichte immer wieder. Wichtig waren vor allem diese beiden geheimnisvollen Namen.

Er war nun zehn Jahre alt und begann zu entdecken, dass nicht bloß die Geschichten im griechischen Sagenbuch unheimlich waren. Das Bedrohliche kam von der einen oder anderen Andeutung der älteren Schüler, es tauchte aber auch in manchen Unterrichtsstunden im Internat auf. Sie lernten Gedichte des größten Dichters auswendig, die irgendwie einschüchterten, Sätze wie »Allen Gewalten zum Trutz sich erhalten«, »Nimmer sich beugen« oder antike Sinnsprüche wie »Habest uns hier liegen gesehn, wie das Gesetz es befahl«. Der Schulleiter, ein aufrechter Enthusiast des griechischen Altertums, war der Ansicht, im neuen politischen Glauben die altgriechischen Tugenden wieder auferstehen zu sehen. Während die Fronten sich näherten, begann er mit der Oberprima Aischylos' *Agamemnon* in altgriechischer Sprache für den Abschluss des Sommertertials vorzubereiten. Als der Junge die Aufführung dann am Ende seines ersten Schuljahres sah, war das Unheimliche noch stärker geworden. Es verschwand nicht mehr aus dem Alltag, es war immer da. Es gab ältere Schüler, die die Jüngeren, denen sie als Zimmerführer vorstanden, nächtens brutal quälten oder quälen ließen. Er selbst entging diesen nächtlichen Folterungen, aber er beobachtete sie und nahm sie wahr als etwas Grauenhaftes, vollkommen fern von dem, was er bisher erlebt hatte.

Es gab verschiedene Formen des Quälens. Manchmal schmierte man einigen der jungen Sextaner mitten in der Nacht Klebstoff in die Nase und klappte sie gleichzeitig an ihr Klappbett gefesselt nach oben und ließ sie mit dem Kopf nach unten eine halbe Stunde so stehen. Ein andermal schleppte man sie in die Duschräume im Keller und setzte sie, gebunden auf einen Stuhl, unter eine kalte Dusche, wo man sie ebenfalls eine Zeitlang sitzen ließ. Der schlimmste Quäler, sein eigener Zimmerführer Alex, war der Sohn des bekanntesten Romanschriftstellers der Zeit. Er führte sich auf, als ob er über Leben und Tod seiner Untertanen verfügen könne. Selber tat er nichts, sondern befahl nur, die anderen mussten die von ihm ausgedachten Scheußlichkeiten ausführen. Sextaner, die Angst zeigten, versuchte er lächerlich zu machen und erfand grausame Witze über sie. Er ließ sich auch von ihnen bedienen, sodass sie ihm am Morgen Hemd und Hose bringen mussten oder irgendetwas anderes. Wahrscheinlich hatte Alex den Jungen nachts in Ruhe gelassen, weil er ihm geantwortet hatte, er dächte gar nicht daran, ihn zu bedienen.

Der Handlung der Aufführung im schönen Gartenhof des Hauptgebäudes hatte er nicht wirklich folgen können, abgesehen davon, dass er keinen der altgriechischen Sätze verstand. Aber seine Phantasie war sofort angesprungen. Er kannte ja die Geschichte von Klytämnestra und Agamemnon. Als Klytämnestra mit der Axt auf den Stufen des Hauptgebäudes stand, die zur mächtigen Tür führten, waren schon die Schreie aus dem Innern zu hören gewesen. Agamemnon war jetzt tot und mit ihm Kassandra, die Seherin. Zu seinen sich weitenden Vorstellungen trug die Architektur des Gebäudes und des großen Gartens bei. Obwohl deren Aussehen nichts zu tun hatte mit dem, wie man sich das Haus der Atriden vor zweitausend Jahren hätte vorstellen können, hatte für ihn der Anblick des Schulgebäudes plötzlich ebenfalls etwas gänzlich Fremdartiges. Ohne Schwierigkeit erblickte er in dem Schüler, der den einfahrenden Agamemnon spielte, den antiken Helden. Seinen Auftritt empfand er wie den Sprung in ein anderes Zeitalter. Eine neue Wirklichkeit tat sich auf, in der er lebte und in die er seit dieser Aufführung immer wieder zurückfand. Es war schön, aber etwas Düsteres war dabei.

Wahrscheinlich war es zu dieser Wirkung auch gekommen, weil die Schule, ihre Architektur und die Schüler so ganz anders waren als die Atmosphäre im Hause der Großeltern am Rande der großen Stadt. Der Schulhof war ein wunderschöner Garten mit Blumen und einem Tempel. Die Schüler trugen besondere Schulkleidung. Und auch der Unterricht war beeindruckend, große Dinge wurden behandelt. Vor allem im Latein- und Deutschunterricht. Was sich hinter dieser schönen Fassade verbarg oder vielleicht auch schon zu erkennen war, das merkte er erst einige Zeit später.

Im Frühsommer vierundvierzig hatte ihn während einer Pause ein Klassenkamerad gefragt, ob er wisse, was ein KZ sei. Er hatte das Wort noch nie gehört. Der Klassenkamerad war ein holländischer Junge aus einer feinen Familie, und unter dem Siegel absoluter Verschwiegenheit erfuhr er, dass ein KZ ein Lager sei, in dem Menschen, die als Gegner der Regierung erkannt wurden, zu Tode gequält wurden. Mehr erfuhr er nicht. Nur noch zwei Worte fielen am Ende der kurzen Unterhaltung. Es seien hauptsächlich »Juden«, die getötet würden, und diejenigen, die töteten, nenne man »SS«. Warum der Klassenkamerad gerade ihm das gesagt hatte, wusste er nicht. Von nun an hatte er die beiden Worte »Juden« und »SS« im Kopf. Die Welt bestand jetzt aus zwei Teilen: die Welt, die er kannte und zu der seine Messe und die Granatsplitter gehörten, und eine andere, fremde Welt.

An dem Tag, als die Atriden aufgeführt wurden, waren alle Eltern anwesend, soweit die Väter nicht an der Front standen. Auch sein Vater war angereist. Am Morgen vor der Aufführung hatte er ihn zu einem langen Spaziergang abgeholt. Der Vater begann mit ihm über den Krieg zu reden, über das bevorstehende Ende. Es war das erste politische Gespräch mit ihm. Hoffentlich, sagte der Vater einsilbig, werden die Alliierten bald den Rhein überschreiten. Länger sprach er über das Attentat, das gerade zwei Wochen vorher stattgefunden hatte. Es sei eine Gruppe mutiger Männer gewesen, die alles versucht hätten, aber an einem Zufall gescheitert seien. Die Folgen seien für alle verheerend. Man bereite nicht nur die Hinrichtung der unmittelbar Beteiligten bis zu allen in die Verschwörung Eingeweihten vor, sondern verstehe es auch, die Mehrheit der Leute gegen die Attentäter einzunehmen. Es war das erste Mal, dass der Vater ihm erklärte, der Staat würde von Verbrechern geführt, und das Volk sei nicht viel besser. Das Gespräch ängstigte den Jungen. Noch schlimmer war es, als der Vater erzählte, dass die Polizei vor seinem Haus einen Mann vom Fahrrad geschossen hätte. Es sei der Freund gewesen, der einmal oder zweimal im Monat bei ihm übernachtet hätte, immer in Gefahr, entdeckt zu werden. Er sagte ihm auch, dass er mit niemandem über das reden dürfe, was er gerade gehört habe. Als er dem Vater erzählte, was der holländische Junge ihm über das KZ gesagt hatte, erwiderte der Vater nur knapp, dies alles sei wahr.

Am Nachmittag dann sah er den Primaner, der Agamemnon spielte, auf dem Streitwagen in den Hof der Schule einfahren. Hinter ihm auf dem Wagen Kassandra, vor ihm auf den Stufen zum Eingang des Haupthauses Klytämnestra. Alles, was er sich beim Lesen des Sagenbuches vorgestellt hatte, geschah jetzt. Als Kassandra in ihre Rede ausbrach, in der sie die uralte Mordvergangenheit der Atriden und die unmittelbare Mordzukunft Agamemnons und ihre eigene beschwor, mischte sich in die Faszination an der Geschichte Agamemnons und Klytämnestras eine Furcht. Denn er wusste nun, dass Mord an der Tagesordnung war, nicht bloß eine Tat in ferner Vergangenheit. Aber das Volk von Mykene verurteilte die Morde, auch wenn es nicht wagte, etwas gegen die Mörder zu unternehmen.

Am nächsten Morgen fuhr er mit dem Vater in einem der noch funktionierenden Schnellzüge in die Heimatstadt im Westen, wo in vielen Vierteln kein Stein mehr auf dem anderen stand und die Angriffe immer noch zunahmen.

DIE FLIEGENDE FESTUNG

Die Zeit veränderte den Sommer. Die Hitze der Sonne machte keinen großen Unterschied zu den Nächten, denn jetzt hörten die Brände an allen Enden der Stadt nicht mehr auf. Wer konnte, verließ das Zentrum oder zog am Abend um in den nächsten Bunker. Der Junge war in einen der nächtlichen Angriffe geraten, nach dessen Ende der Phosphor in die Keller floss. Zuerst Brand- und dann Sprengbombenabwürfe. Die englischen Bomber kamen in zwei Wellen. Die Gewalt der Sprengbomben hatte sich ebenso gesteigert wie vorher die der Brandbomben. Anstatt Sprengbomben waren es schließlich Luftminen, anstatt Brandbomben waren es schließlich Phosphorgranaten. Er hatte die letzte Nacht der aufeinanderfolgenden Bombardements bei der Mutter verbracht, im Zentrum der Stadt nahe des Doms. Hier betete keiner. Alles war sehr still bis auf die Explosionen draußen und das plötzliche Aufschreien der Frauen. Und gelegentlich hörte man ein leises Weinen. Einmal kam ein Mann mit dem Zeichen der Staatspartei am Ärmel die Kellertreppe herunter und suchte nach halbwüchsigen Jungen, die helfen sollten, die zu Stümpfen verbrannten Körper auf der Straße aufzustapeln. Der Elfjährige war genau das, wonach der Mann gesucht hatte. Aber vor ihm stand die Mutter. Sie war noch immer geschminkt und fiel noch immer auf, jetzt in einem Nerzmantel. Sie schrie den Mann mit der Armbinde an, und er verließ den Keller, nicht ohne anzukündigen, dass das Folgen haben werde.

Es war auch die Mutter gewesen, die die nächtlichen Grausamkeiten im Internat der Schulleitung zur Kenntnis gebracht hatte. Dass ältere Schüler jüngere quälen, gehörte zum Bestand feiner Erziehungstradition. Was sich aber im Winter 43/44 abgespielt hatte, war wohl etwas mehr als die übliche Brutalität. Er hatte das alles mitangesehen, ohne selbst gequält worden zu sein. Er hatte darüber geschwiegen, gemäß der Regel, dass man über derlei nichts sagt. Bis die Mutter während der Ferien es aus ihm herausfragte und bei der Rückkehr kurzentschlossen mit ihm in die Schule fuhr und einen Skandal auslöste. Von heute auf morgen wurden einige der Vierzehnjährigen, die für die Quälereien verantwortlichen Zimmerführer – Jungen zum Teil aus bekannten Familien – ihrer Schulämter enthoben und öffentlich zu Ehrenstrafen verurteilt. Der Sohn des bekannten Schriftstellers war auch dabei.

Der Junge hatte danach, aus Vorsicht gegenüber der Rache der Anführerclique, eine Reihe der Sextaner um sich gesammelt, und man war über den schlimmsten der Sadisten hergefallen. Irgendwie lag die Gewalttätigkeit in der Luft. Es war nicht nur die Internatstradition. Die Brutalität hatte etwas mit dem neuen Erziehungssystem zu tun, das sich auch in dem renommierten Internat bemerkbar machte. Nicht nur, dass man im Griechischen und im Geschichtsunterricht die spartanische Kriegergesellschaft ausführlich wie ein Vorbild behandelte. Es ging darüber hinaus. Einige der beteiligten Quäler waren Führer in der Staatsjugend und hatten ein Härteideal eingetrichtert bekommen, das mit der alten Humanität nichts mehr zu tun hatte.

Das wusste er nicht. Er wäre sonst nicht auf die Idee gekommen, mit der er seine ganze Klasse blamierte. Was sich genau abgespielt hatte, war folgendes. Im Herbst 43 – alles sprach von Italien und vom Verräter Badoglio –, als verschiedene Fähnlein des Jungvolks der Internatsschule und der umliegenden anderen Schulen sich auf dem Sportplatz in Uniform zur Inspektion versammeln mussten, zog er, da er keine richtige Uniform besaß, etwas an, das so ähnlich aussah: ein braunes Hemd, eine schwarze Hose, ein schwarzes Halstuch. Vor allem aber befestigte er am Ledergürtel ein echtes Fahrtenmesser mit imponierendem Griff, das eigentlich nur die Jungschaftsführer tragen durften. Zum ersten Mal fand er das schneidig aussehend.

Seit dem Verrat des Generals Badoglio mussten sie jeden Mittwochmorgen antreten und Jungvolklieder singen. Badoglio, so einen Namen vergaß man nicht. Mit diesem Namen hatte sich etwas verändert. Die Fronten kamen näher. Aber das blieb bei ihm nur ein schwacher Eindruck. Viel wichtiger waren die Lieder. Diese Lieder gefielen ihm sehr gut, zwei von ihnen hatten es ihm besonders angetan. Wie kühn und mitreißend klangen sie, und wie schön waren ihre Worte: »Ein junges Volk steht auf zum Sturm bereit, reißt die Fahnen höher, Kameraden. Wir fühlen nahen unsere Zeit, die Zeit der jungen Soldaten.« So fing das eine an. Das andere: »Vorwärts, vorwärts, schmettern die hellen Fanfaren. Vorwärts, vorwärts, Jugend kennt keine Gefahren.« Es ging ihm durch Mark und Bein, ganz ähnlich wie bei dem wunderbaren Gedicht des großen Dichters, das sie im Unterricht auswendig gelernt hatten: »Feiger Gedanken / Bängliches Schwanken, / Weibisches Zagen, / Ängstliches Klagen / Wendet kein Elend, / Macht dich nicht frei. // Allen Gewalten / Zum Trutz sich erhalten, / Nimmer sich beugen, / Kräftig sich zeigen, / Rufet die Arme / Der Götter herbei!«

Die Ausstaffierung mit einer Privatuniform hatte aber einen noch anderen Grund gehabt. Das Jahr vor dem Eintritt in das feine Internat hatte er mit dem Vater in einem schönen Kurort in der Nähe gelebt, wo keine Bomben fielen und der Vater nach seiner langen Krankheit in Ruhe die Universitätsarbeit wieder vorbereiten konnte. Dort gab es eine Volksschule, in die er jeden Morgen ausgesprochen ungerne ging.

Der Grund war sehr einfach. Der Vater hatte verfügt, dass er mit einer Baskenmütze und Knickerbockern, die aus der Schweiz stammten, den Unterricht besuchen musste. Die ganze Klasse fand das zum Lachen, auch der humorvolle Hauptlehrer, der manchmal in einer braunen Uniform mit Armbinde kam. Die anderen Jungen hatten Winterskimützen an und schwarze lange Faltenhosen über genagelten Schuhen und aufgewickelte graue Socken. Sie nannten ihn »Franzos«. Nicht nur wegen der Baskenmütze. Auch weil er eine ganz eigene Aussprache hatte, die besonders lächerlich wirkte, wenn er auswendig gelernte Gedichte von Johann Peter Hebel aufsagen musste. Der Lehrer ließ gerade ihn besonders oft solche Gedichte mit unaussprechlichen Wörtern in fremdem Tonfall aufsagen, sodass die ganze Klasse sich ausschüttete vor Lachen. Obwohl er den Vater immer wieder bat, doch auch eine Skimütze und genagelte Schuhe anziehen zu dürfen, blieb dieser eisern. Der Vater kaufte ihm auch keine Pimpfenuniform und hatte dafür gesorgt, dass er nach seinem zehnten Geburtstag gar nicht erst fürs Jungvolk registriert wurde, da man ja nur wenige Monate an diesem Ort bliebe, bevor der Sohn dann in die Sexta eines feinen Internats überwechseln würde, wo, das hatte der Vater in Erfahrung gebracht, die Ideen des neuen Staates nicht besonders ernsthaft befolgt wurden.

Das war also die Vorgeschichte zu seinem Einfall, sich eine eigene Uniform anzupassen. Er stand in der zweiten Reihe seiner angetretenen Klasse, die ein kleineres Karree bildete innerhalb der weiteren Karrees von Jungvolkjungen der anderen Schulen. Vor der ersten Reihe schritten Führer vorbei, die für die höhere Altersgruppe ab vierzehn Jahren zuständig waren, den Blick musternd auf die Zehn- bis Dreizehnjährigen gerichtet. Er fühlte sich ganz sicher und fest auf seinem Platz. Er wollte sogar, dass der Führer in seinem leuchtenden braunen Hemd, der leuchtenden rotweißen Armbinde und der leuchtenden weißgrünen Schulterkordel auf ihn blicke. Als dies tatsächlich geschah, hatte es eine turbulente Wirkung: Er wurde vor die erste Reihe kommandiert, und der junge Führer schrie einige scharfgeschnittene Worte, in abgehackten Abständen, die seiner Aufmachung galten. Das Schlimmste daran war das Fahrtenmesser. Es war sozusagen eine Fälschung. Er sei eine Schande für die ganze Klasse.

Merkwürdigerweise fühlte er sich wegen dieser Zurechtweisung vor dem ganzen Fähnlein nicht so beschämt wie ein Jahr zuvor mit der Baskenmütze und den Knickerbockern. In ihm war eine Welle des Trotzes hochgestiegen. Der Tonfall des älteren Jungen mit der grünweißen Kordel hatte etwas Abstoßendes für ihn. Er hatte diesen Tonfall bisher noch nie gehört. Er wusste nicht, wie er ihn beschreiben sollte. Etwas namenlos Unschönes, auch Gefährliches. Jedenfalls war es so fern von dem, was ihn dazu gebracht hatte, sich eine eigene Uniform zu erfinden, dass ihn die Aberkennung nicht innerlich traf. Offenbar gehörte die richtige Uniform zu einer anderen Welt als der, die er kannte und in der er sich wohlfühlte. An das ihm nicht zustehende Fahrtenmesser sollte er bald noch einmal erinnert werden. Eines Tages nämlich hatte ihn ein älterer Schüler, der schon Führer im Jungvolk war, gefragt, ob er eigentlich wisse, was ein wirklicher Junge zu leisten und auszuhalten hätte. Ohne seine Antwort abzuwarten, fuhr der Jungvolkführer fort: Ein wirklicher Junge, ein Junge, der mutig sein wolle, der dürfe keine Miene verziehen, wenn ihm ein Fahrtenmesser durch die flache Hand gestoßen würde. Das sei die Mutprobe, die man bestehen müsse. Was war das für eine furchtbare Art zu reden? Tagelang musste er darüber nachdenken, bis er sicher war, dass er damit nichts zu tun haben wollte. Hinter der ganzen Geschichte mit seiner falschen Uniform und dem Fahrtenmesser steckte etwas, das er sich nicht vorgestellt hatte, als er die schönen Lieder hörte von der Fahne, die voranflattert, und der Fanfare, die »Vorwärts!« schmettert, und der Jugend, die keine Gefahren kennt. Er war ja selbst nie richtig in Schritt und Tritt dabei gewesen und hatte die mitreißenden Lieder nur singen gehört. Ihm wurde plötzlich verständlich, warum sein Vater ihm nie eine Uniform gekauft hatte, selbst dann nicht, als er ins Internat eingetreten war. Der holländische Klassenkamerad, der ihm zur Zeit des Zwischenfalls mit der Phantasieuniform das Wort »KZ« erklärt hatte, hatte ihm nach dem Zwischenfall noch mehr über die SS erzählt, wie gefährlich sie sei.

Die Annahme des Vaters, dass es sich um eine Schule handele, deren Unterricht noch ganz auf der alten Lateintradition beruhe, war wohl nicht falsch gewesen. Die lateinischen Vokabeln erforderten die meiste Konzentration. Und mit der lateinischen Sprache kam auch die römische Geschichte, die man sich in großen Bildern vorstellte.

Obwohl er auf unklare Weise das Fahrtenmesser nicht mehr für das Zackige hielt, waren ihm andere Wörter mit Mutgehalt doch im Bewusstsein geblieben. Die Deutschlehrerin hatte ihnen aufgetragen, das Gedicht des bekanntesten deutschen Dichters in einer schönen Schrift aufzuschreiben, nämlich *Feige Gedanken*. Die Lehrerin hatte eigentlich nichts dazu gesagt. Das Gedicht hatte auf ihn ohne irgendeine Erklärung gewirkt. Das war etwas Übermächtiges gewesen, etwas Unerreichbares strahlte von ihm aus, das er dennoch erreichen wollte. Es ging um Mut, und mutig zu sein, blieb ja noch immer die wichtigste Eigenschaft. Dass der Direktor, ein bekannter Altphilologe, dieses Gedicht der ganzen Oberstufe vortrug, als im Sommer die Normandiefront in sich zusammenfiel, das erfuhren die jungen Sextaner erst später. Es war wohl so, dass der Junge anfällig für schöne Wörter war und dabei nicht merkte, dass man sie zu diesem Zeitpunkt auch anders verstehen konnte, als er sie verstand. Das Gedicht hatte er sich ausgeschnitten und eingesteckt, als der Vater ihn abgeholt hatte und nach der Aufführung des Agamemnon mit ihm in die Bombennächte der Heimatstadt zurückgefahren war. Das alles war gerade erst wenige Monate her.

Als die Bombennacht zu Ende gegangen war, wollte er auf die Straße. Und zwar in das Viertel, wo der Vater wohnte, um herauszufinden, wie dieser den Angriff überstanden hatte. Es roch nach verbranntem Papier und säuerlich nach Asche. Auf der Straße lagen zu Holzscheitkürze verbrannte Menschen, in den Bäumen hingen zerfetzte Körperteile, die der Druck dort hinauf geschleudert hatte. Es war nicht wie bei den funkelnden Granatsplittern, es war das Gegenteil davon, aber es hatte ebenso den Charakter von etwas ungeheurem Neuen, das mit einem Schlag alles verwandelte. Von der Gefahr und dem möglichen Ende des Lebens ging etwas ihn tief Aufwühlendes aus. Er empfand es aber nicht mehr einfach als Abenteuer, sondern als etwas Neues in der Zeit, in der er lebte. Und das war wohl keine gewöhnliche Zeit. Als er in die Straße der väterlichen Wohnung einbog – das gleiche Gewirr von Bombenkratern, zerfetzten Telefonleitungen, kaputten Straßenlampen und in sich zusammengestürzten Häusern –, sah er, dass das moderne Haus noch stand. Auch der Fahrstuhl funktionierte. Und als der Vater vor ihm stand, fühlte er die Sicherheit wieder zurückkommen.

Sein Vater war anders als die Väter seiner Kameraden in der Schule. Als dieser damals nach langer Trennung beim irischen Großvater erschienen war, um den Jungen mitzunehmen, da hatte er ja so fremdartig gewirkt. Alles an ihm war anders als bei den Männern, die er täglich sah und hörte, ohne dass er hätte sagen können, was genau es war. Natürlich die Kleidung, die sportliche Mütze, die schönen Hemden, die braune Jacke aus feinem Leder mit Reißverschluss. Auch die braunen Lederschuhe, der hellgelbliche Regenmantel über der Schulter. Der Vater war im ersten Jahr des Krieges krank geworden. Aus dem Militärdienst entlassen, hatte er fast zweieinhalb Jahre in einer Klinik in der Schweiz verbracht, zusammen mit Patienten aus verschiedenen Ländern, auch aus England und Amerika. Von ihnen und aus den ausländischen Zeitungen erfuhr der Vater noch mehr, als er ohnehin schon wusste, man konnte ihm nichts mehr vormachen. Das Eigenwillige an seinem Vater war nicht nur die Kleidung, sondern sein ganzes Benehmen. Der Vater wirkte ruhiger als die anderen. Er wusste immer, was er wollte. Jetzt arbeitete er wieder an der Universität, die nicht weit entfernt von dem Haus seiner Wohnung lag. Dieses Haus hatte nur einige Brandbomben abbekommen, die auf die Dachterrasse der obersten Wohnung gefallen waren, in der der Vater wohnte. Der Brand konnte aber schnell mit Sand aus den bereitstehenden Sandsäcken gelöscht werden.

Erleichtert, den Sohn in guter Stimmung und unverletzt wiederzusehen, erzählte ihm der Vater von seiner Arbeit: Der Krieg sei bald zu Ende, sagte er, und jetzt muss die Zeit danach vorbereitet werden. Es ging um Nationalökonomie, was in den Ohren des Jungen sehr international klang. In einer Denkschrift für die Alliierten wollte er vor der Auflösung der lebenswichtigen Industriezentren warnen. Irgendwie sprach der Vater so, als ob der Nachkrieg schon begonnen hätte. Jedenfalls schien es ihn zu drängen, denn er sprach nur noch von der Zeit danach. Immer wieder war davon die Rede. Auch dass man die Verbrecher alle hängen würde, nicht nur die Regierungsmitglieder, viele andere auch. Es würde eine neue Zeit anbrechen, und deshalb wäre das Wichtigste, nicht in letzter Minute noch verletzt zu werden oder zu sterben. Die Front im Westen bröckele endgültig, die Alliierten würden Ende des Jahres vor der Stadt stehen, die aus diesem Grund jetzt täglich bombardiert würde. Deshalb hatte der Vater seine Eltern gebeten, endgültig in ihrem kleinen Haus auf dem Lande zu bleiben und nicht mehr in die Stadt zurückzukommen. Und dorthin sollte der Junge jetzt auch gehen.

Aber bevor der Vater ihn zu den Großeltern brachte, blieb er noch einige Tage bei der Mutter, die nach dem letzten Phosphorangriff die Nächte in einer Villa außerhalb der Stadt verbrachte, deren Besitzer wohl Anhänger des Regimes waren. Manchmal aßen sie mit dieser Familie zu Abend. Der Mann und die Frau waren immer ernst. Sie lächelten nie. Wenn die Mutter einen Witz über das tägliche Leben machte, schauten sie entrüstet oder so, als ob sie es nicht verstünden. Der Mann und die Frau sagten, sie seien deutschgläubig. Deshalb beteten sie auch anders. Sie reagierten auf der Mutter Bombenberichte mit einer Redeweise und einem Mienenspiel, als hätte sie etwas Unpassendes gesagt. Sie hatten vier blonde Töchter, alle mit dem gleichen Mittelscheitel und den gleichen Zöpfen. Irgendwie verstanden sie es zum Ausdruck zu bringen, dass es unpassend sei, dass der Junge keine Geschwister hatte und als Einzelgänger aufwuchs, was man an seinem Verhalten jetzt schon erkennen könne. Sie vermieteten ein Zimmer an Ausgebombte, weil sie für andere einstanden. Es waren Idealisten, die das Gute wollten. Das Internationale sei das Böse, wogegen man kämpfen müsse.

Er war froh, als er die Großeltern besuchen konnte, mitten zwischen Bächen, Dörfern und Wäldern, fünfzig Kilometer entfernt vom großen Strom. Er würde die Stadt im Kriege nicht mehr wiedersehen und auch keine Menschen mehr, die das Gute wollten. Der Großvater väterlicherseits war ein hochgewachsener Mann mit altmodisch geschnittenem grauen Kinnbart, der sich an allem Schönen erfreute. Besonders an der schönen Dichtung, die er zuhauf auswendig wusste und temperamentvoll memorierte. Besonders großartig den Mephisto aus Goethes *Faust*. Am meisten beeindruckt war der Junge, wenn der Großvater lateinische Sätze aufsagte. In ihrer Knappheit erkannte er eine Moral, nach der er sich sehnte, weil sie ihm als etwas Vornehmes erschien. Zwischen Lateinunterricht beim Großvater, Milchholen beim nächsten Bauern und langen Streifzügen durch die Wälder vergingen die ersten beiden Herbstmonate 1944. Dass die Zeit nicht stillstand, es noch immer die Welt der Bombenangriffe gab, war dann zu merken, wenn am Himmel die dröhnenden Formationen der amerikanischen Bomber mit langen Silberstreifen hinter sich in östliche Richtung flogen und wenn auf einmal in den umliegenden Äckern große Gräben ausgehoben wurden. Man nannte sie Panzersperren. Der Krieg im Westen näherte sich noch nicht den Grenzen, aber man bereitete sich darauf vor.

Bei seinen Wochenendbesuchen stellte der Vater abends den BBC-Sender an, was für sich selbst schon spannend genug war, weil man es draußen nicht hören durfte. Auf einem der Nachbarfelder drehte ein französischer Kriegsgefangener mit Pferd und Pflug seine Runden und erklärte dem Jungen, wenn er neben ihm einherging, warum der Krieg bald zu Ende sei. Die BBC-Nachrichten waren vor allem durch die mit Paukenschlägen verbundene Ankündigung »Hier ist London« aufregend, und auch der Tonfall des Sprechers hatte etwas an sich, was er im Rundfunk bisher nicht gehört hatte. Man erfuhr durch sie im Detail, wie die Front im Westen verlief und dass kein Zweifel daran bestehen konnte, dass sie in absehbarer Zeit sich nähern würde. Es war diese abendliche Stimme, die er zusammen mit Vater und Großvater hörte und die in ihm eine Zeit nach dieser Zeit noch mehr zum Bewusstsein brachte.

Die Gespräche mit dem französischen Kriegsgefangenen waren etwas Besonderes. Er sprach in einer seltsamen Art, Bruchstück für Bruchstück die Wörter mit einem heftigen Akzent aus sich herausholend, als ob er nur mit sich selbst redete. In der Wohnung des Vaters in der Stadt hatte der Junge ein Buch gefunden, das von Frankreich handelte, seinen uralten Gebräuchen, dem Leben auf dem Lande, wo es keine Fabriken, keine neuen Häuser gab, nicht einmal in den Städten.

Die Leute waren so wie ihr altes Land, ohne neue Technik, aber stolz auf ihre Sitten, ihre Künstler, ihre Literatur und die besondere Art, wie sie aßen und tranken. Rotwein, Weißbrot, Geflügel war das Selbstverständliche, üppige Fleischgerichte und feine Soßen kamen dazu. Wie Gott in Frankreich, so der Titel, allerdings mit einem Fragezeichen versehen, denn der Verfasser des Buches kritisierte das schöne Leben, das er schilderte. Warum, verstand der Junge eigentlich nicht. Er wollte nur noch mehr vom schönen Leben lesen. Das war es, was ihm neben dem französischen Kriegsgefangenen einfiel, und auch, dass der Großvater mit dem feinen Bart ihm von Frankreich erzählt hatte, wo er in seiner Jugend vor dem ersten Krieg für einige Jahre gelebt hatte. Als er so neben dem Kriegsgefangenen herging, kam ihm die Ruhe, die von diesem ausging, ganz selbstverständlich vor.

Der Ort, in dem die Großeltern jetzt lebten, hieß Glatteneichen. Als die Front noch näher kam, hatte der Vater dafür gesorgt, dass er und die Großeltern dort bei einem Bauern Zuflucht fanden. Es war ein Weiler noch weiter im Inneren des Westerwalds, und er bestand aus nur vier Häusern und war so aus der Welt, dass seine Bewohner, Kleinbauern mit zwei, drei Kühen und zuweilen einem Pferd, einem Handwerk nebenbei, den Namen des nächsten Ortes jenseits des Waldes aussprachen, als ob es sich um einen anderen Stern handele. Hier war alles viel tiefer, schwerer als zwischen den Hügeln und Bächen, woher man kam. Auch die Sprache war schwerer, rauher, wenn auch noch eine westdeutsch klingende, rheinische Mundart. Man hatte nicht die fixe Zunge der Kölner jenseits des Flusses und war sich dessen wohl auch bewusst und stolz darauf. Er, die Großeltern und ab und an der Vater und die Mutter und der alte irische Großvater und die gute andere Großmutter – sie alle hatten in einem dieser Bauernhäuser in drei Zimmern schließlich Unterkunft gefunden, inmitten einer vielköpfigen Familie. Abends beim gemeinsamen Essen an einem Holztisch, der so lang war wie ein Schiff, kamen weitere Unbekannte hinzu. Knechte, Handwerker, Handwerksburschen, die zusammen dort saßen, aßen und schwiegen. Nur die älteren Männer schwangen, wenn auch mit langsamer Zunge, das große Wort.

Ihm kam das so vor, als läse er in einem seiner spannenden Abenteuerbücher oder in den Heldensagen. Die Männer sprachen darüber, was bald noch alles passieren werde. Sie schienen genau Bescheid zu wissen. Allerdings waren sie nicht immer derselben Ansicht. Ganz im Gegenteil! Aber dass etwas Ungeheures geschehen würde, das war allen klar, und der Gedanke des Ungeheuren drang ein in diese abgeschlossene stille Welt.

Es war inzwischen Winter, ein sehr kalter Winter. Januar 1945. Der tiefe Schnee, der das Dorf nun noch mehr von der Welt abtrennte, verstärkte die Erwartung auf irgendetwas Ungeheures, das sich ereignen würde. Nicht unbedingt hier, inmitten der kleinen Gemeinde, aber so nahe, dass man es mit einer Spur von Erregung mitbekam: Die dröhnenden Verbände der Bomberkolonnen, die mit langen Kondensstreifen hinter sich in großer Höhe täglich nach Osten flogen, ohne dass sie von Abwehrjägern gehindert würden. Diese amerikanischen Flugzeuge wurden wegen ihrer vier Motoren und der schweren Bewaffnung »fliegende Festungen« genannt. Sie waren Boten einer neuen blitzenden, überwältigenden Technik, von der die Männer, die abends am Tisch das große Wort führten, auch sprachen, ohne große Kenntnis davon zu haben. Er saß im Winkel am Ende des Tisches im Halbdunkel und hörte gespannt den erregten Reden der älteren Männer zu. Er konnte ihnen so lange, wie er wollte, zuhören, weil er keine Zeit mehr an Schulaufgaben verlor, der Unterricht war eingestellt worden. Die Welterklärungen der Männer wurden für ihn noch spannender, wenn nachts der irische Großvater die Großmutter weckte und ihr auseinandersetzte, warum das ganze Gerede Unsinn sei und er der Widerwilligen, aber nicht Widersprechenden seine eigene endgültige Sicht darlegte. Seine Ansicht war, dass die Abwehr im Osten verstärkt würde, man dagegen die Westfront aufgebe und mit den Alliierten zusammen gegen die Russen vorginge. Der Junge konnte alles hören, weil er in der Nebenkammer unter dem Dach schlief, wo die Eiseskälte ihn häufig aus dem Schlaf holte. Er fand die Version des irischen Großvaters nicht überzeugend, aber er fühlte sich wohl mit ihr, weil sie etwas Überraschendes hatte. Alles war plötzlich anders geworden, alles war zu erwarten, woran man noch vor kurzem nicht einmal gedacht hatte. Eine riesige unbekannte neue Welt bewegte sich wie eine Schneewand auf das Dorf und seine Bewohner zu, dachte er, wenn er wach in seiner kalten Kammer lag. Das Weihnachtsfest, der schöne Baum in der Stube, die kleinen Geschenke, all das, was früher so aufregend gewesen war, war plötzlich nicht mehr so wichtig wie das, was ihm an neuer Erwartung durch den Kopf ging. Auch die Eltern und beide Großeltern waren nicht mehr so wichtig. Er hing seinen Vorstellungen nach, und die trennten ihn vom Alltag, auch wenn er daran teilnahm.

Er hatte sich aus der Leihbibliothek unten in der Stadt ein Abenteuerbuch ausgeliehen, dessen Szenen so furchtbar waren, dass sie sich in seine eigenen Beobachtungen und Gedanken mischten. Das Buch hieß *Onnen Visser. Der Schmugglersohn von Norderney* und handelte von den Erlebnissen eines in die französische Armee gepressten sechzehnjährigen Jungen im napoleonischen Feldzug gegen Russland. Es waren nicht nur die extrem blutigen Schilderungen von den Kämpfen bei der Eroberung von Smolensk und den Plünderungen in Moskau, es war vor allem die ausführliche Darstellung entsetzlicher Grausamkeiten, die ihn fesselte. Die Art und Weise, wie der Held und sein Freund, ein russischer Zigeuner, an dem bösen französischen Oberst unbarmherzig Rache nahmen oder wie sie nur um ein Haar auf ihrem Wagen dem gefräßigen Wolfsrudel entkamen, immer erschien alles Gefährliche auch in ein riesiges, böses Chaos getaucht, das die ganze Welt wie eine Flamme umfasste. Er konnte gar nicht anders denken als: wie heute! Die eigenen Soldaten waren ja wie damals die französischen aus Russland zurückgedrängt worden, fast alle tot oder gefangen oder auf der Flucht.

Natürlich hatten die Franzosen von vor hundertfünfzig Jahren und die Erlebnisse des jungen Fischersohns von der Nordseeküste eigentlich nichts zu tun mit seinen eigenen Tagen in dem kleinen Dorf im Westerwald. Aber trotzdem: Er vergaß den historischen Abstand beim Lesen, und die Erinnerung an die Brände und die Leichen in der Heimatstadt und die Erwartung der bevorstehenden Kämpfe verstärkten den Eindruck, dass abermals die Welt in ein Chaos versunken war. Was morgen kommen würde, wusste keiner. Nicht einmal die immer Bescheid wissenden Männer beim Abendessen.

Er und einige Dorfjungen hörten eines Tages ein dumpfes Geräusch: In der Nähe war etwas passiert. Sie hatten den Aufprall gehört, ein Knirschen, wie wenn Metall auf Schnee stößt. Das war alles. Er und die anderen arbeiteten sich durch den gefrorenen Schnee vorwärts in die Richtung des Aufpralls. Im Hohlweg, wohl noch zweihundert Meter entfernt, erblickte er die Umrisse von etwas, das sich beim Näherkommen als menschliche Gestalt herausstellte. Es war ein Toter, der mit ausgebreiteten Armen dalag. Er hatte noch nie einen Toten in dieser scheinbar unverletzten Form gesehen. Als er vor ihm stand, sah er, dass es ein Negersoldat mit einer Pilotenhaube war. Das Gesicht hatte einen vollkommen friedlichen Ausdruck, aber die Augen waren weit geöffnet, was einen besonderen Effekt im dunklen Gesicht machte. Aber aus der an einer Seite zerrissenen Uniform quollen Teile der Eingeweide, und der Schnee war im Umkreis dunkelrot von Blut. Er hatte noch nie einen Neger gesehen. Irgendwie war die Tatsache, plötzlich einen Soldaten von schwarzer Hautfarbe zu erblicken, wichtiger, als dass er tot war. Er hatte des öfteren mitgekriegt, wie fremde Erwachsene empört davon sprachen, es sei eine Schande, dass die Amerikaner schwarze Truppen einsetzten, das zeige, was von ihrer Moral zu halten sei. Aber er selbst dachte, wenn er das Wort Neger hörte, an etwas ganz anderes, nämlich an eine Jugendausgabe von *Onkel Toms Hütte*: Tom, der Neger und Märtyrer. Das hatte sich so eingeprägt, dass er nichts gab auf die Redereien über die Negersoldaten. Es war aber nicht nur der Pilot, der da vor ihm lag. Das Wort »Amerikaner« war nun etwas ganz Konkretes geworden. Die Uniform des Toten, ein olivfarbener Trenchcoat, war allein schon der Ausdruck des exotisch Fremden.

Ohne genau zu wissen, was in weiterer Entfernung vor ihnen lag, waren die Jungen sich doch ziemlich sicher, was sie in wenigen Minuten finden würden. Vor ihnen lag eine abgestürzte fliegende Festung. Sie war nicht explodiert, sie war in zwei Teile zerbrochen. In der Kanzel, wo das Plexiglas zertrümmert war, fanden sie die nächsten Toten, weitere Tote im Teil des vorderen Rumpfes. Die Jungen dachten sich nichts dabei, sich zwischen den toten Piloten auf die technischen Details zu konzentrieren. Sie hatten noch nie ein Flugzeug aus der Nähe, geschweige von innen gesehen. Und nun war es eines von jenen gewaltigen Viermotorigen, die sie in silberner Entfernung in der Höhe über sich erblickt hatten, das nun vor ihnen lag. Sie untersuchten aufmerksam die verschiedenen Uhren, das System der Steuerknüppel, wobei man einen der Toten fast berühren musste. Ob sie sich beim Aufprall das Genick gebrochen hatten, oder ob sie schon vorher tot gewesen waren? Was die Jungen fanden, war die Einschussstelle, wo der Bomber von Abwehrartillerie getroffen worden war und wo es offenbar auch gebrannt hatte. Am meisten fesselten sie aber die eingebauten Maschinengewehre und die riesigen Patronengurte. Es war vergleichbar mit der Entdeckung der Granatsplitter vor vier Jahren, wenngleich nun nichts Phantastisches mehr an den schimmernden Patronen war. Sie waren das, was sie waren: Waffen, um zu töten.

Überhaupt hatte die Entdeckung der abgestürzten feindlichen Maschine mitsamt ihrer toten Besatzung nichts mehr im Sinne eines Abenteuers. Sie nahmen es wahr als Annäherung an eine Gefahr und behandelten ihre Beute möglichst fachgerecht. Es war klar, dass man, soweit das ging, die Maschinengewehre und die Munition abschleppte; zu einer Verwendung, die offenblieb. Und dann waren da die riesigen Reifen, von deren Gummi man soviel wie möglich abschnitt als zukünftigen Beschlag für Schuhe. Zu dieser Beschäftigung mit dem Wunderwerk vom Himmel gehörte auch, dass er den wollenen Schal, der einem der Besatzungsmitglieder vom Hals gerutscht war, mit einem Stock aufspießte, obwohl er blutbefleckte Eisklümpchen zeigte. Er wollte ihn einer der Großmütter zum Reinigen geben, damit sie dann die Wolle auflösen und einen neuen Schal für ihn stricken könnte. Später entschied er sich anders. Er ließ den Schal nur waschen und trug ihn, wie der amerikanische Pilot ihn getragen hatte. Die Lederhaube oder die braune Lederjacke wurden den Soldaten nicht ausgezogen, obwohl man das am liebsten getan hätte. Für den frostklirrenden Monat wäre das gerade das Richtige gewesen. Und außerdem sahen sie gut aus.

Als die Jungen am Abend ihrer Entdeckung noch einmal hintereinander hinausstapften, war das Terrain des Absturzes von Militärpolizei abgeriegelt. Vor diesem Riegel standen Menschen zuhauf, die aus den umliegenden Dörfern gekommen waren. Zu spät, um das Innere der Maschine zu sehen, wie die Jungen mit Genugtuung feststellten. Sie wussten mehr. Sie wussten nun genau, wie viele Besatzungsmitglieder und wie viele Maschinengewehre eine fliegende Festung hatte. Sie wussten auch, wo sich die Auslösungstechnik für die Bomben befand. Vor allem aber hatten sie den toten Amerikanern ins Gesicht gesehen, den Feiglingen. Die Feigheit der Amerikaner erkenne man schon daran, dass sie immer nur in den Infanteriekampf einträten, nachdem sie einen Angriff mit schwerer Artillerie und Flugzeugen vorbereitet hatten. Der einzelne amerikanische Soldat sei mit dem deutschen an Mut und Kampfkraft nicht vergleichbar. Sie hätten es nur geschafft, soweit zu kommen, weil es den Deutschen an allem, vor allem an Flugzeugen, fehlte. Es war seit langem schon das Gefühl da, den eigenen Truppen fehle alles, was die anderen im Überfluss besaßen. Ein ungleicher Kampf. Sie kämpften gegen die ganze Welt. Es ging nur deshalb so lange, weil die Fähigkeiten der eigenen Soldaten sich ins Unermessliche gesteigert hätten. Sie waren Helden wie in den Heldensagen, die er vor Jahren gelesen hatte. Auch dort kämpften einzelne gegen eine Übermacht. Siegen konnten sie nicht. Aber das war nicht das Entscheidende, jedenfalls nicht in den Sagenbüchern. Es war bekannt geworden – die alten Männer sprachen davon –, dass ein letzter Versuch, die amerikanischen Truppen nach Belgien zurückzudrängen, nicht geglückt war. Wegen des Zuwenigs an eigenen Flugzeugen, wegen des Zuviels der anderen. Auch weil nicht mehr genug Benzin zur Verfügung stand. Und hier hatte man also Angehörige der feindlichen Überlegenheit als Tote. Sie waren gestorben in ihrer fliegenden Festung. Aber da es nicht bloß die ersten Amerikaner, nicht bloß die ersten Toten, sondern die ersten toten Soldaten waren, waren die Jungen sich nicht mehr so sicher über die Feigheit der Amerikaner. Sie sahen selbst im Tode so entschlossen aus, so kriegerisch in ihren Kampfgarnituren. Jedenfalls waren sich die Jungen darüber einig, dass eine fliegende Festung nicht nur gefährlich für die Zivilbevölkerung sei, sondern auch für die, die in ihr flogen.

Er erinnerte sich an den etwas älteren amerikanischen Jungen, der zu Anfang des Krieges die Nachbarn des irischen Großvaters besucht hatte. Tom. Der konnte sich gut verständigen und hatte ihm viel von Amerika erzählt, vor allem auf seine Bitte hin von den Indianern, die ihm eigentlich nur vom letzten Karneval vor dem Krieg her bekannt waren. Die als Indianer Maskierten hatten damals seine Bewunderung, denn sie sahen mitten im Straßenverkehr großartig aus mit ihren Federhauben und Mokassins, unvergleichbar schöner als alle anderen Masken. Die Mutter hatte ihm trotz inständiger Bitte, auch ein Indianerkostüm zu bekommen, einen Holländeranzug gekauft, in dem er sich vor seinen Indianerfreunden schämte: blaue Hosen, gelbe Weste, goldene Knöpfe. Deshalb hatte er sich viele große Federn besorgt, die er in die Außenfalte der Holländermütze steckte. Außerdem hatte er die lächerlichen goldenen Glöckchen an seiner weißen Hose abgerissen und anstatt der Holländerpantinen sich auch Mokassins beschafft. Am Abend, als er in dieser Aufmachung sehr verschmutzt nach Hause zurückkehrte, war es zu einer Riesenbestrafung durch die Mutter gekommen. Von diesen Karnevalindianern, so hatte er von Tom erfahren, waren die richtigen Indianer doch ziemlich verschieden, obwohl einige Stämme sich auch prächtige Federn ins Haar steckten. Aber nicht diejenigen, mit denen die Amerikaner zuerst aneinandergeraten waren. Jetzt gäbe es nur noch wenige, friedliche Stämme in ihnen zugewiesenen Wohngebieten. Es liefen auch keine Mörder in der freien Prärie herum, wie er in einer unglaublich spannenden Jugenderzählung über einen amerikanischen Internatsjungen gelesen hatte, dessen Freund auf freiem Feld erstochen und beraubt aufgefunden wurde, sodass dieser Junge mit anderen Schülern auf die Suche nach dem Mörder ging und ihn auch entdeckte. Tom konnte mit seinem schleppenden Tonfall nicht nur gut erzählen, er hatte auch, anders als die Jungen auf der Straße, eine Art und Weise zu lachen oder zu gehen, die er sofort mochte.

Mit dem Absturz hatte sich die Zeit verändert. Von nun an sprachen die älteren Männer abends am Tisch darüber, wie man sich gegen die bald wohl heranrückende Front in Sicherheit bringen könne. Die Fachwerkhäuser boten keinen Schutz, und die Keller waren nicht groß und nicht stabil genug. Aber es gab in der Nähe einen alten Stollen aus der Zeit des Bergbaus, dessen Gänge mit Baumstämmen abgestützt und gesichert worden waren. Es sei die Zeit gekommen, dass die Frauen mit den Kindern dort am Tage Schutz suchten, sagten die Männer. Die Eisenbahnbrücke über den Rhein, einige Dutzend Kilometer entfernt, war unversehrt in die Hände der Amerikaner gefallen. Englische Jagdbomberketten, genannt Jabos, standen seit kurzem ständig in der Luft, und das nächste Dorf war bombardiert worden, weil dort Einheiten der eigenen Truppen ein Widerstandsnest aufbauten.

Er rechnete sich nicht zu den Frauen und Kindern. Ihm fiel die Aufgabe zu, manchmal die Kühe zu melken und die Milch in einem großen Eimer und andere Nahrungsmittel, die er im Rucksack trug, in den Stollen zu bringen, der etwa eine Viertelstunde entfernt lag. Dazu musste er eine größere Wiesenfläche überqueren, die sich dem Beschuss der feindlichen Jagdbomber öffnete, die eine nahe, strategisch wichtige Landstraße kontrollierten. Der ganze Transport nach Osten ging hier vorbei, militärischer und ziviler, völlig durcheinander. Die Jagdbomber machten sowieso keinen Unterschied und schossen auf alles, was sich bewegte, auf der Straße und den Feldern ringsum. Er hatte bald heraus, wie viel Zeit sie brauchten, um aus ihrem Sturzflug wieder an Höhe zu gewinnen. Dann stürzte er mit der Milchkanne los bis zur Mitte der schneestarren Wiese, hockte sich auf den Boden und hielt einen kleinen Tannenbaum über sich, den er als Tarnung für sich entdeckt hatte. Manchmal blieb der abermalige Herabsturz des Jägers aus, und er stand auf und konnte sogar in Ruhe den Waldrand erreichen, ohne dass Milch vergossen wurde. Manchmal aber kurvte der feindliche Jäger in Bögen über ihm und kam ihm so nahe, dass er glaubte, durch das Geäst des Tannenbaums das Gesicht des Piloten zu erkennen. Er betete dann »Heilige Maria«. Die Maschinengewehrsalven, die nicht ihm galten, sondern irgendwem auf der Landstraße, waren so laut, als wenn sie neben ihm einschlügen.

Dieser kleine Krieg, der ihn fast jeden Tag in Spannung und Schrecken versetzte, hatte im Ganzen doch auch eine angenehm belebende Wirkung auf ihn. Er fühlte sich als Teil bedeutender Ereignisse. Für seine Botengänge hatte er sich ausstaffiert. Er trug einen Stahlhelm und hatte Stiefel an, die ihm, der schon ziemlich groß gewachsen war, passten. Das erfüllte ihn aus einem besonderen Grund mit Genugtuung. Er erinnerte sich an die Jungen seiner Volksschule mit ihren Skimützen, wie Gebirgsjäger sie trugen, und ihren langen schwarzen Hosen mit der steilen Bügelfalte, die vorne so umgestülpt war, dass darunter die aufgerollten Strümpfe wie die Fortsetzung der schweren genagelten Schuhe wirkten. Die Art von Kluft, die der Vater verhindert hatte. Stattdessen die Baskenmütze und auch alles andere schrecklich Zivile. Die Knickerbocker, die ihm der Vater aus der Schweiz mitgebracht hatte, waren das Allerschlimmste gewesen. Nun, in Stahlhelm und Stiefeln, sah die Sache ganz anders aus. Besser noch als Skimütze und Nagelschuhe. Auch sein Milchtransport war etwas Höheres.

Inzwischen war das Dorf Glatteneichen aus seiner Stille hinter den Wäldern herausgerissen worden. Es war ein Infanterieleutnant, der glaubte, hier den besten Platz gefunden zu haben, um sich und seine zehn Mann, größtenteils Oberschlesier, mit schwerem Maschinengewehr in Stellung zu bringen. Der Leutnant sah genauso aus wie der Leutnant auf einem Propagandaplakat, das er vor Monaten gesehen hatte mit der Aufschrift »Die Heimat hilft der Front«. Ein helmloser junger Offizier, die blutige Stirn mit Verband umwickelt, hält beide Hände einer jungen Frau entgegen, die ihm Waffen – Gewehre oder Patronengurte – mit hingabevollem Gesicht entgegenstreckt. So sah auch dieser Leutnant aus, von dem eine kalte Entschlossenheit ausging. Er trug das schwarzsilberne Eiserne Kreuz auf der Brust und war offensichtlich bereit, die Sicherheit des kleinen Weilers samt seiner Bewohner zu riskieren, um den zu erwartenden Amerikanern, Infanterie oder Panzer, ein letztes Gefecht zu liefern.

Das war der richtige Mann für ihn. Irgendwie graute ihm vor der metallischen Atmosphäre des Leutnants und seiner Leute, andererseits zog sie ihn an. Die Stahlhelme, die Gewehre, die Lederkoppel, die Stiefel, die unfreundlichen Gesichter. Alles war plötzlich von einer schneidenden Härte. Vor allem aber war es die finstere Art des Leutnants, der genau wusste, dass er hier unerwünscht war. Als der Leutnant daranging, die Plazierung der Maschinengewehre anzuordnen, hatte der Junge ein Gefühl, das nichts mehr mit den alten Männern und ihren Reden zu tun hatte. Da wurde wortlos etwas vorbereitet, und er war alt genug, um zu wissen, dass es bald Tote geben würde, Tote geben sollte. Eines der Maschinengewehre wurde im Fenster des Schlafzimmers im ersten Stock des Hauses postiert, andere auf dem äußeren Rand des nahen Hohlwegs, von wo man kilometerweit über die Äcker bis zu den Wäldern in der Ferne schauen konnte.

Der Leutnant hatte diesen Horizont von nun an ständig im Visier seines Feldstechers. Er sprach sogar nach einer Weile mit dem Jungen und erklärte ihm die Situation. Wenn Infanterie käme, dann würde man sie aufhalten, auch wenn sie Artillerie- und Luftunterstützung hätte. Wenn es Panzer wären, dann würde es ernst. Dann müsste sich zeigen, ob seine Leute mit der Panzerfaust wirklich umzugehen verstünden. Offenbar misstraute er ihrer Bereitschaft oder Fähigkeit, da sie erst spät in die Reste seiner Kompanie eingereiht worden waren. Als er den Leutnant fragte, ob er zum Waldrand gehen und die sich nähernden Truppen beobachten solle, nickte dieser. Aber dazu kam es nicht, denn inzwischen hatten sich einige Bewohner des Dorfes entschlossen, dem Leutnant sein Vorhaben auszureden. Er sah, wie ein selbstbewusster älterer Mann – er hatte zwar auch eine Kuh, war aber Zimmermann – auf den Leutnant zuging und auf ihn einredete. Nach anfänglicher Weigerung gab der Leutnant – im Gegensatz zu dem Leutnant auf dem Plakat – schließlich nach. Er zog mit seinen Leuten ab und verschwand mit Einfall der Dunkelheit in Richtung Osten. Der Junge wusste nicht, ob er sich auch freuen sollte oder nicht. Der Leutnant hatte ihm imponiert. Jetzt konnte man bloß noch warten. Man hängte aber keine weißen Bettücher aus den Fenstern, weil es in der Umgebung zu Strafaktionen von plötzlich auftauchenden SS-Kommandos gekommen war, die sämtliche Männer einer kleinen Gemeinde wegen eines weißen Tuches erschossen hatten. Auch für den Jungen war ein Höhepunkt dieser dramatischen Zeit zu Ende. Er behielt aber weiter Stahlhelm und Stiefel an. Er konnte sich davon ebenso wenig trennen wie seinerzeit von seinem Kommunionsanzug, der ihm Tage des Vergessens des Alltags beschert hatte.

Als er an einem der nächsten Morgen, in Stiefeln und unterm Helm, am Dorfrand mit der Milchkanne unterwegs war, sah er plötzlich drei Soldaten in einer Entfernung von etwa zwanzig Metern vor sich auftauchen. Sie schrien etwas, was er nicht verstand. Die Amerikaner. Nachdem sie ihn abgeklopft und ihm den Helm abgenommen hatten, wiesen sie ihn an, vor ihnen in das Dorf zurückzugehen. Sie folgten mit schussbereitem Gewehr, ihre Helme mit einem gewissen Schwung schief auf dem Kopf, wie er es später in den Kriegsfilmen noch einmal sah, Khakimäntel und olivfarbene Gamaschen, ihre nervöse Aufmerksamkeit auf die ersten Häuser gerichtet. Er dachte jetzt wieder, dass die Amerikaner doch feige seien.

Als der Friede kam, es war Anfang Mai, brach auf dem Feldweg und den Wiesen dahinter der Ginster aus. Im Dorf schliefen die Menschen wieder anders als vorher. Das Geräusch der ostwärts fliegenden viermotorigen Bomber war so plötzlich verschwunden, dass man die Stille hörte. Es war eine seltsame Zwischenzeit. Sie begann, als Glatteneichen und die anderen Dörfer auf der Hochebene schon in amerikanischer Hand waren, während die nächste größere Stadt im Tal noch von eigenen Truppen gehalten wurde. Die deutschen Verteidiger im Tal gaben mit keinem Zeichen zu erkennen, dass sie auf verlorenem Posten kämpften. Er und die anderen Jungen, die nicht weit entfernt von den ins Tal feuernden Panzern der Amerikaner herumlungerten und mit den noch kämpfenden deutschen Soldaten sympathisierten, lebten schon in der neuen Friedenszeit, während die unten sich noch mitten im Krieg befanden. Aber auch diese Zwischenzeit war bald vorüber.

Allerdings brach in diese Stille des neuen Friedens ein Ereignis ein, das ihn die nächsten Jahre belastete. Er geriet mit der Mutter, die in den letzten Kriegstagen aus der zerbombten Heimatstadt auch in das kleine Dorf gekommen war, auf freiem Feld in einen Streit, der sich immer mehr in Rede und Widerrede steigerte. Am Ende schrie er sie an: »Ich hasse dich!«, drehte sich um und kehrte am Abend nicht mehr in das Bauernhaus, in dem sie wohnten, zurück, sondern schlief in einer entfernten Scheune. Der äußere Anlass war nichtig. Noch immer oder noch stärker empfand er die Art und Weise der Mutter nicht nur unmütterlich im Unterschied zu anderen Müttern, sondern ungerecht und unbeherrscht. Ganz das Gegenteil des Vaters, mit dem sie nun seit fünf Jahren nicht mehr zusammenlebte. Sogar bei Streitigkeiten, die sie in seiner Gegenwart mit Freundinnen gehabt hatte, wollte er nicht einfach ihre Partei ergreifen, sondern nur die derjenigen, die ihm recht zu haben schien. So war es auch diesmal gewesen.

Aber es war noch etwas Tieferliegendes, das er immer weniger ertrug: Die Mutter verstand nicht, wie schon im Falle der Granatsplitter, seine über das Alltägliche hinausgehenden Träumereien und Gedankenflüge. Wenn er ihr eine Idee, die ihm kam, erklären wollte, schüttelte sie den Kopf. In ihrer Gegenwart fehlte ihm etwas Lebensnotwendiges, das er in der Gegenwart seines Vaters sofort spürte. Die Mutter hatte in den Wochen vor Kriegsende in der Stadt Typhus bekommen. Ihr waren alle Haare ausgefallen, und sie begannen erst jetzt wieder zu wachsen. Außerdem war sie während einer der letzten Luftangriffe vom Rauch im Keller fast erstickt und hatte sich mit extremer Anstrengung ins Freie gezogen und dabei die Hände in fließendem Phosphor verbrannt, obwohl sie vorher nasse Tücher um sie gewickelt hatte. Ihr war es zu verdanken, dass die anderen Menschen im Keller gerettet wurden. So war sie. Sie hatte ja auch im Internat alle in die Quälereien verwickelten Schüler namhaft gemacht, ohne den geringsten Respekt oder Angst vor den Familiennamen jener Schüler zu haben. Aber ihre Unbeherrschtheit und ihr unverständiges Verhalten gegenüber seinen Ideen und Träumereien hatten zu der Situation geführt, dass er ihr den schrecklichen Satz ins Gesicht sagte: »Ich hasse dich!«

Den Stahlhelm hatte man ihm abgenommen. Er behielt aber noch immer den kleinen Kasten bei sich, in dem er die schönsten Granatsplitter aufbewahrte. Was die älteren Männer nun erzählten, war von geringerem Interesse als früher. Dafür wussten die Dorfjungen von etwas ganz anderem, das an besonderen Tagen nachmittags in einer Scheune stattfand. Dort würde sich eine der Mägde mit einem Knecht treffen, sich ausziehen und vor den versammelten Kindern und Jugendlichen den Geschlechtsakt vorführen. Er solle das nächste Mal doch mitkommen und sich das ansehen. Er hatte vor einem Jahr bei der Mutter ein Buch über Naturvölker der Südsee gefunden und dabei Fotografien von nackten jungen Mädchen beim Fruchtbarkeitstanz entdeckt, die mit einem besonderen Lächeln ihr Geschlechtsteil darboten und mit ihren Fingern öffneten. Das hatte ihn mächtig aufgeregt.

Er hatte immer wieder die Unterschrift gelesen: »Fruchtbarkeitstanz«. Die Mädchen warteten also darauf, dass ein junger Mann sie befruchtete. Er wusste ganz genau, wie das geschah. Sein eigener Schwanz versteifte sich, wenn er diese Fotografie sah. Die Mitteilung über die Vorkommnisse in der Scheune waren dagegen auf eine andere Weise drastisch. Man sah ja täglich, wie der Hahn hinter den Hühnern her war, das war halt so. Sehr viel dramatischer ging es her, wenn der Deckhengst eine Stute bestieg. Die Bauern machten keine besondere Anstrengung, die Kinder von solchem Schauspiel fernzuhalten. Irgend so etwas war also in der Scheune zu erwarten, und der Bauernjunge kündigte es an wie einen naturkundlichen Anschauungsunterricht. Er behielt in seinem Ohr vor allem das Wort Schmand. Schmand hieß das Fett der Buttermilch. Er folgte der Einladung in die Scheune nicht, auch wenn ihn die Neugier, das Beschriebene wirklich zu sehen, nicht in Ruhe ließ.

Etwas Einschneidendes geschah zur gleichen Zeit im Beichtstuhl der Kirche der Provinzstadt. Den Priester interessierte das Wohlgefallen, das der Junge beim Anblick von Mädchen empfinden mochte. Das musste er beichten, denn es waren verbotene, unkeusche Gefühle. Als der Kaplan begann, nach körperlichen Einzelheiten zu fragen, die ihn anzögen, und diesem seine Antwort nicht genug war, er sähe gerne Busen und Beine, da geriet der Junge in Wut und verließ plötzlich so heftig den Beichtstuhl, dass die nahesitzenden Betenden aufschreckten. Er stieß die hölzerne Beichtstuhltür auf, als der Priester zum »absolvo te« ansetzte. Es war ihm im Hinausgehen sofort klar, dass er die Heiligkeit eines Sakraments verletzt hatte, und er verfiel darauf in den nächsten Wochen in eine Depression, aus der ihn nichts und niemand herausbringen konnte. Über Nacht war ihm der Glaube an Gott abhanden gekommen.

Er war nun dreizehn Jahre alt, und er nahm die neuen Eindrücke seines Lebens aufmerksam wahr, ohne davon allzu beeindruckt zu sein. Der Verlust des lieben Gottes wurde nicht wettgemacht, aber alles, was das Leben schöner machte, war gerade recht. Dazu gehörte auch der erste Gang in die Oper, zu dem ihn der Großvater mit dem feingeschnittenen altmodischen Bart einlud. Das Opernhaus war teilweise zerstört und ausgebrannt, aber man hatte den noch erhaltenen Teil so hergerichtet, dass Aufführungen möglich waren. Und es war die eingängigste, die feurigste, die sehnendste Musik, die er bis dahin gehört hatte. Es ging um ein spanisches Thema über Liebe und Liebestod vor der Stierkampfarena, wie der Großvater ihm erklärte. Er war elektrisiert und empfand tief den Unterschied zu den schmelzenden Melodien, die er gerne im Mittagsprogramm des Rundfunks hörte. Die gingen Hand in Hand mit den Romanen des österreichischen Schriftstellers Ganghofer, die er vor allem wegen der edlen, aber auch sinnlichen Liebe zwischen Schloss und Bergwald verschlang. Die Liebesoper aber war etwas ganz anderes.

Seit dem Zwischenfall im Beichtstuhl verfiel er häufig in einen Zustand der Träumerei. Zunächst war es der verschwundene Gott. Er hatte dafür keine logische Erklärung. Er dachte nun nicht etwa, dass es keinen Gott gäbe, weil sein Priester ihm unziemliche Fragen gestellt hatte. Aber der Kirchenraum, in dem das geschehen war und der bisher für ihn gleichzeitig so geheimnisvoll und anheimelnd gewirkt hatte, war verändert. Früher waren die vergoldeten Bilder von Jesus am Kreuze, von der Gottesmutter Maria und den Heiligen unter der Folter wie Zeichen von einem einzigen Wunder, in dem er eingehüllt lebte. Früher waren ihm der emporsteigende Weihrauch und das Klingen der Schellen in den Händen der Messdiener ein einziger, sein tägliches Leben überwölbender Zusammenhang. Das hatte sich seit jener Zeit, als sie im Hause des irischen Großvaters die Messe spielten und er den anderen Kindern Sonntagspredigten gehalten hatte, sogar noch verstärkt.

Damals war die kleine Kirchengemeinde des westlichsten Teils der Stadt für ihn wie Jerusalem am Tage der Einkehr von Jesus auf einem Esel geworden, wovon er im Kindergottesdienst gehört hatte. Da bildeten sich nicht nur Phantasien, die während der Vorbereitung auf die Heilige Kommunion entstanden waren, sondern die aus den Blumenaltären der verschiedenen Familienhäuser aus Anlass des Fronleichnamsfests kamen. Die Blumen der rheinischen Gärten und die Blumen von Jerusalem wurden eins. Das wurde noch dadurch verstärkt, dass alle Straßen der kleinen Siedlung Namen von Bäumen oder Blumen hatten: Rotdornweg, Akazienweg, Weißer-Flieder-Weg, Am Rosengarten. Zwischen diesen Namen fühlte er sich wie in einem Naturparadies, denn die Namen bezeichneten ja die entsprechenden Bäume und Gärten, die alle Straßen und Wege säumten, sodass er im Frühjahr immer durch einen roten und weißen Schimmer hindurchging, woran auch der Krieg nichts änderte. Eine ganz eigene Wirkung hatte die dreitägige kirchliche Vorbereitung auf das Osterfest gehabt, besonders 1942, als er ins zehnte Lebensjahr gekommen war, die Heilige Kommunion hinter sich hatte und nun mehr denn je interessiert war an Jesu Lebens- und Leidensgeschichte: Der Gottesdienst am Gründonnerstag, Karfreitag und Karsamstag brachte beides zum Vorschein. Die nach der fortschreitenden Passion gewählten Farben der Gewänder des Pfarrers, das Grün, das Schwarzgold und das leuchtende Rot waren für ihn so anziehend geworden, weil mit ihnen alles Gewöhnliche der Welt verschwand. Es hatte ihn auch nicht gestört, dass er als Messdiener im violetten Rock unter weißem Gewand an diesen drei Tagen lange lateinische Sätze sprach, die er mühsam auswendig gelernt hatte, ohne den Sinn der einzelnen Worte zu kennen. Es war seine Welt.

Der aufdringliche Kaplan im Beichtstuhl hatte ihm den Boden unter den Füßen weggezogen. Das Innere der Kirche war mit einem Male für ihn nicht mehr das, was es so lange gewesen war. Wenn er sagte, er habe den Glauben verloren, dann gab dieser Satz nur unklar wieder, was er fühlte. Er hatte ja nicht einen bestimmten Glaubensinhalt gehabt oder einen klaren Glaubensbeweis. Es war vielmehr das Halbdunkel im Innern der Kirche, ohne Worte, das ihm so lange selbstverständlich gewesen war und jetzt nicht mehr. Zum gleichen Zeitpunkt wurde ihm das Thema wichtig, nach dem ihn der Kaplan so genau ausgefragt hatte. Schon als Messdiener war ihn ein besonderes Gefühl zwischen Stolz und seltsamer Empfindung überkommen, wenn er auf der Seite der Frauen und Mädchen die Geldkollekte zu machen hatte. Er stand dann in seinem rotweißen Messgewand jeweils neben einer der langen Sitzreihen und wartete auf die Rückkehr des Geldkörbchens. Manchmal kam ihm diejenige, neben der er für einige Augenblicke zu warten hatte, besonders anmutig vor. Dieses eigentümliche Gefühl war auch der Grund gewesen, warum er nicht zur Vorführung in der Scheune gegangen war. Nun aber, das hatte der Kaplan gespürt, hatte er beim Anblick der Mädchen etwas anderes im Kopf. Nicht genau das, was er in der Scheune hätte sehen können. Aber etwas Ähnliches. Auf jeden Fall ihren Körper. Er dachte ständig daran. In der Sexta im Internat war es nur eine kleine Anziehung gewesen, die die vor ihm Sitzende ausgeübt hatte. Jetzt aber, zwei Jahre später, war die Anziehung für sein Bewusstsein klarer, sodass die Kluft zwischen Berührenwollen und wirklich Berührenkönnen zu einem riesigen Hindernis anwuchs.

Er hatte das zum ersten Mal im Jahr zuvor empfunden, als der Vater sich im Kurort im Schwarzwald mit einer sehr sympathischen, lebhaften und gebildeten Dame befreundete, deren Mann ein hoher Offizier in Belgien war und die eine Tochter in seinem Alter hatte, mit einem zarten Ausdruck und einer scheuen Art und Weise. Nach anfänglicher Zurückhaltung auf beiden Seiten kamen sie auf die Idee, Spiele zu erfinden, aus denen kleine Theaterszenen wurden. Und zwar spielten sie Märchen nach. Er mochte ganz besonders die Geschichte vom König Drosselbart und der schönen hochnäsigen Prinzessin, die aus Strafe für ihren Hochmut auf dem Markt Geschirr verkaufen musste, das der König Drosselbart dann mit seinem Pferd zu Scherben ritt, weil sie ihn verspottet und nicht erhört hatte. Irgendetwas an dem jungen König fesselte ihn, seit er das Märchen gelesen hatte. Einerseits war dieser ja äußerlich etwas entstellt, andererseits war er aber auch sehr anziehend. Einerseits benahm er sich grausam, andererseits lag in ihm eine große schöne Leidenschaft. Natürlich konnten sie die entscheidende Szene vom stürmischen Ritt ins Porzellan nicht richtig vorführen. Dafür aber umso besser die Entdeckungsszene, in der offenbar wurde, dass sowohl der arme Spielmann als auch der feurige Husar beide der König Drosselbart in Verkleidung gewesen waren. Sie erreichten es, die phantastische Geschichte temperamentvoll zu improvisieren. Sie legten vorher nur die wichtigsten Sätze und Worte fest und sprachen dann, was ihnen im Augenblick einfiel. Die seltsame Mischung des Charakters und des Aussehens des Königs Drosselbart war es, die ihm die Geschichte so unvergesslich gemacht hatte. Wahrscheinlich wollte er sich sich selbst so vorstellen. Dass sie keine Kostüme hatten, war gar nicht so schlecht, denn es zwang sie, mit kleinen Änderungen an ihrer Kleidung doch den notwendigen Eindruck für die Eltern zu erreichen. Er musste seiner Mitspielerin, sie hieß Caroline, in einer Szene die Hand geben, weil sie für das Ende einen kleinen Tanz erfunden hatten. Und dabei kam ein Gefühl tiefer Nähe zu ihr über ihn, das noch am nächsten Tag anhielt. Es war keine bloße Erinnerung, sondern etwas viel Dichteres, ihn Einhüllendes, das er versuchte festzuhalten.

Während der Straßenbahnfahrt in das Stadtviertel, wo der irische Großvater wieder wohnte – das kleine Haus, in dem der Junge drei Jahre gelebt hatte, war tatsächlich nicht getroffen worden –, fand er erneut das Höhere. Beim Aussteigen vor einer halbzerstörten und ausgebrannten Häuserfassade erblickte er gegenüber ein Kino mit einem ihm sofort in die Augen fallenden farbigen Filmplakat. Es zeigte einen blaugepanzerten Reiter, dessen Helm mit einer scharfkantigen Krone versehen war. Der Panzer war halb bedeckt mit einem blauroten Überhang, auf dem drei rote Löwen und drei weiße Blumen abgebildet waren. Der Film hatte keinen richtigen Titel, sondern hieß nur wie der abgebildete Reiter: Heinrich. Statt zum Großvater zu gehen, entschied er sich dafür, sich diesen Film anzusehen. Es war sein zweiter Kinobesuch. Tatsächlich gab es keinen gewöhnlichen Ritterfilm zu sehen. Es begann damit, dass es ein Film in englischer Sprache mit deutschen Untertiteln war. Außerdem sprach der Darsteller des englischen Königs die englische Sprache in so ungewöhnlicher, nie gehörter Weise, dass es ihn völlig in Beschlag nahm, auch wenn er nichts verstand, sondern nur über die Untertitel dem Sinn folgte. Er hatte seit einem Jahr ständig das Englisch der Soldaten auf der Straße im Ohr, abgesehen vom Englisch, das er jetzt in der Schule lernte. Die englische Sprache hatte über Nacht die Wichtigkeit des Lateins verdrängt. Er musste einen Schnellkurs belegen, um das nachzuholen, was er in der ersten Gymnasialklasse, wo es kein Englisch gab, versäumt hatte. Die Lehrerin erfreute sich guter Beziehungen zu den Besatzungsbehörden. Sie war eine bestens informierte Frau, die von heute auf morgen in der neuen Zeit lebte und die ihn aus seinen Grübeleien aufschreckte, indem sie ihm Fragen in Alltagsenglisch, die er schnell zu beantworten hatte, nur so um die Ohren klatschte, als wolle sie sagen: Englisch ist nützlicher als Latein.

Aber damit hatte das Englisch, das dieser König Heinrich sprach, nichts zu tun. Es war eine andere Sprache. Die Redeweise der einfachen Reiter und Fußsoldaten im Film ähnelte dem etwas gepressten und nasalen Tonfall der englischen Soldaten auf der Straße. Die Rede des Königs klang dagegen überaus stolz, wohlklingend und herrisch. Sie war häufig auch sehr lang, sodass die Wörter übereinander stiegen, im Tempo zunahmen, bis sie auf einer äußersten Spitze angelangt waren und dort ausruhten oder jäh abbrachen. Es ging bei dem Film um einen Krieg zwischen Engländern und Franzosen im Mittelalter, bei dem die Engländer siegten. Das war aber nicht das, was ihn so beeindruckte, dass er es in den nächsten Jahren nicht mehr vergaß. Es war der Ton der englischen Sprache. Er konnte in der Filmankündigung lesen, dass ein berühmter Dichter sie erfunden hatte, dessen Namen er sich direkt nach dem Ende des Films auf ein Stück Papier schrieb: Shakespeare. Er fand diese Sprache so überaus schön, dass er die englischen Sieger – nicht nur die im Film, sondern die auf der Straße – plötzlich mit neuen Augen sah. Ihr Sieg erschien ihm nicht nur notwendig wegen der Gründe, die der Vater ihm erklärt hatte, er war auch gerechtfertigt, weil die Sprache der Sieger solch eines Ausdrucks fähig war. Mochten die Amerikaner feige sein oder nicht, die Engländer hatten diesen Dichter.

Die Trümmer der Stadt reihten sich vor ihm aneinander, welchen Weg er auch einschlug. Er fuhr gerne aus der Provinzstadt hierher. Er dachte sich die Trümmer weg. Überhaupt brachte das Zerstörte ihn zum Träumen. Solange die Trümmer die große Stadt ausfüllten, solange konnte man sich etwas anderes vorstellen. Keine Häuser, keine neuen Häuser. Er dachte vielmehr, dass es eine schöne Zeit in dieser Hässlichkeit war. Alles war in Gedanken möglich. Die Trümmer bildeten gewaltige Gebirge. Endlos an einer Stelle, sodass der Blick sich hinzog, begrenzt an einer anderen Stelle, sodass der Blick festsaß. Ihn zogen die Trümmer an. Man sprach von Trümmerlandschaft. Aber die sah er nicht. Nicht die Ordnung einer Landschaft, sondern die Unordnung von etwas, das er selbst ordnen konnte, wie er wollte. Jeden Tag, wenn er Zeit hatte, zog es ihn bei seinen Besuchen in diese unbekannte Stadt aus Trümmern.

TANZTEE

Was der Vater ihm über die kriminellen Verhältnisse im Staat gesagt hatte, war nur die Oberfläche der Sache gewesen. Ihre tieferen Gründe gingen viel weiter zurück in die Zeit, als er noch klein war. Nachdem der Krieg vorbei und der Junge dreizehn Jahre geworden war, begann der Vater mehr und mehr davon zu erzählen. Es sei um 1934/35 gewesen, als er mit der Mutter in Berlin gewohnt habe, gerade zu dem Moment, als die großen Veränderungen sich Platz schufen, sodass über Nacht das, was bisher galt, keine Geltung mehr gehabt hätte. Diese Veränderung sei gleichzeitig sprunghaft und langsam vor sich gegangen. Die meisten Leute hätten es nicht so wahrgenommen wie er, weil vieles an äußerlichen Dingen, gerade auch das Vergnügungsleben in der Hauptstadt, weiter seinen gewohnten Gang genommen hatte. Die Mutter, gerade zweiundzwanzig Jahre alt, hätte davon besonders profitiert. Mit einer der Freundinnen war sie jede zweite Woche in einen der neuen Filme gegangen und hatte sich sagen lassen, dass sie große Ähnlichkeit mit dem internationalen Star der Zeit, Greta Garbo, hätte. Das hätten sich damals viele junge Frauen in der Hauptstadt eingebildet. Aber bei der Mutter hätte es besondere Ausmaße angenommen. Ihr Aussehen hätte tatsächlich dem Stil der schönen Frauen entsprochen, die in glänzenden schwarzweißen Fotos an der Kinokasse hingen. Und dann wären in jenen Anfangsjahren des Jahrzehnts, das die großen Veränderungen brachte, sogar Filmleute vor ihrem Tisch im Café aufgetaucht, um ihr Probeaufnahmen anzutragen. Mächtig geschmeichelt und eitel, wie sie war, hätte sie die gebotene Zurückhaltung nicht wahren können und den Filmleuten ihre Adresse gegeben.

Als daraufhin eine Woche später prompt ein Kameramann an der Wohnungstür aufgetaucht war, kam es zu einem der Zerwürfnisse zwischen mir und deiner Mutter, so der Vater, die sich fortan wiederholten und immer mit den nie realisierten Filmverbindungen zu tun hatten, auf die sie so erpicht war. Sie traf sich einige Male mit dem Kameramann in einer der eleganten Hotelhallen. Obwohl es mehrere Aufnahmetermine gab und alle Welt, Familienmitglieder und Freundinnen, die dabei entstandenen Fotografien bewunderten, wurde nichts aus ihren Erwartungen. Aber sie lebte weiter in der Welt der neuen Filme und der neuen Schlager.

Der Vater erinnerte sich, dass sie sämtliche Strophen dieser Schlager auswendig konnte und sie mit einer gewissen Begabung für den Rhythmus, wenn auch ohne eigentliche Musikalität gesungen hatte. Wenn sie zum Beispiel sang: »Johnny, wenn Du Geburtstag hast, bin ich bei dir zu Gast, die ganze Nacht«, hatte das Dienstmädchen die Augen verdreht. Auch das Dienstmädchen summte bei der Arbeit gerne die aktuellen Schlager. Ihr liebster war: »Du hast Glück bei den Frau'n, Bel Ami«, aber auch »Ich wollt', ich wär ein Huhn und hätt' nicht viel zu tun« – der Vater musste beim Erzählen lachen –, wenn das Dienstmädchen auf den Knien rutschend die Winkel der Zimmer mit dem nassen Aufnehmer reinigte und bei ihren Bewegungen in eine Art Versonnenheit geriet. Der Junge konnte diese Lieder später, als er sechs Jahre alt war, nicht leiden, vor allem deshalb nicht, weil die Männer, denen die Liebe galt, nach seiner Meinung gar keine richtigen Männer waren, sondern Waschlappen. Nur das Lied vom Huhn, das fand er passend. Frauen, jedenfalls die Mutter und das Dienstmädchen, waren manchmal so gedankenfrei wie Hühner.

Die Mutter – fuhr der Vater fort – hat den großen Veränderungen, die im Staat damals einsetzten und von Monat zu Monat sich dramatisch entwickelten, kein Interesse abgewonnen. Ihre vollkommene Gleichgültigkeit bei solchen Themen hat mich erschreckt. Bei so ernsten, immer beunruhigenderen Ereignissen erhoffte ich mehr Aufmerksamkeit, und sei es nur aus Sympathie. Dazu war noch etwas Schwerwiegenderes gekommen als die bloße Enttäuschung über ihre leichtfertigen Launen.

Meine Familie, erzählte der Vater, also der Großvater, seine beiden Brüder und eine Schwester sowie die fünfundneunzigjährige Urgroßmutter, gehörte zur alten liberalen Partei, die auch nach der Vereinigung zum Reich nicht national dachte. Sie waren auch gegen den neuen Reichskanzler gewesen. Das hatte sich schon aus Alltagserfahrungen ergeben, zum Beispiel auf den Reisen in westeuropäische Länder. Großvaters mehrjähriger Aufenthalt als junger Maler in Paris ist ein Beispiel dafür. Andererseits gab es, vor allem vor dem Ersten Krieg, auch patriotische Stimmungen in der Familie. Es ging die Geschichte vom Großvater um, der sich aus solchem Patriotismus auf der Prachtallee der französischen Hauptstadt heftig blamiert hatte. Der Vater schilderte es so: Zufällig sah der Großvater einen Menschenauflauf in Erwartung einer Militärparade. Er mengte sich unter die Menschen und wurde Zeuge des Vorbeiritts der zaristischen Garde, die anlässlich des Zusammentreffens höchster Würdenträger beider Länder dem Gastland die Ehre gab. Als die Zuschauer der Reiter in den schimmernden Kürassierpanzern ansichtig wurden und in den Ruf »Vive les Russes« ausbrachen, habe der Großvater den vor ihm Stehenden mit dem Stöckchen auf die Schulter geklopft und mit Stolz gesagt: »Non, Monsieur, ils ne sont pas des Russes, ils sont des Prussiens.« Er hatte offenbar die Adlerhelme der russischen Gardekavallerie für preußische Adlerhelme gehalten. Der Vater, immer kritisch gegenüber dem etwas verträumten Großvater, fügte hinzu, man hätte solche

Verwechslung in Anbetracht der Ähnlichkeit der Gardehelme beider Armeen noch verstehen können. Aber die prinzipielle Ahnungslosigkeit bezüglich der politischen Situation, das sei doch auffällig gewesen. Denn seit 1870/71 müsste es jedem Informierten klargewesen sein, dass es keine preußische Garde auf den Champs Elysées geben könne.

Der Zwischenruf des Großvaters, so die Ansicht des Vaters, kam aus einer gespaltenen Vaterlandsliebe. Der Großvater hätte sich die preußische Garde wahrscheinlich deshalb auf die Champs Elysées gewünscht, weil er gegenüber den Franzosen einen sehr besonderen Ehrgeiz verspürte, nämlich als ein Landsmann aus alten Zeiten. Die Familie habe zwar seit dem frühen 19. Jahrhundert in Köln gelebt, stammte aber aus der französischen Stadt Besançon. Von dort, so die Familienüberlieferung, sei der letzte französische Namensträger im Jahre 1793 mit Frau und drei Söhnen in einer Nacht geflohen. Der Vater ging jetzt in historische Einzelheiten, denen der Junge nur mühsam folgen konnte, obwohl er sie spannend fand: Die radikale Partei der Stadt hatte diesen Vorfahr auf ihre Verhaftungsliste gesetzt, weil er zur weniger radikalen Kaufmannschaft gehörte, die ihre Politik gegen die Tendenzen der Pariser Revolutionsregierung und deren Repräsentanten in der eigenen Stadt richtete. Nun, als der Terror auch die Provinzstädte erreichte, musste man mit solchen politischen Ansichten sehen, wie man am Leben blieb. Und der Ururgroßvater, so der Vater, hätte sich entschlossen, über die Grenze in den Südschwarzwald zu gehen, wo er einen Dorfweiler mit seinem Namen gründete, der, so betonte der Vater, noch immer existiere. Zwei der Söhne seien dann die Begründer der Familie in Köln geworden, die sich völlig in das neue Land eingelebt hätten. Aber die französische Sprache hätten alle Nachkommen selbstverständlich sprechen können.

Der Großvater – so fuhr der Vater fort – war als Kunstmaler an der Düsseldorfer Akademie noch in der klassizistischen

Tradition erzogen worden. Wegen des neuen sogenannten impressionistischen Stils ging er vor dem Krieg nach Frankreich. Er war der Weltfremde in der Familie, wie du weißt. Seine beiden Brüder, ein Architekt und ein Ingenieur, waren es nicht. Der eine, der Architekt, ist als Reservehauptmann, hochdekoriert, im Osten gefallen. Er hatte sich vor dem Krieg durch den ersten Preis bei einem Architekturwettbewerb zur Veränderung des Hauptbahnhofs gegenüber dem Dom ausgezeichnet und war vom Kaiser mit dem Titel »Dombaumeister« geehrt worden. Das war ein Titel in Anlehnung an den ersten Baumeister des Doms, Gerhardt von Rile. Der Bahnhof lag, wie die Brücke zum jenseitigen linken Rheinufer, an einer strategisch wichtigen Stelle angesichts der Gefahr eines neuen Krieges gegen Frankreich. Zudem musste man die tektonischen Wirkungen der Eisenbahnlasten einplanen, die Erschütterungen des Terrains durch Munitionszüge. Die Auszeichnung wurde nicht nur in Ehren gehalten, weil ihr Träger früh sein Leben verloren hatte, sondern auch wegen eines komischen Zufalls. Der irische Großvater hätte nämlich zur gleichen Zeit im Dom als Zimmermann geholfen, das Glockengerüst neu zu richten. Bei dieser Gelegenheit passierte es, dass der junge Ire, der sehr gläubig war, mit einem Hammer über einen sozialistischen Zimmermann herfiel und ihm drohte, er würde ihn erschlagen, wenn er nicht zur Heiligen Maria bete. Das klingt völlig verrückt, so der Vater, es ist aber wahr, dass der irische Großvater für einige Zeit im Gefängnis saß. Was genau passiert war, wusste keiner, und deine Mutter wollte nie darüber reden. Aber diese Geschichte ändert gar nichts daran, dass der Großvater ein sehr sympathischer Mann ist.

Der Stolz des Vaters auf die Familie zeigte sich nicht allein bei der Geschichte über den Dombaumeister. Auch der andere Bruder des Großvaters war ihm wichtig. Dieser Brückeningenieur war im Zuge der politischen Neuordnung 1933 prompt seiner Ämter verlustig gegangen. Es war kein Widerstandsakt, der ihn hätte ins Gefängnis bringen können. Er hätte bloß auf die Aufforderung des neuen Parteioberen der Rheinprovinz, sich mit seinen Plänen für sämtliche Brücken vorzustellen, erklärt, seine Sprechstunden seien dann und dann. Das hatte genügt. Da die einzelnen Familienmitglieder das herzlichste Verhältnis zueinander unterhielten, war die Nachricht vom Berufsverlust vor allem bei den Neffen eingeschlagen wie ein Blitz. Besonders bei ihm.

Dass der Onkel seinen Beruf verloren hatte, erklärte der Vater, sei schlimm genug gewesen, aber nicht lebensbedrohlich, da die Gelder der Familie mehr als ausreichten. Das eigentlich Bedrohliche war, dass die Zeit einer Willkür eingesetzt hätte, die das schöne Leben, das sie lebten und weiter leben wollten, veränderte. Darüber konnte man nur innerhalb der Familie und mit einigen der nahen Freunde reden. Nicht etwa, weil es zu diesem Zeitpunkt schon gefährlich war, sondern weil die Leute, die man so kannte, offenbar nichts Anstößiges an solchen Vorfällen fanden, wie sie der Onkel erleben musste. Sie hätten es nicht einmal gemerkt. Man hatte den Onkel nach der schriftlich verfügten Entlassung vorgeladen und über seine politischen Ansichten befragt. Er hatte mit diesen nicht hinter dem Berg gehalten, ohne dabei die gewohnte Vorsicht aufzugeben. Doch für die Vernehmer war der richtige Vogel ins Netz gegangen. Leute mit seinen politischen Ansichten wurden zu diesem Zeitpunkt, wenn sie beamtet waren, reihenweise aus ihren Berufen entlassen. Der Vater fügte noch hinzu, es wäre verständlich gewesen, dass die Leute nicht besonders darüber sprachen, wenn es den Arbeiterparteien an den Kragen ging, das hätte man noch aus der eingefleischten Angst vor sozialen Unruhen und Revolution verstehen können, dass man aber hinnahm, Angehörige aus den bürgerlichen Berufen so behandelt zu sehen, hätte ihn in einen dauernden Alarmzustand versetzt. Seit damals sei ihm klargewesen, dass er sich in diesem neuen Staat unsicher fühlen würde.

Mein unruhiger Zustand, fuhr der Vater fort, wurde durch ein ungewöhnliches Ereignis verschärft. Es war ja nicht so, dass ich die lebenslustigen Wünsche deiner Mutter ganz und gar ablehnte. Ich selbst ging, bevor der Umsturz kam, in flausigen breiten Hosen, die damals in Mode waren, mit Freunden den Tango tanzen und entdeckte dabei deine Mutter, ein junges sechzehnjähriges, sehr schönes Mädchen, das Verkäuferin in einem großen Kaufhaus war. Wir fuhren sogar in die belgische Seestadt Knokke, um dort noch ungestörter tanzen zu können. Das Tangotanzen wurde in Berlin fortgesetzt, wo wir nach der Hochzeit eine Zeit wohnten. Wir besuchten nachmittags Tanzetablissements, wo die neue Musik gespielt wurde: Foxtrott, Jazz und auch der geliebte Tango. Die neue Partei hatte das noch nicht verboten. Häufig trafen wir uns mit einem engen Freund, den ich vom gemeinsamen Wirtschaftsstudium in Köln her kannte, die wegen ihrer wirtschaftlichen Fakultät besonders angesehen war. Einmal hatte dieser Freund seine Verlobte bei sich, und es schien ein schöner Nachmittag zu werden. An diesem Tag im Hochsommer 1934 ist aber etwas passiert, das unser weiteres Leben verändert hat.

Was der Vater nun erzählte, wurde für den Jungen eine Art Urgeschichte des Vaters, die er fast auswendig lernte. Vater, Mutter und die Freunde waren schon einige Zeit beim Tanzen und in Gespräche vertieft, als eine Gruppe von Männern im Schwarzbraun der neuen Uniform der Staatspartei durch die Tür kam. Die fünf oder sechs Männer hatten braune Käppis mit Kinnband auf und an ihren schwarzen Koppeln baumelten Dolche. Obwohl sie schon in einer aufgeladenen Stimmung waren, die vom Alkohol herrührte, gaben sie sich gegenüber der zu ihrem Aussehen in scharfem Kontrast stehenden zivilen Umgebung zunächst zurückhaltend. Sie wählten einen der freien Tische am Rande der Tanzfläche, wo der Ranghöchste eine Runde Bier bestellte. Der Kellner habe sich beeilt, die neue und offenbar seltene Art von Gästen mit sichtbarer Folgsamkeit zu bedienen, jedenfalls standen die gefüllten Biergläser in kürzester Zeit auf dem Tisch. Alles sah zu den neuen Gästen hin. Was waren das für Menschen, die ihre Zusammengehörigkeit durch Uniformen demonstrieren mussten? Merkwürdige Kreaturen, von denen etwas Befremdliches, sogar Gefährliches ausging. Dieses Gefühl habe sich umso stärker verbreitet, weil diese Männer ja keine Eindringlinge von einem fremden Stern waren, sondern aus ihrer Mitte kamen. Viele Menschen wären offenbar über Nacht anders geworden. Den Tanzgästen hätte man angesehen, dass ihnen beim Anblick dieser Uniformen nicht recht wohl war, zumal die Uniformierten nicht bloß miteinander tranken und sprachen, sondern aufmerksam die Tanzfläche musterten, denn es gab eine Reihe hübscher junger Frauen zu sehen.

Als mein Freund und seine Verlobte erneut einen Tanz begonnen hatten, den sie eng umschlungen tanzten, fuhr der Vater fort, passierte etwas Unglaubliches: Einer der Uniformierten, offenbar schon in Bierlaune, ging auf die Tanzfläche, tippte unserem Freund auf die Schulter und sagte – ich saß direkt daneben und konnte es hören –, er solle gefälligst seine Finger von blonden Frauen lassen, oder er könne etwas erleben. Der Vater erklärte daraufhin, dass der Freund einer in Köln seit langem ansässigen jüdischen Kaufmannsfamilie entstammte. Es sei eine Bewegung auf der Tanzfläche entstanden. Nicht alle hätten die Situation sofort mitbekommen, aber plötzlich war eine gespenstische Ruhe im Lokal. Dieser Moment habe den Freund vor der drohenden Situation gerettet, entweder der Aufforderung nicht Folge zu leisten und damit Gewalttätigkeiten auf sich zu ziehen oder einen demütigenden Rückzug anzutreten. Bevor der Freund selbst noch antworten konnte, habe ich, sagte der Vater, vor dem Uniformierten gestanden. Er habe zu diesem nur einen Satz gesagt: Ob er eigentlich wisse, dass er sich in Herrengesellschaft befände. Der Vater liebte es, diesen Satz auch noch zwanzig Jahre später zu wiederholen: Ob er wisse, dass er sich in Herrengesellschaft befände! In dem daraufhin ausbrechenden Tumult kam es zur Schlägerei.

Der Vater hatte sich nicht aus schierer Ritterlichkeit ungeschützt in diese Gefahr begeben, sondern mit einer gewissen Berechnung. Er war zwar, ähnlich wie der Freund, von eher zierlicher Gestalt, aber ein ausgezeichneter Boxer. Er hatte Boxen regelrecht gelernt in der Boxstaffel der Universität bei dem ehemaligen nationalen Champion im Leichtgewicht, einem gewissen Hein Domgörgen. Anstatt, wie die meisten ehrgeizigen Studenten, in einer sogenannten Schlagenden Verbindung anzutreten, hatte der Vater das Gegenteil gewählt. Weil die Familie ja seit jeher aus Kaufleuten und Anwälten bestand, die nichts mit dem Nationalismus der Beamten und Akademiker zu tun haben wollten, hatte der Vater das Studienfach Nationalökonomie gewählt. Das entfernte ihn von nationalistischen Einflüssen. Umso mehr, als er dort mit jüdischen Studenten, von denen es in Köln viele gab, zusammengetroffen war und zwei seiner besten Freunde Juden waren. Der eine stand an diesem Nachmittag neben ihm auf der Tanzfläche. Das Studium hatte den Vater auch dazu geführt, dass er bald nach dem Ersten Krieg für anderthalb Jahre nach Paris ging. Er sollte, so war die Idee seines Professors, eine längere Arbeit über die französische Landwirtschaftspolitik nach dem Krieg schreiben, woraus aber nicht das wurde, was er sich vorgenommen hatte, weil die französischen Behörden ihm nur Stolpersteine in den Weg legten und ihn nicht an die notwendigen Akten ließen.

Der Vater hatte sich in Paris aber trotzdem wohlgefühlt. Auch deshalb, weil er eine Reihe von Leuten kennenlernte, die sich einmal in der Woche am Mittagstisch der Madame

Agache trafen, der Frau eines französischen Architekten, der in Argentinien größere Bauten ausführte. Er war zu dieser Einladung gekommen, weil schon der Großvater dreißig Jahre zuvor häufig bei den jungen Agaches eingeladen gewesen war. An diesem Mittagstisch hatte der Vater auch den Entschluss gefasst, nach Argentinien auszuwandern. Nach Ende seines Pariser Aufenthalts war er nach Spanien gefahren, um von dort nach Buenos Aires zu reisen. Das war zur Zeit der Diktatur des Präsidenten Primo de Rivera, als die Anarchisten laut wurden. Auch hier wieder eine Szene, die der Vater besonders gern mit spanischem Pathos erzählte: Auf der Höhe über Madrid hätte es eine große Christusstatue gegeben mit der Inschrift »Ich bin der Herr«. Eines Tages wäre dieser in schönen Lettern gesetzte Satz durchgestrichen gewesen, und darunter hätte in greller Farbe gestanden: »Und das glaubst du?«

Es waren solche besonderen Bilder, die das, was der Vater erzählte, für den Jungen so einprägsam machte. Der Vater liebte formelartig kurze Sätze, die eine Sache auf den Punkt brachten, ganz unabhängig von ihrem Inhalt. Er freute sich zum Beispiel in der Erinnerung darüber, wie er morgens in seinem kleinen Pariser Studentenhotel in der Rue Dragon, einer Seitengasse des Boulevard Saint Germain, vom Hotelkellner immer mit einem einzigen Satz geweckt worden sei: »Café pour deux, Monsieur?« Aus dem Argentinienwunsch des Vaters war nichts geworden, denn die argentinischen Behörden hatten wegen der Wirtschaftslage strikte Einwanderungsbeschränkungen herausgegeben. Der Vater blieb für ein Jahr noch in Madrid, sich mit Sprachstunden durchschlagend. Jedenfalls hatten die Aufenthalte in Paris und Madrid seinen Blick auf die Welt verändert. Er hatte Französisch und Spanisch gelernt.

Kurzum, es galt nun, dem Uniformierten entgegenzutreten. Der durch die Beleidigung Ergrimmte, der sich auch vor seinen Kameraden glaubte bewähren zu müssen, habe versucht, ihn, den offenbar nicht so Kräftigen, mit schierer Körperkraft zu besiegen. Er wollte ihn mit den Händen fassen und über die Tische schleudern, sozusagen Kleinholz aus ihm machen, aber er hatte nicht mit dem Geschick des Vaters gerechnet. Nach kurzer Zeit war der Uniformierte, sagte der Vater, schwer getroffen und hätte heftig im Gesicht geblutet. Er war so zugerichtet, dass er mit einer drohenden Geste aufgab. Die Kameraden des Uniformierten hätten nicht eingegriffen und nichts getan, um die für sie alle blamable Situation zu ändern. Inzwischen hätte der Oberkellner die Polizei alarmiert, die mit zwei vollbesetzten Wagen eingetroffen sei. Obwohl die Polizei zu diesem Zeitpunkt schon von einem der höchsten Parteivertreter kommandiert wurde, funktionierte sie noch immer als quasi neutrale Ordnungsmacht. Keiner wurde festgenommen. Der Vater fuhr fort:

Das glimpfliche Davonkommen, nicht zuletzt das Ausbleiben jeder nachträglichen Untersuchung, könnte damit zusammengehangen haben, dass es zwischen dem Führer aller Deutschen und dem obersten Chef der Uniformierten zu einem Zerwürfnis gekommen war, das darin endete, dass viele der SA-Anführer erschossen wurden und diese Organisation nie mehr das Gewicht bekam, das sie noch Anfang der dreißiger Jahre hatte. Das hätte ihn damals aber nicht beruhigt, denn von solchem politischen Hintergrund wusste er zum Zeitpunkt der Schlägerei nichts. Ganz im Gegenteil, ihm sei seit diesem Zwischenfall unwohl in Berlin gewesen, und er hätte daran gedacht, nach Köln zurückzukehren. Aber so weit war es noch nicht. Die Mutter sei seit den Probeaufnahmen für den Film überzeugt davon gewesen, dass sie in die Hauptstadt gehöre, die voller Lichter und Musik war. Sie hatte, davon war der Vater überzeugt, den Zusammenstoß zwischen ihm und dem Uniformierten eher als einen Ehrenhandel angesehen, bei dem ihr Mann eine wunderbare Figur abgegeben hatte. Schon einmal war es zu einem Zwischenfall gekommen, der ähnlich hätte ausgehen können. An der Toilettentür eines großen Hotels hatte ein ehemaliger Corpsstudent den Vater an der Schulter gerempelt, ihn dann mit der Frage traktiert, ob er seine Visitenkarte sehen könne. Was diese Frage wirklich bedeuten sollte, wäre nicht eindeutig gewesen. Wollte der Angeber sich mit ihm duellieren? Der Vater ließ ihn einfach stehen.

Hinzugekommen war ein weiterer Zwischenfall, der auch die Mutter erschreckt hatte und dem Fass den Boden ausschlug. Eines Tages sei die für einige Tage in die Hauptstadt angereiste rheinisch-irische Großmutter mit dem Jungen, gerade zwei Jahre alt, außer sich nach Hause gekommen, weil ein braun Uniformierter sie angeherrscht hätte, sie solle gefälligst dem gestikulierenden und laut redenden Enkel im Kinderwagen das Maul stopfen, diesem Judenbengel. Die dunklen, langen Haare des Zweijährigen waren für den Uniformierten wohl ein zusätzlicher Anstoß. Aber der Enkel sei doch gar nicht jüdischer Abstammung, soll die fromme Großmutter ausgerufen haben. Das habe sie nicht aus Animosität gegen das Jüdische gesagt, sondern um allem, was recht und billig sei, Ausdruck zu verleihen. Gegen die Willkür des Uniformierten, gegen seine Brutalität, müsse man doch etwas tun. Ihn anzeigen! Er, der Vater, habe der alten Katholikin, die selbst in der protestantischen Hauptstadt jeden Morgen in die Frühmesse ging, erklärt, das Jüdische oder Nichtjüdische mache bei dieser Sache doch überhaupt keinen Unterschied. Es beweise nur, wie weit die Entwicklung schon gediehen sei. Als der Junge diese seltsame Geschichte vom Vater hörte, wusste er genau, dass das Wort Jude auf etwas Furchtbares hinwies. Bald darauf gingen die Eltern mit ihm zurück nach Köln.

Die Ereignisse hätten ihn aber auch in der Heimatstadt eingeholt, erzählte der Vater weiter. Das habe damit begonnen, dass kurz nachdem er und die Mutter sich dort neu eingerichtet hatten, die Stadt ihren Charakter einer militärisch neutralen Zone verlor und Truppen des Reichsheers wieder in die rheinische Garnison einzogen. Die Mehrheit der Bevölkerung habe das nur recht und billig gefunden. Er habe es auf die Dauer auch für unausweichlich angesehen, wenngleich auch als bedrückend. Denn jetzt war auf den öffentlichen Plätzen das Schauspiel der Armee zu bewundern, während er ja gerade deshalb die Hauptstadt verlassen hatte, um solchen Zeremonien zu entgehen.

Aber es hatte auch ganz andere Zeremonien gegeben, die den Jungen, jetzt sechs Jahre alt, sehr bewegten. Das war zum Beispiel in jedem Spätherbst der Martinszug. Sankt Martin wurde hier seit fränkischer Zeit als Heiliger verehrt. Martinus hieß der römische Hauptmann, der dem Bettler die Hälfte seines Mantels vom Pferd hinunterreichte. Nun kam er wieder auf einem weißen Pferd dahergeritten, bedeckt mit Helm und rotem Mantel und umgeben von vielen in allen Farben und Mustern leuchtenden Papierlaternen, die die Kinder trugen. Dazu hatten sie das Martinslied gesungen, dessen wunderbar anschwellende Melodie ihn so gerührt hatte, dass er vor Glück weinen musste. Überhaupt hatte in Köln der Winter angefangen und die langsam heranrückende Weihnachtszeit – es war die letzte vor Kriegsausbruch – mit so viel bunten Sehenswürdigkeiten in den Schaufenstern und in den Kirchen, dass er aus der Betrachtung von all dem gar nicht herausgekommen und von all diesem Lichtgefunkel und Silberglitter ganz benommen war. Besonders, wenn der Abend kam und die Straßen so vorweihnachtlich erschienen. Als er während dieser Wochen dann noch ein Theaterstück zu sehen bekam, in dem ein kleiner Junge zum Mond flog und wo es richtig schneite, sobald der Vorhang aufging, war endgültig die Christkindzeit angebrochen. Auch der Adventskalender mit seinen vierundzwanzig Türen war jeden Morgen ein Ereignis, wie wenn im Theater der Vorhang aufging. Hier in Köln kam das Christkind und nicht bloß der Weihnachtsmann. Und dessen Lieder waren noch schöner und ergreifender als das Lied von Sankt Martin.

Er hatte diese Zeit des Advents ähnlich erlebt wie später die Passionszeit. Noch war er nicht Messdiener gewesen, das Kirchenjahr noch eine märchenhaftere Erinnerung. Besonders aufregend, das hatte er nicht mehr vergessen, waren die Abende des Sankt Nikolaus, die er immer bei dem irischen Großvater verbracht hatte, auch bevor er richtig bei ihm wohnte. Nikolaus erschien wirklich wie direkt vom Himmel geschickt. Jedenfalls hatte er das damals geglaubt, und zwar deshalb, weil Nikolaus in seiner alten majestätischen Gestalt mit einer Mitra und dem goldenen Gewand erschienen war, nicht bloß als Weihnachtsmann mit roter Kapuze. An seiner Seite schlich der unheimliche Knecht Ruprecht oder, wie es auf rheinisch hieß, Hans Muff. Eine furchterregende pechschwarze Gestalt, halb Affe, halb Wolf, mit heraushängender roter Zunge und einem ekelhaften Schwanz. Seine drohenden Handbewegungen ließen alle Kinder erstarren. Die Ansprache von Nikolaus an jeden Einzelnen war wie die Eröffnung des letzten Strafgerichts gewesen. Nachdem das Sündenregister des letzten Jahres vom heiligen Bischof aus einem Buch vorgelesen war, blieb ja nur eine furchtbare Strafe zu erwarten, die in Hans Muffs Gestalt sich ankündigte. Der Schrecken der Kinder war grenzenlos, und sie steckten sich hierin gegenseitig an, je größer die Phantasie des einzelnen war.

Die des Jungen war jedenfalls enorm, ganz im Unterschied zu seinem Vetter, dem Sohn der Schwester der Mutter, die auch im Hause des irischen Großvaters wohnten. Diese Tante hatte einen ganz anderen Charakter als die Mutter: Sie war immer ungeschminkt, nach außen hin sehr kirchengläubig, sehr hausfraulich und als Mutter immer da. Es gab bei ihr keinerlei Neigung für etwas, das außerhalb des Alltäglichen und Selbstverständlichen lag. Ganz im Unterschied zu ihrem

Mann, einem mittleren Bankangestellten mit religiösen Ambitionen, der an den Papst Briefe schrieb. Dieser hatte seinen Freund, einen gelehrten Kaplan, gebeten, für die Kinder einen richtigen Nikolaus vorzutäuschen. Der Junge war von Erscheinungen wie dem Heiligen Nikolaus ganz verwandelt und sprach auch mit keinem anderen Jungen, der an den Nikolaus nicht glaubte. Es war eine wirkliche Erlösung von großer Furcht gewesen, wenn am Ende des aufregenden Abends des 5. Dezember der Heilige Nikolaus es bei Ermahnungen beließ und Geschenke von so überraschender Vielfalt verteilte, dass sie für jeden Einzelnen das Richtige zu sein schienen. Ein solches Wunder konnte nur von himmlischen Händen vorbereitet werden.

Aber Nikolausabend war ja nur das Vorspiel zum Heiligen Abend. Nur eine Vorbereitung, weil das Christkind ein so viel höheres Wesen als der heilige Bischof war. Alle Kinder der Umgebung des Hauses des irischen Großvaters glaubten damals an das Christkind, für den Jungen war das Christkind der höchste Engel. Dass es das heilige Kind in der Krippe sei, wäre ihm nicht in den Sinn gekommen. Das Christkind war kein Kind, das in Windeln lag. Es war das überirdische Wesen, das er, wenn er in das nur von den Kerzen des Weihnachtsbaums beleuchtete Zimmer trat, zu erblicken glaubte, im Schein der Kerzen, der sich spiegelte in silbernem Lametta und silbernen und roten Kugeln. Es war für ihn ein weiblicher Engel von ungewöhnlicher, fremdartiger Schönheit. Einmal hatte er diesen Engel vor sich gesehen und, obwohl er erst sechs Jahre alt war, sich in ihn verliebt. Als er in die Volksschule gekommen war, hörte er andere Jungen zur Adventszeit vom Weihnachtsmann reden. Sie kannten kein Christkind. Der Weihnachtsmann war der Mann mit roter Kapuze, der ein Geschenk in den Strumpf legte, den man am ersten Weihnachtsmorgen fand.

Für ihn war die Adventszeit eine von Sonntag zu Sonntag

sich steigernde Atmosphäre der Erwartung gewesen und eines Zaubers, in den er sich immer mehr hineingedacht hatte. Dabei hatten die Melodien der verschiedenen Advents- und Weihnachtslieder eine ganz besondere Bedeutung. Es gab die langsam getragene Melodie von »Stille Nacht, heilige Nacht« und »Leise rieselt der Schnee«, aber auch das sehr schöne und geheimnisvolle Lied »Maria durch ein Dornwald ging«. Im Gegensatz dazu die rhythmisch bewegten Strophen von »Morgen, Kinder, wird's was geben«, die er besonders gerne hörte. Obwohl die Worte der langsamen Lieder auch ihn selbst in den Zustand einer langsamen Bewegung, in den Zustand einer gewissen Versunkenheit versetzten, hatte er für die schnellen und beschleunigten Lieder eine ihm erst noch verborgene, dann aber immer stärker hervortretende Vorliebe gehabt: Der Refrain »Heissa! Heut' ist Weihnachtstag!« entzündete einen dramatischen Impuls, der auf etwas gewartet hatte. Das schöne, altmodisch klingende Wort »Heissa« war für ihn das Ereignis, das nun gekommen war, ein leuchtendes Zeichen. Nicht das Fröhliche daran, sondern das Heftige zog ihn an.

Das Allerwichtigste am Heiligen Abend und der Zeit davor aber war, dass die normale Zeit in eine nichtnormale Zeit, in eine andere Zeit versetzt wurde. Er wusste, dass es eine andere Zeit war. Das Öffnen der Fenster im Adventskalender hatte manchmal nur einfache Dinge zum Vorschein gebracht, manchmal dagegen waren es Überraschungen. Aber unabhängig davon, was sich hinter den Fensterklappen verbarg, war ihm beim Öffnen der Fenster immer die Erwartung entstanden, dass etwas Geheimnisvolles sich ereigne.

Zur Erzählung des Vaters gehörte auch, wie dieser einige Zeit, bevor der Krieg richtig ausbrach, mit Freunden über den drohenden Krieg gesprochen hatte. Dass der Diktator darauf aus war und die Weltmächte nichts dagegen unternehmen würden. Der beste Freund, der ähnliche Ansichten teilte, war der Bruder des Vaters gewesen. Der war ein sehr eleganter Mann mit knappgeschnittenen schwarzen Haaren und einem Oberlippenbart. Er hatte den Vater und ihn selbst einmal zum Frühstück eingeladen und in seinem dunkelblauen Pyjama und einem phantasievoll gemusterten Morgenmantel und ledernen Slippern die Tür geöffnet. Der Bruder war der Ältere, damals noch Junggeselle. Es hatte den Jungen beeindruckt, dass man das Frühstück mit Messer und Gabel zu sich nahm und der Tee immer in zwei Kannen bereitstand. Es hatte auch Champagner für die beiden Brüder gegeben. Die Wohnung des Onkels hatte wegen der exotischen Kunst, die er sammelte, etwas Besonderes an sich. Er war nicht Künstler wie der Großvater, sondern Direktor eines großen Kaufhauses, das im Ausland Niederlassungen gründete, für die er auch verantwortlich war. Übrigens war er der Lieblingssohn der Großmutter, die nie aufhörte sich zu ereifern, dass der Vater ein so einfaches Mädchen geheiratet hatte.

Der Bruder des Vaters kannte auch den beim Tanztee angegriffenen Freund des Vaters. Bei ihrem Besuch kam die Rede manchmal auf diesen Vorfall. Früher, erzählte der Vater, war zu diesen Treffen auch Allo, der Studienfreund, gestoßen, den er später eines Nachts mit dem Auto an die Grenze nach Frankreich gebracht hatte. Der Freund stammte aus einer erzkatholischen Familie. Seine beiden Schwestern waren Nonnen geworden, während er selbst sich schon früh der radikalen Arbeiterpartei anschloss. Deshalb hatte ihn die Polizei gesucht, und er hatte sich für einige Wochen im Stadthaus der Eltern des Vaters versteckt gehalten, bis auch das zu gefährlich wurde. Dem Freund war es in Paris gelungen, als Redakteur in der Wirtschaftsredaktion der wichtigsten kommunistischen Zeitung eine Anstellung zu finden, weil er gut französisch sprach. Die Brüder hätten aber die Kritik des Freundes an der alten Regierung vor dem Umsturz falsch gefunden. Der Vater hatte den Freund bald in Paris besuchen wollen, um mit ihm über ihre gegensätzlichen Ansichten zum Wirtschaftssystem zu reden. Das Wort »Wirtschaft«, das wusste er längst, hatte einen doppelten Sinn. Meistens bedeutete es ein Gasthaus, aber im Munde des Vaters immer etwas anderes. Jedenfalls seien er und der Bruder sich einig darin gewesen, dass die Ansichten ihres Freundes über Wirtschaft grundfalsch seien. Der Bruder des Vaters sowieso und der Vater auch, weil er, wie er sich ausdrückte, dafür »zu bürgerlich« sei. Er merkte sich diese Redewendung des Vaters. Bürgerlich – das war wohl die Familie, das schöne Haus der Großeltern, der Lateinunterricht und die Erzählungen von Frankreich. Alles, was ihm gut gefiel. Als die Eltern einmal nach Paris gefahren waren, und er beim irischen Großvater bleiben durfte, erhielt er von ihnen eine Ansichtskarte von einem Kirchturm, aus dem eine riesige Teufelsfratze ragte. Das war ein unvergesslicher Anblick. Er hatte sich daran nicht satt sehen können. Das Gesicht sah nicht wie der Teufel der Sagen aus. Dafür war alles an ihm viel zu ausgebildet in einer Schärfe, die kunstvoll wirkte und deshalb auch das Gesicht nicht nur schrecklich, nicht nur abschreckend, sondern auch geheimnisvoll machte. Deshalb hatte er lange über den Teufel nachgedacht, denn so sah er aus, wie die Großmutter ihm klipp und klar erklärte: eine Fratze mit Hörnern, die aus dem Kirchturm drohte.

Was er nicht verstand. Wieso war das Teufelsgesicht an diesem Kirchturm? Die Kirche gehörte zum Himmel, der Teufel in die Hölle, tief unten. Er hatte gehört, dass es Menschen gab, die nach ihrem Tod nicht in den Himmel kamen. Aber auch nicht direkt in die Hölle, sondern in das Fegefeuer, also dorthin, wo sie von den Sünden gereinigt würden. Dazu gehörten die Evangelischen. Es gab unter den Jungen, mit denen er auf der Straße schon gespielt hatte, bevor sie die Granatsplitter sammelten, solche Evangelischen. »Ich bin evangelisch«, hatte er sie sagen hören. Und sie hatten ihm leid getan, denn sie kamen ja nicht direkt in den Himmel oder sogar überhaupt nicht. Dass sie nur darin so anders gewesen waren als er selbst, das hatte seine Gedanken sehr beschäftigt. Denn es war eigentlich doch nicht zu verstehen. Sie waren doch wie er. Es war unheimlich.

Noch unheimlicher war ein anderer Unterschied geworden, den er etwa zur gleichen Zeit, also noch vor dem Krieg, aufgedeckt hatte. Als er mit seinem blauen Wipproller in einen entfernteren Stadtteil gefahren war und an der Wohnungstür der Frau schellte, die zweimal die Woche zum Putzen kam, hatte keiner aufgemacht. Es war in einem Hinterhaus, das ziemlich dunkel war. Plötzlich hatte er gemerkt, dass die Tür nur angelehnt war, sodass er eintreten konnte. Er erblickte eine Gestalt in der Küche. Es gab nur diese Küche und ein Nebenzimmer. Ein Geruch von altem, gekochtem Essen war ihm in die Nase gedrungen. Und noch ein anderer, scharfer Geruch. Jetzt erkannte er die Frau, die wöchentlich der Mutter half. Aber sie war es nicht, worauf er blicken musste, sondern auf das kleine halbnackte Kind, das sie so hielt, dass es in die Ritzen des Holzbodens der Küche sein Pipi machen konnte. Unheimlich war, dass das Kind überhaupt kein Schwänzchen hatte. Ein schrecklicher Anblick! Hatte man ihm das abgeschnitten? Er hatte genau hingeschaut und sogar die Wunde gesehen, die zurückgeblieben war. Als er zu Hause der Mutter seine Entdeckung erzählte, hatte diese ihm gesagt, dass das Kind ein Mädchen sei und kein Mädchen ein Schwänzchen hätte. Es wäre nicht abgeschnitten, Mädchen hätten es von Geburt an nicht. Das war ein Unterschied, der ihn noch mehr in Gedanken versetzt hatte als der Unterschied zwischen Evangelischen und Katholiken. Wie konnte so etwas geschehen? Dass die Putzfrau ihr Kind auf den Holzboden pinkeln ließ, war dagegen leicht zu verstehen.

Bei seinen Streifzügen, meistens alleine, war er in Viertel gekommen, die er noch nie gesehen hatte, von denen er nicht einmal wusste, dass sie existierten. Es waren nicht die ländlichen Gegenden, wo er später mit den Zigeunerjungen kämpfte. Die Häuser waren viel größer, die Straßen voll von Autos und Straßenbahnen und die Trottoirs voller Menschen. Und es gab unendlich viele Schaufenster, gar nicht zu vergleichen mit der viel grüneren Wohngegend der Eltern, wo es nur gelegentlich ein Schaufenster gab. Hier hatte er häufig die roten Fahnen mit dem schwarzen Kreuz im weißen Kreis gesehen. Die Fahnen waren entweder an großen Gebäuden befestigt oder hingen manchmal auch aus privaten Wohnungsfenstern vorne heraus, manchmal hatte er sie auch an einer Straßenbahn gesehen. Damals wusste er noch nicht das, was der Vater ihm im letzten Jahr des Krieges erzählt hatte. Bei den Frühstücksbesuchen beim Bruder des Vaters hatte er aber so viel verstanden, dass er beim Anblick der Fahnen wusste, dass sie mit dem zu tun hatten, was der Vater und der Onkel und der Freund, der nach Paris gegangen war, nicht wollten. Das Rot, Weiß und Schwarz drückte ebenso wie die Zacken des Kreuzes etwas besonders Gefährliches aus. Es waren ganz andere Farben als die, die er in der Kirche sah und die er so schön fand. Aber mehr hatte er sich nicht dabei gedacht. Die Schaufenster zeigten viel interessantere Dinge. Von der Spielzeugeisenbahn, den vielen Schienen, die sich kreuzten und auch überbrückten, konnte er gar nicht genug kriegen! Und dass die Bahnen tatsächlich immer haarscharf aneinander vorbeifuhren.

Ein völlig anderes Vergnügen waren die Spielsoldaten. Es gab grüne Soldaten, die einen Helm mit einer Spitze darauf hatten, und solche, die stattdessen einen langgezogenen Nackenschutz trugen. Einige standen in Gräben mit Stacheldrahtverhau davor. Entweder waren sie in liegender Stellung zu sehen und hatten die Hände an Maschinengewehren. Das Wort kannte er schon damals. Andere standen in der Bewegung, eine Handgranate zu werfen. Einige hatten Bajonette an ihren Gewehren, die sie gegen den Feind richteten. Andere hatten das Gewehr in bloßem Anschlag. Wieder andere richteten das Feuer ihrer Flammenwerfer in Richtung der Feinde. Die Feinde waren an ihren blauen Uniformen und blauen, länglichen Helmen oder an bräunlichen Uniformen mit flachen Rundhelmen zu erkennen. Die grünen Soldaten waren umgeben von Befehlsständen, Laufgräben und Geschützstellungen, an denen weitere Soldaten knieten oder standen, je nachdem, ob sie Granaten aus den Kisten holten oder durch die Richtungsgläser der Kanonen schauten. Die einfachen Soldaten waren von den Offizieren deutlich zu unterscheiden, vor allem durch die weißen oder silbernen Schulterklappen, manchmal auch durch das schwarzsilberne Kreuz, das sie an der rechten Brusttasche trugen. Es gab auch ganz hohe Offiziere, die General hießen. Einer von ihnen hatte auch einen Namen: Mackensen. Im Unterschied zu allen anderen trug er eine Bärenfellmütze, und die Aufschläge seines Mantels hatten eine rote Farbe. Diese Spielzeugarmee war etwas ganz anderes als die Zinnsoldaten, die ihm eine Großtante kurz vorher geschenkt hatte, oder die Ritterburgen mit ihren Zinnen und Zugbrücken. Sie gehörte wirklich zum Krieg, von dem der Vater und der Onkel gesprochen hatten. Auch früher hatte es schon richtige Kriege gegeben, Kriege wiederholten sich. Das hatte er gewusst, seitdem er in einem Album mit Zigarettenreklamen viele kleine Bilder aus sehr alten Zeiten gefunden und dabei vor allem Schlachtdarstellungen betrachtet hatte. Reiter hoch zu Ross mit gezogenem Säbel, aber auch Fußsoldaten mit Federhüten in langer Linie, alle in blauer Farbe mit roten Streifen. Der König hieß Friedrich.

Insofern hatte er in den Spielsoldaten im Schaufenster Abbildungen von etwas erblickt, das ihm, seitdem die Erwachsenen das Wort Krieg benutzt hatten, wie eine neue Wirklichkeit vorkam, die seine Phantasie zu beschäftigen begann. Es gab unter den höheren Offizieren auch solche, die keine Uniform wie die anderen anhatten, sondern braune Hemden mit einem Lederriemen über der Brust und schwarze Hosen. Der höchste von ihnen hatte die Hand hochgehoben. Wenn er von diesen Ausflügen nach Hause zurückkam, hatte er ganz unterschiedliche Eindrücke gesammelt, die ihn tief beschäftigten. Sie sammelten sich zu inneren Bildern. Bilder, denen er manchmal lange nachhing und die ihm gegenwärtiger waren als das, was die Erwachsenen sagten. Wie riesengroß die Stadt sich außerhalb seiner eigenen Straße ausdehnte und wie verschieden das Äußere der Häuser und der Hausreihen war, das hatte auch zu den neuen Bildern gehört.

Einmal passierte etwas, das er sich nachträglich gar nicht mehr erklären konnte. Er erinnerte sich deshalb genau an diesen Tag. Beim Betrachten der interessanten Schaufenster mit all den verschiedenen Spielsachen vergaß er seinen blauen Wipproller mit dem gelben Schild und einem Engel darauf. Erst nachdem er schon etwa fünf Minuten weitergegangen war, bemerkte er, dass er den Roller stehen gelassen hatte. Eigentlich war ihm dieser sehr wichtig, und deshalb war sein nun folgender Entschluss im nachhinein völlig unverständlich. Er hielt nämlich einen ihm entgegenkommenden, ziemlich ärmlich gekleideten gleichaltrigen Jungen an und sagte zu ihm: »Da vorne steht irgendwo ein blauer Wipproller vor dem Schaufenster, den kannst du dir nehmen. Ich will ihn nicht mehr.« War er zu faul gewesen, zurückzugehen? Er hatte keine Ahnung, ob der Junge den Roller gefunden und an sich genommen hatte. Jedenfalls kam er ohne Roller nach Hause zurück. Die Mutter merkte zunächst nichts, da der Roller immer im Keller untergebracht wurde, aber dem Vater fiel nach einer Woche auf, dass der Roller nicht mehr da war. Erst versuchte er zu lügen und behauptete, der Roller sei bei einem Freund. Allmählich aber kam heraus, was wirklich passiert war. Dass er den Roller nicht bloß verloren, sondern dass er ihn verschenkt hatte, unter ganz unglaublichen Umständen! Der Vater, der ihn niemals züchtigte, verabreichte ihm zum ersten Mal eine Tracht Prügel. Er war so außer sich über sein Benehmen, dass er tagelang nicht mit ihm sprach. Als er dann zu erforschen begann, was er sich dabei gedacht hätte, fiel ihm keine richtige Antwort ein. Der Vater war sehr besorgt. Und auch er selbst konnte es nicht mehr vergessen. Es blieb wie ein böser Traum in seiner Erinnerung.

So langsam hatten der Vater und sein Bruder gemerkt, dass Freunde für immer weggingen, an deren Leben sie nun nicht mehr teilnehmen konnten. Der Zusammenhalt aber mit den Leuten, die sie täglich sahen, fehlte immer mehr. Sie hatten sich ausgeschlossen gefühlt von dem gewaltigen Aufbruch, der im Lande vor sich ging, von dem so viele Menschen irgendwie ergriffen sprachen. Sie konnten das nicht begreifen. Ihr Denken war ganz in der bürgerlichen Tradition verankert, nicht in den neuen Ideen. Zur Familie gehörte nicht nur, was diesem und jenem zustieß, etwa dem Bruder des Großvaters, der seinen Beruf verloren hatte. Dazu gehörten die gemeinsamen Feste, die Besuche, die man einander machte und bei denen man wiederum von vergangenen Besuchen und Festen sprach.

Bei diesen Besuchen hatte sich der Junge oft gelangweilt. Das Langweiligste waren die Stunden der Wochenendausflüge in die schöne ländliche Umgebung rheinaufwärts gewesen, die der Vater und die Großeltern so liebten. Sie unterhielten sich dann über die Geschichte der Gegend zwischen Mosel und Nahe und über verschiedene Weinsorten. Er war erst glücklich, wenn es ihm gelungen war, den Kreis der Erwachsenen, die im Dorfgasthaus zusammensaßen, zu verlassen und sich für eine Stunde wegzuschleichen, um in einer der Scheunen nach verborgenen Hühnernestern zu suchen oder die immerfort fressenden Kühe zu beobachten. Das war etwas ganz anderes!

Dabei passierte es einmal, dass er durch einen Heuboden

in die darunterliegende Jauchegrube fiel, die so tief war, dass er immer mehr versackte, allmählich bis zum Kinn. Er hatte früh genug um Hilfe geschrien, und ein Knecht, der im Kuhstall beim Melken war, hörte das, kam gelaufen und zog ihn an einer Bohnenstange, die er ihm entgegenstreckte, heraus. Die Bauern wussten nicht, wer er war, und er musste sagen, wo die Eltern wären. Eigentlich hatte er das nicht sagen wollen, aber es half ja nichts. So trat er also jauchedurchtränkt in die Wirtsstube und verursachte eine riesige Aufregung. Bestraft wurde er nicht. Zu groß war der Schrecken der Erwachsenen gewesen. Man stellte sich vor, der Junge wäre in der Jauche untergegangen, und keiner hätte es bemerkt.

Was am meisten zur Familie gehörte, war die Stadt selbst. Darüber hatten Vater und dessen Bruder immer wieder gesprochen. Sie wussten ganz genau, welche neuen Lokale aufgemacht wurden und welche Pläne zur Modernisierung der uralten Stadt vorgelegt wurden. Sie kannten jeden Platz und die noch so kleinste Straße in der Altstadt. Hier lag das Gymnasium, wo beide Brüder ihr Abitur gemacht hatten. Sie nannten die uralte romanische Kirche, von der das Gymnasium seinen Namen hatte. Die großen architektonischen Veränderungen der Stadt hatten schon eine Epoche davor stattgefunden, als man den mittelalterlichen Mauern entlang den großen Boulevard anlegte, der die Stadt im Kreis umschloss, von wo aus an den jeweiligen Stadttoren die Straßenbahnen in die neuen Viertel fuhren, auch in das Viertel des irischen Großvaters. Wie sehr liebten der Vater und sein Bruder diese Stadt!

Es war in jener Zeit vor dem Krieg gewesen, dass dem Jungen die unbekümmerte Lebensweise der Mutter aufgefallen war. Sie trällerte ihre Lieblingsschlager und lud, wenn der Vater weg war, am Sonntag ihre beste Freundin ein, und die beiden Frauen verbrachten den Morgen im Bett mit Süßigkeiten und Cognac und den neuesten Platten. Er hatte manchmal auch zu ihnen ins Bett gedurft und zum Gelächter der beiden jungen Frauen den Busen der Freundin neugierig erblickt und angefasst. Sie hatten überhaupt eine merkwürdige Art gehabt, über Dinge zu sprechen, deren Sinn er nicht verstand. Das bedrückte ihn. Eine Stimmung der Verlassenheit hatte sich um ihn gelegt. Es war dieselbe wie die, wenn die Mutter abends ihre hochhackigen modischen Schuhe trug, dass es nur so knallte auf dem Wohnungsboden. Jetzt würde sie noch ausgehen. Das geschah immer, wenn der Vater nicht nach Hause kommen konnte.

Es war wohl so gewesen, dass der Mutter des Vaters Reden über den Krieg und über die Regierung nicht deshalb gegen den Strich gegangen waren, weil sie dazu nichts hätte sagen können, sondern weil ihr dadurch die gute Laune verdorben wurde. Sie hätten nicht zueinander gepasst, sagte der Vater, weil die Zeit so war, dass Menschen, die nicht zueinander passten, dies sehr viel schneller merkten, als wenn die Zeit anders, normaler gewesen wäre. Es sei so, als ob etwas von außen eindringe, weil das Innere der beiden, das nicht zueinander gehörte, nichts Äußeres abwehren konnte. Der Vater erklärte ihm, dass die Unruhe von außen zu der Unruhe hinzukam, die schon in ihnen gewesen war. Für ihn, so behauptete der Vater, sei das schwerer gewesen als für die Mutter, denn er hatte nichts besessen, das ihn von den Gedanken, die ihn beschwerten, abgelenkt hätte. Die beiden besten Freunde waren schon eine ganze Weile nicht mehr da. Andere waren, obwohl sie eigentlich dagegen waren, der neuen Partei beigetreten. Das sei, hätten sie erklärt, aus Berufsgründen unvermeidlich gewesen.

Besonders im Falle eines der Freunde aus den schönen Jahren wäre es eine Enttäuschung gewesen, die zu heftigen Auseinandersetzungen zwischen der Mutter und ihm geführt hätte. Wenn dieser Freund zu Besuch gekommen war, hätte sich die Mutter immer auf dessen Seite gestellt. Es ging nicht nur um die Karriere, sondern um eine Art Wohlwollen gegenüber der Regierung. Dieser Freund hatte die strikte und immer drohender werdende Rede des Vaters absolut verkehrt gefunden. Wenn er so weiterrede, so der Freund, würde er sich und die Familie noch in Schwierigkeiten bringen. Diese Art der Kritik, hatte der Vater daraufhin gesagt, sei das, was ihn verrückt mache, dass immer mehr und überall und offensichtlich auch bei seinem Freund das, was die Regierung machte, selbstverständlich hingenommen werde! Solche Auseinandersetzungen hätten meist damit geendet, dass dieser Freund erregt weggegangen sei, während die Mutter dem Vater weiterhin zusetzte, wie er so unverantwortlich daherreden könne. Wenn sie dann allerdings eine Platte auflegte – das erinnerte der Junge noch –, kam es vor, dass der Vater trotz allem Streit aufstand und mit der Mutter tanzte. Der Junge hatte dann gemerkt, dass der Vater die Mutter noch immer mochte. Aber das hatte nichts an seinem Gefühl der Verlassenheit geändert.

Bei den Erinnerungen des Vaters fielen dem Jungen jene Abende wieder ein, wenn auch undeutlich. Das lag nun schon sechs, sieben Jahre zurück. Was davor gewesen war, als sie noch in Berlin lebten, daran hatte er überhaupt keine Erinnerung. Nur die, dass es eine schöne Wohnung gewesen war mit braunen Holzwänden und einem großen grünen Kachelofen. Es waren die Farben des Holzes und des Kachelofens, die er noch immer vor sich sehen konnte.

Er hatte sich endgültig an die Trennung der Eltern gewöhnt und wurde nicht mehr traurig, wenn der Vater durchblicken ließ, dass die Mutter ihm fremd geworden sei. Er hatte jetzt ja beide, den Vater wieder in der Heimatstadt, die Mutter im Rheinischen jenseits des Flusses. Die Geschichte des Vaters, die Geschichte über die Herkunft der Familie aus Frankreich, vor allem aber die Geschichte von dem Zusammenstoß mit dem Uniformierten prägte er sich von da an ein. Dazu kam auch die Gewissheit, dass der elegante Bruder des Vaters wohl nicht mehr aus dem Krieg zurückkommen würde. Die Großmutter konnte das nicht verwinden. Man sah es ihr an. Der Bruder des Vaters war in ein sogenanntes Strafregiment eingewiesen worden, nachdem er abgelehnt hatte, die Unterlagen über die jüdischen Angestellten der Firmen in Holland, denen er vorstand, sofort an die Behörden herauszugeben. Der Bruder hatte dort schon vor dem Krieg Geschäfte gemacht und fühlte sich besonders wohl in Amsterdam. Eines Tages, nachdem die deutsche Armee die Stadt schon über ein Jahr besetzt hatte, war die Polizei in seinem Büro erschienen und hatte die Übersicht über alle Namen der Mitarbeiter verlangt. Der Bruder wusste wohl sofort, was das bedeutete, und hatte versucht, es abzuwenden. Daraufhin wurde er festgenommen, und nach wenigen Tagen Haft kam er ohne jede militärische Ausbildung nach Russland, wo er bald fiel. Darüber hatten die Behörden den Vater jetzt informiert, der zuerst, um seine Mutter nicht aufzuregen, über den Hintergrund des Todes des Bruders nicht gesprochen hatte. Jetzt aber sprach er auch darüber. Nachdem er wusste, dass sein Bruder tot war, konnte er die Geschichte erzählen.

Mit dem Ende des Bruders hörte der Junge ein weiteres Kapitel von der Geschichte, die der Vater zur Politik der letzten Jahre erzählt hatte. Es berührte ihn nicht persönlich. Dafür war die Erinnerung an den Bruder des Vaters zu vage, er hatte ihn ja seit dem Vorkriegsjahr – das war jetzt sieben Jahre her – nicht mehr gesehen. Der Bruder des Vaters war der Lieblingssohn der Großmutter gewesen, weil er reich war und sie oft zu teuren Reisen eingeladen hatte. Außerdem war er ein praktischer Mann von Welt gewesen, während der Vater ein Akademiker war, der nicht viel Geld verdiente. Dass ihm der Vater das alles erzählt hatte, gab ihm aber das Gefühl ein, schon fast wie ein Erwachsener behandelt zu werden. Davon abgesehen, verstand er nun noch besser, dass eine neue Zeit bevorstand.

Zu jenem Zeitpunkt war der Vater der wichtigste Mensch in seinem Leben. Er hatte ihm ja im vorletzten Kriegsjahr schon Dinge erzählt, die er im Hause des irischen Großvaters oder im Hause des feinen Großvaters nie gehört hatte. Wie entsetzlich diese Dinge waren, das ging ihm erst richtig auf, nachdem er jetzt, als der Krieg zu Ende war, durch des Vaters Erzählungen hörte, dass selbst die eigene Familie und einige ihrer Freunde davon betroffen gewesen waren. Die Geschichte der Schlägerei mit dem brutalen Uniformierten hatte sich ihm besonders eingeprägt. Der Mut, den der Vater bewiesen hatte, machte ihn stolz. Aber es war ja nicht bloß der Mut. Es war ja auch das Urteil des Vaters über das Regime. Nicht erst jetzt, nachdem alles vorbei war, sondern von Anfang an.

Für den Jungen gab es noch viele Fragen, die er nicht alle sofort loswerden konnte. Es blieb verwirrend. Wie konnte es sein, dass es eine solche Regierung gegeben hatte und er gleichzeitig so glücklich als Messdiener am Hochaltar und in den Gärten am Rande der großen Stadt gelebt hatte, ohne davon irgendetwas zu wissen? Und jetzt war wieder alles anders. Es gab keine Granatsplitter mehr zu sammeln, keine Phantasieuniform mehr anzuziehen, keine verwundeten Leutnants mehr zu bewundern. In ihm sammelte sich eine große Erwartung auf Ereignisse, auf etwas Unbekanntes in der Zukunft. Und das setzte in ihm etwas Energisches, Lebensfrohes frei. Alles war nach wie vor ein Abenteuer.

DIE LITFASSSÄULE

Während der unmittelbaren Zeit nach der Kapitulation hatten sie, die Mutter und er, noch keine Wohnung in der zerbombten Stadt und lebten nach Verlassen des Dorfes in einer westfälischen Ortschaft namens Kraghammer in der Nähe der Kreisstadt Attendorn: zwei Zimmer mit Balkon zum Wald hin, die der zukünftige neue Mann der Mutter ihnen besorgt hatte, während er selbst seine Arztpraxis in einem alten Gutshof unterhielt, in dessen Nähe die englische Kaserne lag. Zukünftige Patienten. Ein Provisorium, solange man in der Hauptstadt der Rheinprovinz nichts finden würde. Das allererste, das den Jungen eine neue Welt empfinden ließ, war das ganz weiße Weißbrot, das sie nebst salziger Butter, Ölsardinen, Tee und bitterer Orangenmarmelade von den Engländern bekamen, genauer gesagt: von einem englischen Offizier, der sich mit dem Arzt angefreundet hatte. Der Geschmack des weißen Brotes mit der salzigen Butter oder mit Ölsardinen, deren bedruckte Büchsen ihn fesselten, hatte eine diffus erhebende Wirkung auf ihn. Das Hineinbeißen in das weiche Weiße, das war ein neuartiger Vorstoß in etwas Unbekanntes. Dazu die Tasse Tee, in die ein wenig Milch geschüttet wurde, ohne Zucker. Es überstieg an Köstlichkeit alles, was er im Krieg an gutschmeckenden Mahlzeiten bekommen hatte. Das waren vor allem die Reibekuchen mit Quark gewesen, dazu schwarzer Kaffeeersatz ohne Koffein, Muckefuck. Die Reibekuchen hatte es sehr selten gegeben, weil es an Ersatzöl fehlte. Eigentlich nur an seinem Namenstag. Die Kinder hatten das »Sausen und Brausen« genannt. Einmal, es muss der 28. Januar 1942, der Tag der Seligsprechung Karls des Großen, seines Namenspatrons, gewesen sein, da wurde das Fest der Kinder durch die Nachrichten aus dem Radio unterbrochen: Englische Bomberverbände im Anflug auf Eindhoven. Eindhoven war die grenznahe holländische Stadt. Es war der immer gleiche, wiederholte Satz zu hören, bevor eine halbe Stunde später die Alarmsirenen aufheulten, die Bomber über der Stadt waren, die Flakbatterien laut wurden und die Explosionen der in der Entfernung einschlagenden Bomben die Erwachsenen zusammenzucken ließen. Er hatte seinen Teller mit Reibekuchen und Quark mit in den Keller nehmen dürfen, und es hatte ihm dort weiter gut geschmeckt.

Ähnlich wie der Anblick des gelben Ginsters war die Existenz des weißen Brots ein Zeichen des Friedens geworden. Er konnte häufig die englischen Soldaten, die völlig anders sprachen als der ritterliche König im Film, aus der Nähe beobachten. Sie hatten, abgesehen von der Farbe der Uniform, keine Ähnlichkeit mit den Amerikanern. Auch ihre Uniformen waren anders, kleinteiliger geschnitten. Sie wirkten adrett. Die Hosen hatten Falten, die Soldaten hielten sich straff, wenn sie in Dreierreihen marschierten. Auf der Uniform trugen sie verschiedene farbige geometrische Zeichen oder Tierwappen, je nach Truppenteil und Rang. Sie hatten keine Stiefel, aber die genagelten Schuhe knallten dennoch auf dem Boden, darüber Stutzen. Die runden Käppis, eine Art Baskenmütze, die sie schräg oder auf den Hinterkopf geschoben trugen, waren etwas noch nie Gesehenes, ganz zu schweigen von den flachen Helmen. Diese Engländer waren etwas vollkommen Neues für ihn. Vor allem beschäftigte ihn der Unterschied zu der Uniform der deutschen Soldaten, die jetzt nur noch als Gefangene in ihren heruntergekommenen Hosen und Jacken und skimützenartigen Kopfbedeckungen zu sehen waren, wenn die englischen Bewacher sie durch die Stadt zu einem Gefangenenlager führten. Er erinnerte sich nicht, dass er vorher einmal englische Kriegsgefangene gesehen hätte. Immer nur Polen und Franzosen. Die englischen Soldaten kamen ihm sehr diszipliniert, ja gut getrimmt vor. Die Befehle, die aus dem brüllenden Mund des britischen Feldwebels hervordrangen, klangen hart, ja wild. Andererseits strahlten sie eine unmilitärische Freundlichkeit aus. Er beobachtete, wie sie ungezwungen mit dem Pfarrer oder den Einwohnern des Ortes sprachen.

Dass sie Engländer waren, hatte für ihn eine besondere Bedeutung, vor allem seitdem er den englischen Film mit dem König gesehen hatte. Aber da waren noch andere Verknüpfungen. Die Erinnerung an die Nordseeinsel mit Harry, dem englischen Jungen, und vor allem mit der englischen Fahne, die beide dann plötzlich verschwunden waren. Wichtiger aber war, dass sie die Sieger waren. Genau das machte ihm zu schaffen. Er konnte den deutschen Leutnant mit seiner Maschinengewehrtruppe in Glatteneichen nicht vergessen. Waren sie schlechter gewesen als die Engländer? Dass es vor allem englische Flugzeuge waren, die die Heimatstadt so in Grund und Boden bombardiert hatten, dass das Zentrum außer dem Dom nur noch aus Trümmergebirgen bestand, war ihm wohl bewusst. Aber er wusste auch, dass deutsche Flugzeuge zu Anfang des Krieges englische Städte bombardiert hatten, bevor ihnen die Kraft dafür ausging. Was immer auch der Vater über die Regierung, von der einige Mitglieder jetzt schon tot waren, gesagt hatte, er konnte nicht von der Vorstellung lassen, dass die eigenen Soldaten den anderen eigentlich an Tapferkeit überlegen gewesen wären. Und sie jetzt als Gefangene zu sehen, müde und ausdruckslos, hatte etwas, das seinen Stolz verletzte. An den Engländern bemerkte er eine ruhige Selbstsicherheit, mit der er erst allmählich zurande kam. Als ob sie immer schon Sieger gewesen wären. Ja, so etwas musste es sein. Es waren ja nicht nur Engländer, sondern auch Schotten und Nordiren und sogar Iren, wie er nach und nach mitbekam. Und nicht nur das: Auch Kanadier und Australier gab es unter ihnen. Die Vaterstadt war inzwischen an die Belgier als Besatzungstruppe übergeben worden, die sie unter englischem Oberbefehl verwalteten. Auch das war für ihn verletzend. Die Belgier! Kurz und gut: Diese Engländer waren ganz offensichtlich seit langem gewöhnt, anderen Völkern vorzuschreiben, was sie tun oder lassen sollten.

Das wurde ihm auch von einer neuen Bekannten der Mutter, von der er Privatunterricht in englischer Sprache erhielt, ausführlich erklärt. Sie arbeitete bei dem gerade neueingerichteten Rundfunk, der nach dem Vorbild des englischen Rundfunks aufgebaut wurde. Das Wort »BBC« hatte er noch aus dem Kriegsjahr in Erinnerung, als der Vater im Haus der Großeltern auf dem Lande immer die Nachrichten aus London abgehört hatte. Das Zeichen der BBC, dieses viermalige Klopfen und dann auf Deutsch der Satz »Hier ist London«, selbstbewusst ruhig ausgesprochen, das hatte sich tief in ihn eingeprägt. Die Engländer waren für ihn sozusagen die Ersatzsieger geworden, als die er die deutschen Soldaten noch vor kurzem gerne gesehen hätte. Er hatte die abenteuerlichen Kriegsheftchen gelesen mit Titeln wie *Wir holen Erz aus Narvik* oder *Flucht aus Doncaster*. Das waren Heldengeschichten, egal ob die Deutschen aus Norwegen Kriegsmaterial transportierten oder aus nordenglischen Gefangenenlagern flohen und es schafften, aufs Festland zu kommen. Heldisches war auch noch zu diesem Zeitpunkt seine schönste Vorstellung. Und wenn es die Deutschen nicht mehr sein konnten, dann eben die Engländer. Und dann kam der Tag in der kleinen Stadt, als das englische Regiment mit einer wunderbaren Militärmusik paradierte. Das schönste, weil so temperamentvolle Lied handelte von einem britischen Grenadier. Die englische Militärmusik war besonders schön wegen ihres plötzlich wechselnden Rhythmus und der wechselnden Tönung ihrer Melodie zwischen melancholisch und lustig. Sie hatte einen ungeheuren Schwung, und er konnte sich daran nicht satt hören, weil die Melodie einerseits stolz und herausfordernd klang, andererseits aber, vor allem wegen der Flöten, wie ein Tanz. Das war ein völlig anderer, hellerer Ton als die dunkle, mechanische Marschmelodie der deutschen Soldaten, die er bis dahin mit einer Art Andacht gehört hatte, wenn sie, immer seltener, im Krieg durch die Straßen gezogen waren.

Wenn die Englischlehrerin ihm von der BBC erzählte und aus der englischen Geschichte, dann fand er seine Lieblingsvorstellungen von Mut und Stolz auch dort wieder. Es waren für ihn sozusagen andere, bessere Deutsche: In seinem englischen Lesebuch gab es eine Abbildung aus der frühesten englischen Geschichte, die er immer wieder betrachtete. Man sah vor dem Hintergrund des Meeres zwei Krieger mit fliegenden hellblonden Haaren, der eine im blauen Helm, der andere in einem blauen Mantel, wie sie, offenbar aus langen Schiffen kommend, die weißen Klippen erkletterten. Darunter stand die Erklärung der Szene: Es seien die ersten Sachsen, die als Eroberer die südenglische Küste erstiegen. Sie hatten die Namen Hengist und Horsa. In einer auf der nächsten Seite folgenden Geschichte wurde erzählt, wie diese Sachsen oder Angelsachsen als Gefangene in Rom den Papst zu dem Ausruf gebracht hatten: »So schön wie Engel!« Die Lehrerin erzählte ihm, dass die südenglische Grafschaft Kent seitdem das weiße springende Pferd als Wappen trage. Diese Geschichte verschaffte ihm eine zusätzliche Erleichterung. Er fand bei den Engländern nicht nur Eigenschaften, die ihm besonders wichtig waren, sondern er konnte sie sogar mit den Deutschen in Verbindung bringen. Die Entdeckung, dass alle einfachen englischen Wörter oder die englische Bezeichnung für Dinge und Handlungen des Alltags oder der Natur fast die gleichen waren wie die deutschen, war ermutigend. Und das springende weiße Pferd war auch das Zeichen des Landesteils, in dem er mit der Mutter zu dieser Zeit wohnte. Die Sachsen, die auf dem Bild des Englischbuches zu sehen waren, waren von hier gekommen. Vielleicht nicht direkt von hier, aber doch aus dem gleichen nördlichen Teil des Landes.

Allmählich entstand aus den Phantasien, in die er sich versenkte wie in eine dunkle Wolke, ein anderer Gedanke: Seine Heimatstadt gehörte nicht zum Land der Sachsen, ganz im Gegenteil. Er fand heraus, dass ihre ursprüngliche Bevölkerung mit dem Namen »Ubier« sich von den wilden Nachbarn auf der anderen Seite des Rheins gerade dadurch unterschied, dass sie keine kühnen Eroberer, sondern fleißige Bauern und Händler waren. Es war dann sogar eine römische Stadt geworden. Das war eine unangenehme Entdeckung. Sie wurde durch ein Ereignis in seinem Schulalltag noch unangenehmer. Er gehörte als halblinker Stürmer zur Fußballmannschaft der Zwölf- bis Dreizehnjährigen. Wenn sie auf Lastwagen zu einem Spiel gegen eine benachbarte Schule fuhren, sangen die anderen Jungen immer wieder ein besonderes Lied. Es hatte am Ende, auch wenn sie Westfalen waren, den Refrain: »Wir sind die Niedersachsen / Sturmfest und erdverwachsen / Heil Herzog Widukinds Stamm!« Zuerst hatte er das Lied mitgesungen. Dann nicht mehr. Es war nicht nur das beschämende Bewusstsein, dass er wegen seiner Heimatstadt gar nicht dazugehörte. Es kam hinzu, dass er dieses Anderssein auch durch die Art zum Ausdruck brachte, wie er redete, und er redete anders als die übrige Mannschaft. Er sprach zwar mit Absicht nicht seinen Dialekt aus der Volksschule in der alten Stadt, aber er hatte doch den Singsang seiner rheinischen Heimat beibehalten. Deshalb wurde er manchmal von denen, die Herzog Widukind besangen, hochgenommen. Widukind gehörte, noch bevor er das Bildnis der angelsächsischen Krieger gesehen hatte, zu seinen Sagenhelden. Er wusste alles über ihn. Schon deshalb, weil sein eigener Namenspatron, Karl der Große, diesen besiegt und viele seiner Sachsen getötet hatte. Das daraus entstandene Problem für sein Selbstgefühl hatte er dadurch gelöst, dass er sich immer wiederholte, Widukind sei am Ende ein treuer Herzog seines Namenspatrons, des fränkischen Königs geworden. Im übrigen, die Franken, die Köln eroberten, waren mindestens so verwegene Krieger wie die Sachsen.

Zu diesen historischen Phantasien kam auch die Geschichte von der Herkunft der Familie aus Besançon. Kein Wunder, dass alle männlichen Mitglieder der Familie, und er selbst auch, ganz dunkles Haar hatten. Nein, sie hatten nichts mit den sächsischen oder angelsächsischen Helden gemeinsam. Von dem irischen Großvater ganz zu schweigen. Zu der Zeit des eiskalten Winters von 1945/46 waren die Eindrücke so stark, auch so zahlreich und so schnell vorübergehend, dass er abgelenkt wurde durch dieses und jenes. Und was ihn im Jahr 45 bewegte, änderte sich schon im Jahr 46. Er merkte, dass er älter geworden war.

Als er eines Tages aus dem gerade wieder beginnenden Gymnasium den Weg zur Bahnstation ging, blieb er vor einer Litfaßsäule stehen. Er starrte ein Plakat an, das er erst bei genauem Hinsehen überhaupt aufnahm und verstand. Etwas Furchtbares. Es war die Fotografie von nackten Körpern, auf die Knochen abgemagert, mit geschorenen Köpfen. Sie waren offenbar alle tot und bildeten ein einziges Über- und Nebeneinander, ein Haufen toter Männer und Frauen, deren Geschlechtsteile offen dalagen wie schmutzige Lumpen. Darunter stand in großen Buchstaben, um was es sich handelte: Es seien die toten Gefangenen des Konzentrationslagers Bergen-Belsen, wie sie die englischen Truppen gefunden hatten. Die ehemalige deutsche Regierung sei dafür verantwortlich, und man werde diejenigen, die diese Befehle ausgeführt hatten, finden und bestrafen. Er hatte im Internat das Wort »KZ« gehört. Er hatte aber nicht gewusst, was in einem Konzentrationslager genau vor sich ging und schon gar nicht, dass so viele Menschen dort getötet wurden. Hier nun, an diesem

Mittag im Frühjahr 1946, sah er mit eigenen Augen, was ihm der holländische Schulkamerad vor anderthalb Jahren angedeutet hatte. Der Anblick der nackten Leichen, zu Haufen getürmt, war jetzt das neue Bild, das er sich von der Zeit vor dem Frieden machte. Er suchte nach Erklärungen, und er wartete zwei Tage lang, bis er die Mutter fragte, was das bedeutete, ob das wirklich wahr sei, was die Engländer öffentlich behaupteten. Die Mutter antwortete sogleich, ohne irgendeine längere Erklärung zu geben, dass das, was das Plakat zeigte, der Wahrheit entspreche. Sie fügte hinzu, es gebe in der Nachbarschaft Frauen, deren Männer nicht aus dem Krieg wiedergekommen waren. Die seien aber nicht tot, sondern säßen im Gefängnis und seien angeklagt, in solche Verbrechen verwickelt gewesen zu sein; er solle sich nicht täuschen lassen davon, dass diese Frauen unglückliche Gesichter hätten und von ihren armen Männern sprächen, die nur ihre Pflicht getan hätten. Da wäre kein Mitleid am Platze. Das war alles, was ihm die Mutter sagte.

Mehr war auch nicht notwendig. Bei einem Besuch in der Arztpraxis des Freundes der Mutter stieß er bald danach auf ein Buch mit dem Titel *Der SS-Staat*. Er merkte sich auch den Namen des Verfassers, Eugen Kogon, und vergaß ihn nicht mehr, weil das Buch das, was auf dem Plakat zu sehen war, in furchtbaren Einzelheiten schilderte. Vor allem eine Fotografie war so entsetzlich, dass er sie immer nur kurz betrachten konnte. Ein SS-Offizier in einem weißen Arztkittel saß auf dem Rand einer Badewanne, in der ein Mann in Uniform saß. Die Erklärung daneben lautete: Hier werde an einem russischen Kriegsgefangenen ausprobiert, wie lange ein ins Eiswasser oder in Wasser mit extrem niedriger Temperatur abgestürzter Pilot überlebe, bis das Herz aussetzt. In diesem Versuchsfall, so stand zu lesen, hatte das Herz bald ausgesetzt.

Er las das ganze Buch. Es gab ihm die Gewissheit, dass es sich nicht um einzelne Grausamkeiten einzelner Verbrecher handelte. Vielmehr war dieser ganze Staat ein verbrecherisches System gewesen. Wer und ob alle daran teilgenommen hatten, war ihm allerdings nicht klargeworden. Die weite Entfernung der eigenen Familie, des Vaters, des Großvaters, aber auch der Mutter und ihrer Eltern von all dem ließ ihn denken, dass es sich doch wohl um eine geringe Anzahl von Schuldigen handeln müsse. Einige Väter von Schulkameraden, die in der Partei gewesen waren, mussten den englischen Behörden Rede und Antwort stehen. Aber sie waren wohl an solchen Tötungen nicht beteiligt gewesen. Er ging abermals zur Mutter, um genauer herauszufinden, wie es sich wirklich verhalte. Er hatte den Zwischenfall zwischen ihnen beiden vom Frühjahr des Kriegsendes nicht vergessen und die Mutter auch nicht. Aber er hatte jetzt ein besseres Verhältnis zu ihr, und das hing mit ihrer Direktheit und Offenheit zusammen, die sich besonders in dieser Sache, von der sonst kein Mensch redete, zeigte. Als er sie fragte, ob man das, was in dem Buch über den SS-Staat zu lesen sei, gewusst hätte, da antwortete sie klipp und klar: Ja, viele hätten das gewusst oder halb gewusst. Eine Antwort, die von ihrem Arztfreund bald darauf verneint wurde. In einem erregten Gespräch, an dem auch ein gemeinsamer Freund teilnahm, ein etwas seltsam gekleideter, exzentrischer Anwalt aus der gemeinsamen Vaterstadt, fragte die Mutter beide Männer, ob sie vergessen hätten, wie aus dem der Arztpraxis nahen Gerichtsgebäude manchmal des Nachts die Schreie von Leuten zu hören gewesen waren, die dort von der Polizei verhört wurden. Darüber hätten sie doch damals gesprochen. Die beiden Freunde, die keine Parteimitglieder gewesen waren, konnten dem nicht viel entgegensetzen. Solche Vorkommnisse dürfe man nicht verallgemeinern, die Bevölkerung im ganzen hätte davon sicherlich nichts gewusst. Er, der bei dieser Unterhaltung dabei sein durfte, dachte sofort, dass die Mutter im Recht sei und die beiden Männer im Unrecht. Die Mutter hatte sich in den vergangenen zwölf Jahren sehr geändert und hielt den Vater, das wiederholte sie mehrmals, trotz ihrer Scheidung in hoher Achtung. Vor allem wegen seines damals bewiesenen Mutes und seiner immer ganz klaren Haltung gegen die Regierung. Die Mutter zeigte jetzt wieder die gleiche Entschiedenheit, mit der sie während des letzten Kriegsjahres in das Internat gefahren und dort gegen die grausamen Schüler vorgegangen war.

Es war nicht so, dass die freischweifenden Vorstellungen zu diesem Thema ihn völlig beherrschten. Dafür gab es zu viel anderes, spannenderes in der Schule und mit Freunden. Vor allem auch ganz andere Bücher: die Indianerromane von Karl May und Fritz Steuben spielten dabei eine besondere Rolle, wobei sich Winnetou, der Häuptling der Apachen, und Tecumseh, der Berglöwe, zu einer einzigen dramatischen Figur vermischten, die ihn auf den Gedanken brachte, ein Indianerdrama in Versen zu schreiben, in einem Versmaß, dessen Namen er nicht kannte, das er sich aber aus Klassikerbänden in der Bibliothek des Vaters angeeignet hatte. Die Engländer kamen in den Büchern der beiden Schriftsteller unterschiedlich vor: In dem einen Fall waren es entweder schrullige Einzelgänger oder aber vom Geld besessene Geschäftsleute, im anderen Fall adlige Offiziere, kühn, aber kalt. Er wurde also wieder auf das Thema Engländer gestoßen und lernte, dass sie in Amerika damals ein riesiges Gebiet unter ihre Herrschaft gebracht hatten. Tecumseh hatte den letzten Versuch unternommen, die Nachfolger der Engländer, die sich nun Amerikaner nannten, durch Vereinigung aller Stämme von den großen Seen bis zur Halbinsel Florida wieder aus dem Land zu drängen. Hatte die deutsche Regierung vor dem Krieg eigentlich gewusst, wie mächtig England noch immer war? Auch nachdem sie Amerika verloren hatten? Dass sie sich wieder mit den Amerikanern versöhnt hatten? Jedenfalls besaß der indianische Häuptling sowohl in Gestalt Winnetous als auch Tecumsehs einen Glanz, aus dem er einen großen untergehenden Helden machen wollte. Die Tecumsehgeschichte war eigentlich noch geeigneter. Es herrschte eine düstere Stimmung dort in den Wäldern am Ohio. Das Wort von den »dark and bloody grounds« merkte er sich auf Englisch. In dieser unendlichen Einsamkeit trat der rote Häuptling, den Tomahawk in der Hand, aus dem Wald und blickte auf die Prärie, wo er die weißen Männer vermutete, seine Todfeinde.

Diese Idee, die ihn viele Monate umtrieb, wurde noch dadurch verstärkt, dass er mit seinem besten Schulfreund ganze Nachmittage lang durch die nahen Buchen- und Eichenwälder zog, um sich an Rehe und Hirschböcke anzuschleichen. Er hatte sich aus einer mächtigen Baumwurzel einen Tomahawk ganz nach der Beschreibung von Tecumsehs Tomahawk gemacht. Den Schaft hatte er mit silbernen Nägeln beschlagen. Sie spielten nicht mehr Indianer wie die jüngeren Jungen, aber sie stellten sich vor, dass sie in ein Abenteuer verstrickt seien. Wie in den Büchern tauchte das Wild nur selten auf, aber wenn, dann gab es eine innere Spannung ohnegleichen. Es ging darum, sich so nah wie möglich heranzuschleichen, tief geduckt und geräuschlos, um auf Wurfnähe heranzukommen. Und auch der Wurf musste sorgfältig vorbereitet sein, schon die Hand, die zum Schwung erhoben wurde, konnte das Tier erschrecken und in die Flucht treiben. Er warf mit aller Konzentration. Es war ein Moment äußerster Anspannung. Aber er hatte nicht getroffen. Das Reh war zunächst stehengeblieben. Erst als der Tomahawk dicht an seinem Kopf vorbei in den Boden einschlug, sprang es davon. Die Zeit der Granatsplitter war endgültig vorbei.

Er sprach mit dem Freund nie über das, was er auf der Litfaßsäule und in dem SS-Buch gesehen hatte. Er befürchtete, das könnte ihre Freundschaft in Gefahr bringen, weil auch dessen Vater in solche schrecklichen Handlungen verwickelt gewesen sein könnte. Vielleicht war er Parteimitglied gewesen. Der Freund sagte kein Wort über diese Dinge, und auch in der Schule wurde nicht darüber geredet. Er musste fast annehmen, dass irgendetwas dieser Art in des Freundes Familie vorgekommen war. Fast jede zweite Frau im Ort klagte, was die Engländer ihr angetan hätten: Entweder hatte der Mann seine Beamtenstelle verloren, oder er war sogar im Lager. Die meisten Männer waren in Gefangenschaft, viele in Russland, und die Frauen mussten arbeiten. Es gab aber auch das Gegenteil. Der Besitzer der Villa, in der der Arztfreund der Mutter sie untergebracht hatte, war ein gutmütiger, schwerer Mann mit einem immer roten Gesicht. Er war Bauunternehmer. In seinem Büro hingen riesige Hirschgeweihe, auch auf der Treppe zum ersten Stock, wo der Mutter und sein Zimmer lagen, gab es Bilder mit Jagdszenen zu sehen. Der Besitzer war deshalb für ihn vor allem ein Jäger. Es dauerte aber gar nicht lange, bis ihm die Mutter erzählte, dieser Mann sei der ehemalige Ortsgruppenleiter der kleinen Gemeinde gewesen, ein ziemlich fanatischer Anhänger des Regimes. Davon merkte man nichts. Der Mann hatte keine Einbußen erlitten, verdiente schon wieder gut Geld, und vor allem gab es bei der Familie immer das reichlichste Essen.

Das war für ihn und die Mutter alles andere als selbstverständlich. Sie mussten immer wieder versuchen, bei Bauern in den umliegenden Dörfern Eier, Milch, Gemüse und sogar Kartoffeln zu besorgen. Manchmal pflückte er auch Brennnesseln, aus denen die Mutter eine gutschmeckende Suppe machte. Das Interessanteste war, wenn sie im Herbst den ganzen Tag Bucheckern im Wald sammelten, aus denen später Öl gepresst wurde. Sie gaben ganze Säcke voller Bucheckern an einer Sammelstelle ab und bekamen dafür dieses kostbare Öl, aus dem die Mutter ihm wieder Reibekuchen machen konnte. Die Kartoffeltonne im Keller war ziemlich voll, und er hatte die Gewohnheit, jede Woche zu prüfen, wie lange das noch ausreichen würde. Von diesen Sorgen schien der Villenbesitzer und Jäger völlig frei zu sein. Er hatte ein dröhnendes Lachen und war auf eine etwas laute Art immer sehr freundlich. Er musste eine ganz spezielle Art Nazi gewesen sein. Meist trug er ein grünes Hemd und einen grünen Hut mit einer kleinen, dichtanliegenden Feder. Früher war er auch eine Art offizieller Jägermeister der Gegend gewesen, doch das war nun vorbei. Aber es gab inzwischen schon wieder neue Jagden, bei denen er schoss, und das Haus roch dann Tage danach noch nach Wild. Einmal bekam die Mutter sogar ein Stück von dem, was übrig geblieben war. Ein Stück Wildschwein, das sehr scharf roch. Als sie es misstrauisch aßen und es ihnen doch ganz gut schmeckte, musste er an den Hausbesitzer denken. Der war wirklich auch als Jäger das Gegenteil von Winnetou oder Tecumseh. Er muss ein schwerer Nazi gewesen sein, sagte die Mutter. Sie nannte ihn, wenn sie alleine waren, Göring. Der Freund der Mutter, der abends häufig bei ihnen aß und dann immer wieder auf das Gut fuhr, wo seine Wohnung und die Praxis waren, sagte zu ihr, sie solle vorsichtig sein. Sie solle das Wort »Göring« nicht benutzen. Die Mutter lachte ihn dann immer aus. Er sei ein Angsthase. Überhaupt sei er viel zu unklar über die vergangenen Jahre. Ein Streitgespräch begann, das ähnlich verlief wie das zwischen ihnen und dem befreundeten Anwalt über die nächtlichen Schreie aus dem Polizeipräsidium in Köln. Jetzt ging es aber bloß um den Besitzer der Villa, in der sie wohnten. Der Freund der Mutter redete auf sie ein, sie solle etwas mehr Verständnis haben für diese Leute. Sie seien keine Verbrecher, sie hätten sich nur gemäß der Zeit verhalten. Wieso er das wüsste, dass es keine Verbrecher seien, wollte die Mutter wissen. Das ging eine halbe Stunde so, dann verebbte der Zwist. Die Mutter konnte nichts Konkretes nennen, was der Mann, den sie weiterhin »Göring« nannte, Böses getan hätte. Ihr genügte, was er gewesen war und wie er noch immer aussah. So hätten viele dieser Leute ausgesehen.

Die Tochter des gutgelaunten Villenbesitzers, eine hübsche

blonde Frau von etwa fünfundzwanzig Jahren, schaute dagegen, wie ihre Mutter, immer etwas traurig aus. Der Grund war, dass ihr junger Mann in englischem Gewahrsam saß. Er war bei der SS gewesen. Das gestand die junge Frau eines Tages der Mutter, dabei betonend, es sei die Waffen-SS gewesen. Als er das Wort SS hörte, war er wie vom Schlag gerührt. Sie lebten also in einem Haus nicht nur von Nazis, sondern mit einem SS-Mann als Schwiegersohn. Warum hatte der Arztfreund der Mutter sich nicht genauer erkundigt, was für Leute das seien? Auch die Mutter fühlte sich noch weniger wohl. Es war merkwürdig, sie hatten während des Krieges, während der ganzen Regimezeit eigentlich nichts mit Nazis zu tun gehabt.

Es kam ihm nun erst wirklich der Gedanke, dass sie unter lauter Menschen lebten, die zu dieser Partei gehört hatten. Damals im Krieg hatte er den Gedanken nicht. Bei dem irischen Großvater gab es ja nur den Herrn Adrian, der immer zum Großvater kam, um politisch zu streiten. Aber der Herr Adrian war Sozialdemokrat und der Großvater Monarchist. Sie hatten immer nur über den Kaiser geredet. Wusste er deshalb nicht, welchen Geistes die anderen Menschen waren, weil er damals zu jung war? Jetzt aber, mit dreizehn Jahren, hatte sich das schlagartig geändert. Es gab nicht nur den gutgelaunten Jägermeister, es gab im Ort diese Frauen mit den verbitterten und verheulten Gesichtern. Nach außen war der Grund, dass ihre Männer in Kriegsgefangenschaft saßen, nach innen war es die Empörung, dass man ihre Männer wegen deren Zugehörigkeit zu dem vergangenen System festhielt. Das war auch so im Falle des Schwiegersohns, der bei der Waffen-SS gewesen war. Eines Tages, als er in den Keller ging, um den Pegelstand der Kartoffeln zu prüfen, saß im hellen Vorraum ein junger, sehr großer Mann mit sympathischem Gesicht. Er hatte eine grüne Uniformjacke an, aber ohne alle Kennzeichen. Überrascht stand dieser Fremde auf, lächelte und gab ihm die Hand: Er sei der Schwiegersohn und gerade aus der Kriegsgefangenschaft entlassen worden. Warum der unten im Keller saß, konnte der Junge sich nicht erklären. Hinzu kam, dass er in einem Buch las, und der Junge erkannte auf den ersten Blick, dass dies ein Karl-May-Roman war. Konnte er nicht oben Karl May lesen? Jedenfalls hatten sie sofort ein Thema. Was für ein Kenner fremder Gegenden dieser Karl May gewesen sei! Dass die Geschichten aus dem Wilden Westen am Ende doch interessanter seien als die aus dem Orient. Der Schwiegersohn machte Bemerkungen über die Engländer und Amerikaner in Amerika. Was sie den Indianern angetan hätten! Der Junge selbst stimmte nur halb bei, das sei damals gewesen, heute würden sie so etwas nicht mehr machen. Er mochte den Schwiegersohn gerne. Er hatte etwas sehr Jugendliches. Eigentlich war er wie ein großer Junge, obwohl er ja mehr als zehn Jahre älter war als er selbst.

Es war ihm aber nicht aus dem Kopf gegangen, dass der Schwiegersohn bei der Waffen-SS gewesen und deshalb auch erst ein Jahr nach Kriegende wieder nach Hause gekommen war. Er hatte noch keine Arbeit gefunden. Er war als Berufssoldat in der SS gewesen. Der Junge traf sich mit ihm auch danach immer im Keller, wo der Schwiegersohn sich mit der Zeit eine Werkstatt eingerichtet hatte. Er unterhielt sich mit ihm über den Karl-May-Band, den sie beide gerade lasen. Das war zwar sehr unterhaltsam, aber dabei konnte es nicht bleiben. Er musste ihn nach der SS fragen. Das Buch von Eugen Kogon, das der Freund der Mutter in seiner Wohnung liegen hatte, wurde noch einmal geholt. Das schreckliche Foto mit dem SS-Offizier in einem weißen Arztkittel auf dem Badewannenrand. Beim nächsten Treffen mit dem Schwiegersohn hatte er das Buch bei sich und zeigte diesem das Bild. Der Schwiegersohn sah es sich aufmerksam an, dann schüttelte er den Kopf und sagte genau denselben Satz, den seine Frau schon zuvor gesagt hatte: »Die Waffen-SS war nicht die SS.«

Es sei die eigentliche Kampfkraft der deutschen Armee gewesen. Sie habe dort gekämpft, wo es am gefährlichsten gewesen sei. Sie habe viele Frauen und Kinder im Osten vor den Russen gerettet. Sie seien die Tapfersten gewesen. Deshalb hätten auch nur wenige überlebt. Wenn das so gewesen war, fragte er sich selbst, wenn der Schwiegersohn nicht log, warum hatten die Engländer ihn dann so lange festgehalten? Aus Rache, erwiderte der Schwiegersohn später. Eben weil die Waffen-SS den Engländern und Amerikanern in der Normandie so viel Widerstand entgegensetzt hatte und sie nur durch ihre vielen Flugzeuge mit ihnen fertig geworden seien.

Er musste an seinen Leutnant mit der Maschinengewehrtruppe zurückdenken. Der wollte ja auch bis zum Letzten kämpfen. Das war kein Verbrechen. Das war tapfer. Die deutschen Soldaten waren ihm ja sowieso als die eigentlich Tapferen vorgekommen. Was der Schwiegersohn jetzt von der SS erzählte, bedeutete dann eigentlich nur, dass sie die Tapfersten gewesen seien. Er wollte das gerne glauben. Die Waffen-SS und die SS auseinander zu halten, das wurde ihm jetzt sehr wichtig. Seitdem traf er den ehemaligen Waffen-SS-Mann gerne. Wenn er mit ihm über Karl May sprach, dann war da kein Unterschied zu den Karl-May-Lesern in der Schule zu spüren, die miteinander wetteiferten, wer als Erster alle Karl-May-Bände gelesen hätte. Aber diese Kellerfreundschaft änderte nichts daran, dass er weiterhin daran dachte, dass seine Mutter und er, aber auch der Vater und dessen Freunde unter einer riesigen Menge von Menschen lebten, denen sie noch vor kurzem nicht hätten sagen dürfen, wie sie wirklich dachten. Das fand er unheimlich. Auch die Tatsache, dass kein Mensch in der Schule über das Plakat auf der Litfaßsäule gesprochen hatte. Es hing ja unübersehbar ganz in der Nähe des Schulgebäudes auf einer vielbegangenen Straße. Wenn er an dieses Plakat zurückdachte und an die übereinander liegenden und ineinander verwickelten Körper, dann kam ihm das unwirklich vor. Kein Mensch, kein Erwachsener, den er kannte, hätte das tun können. Wer hatte das getan? Er wusste es ja inzwischen, es war die SS gewesen. Hinter dem Rücken der Bevölkerung hatte sie all diese von ihnen gefangengenommenen Menschen umgebracht?

Aber wieso reagiert keiner außer der Mutter darauf? Er müsste beim nächsten Besuch mit dem Vater darüber reden. Was er manchmal, sogar beim Einkaufen im Laden, mitbekam, war etwas anderes: Die abgehärmt aussehenden Frauen sprachen davon, wie viele Menschen bei den Terrorangriffen der Angloamerikaner, sie benutzen diese beiden Wörter, umgekommen seien. Die Sieger sollten sich nicht so fein vorkommen. Sie hätten die gleichen sogenannten Kriegsverbrechen begangen. Von ihnen gehörten ebenso viele ins Gefängnis. Das sagten nicht alle, aber doch einige mit kurzen scharfen Sätzen, während sie an der Kasse warteten und sich unterhielten. Während der letzten beiden Kriegsjahre, als er in mehrere Luftangriffe geraten war, hatte im Keller kein Mensch so etwas gesagt. Das Bombardement wurde als reine Tatsache angenommen. Vielleicht auch aus Übermüdung. Überhaupt wirkten viele Erwachsene sehr müde. Die Mutter überhaupt nicht. Sie hatte sich von dem Typhus, durch den ihr in den letzten Kriegsmonaten die Haare ausgefallen waren, vollkommen erholt. Auch der Arzt wirkte nicht müde. Sie wollten bald heiraten, sobald er eine Praxis in Köln eröffnen könnte. Über ihre Nächte im Keller, als ihre Hand vom Phosphor verletzt wurde, dessen Spuren man noch immer sehen konnte, sprach die Mutter eher wie von einem Abenteuer. Eigentlich war es ja tatsächlich unmenschlich, Menschen, die keine Soldaten waren, mit flüssigem Feuer zu überschütten.

Als er zum vierzigsten Geburtstag des Vaters für zwei Tage nach Köln fuhr, wurde viel über die Vergangenheit gesprochen. Das lag vor allem daran, dass der Vater seine drei besten

Freunde aus der Vorkriegszeit eingeladen hatte: Allo, den Journalisten von der französischen Zeitung *Humanité*, den der Vater vor zehn Jahren heimlich über die westliche Grenze gebracht hatte, Fritz, den in Amerika lebenden Bruder von Schorsch, der vor dem Haus des Vaters vom Fahrrad heruntergeschossen worden war, und Francisco aus Madrid. Sie waren extra aus Paris, New York und Madrid angereist. Es war das erste Mal, dass sie sich mit dem Vater nach dem Krieg wiedersahen. Allo und Fritz kannten sich wie den Vater vom Studium her. Francisco war ihnen vom Namen her bekannt, sie hatten ihn aber noch nie gesehen. Der Junge durfte nach dem festlichen Mittagessen dabei sein, als die drei mit einem Cognac und Francisco mit einer Zigarre über die alten Zeiten zu sprechen begannen. Auch der feine Großvater war dabei. Die Frauen saßen in einem anderen Zimmer.

Sie erzählten sich, was sie als Studenten erlebt und wie sie den Krieg überlebt hatten. Nur der Vater hatte den Krieg zeitweise im eigenen Land mitgemacht, die anderen waren entweder vorher schon weggegangen oder, wie im Falle von Francisco, kannten das Land überhaupt noch nicht. Irgendwie kam man auf die zerstörte Stadt. Die drei Freunde waren auf diesen Anblick nicht vorbereitet gewesen. Sie wussten, wie sehr gerade Köln von Anfang an bombardiert worden war. Aber das, was sie jetzt zu sehen bekommen hatten, lag jenseits ihrer Vorstellungen. Allo war mit dem Zug gekommen und hatte, aus dem Bahnhof tretend, die alte Heimatstadt nicht mehr wiedererkannt. Die Trümmerfelder um den Dom waren zwar zum Teil weggeräumt. Aber anstelle der schönen hohen Gebäude von früher hatten sich budenartige Hütten, meist Geschäfte und billige Einkaufszentren ausgebreitet, wie Kulissen vor meilenweiten Trümmerfeldern. Die beiden anderen, Fritz und Francisco, beklagten, dass der alte berühmte Boulevard, der anstelle der ehemaligen Stadtmauer ringförmig die Stadt umschloss, all seine Schönheit verloren hatte, ja eigentlich gar nicht mehr wiederzuerkennen war. Auch hier meist nur notdürftig aufgebaute Behausungen neben ausgebrannten Villen und verwüsteten Gärten. Der Vater begann daraufhin zum ersten Mal in seiner Gegenwart über die völlige Zerstörung seiner Stadt, auf die er wie die ganze Familie immer sehr stolz gewesen war, zu sprechen. Nicht über die Tausenden von Menschen, die hier verbrannten, sondern über das Verschwinden der Stadt selbst.

Die Freunde waren ganz offen miteinander. Der Pariser war noch immer Kommunist, der New Yorker wählte die liberale Partei, und der Madrider war ein konservativer Geschäftsmann. Letzterer hatte ein Leben gelebt, das zum Teil vergleichbar war mit dem des Vaters. Er lebte noch immer unter der Regierung eines Diktators. Der Bürgerkrieg lag mehr als zehn Jahre hinter ihm, aber er war noch längst nicht vorbei. Francisco machte keinen Hehl daraus, dass er nicht mit der anarchistisch-republikanischen Regierung einig gewesen war; aber er war auch nicht für die faschistischen Aufständischen. So waren, von den politischen Ansichten her, wie sie für ihn beim Zuhören verständlich wurden, die Meinungen etwas gespalten. Am meisten Verständnis für das rücksichtslose Bombardement hatte der Pariser. Nicht dass er gesagt hätte, er freue sich darüber, dass die Engländer und Amerikaner auf diese Weise viele deutsche Regimeanhänger getötet hatten, aber man müsse das verstehen, sagte er sehr ruhig. Es wären ja nicht bloß Parteimitglieder gewesen, die das Massenmorden gutgeheißen hatten, sondern sehr viel mehr Leute. Eben auch viele, die hier umgekommen sind. Er merkte, wie das dem Vater nachging. Und zwar deshalb, weil er seit seinem Aufenthalt in der Schweizer Klinik wusste, was unter Zustimmung oder unter mangelnder Anteilnahme der Bevölkerungsmehrheit geschehen war. Das wusste der Vater alles genau. Insofern konnte er nichts direkt dagegen sagen. Es wäre nicht überzeugend gewesen. Trotzdem sagte er, die englischen Luftangriffe seien gerade von heute aus gesehen Kriegsverbrechen. Die Frauen und Kinder, die hier ungekommen sind, seien so furchtbar gestorben wie die Opfer der Nazis. Und selbst die männlichen Erwachsenen wären in ihrer Überzahl vor allem alte Männer gewesen, die im letzten Jahr der Angriffe keinen aktiven Anteil mehr an den Geschehnissen gehabt hätten.

Das Wichtigste, das der Vater dann zu sagen hatte, war der Satz, er komme über den Verlust seiner Vaterstadt nicht hinweg. So sehr er immer gewünscht habe, dass die Engländer und Amerikaner diesen Krieg so bald wie möglich gewönnen, so wenig könne er ihnen verzeihen, was sie hier angerichtet hatten. Er fügte hinzu, der englische Marschall Tedder gehöre aufgehängt. Die Zerstörung von Köln und die Tötung so vieler ihrer Bewohner hätten den Krieg nicht verkürzt. Die drei Freunde hörten nur noch zu. Es war der Geburtstag des Vaters, und mit diesem Satz war das Gespräch über dieses schreckliche Thema zu Ende. Der spanische Freund hielt sich bei den Unterhaltungen am auffälligsten zurück. Das lag auch daran, dass er als Geschäftsmann über Politik weniger zu sagen hatte als die beiden ehemaligen Studienfreunde. Er selbst war beim Zuhören hin- und hergerissen. Einerseits war der Pariser Journalist doch wohl im Recht, wenn er behauptete, die Luftangriffe hätten sich gegen Menschen gerichtet, von denen sehr viele Schlimmes auf dem Gewissen hatten. Andererseits kann man nicht eine ganze Stadt anzünden und alles verbrennen. Sogar dann noch einmal anfliegen, um mit Sprengbomben diejenigen, die noch nicht verbrannt waren, zu töten.

Er fuhr mit widersprüchlichen Gedanken wieder zur Mutter zurück und erzählte ihr von dem Gespräch. Das wirklich Schöne am vierzigstem Geburtstag des Vaters aber war, wie eine größere Welt sich aufgetan hatte über dieses Land hinaus, das so zerstört war. Und der Vater gehörte für ihn seit jeher zu dieser weiteren Welt. Ein Gefühl des Vertrauens in die kommende Zeit kam in ihm auf. Andererseits bedrückte ihn das, was beim Vater besprochen worden war. Das konnte schon deshalb nicht anders sein, weil seit einem Monat nun der Nürnberger Prozess gegen die wichtigsten Überlebenden der Reichsführung an sein Ende kam. Abends konnte man im Radio Ausschnitte aus dieser Gerichtssitzung hören, die Mutter las sie am nächsten Tag in der Zeitung nach. Das Radio war für ihn eigentlich das Gegenteil von etwas, das furchtbare Dinge ausstrahlte. Er hörte gerne den Schulfunk, der immer mit einer lustigen tänzerischen Melodie eröffnet wurde, die den ganzen Morgen heiter stimmte während der Zeit, als er noch nicht in die Schule ging. Diese Melodie war aus einer Oper von Mozart, *Die Zauberflöte,* es war das Lied des Vogelfängers. Und was dann folgte, waren spannende, menschlich anrührende Geschichten, in dramatischer Form vorgetragen. Dass sie aus dem Rundfunk kam, gab der Stimme des jeweils Sprechenden etwas Geheimnisvolles. Es gab überhaupt häufig Stücke, in denen jemand etwas dachte oder träumte, nicht bloß etwas tat. Zum anderen bedeutete das Radio für ihn süßliche Schlagermusik, die er gerne hörte. Meistens nach dem Mittagessen. Da gab es ein Wunschkonzert mit Operettenmelodien. Er hörte das Lied »Deine Lippen, sie küssen so heiß« mit einer inständigen Versonnenheit. Wenn die Mutter dabei war, tat er so, als ob er gar nicht zuhöre. Dann klangen ihm diese Worte sehr peinlich. Das seine Phantasie am meisten anregende Lied aber begann mit dem Satz, den er überhaupt nicht mehr vergessen konnte: »Wenn bei Capri die rote Sonne im Meer versinkt«. Capri war eine Insel in der Nähe von Neapel, das musste im Süden Italiens sein. Dahin müsste man einmal fahren. Wie weit war das mit dem Zug?

Das Radio war für ihn also eigentlich ein Kasten, aus dem schöne, die Träumerei anregende Worte und Lieder kamen. Im Herbst 1946 hatte der Nürnberger Prozess ein Jahr der Verhandlungen hinter sich. Göring war der wichtigste Angeklagte, den er sich gut vorstellen konnte. Er war bei den Leuten noch immer ziemlich beliebt. Vor allem deshalb, weil er gegenüber den Anklägern selbstbewusst auftrat. Die Mutter machte aber, wenn sie ihn hörte, prompt gereizte, freche Bemerkungen. Fast alle anderen Angeklagten kannte er selbst vom Namen her nicht. Das waren Generäle und politische Ratgeber der einstigen Regierung. Die Männer, die er außer Göring noch kannte, waren alle tot. Nämlich Hitler, Goebbels und Himmler. Diese Namen flößten ihm ein grässliches Empfinden ein. Er hatte inzwischen in einer Illustrierten in ausführlichen Fortsetzungsserien gelesen, wie diese ihre letzten Tage verbracht und dann Selbstmord begangen hatten. Gleichzeitig sah man Fotografien von ihren Überresten. Goebbels verkohlter Körper, aber mit dem noch erkennbaren Schädel. Himmlers Gesicht mit halbgeöffneten Lippen. Er las gleichzeitig aus reinem Zufall, ebenfalls in einer Illustrierten, über grauenhafte Morde einer Gangsterbande aus Chicago. Geschildert wurden ganz furchtbare Arten des Tötens, und eine entsetzlich düstere Atmosphäre stieg auf. Das vermischte sich mit den Schilderungen vor allem von Goebbels letzten Stunden. Wie er und seine Frau den Kindern vorher Gift gegeben hatten. Was für Gefühle hatte dieser Mensch, bevor er sich umbrachte oder als er sich entschlossen hatte, es bald zu tun? Das Wort »Zyankali« las er jetzt zum ersten Mal. Allein schon der Klang des Wortes, »Zyankali«! Wie hoffnungslos und gleichzeitig böse klang es. Grauenhaft. Das türmte sich alles zu einer riesigen Wolke unheimlicher Bilder auf. An einem Abend, als sie im Radio hören konnten, was die Angeklagten sagten, war auch wieder die Rede von den Konzentrationslagern und von dem, was dort geschehen war. Die Stimme des gerade redenden Angeklagten war unsicher und nicht gut zu verstehen. So etwas wie: Er habe das nicht gewollt und nicht gewusst. Das besprach der Junge dann sofort mit der Mutter. Er wusste ja inzwischen, wie viele Leute von den Verbrechen nichts gewusst haben wollten. Dass aber die Verantwortlichen selbst so taten, als hörten sie davon zum ersten Mal, war abstoßend. Auch Göring tat so. Die Mutter, die ja, wie er inzwischen immer wieder erlebte, wirklich nicht auf den Mund gefallen war, sagte mit spöttischer Stimme: »Im Grunde denken hier alle so.« Nein, das war nicht wahr. Zumindest der Vater und seine Freunde dachten nicht so.

Aber wie viele waren es, die so dachten? Der Abend mit der Urteilsverkündung kam. Jeder einzelne Angeklagte wurde mit seinem Namen aufgerufen. Und dann verlas die englische Stimme das Urteil »death by hanging« bei der Hälfte der Angeklagten. Nur drei wurden freigesprochen. Der neben Göring bekannteste, Rudolf Heß, bekam lebenslänglich. Der Architekt des Diktators, Albert Speer, zwanzig Jahre. Als er das Aussprechen der Todesurteile hörte, so als ob schon die drei englischen Worte die Hinrichtung vollzögen, stieg ein schicksalhaftes Gefühl in ihm auf. Eine Mischung aus Furcht und Genugtuung. Ja, auch Furcht. Denn er gehörte doch auch zu diesem Volk von so vielen Verbrechern. Death by hanging. Er kannte nicht die Ideen, die zu den Verbrechen geführt hatten. Er kannte nur die grauenhaften Bilder im SS-Staat-Buch und auf der Litfaßsäule. Er hatte das Gefühl, in einem mit Leichen gefüllten Keller zu leben.

In den folgenden Tagen und Wochen hörte er die Erwachsenen um die Mutter herum eine Menge kritischer Ansichten über den Prozess äußern. Auch diejenigen, die im Grunde die Verurteilung richtig fanden, hatten Zweifel an dem Prozess im ganzen. Andere gingen in ihrer Kritik viel weiter. Es gab auf dem Gut des Arztfreundes der Mutter eine ältere feine Dame mit immer aufgetürmtem weißem Haar und einer Nadel darin, die fauchte, die Engländer hätten es gerade nötig, sich scheinheilig aufzuspielen. Was die alles in Indien angestellt hätten! Sie hätten weise Fakire vor die Kanonen gebunden und in der Luft zerplatzen lassen. Sie hätten die Inder sowieso nicht wie Menschen behandelt. Vor allem nach dem Aufstand vor hundert Jahren. Sie kenne die Engländer als das brutalste Volk der Welt. Das merke man ihnen schon an, wenn man mit ihnen auf dem gleichen Schiff eine lange Reise gemacht habe. Sie benähmen sich auch gegenüber den Nichtengländern auf dem Schiff wie die Herren der Welt. Selbst wenn das Schiff kein englisches Schiff sei. Und dann kam sie auf die Buren zu sprechen. Die Konzentrationslager hätten doch die Engländer erfunden! Ob jemand den Film *Ohm Krüger* gesehen hätte, mit Emil Jannings. Da würden ausführlich die ungeheuren Grausamkeiten der englischen Kolonialarmee gegen Frauen und Kinder in Südafrika gezeigt. Davon spreche kein Mensch mehr.

Dagegen wandte die intelligente Englischlehrerin mit den Kontakten zum Rundfunk ein, es handele sich doch um einen Propagandafilm. Was da zu sehen sei, habe es in Wirklichkeit nie gegeben. Außerdem hätten die Engländer in Indien eine neue Kultur von Rechtsprechung und Verwaltung aufgebaut. Bis zum Aufstand hätten manche englischen Offiziere auch indische Frauen gehabt. Die berüchtigte Hinrichtung vornehmer Inder vor den Kanonen sei ein einmaliger Akt der Bestrafung gewesen, nachdem die Aufständischen massenhaft englische Familien umgebracht hatten. So ging es hin und her, und er war immer dabei und hörte sich das an, ohne sich selbst ein endgültiges Urteil bilden zu können. Darüber hätte man stundenlang reden können, ohne dass die eine Seite oder die andere ihre Ansicht geändert hätte. Auf der Straße und in den Geschäften merkte er beim Hinhören keine so genauen Meinungen nach dem Urteil im Nürnberger Prozess. Er hatte den Eindruck, dass die Leute, es waren ja meistens Frauen, davon überhaupt nichts hören wollten. Es war eine Art stummer Abwehr. Das war auch eine Reaktion. Aber es hätte nicht mal die gegeben, wenn man nicht schon wieder Plakate an den Litfaßsäulen gesehen hätte, jetzt auch im kleinen Ort. Eine Frau schrie dann doch im Geschäft, das sei eine Lüge der Engländer. Was die da anklebten, seien Fälschungen. Das seien zum Teil Leichen von deutschen Zivilisten, die im Bombenangriff umgekommen seien.

Waren solche Ansichten weit verbreitet? Er fühlte sich plötzlich umgeben von Menschen, die am liebsten gehabt hätten, dass das Alte weitergegangen wäre. Es war unheimlich. Plötzlich hatte er einen Einfall, der ihn nicht losließ und den er zunächst mit keinem Erwachsenen bereden wollte. Der Einfall tauchte in ihm auf, nachdem er wieder einmal mit dem SS-Schwiegersohn im Keller vor der Kartoffeltonne über Karl May gesprochen hatte und ihm der Gedanke, in diesem Haus zu wohnen, ungemütlich wurde. Warum urteilen diejenigen, die wie der Vater dachten, nicht selbst über all diese Verbrecher? Am besten wäre es doch, wenn sie sich alle zu einer Partei zusammenschließen würden? Und die anderen, auch wenn es die meisten wären, würden aus dem öffentlichen Leben ausgeschlossen. Eigentlich wäre es das Beste, wenn man die Mörder erschießen würde. Das wäre eine moralische Veränderung. Er konnte es nicht fassen, dass die meisten, die gemordet hatten, ungestraft davonkommen würden. Das musste man doch verhindern! Eigentlich war gar kein Prozess erforderlich. Alle Mörder gehörten erschossen. Nicht von den Engländern oder Amerikanern, sondern von denen, die nicht in das Regime verwickelt waren. Davon gab es doch Tausende, Hunderttausende, vielleicht Millionen. Wieso kam von denen kein Wunsch, das zu tun? Es war das erste, was er dem Vater beim nächsten Besuch auseinandersetzte, so gut er konnte. Aber der Vater schüttelte den Kopf. Nein, so ginge das nicht. Er verstünde, was er denke. Das hätte man, wenn es möglich gewesen wäre, sowieso viel früher tun müssen. Jetzt sei die Zeit für solche radikalen Maßnahmen verstrichen. Vor allem hätten diejenigen, die gegen das Regime gewesen waren, nie voneinander gewusst. Auch noch nach Kriegsende nicht. Man kannte ja wirklich nur die unmittelbare Umgebung, die Familie. Zu so etwas, was er wolle, gehöre eine Organisation, eine politische Organisation. Die gäbe es nicht, habe es nie gegeben. Die Gegner des Regimes seien, abgesehen von der Gruppe, die dann das Attentat versucht hatte, einander völlig unbekannt geblieben, ohne politischen Zusammenhang. Selbst die alten Angehörigen der früheren Parteien waren isoliert und schweigsam unter dem kontrollierenden System geblieben. Es gäbe inzwischen Parteien, die von früher her Erfahrung mitbrächten, die Sozialdemokraten und die christlichen Demokraten aus einer alten Partei namens Zentrum. Schließlich die Liberalen und die Kommunisten. Keiner von diesen Männern dächte daran, die Verbrecher des Regimes einfach umzubringen. Einzelne würden vor Gericht gestellt, aber nur wenige. Die Männer der alten Parteien versuchten, die Bevölkerung für eine neue, nichtdiktatorische, demokratische Ordnung zu gewinnen. Das gelänge nicht, wenn man weitere Schuldige vor Gericht stelle, geschweige sie einfach erschösse.

Der Vater, der ihm während des Krieges anvertraut hatte, was abgrundtief Böses die Regierung sich ständig ausdachte, und ihn ja auch, so weit es ging, aus dem Jungvolk herausgehalten hatte, war nicht von Rachegedanken erfüllt. Er sagte sogar, es hätte auch anständige Männer in der Partei gegeben, die einen nicht angezeigt hätten, wenn man ihnen sagte, was man von dem Ganzen hielt. Zum Beispiel der alte Schuldirektor, der den Agamemnon aufgeführt hatte. Den habe er zur Rede gestellt, was er sich eigentlich denke bei seinen fanatischen Ansprachen an die Schülerschaft im Sommer 1944. Der habe stumm zugehört und auch am Ende nichts gesagt. Vor allem aber auch danach geschwiegen. Er hatte den Vater nicht angezeigt, nachdem sie beide nach Köln zurückgefahren waren. Der Vater kannte noch einen Klassenkameraden vom Gymnasium, dem er immer bei den Lateinaufgaben geholfen hatte. Der war dann ein hohes Tier in der Partei der Stadt geworden. Manchmal habe der den Vater, wenn sie sich zufällig in der Stadt sahen, gefragt, was denn die Leute so dächten. Wenn der dann hören musste, was der Vater dachte, so tuend, als sei das auch die allgemeine Meinung, da habe er nur erschreckt dagestanden, ohne jede Gegenwehr, geschweige eine Drohung.

Die Idee mit der Erschießung aller ehemaligen Mörder oder Mitwisser war offenbar eine völlig unpraktische Idee. Ein Mann der Praxis, wie der Vater, wäre nie auf eine solche Idee gekommen. Der Junge aber hing weiter dem Gefühl nach, etwas Notwendiges würde geschehen, wenn man alle diese Leute erschießen würde. Erschießen sei ja nicht Aufhängen. Sie könnten noch von Glück reden, wenn das so geregelt würde. Er dachte auch darüber nach, warum ihm eigentlich der Punkt des Vaters, man könne nicht so gesetzlos vorgehen, auch nicht gegen diejenigen, die selbst so vorgegangen waren, bei ihm keinen Eindruck machte. Eigentlich war der Einwand des Vaters ja richtig. Aber irgendetwas daran stimmte trotzdem nicht. Was war es? Er konnte es nicht genau sagen, war aber fest überzeugt davon. Er dachte vor sich hin und kam darauf, dass alles Leben, so auch der Grund für das Todesurteil, aus einer höheren und aus einer niederen Gerechtigkeit bestehe. Die höhere Gerechtigkeit aus dem Gefühl, die niedrige aus der Vernunft. Man müsse etwas Gutes oder Gerechtes tun, nicht nur weil das Gesetz es vorschreibt, sondern weil das innere Gefühl dabei beteiligt sei. Das sei die höhere Gerechtigkeit. Das genau dachte er.

In der Schule war von all diesen Dingen nichts zu hören. Das störte ihn nicht. Er fühlte sich wohl dabei, Kausalsätze, Konditionalsätze, Finalsätze, Temporalsätze, alle Nebensätze, die es gibt, voneinander zu unterscheiden. Er tat das besonders gerne. Viele konnten das überhaupt nicht. Folge und Absicht unterscheiden. Das Gefühl von Ordnung und Übersicht gefiel ihm außerordentlich. Aber auch die Unterscheidung selbst zu treffen, gefiel ihm. Grammatik war eine geistige Konzentration ohne beschwerende Gedanken und dennoch interessant. Wie einfache Sätze sich veränderten, wenn Nebensätze dazu kamen. Wie lang oder wie kurz ein Satz sein konnte. Eine Beschreibung der Natur, die sie häufiger als Hausarbeit versuchen mussten, konnte aus sehr vielen kurzen Sätzen bestehen. Wenn Ameisen auf ihrem Ameisenhaufen durcheinander rannten und kleinste Bestandteile von Hölzern, Blumen und Unerkennbarem daherschleppten, war das ein unaufhörlicher, nie aufhörender Zusammenhang, aber man konnte es in ganz kurzen Sätzen beschreiben. Das war nicht möglich, wenn man etwas Nachdenkliches darstellen sollte. Da verfing man sich in längeren Sätzen und brauchte Nebensätze. Zum Beispiel, ob es richtig sei, von den Eisenbahnzügen so viele Briketts herunterzuholen wie möglich, weil man ohne sie zu Hause frieren würde. Das war, obwohl es offiziell verboten war und ein Diebstahl, ein Thema im Schulaufsatz. Aber der Kölner Erzbischof Frings hatte gesagt, das sei unter solchen Umständen erlaubt. Deshalb gaben die Bewohner der Vaterstadt dem Brikettstehlen von den stehenden Zügen den Namen des Erzbischofs, nämlich »fringsen«.

Das war nur ein Beispiel für das Schreiben von längeren Sätzen, bei denen es auf die Umstände ankam. Der Erzbischof ließ ihn aber auch wieder an Gott denken. Seit dem Zwischenfall im Beichtstuhl war Gott für ihn auf eine rätselhafte Weise verschwunden. Er hatte ihn ja auch vorher nicht wirklich sehen können. Außerdem hatte nicht Gott, sondern der Priester ihn gefragt, ob er Mädchen gerne sähe und was an ihnen. Warum also plötzlich die Leere von Gott in ihm? Es war einfach so, dass Gott vorher in der Kirche, in der Messe für ihn spürbar geworden war. Das war immer so gewesen seit seiner Zeit bei dem irischen Großvater. Inzwischen hatte sich das geändert. Er wollte nicht mehr in die Kirche gehen. Der Beichtstuhl und der Priester, alle Priester, kamen ihm nicht mehr als Ort Gottes oder als Männer Gottes vor. Vorher war Gott der schönste Gedanke in der schönsten Welt, die ihn im Hause des Großvaters und auf der Straße dort und selbst im Luftschutzkeller umgab. Auch das hatte sich geändert, seit der Vater ihm, das war erst anderthalb Jahre her, gesagt hatte, wie die Welt außerhalb des Hauses des Großvaters eigentlich war. Und das Lesen des *SS-Staats* und die anderen Eindrücke lenkten seine Phantasie sowieso von Gott ab und brachten ganz andere Vorstellungen in ihm auf. Wenn jemand ihn gefragt hätte: Glaubst du an Gott?, dann hätte er wohl nicht mit Nein geantwortet. Er hätte aber gesagt, dass er überhaupt nicht an ihn denke und dass, wenn der Gedanke komme, er im Unterschied zu früher vollkommen ohne Inhalt sei. Ihn hatte früher, seit der ersten Kommunionsstunde, immer der erste Satz der Bibel tief beeindruckt: »Im Anfang schuf Gott Himmel und Erde.« Die Allmacht, das Wirken war es, wie er ihn sich vorstellte. Auch, dass Gott ihn sähe. Das war alles weg. Nichts mehr davon. Dafür nur noch weltliche Dinge. Der heimliche Blick auf Mädchen war einer der einnehmendsten. Er konnte neuerdings gar nicht oft genug einem Nachbarmädchen hinterherschauen. Deswegen hörte er auch die Operettenmelodien aus dem Radio so gerne oder die Schlager, die die Mutter schmalzig nannte, weshalb er, seitdem er diese Bezeichnung kannte, es nicht wagte zuzugeben, wie gerne er gerade die allerschmalzigsten hörte.

Das Mädchen vor dem Haus gegenüber, dem er immer nachschaute, hatte eine hübsche schwarzgrünrote Strickjacke an, die zur Ausstattung der früheren weiblichen Staatsjugend gehörte. Er erinnerte sich genau an die Uniform der jungen Mädchen zwei Jahre zuvor: weiße Bluse, schwarzer Rock und braune Jacke mit Abzeichen vorne und am Ärmel. Diese Strickjacke aber mit dem gezackten grünroten Muster und den silbernen runden Knöpfen sah dagegen schon damals privat aus. Jetzt wirkte sie wie ein Farbfleck aus einer vergangenen Zeit, nicht unbedingt aus der Zeit des Regimes, sondern aus der Vergangenheit überhaupt. Aber er wusste ja, dass es eigentlich ein Uniformstück war. Dachte sich das Mädchen etwas Besonderes dabei? Sie kam immer den Weg aus dem Wald herunter und hatte ein sehr schönes, großflächiges, verschlossenes Gesicht. Das Großflächige des Gesichts gab zusammen mit dem sich in der geschnürten schwarzrotgrünen Jacke abzeichnenden Busen den Eindruck von etwas ihm weit Überlegenen. Sie war sowieso sicher zwei Jahre älter. Jeden Tag kam sie diesen Weg, und jeden Tag sah er sie an und dachte, sie weiß ja gar nicht, dass ich sie besonders ansehe. Wegen ihrem Gesicht und ihrem Busen und wegen ihrer schwarzrotgrünen Jacke. Das zusammen gab ihm eine Mischung aus etwas Geheimnisvollem und Alltäglichem zugleich ein. Der Busen war das Alltägliche, das Gesicht und die Jacke von früher waren das Geheimnisvolle. Oder das Geheimnis, das er in sie hineinsah. Er hatte sich seit einiger Zeit häufiger schon dabei überrascht, dass er beim Anblick eines schönen Gesichts eines Mädchen etwas Geheimnisvolles empfand. Dann aber, wenn das Mädchen etwas sagte, verschwand alles Geheimnis. Das war so ähnlich wie mit der Kirche. Die hatte ja auch aufgehört, den geheimnisvollen, wunderbaren Eindruck auf ihn zu machen. Aber er sehnte sich weiter nach solchen Eindrücken und suchte sie jetzt in dem Gesicht eines Schulmädchens, das er wahrscheinlich nie kennenlernen würde. Er wusste nicht einmal, in welche Schule sie ging. Und er hörte sie niemals reden. Es war immer der gleiche Anblick, wie sie, meist in der schwarzrotgrünen Jacke, mit ernstem Gesicht dahinging. Solche Eindrücke verschwammen zu diffusen Stimmungen und hatten überhaupt nichts zu tun mit den Gedanken, die er sich über die Gedanken der anderen Menschen machte.

Was er davon bei den Schullehrern mitbekam, war, dass sie alle die neue Zeit bejahten, indem sie sehr fleißig auftraten. Das galt besonders für den Religionslehrer, der ein Priester war und den er überhaupt nicht mochte, ohne dass der ihn jemals im Beichtstuhl gehabt hätte. Er mochte nicht, wie er über die Religion sprach. Das hatte gar kein Geheimnis. Das war wie eine Reihe von Regeln. Er sagte dem Priester natürlich nicht, dass er Gott verloren hatte. Er hörte aber genau zu. Sie machten jetzt mehr Katechismus, weniger Bibel. Und da kam das Wichtigste der ganzen katholischen Religion vor, die Heilige Wandlung. Nachdem er sich Gott nicht mehr vorstellen konnte, fand er die Erklärung, wie Brot und Wein in den Leib und das Blut des Gottessohns verwandelt würden, eigentlich gar nicht zu verstehen. Er stellte auch eine ungläubige Frage. Der Priester wurde daraufhin ungehalten, wusste aber keine andere Antwort zu geben als die, dass das eben so sei. Man könne das eben nicht verstehen, man müsse es glauben. Sobald man an die Stelle des Glaubens das Verstehen setze, würde alles schwierig. Er hätte gerne von dem Priester gehört, was eigentlich der Glaube sei. Die Antwort bekam er nicht von diesem, sondern von der sehr feinen Deutschlehrerin: Glaube sei eine Gnade. Gnade hieße eine unerklärbare Gunst vom Himmel.

Wenn das so war, hatte er keine Gnade. Bis vor kurzem glaubte er ohne weiteres, ob ohne oder mit Gnade, das wusste er nicht. Jetzt aber war klar, dass er ohne göttliche Hilfe leben müsste. Das war ein neues Wissen, das ihn veränderte. Von keinem Erwachsenen konnte er Hilfe erwarten. Der Vater war kein frommer Mann, die Mutter ging auch nicht mehr in die Kirche. Und den Lehrern wagte er das, was er dachte, nicht zu sagen: dass die ganze Welt, nicht nur er selbst, leer war von Gott. Das Schöne von früher war ausgeleert aus ihm. Das alles geschah zur gleichen Zeit, als er das Mädchen in der schwarzrotgrünen Jacke ständig sah. Er fing an, sie sich vorzustellen, wenn er abends im Bett lag, und machte das, was er längst herausgefunden hatte und worüber die Mutter, die das entdeckte, sehr zornig wurde. Das wäre eine Todsünde, sagte sie, weil er damals, beim ersten Mal, noch an Gott glaubte. Außerdem sei es gesundheitsschädlich. Aber er brauchte das jetzt unbedingt. Anstelle der seligen Gefühle in Gott jetzt die seligen Gefühle in dem Bild von dem Mädchen. Er brauchte etwas Großes, Weites, in das er sich hinein begeben könnte, nachdem er in dem Zustand des Unglaubens kein Glück gefunden hatte. Es war ein Zustand des ewigen Vor-sich-hin-Träumens, das keinen Halt an einem bestimmten Gedanken fand.

Auch das furchtbare Bild von der Litfaßsäule änderte daran nichts. Dass er nichts dagegen hatte, dass das Mädchen diese Jacke von früher trug und er daran sogar etwas Einschmeichelndes fand, kam daher, dass er sich in dem unklaren Schweben zwischen allen Sicherheiten nur noch nach etwas Weichem, Nachgebendem sehnte. Aber er bekam es nicht. Er konnte kein Mädchen anfassen. Wie denn? Ein Ausweg waren die Aufsätze über die Naturbeobachtungen, die sie schreiben mussten. In der Hitze im Gras zu liegen und die allerkleinsten Bewegungen der Gräser zu beobachten, wenn so viele kleine Tiere, auf die er nie zuvor geachtet hatte, kamen und gingen. Nicht allein die Ameisen, sondern verschiedene Käferarten, blaue, grüne, braune, dann aber auch Eidechsen und Blindschleichen. In der Hitze des Daliegens und Aufschreibens von allem, was er sah, fand er eine Art Frieden. Ihm wurde jetzt bewusst, wie sich sein Leben verändert hatte, seit sie das kleine Dorf verlassen hatten. Wie er zur gleichen Zeit beunruhigt worden war durch das Plakat auf der Litfaßsäule mit den Leichenbergen und durch den Anblick des Mädchens in der schwarzrotgrünen Jacke. In dem einen Falle brachte die Beunruhigung zuerst eine Kette von Gedanken, die sich als richtig oder falsch herausstellen mussten, im anderen Falle zuerst eine Flut von Gefühlen, die sich körperlich auswirkten. Aber diese beiden Zustände vermischten sich in diesen Wochen zu einem einzigen Gefühl, dass sich etwas Schicksalartiges für ihn ereignete und dass das Leben eine ständige Bewegung in eine Zukunft hinein bedeutete. Das hatte er vorher noch nicht empfunden. Vorher war alles ein Tag. An den vielen Tagen und Wochen vorher war Unterschiedliches geschehen, das er sich merkte. Aber erst jetzt hatte er das Empfinden, dass im Leben sich etwas ereignen kann, das alles, was vorher war, in ein vollkommen anderes Licht taucht. Auch wenn beides ineinander übergeht, sodass man sich meistens der Trennung von beidem nicht bewusst ist. Die Litfaßsäule und das Mädchen hatten nichts miteinander zu tun. Aber sie gehörten beide zusammen, weil sie sein Gefühl hervorbrachten, etwas sehr Wichtiges sei geschehen und geschehe noch weiter.

Nachdem er verstanden hatte, dass es nicht möglich sei, Mörder aus der vorangegangenen Zeit zu töten, um die eigene Zeit von ihnen zu befreien, gewöhnte er sich an den Gedanken, dass alles gemischt war. Es gab nie das eine oder das andere. Das konnte man sich als allgemeine Regel merken. In diesem besonderen Falle aber schwappte die Düsternis der Fotografien auf der Litfaßsäule und in dem SS-Buch über in seine jetzige Zeit, in sein Gefühl von jetzt. Aber es war keineswegs immer da. Es kam und ging. Wenn er es vollkommen vergessen hatte, kam es plötzlich durch einen Zufall wieder. Dass er das Mädchen in der schwarzrotgrünen Jacke so ansehen musste, hing ja auch damit zusammen. Diesmal aber wie eine Beruhigung. Es gab etwas von früher, das nicht erschreckte, sondern im Gegenteil angenehm, schön, anziehend war. Das Frühere konnte weitergehen, auch ohne ihn zu bedrücken. Also brauchte es nicht ganz ausgemerzt zu werden. Es durfte nur nicht überhand nehmen. Er meinte, nicht überhand nehmen in seinem Gefühl. Er musste denken dürfen, dass etwas ganz Neues jetzt anfangen würde. Sonst geriete er in einen Zustand des Traurigseins, der immer weiterginge.

Er hatte den Eindruck, dass sehr viele Menschen in so einem Zustand lebten. Der Krieg war zwar schon zwei Jahre vorbei, aber die große Freude, die er beim Vater erlebte, dass jetzt das Leben erst wieder anfange, die sah er in den meisten Gesichtern nicht. Darauf kam er erst allmählich. Er selbst und sein Freund hatten keinen Grund zum Traurigsein. Ihre Streifzüge durch die Wälder und ihre Gespräche kannten keine Grenzen der Freude. Aber sonst sah er das Traurigsein. Das Merkwürdige daran war, dass keiner es direkt sagte. Wahrscheinlich wussten sie es gar nicht: die stille Deutschlehrerin, die Frau des Villenbesitzers, die anderen Frauen im Ort. Wahrscheinlich war das überall so. Er sah es, aber er sah keine Bedeutung darin. Er erklärte es sich nicht. Wäre nicht das Verschwinden Gottes aus seinem Leben gewesen, dann hätte er überhaupt nicht gewusst, dass es Traurigsein gibt. Denn das Plakat auf der Litfaßsäule hatte ihn ja nicht traurig gemacht, sondern im Gegenteil in ihm den Willen zu einer Veränderung hervorgerufen. Traurigkeit hatte etwas Passives. Er aber stellte sich etwas Aktives vor. Und wenn es nicht so möglich war, wie er es dem Vater entwickelt hatte, dann eben anders. Man konnte gar nicht anders leben als in einer ständigen Erwartung, was alles passieren würde, passieren möge.

Inzwischen stand ihm sowieso eine große Veränderung bevor. Der Vater hatte entschieden, dass er wieder in sein altes Internat kommen sollte. Es war Herbst 1947. Die Mutter brachte ihn in den Süden. Es wurde kein großer Abschied aus der alten Schule und der Villa des Jägermeisters am Rande des Waldes. Aber es war schon sehr aufregend, obwohl er genau wusste, wohin es ging. Er war doch drei Jahre zuvor noch dort gewesen! Die Mutter und er übernachteten mit dem großen Koffer, in den die notwendigsten, vom Internat vorgeschriebenen Sachen gepackt waren, in der Vaterstadt am Rhein. Nicht in der Junggesellenwohnung des Vaters, in der dieser noch immer lebte, sondern im Haus des irischen Großvaters. Die Eisenbahnfahrt in die Stadt im Schwarzwald im Tal unterhalb der Schule würde elf Stunden dauern. Sie würden erst abends ankommen und mussten dort übernachten, bevor sie am nächsten Tag hinauf ins Internat fuhren. Als er die Umgebung des Kölner Bahnhofs wiedersah und der Zug sich früh morgens an den eng heranrückenden Mauern des Bahnhofsviertels langsam vorbeifahrend in Bewegung setzte, sah er noch einmal die Verwüstung. Zum Teil waren es nur noch ausgebrannte Ruinen, zum Teil notdürftig hergerichtete Wohnungen. Die Toiletten und Badezimmer gingen alle zum Bahngleis hin, und er sah in fast jedem dieser Zimmer ein Licht brennen. Alle gleichzeitig. Es war halb sieben morgens, denn sie hatten den frühen Zug wählen müssen, um nicht zu spät anzukommen. Als er diese erleuchteten Badezimmer und Klos sah, dachte er, dass jetzt sich alle Bewohner zur Arbeit fertigmachten. Alle gleichzeitig. Er sah Männer vor Spiegeln in winzigen Badezimmern, wie sie sich rasierten. Alle gleichzeitig. Er fand das sehr deprimierend. Niemals einen Beruf haben, bei dem man so früh, zur gleichen Zeit, wenn alle andern aufstehen, aufstehen musste.

Sie kamen nach der Fahrt durch die wunderbarsten Gegenden am Rhein mit einer nur leichten Verspätung in der Landeshauptstadt Freiburg im Süden an. Mit einer Thermosflasche voll Tee und dem weißen Brot der Engländer hatten sie den Tag gut überstanden. Sie waren jetzt in der französischen Besatzungszone, und das merkte man sofort. Auf dem Bahnhof und der Straße, die ins Innere der Stadt führte, wimmelte es von französischem Militär. Einfache Soldaten, auch Negersoldaten, und viele Offiziere. Ihre bunten Uniformen wirkten in einem so striktem Gegensatz zu den englischen oder auch deutschen, dass man denken konnte, dass es gar keine richtigen Uniformen wären. Sie waren überladen von verschiedenen Farben, die Achselklappen strotzten vor prächtigen roten oder goldenen Zusätzen. Epauletten. Vor allem aber die Offiziere hatten eine auffällige Art sich zu bewegen, zu gehen und zu sehen. Er sagte zur Mutter: Die benehmen sich aber richtig eitel! Er fand das lächerlich. Die hatten doch gar nicht den Krieg gewonnen! Die waren doch davongelaufen! Und nun das. Er war auch enttäuscht. Immerhin wusste er ja, wie freundschaftlich gesonnen der Vater und der Großvater den Franzosen waren. Wie gut sie französisch sprachen und dass sie auch in Frankreich gelebt hatten. Aber so etwas, dieses prunkvolle Benehmen, so etwas hatte er nicht erwartet. Wenn einer der Offiziere auf dem Trottoir der Stadt ging, oft mit einem Stöckchen unter dem Arm, hatte man den Eindruck, man müsse ihm Platz machen.

Die Mutter fand kein richtiges Hotel mehr, weshalb sie mit anderen Leuten zusammen in einem alten Luftschutzbunker in der Nähe des Bahnhofs übernachten mussten. Aber das machte ihnen nichts aus. Die Erinnerungen an die Bombennächte kamen mit einem Male, aber umso schöner das Gefühl, dass keine Bombennacht bevorstand. Als sie am nächsten Tag mitten durch Felsen und rotviolett blühende Büsche das Höllental hinauf fuhren, da veränderte sich für ihn allmählich, aber ganz und gar die Welt.

II

AUF ELYSISCHEN FELDERN

Das Internat hatte sich nicht verändert. Es war noch immer so, wie er es in Erinnerung hatte. Hier hatten sie gemeinsam die schönen Lieder gesungen, und hier hatte ihm der Vater zum ersten Mal erklärt, welch ein verbrecherischer Staat es sei, in dem sie lebten. Er erinnerte sich an die widersprüchlichen Gedanken und Gefühle, als er das Gebäude der Schule wiedersah. Es war ein schöner Septembertag, an dem der Frühnebel erst langsam wich, sodass die Schulgebäude noch lange in einem verschleiernden Dunst in der freien Landschaft zwischen der steil abfallenden Schlucht und dem hinansteigenden kahleren Hügel lagen, hinter dessen Höhe sich eine moorige wilde Landschaft ausbreitete, nur ab und zu von in Gruppen stehenden Tannen unterbrochen. Das Schulgebäude, ein schlossartiger Bau mit einem Dach aus Holzschindeln und mit einem Zwiebelturm, stand als einsames Zentrum an der Landstraße, auf der nur selten ein Auto hinunterfuhr in Richtung der badischen Universitätsstadt oder in Richtung des Bodensees. Wie er so dastand, erinnerte er sich an die Szene, als Agamemnon auf dem Streitwagen in den Gartenhof einfuhr und Klytämnestra, die blutige Axt in der Hand, auf den Stufen zum Hauptgebäude stand, hinter ihr die geöffnete prächtige Holztür. Ein unvergessliches Bild. Obwohl die Szene jetzt verschwunden war, sah er in den schönen Gemäuern, dem geometrischen Garten und der tempelartigen Steinlaube wieder das Zeichen des unheimlichen Theaterstücks. Er hatte damals an den freien Nachmittagen das Kapitel Agamemnon und Klytämnestra in Schwabs *Grie-*

chischen Sagen gelesen. Ihm war der Atem stehengeblieben. Jetzt las er das originale Drama in deutscher Übersetzung. Er entdeckte dabei, dass der Schulleiter, der damals für die Aufführung verantwortlich war, das Stück auch selbst übersetzt hatte. Sein Name stand auf der ersten Seite der Ausgabe.

Der Vater hatte ihm gesagt, dass der alte Direktor, dieser irgendwie immer so bewegt wirkende Altphilologe, eine Art idealistischer Nazi gewesen war. Ob das eine mit dem anderen zusammenhing? Dass dieser vom griechischen Altertum lebende Mann gleichzeitig täglich vor dem Mittagessen die letzten Nachrichten von der Front in der Normandie mit einer Stimme vorgelesen hatte, als ob es ernste Gedichte seien? Er brauchte nur einen kleinen Anstoß, über solche Zusammenhänge nachzudenken, ohne dass er dem lange nachgehangen hätte, trotz der furchtbaren Dinge, die er über den SS-Staat erfahren hatte. Das alles verhinderte nicht den Eindruck, der ihn nun überfiel beim Anblick des Internats: dass er sich an einem altgriechischen Ort befände, in einer altgriechischen Landschaft. Er ging seit diesem ersten Tag im wiedergeöffneten Internat, so schien es ihm jedenfalls, auf antikem Boden. Dieses Gefühl von etwas Außerordentlichem, das ihn fortan umgab, nährte sich nicht bloß aus der Erinnerung an die Aischylosaufführung im Schulgarten. Auch das Innere des Gebäudes hatte eine von allem ihm bisher Bekannten vornehm abgehobene architektonische Ausführung, die ihn fesselte. Das würde seine Zukunft sein. Vor den weißgetünchten Kalkwänden standen hier und dort weiße marmorne Säulen und auf ihnen marmorne Köpfe griechischer oder römischer Denker. Der Umstand, dass er zunächst nicht im Haupthaus, sondern in dem für jüngere Schüler vorgesehenen kleinen und nicht besonders schönen ehemaligen Gasthaus wohnte, machte die nachmittäglichen Gänge im Haupthaus zu Entdeckungsreisen. Dabei war für das antike Gefühl, das sich in ihm fortwährend ausbreitete, die eigentlich nur für die Pädagogen vorgesehene kleine Bibliothek neben dem Lehrerzimmer besonders wichtig. Es war ein ganz in dunkelgrünem Holz ausgelegtes Zimmer, das wie ein gelehrtes Versteck aussah, auch hier stand eine weiße Säule mit dem Kopf eines berühmten griechischen Philosophen darauf.

Was es damit auf sich hatte, war ihm zu diesem Zeitpunkt allerdings noch nicht klar. Das Zimmer stand nämlich, wie er schließlich herausfand, voll von Kästen mit Zetteln, auf denen Wörter und Begriffe aus dem Werk des griechischen Philosophen standen, der sich Platon nannte. Der neue Leiter des Internats, der während des Krieges noch als Griechischlehrer unterrichtet, sich dann aber aus politischen Gründen zurückgezogen hatte, hatte hier ein sich stetig vergrößerndes Archiv über die zentralen Wörter jenes Philosophen angelegt, von dem sie bald mehr zu hören bekamen. Natürlich war dieser geheimnisvolle Ort nicht ohne weiteres zugänglich. Nachdem er herausgefunden hatte, dass in diesem Raum etwas Wichtiges vor sich ging, hatte er es näher erkundet. Er entdeckte, dass die jungen Archivare, die für die Zettelkästen zuständig waren, den Schlüssel zu diesem Raum nicht immer bei sich trugen, sondern in eins der Fächer vor der Tür der grünen Bibliothek legten. So stand er ganz alleine in dem geheimnisvollen Raum. Er war sich ziemlich sicher, dass er alleine bleiben würde. Die Aufregung vor einer Entdeckung gab dem Empfinden, auf heiligem Boden zu stehen, die Würze. Noch hatte er keine wirkliche Ahnung von der Bewandtnis der Kästen, sondern sah und las vor allem die Namen all der altgriechischen und lateinischen Bücher in den Regalen. Er fragte sich, ob er das jemals wirklich lesen und verstehen würde. Es war ein Gewicht, das sich auf ihn senkte, denn er lernte ja schon seit vier Jahren Latein und begann nun mit dem Griechischunterricht. Aber von dem, was er in dem einen oder anderen herausgezogenen Buch las, verstand er keinen Satz, höchstens das eine oder andere Wort. Es war ein drohendes Gewicht, das sich beim Anblick dieser Bücherreihen auf ihn senkte. Nicht weil er spürte, wie viel er nicht wusste, wie groß das Ausmaß dessen war, was man Wissen nannte. Nein, das war es nicht. Vielmehr war es das Antike daran, etwas Düsteres und Schönes. Etwas, das er fürchtete, das ihn aber gleichzeitig anzog. Von Anfang an hatten die griechische und die lateinische Sprache eine bestimmte Würde für ihn ausgestrahlt. Im Lateinischen war es das Kurze, Knappe. Im Griechischen das Geheimnisvoll-Phantastische, das ihn so unwiderstehlich anzog.

Der Griechischlehrer war überaus imponierend. Er schrieb zunächst in griechischen Buchstaben Wörter an die Tafel, die er dann auf Deutsch erklärte. Es war ein Ereignis. Die einfachen deutschen Wörter, Substantive und Verben, explodierten auf der Tafel zu abenteuerlichen Zeichen, die fast so besonders und fremdartig wirkten wie die Granatsplitter damals. Die Jungen lernten das griechische Alphabet und fingen an, erste Verben zu konjugieren. Eigentlich war das ja etwas vollkommen Konventionelles, eine logisch-grammatische Technik, die man auf alle Verben jeweils unterschiedlich, gemäß ihres Stammes, anzuwenden hatte. Aber dieser Lehrer, der aus einer alten Philologenfamilie kam, tat so, als ob es etwas Unentdecktes zu entdecken gäbe. Schon im ersten Jahr schrieb der Griechischlehrer den Infinitiv des Verbs »melden«, »'αγγέλλειν«, an die Tafel. Dann den Imperativ infinitiv dieses griechischen Wortes, der wieder »'αγγέλλειν« hieß. Dann aber gleich noch ein Wort davor und ein Wort danach, nämlich »Ὦ ξεῖν'« (»Fremder«) und »Λακεδαιμονίοις« (»den Lakedämoniern«). Sie verstanden also: »Ὦ ξεῖν', 'αγγέλλειν Λακεδαιμονίοις«. Das war ohne Schwierigkeiten klar. Die beiden folgenden Wörter machten den Satz aber erst zum Träger seiner berühmten Botschaft: »Du habest uns hier liegen gesehen, wie das Gesetz es befahl« – »ὅτι τῇδε κείμεθα τοῖς κείνων ῥήμασι πειθόμενοι«. Das schrieb der imponierende

Griechischlehrer also auch an die Tafel. Die bisher behandelte Grammatik überschreitend, wurden sie so in neue Partizipformen eingeführt, die sie noch nicht geübt hatten. Sie sollten ihre Fähigkeit erkennen, Sprache zu lernen. Wie sie schon einen der größten Sätze des klassischen Griechentums mit den geringen Kenntnissen, die sie hatten, verstehen würden. Sie lernten diesen Satz auswendig. Nie würden Helden mehr in solch einem Tonfall, solch einer Tonfülle sprechen. Der Lehrer hatte die Gabe, nicht nur die Bedeutung, die die deutsche Übersetzung überstieg, klar zu machen. Er ließ sie diese Vokale und diese Konsonanten im richtigen Rhythmus aufsagen. Seitdem erschien ihm das Griechische als die Sprache der Dichter und Helden. Nicht etwas, das vergangen war, sondern etwas, das ihn alltäglich begleiten würde. Es war die Vorstellung von einer wunderbaren fremdartigen Sprache, die seine seit dem Krieg angeregte Phantasie von Außerordentlichem oder Gefährlichem befriedigte. Die roten und blauen Rücken der Klassiker sprachen zu ihm. Die Antike setzte sich immer mehr in ihm fort.

Er war etwa eine halbe Stunde in der grünen Bibliothek allein, als plötzlich ein junger glatzköpfiger Mann, sehr geschäftig und sicher sehr gelehrt, hereinkam, der alle griechischen Wörter und ihre Entsprechungen in deutscher Sprache zu kennen schien. Er war Referendar im Schulamt, arbeitete aber jetzt für eine gewisse Zeit für das Philosophiearchiv des Schuldirektors. Er machte auch kein großes Theater über den Eindringling, ganz im Gegenteil, er erklärte ihm, so gut es ging, um was es sich in den Kästen genau handelte und warum es wichtig sei für das richtige Verständnis des berühmten Philosophen, der Platon hieß. Es war nicht ganz klar, ob der Archivar nur die Ansicht des Direktors wiedergab oder aber selber von der Bedeutung der Zettelkästen überzeugt war. Der Schuldirektor jedenfalls war nach dem unheimlichen Stück von Aischylos, nach der antikischen Atmosphäre des Schulgebäudes sowie der Wirkung der altgriechischen Wörter eine Art Symbol für die Antike geworden. Und zwar sowohl seine Gestalt und sein Gesichtsausdruck als auch seine Art zu sprechen. Das fing damit an, dass sein Gesicht den Jungen an die Züge eines Fauns erinnerte, der in seinem Griechischlesebuch abgebildet war. Eines intelligenten Fauns. Zuerst dachte er: Du hast dieses seltsam lächelnde und gleichzeitig gefährlich wirkende Gesicht doch schon einmal gesehen. Es war doch das Gesicht jenes Philosophen, der in der Bibliothek auf dem Sockel stand! Auch dieses philosophische Faunsgesicht mit den breiten Backenknochen und der stumpfen Nase hatte er in seinem griechischen Lehrbuch gesehen. Und dann das Lachen des Direktors! Dieser musste die Pfeife aus dem Mund nehmen, wenn es aus ihm herausbrach. Es war ein fast gewalttätiges Lachen, wobei er sein starkes Gebiss zeigte. In diesem Lachen brach etwas tief Verborgenes hervor, dessen war der Junge sich sicher. Es war furchterregend. Die Demonstration einer ungeheuren Selbstgewissheit. Er wusste in diesen ersten beiden Jahren nicht wirklich, was der Direktor dachte. Nur, dass er viel dachte, das war klar.

Das wurde auch bei den gelegentlichen Reden deutlich, die der Direktor an die versammelte Schülerschaft richtete. Tiefernst sprach er dann im Namen der Schule von einer besonderen Gemeinschaft, der man sich würdig zu erweisen hatte oder auch nicht. Oder auch nicht. Es war bedrohlich. Diese Ansprachen, bei denen man tatsächlich Angst bekommen konnte, fanden im großen holzgetäfelten Esssaal statt, wo etwa hundertsiebzig Schüler und Schülerinnen an langen Tischen frühstückten, zu Mittag aßen und das Abendessen einnahmen. Vorher wurde gebetet. Wenn eine solche Rede des Direktors anstand, hatten die Jungen einer höheren Klasse den Auftrag, die Tische zur Seite zu räumen und den Saal in einen Hör- oder Konzertsaal zu verwandeln. Letzteres geschah sowieso fast jeden Samstag, wenn die Frau des Direktors, eine berühmte Pianistin, ebenfalls berühmte Kollegen einlud, vor der ganzen Schüler- und Lehrerschaft Klavier, Bratsche oder Geige zu spielen. Es waren die Höhepunkte der Schulwoche.

Wenn also der Direktor ohne das faunische Lachen von einer bühnenartigen, höheren Ebene des Esssaals herab die versammelte Schülerschaft ansprach, dann hatten seine Stimme und sein Gesichtsausdruck sich vollkommen verändert. Der Anlass solcher Ansprachen war zunächst der Beginn einer neuen Schulsaison im Herbst, Frühjahr und Sommer. Dann benutzte er die Wörter wie Fesseln, die das Verhalten und das Denken regelten. Das wurde sehr viel eindringlicher, wenn der Anlass seiner Rede die Entlassung eines Schülers oder einer Schülerin aus disziplinarischen Gründen war. Dann senkte sich auf die versammelten Klassen eine Art Gerichtstag. Als er das zum ersten Mal mitbekam, war ihm nicht klar, was die Ausgestoßenen denn Schlimmes getan hätten. Er hörte nur den unheilvollen Satz des Direktors: »Etwas ganz Furchtbares ist geschehen.« Irgendwie hörte er das gerne. Es passte zu der Stimmung, die er in der grünen Bibliothek, vor den antiken Gips- oder den Marmorköpfen und vor dem Wort »agellein« empfunden hatte.

Dass es auch im Alltag ernst, ja gefährlich werden könnte, das war das Aufregende an diesen Urteilsreden des Direktors. Obwohl es eine ganze Reihe von Schulgesetzen gab, gegen die man verstoßen konnte, ging es bei diesem Gerichtstag und eigentlich auch allen folgenden immer um dasselbe: dass ein Schüler und eine Schülerin in einem abgeschlossenen Raum, etwa einem selten benutzten Klassenzimmer oder aber in einer der Scheunen in der nahen Umgebung entdeckt worden waren. Er selber hatte ja keine Erfahrungen sammeln können. Die Beichtstuhlepisode machte sich immer noch durch ein unbestimmtes Schuldgefühl bemerkbar, und auch die Erinnerung an die Aufforderung, in der Scheune dabei zu sein, wenn eine Bauernmagd und ein junger Knecht vor den Kindern zeigen wollten, was sie noch nie gesehen hätten, steckte nach wie vor in ihm: Aber das alles hatte nichts zu tun mit den lieblichen Mädchen und Frauen in seiner Vorstellung, die er aus Büchern hatte. Und dieses Gefühl überkam ihn auch, wenn er auf die Klassenkameradin in der Bank direkt vor ihm sah.

Er spürte, dass keineswegs alle Schüler um ihn herum diese tiefernsten Sätze des Direktors so wichtig nahmen wie er. Dieser machte ein Gesicht, als ob er in diesem Augenblick das Furchtbare, das geschehen war, wirklich erblickte. Kein Zweifel, der Direktor war im Bunde mit höheren Einsichten, die ihm aus der grünen Bibliothek kamen. Und sein Urteil war furchtgebietend gerecht. Jedenfalls sollte es nach seinem eigenen Empfinden so sein. Dieses Empfinden, in dem er sich wohlfühlte, blieb ihm erhalten, bis die Rede zu Ende war. Danach, wenn alle von den Stühlen aufstanden und zunächst sprachlos dem Ausgang des Saales zustrebten, dann aber in ein allgemeines Gerede verfielen, blieb er mit seiner Stimmung am liebsten noch etwas allein. Es gab also sehr ernste, sehr wichtige Dinge, die er bedenken wollte. Dass sich Schüler und Schülerinnen heimlich trafen und etwas miteinander machten, war nicht das Entscheidende. Entscheidend war der heilige Zorn des Direktors. Er hatte einen solchen Mann wie den Direktor noch nie erlebt und noch nie jemanden so sprechen hören. Der Vater, der ihm im letzten Kriegsjahr eine Sammlung von lateinischen Sätzen und ihre deutsche Übersetzung in ein kleines Heft geschrieben hatte, hatte zwar auch die Neigung, etwas Wichtiges mit großem Ernst auszusprechen. Aber mit dem Ernst des Schuldirektors, mit der Wucht seiner Ansprache, ließen sich die Sätze des Vaters nicht vergleichen.

Hierfür gab es noch einen anderen Grund. In der Schule wurde eine Art Ethik befolgt. Zum Ehrenkodex gehörte, nicht abzuschreiben und nicht zu lügen. Wer das tat, war eigentlich nicht wert, zu dieser Schule zu gehören. Das Internat war eben ganz anders als alle anderen Schulen, die Staatsschulen vor allem. Wie genau dieser Ehrenkodex funktionierte, wurde ihm erst allmählich deutlich. Zunächst dadurch, dass ihm schon bald einige der größeren Schüler und Schülerinnen auffielen, die einen sogenannten Schulanzug trugen: ein graues Flanellhemd und eine graue kurze Flanellhose oder ein graues Flanellkleid. Sie sahen besonders darin aus. Das lag nicht allein an der eleganten, gleichzeitig aber auch puritanisch einfach wirkenden Kleidung, es lag an der Miene, mit der sie ihre Kleidung trugen. Es waren durchweg ziemlich hochaufgeschossene Schüler, die sehr viel Selbstgewissheit ausstrahlten. Sie wirkten nicht hochmütig, aber schienen von einem bestimmten Bewusstsein erfüllt zu sein. Ihre Kleidung war als offizielle Schulkleidung seit einiger Zeit abgeschafft. Sie schien dem philosophischen Direktor nicht mehr recht zu passen in die Nachkriegszeit. In der Zeit davor, seit Beginn der dreißiger Jahre, waren Schüler und Schülerinnen durch die Verleihung des Schulanzugs ausgezeichnet worden, wie es noch immer die Praxis in dem benachbarten Internat am Bodensee war, ursprünglich die Mutterschule beider Internate.

Wem damals als Oberprimaner die Ehre des Schulanzugs noch nicht verliehen war, der musste die Schule verlassen. Die Ober- und Unterprima bestand 1947 aus nur wenigen Schülern. Nicht mehr als fünf oder sechs Jungen, ein oder zwei Mädchen. Zum Teil waren das besonders Begabte. Wer also jetzt noch im Schulanzug herumlief, wollte zur alten Garde gehören, dachte er. Man wollte etwas Bestimmtes ausdrücken – aber was? War es ein Protest dagegen, dass der Schulanzug nicht mehr das Zeichen der Schule war? Wollten sie ihre eigene Auserlesenheit demonstrieren? Vor allem ein achtzehnjähriger Oberprimaner und eine fünfzehnjährige Obertertianerin sahen so aus, als hätten sie eine Botschaft. Er fand das nicht lächerlich. Aber wie lautete diese Botschaft? Er war sich jedenfalls sicher: Sie hatten allen Grund, so auszusehen. Über den jungen Mann, der noch vor dem Abitur plötzlich aus der Schule verschwand, wurde bald viel geredet. Es hieß, dass er mit der schönen Musiklehrerin, der jungen Ehefrau des Griechischlehrers, durchgebrannt war. Nach Griechenland, wo er angeblich Archäologie studieren wollte. Für den Jungen war das ein untrügliches Zeichen von Auserwähltheit. Die aus einer hochadligen Familie stammende Obertertianerin, deren abweisende Grazie ihn sofort angezogen hatte, lebte offenbar in literarischen Büchern. Immer trug sie einen Gedichtband bei sich. Er hatte nie Gelegenheit, mit ihr zu sprechen, weil sie ihn und seine Klassenkameraden einfach übersah. Sie hieß Feo, eigentlich Feodora.

Neben dem stillschweigend ausgeübten Ehrenkodex gab es eine weitere Eigentümlichkeit, die ihn interessierte, nämlich den »Ring«. Er bestand aus einer Reihe von auserwählten Schülern unter dem Vorsitz des Direktors. »Der Ring« war ein Teil der besonderen Schulordnung, die nach dem Vorbild des großen griechischen Philosophen ausgedacht worden war: Die Schulordnung wurde nämlich in Form einer Schülerselbstverwaltung gewahrt, für die einige sogenannte Helfer verantwortlich waren. Unter ihnen ragte der »erste Helfer« heraus. Das Wort »Helfer« war eine Abänderung des Wortes »Wächter«, wie es in der Staatsschrift des Philosophen Platon hieß. Das berühmte Nachbarinternat, wurde ihm erzählt, hatte nach wie vor den Ausdruck »Wächter« beibehalten. Der erste Helfer und die anderen Helfer wurden von der älteren Schülerschaft ab Obertertia für ein Jahr oder ein Trimester gewählt. Es gab einen Helfer für die verschiedenen Gebäude sowie einen Helfer des Schülergerichts, einen Sporthelfer und einen Kulturhelfer. Von diesen der wichtigste war der Helfer für das Schülergericht. Streitigkeiten zwischen Schülern, die einen regelrechten Fall zur Folge hatten, wurden hier entschieden. Aber auch bestimmte Verletzungen der Schuldisziplin. Er selbst hatte von Anfang an keine große Sympathie für das Schülergericht, weder für die Institution noch für den jeweiligen Helfer. Der Grund hierfür war ihm nicht ganz klar. Es gefiel ihm einfach nicht, dass ein Einzelner von seinen Mitschülern beurteilt und dann eventuell zu einer Strafe verurteilt wurde, zum Beispiel am Sonntag mit einem anderen Verurteilten auf einem großen hölzernen Leiterwagen mit Deichsel die Milchkannen aus dem Dorf zu holen. Nicht wegen der Strafe war es ihm zuwider, sondern weil er nicht mochte, dass das Gericht gegen einen Einzelnen eine Regel durchsetzen durfte. Das wirkte auch lächerlich, weil es so schrecklich gehorsam, so brav wirkte. Er mochte nicht, wenn sich jemand an eine Vorschrift hielt und sich dabei auch noch gut vorkam. Am Ende des Trimesters sagte ihm ein älterer Schüler, dem er seinen Widerwillen zu erklären versuchte, auf solche Empfindungen käme es gar nicht an. Gesetz sei Gesetz. Man habe sich so zu verhalten, dass das eigene Verhalten sogar Gesetz werden könnte. Das habe der berühmteste Philosoph überhaupt erklärt. Das sei ja noch schlimmer, antwortete er, wütend geworden. Er war fest entschlossen, genauer herauszufinden, was man gegen solche unmenschlichen Auffassungen tun könne. Auf jeden Fall war er dagegen. Er stellte sich vor, dass er selbst mit dem Schülergericht zu tun haben könnte.

Der Kulturhelfer war zuständig für abendliche Literaturlesungen, aber er half auch bei der Organisation der Wochenendkonzerte oder hatte mit besonderen Arbeitsgemeinschaften zu tun, deren Themen sich einige Schüler selbst setzten. Die Wahl des Sporthelfers war am einfachsten. Immer wurde es ein älterer Schüler, der sich im Sport hervorgetan hatte, und meistens war es der Chef der Hockeymannschaft, dem Schulsport. Fußball, den er in der westfälischen Schülermannschaft gespielt hatte, gab es nicht. Das war nicht fein genug. Das wurde nicht laut gesagt, war aber ganz klar. Die berühmte ehemalige Schwesterschule am Bodensee spielte auch nur Hockey, und zwar, wie er bald bei einem ihrer Besuche sah, im grauen Schulanzug und manchmal sogar barfuß, um ihre Überlegenheit zu zeigen. Es gab einen Hockeyspieler, der besonders freundlich war, nicht nur zu ihm, sondern zu allen. Es war eine stolze Freundlichkeit, eine, die immer wusste, was richtig und was nicht richtig war. Gerade das blieb ihm ganz unklar. Aber er konnte nicht verhindern, dass Bewunderung in ihm aufstieg. Gemischt mit einer Art Abwehr. Dieser Junge war für ihn auch ein Symbol der Schule.

Erster Helfer zu sein erschien ihm etwas so Besonderes wie der Schuldirektor selbst. Rektorrede, Schulanzug, erster Helfer und das Mienenspiel einiger Schüler verschmolzen zu der altgriechischen Vorstellung, aus der er allmählich einen inneren Kult machte. Wenn er in das nahe Schwarzwalddorf ging, hörte er manchmal die Bewohner in ihrem Dialekt über die Schüler des Internats reden, so als ob es Menschen aus einer ganz anderen Welt wären. Und er selbst hielt es ja nicht anders, obwohl er längst dazugehörte. Es war nicht nur das Außerordentliche, das er nach und nach entdeckte, sondern auch das Neue. Kein Schüler sprach mehr in einem Dialekt, wie er es aus Köln, jedenfalls in der Volksschule und bei den irischen Großeltern gewohnt war. Die Schüler sprachen fast alle, so wie die Lehrer auch, ein reines Hochdeutsch. Es kam ihm in dieser Reinheit kalt vor. Natürlich merkte man bei diesem oder jenem Schüler, ob er aus Süddeutschland oder Norddeutschland kam. Die wenigen Rheinländer hörte man sowieso heraus. Aber es blieb eine hochdeutsche Sprache. Dann gab es in seiner Klasse fast nur Protestanten. Die einzige katholische Klassenkameradin, Michele, die Nichte eines berühmten Schriftstellers, die in der Türkei großgeworden war, ging immer mit ihm zusammen zum katholischen Dorfpfarrer, der mit ihnen beiden Kirchengeschichte las. Nichts Dogmatisches, weil sie ihm ganz offen mitgeteilt hatten, dass sie nicht mehr an Gott glauben würden. Er war ein einfacher Dorfpfarrer. Ganz im Gegensatz zu dem protestantischen Pfarrer, der wie Luther aussah und dessen Predigten berühmt waren, sodass sie auch der Schuldirektor fast jeden Sonntag besuchte. Diesen Pfarrer hatte er eines Tages gefragt, ob er gelegentlich am evangelischen Religionsunterricht teilnehmen könne. Noch immer musste er darüber nachdenken, ob es Gott gebe oder nicht. Der evangelische Pfarrer hatte es ihm freundlich erlaubt, als er von seinem Glaubensunglück erfuhr. Aber er fühlte sich nicht wohl. »Was ist es?«, fragte der Pfarrer ihn. Er antwortete, in der evangelischen Kirche werde zuviel geredet, aber zuwenig gezeigt. Er sagte das, obwohl ihm die Predigten des evangelischen Pfarrers großartig vorkamen, ganz großartig. Die Wörter türmten sich, aber das war es eben – es waren zu viele Wörter, und es gab zu wenig zu sehen. Da lachte der evangelische Pfarrer und sagte: »Du bist noch immer ein richtiger Katholik!« So ging er wieder mit Michele zum einfachen katholischen Pastor, ohne dass ihm Gott wieder näher kam.

Noch etwas war ihm bei seinen Mitschülern aufgefallen. Eine ganze Reihe trug Ringe mit einem kleinen Wappen darauf. Das waren die Ringe von Adelsfamilien. In jeder der relativ kleinen Klassen gab es einen oder zwei Schüler aus solchen Familien. Da er für alles, was zu sehen war, ein besonderes Interesse entwickelte, geriet er über diese Ringe ins Grübeln. Die meisten Schüler hatten sie ja nicht. Was dachten diejenigen sich, die einen solchen Ring trugen? War es nur eine Art Familienzugehörigkeit, oder war es derselbe Stolz wie der, den einige Schüler im Schulanzug offenbar noch immer zur Schau trugen? Wenn es einen Grund gab, wegen einer Auszeichnung oder einer Leistung stolz zu sein, dann gab es sicher auch einen Grund, einen solchen Ring mit Stolz zu tragen.

Und war einer, der keinen Ring trug, von geringerem Wert? Das war ja immerhin möglich.

Nachdem ihm diese Frage einige Zeit durch den Kopf gegangen war und er unentschieden bei der Antwort blieb, fiel ihm eines Tages auf, wie der neue erste Helfer, ein Sohn aus einer bekannten Adelsfamilie, die einst den Chef des preußischen Generalstabs gestellt hatte, während des Redens an seinem Ring herumspielte. Er befingerte mit der linken Hand den rechten Ringfinger. Auch einige jüngere Schüler aus Familien mit bekannten Namen hatten diese eigentümliche Angewohnheit. Er fand diese Bewegung der Hand am Ring äußerst gesucht. Es wirkte unjugendlich und vor allem eitel. Und Eitelkeit war ihm, jedenfalls in einer solchen Form, fremd und unangenehm. Sie stieß ihn ab. Dasselbe galt für eine gewisse Redeweise der Ringtragenden, die manchmal großtuerisch wirkte, ohne dass es immer beabsichtigt war.

Er war enttäuscht. Er wollte ja das Großartige, das ganz Besondere, sozusagen das Griechische in allem in der Schule sehen. Andererseits hatte er gehört, dass eine Reihe von Angehörigen dieser Familien während des Regimes hingerichtet worden waren. Es stellte sich ihm nicht die Frage, ob und wieso der erste Helfer stets aus einer adligen Familie kam. Denn der beliebteste erste Helfer war kein guter Schüler und der Sohn eines Kaufmanns, der lange in China gelebt hatte. Er hieß mit Spitznamen Papschi, weil er angeblich einen chinesischen Gesichtsausdruck hatte, der davon kam, dass er als Kind nur Chinesen erblickt hätte. Aber auch der besaß einen Ring, an dem er drehte. Es galt, diese Eindrücke im alltäglichem Denken unterzubringen und sich nicht abbringen zu lassen von dem schönen Gefühl, etwas Wichtiges sei in sein Leben getreten. Es gab noch weitere Eindrücke dieser Art. Einige Schüler der eigenen Klasse und der nächsthöheren waren es, die ihm ins Auge fielen. Neben zwei Jungen waren es Feo, die feine Gedichtleserin mit der abweisenden Haltung, und Britta, ein irgendwie rätselhaft wirkendes Mädchen, das nur selten etwas sagte. Wenn sie aber etwas sagte, hörte er ihr besonders gerne zu, denn sie war ziemlich frech. Sie sprach ausgesprochen selbstbewusst, als wüsste sie genau, was sie wollte. Auch sie hatte einen adligen Namen, ihr Vater war ein gefürchteter General gewesen. Feo und Britta zeigten kein besonderes Verhältnis zueinander. Die eine war die Gedichtleserin, und die andere war die Schweigsame, die manchmal etwas Freches sagte.

Ganz das Gegenteil waren ihre beiden Klassenkameraden. Sie fielen durch die Art ihrer Rede sofort auf. Er sah sie bei den Mahlzeiten, in der großen Pause und während der musikalischen Wochenendveranstaltungen. Ihr Äußeres war sehr unterschiedlich. Der eine, Konrad, war mittelgroß, fast zart, hatte dunkles Haar und eine südländisch wirkende Hautfarbe. Die scharfe Nase und die feingeschnittenen Lippen fielen auf. Jedes Wort, das aus seinem Munde kam, war gestochen und wurde oft von einem Lachen begleitet. Dieses Lachen schüchterte einen ein. Und zwar deshalb, weil man das, was er sagte, oft nicht sofort verstand. Er war der Mittelpunkt aller, die ihm zuhörten. Dass er Primus seiner Klasse war, war ohnehin allen bekannt. Aber kein gewöhnlicher Primus. Er war so begabt in allen Fächern, nicht nur in Griechisch und Latein, sondern auch in Mathematik, dass er nebenbei noch Arabisch lernte. Sein Vater war der bekannteste Juraprofessor seiner Zeit gewesen, musste aber wegen seiner Verwicklung in die Rechtspolitik des Regimes die Universitätslaufbahn aufgeben. Das erfuhren die Schüler erst allmählich, als nämlich in der nahen Universitätsstadt Studenten mit Fackeln in der Hand gegen die Anwesenheit von Konrads Vater an der Universität protestierten. Konrad hatte von seinem Vater die Scharfzüngigkeit geerbt. Aber darüber wurde nicht gesprochen. Die Eltern waren kein Gegenstand der Unterhaltungen untereinander. Als er Konrad besser kennenlernte, nicht als Freund, aber als den tonangebenden Jungen in der Klasse über ihm, dachte er, Konrad sähe wie Mephisto aus. Aber ein schöner Mephisto.

Der andere Schüler, der schon wegen seiner Größe und seiner blonden Haarmähne nicht zu übersehen war, hieß Rüdiger. Er war äußerlich das Gegenteil von Konrad, seinem besten Freund. Zwei Köpfe größer, ein Hüne, ein fast weißes Marmorgesicht mit ausgeprägter Stirn, tiefliegenden Augen mit Schatten darunter und einer ständigen Lippenbewegung. Seine Art zu reden war viel ausladender, prunkvoller, manchmal auch aggressiv. War Konrad der Wissenschaftler, so war Rüdiger der Künstler. Er hatte viel mehr gelesen als alle anderen zusammen. Besonders zwei Dichter verehrte er: Stefan George und Hugo von Hofmannsthal. Rüdiger hatte manchmal eine große silberne Kette um den Hals, die bis auf die Brust herunterhing. Es war dieselbe Kette, die auch die Französischlehrerin und ihr Mann, ein Silberschmiedkünstler, trugen. Er fand das so auffällig, dass er eines Tages die Französischlehrerin, die ihm wegen seiner in Westfalen verpassten Französischjahre Privatunterricht gab, fragte, was es mit der Kette auf sich habe, wieso Rüdiger die gleiche Kette trüge. Sie antwortete ihm, dass sei die Kette, die alle Mitglieder des Kreises um den Dichter George trügen. George und die älteren seiner Schüler seien schon tot, aber es gebe eben noch immer jüngere Anhänger. Rüdigers Vater sei ein begabter Archäologe gewesen und nicht aus Russland zurückgekommen. Von ihm, einem jungen Mitglied des Georgekreises, habe Rüdiger diese Kette erhalten.

Das klang wieder nach etwas Hohem. Das Wort »Kreis« erinnerte ihn irgendwie an das Wort »Ring«. Fortan betrachtete er Rüdiger als ein vom Schicksal ausgezeichnetes Wesen. So stellte er sich den Achilles aus Homers *Ilias* vor. Oder Apollon? Eines von Rüdigers auffälligen Talenten, die nichts mit Achilles zu tun hatten, war, dass er hervorragend Klavier spielte. Im Sommer 49 spielte er in der großen Pause auf dem Klavier, das im Esssaal auf der Empore stand. Es war vor allem das gerade in Mode stehende französische Chanson *La Mer*. Er spielte diese schmelzende Melodie nicht nur mit großem Einsatz, er sang auch dazu. Die Schüler und Schülerinnen, manchmal auch die Lehrer, umlagerten das Klavier, um ihm zuzuhören. Rüdiger war eine der auffälligsten Figuren im Internat. Es gefiel ihm, im Mittelpunkt zu stehen.

Es gab noch eine Person, die ihm eigentlich am meisten von allen auffiel. Sein Name war Jürg. Er gehörte zu den Schulanzugträgern, die schon Abitur gemacht hatten, aber noch manchmal in der Schule zu sehen waren. Ein großer, fast dürrer Junge mit einem schmalen, entschlossen blickenden Gesicht, nun schon Student, aber immer in den sehr kurzen grauen Hosen des Schulanzugs. Ähnlich wie im Falle Konrads sprach man immer davon, wie glänzend er das Abitur gemacht hatte. Er war für ihn so etwas wie das Zentrum der alten Schülerschaft geworden, selbstbewusst, nicht eitel, verantwortungsbewusst. Jürg studierte Jura. Auch ohne eine nach außen zur Schau getragene Schuletikette umgab Jürg eine Autorität, die etwas vom Geist der Schule, wie er sie empfand, verkörperte, ohne dass Jürg irgendetwas in dieser Richtung von sich gab.

Außer Jürg gab es noch zwei andere Ehemalige, die ihn enorm beeindruckten, als sie beim Sommerfest auf ihre alte Schule kamen. Die eine, Erika, war die Tochter eines berühmten Göttinger Professors für Geschichte und sah aus, als sei sie eine Schönheit aus dem Mittelalter. Feiner war keine. Die andere, Monika, hatte einen alten preußischen Namen, wohnte aber mit ihrem englischen Mann, einem ehemaligen Oberst der britischen Italienarmee, irgendwo in Norditalien in einem alten Haus, wo ihre großen Hunde die Teppiche und Möbel zerbissen. Sie verdiente mit Müh und Not etwas Geld, indem sie für deutsche Zeitungen schrieb, denn der Oberst tat nichts, außer dass er die Hunde versorgte. Diese beiden ehemaligen Schülerinnen, die eine von madonnenhafter Anmut, die andere von exotischem Temperament, waren genau das Richtige, seine größeren Ideen über das Internat noch weiter anzustacheln.

Es gab natürlich auch Schüler, die seinen großen Ideen nicht entsprachen. Als er eines Tages beim Nachmittagstee in der Schlange anstand, um seine wässrige Portion und das dazugehörige zu süße Marmeladenbrot zu bekommen, erkannte er vor sich ein Gesicht wieder: Das Gesicht des Anführers der die kleinen Schüler damals terrorisierenden Clique, Sohn des berühmten Schriftstellers, dessen historische Romane alle im Bücherschrank der Mutter standen. Sie hatte ja damals dafür gesorgt, dass dieser ganz besonders brutale Junge aus allen seinen Schulämtern flog und andere sogar von der Schule. Ja, es war Alexander! Er war perplex und musste sich von diesem Anblick erholen. Als er ihn ansprach, tat der so, als ob er ihn nicht wiedererkenne. Das war natürlich möglich, immerhin war er ja fast vier Jahre älter. Aber er war damals als Untertertianer sein Zimmerführer gewesen. Erkannte Alexander ihn wirklich nicht? Deshalb wurde er deutlicher und fragte ihn, ob er die Quälereien vergessen habe. Er zitterte dabei innerlich vor Wut und Hass. Es war ihm unerträglich, diesen Charakter abermals das große Wort führen zu hören, ein herablassender Tonfall, der ihm gewaltig auf die Nerven ging. Der arrogante Tonfall von Alexander war auch bei einigen anderen zu hören. Sprach man so, wenn man entsprechend erzogen worden war? Sprachen deren Eltern auch so? Sein eigener Vater jedenfalls sprach nicht so. Während der Großvater einen etwas altmodisch zeremoniellen Redestil pflegte, gab sich der Vater direkt, ohne jedes Drum und Dran. Er war in keiner der Verbindungen gewesen, denen man damals eigentlich angehörte. Alles Hochnäsige war ihm fremd.

Aber noch unvorbereiteter war die Bekanntschaft mit dem

Schüler, der sein Nachbar im Internatszimmer wurde: Adrian. Adrian, dachte er, war für ihn der erstaunlichste Klassenkamerad, den er jemals kennengelernt hatte. Schon am ersten Morgen, als sie in ihren Betten nebeneinander wach wurden und zum Duschen gingen, fand er, dass er jemanden vor sich hatte wie niemals zuvor. Es fing damit an, dass Adrian ebenfalls eine leicht spöttische Art zu reden hatte. Aber dahinter steckte keine Eitelkeit, eher Schüchternheit oder der Wille, dem, was er sagte, eine Portion Zweifel beizumischen. Adrian war nicht zu begeistern, aber zu interessieren. Es musste nur wirklich interessant sein. Was er sofort für dessen Ungewöhnlichkeit nahm, war die Tatsache, dass auf dem Stuhl neben seinem Bett ein kleines Buch in französischer Sprache lag. Der Verfasser war Balzac. Las er das? Auf Französisch? Ja, das las er, obwohl er erst dreizehn Jahre alt war, anderthalb Jahre jünger als der Junge selbst. Schon in den nächsten Tagen kam heraus, dass Adrian älteren Schülern auch Nachhilfeunterricht in Chemie erteilte. Der Junge hatte weder Ahnung von Balzac noch gar von Chemie, ganz zu schweigen von der französischen Sprache.

Im Zimmer wohnte noch ein dritter Junge, Alex, nicht zu verwechseln mit Alexander. Alex war der Neffe einer hochangesehenen politischen Publizistin, die mit einem Buch über den Verrat im 20. Jahrhundert große Bekanntheit und Anerkennung gefunden hatte. Alex hatte eine schüchtern-kühle, sehr höfliche Art. Er schien immer Bescheid zu wissen, war aber zuvorkommend und freundlich. Manchmal auch abwesend, als ob er in irgendeine Geheimwissenschaft verwickelt wäre, aus der er seine Kenntnisse holte. Mit ihm freundete er sich auch an, wie es selbstverständlich war, wenn man so nahe beieinander lebte.

Adrian war anders. Aus welchen Verhältnissen kam er? Adrian hatte auch einen adligen Namen, aber nicht preußisch, sondern süddeutsch. Er trug weder einen Ring noch hatte das überhaupt irgendeine Bedeutung für ihn. Der Vater war, so erfuhr er später, Professor für Röntgenologie an der Münchner Universität, die Mutter war praktische Ärztin. Er hatte eine ältere Schwester, die auch auf der Schule war, und zwei jüngere Brüder, die viel später ebenfalls auf das Internat kamen. Adrian sprach kaum über seine Eltern oder seine Familie. Seine Andeutungen blieben sehr kühl, ja kalt. War das ein Grund für den irgendwie spöttisch klingenden Ton? Wieso wurden sie Freunde, wenn sie so verschieden waren?

Adrian wurde sein einziger wirklicher Freund auf der Schule. Zwischen ihnen entstand eine geistige Neugier, die sie unter einer Art permanenten Spannung hielt. Das Merkwürdige dabei war, dass sie so verschiedene Interessen hatten und so verschiedene Begabungen. Adrian, der Balzac auf Französisch las, zeigte kein großes Interesse im Deutschunterricht und auch nicht beim Schreiben deutscher Aufsätze. Er selbst, der viel weniger von Literatur wusste, schrieb immer die besten Aufsätze. Auch die Gliederungen hatten es ihm angetan. Adrian dagegen nicht. Das Zeug zum guten deutschen Aufsatz, schien er zu denken, hat etwas Konventionelles, eine gewisse Naivität an sich. Man gibt sich keine Mühe bei den von der Schule oder vom Lehrer ausgedachten Themen. Das sollte heißen: Man hat seine eigenen Themen.

Was Adrian für ihn bedeutete, war gar nicht so sehr, was er sagte, sondern wie er es sagte. Es hatte einen seltsam abgehobenen Ton. Schon am Morgen des ersten Zusammentreffens, als Adrian ihn fragte, woher er denn käme, hatte er den Eindruck, dass er eigentlich auf etwas anderes hinauswollte, das gar nichts zu tun hatte mit der Frage. Wollte er ihn testen? Wollte er mit ihm in einen Redewettbewerb treten? Immerhin waren sie keine Sextaner oder Quintaner mehr, sondern Tertianer, zwei Jahre vor dem Einjährigen. Er selbst hatte auf der Staatsschule ja gerade aufgehört, Ganghofer und Karl May zu lesen, und begonnen, die Dramen Schillers zu verschlingen, die *Braut von Messina, Wallenstein, Don Carlos*. Je dramatischer, desto besser. Er liebte die Melodie mancher von Schillers Dramensätzen: »Die schönen Tage von Aranjuez sind nun zu Ende.« Das war ja nichts anderes als eine zeitliche Mitteilung, aber wie es klang! Vor allem, als er auf das Gedicht *Nänie* stieß, war er fast benommen von dem wunderbaren Satz: »Auch ein Klaglied zu sein im Mund der Geliebten, ist herrlich.« Was für ein Ausdruck! Was für ein Gefühl! Adrian dagegen war angezogen von psychologisch erklärbaren, aber komplizierten Situationen, die ein Schriftsteller wie Balzac darstellte. Balzac war außerdem dramatisch genug. Ihm selbst ging es auch nicht um das Edle der Person, um ihre idealistische Gesinnung, sondern um die plötzlichen Überraschungen, das Unvorhergesehene. Besonders die Liebesgefühle der Frauen hatten es ihm angetan. Aber über solche Leseerlebnisse sprachen sie vorerst nicht. Eher über Menschen in der Schule. Dabei bemerkte er, dass Adrian die Schule keineswegs als ein neues Griechenland empfand. Ganz im Gegenteil. Adrians trockene Bemerkungen zu diesem und jenem waren ohne die Spur einer solchen Vorstellung. Er selbst vermied es, Adrian mit seinen Höhenflügen zu behelligen. Andererseits gehörte Adrian ja mit dazu. Sein Ton war zwar trocken, sein Gesichtsausdruck dagegen sehr lebhaft. Überhaupt sein Gesicht. Vielleicht war Adrians Gesicht der Grund, dass er alles, was dieser sagte, so wichtig nahm, ganz im Unterschied zu den Reden der anderen Klassenkameraden, mit denen er über das sprach, was der Unterricht und der Tag brachten. Adrian hatte ein schmales, längliches Gesicht, eine ausgeprägte Nase, intensive dunkle Augen, schwarze Haare. Adrian war groß, ungefähr so groß wie er selbst, er war kräftig und praktisch veranlagt. Aber etwas Trauriges lag dahinter. Und das zog ihn an.

Insofern wurde Adrian ein weiterer Grund für ihn, die Schule nicht einfach als das Gebäude zu nehmen, in dem sie in der Nacht schliefen und am Tag unterrichtet wurden, sondern als einen geheimnisvollen Ort. Agamemnon und Klytämnestra, die grüne Bibliothek, das altgriechische Alphabet bildeten die inneren Kammern dieses Geheimnisses. Aber es blieb nicht nur eine räumliche Vorstellung. Der Raum erweiterte sich zu einem Zeitraum. Er machte manchmal mit Adrian Spaziergänge auf die nächste Höhe in Richtung eines Dorfes namens Breitnau. Adrians Familie hatte dort ein kleines Ferienholzhaus, und so kannte er die Gegend ziemlich gut. Es war eine wilde Gegend. Dem Jungen war es peinlich auszusprechen, dass er wiederum dachte, in Griechenland zu sein. Nicht in der Landschaft Athens, aber auf dem Peloponnes. Er war dort noch nie gewesen, er hatte überhaupt keine realen Kenntnisse von Griechenlands Landschaften. Er stellte sie sich aber genau so vor wie die Landschaft im Hochschwarzwald. So tief hatte sich das Aischylosdrama in seine Vorstellungen vom Leben und der Welt eingenistet, dass auch die ihn umgebende Natur davon mitbetroffen war. Wo er war, war Griechenland.

Aus dem Schulgebäude zu treten und sofort in der Einsamkeit von Wiesen, Berghalden, Hochflächen aufzugehen, war ein sehr ähnliches Empfinden, wie auf die Bücherrücken in der grünen Bibliothek zu sehen. Es war eine andere Welt. Das Dorf war auch etwas jenseits der normalen Welt, denn die Sprache der Bewohner konnte er oft nicht verstehen. Adrian konnte dagegen den Dialekt nachahmen, jedenfalls sprach er in diesem Tonfall mit vorbeikommenden Leuten. Der Wechsel von der akzentfreien Hochsprache zum südalemannischen Dialekt wirkte etwas herablassend, etwas jovial, für einen von nur dreizehn Jahren zu altklug. Den rheinischen Singsang, den der Junge immer noch hatte, fand Adrian komisch, irgendwie ordinär. Überhaupt tat Adrian so, als ob das Süddeutsche das eigentlich Zivilisierte sei. Alles jenseits der weichen schwäbisch-badischen oder bayrischen Färbung der

Hochsprache wurde von ihm karikiert. Die rheinische Hauptstadt war für Adrian eigentlich der Höhepunkt des Gewöhnlichen. Damit traf Adrian vor allem deshalb einen wunden Punkt, weil eine solche Charakteristik natürlich nicht zu der Vorstellung passen wollte, auf den elysischen Feldern zu leben. Adrian hatte keine Ahnung, was er mit solchen gelegentlichen Blödeleien anrichtete.

Die Wirkung der Landschaft war am stärksten, wenn alles für lange Zeit im Schnee versank. Der Schnee wurde zu einer mächtigen Gewalt, die unmittelbar am Haupthaus und seinen Nebengebäuden begann. Dann lag der arkadische Garten eingefroren, die Ausgänge zur Landstraße und zum Sportplatz, von wo aus schon der Aufstieg zur Breitnauer Höhe begann, waren vollkommen schneeverweht. Aber die Schüler gingen mit ihren Skiern weiter hinauf in diese fremdgewordene weiße Welt. Alle fuhren Ski. Das Skifahren war für ihn aber etwas anderes als eine sportliche Leistung. Gegenüber der Breitnauer Höhe lag, unterbrochen vom Höllental, die Windeckhöhe, wo die Wege zum Feldberg und das Skigebiet der Schule begannen. Die Namen dieser Gegend lösten in ihm die Stimmung einer wunderbaren Einsamkeit aus. Am intensivsten aber wirkte der tiefe Schnee, die Kälte. Wenn man länger mit der Rückkehr in die Schule wartete, wenn um vier Uhr nachmittags die Dämmerung begann und nur noch wenige Schüler unterwegs waren, dann verstärkte sich das Gefühl, etwas ganz Unbekanntem ausgesetzt zu sein.

Dieses Unbekannte war nicht abschreckend. Es war wunderbar, geheimnisvoll. Man konnte ziemlich steile Wege mitten durch den Hochwald hinabfahren. Das war, wenn man aufpasste, nicht wirklich gefährlich. Doch ein Jahr zuvor war ein Schüler hier tödlich verunglückt, als er die Kontrolle über seine Skier verlor und in hoher Geschwindigkeit gegen den Stamm eines Baumes knallte. Er selbst war kein guter Skifahrer. Er hatte aber keine Schwierigkeit damit, sich, wenn es brenzlig wurde, gegen alle sportliche Regel einfach günstig hinfallen zu lassen, was ziemliche Löcher in die Fahrbahn riss. Bei Schülerwettrennen hielt er sich deshalb beim hintersten Trupp, bei der sportlichen Nachhut auf, um die Avantgarde, die um die Trophäen kämpfte, nicht durch seine Löcher, genannt »Badewannen«, zu behindern. So bewegte er sich ohne jede ehrgeizige Absicht durch das Weiß des Waldes und der Hänge, und je später es wurde, umso stärker wurden die Eindrücke dieser nahen und doch fremden Welt. Die Landschaft, die Höhen und die sie umgebenden Wälder waren eine weitere Dimension des Schulgeheimnisses geworden. Am Tag bevor die Schüler in die kurzen Weihnachtsferien fuhren, hatten der erste Helfer und Schüler der Oberklasse im Wald eine besondere Tanne mit weißen Kerzen bestückt. Die ganze Schülerschaft von Sexta bis Oberprima machte sich gegen Abend auf den Weg, diese Tanne zu finden. Voraus gingen der Direktor mit seiner Frau, er ausnahmsweise mit einer Baskenmütze auf dem Kopf.

Hatten sich alle bei der Tanne eingefunden, wurden Weihnachtslieder gesungen. Der Direktor zelebrierte diesen Gang durch den Wald regelrecht: sein charakteristischer breiter Kopf, den man vor sich sehen konnte, wirkte dabei wie eine Wegmarke. Der Gang hatte etwas von einer Zeremonie, nicht unähnlich einem anderen Gang der Schulgemeinschaft vor jedem Trimesterbeginn: dem Gang zum sogenannten Sonnenwendhügel, auf dem man der toten und gefallenen Schüler gedachte. Statt der Weihnachtslieder sangen sie dort das altprotestantische Kirchenlied »Mitten wir im Leben sind mit dem Tod umfangen«.

Er sprach mit Adrian über diese Rituale, und sie wurden sich einig, dass diese ihnen fremd blieben, gerade weil sie so feierlich wirkten. Vor dem Waldgang gab es eine Art Wettbewerb der einzelnen Internatszimmer untereinander, wer die phantasievollste Krippenlandschaft hätte. Damit waren alle

Zimmer bis hin zur Oberprima sechs Wochen lang beschäftigt. Manche bauten eine Großkrippe mit wunderbar geformten Wachsfiguren von Maria, Joseph und den Hirten oder die Verkündigung des Engels im Scherenschnitt, andere eine morgenländische Stadt, aus der die Drei Könige aufbrachen unter dem Stern. Es war eine die Phantasie ansteckende, die Weihnachtsstimmung aufladende große Sache. Obwohl er die Besichtigung der Krippen schön fand, hatte er kein schlechtes Gewissen, dass er mit Adrian und Alex übereingekommen war, keine zu machen. Sie waren, so sagten sie sich, zu faul dazu, oder sie hatten dafür keinen richtigen Ehrgeiz. Oder auch: Es war ihnen peinlich. Gerade Alex machte freche Bemerkungen über die Krippenbastelei. Es hatte einen überraschenden Effekt für die Besucher, nach so viel Glanz plötzlich in ein Zimmer zu treten, in dem nur ein einfacher Adventskranz mit vier roten Kerzen angezündet war. Was sollte das? Ein bösartiger Akt von pubertären Anarchisten?

Einige Weihnachtslieder hatten es ihm mächtig angetan. Besonders die schmelzende Melodie in Bachs *Weihnachtsoratorium* mit dem erotisch klingenden Refrain »Mein Liebster, mein Schönster« ergriffen ihn sehr, weil er sich vorstellte, von einem der Mädchen so angesprochen zu werden. Auch einige andere Weihnachtslieder hatten es in sich. Wenn er das Lied *Maria durch ein Dornwald ging* hörte und der Kerzenschein auf das Gesicht des einen oder anderen Mädchens fiel, ging es ihm durch und durch. Er musste an das alte Marienlied denken: »Meerstern ich dich grüße, o Maria hilf, Gottesmutter süße …« So hatten die weihnachtlichen Feiern doch einen erhebenden Effekt, nicht zuletzt durch das sogenannte Oberuferer Christgeburtsspiel, in dem Schüler das heilige Paar, die Hirten, den Engel, den Teufel und Herodes spielten. Dass dabei keine religiöse Stimmung mehr in ihm aufkam wie noch vor vier Jahren in seinem letzten Messdienerjahr, das kam ihm kaum mehr zu Bewusstsein.

Wenn sie danach in die kurzen Ferien nach Hause fuhren, war das eine Fahrt in eine andere Welt. Die Eltern waren ja seit Kriegsanfang geschieden. Er verbrachte einige Tage bei der Mutter und ihrem neuen Mann, dem Arzt, die beide wieder in Köln lebten. Der Vater hatte eine Universitätsassistentin der volkswirtschaftlichen Fakultät kennengelernt, mit der ihn eine enge Freundschaft verband. Sie würden wohl heiraten. Sie war viel jünger als der Vater, nur elf Jahre älter als er selbst. Aber es gab auch Schwierigkeiten, weil sie sehr pedantisch war und manchmal zu seinen Einfällen sagte: »Das ist unrealistisch«, eben das, was der Vater auch sagte. Wenn er mit dem Vater bei ihr und ihren Eltern zu Besuch war, verbarrikadierte er sich für Stunden in ihrem kleinen ehemaligen Studentenzimmer, mit Büchern vollgestopft, und kam nur notgedrungen zum Kaffee und zum Abendessen. Dort hatte er die Dramen Shakespeares entdeckt. Selbst in der deutschen Übersetzung waren sie noch schwer zu verstehen, aber das hinderte ihn nicht, sich lange mit ihnen zu beschäftigen. Der Vater pochte darauf, dass er bei den abendlichen Gesprächen dabei sein sollte, obwohl sie ihn langweilten. Nur wenn über Politik gesprochen wurde, hörte er zu. Meist ging es um Russland und Amerika, die Atombombe und die Währungsreform.

An solchen Abenden dachte er mit Freude, dass er bald in die Schule zurückkehren würde. Es kam ihm in den Ferien dieser beiden ersten Jahre noch stärker zu Bewusstsein, wie anders sein Leben dort war. Er bekam Angst, dieses Leben verlieren zu können. Dass es weit entfernt war vom Alltag seines Vaters, war das Bedrohliche daran. Der Krieg, der vor gerade erst vier Jahren zu Ende gegangen war und den man überall in der Stadt noch sehen konnte, hatte in der altgriechischen Schule keine wirkliche Spur hinterlassen. Jedenfalls merkte er nichts davon. Oder er wollte es nicht merken. Für ihn war der Eindruck der elysischen Felder zu mächtig geworden. So kam es ihm seltsam vor, wenn der Vater die Lehrer kritisierte. Man müsse realistisch sein, sagte er dann wieder. Einmal kam der Vater unverhofft ins Zimmer und fand ihn irgendwie abwesend wirkend in einem Sessel sitzend vor. Er sagte sehr laut: »Junge, wo bist du eigentlich?« Es gab danach einen regelrechten Streit. Irgendwie kamen sie darauf, über Platon zu sprechen. Nicht dass er zu diesem Zeitpunkt irgendeine größere Kenntnis von dem griechischen Philosophen gehabt hätte als vor einem Jahr, als er zum ersten Mal in der grünen Bibliothek von ihm gehört hatte. Sie begannen darüber zu streiten, ob Platon auch Platon bliebe, ohne dass jemand ihn läse. Er behauptete das. Der Vater fand es empörend, und abends hörte der Junge, wie dieser zu seiner Freundin sagte: »Wir müssen einmal über den Jungen reden. Er hat ganz beunruhigende Ideen.« Das zu hören bestärkte ihn darin, sich gegen alles zu wehren, das seine einsamen Ideen stören würde. Er wusste fortan, dass die Schule, seine altgriechischen Phantasien und die Stadt am Rhein nichts mehr miteinander zu tun hatten.

Es war zu dieser Zeit, dass er den Granatsplitter, den er wie einen Talisman in seinem Schrank im Internatszimmer aufbewahrte, nicht mehr in die Hand nahm. Auf den elysischen Feldern brauchte er ihn nicht mehr.

DER SICH ÖFFNENDE VORHANG

Mit dem Ende der Obertertia im Sommer 1949 änderte sich sein Leben mit einem Schlag. Es war das Schönste, was ihm passieren konnte. Der für das Theater zuständige Deutschlehrer der Oberklassen, dessen Inszenierungen berühmt waren, hielt ihn nämlich eines Tages an und fragte ihn, ob er bei der nächsten Aufführung mitmachen wolle. Ohne Ahnung, um welches Stück und welche Rolle es sich handelte, war er elektrisiert. Er hatte ja die Schule schon einmal durch die Augen eines Theaterzuschauers gesehen, und bei der Aufführung des *Agamemnon* war es nicht geblieben. Als Unter- und als Obertertianer sah er zwei Aufführungen ganz verschiedenen Charakters. Goethes *Iphigenie auf Tauris* und Georg Büchners *Leonce und Lena*. Beide Stücke wurden vor dem kleinen Tempel im geometrisch angelegten Blumengarten des Haupthauses aufgeführt. Cora, eine sanfte Oberprimanerin, spielte die Iphigenie. Ihre Verwandlung auf der Bühne hatte ihn sehr bewegt. Denn Cora war ihm schon, bevor sie in einem weißen Gewand als Iphigenie die schönen Sätze Goethes sprach, als eine zarte, geheimnisvolle Person aufgefallen. Leben und Rolle passten zusammen. Um was es bei *Leonce und Lena* ging, verstand er nicht genau. Weder hatte er das Stück gelesen, noch begriff er den tieferen Sinn der Worte, die gewechselt wurden. Er kannte auch den Dichter nicht. Bei *Iphigenie* wurde dagegen deutlich, dass Cora eine hohe Seele vorstellte, die über alle Schrecklichkeiten der Vergangenheit der Familie siegte. Als sie den Satz sprach: »Bin Iphigenie, Agamemnons Tochter«, überkam ihn ein vibrierendes Wiedererkennen. Er vergaß diesen Satz nicht mehr. Wie erhaben er klang, aber er wirkte auch unheimlich. Mit *Leonce und Lena* war es anders. Es kam ihm so vor, dass es ein Zeichen von besonderer Intelligenz war, über einzelne Sätze zu lachen. Das war einschüchternd. Er war, obwohl er diese witzigen Sätze nicht wirklich begriff, dennoch angezogen von dem Stück. Es verbreitete eine bestimmte traurige Stimmung, der man sich gerne überließ.

Er hatte manchmal bei den Proben zu *Leonce und Lena* im Garten zugesehen, wie der Deutschlehrer mit den Schülerschauspielern arbeitete. Sie lachten viel. Er warf dabei seine lange Haarsträhne, die ihm halb ins Gesicht und tief in den Nacken reichte, immer wieder zurück. Immer wieder. Seine Nase war gebogen und sehr groß. Und wenn er lachte, zeigte er seine großen Zähne. Normalerweise sah er ihn nur von weitem oder wenn er nach der Deutschstunde aus dem Klassenzimmer kam und mit den älteren Schülern noch in ein Gespräch über Literatur verwickelt war. Auch da lachte dieser Mann. Sieh, so viel gibt es zu lachen, dachte er, wenn man die Sache richtig versteht. Man muss eben verstehen. Das galt natürlich vor allem für *Leonce und Lena*. Der Deutschlehrer mit den langen Haaren war abgesehen vom Direktor, der sowohl ernst sein als auch wie ein Satyr lachen konnte, und dem interessanten Griechischlehrer, der zwar nicht viel lachte, aber doch witzige Sachen sagte, der auffälligste Erwachsene in der Schule. Dieser Mann brachte ihm zum ersten Mal eine Ahnung davon bei, dass Dichtung nicht nur aus einem Inhalt, nicht nur aus Ideen bestand, sondern aus besonderen Wörtern.

Und nun wurde er von diesem Mann gefragt, ob er Lust zum Theaterspielen habe. Und ob er Lust hatte, die allergrößte Lust sogar! Da der Deutschlehrer nicht zu den internen Internatslehrern gehörte, bestellte er ihn in seine Wohnung ins Dorf, wo er auch die anderen Mitspieler traf:

Rüdiger, Feo und Wolfgang. Es ging um eine Komödie von Shakespeare, *Wie es Euch gefällt*. Er sollte den Orlando spielen, den jungen Landadligen, der sich in Rosalinde verliebt, die Tochter eines verbannten Herzogs, der auch in diesem Wald in den Ardennen sein Leben verbringt. Die Rolle von Rosalinde sollte Feo spielen, den verbannten Herzog Rüdiger. Die ganze Geschichte ging eigentlich nur darum, wie Orlando seine Leidenschaft für Rosalinde ausdrückt und wie Rosalinde ihre Gegenliebe verbirgt.

Zunächst war er von seiner Rolle überaus angetan. Bei der zweiten Leseprobe allerdings merkte er, dass die Rolle der Rosalinde die wichtigere war, und das nicht bloß deshalb, weil sie mehr zu sagen hatte. Aber nicht nur das. Es gab da vor allem noch den melancholischen Jacques, einen Bruder Orlandos, den Wolfgang spielen sollte. Dieser durfte von der vierten Szene des zweiten Aktes an viel wichtigere Reden halten als der verliebte Orlando, der keinen anderen Gedanken mehr im Kopf hat als Rosalinde. Deshalb bekam Wolfgang, einer der klügsten Schüler der Obersekunda, diese Rolle, dessen katzenartiger Kopf gut zu seiner selbstbewussten Redeweise passte, die auch im Alltag immer mit einer überraschenden Wendung endete. Es war zu klar, dass er das genau wusste. Davon abgesehen war Wolfgang als Schauspieler hervorragend.

Der Grund, warum dem Jungen die Rolle des Orlando dann doch so sehr zusagte, war die Genugtuung, dass Feo im Stück die heimliche Geliebte war. Bei den Proben, zuerst noch immer in der Wohnung des Deutschlehrers, begann das verliebte Reden für ihn doppeldeutig zu werden. Er las, um sich nicht zu verraten, mit gesenktem Kopf die Worte Orlandos, um nicht in die Richtung Feos sehen zu müssen. Zwei Jahre früher hatte er etwas Ähnliches erlebt. Damals lasen sie im Deutschunterricht mit verteilten Rollen *Wilhelm Tell*. Er musste die Rolle des hochmütigen, aber doch auch kühnen

Grafensohns Rudens lesen, sodass er die Klassenkameradin, die die Rolle der Berta las und die ihm längst aufgefallen war, mit ähnlich werbenden Worten anzusprechen hatte. Was würde sie dabei denken?

Jetzt war es anders. Jetzt hatte er wochenlang mit Feo zu tun. Der temperamentvolle Regisseur unterbrach ihre Wechselreden, sodass die Proben anstrengend wurden und seine Gefühle ihn nicht mehr irritierten. Als sie allmählich ihre Rollen auswendig konnten und dazu übergingen, auf der Empore im großen Esssaal die Szenen richtig zu spielen, da war es ein Wunder, dass keiner merkte, wie die Rolle für ihn Wirklichkeit geworden war. Er stellte sich vor, dass Feo wirklich ihn meinte, wenn sie ihm als Rosalinde vor dem Zweikampf warnend zurief: »Junger Gentleman, Euer Geist ist zu kühn für Eure Jahre.« Und es war ihm mehr als schmeichelhaft zu hören, wenn sich die beiden jungen Herzogstöchter über ihn, Orlando, unterhielten und dabei Rosalindes Liebesinteresse heftig zur Sprache kam. Denn Rosalindes Frage an ihre Freundin lautete: »Weiß er, dass ich in diesem Wald in Männerkleidern herumlaufe? Sieht er so attraktiv aus, wie er aussah beim Zweikampf?« Die Freundin befand, er sei als Liebhaber durchaus tauglich. Aber was dachte Feo wirklich?

Bald glaubte er felsenfest: Feo musste ihn lieben. Immerhin hatte der Lehrer ihn ja für diese Rolle ausgesucht. Also musste er einige Ähnlichkeiten mit dem jungen Gentleman haben. Der war nicht bloß leidenschaftlich und furchtlos, er war auch schlagfertig. Er hatte – das sagte der melancholische Bruder Jacques ausdrücklich über ihn – einen schnellen Witz. Er ließ sich über die Unsicherheit des Anfangs nichts anmerken. Es kam ja auch zu keiner näheren Berührung, wie in den üblichen Liebeskomödien. Alles blieb in der Sprache. Hierbei lernte er die ernstere Seite des Deutschlehrers mit den langen Haaren kennen, wenn dieser sie bei seinen Unterbrechungen darauf aufmerksam machte, welch eine wortspielreiche Künstlichkeit die Rede- und Antwortsätze hatten und wie sie sie entsprechend betonen sollten. Dieser Regisseur, das sah man, liebte Dichtung und zeigte ihnen diese Liebe. Er sagte ihnen wiederholt, nicht zu vergessen, wie schwer es für die Zuschauer sei, dieses Spiel der Worte zu verstehen. Shakespeares Reden waren immer Argumente, auch wenn es keine Wechselreden, sondern Monologe waren. Das Leben, die unmittelbaren Gefühle steckten immer hinter Wörtern. Das machte ihnen der Regisseur klar. Das wurde besonders wichtig, wenn Rosalinde, für Orlando in ihrer Männerkleidung nicht erkennbar, diesen dazu überredete, so zu tun, als ob sie Rosalinde wäre und mit ihr die kirchliche Eheschließung zu spielen. Es musste ja für die Zuschauer mehr als ein bloßer Witz sein. Es musste ihnen zeigen, wie der Dichter aus Leben Wörter gemacht hatte. Der Lehrer sagte ihnen, sie müssten die Verse einerseits als reine Verse sprechen und dürften andererseits nicht vergessen, dass dahinter das pure Leben steckte.

Merkwürdigerweise hatte der Junge nicht das Gefühl, dass ihn die mangelnde Kenntnis der englischen Sprache störte. Sie lernten ja kein Englisch auf der in der französischen Zone gelegenen Schule. Abgesehen davon, dass Latein, Griechisch und Mathematik ohnehin die wichtigsten Fächer waren, gab es als neue Sprache nur Französisch. Aber er spürte durch die deutsche Übersetzung der Sätze hindurch, wie witzig sich das auf Englisch anhören musste. Der Lehrer mit den langen Haaren erklärte, »Witz« sei im Englischen nicht »wit«. »Wit« habe zu verschiedenen Zeiten einen etwas anderen Sinn gehabt. In der Zeit Shakespeares hätte es so etwas wie Geistesgegenwärtigkeit oder sogar philosophischen Geist bezeichnet. Der philosophische Jacques habe »wit« in diesem Sinne. Der Deutschlehrer erklärte ihnen auch den besonderen, philosophisch wirkenden Monolog von Jacques, der mit dem Satz beginnt: »Die ganze Welt ist eine Bühne«. Das sei einer der berühmtesten Monologe von Shakespeares Dramen, die überhaupt alle Wirklichkeit und Schein behandelten.

Diese Belehrungen über die Bedeutung der Worte und Sätze, die sie zu sprechen hatten, wirkten auf ihn, der durch Orlando hindurch versuchte, zu Feo-Rosalinde zu sprechen, auch etwas ernüchternd. Das Leben war eben doch nicht so direkt zu erleben, wie er es sich wünschte. Als aber der Tag der Aufführung sich näherte, fühlte er sich wie in andere Zeiten versetzt, die Zeit des Stücks und in die Zeit, die er sich einbildete. Für die Vorstellung wurden auf der Empore des Esssaals, die als Bühne sehr gut geeignet war, an jeder Seite jeweils zwei große Tische aufgestellt, die mit ihrer Oberfläche als eine Art Bühnenwand fungierten. An der über sie gelegten langen Eisenstange wurde ein Vorhang befestigt, der sich auf- und zuziehen ließ. Mit dem Vorhang erhöhte sich seine innere Spannung. Bei den letzten Proben und der Generalprobe vor dem großen Tag teilte der zugezogene und dann probeweise sich langsam öffnende Vorhang die ganze Welt für ihn in zwei Teile. Es gab einige Schüler und Erwachsene, die bei den Proben schon zuschauen durften. Er blickte durch die Ritzen des geschlossenen Vorhangs auf den unter ihm liegenden großen Saal. Es kam ihm die Erinnerung an eine umgekehrte Wirkung des Vorhangs, als er zum ersten Mal mit seinem feinen Großvater in der Oper und dann im Theater gewesen war. Der schwere geschlossene Vorhang in tiefroter Farbe hatte eine Anziehung auf ihn ausgeübt, für die er kaum die richtigen Worte fand. Das verstärkte sich, als der Vorhang sich langsam öffnete und die erste Szene freigab: Er hatte eine Erregung bei dem Gedanken empfunden, dass das Theater einen in eine spannende Lebensszene hineinzog und man gleichzeitig doch wusste, dass es ein künstliches Bild auf der Bühne war. Dieses doppelte Gefühl hatte er sich nicht erklären können. Es war einfach da. Je stärker er die Künstlichkeit wahrnahm, umso stärker war aber auch der Eindruck von einem richtigen Leben. Das Leben hinter dem Vorhang war ein anderes Leben. Die Farben waren stärker, jeder Eindruck war stärker, aber es war richtiges Leben, sogar noch nachwirkender als das alltägliche. Wichtig war dieses Hin und Her des Eindrucks. Daraus entstand wieder das sich bei ihm häufig einstellende Gefühl von etwas ganz Wichtigem, Besonderem und auch Geheimnisvollem. Ja, der geschlossene Vorhang verbarg etwas Geheimnisvolles. Und der geöffnete Vorhang machte das Geheimnis sichtbar, ohne es zu zerstören. Bisher hatte er auf der Schule nur Aufführungen gesehen, die im Freien, ohne Vorhang aufgeführt worden waren. Man hätte auch Shakespeares Komödie draußen im Garten vor dem kleinen Tempel spielen können. Dann hätte der Wechsel zwischen dem Palast des bösen Herzogs und dem Wald des Verbannten die richtige Szenerie gehabt. Aber der Regisseur wollte die Esssaalbühne, weil man dort die Sätze besser verstand und es sich, weil es eine Komödie war, um schwierigere Sätze handelte als die Sätze aus *Agamemnon* oder der *Iphigenie auf Tauris*. Bei einer Komödie musste jedes Wort glasklar verständlich sein.

Nun saß der Junge nicht mehr vor dem Vorhang, sondern stand hinter ihm. Als er am Tag der Aufführung durch das geschlossene Tuch hindurch den sich füllenden Saal beobachtete, klopfte ihm das Herz bis zum Halse. Er suchte nach den Gesichtern seiner Klassenkameraden, von denen keiner im Stück mitspielte. Adrian saß ziemlich weit hinten. Das war typisch! Nur kein allzu großes Interesse zeigen. Was bei ihnen, den Schauspielern, sich seit der Generalprobe geändert hatte, waren die Kostüme. Sie hatten keine wirklich richtigen Kostüme, obwohl das Theaterspielen eine so lange Schultradition hatte. Aber es gab erfindungsreiche Helfer, die das jeweils passende Kostüm herbeischafften. In der Rolle des Orlando musste er anfangs aussehen wie ein etwas verarmter junger Adliger um 1600, später eher wie ein Jäger. Die meisten anderen Rollen mussten sich mit Hemden und Hosen genügen, die man nach der Mode der englischen Renaissance zurechtgemacht hatte. Und die verschiedenen Hofpersonen konnte man farblich voneinander unterscheiden. Die Hirten waren keine Anstrengung der Kostümbildner wert, der böse Herzog dagegen war am prächtigsten ausstaffiert. Die beiden jungen Mädchen sahen wie Feen aus, wenn Rosalinde nicht gerade in ihrer rauhen Männerkleidung auftreten musste. Als sie nun alle auch äußerlich ganz anders aussahen als üblich und sogar die Jungen wegen der Beleuchtung geschminkt wurden, da war für ihn das Wunder des Theaters noch wunderbarer geworden. Es gab keine heimliche Spannung mehr, wenn er Rosalinde ansprach. Es ging nur noch darum, die Verse gut zu sprechen, die eingeübten Bewegungen und Gänge auch unter den veränderten Lichtverhältnissen der Beleuchtung richtig zu finden und überhaupt die Konzentration zu erreichen, die erst die wahre Aufmerksamkeit des Zuschauers hervorruft.

Irgendwie waren sie alle auf einmal wirkliche Schauspieler geworden. Nur eines machte sie immer noch nervös – die Lieder! Der Regisseur hatte sich entschlossen, einige auf Englisch singen zu lassen, begleitet von einem kostümierten Schüler auf der Laute. Ein Lied hatte es ihm besonders angetan. Es fing an mit den Worten: »Blow, blow thou winter wind« und hatte einen einfachen Refrain, den er wegen seines Rhythmus und seiner Vokale einfach packend fand: »Heigh-ho! Sing, heigh-ho!« Wie englisch das klang, obwohl es fast deutsch war. Der Beifall war groß. Aber das war noch nicht der Beweis dafür, dass sie auch wirklich gut gewesen waren. Er genoss es, dass die Schauspieler sich im Kostüm unter die Zuschauer mischen durften, wo es Kuchen, Tee und Säfte gab. Das Lob kam vor allem von den Lehrern und von den Eltern, die zu diesem Trimesterabschluss angereist waren, die Schüler dagegen hatten das Stück zum Teil langweilig gefunden. Es passierte ja nichts Richtiges. Dass Orlando einen Zweikampf bestand, war alles. Der Kampf mit dem Löwen wurde nur erzählt. Ansonsten hängte Orlando Verse für Rosalinde an die Bäume, so sah es Adrian. Kein Wort der Aufmunterung, nichts. Er war froh, dass seine Eltern nicht gekommen waren.

Dass mit der Aufführung alles vorbei war, kam für ihn wie ein Schock. Er hätte das Stück am liebsten jeden Tag gespielt. Er wollte eigentlich in ihm leben. Es war doch nicht bloß eine Handlung, es war die poetische Sprache! Es ging ihm fast so wie vor sieben Jahren bei der Erstkommunion. Während die Erwachsenen sich bald danach wieder dem Alltag widmeten, hatte er weiter in der wunderbaren Atmosphäre der heiligen Wandlung und des Hostienempfangs verbleiben wollen. Jetzt hatte er drei Stunden in der Sprache des Stücks gelebt und wollte nicht mehr in die Wirklichkeit zurück. Adrian brachte ihn in seiner trockenen Art auf den Boden der Tatsachen zurück, indem er ihm erklärte, warum er sich nichts aus der Aufführung gemacht habe. Sie sei eine pädagogische Veranstaltung, eine Erfindung der Schule, um guten Eindruck bei den Eltern zu schinden. Damit war alles gesagt.

Für ihn jedenfalls bedeutete die Aufführung von *Wie es Euch gefällt* einen Bruch in seiner Internatszeit. Es gab ein Vorher und ein Nachher. Er las jetzt auch die anderen Komödien von Shakespeare, von denen ihm *Was Ihr wollt* am besten gefiel. In seiner zweisprachigen Ausgabe entdeckte er ein Lied, das den gleichen Refrain enthielt, der ihm während ihrer Aufführung so sehr gefallen hatte: »with hey, ho, the wind and the rain«. Warum gefiel ihm das eigentlich so sehr? Es enthielt etwas von dem Bild, das er sich von England und den Engländern gemacht hatte: immer im Bund mit der See und den Winden. Etwas Kühnes, Unbekümmertes ging von diesem Refrain aus, das ihn zutiefst befriedigte und das er innerlich nachahmen wollte.

Unter den Tragödien war es der *Hamlet*, der ihn am tiefsten berührte. Seine Mutter hatte ihm zu Weihnachten eine Einzelausgabe geschenkt, ein schwarzer Umschlag mit einer goldenen Schrift: »Hamlet«. Er las während der beiden Weihnachtstage das ganze Stück und, wenn es möglich war, einzelne Monologe laut, in der Hoffnung, dass er damit seinen Regisseur von *Wie es Euch gefällt* überzeugen könnte. Im britischen Kulturzentrum der Stadt hatte er inzwischen den *Hamlet*-Film gesehen, in dem der gleiche englische Schauspieler, Laurence Olivier, der ihn vor Jahren als König Heinrich V. so tief beeindruckt hatte, den Dänenprinzen spielt. Auch die Regie war von Olivier. Fasziniert hatte ihn die lange Fechtszene am Ende, sie wirkte wie ein letzter Dialog zwischen den Hauptpersonen. Als Orlando hatte er schon einmal Gelegenheit gehabt, den Degen zu ziehen, musste ihn aber sofort zurückstecken. Der Degen – auf solche Einzelheiten hatte der Regisseur ihn hingewiesen – war jedoch ein wichtiger Bestandteil seines Kostüms, denn er war ein Zeichen seiner vornehmen Herkunft. Er legte das Buch auf den kleinen Tisch in seinem Zimmer in der Wohnung der Mutter, um es ab und zu sehen zu können. *Hamlet*. Dies brachte die Mutter, die, wie er längst gemerkt hatte, viel Sinn für komische Situationen hatte, dazu, einen ihrer Witze zu machen: »Hand aufs Buch«, rief sie. Das bezog sich auf eine Fotografie, auf der die Schwester der Mutter mit ihrem Mann in Offiziersuniform und ihren beiden Kindern neben einem kleinen Tisch sitzend zu sehen waren, auf dem sich eine Kerze und ein Buch befanden. Die Tante, die nach Ansicht der Mutter nicht die Schlaueste war, hatte eine Hand auf das Buch gelegt. Der Fotograf war wohl der Meinung gewesen, das sähe gut aus. Jedenfalls sagten sie beide, wenn sich jemand aufplusterte: »Hand aufs Buch«.

Seitdem die Mutter wieder in Köln lebte und er im Internat, hatte sich ihr Verhältnis verbessert. Sie war an allem interessiert, was er dachte und machte, und er wiederum erzählte ihr gerne vieles aus der Schule. Während der Ferien fuhr er auch immer mit der Straßenbahn zu den irischen Großeltern. Der alte Großvater konnte nicht genug von seinen Erzählungen hören. Eines Tages erklärte er, er käme ihn dort besuchen. Als er das der Mutter erzählte, geriet diese in helle Aufregung: Um Gottes willen, er wird dich blamieren! Die Vorstellung, dass der alte Großvater mit seinem schwarzen Gesellenhut und der roten Feder im Esssaal der Schule auftauchte, war für sie, die noch immer sehr eitel war, beängstigend. Was würden die Klassenkameraden, was würde der freche Adrian sagen, wenn sie den Großvater sprechen hörten? Was sollte daran Schlimmes sein? Er hatte den Großvater sehr gerne und war stolz auf ihn. Aber es war sehr unwahrscheinlich, dass der Siebzigjährige die elfstündige Eisenbahnfahrt vom Rhein in den Schwarzwald wirklich auf sich nehmen würde.

Als er ihm vom Theater im Internat erzählte, antwortete der Großvater: »Das hat doch alles hier bei uns angefangen!« Der Großvater konnte sich gut daran erinnern, wie er zu den anderen Kindern gepredigt hatte. Die Großmutter hatte das ja empörend gefunden, während der Großvater noch die Worte des Pfarrers im Ohr hatte, aus dem Jungen könnte ein Priester werden – wenn nicht mehr! Einmal wollte er mit dem Großvater ins Theater gehen, nachdem dieser sich strikt geweigert hatte, ein Kino betreten. Die Geschwindigkeit der Bilder war nichts für ihn, während die Großmutter nichts gegen einen Film mit Zarah Leander hatte. Im Theater wurde gerade Schillers *Wilhelm Tell* gespielt, und der Großvater versprach, mit seinem Enkel hinzugehen. Seit dem Kriegsende hatte sich bei den Großeltern einiges verändert. Der Schwiegersohn, der Mann der Tante mit der Hand auf dem Buch, war in Russland vermisst, sodass das kleine Haus keinen Hausherrn mehr hatte, keiner kümmerte sich richtig um den Garten. Es gab auch keine Kaninchen mehr. Und die wunderbaren Blumenaltäre zu Pfingsten, bei denen die kleine Treppe mit der Vormauer so nützlich gewesen war, wurden auch nicht mehr aufgebaut. Das Viertel am westlichen Rand der Stadt hatte von den Bomben nicht viel mitbekommen, die Dreikönigskirche und die ganze Gemeinde waren intakt geblieben. Aber die Zeit hatte auch hier alles verändert. Und die Tante? Sie verstand ihn nicht mehr. Sie wollte von seiner Schwärmerei für England und seinen König nichts wissen.

Im Jahr nach der Aufführung von *Wie es Euch gefällt* gab es wieder eine Theateraufführung, die für ihn sogar noch wichtiger wurde als die allererste: Im Frühjahr war *Nathan der Weise* angesetzt. Diesmal führte nicht ihr Regisseur die Regie, sondern ein neuer Lehrer. Der mit den langen Haaren, das war ihm sofort klar, hätte das Stück von Lessing nicht aufführen wollen. Es wäre ihm, so dachte er, nicht künstlerisch genug gewesen. Insofern war die Tatsache, dass er keine Rolle in der *Nathan*-Aufführung bekommen hatte, keine allzu große Enttäuschung. Doch plötzlich änderte sich die Situation schlagartig. Rüdiger, der den Tempelherrn spielen sollte, musste am festgesetzten Tag der Aufführung an der Beisetzung seines Großvaters teilnehmen. Der Tag der Aufführung stand fest wie der Tag der Beisetzung, mit Rüdiger konnte nicht gerechnet werden. Nach der Mathematikstunde bat ihn die Klassenlehrerin, sich nach dem Mittagessen im Esssaal zur *Nathan*-Probe einzufinden. Diese Mitteilung schlug wie ein Blitz bei ihm ein. Das konnte nur bedeuten, dass er dort irgendwie gebraucht würde.

Der neue Regisseur fragte ihn sehr freundlich, ob er die Rolle des Tempelherrn von Rüdiger übernehmen wolle. Da nur noch wenige Tage bis zur Aufführung verblieben, solle er nur die eine oder andere Stelle auswendig lernen, alles andere aber aus dem Reclamheftchen ablesen. Aber eben nicht nur ablesen. Er müsste den Charakter des Tempelherrn schon richtig spielen. Neben diesem liebenswürdigen Deutschlehrer stand eine neue Lehrerin, die seit kurzem auch Erzieherin bei den kleinen Jungen war und die er noch nicht richtig kannte. Sie war eine auffallend anziehende, nicht eigentlich elegante, aber vornehm aussehende Frau, freundlich und außergewöhnlich sicher in der Art und Weise, wie sie ihn ansprach. Es war die Witwe eines der Verschwörer, die in jenem Sommer 1944 nach dem Attentat auf Hitler hingerichtet worden waren. Das hatte sich in der Schule herumgesprochen. Aber davon merkte man ihr nichts an. Der strahlende Ausdruck ihres Gesichts, umrahmt mit rötlichem Haar, hatte gleichzeitig etwas Kühles, betont Beherrschtes. Der neue Regisseur sprach sie immer mit »Gräfin« an, der Direktor sagte häufig »Charlotte« zu ihr. Sie war es auch, die ihn für die Rolle des Tempelherrn vorgeschlagen hatte. Sie sagte lachend, dass es ja nicht nur blonde, sondern auch dunkelhaarige Kreuzritter gegeben habe.

Er zögerte keinen Moment, obwohl er keine Ahnung von dem Charakter des sogenannten Tempelherrn hatte. *Nathan der Weise* war im Deutschunterricht nicht durchgenommen worden. Die neue Regisseurin sollte mit ihm die Rolle zunächst einstudieren. Außerdem musste das Kostüm geändert werden, denn Rüdiger war ja ein Hüne. Zu diesem Zweck musste er in den sogenannten Saalbau gehen, in dem die Zimmer der Mädchen lagen. Zwei von ihnen nahmen Maß, etwas Angenehmeres konnte er sich nicht vorstellen. Zu diesem Zeitpunkt hatten er und andere Klassenkameraden begonnen, mit Ferngläsern aus ihren Zimmern in die Fenster des gegenüberliegenden Saalbaus jenseits des Hofes zu sehen. Aber abgesehen von ein paar weißen Schultern der einen oder anderen Schülerin, die zum Duschen ging, kriegten sie nichts zu sehen. Nun aber war er im Allerheiligsten selbst angelangt. Hinter einer scheinheiligen Miene verbarg er seine Gefühle. Wenn die Hände der Kostümmädchen ihn kräftig an der Schulter anfassten oder in der Taille noch einmal nachmaßen, spürte er die Welle eines Gefühls aufsteigen, das ihn so benebelte, dass er nicht richtig hörte, was die sympathische Regisseurin ihm gleichzeitig sagte.

Sie erklärte ihm die Rolle und das Stück. Die wichtigste Rolle, Nathan, würde von Wolfgang gespielt, dem melancholischen Jacques aus *Wie es Euch gefällt*. Wolfgang war im Internatszimmer des neuen Trimesters sein Zimmerführer und behandelte ihn immer ein wenig von oben herab. Jetzt nannte er ihn plötzlich »d'Artagnan«. Was sollte das heißen? Am Tag der Generalprobe musste er wieder in den Saalbau, weil die für das Kostüm zuständigen Mädchen seine Kreuzrittergarderobe überprüfen wollten. Er hatte einen Brustpanzer an, ohne Helm, und darüber den großen weißen Mantel der Kreuzritter dieses Ordens. Ohne Kreuz. Denn das, so wurde gesagt, hatten nur der spätere Deutschritterorden, die Malteser und die englischen Kreuzritter. Von den Kenntnissen und dem Interesse der Kostümmädchen fühlte er sich so geschmeichelt, dass ihm das allein schon wert gewesen wäre, für die Rolle vorgeschlagen worden zu sein. Er hatte keine Ahnung, wie man, wenn man alleine mit ihnen war, mit ihnen umging. Er hatte noch keine Freundin wie der eine oder andere der älteren Schüler, zum Beispiel Rüdiger. Wer eine Freundin hatte, durfte abends auf einer bestimmten Landstraße für eine halbe Stunde mit ihr spazieren gehen, so wie auch andere Schüler, die zu zweit dort einhergingen und sich unterhielten. Er wäre für sein Leben gern mit Feo gegangen. Aber die dachte nicht daran, eine einladende Miene zu machen. Seit ihrem Bühnenauftritt als Orlando und Rosalinde hatten sie kein Wort miteinander geredet, er sah sie nur von weitem im Esssaal. Jetzt aber, als er zum letzten Mal vor der Aufführung des *Nathan* in einem Zimmer der Mädchen saß und geprüft wurde, ob alles ordentlich passte, kam Feo den Gang entlang und machte eine überraschte Bemerkung. Obwohl sie in der gleichen Klasse war wie Rüdiger, hatte sie nicht mitgekriegt, dass die Rolle des Tempelherrn gewechselt hatte.

Immerhin tat ihm ihre überraschte Bemerkung gut, sodass er in einer fast überschwänglichen Stimmung zu den anderen Schauspielern auf die Bühne ging. Wie im Falle von *Wie es Euch gefällt* fand die Aufführung wieder auf der Empore des Esssaals statt, mit den vier aufgerichteten langen Tischen als Bühnenwand. Der Vorhang war schon zu. Die Regisseurin richtete nur noch einige aufmunternde Worte an ihn, und dann ging es los. Als der Vorhang aufging und er mit dem Reclamheft in der Hand auf seinen ersten Auftritt wartete, verdrehte sich ihm plötzlich die Reihenfolge der Szenen. Und als er dann hinausmusste auf die Bühne, zeigte sich, woran sie bei den Vorbereitungen nicht gedacht hatten: Nicht auswendig gelernte Sätze einerseits abzulesen, andererseits doch die Rolle richtig zu spielen. Das ging sofort schief. Im Eifer der Situation verlor er die jeweilige Strophenzeile, ja er verlor sogar den nächsten Einsatz. Merkwürdigerweise merkte das Publikum seine Not gar nicht, nicht einmal, als er verlorene Worte einfach dazuerfand. Schließlich half er sich aus der Klemme, indem er jede erledigte Seite aus dem Reclamheft herausriss und mit großer Gebärde hinter sich warf. Auf diese Weise verband er das Nützliche mit dem Schönen und verminderte die Gefahr, in eine falsche Seite oder Strophe zu geraten. Als er in einer Szene mit Recha, der von ihm Geliebten, zweimal ihren Namen mehr ausstoßen als ausrufen musste und ihm wegen des heimatlichen Dialekts das Ch ihres Namens zum zischenden Konsonanten Sch geriet, er also statt »Recha, Recha!« enthusiastisch »Rescha, Rescha!« ausstieß, gab es stürmischen Beifall.

Die Rolle der Recha wurde von einem ihm bisher kaum aufgefallenen, schüchtern wirkenden Mädchen gespielt. Sie war die Tochter eines namhaften Universitätslehrers, und ihre Schüchternheit war Ergebnis einer besonders guten, wenn auch altmodischen Erziehung, sie war Zurückhaltung und nicht Ausdruck mangelnden Selbstbewusstseins. Jedenfalls passte sie vollkommen zu ihrer Rolle, und er selbst nahm Recha ausschließlich als Kameradin im Kostüm, ohne jeden Funken eines anderen Gedankens. Er fand das Ende des Stücks enttäuschend, irgendwie unpassend. Dass plötzlich herauskam, dass Recha nicht die Tochter Nathans, sondern die Schwester des Tempelherrn war und beide sogar verwandt mit dem Sultan Saladin, war ein Zuviel der Überraschung. Es sollte wohl die Gegensätze zwischen Juden, Christen und Mohammedanern als endgültig überwunden zeigen. Von der Dramatik her leuchtete es ihm gar nicht ein. Es war wie in Komödien, in denen die Personen sich als etwas anderes herausstellen als das, was sie zu sein scheinen. So wie schon in *Wie es Euch gefällt*, wo es aber passte. Auch die versöhnliche Geschichte mit dem Ring war ihm ein Zuviel des Guten. Was war überhaupt das Spannende an dem Schauspiel?

Was ihn tief beeindruckte, war Wolfgang als Nathan. Schon in *Wie es Euch gefällt* hatte er sich ja gedacht, dass der melancholische Jacques ein anderes Kaliber sei als der verliebte Orlando und wie großartig Wolfgang den Witz von Jacques ausdrückte. Nun aber, als Wolfgang der Weisheit nicht Melancholie, sondern Heiterkeit beimischen musste, klang das noch überzeugender. Er hatte ihn ja eigentlich nur einmal während der Generalprobe gehört. Jetzt jedenfalls hörte er ihn richtig, und sein Respekt vor seinem Zimmerführer, der schon im Alltag so einschüchternd intelligent war, wuchs noch einmal beträchtlich. Das hinderte ihn nicht, sich trotz der Schwierigkeit zwischen Lesen und Spielen als Tempelherr mächtig wichtig vorzukommen. Sein Kostüm war ohnehin das schönste, und der Beifall war gewaltig.

Nach der Aufführung erzählte er der Regisseurin, was er an der Figur des Tempelherrn Besonderes herausgefunden hatte, denn der habe ja bis auf einen Monolog nichts wirklich Weltbewegendes zu sagen. Er würde aber in seinem weißen Gewand für die anderen zu einer Art höheren Erscheinung. Recha sähe in ihm ja zunächst sogar einen Engel, und Saladin erblicke in ihm seinen toten edlen Bruder. Kurz und gut: Der Tempelherr löse, ohne viel sagen zu müssen, die Spannung des Unbekannten aus. Das sei doch auffällig. Warum habe der liebenswürdige Deutschlehrer ihm das nicht gesagt? Sie fand das eine sehr wichtige Beobachtung, musste aber lächeln, weil er sich damit offenbar indirekt selbst in den Mittelpunkt setzte. Aber er habe sowieso etwas Tempelherrenhaftes an sich, er wirke, sagte sie, ohne sich anstrengen zu müssen, auf der Bühne wie einer dieser Kreuzritter. Was sie damit genau meinte, war ihm nicht ganz klar, schließlich gab es seit langem keine Kreuzritter mehr, aber er war trotzdem beeindruckt.

Er lernte jetzt auch den neuen Deutschlehrer besser kennen, der ihm sofort neue Theaterpläne vorschlug, weil er offenbar mit seinem Auftritt als Tempelherr sehr einverstanden war. Er solle in den nächsten Ferien einmal *Der Traum ein Leben* von Franz Grillparzer lesen. Darin gäbe es die Rolle des Rustan, das wäre etwas für ihn. Bevor er sich aber genauer damit beschäftigen konnte, gab es eine riesige Überraschung. Der Deutschlehrer mit den langen Haaren lud ihn abermals zu einer Lesung nach Hause ein. Er hatte sich wieder etwas ganz Besonderes ausgedacht, ein Stück, von dem der Junge noch nie gehört hatte. Es hieß *Dame Kobold* und stammte von dem spanischen Dichter Caldéron. Die zweite Überraschung war, als er in der Wohnung auch Feo vorfand. Sie würden beide abermals das Liebespaar spielen. Seine Rolle war Don Manuel, ganz in Schwarz, mit Mantel und Florett, ihre die Dona Angela in überirdischen Gewändern. Rüdiger war auch anwesend, er war für die Rolle des Don Luis vorgesehen, einer Art Nebenbuhler des Don Manuel. Jedenfalls sollten sie sich zweimal duellieren. Bevor die richtigen Proben begannen, ging das Trimester zu Ende. Aber die Ferien, die ihm zu lang erschienen, waren schnell vorbei, und es ging sofort los mit den Proben.

Als er sich Caldérons Stück Szene für Szene einverleibt hatte, dachte er noch einmal darüber nach, was für ein besonderer Mann ihr Regisseur sei. Dass er kein Interesse an den bekannten Klassikern habe, sondern sich immer etwas nicht Selbstverständliches aussuche. Einmal machte er eine Bemerkung, die einen pädagogischen Grund für seine Wahl ausdrückte: Die großen klassischen Rollen seien nichts für Schüler. Dabei käme nichts heraus. Spöttelnd benutzte er das Wort »Schulaufführung«. Das war so eine seiner Redewendungen, bei denen man plötzlich etwas dazulernte. Er begriff, dass das Wort »Schulaufführung« etwas bezeichnen sollte, das sich von einer richtigen Aufführung unterschied. Wahrscheinlich gehörte die *Nathan*-Aufführung für ihn zu dieser Sorte Stücke, während *Dame Kobold* richtiges Theater war. Solche Komödien, wozu *Leonce und Lena* und *Wie es Euch gefällt* gehörten, wären der richtige Stoff für theaterbegabte Schüler. Dabei, so dachte der Junge, waren diese Stücke eigentlich schwerer. Er stand jetzt am Ende der Untersekunda, kurz vor dem Einjährigen, und er hatte für solche Unterschiede ein klareres Verständnis als noch vor einem Jahr. Die Sprache der *Dame Kobold* erschien ihm eigentlich komplizierter als die von *Wie es Euch gefällt,* und es gab nicht den »Witz« von Rede und Antwort. Aber wovon handelte das Stück? Es ging ja wohl nicht einfach darum, dass die Personen sich in verschiedenen Zimmern voreinander versteckten und täuschten, weshalb der Diener Cosme sich vor einem Dämon, einem Kobold ängstigte. Das wäre doch zu simpel gewesen. Aber was war es? Der Deutschlehrer mit den langen Haaren erklärte ihnen, dass der Dichter die Beziehung von Schein und Wirklichkeit, von Rätsel und Bekanntheit dargestellt habe. Deshalb wüssten die Personen manchmal nicht, in welchem Zimmer des gleichen Hauses sie seien oder in welchem Haus überhaupt. Alles werde ihnen zur Täuschung. Das war auch nicht gerade selbstverständlich einzusehen. Im Gegenteil: Es war schon merkwürdig, dass des Rätsels Lösung, nämlich die nichtentdeckte Geheimtür, für so viel Aufregung sorgte. All die wunderbaren Sätze, die dem Zauber galten, erschienen ihm zwar schön, aber psychologisch wenig einleuchtend. Schon dass Dona Angela den als Kavalier eintretenden Don Manuel nach nur einmaligem Sehen nicht mehr vergessen konnte, war so phantastisch wie die Vorstellung Rechas vom Tempelherrn als Engel.

Im Verhältnis zu seiner Bühnenpartnerin hatte sich etwas verändert. Feo kam ihm nicht mehr wie die überirdische Fee vor, die sie jetzt zu spielen hatte. Er brauchte also keine geheimen Gefühle zu unterdrücken, wenn sie ihre Dialoge miteinander wechselten, obwohl diesmal das gegenseitige Liebesgefühl in noch viel prächtigeren Bildern ausgedrückt wurde. Dies zu sprechen war für ihn eine herausfordernde Aufgabe. Aber der Don Manuel war eigentlich kein richtiger Charakter. Auch Don Luis, Don Juan, Dona Angela und Dona Claudia waren es nicht. Sie waren alle nur sehr edle Gestalten mit edlen Gefühlen. Insofern war die schauspielerisch wichtigste Figur wieder der komisch-ängstliche Charakter des Dieners Cosme, den deshalb auch Wolfgang spielte, der beste von ihnen. Feo war nicht eigentlich schön zu nennen, aber sie sah eigenwillig aus. Glatte blonde Haare, ein blasses, aber ausdrucksvolles Gesicht, eine zarte, gutgewachsene Gestalt. Und selbstbewusst. Nach wie vor sprach sie eigentlich privat kaum ein Wort mit ihm. Das hing allerdings auch damit zusammen, dass er, Adrian und zwei andere Schüler inzwischen eine Clique bildeten, die sich gegenüber den feineren Internatszirkeln schlecht, bewusst schlecht aufführte, weil sie das schlechte Benehmen für intelligent hielten. Aber noch etwas anderes war geschehen. Feo und der Lehrer mit den langen Haaren hatten eine besondere Beziehung zueinander entwickelt. Sie war jetzt fast siebzehn Jahre alt. Es war nicht klar, was für eine Beziehung das war. Aber er merkte, wie sehr seine

Partnerin bei jedem Wort, das der Regisseur sagte, zuhörte. Es ärgerte ihn schon, dass sie offenbar nur für diesen großartigen Lehrer Augen hatte, wenn es ihm auch nicht mehr so viel ausmachte wie noch vor einem Jahr.

Diesmal gehörte sein eigentliches Interesse seinem Mitspieler um die Gunst der Frauen, nämlich Rüdiger. Sie beide sprachen inzwischen in einem gereizten Ton miteinander. Ihm ging Rüdigers Arroganz mehr und mehr gegen den Strich. Umgekehrt hatte er den Eindruck, dass Rüdiger sich von ihm herausgefordert fühlte, ohne dass es irgendeinen bestimmten Grund dafür gegeben hätte. Sie waren nicht in der gleichen Klasse, konkurrierten nirgendwo, eigentlich auch nicht beim Theaterspiel, außer dass Rüdiger beleidigt war, dass er ihn in der Rolle des Tempelherrn ersetzt hatte. Konnte das möglich sein? Es hatte jedenfalls Folgen bei der Aufführung. Diesmal gab es nämlich eine Duellszene, die er sich seit dem *Hamlet*-Film mit dem berühmten englischen Schauspieler immer schon gewünscht hatte, dessen Namen Laurence Olivier er nun nicht mehr vergaß. War es Zufall oder nicht – jedenfalls berührte das Florett des einen die Hand des anderen so heftig, dass es schmerzte und dann blutete. Im Handumdrehen wurde aus dem sorgfältig einstudierten Wechsel der Degen ein Gegeneinanderschlagen der Klingen. Es war ganz deutlich, dass Rüdiger es darauf anlegte, ihn noch einmal an der Hand zu treffen, selbst als die Duellszene eigentlich vorbei war. Im Publikum hatte niemand etwas von der verhaltenen Wut gemerkt, die sie gegeneinander getrieben hatte. In der Pause machte Rüdiger nur eine seiner dreisten Bemerkungen, und ihr Regisseur lächelte versöhnlich dazu.

Nach der Aufführung von Caldérons *Dame Kobold* und dem gutbestandenen Einjährigen trat ein Wechsel in seinem Theaterspiel ein. Die Zeit, in der er einfache Liebhaberrollen spielte, war zu Ende gegangen. Er hatte nicht vergessen, was der liebenswürdige Deutschlehrer ihm nach der *Nathan*-Aufführung vorgeschlagen hatte, und er las in den Sommerferien in der Heimatstadt mit immer größerer Anteilnahme Grillparzers *Der Traum ein Leben.* In dieser Zeit ging er auch, so oft er konnte, in die Aufführungen des Schauspielhauses im Zentrum der Altstadt und noch lieber in die Kammerspiele im Süden der Stadt, nahe des Rheins. Er ging die Strecke besonders gerne zu Fuß, denn dabei kam er an den alten Villen und Gärten vorbei, von denen manche halbzerstört, andere wieder hergerichtet waren. Er konnte in dieser alten städtischen Atmosphäre besser seinen Gedanken vom bevorstehenden Stück nachhängen als in den Straßen zwischen den hässlichen Neubauten in der Nähe des alten Schauspielhauses und der Oper. Eine Schauspielerin namens Irmgard Först und ein Schauspieler namens Walter Kollin hatten es ihm besonders angetan. Kollin spielte hochdramatische Rollen wie den Ödipus oder Egmont, die Först spielte viel in Shakespearekomödien, die Rosalinde zum Beispiel in *Wie es Euch gefällt.* (Zum ersten Mal kam ihm der Gedanke, selbst später Schauspieler werden zu wollen.) Er ließ ihr Blumen bringen, so wie es sich gehöre, das hatte er gelesen. Das war nach ihrer Rolle in Christopher Frys *Die Dame ist nicht fürs Feuer,* ein Stück, das ihn vor allem wegen seiner Sprache fesselte, ja begeisterte, und er las deshalb andere Stücke dieses lebenden englischen Dichters, der die Sprache Shakespeares erneuern wollte. Noch immer wirkte nicht nur das, was auf der Bühne vor sich ging, auf ihn wie eine Verzauberung. Auch das Innere des Zuschauerraums vor dem geschlossenen Vorhang hatte noch immer eine tiefe Wirkung auf ihn. Immer wieder dieser Vorhang! Dass es etwas zu verbergen gäbe, nicht bloß die erste Szene, die bald sichtbar werden würde. Die versammelten Zuschauer vor dem geschlossenen Vorhang gaben ihm den Gedanken eines Gemäldes ein. Das war es. Alles war verwandelt. Die Wirklichkeit war zu etwas anderem geworden. In den Pausen stand er nicht einfach alleine herum, weil er keinen sonst kannte, sondern blieb sitzen und las das Theaterprogramm. Einerseits imponierte ihm das, was da zur Erklärung des Stücks geschrieben stand, andererseits fand er es etwas geschwollen ausgedrückt. Es war einschüchternd. Was dem, der das geschrieben hatte, alles einfiel!

Es war eine Zeit, in der er sich vor seinem Vater und dessen zukünftiger Frau verschloss. Der Vater hatte sein Theaterspiel in der Schule mit einer deutlichen Zurückhaltung kommentiert. Zugeschaut hatte er nie. Aber die begeisterten Erzählungen des Jungen von dem Lehrer mit den langen Haaren genügten dem Vater. Ein solcher Mann führe den Jungen in die falsche Richtung. Er lebe schon genug in seinen Phantasien. Das müsse aufhören. Deshalb war er froh, mit der Mutter offen über sein Theaterinteresse reden zu können. Ihr Mann hatte einen Patienten, einen ehemaligen Oberst der deutschen Armee, der sich auch noch immer so anreden ließ. Herr Oberst. Der Stiefvater wusste, dass der Oberst ein Theaterliebhaber war und hatte ihm von dem Theaterinteresse seines Stiefsohnes erzählt. Eines Tages sagte die Mutter zu ihm, er solle diesen Oberst doch einmal besuchen, der habe eine Schallplatte mit der Stimme von Josef Kainz. Das war der ihm inzwischen wohlbekannte Name des berühmtesten deutschsprachigen Schauspielers lange Zeit vor dem Krieg, der zuerst in Wien und dann auch in Berlin alle großen klassischen Rollen gespielt hatte. Das Buch mit Fotos von Kainz als Ödipus und Hamlet hatte er sich inzwischen gekauft, deshalb wollte er sich die Einladung des Oberst nicht entgehen lassen.

Der Oberst wohnte allein in einer der alten Villen auf dem Weg zu den Kammerspielen. Das eiserne Gartentor war etwas verrostet und schloss nicht richtig. Die Tür zum Eingang des Untergeschosses war aus schwerem Holz und hatte ein kunstvolles Gepränge. Die Klingel klang überraschend melodisch. So war er vorbereitet auf das Innere, als der Oberst ihn hereinbat. Er war ein nicht besonders großer fünfzigjähriger

Mann mit scharf geschnittenen Zügen und einer spiegelnden Glatze, einem knallroten Hemd mit einer dunkelblauen Krawatte, in der eine Nadel mit Perlenkopf steckte. Er hatte eine alte Uniformjacke des höheren Offiziers an, aber ohne Rangabzeichen. Sehr liebenswürdig führte er ihn in den Hauptraum, der mit dicken Perserteppichen bedeckt war, von denen ein feiner Geruch ausging, der ihn an seine Messdienerzeit erinnerte. Es roch nach Weihrauch und Myrrhe. Irgendwie kam ihm das doch seltsam vor. Die alten messinggoldenen Lampen erzeugten ein Dämmerlicht. Vielleicht war der Oberst auch ein ehemaliger Schauspieler? Sie sprachen zuerst über das Theater im allgemeinen. Er erzählte von seinen Internatsrollen, und der Oberst antwortete, er könne sich ihn gut in diesen Rollen vorstellen. Der Oberst wusste genau Bescheid, er kannte Shakespeares und Caldérons Stücke. Nun sollte er die Stimme von Josef Kainz als Hamlet hören. Es war eine ältere Platte, und die Stimme klang etwas brüchig. Kainz sprach den Monolog »Sein oder nicht sein«. Er zog dabei die Vokale des »ei« in beiden Wörtern unendlich in die Länge. Er selbst fand das merkwürdig, eigentlich unpassend, weil dadurch die Gedankentiefe Hamlets einen falschen Ausdruck bekommen würde. Überhaupt war er von dem Pathos in der Stimme enttäuscht. Es klang so ungeheuer künstlich, nicht wie die Stimme eines kühnen Mannes, der Hamlet doch auch war. Der Oberst war der Ansicht, das läge nur an Kainz' österreichischem Akzent.

Sie hatten sich inzwischen auf das prächtige, mit exotischen Stoffen behangene Sofa gesetzt, und der Oberst servierte in kleinen farbigen Gläsern einen süßlichen Likör, der einem ziemlich schnell in den Kopf stieg. Der Oberst rückte näher an ihn heran, sodass sich ihre Knie berührten, und legte plötzlich eine Hand auf seinen linken Schenkel. Es war ihm schon vorher nicht wohl zumute gewesen in dieser Wohnung, und Kainz hatte auch keinen großen Eindruck auf ihn gemacht. Ohne sich auch nur einen Augenblick zu besinnen, stand er in aller Ruhe auf und sagte, er müsse gehen. Sonst nichts. Auf der Schule hatte er noch nie bemerkt, dass es auch zwischen Jungen körperliche Kontakte gab. Aber er hatte natürlich davon gehört. Jetzt hatte er es selbst erlebt. Der Oberst hatte bei der Verabschiedung so getan, als ob nichts vorgefallen sei. Das war ihm nur recht. Er erzählte aber der Mutter von dem Zwischenfall, und diese war wie immer außer sich und wollte, wie sie sagte, den Oberst zur Rede stellen. Zum Glück konnte ihr Mann sie davon abbringen. Der Oberst war ein guter Patient und kam, wie immer höflich und unbefangen, weiter in die Praxis.

Die Praxis war nicht nur im Falle des theaterliebenden Oberst der Grund für den schweren Kummer der Mutter. Eine Reihe von Schauspielern, Schauspielerinnen, Sängern und Sängerinnen kamen zu seinem Stiefvater, denn die Praxis lag direkt gegenüber dem alten Opernhaus, das als Ruine noch zu Proben und auch als Kartenverkaufsstelle genutzt wurde. Das im zerbombten alten Einkaufszentrum der Stadt neugebaute Theater hieß im Volksmund »das Grab des unbekannten Intendanten«. Eine modisch besonders auffällige Patientin war der Star der Operette und Ehefrau des Operndirektors, der auch als Filmregisseur bekannt geworden war. Mit dieser aus der *Fledermaus* und der *Csardasfürstin* bekannten Operettensängerin, sagte ihm die Mutter, habe ihr Mann ein Verhältnis angefangen. Die Mutter hatte sich schon seit einiger Zeit verändert. Ihre Lustigkeit und ihr Temperament waren einer merkwürdigen Stille gewichen. Jetzt wusste er warum. Auch ihm setzte das zu. Dass dies gerade in der Zeit passierte, als er die Enttäuschung über den Oberst innerlich verarbeitete, nämlich den Verdacht, Theaterleute oder solche, die das Theater liebten, seien eben so, machte die Neuigkeit seiner Mutter besonders unangenehm für ihn. Sie unterhielten sich bald auch über den Mann der Sängerin. Er sei kein großer Regisseur, sagte die Mutter. Deshalb habe er auch diese Schlampe geheiratet. Er sei außerdem ein Nazi gewesen. Er habe nämlich einen Schillerfilm gedreht, den sie vor zehn Jahren noch gesehen habe. Der Schiller darin habe geredet wie einer dieser Edelnazis. Ein Fanatiker in seinen Überzeugungen. Daran habe auch nichts geändert, dass Horst Caspar die Rolle gespielt habe. Der war, sagte sie, fast genauso berühmt wie Josef Kainz, nur sehr viel jünger, und habe, an Schwindsucht leidend, wohl keine lange Zeit zu leben mehr.

Diese Erlebnisse während der Sommerferien 1950 bewirkten, dass er sich noch mehr auf sich selbst und seine eigene Idee vom Theater konzentrierte. Dabei spielte das Lesen von Grillparzers *Der Traum ein Leben* eine große Rolle, weil er hoffte, bei der Rückkehr in die Schule würden die Vorbereitungen zu einer Aufführung beginnen. Das lag nicht allein an der Vorfreude, wieder Theater spielen zu dürfen, es lag auch an Grillparzers Stück, das seiner inneren Verfassung besonders entsprach. Bisher waren die Rollen, die er gespielt hatte – Orlando, Tempelherr und Don Manuel –, vor allem Anreize zum Bühnenauftritt gewesen. Es waren den Ehrgeiz anspornende Herausforderungen. Aber so verschieden diese Personen waren, sie hatten doch nicht sein Innerstes berührt, selbst wenn er sie überzeugend dargestellt hatte. Die Verwandlung seiner Alltagsperson in eine ganz andere hatte seinem Sinn für das Nichtalltägliche gefallen. Insofern hatten alle drei Stücke eine ins Phantastische gehende Wirkung auf ihn gehabt. Nun aber, mit dem Rustan, dem persischen Helden in Grillparzers Drama, hatte sich das noch einmal verstärkt. Er identifizierte sich mit ihm. Nein, nicht mit ihm als Charakter, aber mit dessen Vorstellungen. Dabei sprach auch der Rhythmus der Verse Grillparzers sein Gefühl besonders an, was im Falle von *Wie es Euch gefällt*, *Nathan der Weise* und *Dame Kobold* anders war. Was ihn sofort für das Stück einnahm, war, dass es die Darstellung eines Traumes des Helden

Rustan zeigte. Und in diesem Traum trafen zwei gegensätzliche Zustände aufeinander, die er selbst für sich wünschte, nämlich die Flucht aus der Wirklichkeit und ein aufregend gefährliches Leben. Was den neuen liebenswürdigen Deutschlehrer, der für den *Nathan* verantwortlich war, auf den Einfall gebracht hatte, dieses thematisch abgelegene, aber farbige Stück zu wählen, blieb ihm, als er darüber nachdachte, ein Rätsel. Wie wollte dieser die Traumszene mit der Jagd nach einer Schlange, mit der exotischen Felsenlandschaft, mit dem ganzen phantastischen Geschehen in Samarkand auf der Schulbühne aufführen? Hatte er das Stück ausgesucht, weil es um das Glück eines friedvollen Lebens ging angesichts schrecklicher Taten in der Welt? Rustan wurde in seinem eigenen Traum ein blutiger Tyrann. Der Deutschlehrer würde ihnen das schon noch ausführlicher erläutern. Es gab auch wieder eine romantische Attraktion: die Königstochter Gülnare, die sich in Rustans Traum in diesen verliebt, weil er den gleichen Namen hat wie der legendäre Prinz aus der persischen Sage. Wer würde die wohl spielen? Wahrscheinlich Feo. Aber das war nebensächlich. Entscheidend war, als er begann, einige Monologe des Rustan auswendig zu lernen, das Thema der Weltflucht, das Träumerische. Es war seine Rolle.

Der Träumer war allerdings kein Weichling. Rustans Abkehr von der Welt, das war es, was ihn am Stück anzog. Er hatte in den Ferien nach dem gutbestandenen Einjährigen ab und zu Zustände des Traurigseins. Die Stadt, ihre zum Teil neuaufgebauten Straßen, aber auch die Gespräche der Erwachsenen wirkten wie das Gegenteil seiner Phantasien, die ihn in der Schule beschäftigten. Je mehr Neubauten zu sehen waren, umso hässlicher wurde die Stadt. Die Ruinen brachten einen dagegen zum Denken. An einem Nachmittag, als er in der besonders hässlichen Innenstadt vor einem Buchladen stand, sagte plötzlich jemand hinter ihm: »Junge, warum siehst du so ernst aus?« Es war der Vater. Er fühlte sich in seinen Gedanken aufgescheucht und reagierte dementsprechend. Sie hatten sich seit einer Woche nicht gesehen, da er meist bei der Mutter wohnte, zumal der Vater noch immer in seiner akademischen Junggesellenwohnung in der Nähe der Universität lebte. Nach einigem Hin und Her des Gesprächs fragte der Vater: »Warum bist du denn traurig?« Als er die Antwort gab, das könne er nicht genau sagen, entspann sich eine leicht gereizte Unterhaltung über die Frage, ob es eine grundlose Traurigkeit gäbe. Der Vater meinte, es gäbe immer einen Grund, während er selbst das bestritt. Es war ein ähnlicher Streit wie vor drei Jahren, als der Junge behauptet hatte, Platon sei derselbe auch dann, wenn kein Mensch seine Bücher läse, was der Vater völlig unverständlich fand. So gerne der Junge ihn hatte und wie sehr ihn des Vaters Ansichten beeindruckt hatten, jetzt war eine Zeit angebrochen, in der er sich von ihm zurückziehen musste. Die ökonomischen Themen, die der Vater berufshalber anschnitt, interessierten ihn kaum. Der Vater verband damit die Absicht, ihn, wie er sagte, mit dem praktischen Leben vertraut zu machen. Das war der Grund dafür, warum möglichst nicht über das Theater, vor allem aber nicht über die Aufführungen in der Schule gesprochen wurde. Selbstverständlich erwähnte der Junge kein Wort über die innere Vorbereitung auf *Der Traum ein Leben*. Welch ein Titel! Das hätte dem Vater gerade noch gefehlt.

Mit Beginn der Obersekunda war sein Traum buchstäblich vorbei, der Deutschlehrer hatte sein Vorhaben aufgegeben. Das war ein Schlag. Ein großer Schlag für seine große Erwartung. Überhaupt wurden seine Rollen nun offensichtlich anders. Das begann damit, dass bei der nächsten Aufführung, Thornton Wilders *Unsere kleine Stadt*, die Rolle des jungen Mannes, der die Mitschülerin heiratet, an einen ehemaligen Schüler vergeben wurde, während er selbst eine winzige Nebenrolle bekam. Er sollte den alten Professor spielen. Eine große Enttäuschung, auch wenn er dann doch Gefallen daran fand, sich äußerlich so sehr verändern zu müssen und auch mit der Stimme etwas Neues zu probieren. Er hatte den Verdacht, sein Vater habe auf die Schule eingewirkt, ihm nicht wieder eine Hauptrolle zu geben. Sein Mentor, einer der beiden Lateinlehrer, hatte ihm gesagt, der Vater sei beunruhigt über seine Theaterspielerei. Die Mentoren, die die Schüler selbst wählten, sollten durch einen kontinuierlichen Briefverkehr die Eltern über die Entwicklung ihrer Söhne und Töchter auf dem laufenden halten. Er hatte Grund zu der Befürchtung, dass sein Mentor Wasser auf die Mühlen des Vaters goss und irgendwelche Greuelmärchen über sein Betragen an den Vater schickte. Umso mehr freute er sich, dass er bei den Proben zu *Unsere kleine Stadt* wieder mit der Regisseurin, der Frau des 20.-Juli-Verschwörers, zu tun bekam, mit der er sich seit *Nathan der Weise* ab und zu unterhalten hatte. Von den fünfzehn Rollen bekamen außer ihm nur drei andere Schüler noch eine Rolle. Jürg, der Altschüler, der ihm, wenn dieser manchmal die Schule besuchte, immer imponierte, hatte die Idee gehabt, Thornton Wilders Stück zu inszenieren. Er hatte sich für eine mehrheitlich aus Erwachsenen bestehende Truppe entschieden. Die Regisseurin spielte auch die Rolle der Mrs. Gibbs, der interessante Griechischlehrer den Doktor Gibbs. Seine Mitschülerin Michele – sie sprachen den Namen nicht französisch aus –, die als einzige mit ihm den katholischen Religionsunterricht besuchte, spielte die eigentliche Hauptrolle, Emely Webb, das Mädchen, das von den Toten zu den Lebenden zurückkehrt und wieder zu den Toten. Dass unsere Zeit im Leben eigentlich eine Zeit im Tode sei, dachte er, war ein zutiefst erschreckender Gedanke des Dichters. Überhaupt das Sich-selbst-Zuschauen als Toter im Leben. Dadurch war ja das Leben, das man gerade lebte, kein lebendiges, sondern ein schon vergangenes Leben. Darüber geriet er ins Grübeln.

Jetzt wurde die Frau des 20.-Juli-Mannes für ihn besonders

wichtig, weil er mit ihr diese schwierigen Fragen genauer besprechen konnte. Neben ihr spielte Jürg, außer dass er die Regie hatte, die entscheidende Rolle, nämlich den Erzähler, der die Vorgänge kommentierte. Das galt als riesige Erneuerung, die der Dichter für das Theater entdeckt hatte. Alle waren davon beeindruckt. Er selbst hatte ja immer die Illusion besonders geliebt, dass das Theater Wirklichkeit und gleichzeitig Nichtwirklichkeit wäre. Die Art und Weise, wie Jürg, der ja schon als Schüler in einem realistisch knappen Tonfall gesprochen hatte, in der Rolle des Erzählers auftrat, gab ihm eine neue Idee vom Theater. Es musste »modern« sein! Das Wort »modern« machte die Runde. Auch hierbei war die Regisseurin immer voran. Sie zeigte ein enormes Interesse an allem Neuen, an der neuen Zeit wenige Jahre nach dem Krieg, obwohl sie gleichzeitig beschlagen war in der klassischen Literatur. Vor allem liebte sie klassische Musik. Dass sie auch bei anderen Schülern beliebt war und Einfluss im Leben der Schule gewann, fiel ihm seit längerem auf. Das hatte natürlich auch mit dem Schicksal ihres Mannes zu tun. Als er jetzt die Witwe eines dieser Verschwörer als Mitspielerin vor sich hatte, konnte er gar nicht anders, als sich über ihr Leben Gedanken zu machen. Sie sprach nicht über das, was am 20. Juli 1944 geschehen war, sondern nur von ihren Kindern, fünf Töchtern und einem Sohn zwischen sieben und vierzehn Jahren, die entweder in einem anderen Internat oder auf dem Anwesen einer Verwandten unter der Obhut der Großmutter lebten, wo sie ein halbes Jahr nach der Hinrichtung des Vaters, aus Mecklenburg geflohen, untergekommen waren. Die Regisseurin lebte jetzt ein zweites Leben, ohne über das erste viel zu sprechen, dachte er sich. Irgendwie lebten viele so.

Unsere kleine Stadt hatte ihn fortgeführt von den vergangenen Zeiten und ihrer Romantik. Vorausgegangen war die Inszenierung eines Stückes, das ein berühmter Literaturprofessor namens Max Kommerell nach dem Krieg geschrieben hatte. Es hieß *Die Gefangenen* und handelte von der geistigen Erbarmungslosigkeit des Bolschewismus. Die Witwe von Max Kommerell wohnte an einem Hang gegenüber der Schule. Sie war befreundet mit dem Direktor, und ihr Stiefsohn war ein Mitschüler im Internat. Ohne diese Verbindung wäre wahrscheinlich keiner auf die Idee gekommen, das Stück aufzuführen. Im Mittelpunkt stand die Diskussion zwischen einem jungen Bolschewisten und seinen Gefangenen, russischen Adligen. Die Lehrerin, die sich das Stück wegen seines Themas als geeignet für eine Schüleraufführung ausgesucht hatte, kam ebenfalls aus einer bekannten preußischen Familie. Im Gegensatz zu der temperamentvollen Frau des 20.-Juli-Verschwörers wirkte sie ungewöhnlich schüchtern und sprach mit einer sehr leisen Stimme. Alles an ihr strahlte Würde aus. Aber trotz ihrer Zurückhaltung war sie sehr entschieden und wusste genau, was sie wollte: Rüdiger sollte einen gefangenen Adligen spielen, der Junge den kommunistischen Revolutionär. Die erneute Theaterverbindung mit Rüdiger war schon Grund genug, an der Sache interessiert zu sein. Sie hatten inzwischen ihre Spannungen begraben. Rüdiger war nach wie vor einer der Schüler der Oberstufe, der ihm durch seine ganze Erscheinung imponierte, nicht nur wegen seiner silbernen Kette. Rüdiger hatte den Einfall gehabt, ein Stück seines Lieblingsdichters Hugo von Hofmannsthal zu spielen, nämlich *Der Tor und der Tod*, wobei er selber die Rolle des Toren sprach. Das hörte sich eindrucksvoll und schön an, auch wenn man nicht genau verstand, um was es Hofmannsthal eigentlich ging. Rüdiger wirkte jedenfalls so, als ob er es genau wüsste. Die Verse Hofmannsthals klangen in seinem Munde besonders wunderbar. Ihr Verhältnis zueinander war also besser geworden.

Die Rolle von Kommerells Revolutionär in der Uniform eines ehemaligen Kosakenoffiziers war für ihn genau das, was er gerade gesucht hatte. Er hatte Sätze zu sagen wie: »O

Träume! / Tags die andern denkend träum ich / Nachts mein Gesicht, das eben mir im Spiegel / fast schön erschien im Übergang von Wahrsein / zur Maske / Die für immer mein Gesicht ist.« Entscheidend aber war, dass das Thema der bolschewistischen Verhöre und Gefängnisse hier als »Schule der Entseelung« verstanden wurde. Die Sprache, in der das geschah, passte aber eigentlich überhaupt nicht zu diesem furchtbaren Stoff. Er wusste, dass der Autor des Dramas ebenfalls ein wichtiges Mitglied des Kreises um Stefan George gewesen war, das merkte man sofort, auch wenn er es nicht im einzelnen hätte erklären können. Das Versmaß war so wie in einem Drama der deutschen Klassiker, und die Wörter erinnerten ihn sogar an Hofmannsthals Verse. Schon die Idee, einen russischen Adligen irgendwie in ein heilig-glorifiziertes Licht zu rücken und seinen Kontrahenten, den Kommissar, als einen, der seine Pflicht zu töten romantisierte, einen Zerrissenen, das alles kam ihm äußerst seltsam vor. War das überhaupt ein politisches Drama?

Was seine Rolle für ihn aber so außerordentlich wichtig machte, war, dass er kürzlich neben seinen Schulvorbereitungen mit ungeheurer Spannung in zwei Tagen das Buch *Sonnenfinsternis* von Arthur Koestler verschlungen hatte. Ganz zufällig war es ihm in die Hände geraten. Zuerst dachte er, als er den blutrünstigen Umschlag einer billigen Ausgabe von 1946 sah, es wäre ein Kriminalroman. Ein dunkles Haus, über dessen Treppenstufen Blut floss. Es begann in einer Gefängniszelle. Er begriff sehr schnell, dass es sich um die Abrechnung mit der sowjetischen Revolution und mit den Moskauer Prozessen von 1936 handelte. Die Verhöre zeigten etwas Grauenhaftes, vor allem die Geständnisse. Er hatte sich bis zu diesem Zeitpunkt nicht wirklich mit dem Thema Kommunismus beschäftigt, im Unterricht wurde auch nicht darüber gesprochen. Die Sowjetzone lag sowieso weit entfernt vom Rhein und vom Schwarzwald, so wie die ostdeutschen Provinzen schon immer. Jetzt aber hatte er Feuer gefangen. Er war nicht an irgendeiner Theorie des Kommunismus interessiert, sondern an dessen prinzipieller Unmenschlichkeit. Die Beschreibung der Unfreiheit war es, die ihn in Bann schlug. Das war ja unbestreitbar. Und wenn das unbestreitbar war, wie konnten dann diese Lehre und dieses System so einen Erfolg haben? Auch in der Zone gab es ja, wie man in der Zeitung lesen konnte, Hunderttausende, die fest und unerschütterlich daran glaubten. Und der Held des Romans hatte ja auch viel zu lange daran geglaubt. Es war das packendste politische Buch, das er seit Kogons Bericht über den SS-Staat gelesen hatte. Die Greueltaten, die in beiden Büchern dargestellt wurden, waren sich ähnlich. Der Umstand aber, dass im Fall des Kommunistischen Regimes die Opfer selbst ihrer Bestrafung zustimmten, wirkte besonders unheimlich. Er war davon so betroffen, weil die Macht der freiheitsabschneidenden Idee offenbar enorm war. Es war eben auch eine Idee, eine schreckliche Idee. Das Buch hatte ein Motto, das unter der Überschrift des ersten Kapitels »Das erste Verhör« stand. Es war der Satz eines der wichtigsten Männer der Französischen Revolution, Saint-Just, und es lautete: »Niemand kann regieren ohne schuldig zu werden.« Den Namen Saint-Just kannte er von Büchner. Dantons, Robespierres und Saint-Justs Reden in Büchners Stück waren so abgezirkelt in ihrer Tendenz und so voll von exotischen Bildern, dass er sie einfach nicht verstanden hatte. Nun aber las er noch einmal Büchners Drama. Nicht alles, aber vor allem das, was Saint-Just sagt. Und da hatte man es ja wieder! Leute wurden umgebracht wegen einer Idee!

Es war in einer dieser Wochen im Frühjahr 1952, als das Internat von einer höheren Klasse einer Ostberliner Oberschule Besuch bekam. Der Direktor hatte das zu aller Überraschung arrangiert. Die Ostberliner Schüler nahmen für eine Woche am Unterricht teil, auf zwei Klassen der Oberstufe verteilt. Das Wichtigste aber war die Verabredung, am Ende miteinander über ein vorher abgemachtes Thema zu diskutieren. Jeweils drei Schüler aus Ostberlin und drei Schüler des Internats sollten in Gegenwart aller anderen miteinander diskutieren. Es war natürlich klar, dass man über die unterschiedlichen politischen Systeme sprechen würde. Er sollte dabei sein. Das war wahrscheinlich ein Fehler, jedenfalls für ihn. Es gab für ihn nämlich eigentlich nichts zu diskutieren. Das andere System war verbrecherisch. Seitdem er das Buch von Koestler gelesen hatte, gab es da gar keinen Zweifel. Auch die Schüler aus Ostberlin waren sich ihrer Sache absolut sicher. Das war für ihn seit Koestler auch nicht überraschend. Vor allem, wie sie auf die Vorhaltung, sie lebten in Unfreiheit, reagierten, brachte bei ihm das Fass zum Überlaufen: Die westliche Freiheit sei nur eine Freiheit der Reichen! Ein Ostberliner Junge sagte, als Nebenhieb, man sehe auch an diesem Internat, wie die sogenannte Freiheit und das Geld zusammenkämen. Das betraf ihn persönlich nicht, denn der Vater hatte ihm immer wieder gesagt, er solle sich gut benehmen, damit er ein Stipendium bekomme. Das, was der Vater an der Universität verdiente, war nicht ausreichend, sodass er auf das Geld des Familienerbes zurückgreifen musste. Das Wort »Währungsreform« wurde noch immer zur Erklärung der Not genannt, obwohl die jetzt schon vier Jahre her war. Bis zu dem Vorwurf, ihr hier seid ja alle reich, war die Woche höflich verlaufen. Jetzt kam man zur Sache. Er ließ erst die beiden Mitschüler antworten, dann kam er selbst an die Reihe. Als er – seine Erregung, ja seine Wut gerade noch im Zaum haltend – versuchte, den besonders aggressiven Schüler der Gegenseite in ein Gespräch über die individuelle Seite des Menschen zu verwickeln, stieß er auf kalte Ablehnung. Nein, Individualität, wie er sie verstehe, gäbe es gar nicht! Das sei ein bürgerlicher Irrtum. Das sei falsches Bewusstsein! Mein Gott, wie vernagelt dieser Schüler war! Was für ein Trick, von falschem Bewusstsein zu reden! Er hatte kein falsches Bewusstsein. Er war er!

Die Aufführung von Kommerells *Gefangenen* hatte bei ihm alle Gedanken versammelt, die sich nach dem Schülerbesuch aus Ostberlin und dem Lesen von *Sonnenfinsternis* und *Dantons Tod* dann entluden. Die Revolutionäre bei Büchner hatten ja etwas Romantisches, jedenfalls die Freunde Dantons. Das war ihm nicht entgangen. Überhaupt beeindruckte ihn die Revolution selbst. Sie war etwas Feuriges, nichts Kaltes, nicht einfach eine Idee, sondern etwas, das plötzlich geschah. Insofern war ihm die Rolle des russischen Revolutionärs nicht unangenehm. Er musste einen Menschen spielen, dessen Ideen er nicht völlig verachten müsste, auch wenn die Revolution, die dieser Kommissar verteidigte, eiskalt, jenseits alles Menschlichen zu liegen schien. Er verstand sogar besser als vorher, was den jungen Kommissar innerlich zerriss. Die hochgetrieben zeremonielle Sprache des Stücks sagte ihm allerdings immer weniger zu. Es war zum Teil sogar eine Qual, überhaupt zu verstehen, was sich schließlich hinter den hohen Worten und den hohen Seelen verbarg. Der schüchternen Gräfin aber schien gerade das aus der Seele zu sprechen, und weil er einen enormen Respekt vor ihr hatte, machte er keine abschätzigen Bemerkungen.

Die Aufführung von *Die Gefangenen* war keine richtige Schulaufführung gewesen, das war von vornherein klar. Dafür waren der Autor und das Stück zu unbekannt. Man hatte nur zentrale Szenen des Dramas aufgeführt. Es wurde an einem der Samstagabende mehr oder weniger ausschließlich für die Oberklassen gespielt, ähnlich wie Hofmannsthals *Der Tor und der Tod*. Für Rüdiger war das seine letzte Rolle, denn sein Abitur stand bevor. Er selbst war gerade in die Unterprima gekommen und dachte nach *Die Gefangenen* an kein Theaterstück mehr, zumal er durch neue Interessen abgelenkt wurde. Aber dann hieß es, im nächsten Juli sei die Aufführung von Shakespeares *Sommernachtstraum* geplant. Er wurde von seinem Klassenlehrer, dem Lateinlehrer, der wie Cicero aussah, noch vor den Osterferien 1952 gefragt, ob er sich zutraue, zum Pensum der allmählichen Vorbereitung auf das Abitur, das März 1953 bevorstand, noch die Rolle des Oberon zu übernehmen, des Elfenfürsten. Feo wäre als Titania, die Elfenkönigin, vorgesehen. Dass er noch einmal mit Feo als Bühnenpaar zusammenkommen würde, war eigentlich nicht geplant. Aber Feo musste die Unterprima wiederholen und wurde seine Klassenkameradin, sie saß direkt neben ihm: Alle wussten, dass sich zwischen Feo und dem großartigen Regisseur seit einiger Zeit eine Liebschaft entwickelt hatte. Seit wann, das wusste er nicht genau. Möglicherweise hatte das ja schon bei den Proben zur *Dame Kobold* angefangen. Und eines Tages musste der wunderbarste Deutschlehrer, den die Schule je gehabt hatte, dem Unterricht fernbleiben. Es gab keine offizielle Erklärung, geschweige eine der düsteren Reden des Direktors. Der Lehrer blieb einfach weg, und Feo saß schweigsam in seiner und Adrians Klasse. Man rechnete mit Kameradschaftlichkeit ihr gegenüber, vor allem von ihm, denn er kannte sie ja am besten. Und so war es auch. Sie tat ihm leid, auch wenn er keine wahre Ahnung von der Erschütterung hatte, die ihr anzusehen war.

Die Rolle des Oberon war nicht riesig, aber doch eine gewichtige. Für einen ehrgeizigen Schauspieler, das wurde ihm allerdings schnell klar, waren die Rollen des Puck und des Zettel sehr viel interessanter. Aber ihm gefiel Oberons Sprache. Sie war buchstäblich voller Zauber und bestand aus vielen phantastischen Wörtern. Es gab etwas Unheimliches dabei. Der Zauber, den der Elfenkönig über die anderen ausstreute, war ja nicht ohne Schrecken. Alle Personen wurden von einem Wahn befallen, die ganze Natur war voll davon. Als er dann bei der Aufführung im Sommer 1952 – sie fand im Freien statt, unterhalb einer großen Eiche auf der Höhe gegenüber der Schule – den Satz aussprach: »Wenn sie erwachen, ist, was sie betrogen, wie Traum und eitles Nachtgebild entflogen«, da war es ihm so, als ob er über solch einen Zauber wirklich verfüge. Und die Erklärung: »Doch wir sind Geister anderer Region«, sprach er, ohne dass ihn dazu jemand angehalten hätte, mit ungeheurem Gewicht aus. Und am Ende hatte er ja auch das letzte Wort, nämlich die Elfenbeschwörung.

Am nächsten Tag hingen die Fotos von der Aufführung zum Verkauf in der Eingangshalle. Vor allem ein Foto zeigte ihn in einem abwesend-verzückten Zustand, den Kopf nach oben gerichtet, die Hände ausgebreitet. Ganz in Weiß gekleidet mit einem zusätzlichen weißen Umhang, der mit Lorbeer durchflochten war. Dieses Foto kam irgendwie in die Hände des Vaters, der darüber wieder in Sorge geriet. Der Vater war nicht eingeweiht worden, dass der Sohn, so kurz vor dem Abitur, abermals Theater spielen würde. Und das Foto, das sagte der Vater ihm klipp und klar in den Ferien, zeige ja, wie sehr er sich immer wieder im Phantastischen wohlfühle.

Bei diesem Phantastischen blieb es aber nicht. Ende desselben Jahres, drei Monate vor dem Abitur, wurde das Oberuferer Christgeburtsspiel aufgeführt, wie jedes Jahr. Es kam dabei nicht auf das Schauspielern an, sondern darauf, einfache Bauernverse in den Rollen Marias und Josefs, des Engels, des Teufels, der Hirten und der Heiligen Drei Könige aufzusagen. Meistens wurden hierfür Schüler ausgesucht, die besonders positiv im Internatsleben aufgefallen waren. Es gab aber noch die Rolle des Herodes, des Mörders der Kinder von Bethlehem. Und diese Rolle sollte ausgerechnet der Junge spielen. In diesem Jahre hatte merkwürdigerweise die Frau des Direktors, die berühmte Bachpianistin, darauf bestanden, die Aufführung vorzubereiten. Sie war es auch, die ihn fragte, ob er denn Lust dazu habe. Da kam ihm eine Idee. Er antwortete ihr, der Herodes sei doch so etwas wie ein römischer Prokonsul gewesen. Er sollte nicht mehr, wie bisher, einfach ein langes Gewand und eine goldene Krone tragen, sondern einen

Brustpanzer, einen kurzen Leibrock, Sandalen und einen Kopfreif. Auf diese eitle Idee hatten ihn Hollywoodfilme gebracht, die im kaiserlichen Rom spielten. Der Frau des Direktors leuchtete das ein. Er stand also nicht mehr wie in früheren Aufführungen aufrecht neben den anderen und sagte seine Verse auf. Vielmehr kauerte er drohend auf einem Sessel, das Schwert auf den nackten Knien. Als der Engel, es war noch einmal Feo, ihn anherrschte: »Herodes, Herodes, du böser Tyrann, was haben dir die armen Kindlein getan?«, da reagierte er, wie geplant, mit einer theatralischen Geste. Offensichtlich hatte das eine große Wirkung. Die Witwe des Verschwörers sagte nach der Aufführung zu ihm, wie überzeugend er gewesen sei, auch die Frau des Direktors war sehr zufrieden. Der Direktor dagegen reagierte außerordentlich gereizt darüber, was seine Frau zugelassen hatte. Aus einem einfachen Bauernspiel eine Tyrannenszene zu machen!

EINE ENTDECKUNG DES GEISTES

Die beiden Jahre der Untersekunda und Obersekunda erlebte er auf der Schule so bewusst wie nie zuvor und nie danach. Das Theater war nicht der einzige Grund. Der andere war, dass bestimmte Fächer auf ihn besonders anziehend wirkten. Er spürte einen Sog, Literatur so zu erklären, wie das vor allem der Griechischlehrer tat, den sie jetzt auch für ein Jahr im Deutschunterricht hatten. Der Griechischlehrer war neben dem Deutschlehrer mit den langen Haaren der einzige, der ihn und einige andere Klassenkameraden von Anfang an durch die Art seiner Rede tief beeinflusste und anregte. Diese Gruppe ging auch einmal in der Woche zu einer sogenannten abendlichen Arbeitsgemeinschaft, wo man zusammen einen ausgewählten Text moderner Literatur las. Er lernte, was das Wort »modern« eigentlich bedeute. Der Griechischlehrer hatte dazu eine besonders komplizierte Ansicht. Einerseits war jemand, der keine Kenntnisse der altgriechischen Literatur hatte, ein geistiger Niemand für ihn. Das kam immer wieder in Nebenbemerkungen heraus, die hochmütig klangen und sich gegen jeden richteten, der glaubte, das Altertum im Namen der modernen Zeit links liegen lassen zu können. Die griechische Literatur war für ihn modern! Sie hatte für ihn nichts Abgehobenes oder gar Heiliges, im Gegenteil, sie war ganz gegenwärtig und überdies psychologisch interessant. Deshalb war es für den Griechischlehrer selbstverständlich, auch über die Moderne zu reden, zu der vor allem der französische Dichter Baudelaire gehörte. »Modern« hieß wohl alles, was kritisch, was fragend war gegenüber den üblichen Ideen und Vorstellungen. Ohne dass er es ausdrücklich ausgesprochen hätte, richtete sich sein kritisches Denken wohl auch gegen die Ideen des Schuldirektors. Platon, den sie später im Unterricht lesen würden, kam bei ihm kaum vor. In der Arbeitsgemeinschaft des Griechischlehrers hörte er auch zum ersten Mal die Namen des schwedischen Dramatikers August Strindberg und des englischen Lyrikers John Donne. Es war die Einführung in eine neue geistige Welt, ein Kennenlernen von Namen und Titeln, die offenbar zusammen mit anderen eine Hierarchie bildeten. Der Griechischlehrer, der, wie alle wussten, seine erste Frau an einen Schüler verloren hatte, war inzwischen erneut verheiratet, abermals mit einer sehr jungen und sehr schönen Musiklehrerin. Das trug zu seinem Nimbus bei. Er war eben modern in jeder Beziehung.

So prägte sich dem Jungen das Wort »modern« als der Name für etwas einerseits sehr Geistiges, andererseits sehr Physisches ein. Die Gedichte des altgriechischen Lyriker Archilochos zum Beispiel, von dem der Griechischlehrer eines Abends sprach. Der hatte etwas Kämpferisches, etwas Einsames, was der Junge mochte. Je früher ein Stück Literatur war, umso moderner konnte es sein, das war es, was der Griechischlehrer ihnen beigebracht hatte. Picassos Bilder würden das zeigen: Da könnte man mythische Figuren sehen, aber in einer ihre ursprünglichen Gestalten vollkommen verdrehenden Form. Was der Junge für sich aus solchen Bemerkungen lernte, war eine bestimmte Vorstellung von Schönheit. Schönheit, moderne Schönheit hatte nichts mit Harmonie zu tun. Das war es. Und das unterschied sich erheblich von dem, was er sonst im Unterricht so hörte.

Der Griechischlehrer war gerade dabei, ein Buch über den englischen Dichter Chaucer zu schreiben. Er wollte zurück an die Universität, aber nicht in eine altgriechische, sondern eine englische Fakultät. Für den Unterricht hatte das die Folge, dass er ihnen beibrachte, wie man einen Roman auf seine Motive hin untersucht. Das war eine ungeheure Neuigkeit für sie: zu sehen, wie bestimmte kurze Episoden oder Charaktere oder Vorkommnisse, die eigentlich ganz und gar nur zu dieser einen besonderen Geschichte gehörten, Vorläufer hatten. Es war überraschend, dass Literatur immer auf Literatur antwortete. Und das alles zu wissen, vor allem aber auch das Wissen an bestimmten Stellen so anzuwenden, dass dabei die besondere Geschichte mit einem Male anders erschien – dies war für ihn eine großartige Entdeckung.

Das zu können, so wie es der Griechischlehrer konnte, stachelte ihn zur Nachahmung an. Zum Beispiel wurde häufig auf ein Buch hingewiesen, das zeigte, wie die europäische Literatur von der lateinischen vorbereitet worden war. Der Autor hieß Ernst Robert Curtius. Der Junge kannte den Namen deshalb, weil dieser Professor ein Onkel des Direktors war, ein Bruder der Mutter des Direktors, die auch im Internat lebte. Man sah sie manchmal in einem wallenden weißen Gewand unten vor dem Schwarzwälder Bauernhaus, in dem ihr Sohn nachdachte. Was der Junge über das Buch hörte, war ihm zu gelehrt. Das andere Buch aber, über das der Griechischlehrer so nachdrücklich gesprochen hatte, hatte der Junge sich besorgt: Bruno Snells *Die Entdeckung des Geistes*. Der Untertitel *Studien zur Entstehung des Europäischen Denkens bei den Griechen* war zwar abschreckend, denn eigentlich interessierte er sich nicht für die Entstehung des Denkens, aber der Haupttitel interessierte ihn brennend. Nun war das leider ein Missverständnis, wie er dann herausfand. Er las nicht das ganze Buch. Das war schon deshalb unmöglich, weil er auch als Unterprimaner nur eine schwache Ahnung hatte von den Namen, die da vorkamen, Pindar oder Aristophanes. Aber die Kapitel über Homer, die olympischen Götter und auch das Kapitel über die frühe griechische Lyrik, die las er mit zunehmender Freude.

Sie waren ja im Griechischunterricht für Jahre mit dem Homer beschäftigt. Trotz des Einfallsreichtums des Griechischlehrers war das Lesen Homers inzwischen zu einer Routine geworden. Es ging eigentlich nur darum, die griechischen Hexameter richtig zu betonen und dann möglichst schnell die Konstruktion des Satzes herauszufinden. Wenn man Glück hatte, wusste man die meisten Wörter, oder der Griechischlehrer rief sie einem zu. Aber die Homerische Welt, das merkte er jetzt, war dabei auf der Strecke geblieben. Nun aber, als er im Buch von Snell die minutiösen Erklärungen einzelner Verben las, besonders schon zu Beginn das Verb »sehen« oder das griechische Wort für »Körper«, ging ihm auf, wie langsam die Entwicklung gewesen war vom anschaulichen zum abstrakten Denken. Das anschauliche Selbst fesselte ihn am meisten. Er konnte den einzelnen Darstellungen von körperlich-psychischen Vorgängen, das heißt der Wörter dafür, nicht im einzelnen folgen. Schon der Versuch dazu gelang nicht. Aber dennoch verstand er, inwiefern im Anfang des Denkens ein Denken in Einzelheiten stand, noch kein Denken im Ganzen, wie das dann bei Platon aufgetreten war. Er hatte gegen diesen Philosophen ja allein schon deswegen eine Animosität, weil der Schuldirektor allen Schülern Platon anempfohlen hatte. Aber das war es natürlich nicht allein. Was er von Platon mitgekriegt hatte, war vor allem auch die Art und Weise, wie dieser immer in einem belehrenden Ton sprach. So als ob es nur eine richtige Weise des Denkens gäbe und alles andere Irrtum sei. Das ging ihm auf die Nerven. Ihm gefiel das homerische Detail sehr viel besser als das platonische Ganze oder die Idee.

Deshalb las er auch das Kapitel über die frühe griechische Lyrik, in dem Archilochos besprochen wurde, mit großer Aufmerksamkeit. Die Frechheit, mit der dieser allgemeine Tugenden und Wahrheiten verspottete, das war ganz nach seinem Geschmack. Er wurde für ihn zu einem Zeichen. Ein Zeichen für das, was ihn so anzog: das ganz Konkrete. Er besorgte sich sogar eine deutsch-griechische Ausgabe der Gedichte. Es waren ja meist Fragmente. Aber was er las, genügte ihm, um sich ein gutes Bild von dem Charakter und dem Empfinden dieses Dichters zu machen. Besonders gut gefiel ihm die Strophe, die auch in dem Buch *Die Entdeckung des Geistes* abgedruckt war: »Prahlend trägt nun der Thraker den Schild zwar, den ich im Dickicht, eine untadlige Wehr, ließ, und ich wollte es nicht. Aber ich selber entrann dem tödlichen Ende. Mein Schild nun sei nur dahin. Ich ersteh' einen nicht schlechteren mir.«

Das war doch das Moderne, das Kritische, gegen die generelle Ansicht! Über die beiden anderen Lyriker, die vorkamen, Sappho und Anakreon, las er auch gerne, aber Archilochos blieb trotz der wunderbar lyrischen Stimmung von Sappho und auch von Anakreons Sprache seine wirkliche Entdeckung. Auch das Liebesgedicht von Archilochos: »Solch ein Liebesverlangen ist heimlich ins Herz hineingeschlichen, goß auf die Augen viel des dichten Nebels, stahl den feinen Verstand aus der Brust hinweg«. Das war wieder so eigentümlich negativ gesagt. Ihm selbst goss sich auch oft ein dichter Nebel über die Augen, so dachte er sich, und zwar nicht wegen irgendeiner Verliebtheit, sondern wegen seiner Versunkenheit und seinen ziellosen Träumereien. Diese Ziellosigkeit wollte er nicht immer unterbrochen wissen durch klare Schritte, die man ihm vorgab. Deshalb zog ihn der Satz »goß auf die Augen viel des dichten Nebels« an. Ein schöner Satz. Er sah darin keinen Verlust, sondern einen Gewinn: Nebel über den Augen zu haben! Denn das hieß ja, nicht nach außen, sondern nach innen zu sehen.

Am stärksten angeregt fühlte er sich von den Ausführungen über das Gleichnis und das mythische Denken. Der Griechischlehrer hatte ihnen gesagt, zwischen dem Mythischen und dem Logischen gebe es keinen so prinzipiellen Unterschied, wie man immer sage. Das letztere stecke schon im ersten, und das erste höre gar nicht auf, im letzteren anwesend zu sein. Es war gerade ein Buch erschienen, das sehr viel genannt wurde, weil es eben diesen Unterschied betonte: Mythisches und Logisches seien historische Gegensätze. Er übersetzte sich diesen Widerspruch seines Griechischlehrers, den er gar nicht wirklich beurteilen konnte, in seine neuerworbene eigene Ansicht, dass im Modernen immer etwas Antikes stecke und umgekehrt. Beim Weiterlesen des Buches von Bruno Snell lernte er das Wort »Metapher« kennen, das im Unterricht bislang nicht vorgekommen war. Das war schwierig zu verstehen. Aber die vielen Beispiele für den Unterschied zwischen einem Vergleich und einer Metapher machten die Sache einfacher. Vor allem aber war er von der poetischen Sprache, die in einer Metapher oder einem Gleichnis auftritt, gefesselt. Deshalb las er überhaupt weiter. Eine Wendung wie »bleicher als Gras« merkte er sich. Er schlug im Homer eine Stelle über den Zorn des Achilles nach, wo es vom Zorn hieß, dass »er viel süßer sei als Honig, wenn er hinuntergleitet und dann aufschwelle wie Rauch«. Das war dieselbe Sprache wie in dem Gedicht von Archilochos. Es war zunächst solch ein metaphorisches Sprechen, das ihn fesselte. Dann erst kam, was Snell darüber erklärend ausführte. Das Wort »thymos« zog ihn an. Das war doch nicht nur eine Eigenschaft der griechischen Frühzeit, das galt doch immer noch. Über die Gründe des »thymos« konnte man ja sehr verschiedener Meinung sein, ob es ein richtiger oder falscher Urgrund sei. Aber der »thymos« selbst war ja da. Jedenfalls sollte er da sein, wenn Menschen wirklich lebendig waren. Er jedenfalls fühlte »thymos« in sich, jeden Tag auf der Schule.

Der Gedanke, wie sich die Vorstellung von etwas Geistigem und Seelischem erst allmählich aus der anschaulichen Körperlichkeit, die man sah, entwickelte, setzte das Körperliche ja nicht zurück. Ganz im Gegenteil, es war die Grundlage. Psyche war eben der Lebenshauch, und Wissen war ein Gesehenhaben. Ihm wurde bei diesen Eindrücken noch deutlicher, warum ihm das, was er bisher von dem berühmtesten griechischen Philosophen gehört hatte, nicht sympathisch war. Bei dem ging ja alles in die entgegengesetzte Richtung: Alles Körperliche würde erst wichtig, wenn es ein Geistiges geworden war. Es war die beschriebene Wirkung der Wörter, die ihn am Buch interessierte. Das Wort »pathos«, das er bisher mehr oder weniger negativ mit »pathetisch« zusammengebracht hatte, bekam jetzt einen anderen Klang, den des Klanges der poetischen Sprache. Mit diesem Wort hing ein anderes Wort zusammen, das ihm einiges von früher erklärte: »erhaben«. Die Metaphern beschrieben oft etwas Erhabenes, weil sie es erhoben, in die Höhe hoben. Das war wohl auch der Grund, warum Agamemnon einen so tiefen Eindruck auf ihn gemacht hatte – weil das Stück in einer solch poetischen Sprache sprach. Diese hob alles empor, eben ins Erhabene. Deshalb mochte er auch die Philosophen vor Platon viel mehr als Platon selbst. Weil ihre Sprache poetisch klang und in einen eindrang, auch wenn man ihren Sinn nicht sofort verstand. In dem Buch *Die Entdeckung des Geistes* wurde ein langer Satz des ihm unbekannten Philosophen Empedokles wiedergegeben. Und dieser Satz, in dem nach Bruno Snell der Umschlag von Poesie in Philosophie zu erkennen ist, war prall von großartigen Bildern. Es ging um den Unterschied zwischen den Vergleichen bei Empedokles und den Vergleichen bei Homer, von denen Empedokles angeregt worden war. Für ihn waren zunächst einmal die Bilder selbst wichtig. Natürlich dienten sie zu einem neuen Zweck, eben dem philosophischen. Aber dass Empedokles sich die Mühe gemacht hatte, seine Philosophie in bildlichen Vergleichen so überaus überraschend und gleichzeitig überzeugend auszudrücken, das hatte seine ganze Sympathie.

Das ganze Buch handelte ja von der Entdeckung des Geistes in der griechischen Literatur. Danach steckte in der poetischen

Sprache der Mythen etwas, was für die späteren Griechen zu entdecken war: nämlich sich selbst besser zu verstehen. Für ihn hieß das: dass die Schule ein altgriechischer Ort sei. Sie war ein Ort des Geistes. Alles, was er an dem Griechischlehrer so aufregend fand, lief darauf hinaus, dass er ihnen eine Gemeinschaft in diesem Geist versprach und verschaffte. Der Junge nahm sich vor, immer darin zu verbleiben.

Neben dem Griechischlehrer gab es für die alten Sprachen zwei andere Lehrer, die einen gewissen Einfluss auf sein Denken ausübten. Beide unterrichteten ausschließlich Latein. Der eine wurde auch sein Mentor und schickte dem Vater Briefe über den verderblichen Einfluss des Theaterspielens auf den Sohn. Der andere wurde sein Hauserwachsener, ein intern wohnender Lehrer, der auch im Internat Verantwortung ausübte. Der Mentor war eigentlich klassischer Archäologe und hatte ein bedeutendes Buch mit dem Titel *Fahren und Reiten* geschrieben. Das ging über die Entwicklung der älteren Kulturen am Beispiel ihrer kriegerischen Techniken. Solche Einzelheiten lernten sie erst mit der Zeit kennen, aber dann waren sie stolz darauf, einen Lehrer mit solchen Kenntnissen zu haben. Er war im Krieg Universitätsprofessor gewesen. Dasselbe galt für den anderen Lateinlehrer, einen sehr viel liebenswürdigeren Mann mit einem Profil, wie er sich klassische Römer vorstellte, während sein Mentor nicht gerade hässlich war, aber doch ein irgendwie verrutschtes Gesicht hatte. Er ballte oft aus innerer Anteilnahme die Faust, wenn er ihnen einen langen Satz von Tacitus auseinandersetzte. Er war dann mittendrin in der psychologischen Situation des ersten Jahrhunderts nach Christus. Überhaupt erklärte er die frühe Kaisergeschichte mit einem gewissen energischen Schwung und fast diebisch wirkendem Vergnügen an ihren düsteren Seiten. Zu diesem Zeitpunkt lernte der Junge am meisten und wurde einer der Besten in Latein. Der Lateinlehrer mit dem römischen Profil hatte nicht dieses Vermögen, die Klasse zu fesseln. Er verfolgte das harmonische Prinzip. Von Harmonie sprach er, wenn sie Cicero oder später Vergil lasen. Er zeigte ihnen bei solcher Gelegenheit Bilder von Augustus oder von Octavian, ein Name, der ihm besser gefiel als Augustus. Er klang kriegerischer. Langweilig war es nicht. Schon diese enorme Ruhe, die der Lateinlehrer mit dem römischen Profil ausstrahlte. Nicht nur die Worte, sondern die Handbewegungen, die die Worte begleiteten, waren nach seiner Vorstellung so, als redete ein Römer der klassischen Epoche. Der vierschrötige Lateinlehrer war wie ein intelligenter Sklave in der Kaiserzeit, der harmonische Lehrer wie ein gebildeter Senator zur Zeit der Republik. Mit ihm lasen sie vor allem Vergil, und dessen ganze Majestät kam über sie. Es war wunderbar! Allerdings erklärte der harmonische Lehrer selten etwas über die Geschichte der Zeit. Irgendetwas hinderte ihn. Er beschränkte sich auf Grammatik und Wortschatz und die schöne Sprache. Wie die Sprecher wirklich waren und wie sie lebten, das musste man sich mehr oder weniger selber ausmalen.

Warum die beiden Lateinlehrer nicht mehr an der Universität unterrichteten, wurde zunächst nicht erörtert. Die Schule und das Philosophenarchiv waren ja auch eine Art Universität. Aber dann sprach sich herum, dass beide nicht mehr an der Universität lehren durften. Es hieß, sie seien in das Regime verwickelt gewesen. Der harmonische Lehrer mit dem klassischen Gesicht war, obwohl damals noch sehr jung, Rektor einer großen Universität im Süden gewesen. Er hatte zu Beginn seiner Hochschullaufbahn eine neue Interpretation zu dem Buch *Germania* von Tacitus geschrieben, was große Anerkennung bei den Kulturbehörden gefunden hatte. Der unharmonische Lehrer hatte, obwohl er sich hauptsächlich mit der archaischen Vorzeit der antiken Gesellschaften beschäftigte, bei Ausgrabungen in norddeutschen Mooren mitgearbeitet. Es ging dabei um das Auffinden weiblicher Skelette, an denen man demonstrieren wollte, wie germanische

Stämme ehebrecherische Frauen bestraften. Von dieser Vergangenheit der beiden Lehrer kam nun noch einiges ans Licht. Der harmonische Lehrer sprach nie darüber, er hüllte sich in eine gewisse in sich gekehrte Zurückhaltung. Der andere war offener. Einmal erzählte er eine Geschichte, die er wie einen Witz vortrug. Die Regierung habe ihn gebeten, bei der Öffnung des Sarges Heinrichs des Löwen in Braunschweig dabei zu sein. Als der Sarg geöffnet war und die Überreste des sächsischen Herzogs darauf hindeuteten, dass Heinrich der Löwe relativ klein gewesen war und schwarze Haare gehabt hatte, sei der oberste Chef der Geheimen Staatspolizei wütend aus der Kirche gestampft. Er erzählte es so, als ob er schon damals für die lächerlichen politischen Figuren, so nannte er sie, nur Verachtung gehabt hätte. Außerdem habe er natürlich gewusst, dass die Mutter Heinrichs des Löwen eine Italienerin gewesen war. Daher die dunklen Haare. Den Jungen wunderte es, dass man nach so vielen Jahrhunderten noch eine Haarfarbe und die wirkliche Größe feststellen konnte.

Das einzige, was der harmonische Lateinlehrer über die Zeit seiner Universitätsjahre sagte, war, dass er den gerade berühmtwerdenden bayrischen Politiker im Staatsexamen geprüft habe. Der habe es mit Auszeichnung bestanden. All diese Einzelheiten wurden ihnen nicht mit einem Male bekannt. Sie reihten sich allmählich erst zu einer vollständigen Information. Obwohl der Junge ja vom Vater und von der Mutter und dann auch durch die eigene Lektüre vom Verbrecherischen des Nazistaats unterrichtet war, empfand er keinen Widerwillen gegen seine beiden Lateinlehrer. Er hatte sie, bevor er ihre Vergangenheit an der Universität kannte, als hochintelligente Männer kennengelernt, denen er, wovon er überzeugt war, ein ausgezeichnetes Wissen verdankte. Außerdem waren sie ja vom Schuldirektor berufen worden, und dieser Schuldirektor war ein Gegner des Regimes gewesen, der seinen Platz an der Schule aufgegeben und nur noch private Studien betrieben hatte. Wenn dieser also die beiden ehemaligen Professoren als geeignete Lehrer für seine Schule ansah, dann konnten sie keine wirklichen Anhänger des Regimes und seiner Lehre gewesen sein. So dachte er. Erst allmählich sprach er auch mit anderen Lehrern darüber. Das war einerseits die Frau des 20.-Juli-Verschwörers und andererseits ein neuer Geschichtslehrer. Der neue Geschichtslehrer hatte den Krieg mitgemacht. Er war Berufsoffizier gewesen, hatte aber nach 1945 noch einmal studiert und in der nahen Universitätsstadt seinen Doktor gemacht. Er unterrichtete nun neuere europäische Geschichte seit Mitte des 19. Jahrhunderts. Bei dieser Gelegenheit kam er auch auf die Revolution von 1848 zu sprechen und ihren Misserfolg in Deutschland. Er sprach auch über Bismarck und warum der soviel Erfolg bei den Deutschen gehabt habe. Nicht bei allen, wie der Junge ja aus der eigenen Familiengeschichte wusste. Der Lehrer war unentschieden zwischen seiner Kritik und seiner Sympathie für Bismarck. Das lag wohl daran, dass er noch immer ein patriotisches Gefühl für Bismarcks Preußen hatte. Jedenfalls das Preußen des berühmten Königs. Der Geschichtslehrer stammte selbst aus Brandenburg. Brandenburg! Er hörte das Wort seitdem besonders gerne. Als sie in einer Arbeitsgemeinschaft Heinrich von Kleists Drama *Der Prinz von Homburg* lasen, tauchte vor ihm das letzte Wort des Stücks mit einem gloriosen Klang auf: »In Staub mit allen Feinden Brandenburgs!« Das war unvergesslich. In der rheinischen väterlichen Familie kam das Wort so nicht vor. Im Gegenteil: Alles Preußische galt als fremd. Das hatte den Vater aber nicht daran gehindert, die preußischen Attentäter zu bewundern.

Es stellte sich heraus, dass der Geschichtslehrer den hingerichteten Mann der Witwe sehr gut gekannt hatte. Er war in das Komplott eingeweiht gewesen und am Tage des Attentats in der Berliner Militärzentrale anwesend, nämlich als eine Art

Assistent des Hingerichteten. Der zehn Jahre ältere Verschwörer und sein Assistent hatten sich als Mitglieder desselben berühmten preußischen Infanterieregiments kennengelernt. Da sein Name aber nicht auf irgendeiner Liste verzeichnet war und bei den Verhören auch nicht genannt wurde, weil die Verhörten durchweg schwiegen, blieb er unentdeckt. Er war am Abend, als die ersten Verhaftungen und Erschießungen durchgeführt wurden, aus dem Gebäude entkommen. Der sehr ernste Geschichtslehrer wurde für die Klasse, jedenfalls für diejenigen, die sich wie er für Geschichte und Politik interessierten, folgenreich. Am Anfang sprach dieser kein Wort über die Ereignisse des Juli-Attentats. Eines Abends aber, als der Junge und zwei Klassenkameraden bei ihm in seinem Internatszimmer zum Tee eingeladen waren, erzählte er Näheres darüber. Nicht nur über die Ereignisse selber, die schon im Geschichtsunterricht behandelt worden waren, sondern Einzelheiten über die Verschwörer. Vor allem auch über den Mann der Witwe. Der Junge erfuhr jetzt zum ersten Mal, wie wichtig dieser für die politische Vorbereitung des Attentats gewesen war. Ein völlig furchtloser Mensch mit einem abenteuerlichen Geist, der schon vor dem Krieg versucht hatte, im Offizierscorps Gleichgesinnte gegen den Diktator zu finden. Auch derjenige Offizier, der das Attentat dann tatsächlich ausgeführt hatte, sei von seinem Freund darauf vorbereitet worden. Dass der Diktator getötet werden müsse, sei dem Mann der Witwe schon sehr früh klar gewesen, im Unterschied zu anderen Gegnern des Regimes, die sich mit der Idee eines Mordes erst spät oder gar nicht befassen wollten, weil ihr christlicher Glaube dagegen stand. Auch der Verschwörer war ein gläubiger Protestant gewesen. Er war aber in der altpreußischen Tradition erzogen worden in einer Familie, die wie viele andere Familien dieser Herkunft seit langer Zeit dem Staat in der Verwaltung und im Heer gedient hatte. Im Anfang hatte er das neue Regime unterstützt. Er hatte geglaubt, es sei eine soziale Revolution im Geist der preußischen Auffassung von Recht und Ordnung gegen die Korruption. Dann aber habe er endlich seinen Irrtum eingesehen und sich Ende der dreißiger Jahre vom Regime abgewandt.

Es kamen bei diesen Abenden Themen zur Sprache, die im Unterricht nicht behandelt wurden. Wieso doch eine ganze Reihe von Verschwörern, wenn sie nicht Sozialisten waren, im Anfang das Regime unterstützt hatten. Das habe zwei Gründe gehabt. Viele seien von Tradition und Erziehung her nicht über die Niederlage im Ersten Weltkrieg hinweggekommen und hätten den Friedensvereinbarungen mit den Alliierten nicht zugestimmt. Deshalb wäre ihnen die nationalistische Richtung des Regimes gerade recht gewesen. Ebenso hätten viele in diesem Regime den einzigen Schutz gegen den drohenden Sozialismus gesehen. Noch stärker hätte die Furcht vor dem russischen Kommunismus gewirkt. Denn der lag ja direkt vor der Tür der Besitzungen des preußischen Adels im Osten. Der ernste Geschichtslehrer entschuldigte nichts an der ursprünglichen Sympathie einiger Verschwörer. Er kritisierte sie auch nicht. Der Junge selbst war durch Koestlers Buch *Sonnenfinsternis* sowieso der Meinung, dass der Kommunismus genauso übel sei, wie das deutsche Regime es gewesen war. Dass man sich gegen den Kommunismus damals schützen wollte, sogar durch einen Krieg, selbst das kam ihm zumindest verständlich vor. Andererseits hätten die Verschwörer in ihrer Jugend ja schon merken können, mit welch gefährlichen Menschen ohne jede Moral man es zu tun bekam, als die neue Partei gegen die jüdische Bevölkerung und auch die Kommunisten und Sozialdemokraten vorging. Eines war klar, noch zum Zeitpunkt des Entschlusses, gegen den Diktator vorzugehen und ihn sogar zu töten, kämpften einige von ihnen als Offiziere in Russland. Als Gerüchte, dann sogar Kenntnisse über die Massenmorde durchsickerten, wurde dieser Kampf umstritten.

In seiner Klasse gab es nur einen Jungen, dessen Familie richtig dazugehört hatte. Sie wohnte jetzt auf einem Gut im Norden des Landes. Die anderen, die an diesen Abenden dabei waren, stammten alle aus westdeutschen Gegenden. Die Herkunft dieser Attentäter war ihnen fremd. Sie wussten aber, dass es in der Schule eine ganze Reihe von Jungen und Mädchen gab, deren Väter, Brüder oder Onkel in die Verschwörung verwickelt gewesen waren. Das genügte schon, sich über das Thema Gedanken zu machen. In den Zeitungen und in der Politik hörte man ja nichts mehr von ihnen. Bei ihm selbst war das anders, weil der Vater immer wieder auf das Attentat zu sprechen gekommen war. Es ging dabei um den Vorwurf, diese Männer hätten viel zu spät gehandelt, und sie hätten es auch nicht richtig angestellt. Er fand diesen Vorwurf völlig unberechtigt. Das lag auch daran, dass er von zwei Jungen des Internats erfahren hatte, dass schon viel früher solche Attentate geplant gewesen waren. Des einen älterer Bruder und des anderen Onkel hatten beide vorgehabt, in einem Überfall aus unmittelbarer Nähe den Diktator mit einem Sprengsatz zu töten, wobei sie selbst umgekommen wären. Das war nur durch einen unvorhersehbaren Zufall gescheitert. Ob das Attentat richtig vorbereitet worden war, darüber konnte er sich kein Urteil bilden. Er fand es aber lächerlich, wenn jetzt irgendwelche daherkämen, die nie eine Hand gerührt hätten, und sich große Ansichten erlaubten. Darin war er sich vor allem mit dem ernsten Geschichtslehrer einig. Mit seinem Freund Adrian, der an diesen Abenden auch nicht dabei war, sprach er seltsamerweise nie über diese Thematik.

Wenig später, als er wieder bei der Witwe eingeladen war, erzählte diese, wie sie den Tag vor dem Attentat und den Tag danach verbracht hätte. Nicht in der Hauptstadt, sondern auf dem Besitz ihrer Schwägerin auf dem Lande, wo sie mit ihren sechs Kindern seit längerem wohnte. Sie hatte am gleichen

Tag ihren fünfunddreißigsten Geburtstag, als das Attentat über den Rundfunk gemeldet wurde. Ihr Mann hatte sich am Vortag von ihr verabschiedet, um zurück in die Hauptstadt zu fahren. Während des Tages hatten sie noch Besuch von einem bekannten Film- und Theaterschauspieler, einem engen Freund. Ihr Mann, manchmal abwesend in seinen Gedanken, habe nur gesagt: »Hofft mit mir, dass es gelingt.« Alle hätten ihn verstanden, ohne dass er es genauer erklären musste. Als sie beide alleine im Wagen zur Bahn in die nahe Kreisstadt fuhren, da habe er auf ihre Frage, ob der Mann denn getötet werden müsse, nur gesagt, ja, das müsse er. Er habe hinzugefügt, es stünde fifty-fifty, ob es gelänge.

Sehr offenherzig sprach sie auch darüber, wie isoliert ihr Mann in seiner eigenen Familie gewesen war, abgesehen von seiner jüngeren Schwester, einer begabten Künstlerin, die lange in England gelebt und der der Bruder schon vor dem Krieg seine Pläne anvertraut hatte. Obwohl sie alle konservativ dachten, habe er seit seiner frühen Juristenzeit starke Sympathien für einige Sozialisten im Westen empfunden, besonders für einen Mann namens Julius Leber. Nach jener Autofahrt habe sie ihren Mann nicht mehr wiedergesehen. Erst eine Woche nach dem Attentat sei ihr von einem Funktionär der Geheimen Staatspolizei in der nahen mecklenburgischen Provinzhauptstadt mitgeteilt worden, dass ihr Mann als einer der Hauptverdächtigen verhaftet worden war. Im übrigen wurde sie korrekt behandelt, weil ihr Schwiegervater, ein hoher General im Ersten Weltkrieg und vorher als junger Mann Militärattaché in London, der 1939 gestorben war, ihr einen gewissen Schutz gab.

Diese Erzählung der Witwe des Hingerichteten prägte sich ihm tief ein. Abgesehen von seinem Vater hatte bisher noch niemand so über diese Zeit gesprochen, die ja erst sechs Jahre her war. Später erzählte sie ihm noch von dem Schlusswort, das ihr Mann während des Prozesses gesprochen hatte, das von einem Anwesenden aufgeschrieben und mit versteckter Post ihr zugekommen war. In diesem Schlusswort war die Rede davon, dass er sich klar darüber sei, gehängt zu werden, dass er diese Tat aber nicht bereue und hoffe, ein anderer mit mehr Glück könne sie noch ausführen. Das hatte ihr Mann dem Richter ins Gesicht gesagt. Was für eine Selbstsicherheit, was für eine Kühnheit, wenige Stunden vor der Hinrichtung. Wahrscheinlich war dieser Satz, den er achtzehnjährig hörte, der Grund dafür, warum er nie mehr Zweifel hatte an dem außerordentlichen Charakter dieser Männer.

Die Nazizeit ließ ihn nicht in Ruhe. Vor allem die Tatsache, dass die beiden Lateinlehrer offenbar dem System sympathisierend gegenübergestanden hatten. Auch der nette Chemielehrer, der die Schüler einschließlich der Untertertia unterrichtete, sollte bis ans Ende an das Regime geglaubt haben. Er war sogar ein Führer der Staatsjugend gewesen. Vorher in der Jugendbewegung. Ein ungemein sympathischer, begabter Pädagoge. Kein Mensch fragte danach, wie tief er verwickelt gewesen war. Seine Wirkung auf die jungen Schüler hatte etwas besonders Verführerisches. Allein wie er sie ansah. An manchen Abenden hatte er ihnen spannende Geschichten von E. T. A. Hoffmann, Merimée und von russischen Erzählern vorgelesen. Seine Auswahl war großartig und zeugte für seinen literarischen wie pädagogischen Sinn. Er vermittelte ihnen das Gefühl, dass es wichtig sei, im Internat zu leben. Und dann begann er, unter viel Beifall, Theaterstücke zu inszenieren. Der Junge selbst war davon nicht so begeistert. Diese neuen Inszenierungen hatten eine Tendenz zu großartigen Themen. Sie hatten nicht den geistigen Witz des verschwundenen Deutschlehrers und seiner Komödien. Unvergesslich war ein Ausflug mit diesem Chemielehrer, oben jenseits der Wege zum Feldberg, wo sie als Vierzehnjährige in Zelten übernachteten und sich in einem riesigen Kessel Bohnensuppe kochten. Beim Holzfällen verunglückte der Chemielehrer um ein Haar tödlich, als eine niedergehende große Tanne ihn am Bein erwischte, sodass er seitdem etwas hinkte.

Es gab sicher auch Kinder, deren Eltern das Komplott noch immer verurteilten. Der berühmte Juraprofessor war wohl nicht der einzige. Auch andere Väter hatten vom Regime zumindest Vorteile gehabt, nicht zuletzt, wenn sie Professoren waren. Und das war nur möglich gewesen, weil sie Ansichten vertreten hatten, die sich mit diesem nicht überkreuzten. Das wusste er. Das hatte ihm der Vater erzählt, der von der damaligen Professorenschaft nicht viel hielt. Wenn er dem Vater stolz erzählte, wie viele Mitschüler Professoren zu Vätern hätten, sagte der Vater: »Na und?«. Wie seltsam, dachte er oft, dass hier alle unter dem Dach dieser Schulidee lebten, Schüler, deren Väter noch vor wenigen Jahren nicht bloß unterschiedlich politisch dachten, sondern sich ans Messer geliefert hätten. Es ließ ihn nicht in Ruhe, und er fragte noch einmal denjenigen Menschen, dem er inzwischen am meisten vertraute, und das war die Witwe. Wie konnte sie es mit den beiden Lateinlehrern aushalten? Sie fragte zurück, ob das eine Kritik sei. Er antwortete, er wundere sich nur. Das Leben müsse weitergehen, meinte sie. Sie redete längst schon wieder mit der Familie des älteren Bruders ihres Mannes, der nach dem Attentat gesagt hatte, man solle seinen Bruder wie einen tollen Hund erschießen. So sei das. Es gab nichts weiter zu diskutieren. Ihm wurde klar, dass dies sich wirklich und genau so verhielt. Hätte man die Kluft aufgerissen, dann hätte man sich trennen müssen. Dann hätte der Schuldirektor diese Männer gar nicht erst als Lehrer einstellen dürfen. Da gab es nichts mehr rückgängig zu machen.

Er sah das ein, aber es ging ihm nicht aus dem Kopf. Die Erlebnisse, die sein Vater, dessen Bruder und auch der Großonkel in der Regimezeit gehabt hatten, waren ja letzten Endes privat, selbst die Reaktion des mutigen Onkels, die Unterlagen der jüdischen Angestellten nicht auszuliefern. Aber die

Männer des Attentats waren viel weiter gegangen. Was sie vorhatten, war noch immer ganz und gar nicht unbestritten. Viele Leute waren auch jetzt noch gegen sie und ihre Prinzipien. Wie viele waren das außerhalb des Internats? Er hatte durch diese Geschichte plötzlich das dunkle Gefühl, dass die archaische griechische Landschaft, in der er sich so wohl fühlte, von einer ihm noch fremderen Welt umgeben war. Das war ein Grund mehr, sich auf die wunderbare Welt zu konzentrieren, die das Buch *Die Entdeckung des Geistes* in ihm aufgerufen hatte. Er wollte selbst über Literatur und ihre Geschichte schreiben können! Es kam eine weitere Anregung hinzu, die seinen neuen Ehrgeiz anstachelte. Inzwischen hatten die Deutschlehrer gewechselt. Anstelle des großartigen Griechischlehrers übernahm der ernste Geschichtslehrer auch den Deutschunterricht. Zu seinem Erstaunen sprach dieser nicht nur über die Geschichte des literarischen Themas oder seine aktuelle Bedeutung, sondern vor allem über die Besonderheit der Sprache des Theaterstücks, des Gedichts oder der Romanstelle, die sie gerade vor sich hatten. Und es gab als neue Einrichtung alle vier Wochen am Mittwoch einen sogenannten Studientag, an dem sie sich von morgens bis nachmittags um vier auf ein Hauptfach konzentrieren sollten: Deutsch, Griechisch, Latein, Geschichte und Mathematik. Bisher waren die alten Sprachen das, was er am liebsten machte. Deutsch fiel ihm sowieso zu. Jetzt aber begann dieses Fach ihn besonders zu interessieren, weil er nur hier sich an dem bewähren konnte, was ihm als Thema in dem Buch über die Entwicklung des Denkens bei den Griechen so imponiert hatte. Jetzt galt es, Texte zu analysieren.

Analysieren! Es ging also nicht mehr um die alten Meinungsthemen, wo man eine prinzipielle Frage am Beispiel eines Literaturstücks zu beantworten oder sogar ganz ohne Bezug auf Literatur seine Ansicht zu einem schwierigen Problem zu begründen hatte. Am besten war noch die Frage, ob Michael Kohlhaas recht hatte und dennoch zu Recht hingerichtet worden war oder ob Kleist auf etwas anderes hinauswollte. Der Geschichts- und Deutschlehrer teilte an einem dieser Studientage an alle die Abschrift eines Gedichts von Goethe mit dem Titel *Willkommen und Abschied* aus und sagte ihnen, sie hätten zwei Stunden Zeit, Strophe für Strophe auf ihre Ausdrucksqualität hin zu beschreiben. Ausdrucksqualität sollte Grammatik, Sprachbilder, Rhythmus heißen. Danach würde man die Ergebnisse miteinander vergleichen und sie besprechen. Ja, das war es! Genau das wollte er, sagte er sich. Das leuchtete ihm sofort ein. »Analysieren« hatte dem alten Schema des Besinnungsaufsatzes voraus, dass es intelligenter klang, sozusagen wissenschaftlicher. Es war ja auch konkret auf einen Sachverhalt bezogen. Es ging nicht mehr einfach um Meinungen, auch nicht um gut vorgebrachte Argumente. Es ging um Beobachtungen, genaue Beobachtung grammatischer und stilistischer Eigenschaften und ihren Effekt auf die sogenannte Aussage. Dieses Wort, so wurde auch bald klar, gehörte zum alten System. Es gab keine Aussage, sondern einen Ausdruck.

Aber wie schwierig war es, daraus wirklich etwas zu machen. Es konnte ja nicht dabei bleiben, das Verhältnis von Verben, Adjektiven und Substantiven zueinander aufzuzählen. Es ging ja um die Darstellung einer unmittelbaren Emotion. Also um mehr als den Inhalt mit anderen Worten und etwas psychologischem Beiwerk wiederzugeben? Er geriet bei der Niederschrift mehrfach in eine Sackgasse. Schließlich entschied er sich dafür, auseinander zu legen, wie in den ersten beiden Strophen des Goethegedichts ein Gefühlsdrama vor sich ging und in den folgenden beiden die Auflösung des Dramas. Das ergebe sich schon aus den Naturbildern. Es fiel ihm auch etwas ein über die sogenannte innere Zeit des Gedichts. Etwas ganz unmittelbar Erlebtes sei aus der Erinnerung heraus geschrieben und das Erinnerte in einem Augenblick zusammengezogen. Und weil die Zeit nicht langte, kam er auf die Idee, einfach noch die wichtigsten Substantive jeder Strophe aufzureihen. Wie oft das Wort »Herz« vorkam und ob sich sein Sinn verändere. Und dann noch das Wort »Blick« und das Wort »sehen«. Zu erläutern, dass das wohl sehr charakteristische Wörter bei Goethe seien, dazu kam er nicht mehr, weil er nicht genau wusste, was dazu wirklich zu sagen war.

Bei der Besprechung kam er schon deshalb gut weg, weil die meisten anderen mehr oder weniger den Inhalt des Gedichts wiedergegeben hatten. Auch etwas über Goethes Gefühl. Das sei nicht die Aufgabe, sagte der ernste Geschichtslehrer. Ein Gedicht sei kein Tagebuch. Es sei überhaupt zu unterscheiden zwischen dem Gefühl eines Gedichts und dem Gefühl dessen, der es geschrieben habe. Das war neu für sie. Er hatte die Übereinstimmung nur durch Zufall vermieden. Als sie im Lateinunterricht ein Liebesgedicht von Catull gelesen hatten, da betonte der Lehrer mit dem Römerkopf nachgerade, wie wunderbar es dem römischen Dichter gelungen sei, sein Gefühl für die Geliebte auszudrücken. Die war eine bekannte Verführerin gewesen und ihr Bruder ein moralisch zweifelhafter politischer Abenteurer. Es lag nahe, in einem Gedicht aus einer Zeit vor fast zweitausend Jahren diese vergangene Zeit mit herauszulesen. Insofern verlangte der ernste Geschichtslehrer als neuer Deutschlehrer von ihnen etwas, das sie bisher nicht bedacht hatten. Das wurde diskutiert. Einige waren gar nicht davon überzeugt, zwischen Goethes Gedicht und seinen privaten Gefühlen so grundsätzlich unterscheiden zu müssen. Ihm aber war das gerade recht. Nicht weil er schon über den Unterschied von Biographie und Dichtung zu einer Ansicht gekommen war, sondern weil es zu seiner Neigung passte, neben der alltäglichen Wirklichkeit subjektiven Vorstellungen nachzuhängen.

Im Anschluss an die Analyse von *Willkommen und Abschied*

brachte der Geschichtslehrer berühmte Bücher von zwei Professoren der Germanistik mit. Mit ihnen erklärte er ihnen noch einmal die wichtigsten Punkte, die sie vor allem bei der Erklärung von Gedichten zu beachten hätten. Die Bücher hießen *Das sprachliche Kunstwerk, Die Kunst der Interpretation* und *Grundbegriffe der Poetik*. Die Namen ihrer Verfasser vergaß er nicht mehr: Wolfgang Kayser und Emil Staiger. Emil Staigers Ausführungen fesselten ihn wegen des Begriffs »Immanente Deutung«. Allerdings kam Staiger sofort auf das allersubjektivste Gefühl zu sprechen, das der Interpret etwa eines Gedichts verstehen müsse. Und obwohl Staiger zugab, dass dies eigentlich unwissenschaftlich sei, blieb er dabei. Und er wandte sich auch gegen die Ansicht, nur beim Text stehenzubleiben. Immerhin aber sprach er vom eigenen Stil des Dichters als dem eigentlichen Gegenstand der Analyse. Und zum Stil gehöre, so lernte er, eben viel. Auch die Motive. In dem Buch *Grundbegriffe der Poetik* hieß das erste Kapitel »Lyrischer Stil: Erinnerung«. Was ihn an diesem am meisten beeindruckte, war die Auswahl der wunderbaren Gedichte: Goethes *Über allen Gipfeln ist Ruh*, Brentanos *Einsam will ich untergehen* und Mörikes *O flaumenleichte Zeit der dunklen Frühe* und *Gelassen stieg die Nacht ans Land*. Vor allem aber das Gedicht von Verlaine *Et je m'en vais au vent mauvais*. Es ging also nicht bloß um Stilanalyse! Es ging um das Verstehen einer einzigartigen Situation des Gefühls eines Menschen. Schon das Gehen, das Gefühl des Dahingehens in einem bösen Wind – was für ein Augenblick! Wenn man ihn noch nicht erlebt hatte, dann würde man ihn erleben, wenn man das gelesen hatte: »au vent mauvais«. Auch das Werk von Wolfgang Kayser bewunderte er, obwohl er es nicht ganz durchlas. Jedenfalls zog er aus den beiden Büchern den Schluss, dass es auf die Fähigkeit ankomme, die Form von Literatur genau zu erfassen, nicht bloß über ihre Thematik zu reden. Der Deutschlehrer gab ihnen schließlich als Hausaufgabe auf, eine lange Analyse von Eichendorffs *Mondnacht* zu schreiben. Sie hatten dafür eine Woche Zeit.

Die Rückgabe der Arbeit wurde für ihn ein aufregender Augenblick. Das lag aber nicht bloß an seiner Erwartung, ob es ihm wirklich gelungen sei, sondern an einem ganz anderen Umstand. Während eines Hockeyspiels, bei dem er selbst als halblinker Stürmer ein Tor geschossen hatte, sah er, wie sich der Deutschlehrer als Zuschauer auf den Rasen setzte. Das war kurz vor Ende des Spiels. Er wusste, dass der Lehrer sich wie die meisten anderen nicht für den Schulsport interessierte. Das war eigentlich verwunderlich, denn er war ja Berufsoffizier gewesen und hätte von daher Sympathie für körperliche Auseinandersetzungen haben können, bei denen auch Mut und Willenskraft eine gewisse Rolle spielten. Nicht so bei ihm. Er war nur gekommen, um ihm eine gute Nachricht zu bringen: Sein Aufsatz sei ausgezeichnet, es sei der beste. Aber er fügte etwas hinzu, das ihn beunruhigte und auch tief verletzte: Wie es denn käme, dass ein so begabter Schüler mit rotem Gesicht auf dem Platz herumlaufe und unbedingt ein Tor schießen wolle? Das passe überhaupt nicht zu seiner geistigen Ausrichtung. Das sei ein Widerspruch. Er solle darüber einmal nachdenken. Wolle er überhaupt Hockey spielen? Eine ganz unglaubliche Frage.

Die Frage löste bei ihm keine Empörung aus, obwohl etwas davon in ihm aufstieg. Es war im Gegenteil vielmehr eine Beschämung. Er fühlte sich in Frage gestellt, denn ihm lag ja alles an der geistigen Anerkennung. Der Sport hatte, das wusste er schon lange, in der Schule keine wirkliche Bedeutung, ganz im Unterschied zu dem feinen Nachbarinternat am Bodensee. Das wäre früher anders gewesen, hatte ihm der stille Sportlehrer einmal gesagt. Aber das hatte sich nach dem Kriegsende mit dem neuen Schuldirektor völlig geändert. Sport war etwas für die Doofen. Tatsächlich gab es in der Hockeymannschaft keinen einzigen der Schüler, die ihm wichtig waren. Weder Adrian noch Rüdiger noch Konrad noch James, keiner der Jungen, die eine Rolle in der Schule spielten, war ein guter Sportler. Nur er. Er war inzwischen sogar in der Hockeyschulmannschaft. Bisher hatte ihm die mangelnde Anerkennung des Sports nichts ausgemacht. Er liebte Hockey, Mannschaftsspiele. Ja, er wollte Tore schießen. Er hatte auch den körperlichen Zusammenprall gerne. Und immerhin schauten die Mädchen manchmal zu. Nicht Feo, aber doch einige andere. Bei denen jedenfalls konnte er Eindruck machen. Dieser Wunsch hatte bei einem Leichtathletikwettbewerb gegen eine Klosterschule, die auch in der Nähe lag, zu einer Verletzung geführt, auf die er sogar stolz war. Im Hundert- und Zweihundertmeterlauf hatte er anzutreten. Der Anblick einiger der gleichaltrigen Schülerinnen seines Internats, die mitgefahren waren, brachte ihn so in Stimmung, dass er beim Auslaufen nach der Zielgeraden den daran angrenzenden Schotterboden nicht beachtete. Beim Sturz knickte der rechte Fuß um, und er musste mit Schmerzen weggetragen werden. Es wurde ein schwerer Bluterguss, der ihn vier Wochen plagte. Aber die besorgten Blicke der Schulkameradinnen waren ihm wichtiger als der Ärger über den Zustand der Bahn, an deren Ende man Kohlenstücke gestreut hatte.

Die Worte des Lehrers beschäftigten ihn tagelang. Er vermied es, danach überhaupt noch einmal mit ihm zu sprechen. Ja, er hatte das Wort »naiv« gebraucht. Naiv hieß ja nichts anderes als ein gewisser Mangel an Bewusstheit. Adrian und Konrad, die waren bewusst, das Gegenteil von naiv. Auch Rüdiger. Er war wohl anders. War er naiv? Fehlte ihm doch das Zeug, genaue Analysen zu schreiben? Das tat Adrian zwar nicht. Aber doch eher deshalb nicht, weil er sich nicht anstrengte. Konrad und Rüdiger schrieben aber ausgezeichnete Analysen. Der Deutschlehrer mit den langen Haaren hatte beide ganz öffentlich dafür gerühmt. Es brach eine Zeit der Unsicherheit an. Der Lehrer, der seinen Aufsatz mit dem Prädikat »Auszeichnung« versehen hatte, war jedenfalls erstaunt, ihn als ehrgeizigen Sportler zu sehen. War der Aufsatz ein Zufall? Wer wirklich geistig begabt war, hat der keinen sportlichen Ehrgeiz? War er also nicht wirklich begabt? Es ging ihm nicht aus dem Kopf. Kurz nach dem Zwischenfall am Spielplatzrand wurde die Hockeymannschaft der Schule eingeladen, an den Bodensee zu fahren, um gegen die Mannschaft des dortigen Internats zu spielen, die in der ganzen Provinz berühmt für ihr Spiel war. Es galt, seine Haut so teuer wie möglich zu verkaufen.

Auf der Busfahrt dorthin übernachteten sie in einer kleinen Stadt. Am Abend ging die ganze Mannschaft ins Kino. Der Film hatte einen französischen Titel, den sie zwar verstanden, aber mit dem sie nicht viel anfangen konnten: *La Belle et la Bête*. Auf den Namen des Regisseurs achteten sie nicht, er hätte ihnen auch nichts gesagt. Sie gingen überhaupt nur in den Film, weil das Plakat unheimlich wirkte: der Kopf eines katzenhaften Ungeheuers neben zwei großen Kerzenleuchtern. Wie sich herausstellte, war das Plakat inhaltlich gar nicht falsch gewählt. Es ging tatsächlich, wie auch der Titel ankündigte, um eine gefährliche Bestie, eine fürstlich aussehende Kreatur mit einem Löwenkopf, die das junge schöne Mädchen liebt, das sich in das Schloss der Bestie gewagt hatte. Es war eine spannende Geschichte, die im Zeitalter des französischen Barock spielte. Das war wichtig, weil dadurch das Aussehen aller Personen in ihren prächtigen Kostümen etwas Phantastisches bekam.

Dass die Bestie durch die Liebe der schönen jungen Frau erlöst wurde aus seiner Tiergestalt und sich in einen schönen Prinzen verwandelte, war für ihn aber nicht das eigentlich Fesselnde. Das Ergreifende war die unheimlich-feierliche Atmosphäre innerhalb des Löwenschlosses und der gleichzeitig furchtbare und leidende Ausdruck der Löwengestalt. Es war von einer wunderbaren Wirkung. Kein Märchen. Ein Märchen konnte einen auch beschäftigen, so wie ihn die Geschichte von der Seejungfrau lange beschäftigt hatte. Damals war er aber erst zehn Jahre alt gewesen. Jetzt entdeckte er im Märchenhaften dieses Films, in der schwarzweißen Düsternis des Schlosses und der seltsamen Melodie, die in ihm hörbar wurde, eine andere Welt der Phantasie. Er hätte gerne mit jemandem aus der Mannschaft darüber geredet. Aber zu seinem Erstaunen fanden die meisten den Film irgendwie lächerlich. Etwas für Kinder, zum Erschrecken. Er fühlte sich plötzlich unwohl in ihrem Kreis und musste wieder an die Bemerkungen des Deutschlehrers denken.

Zunächst aber mussten sie sich auf dem Hockeyfeld der feinen Schule bewähren. Die Gegner spielten in ihrem Schulanzug und wieder barfuß. Das sollte die Überlegenheit schon von vorneherein ankündigen. Er musste an diesem Tag auf dem linken Flügel spielen. Das wurde eine Art Folter, denn er stand den Schülern am nächsten, die lachend zusahen, wie die eigene Mannschaft sie ausspielte, wie sie wollte. Das Ergebnis war, dass sie eins zu fünf verloren. Nach der Halbzeit sah er einen hochgewachsenen Zuschauer im blauen Jackett und grauer Hose, der die Gegenseite anfeuerte. Es war der Ehemann der englischen Kronprinzessin, Prinz Philip, der einmal Schüler am Bodensee gewesen war. Irgendwie wurde die Blamage dadurch noch größer. Denn für jemanden, der den Sport hochhielt, war eine solche Niederlage doch etwas ziemlich Jämmerliches. Daran gab es nichts zu deuteln. Sein Ehrgeiz war noch immer so stark, dass er sich das eingestehen musste.

Der Eindruck des Films beschäftigte ihn am nächsten Tag noch immer, er wollte ihm gar nicht mehr aus dem Kopf gehen. In der Woche darauf erklärte er dem Sportlehrer, er werde nicht mehr in der Schulmannschaft Hockey spielen. Einen Grund dafür gab er nicht an. Er sagte also nicht, die Mannschaft sei sowieso so schlecht, dass es keinen Spaß mache, in ihr zu spielen. Das hätte er sich gar nicht herausnehmen können, denn er spielte nicht besser als der Durchschnitt, ganz im Gegenteil, andere waren wirkliche Könner, zum Beispiel sein Klassenkamerad Mopsi, der mit dem Schläger wie ein Künstler umging. Es blieb bei einer einfachen Mitteilung, und der stille, sehr sympathische Sportlehrer nahm sie ohne lange Gegenrede an.

Etwa zum gleichen Zeitpunkt entdeckte er, dass es im Kino in der Universitätsstadt einen Film gab, den derselbe Regisseur gedreht hatte, Jean Cocteau. Er hatte sich den Namen in ein Schulheft geschrieben, und inzwischen war er ihm vertraut. Die älteren Schüler hatten die Erlaubnis, einmal im Monat in die Universitätsstadt hinunterzufahren und auch ins Kino zu gehen. Er fuhr mit Adrian. Der neue Film von Cocteau hieß *Orphée*. Er war schon im Herbst 1951 zu sehen, weil den Behörden der französischen Zone viel daran lag, die neue Kultur der Pariser Nachkriegszeit auch jenseits des Rheins bekannt zu machen. Diesmal war sein Eindruck noch viel größer. Die Handlung, in französischer Sprache, blieb zwar mysteriös. Es war die Neuerzählung des Orpheusmythos. Das Neue war, dass Orpheus nicht nur in die Unterwelt kommt, sondern seinen eigenen Tod in Gestalt einer Frau trifft, die er liebt. Die Liebe zwischen Orpheus und seinem Tod war die eigentliche Geschichte, die Cocteau erzählte. Gleichzeitig aber zeigte er, was den Zuschauer verwirrte, ein Happyend zwischen Orpheus und Eurydike als normales Ehepaar.

Sie lasen eine kurze Charakteristik der Absicht des Regisseurs, aber die war unwichtig gegenüber dem, was er und Adrian zu sehen bekamen. Die Tatsache, dass es sich um einen griechischen Mythos handelte, erfüllte ihn allein schon mit einer ganz besonderen Genugtuung: Die Gegenwart war also mythisch. Die Kaffeehausliteraten im Film waren Bacchanten des Dionysos, andererseits völlig normale Typen ihres Milieus. Was über sie gesagt wurde, klang völlig modern.

Sie schrieben sogenannte avantgardistische Literatur, die der Regisseur wohl nicht mochte, und standen in einem polemischen Gegensatz zu Orpheus. Dieser glaubte, dass sie ihn hassten. Warum? Das war die erste spannende Frage, die nicht beantwortet wurde. Orpheus behauptete, dass ihn die übrige Öffentlichkeit liebe. Jedenfalls war die zeitgenössische französische Literaturszene in eine mythische Szenerie übersetzt. Das war sein erster Eindruck. Ohne dass er sich die Geschichte in ihren einzelnen Bildern ins Mythische übersetzen konnte, obwohl alle Szenen, die dem Mythos folgten, identifizierbar waren, war das Wichtigste doch der Weg in die Unterwelt. Das war von einer so düsteren Schönheit, dass er davon mehr hatte als von der modernen Mythologie. Wunderbar die Fahrt im schwarzen Wagen, in dem Nachrichten wie poetische Verlautbarungen aus dem Autoradio kamen. Dann das Durchgleiten des Spiegels, das Vorbeitasten von Orpheus und Heurtebise an dem Gemäuer alter, zerfallener Herrenhäuser. Ein unauslöschlicher Eindruck.

Gab es einen besseren Ausdruck für den Weg in die Unterwelt? Oder für den Tod? Nur in diesen Szenen bekam die Figur des Orpheus eine tragische Bedeutung. Sonst war sie merkwürdigerweise gewöhnlich. Das hing auch mit der irgendwie quäkenden Stimme des Orpheusschauspielers zusammen. Viel tiefer wirkten auf ihn die melancholischen Gesichter der Figuren des Heurtebise und der Prinzessin Tod. Vor allem Heurtebise, ihr Chauffeur, bekam am Ende, als er wusste, dass es keinen Weg zurück ins Leben und zu seiner Liebe zu Eurydike gab, einen Ausdruck von unendlichem Schmerz, der ihn sehr bewegte. Von besonderer Aktualität fand er die kalte Gerichtsszene und Verhöre in der anderen Welt. Das erinnerte ihn an das abgrundtiefe Böse der Verhöre in *Sonnenfinsternis*. Auch wie die Prinzessin und ihr Chauffeur abgeführt wurden. Es war überwältigend.

Als sie draußen waren, guckten Adrian und er sich an. Das

taten sie manchmal, wenn es etwas zu besprechen gab, das nicht einfach war. Es war eine Art Erkennungszeichen für Pro oder Contra. Sie hatten das zufällig vor Jahren während einer französischen Unterrichtsstunde beim Blick auf die Titelseite ihrer zu lesenden Erzählung erfunden. Diese Erzählung hieß *Poil de Carotte* und zeigte das Gesicht eines rothaarigen, etwa vierzehnjährigen Jungen mit einer sommersprossigen Haut und einem traurigen Blick. Sie empfanden gleichzeitig dasselbe und merkten es, sagten aber nichts weiter dazu. Sie waren sich nun einig, dass der Schauspieler, der den Orpheus gespielt hatte, ihnen sowieso nicht besonders gefiel. Sein Name, Jean Marais, war in aller Munde, auch auf der Schule. Er hatte auch das unglückliche Löwenhaupt, das sich in einen schönen Prinzen verwandelt, gespielt. Aber was wollte der Film?

Adrian, der sich von Filmbildern, gerade wenn sie das Geheimnisvolle ausdrückten, nicht so leicht beeindrucken ließ, sagte eigentlich nichts. Alles war für ihn unklar geblieben. Der Junge dagegen fing zum ersten Mal an, nach den richtigen Worten für die Fotografie des Films zu suchen. Die großen schwarzweißen Unterweltszenen waren ja wohl irgendwie symbolisch. Sie standen im Gegensatz zu den ganz realistischen Szenen im Café oder im Polizeirevier oder im Haus, in dem Orpheus und Eurydike wohnten. Symbolisch klang ihm aber nicht genau genug. Das sagte ja jeder, wenn er nicht genau wusste, was irgendetwas bedeutete. Dann fiel ihnen ein, dass der Griechischlehrer kürzlich einmal anlässlich eines Gedichts das Wort »symbolistisch« gebraucht hatte. Adrian sagte schließlich, wenn der Film nicht symbolisch sei, dann sei er vielleicht symbolistisch. Sie kamen überein, dass es ihnen nicht gefiel, dass Eurydikes Tod und anschließend auch der von Orpheus wieder rückgängig gemacht wurden und stattdessen eine rätselhafte Bestrafung der Todesprinzessin und ihres Getreuen zu sehen war. Das hieß, so Adrian, anstelle eines modernen Mythos einen mythologischen Symbolismus zu setzen. Um was für eine Poesie es sich eigentlich handelte, die Orpheus aus dem Autoradio hörte. War die auch symbolistisch? Orpheus war ja ganz besessen davon. In der Szene im Café der Literaten hatte es eine Diskussion gegeben über die richtige Literatur der Zeit. Offensichtlich machte sich Cocteau lustig über bestimmte Neuerungen der avantgardistischen Literatur überhaupt. Das Wort »Avantgarde« war ihm und Adrian, obwohl sie es schon häufiger gehört hatten, eigentlich ein Fremdwort. Sie benutzten das Wort »moderne Kunst«. Adrian begann schon zu diesem Zeitpunkt, sich für moderne Malerei zu interessieren, und kaufte sich vor allem, wenn er mit seinem Vater nach Paris fuhr, Kopien von Bildern moderner Maler. In der Schule waren die deutschen Expressionisten in große Mode gekommen. In jedem zweiten Zimmer der Oberstufe hingen Plakate und Postkarten, vor allem von Franz Marc. Seine gelben Pferde oder der Tiger. Adrian aber brachte ganz andere Zeichnungen und Bilder mit, von Picasso und George Braque. Der Junge hatte die geometrischen Bilder von Klee gerne. Das war moderne Kunst für ihn. Was Cocteau gegen die Avantgardisten hatte, hätten Adrian und er nicht genau sagen können. Auf jeden Fall hing es wohl mit den symbolistischen Filmszenen zusammen. Das war ihnen klar, nachdem sie sich geeinigt hatten, dass Cocteau einen symbolistischen Stil hätte.

Aber eigentlich war die künstlerische Frage nicht die wichtigste. Dafür hielt er sich für noch nicht wissend genug. Es war vielmehr sein Gefühl, sein Wunsch, in einer Zeit zu leben, die etwas Mythisches hatte, so wie aus den Bildern von Picasso etwas Mythisches sprach. Das war ihm, seit er die Schule und ihre Landschaft wie ein neues Griechenland erblickt hatte, als ein entscheidender Impuls des Lebens geblieben. Das Programm des Kunstkinos der Universitätsstadt kündigte zwei weitere französische Filme an, diesmal von einem anderen Regisseur, Marcel Carné. Der Titel des ersten Films zog ihn sofort an: *Les Visiteurs du Soir*, der zweite Film namens *Les Enfants du Paradis* musste nach Auskunft des Programms ungeheuer berühmt sein. Beide sah er sich mit Adrian an. Der Film über die geheimnisvollen abendlichen Besucher hatte wie *La Belle et la Bête* eine längst vergangene Zeit zum Schauplatz, nämlich das Mittelalter. Wiederum war es die fremde Atmosphäre, die ihn fesselte. Es gab keine deutschen Untertitel, und sein Französisch reichte bei weitem nicht aus. Deshalb verstand er nur wenig von der seltsamen, ihm mystisch vorkommenden Handlung, abgesehen davon, dass ihm Adrian einiges erklärte. Im Mittelpunkt drei Personen: Gilles, ein Sänger mit einem stets harten, melancholischen Ausdruck, der zum ewigen Leben verdammt war, weil er keine Liebe gefunden hatte, seine ebenso ernste Begleiterin, Dominique, ebenfalls ein Liebesschicksal ankündigend, und schließlich der Teufel in Gestalt eines eleganten, geistreich-bösartigen Höflings, der die Idee der Ewigkeit der Liebe zerstören will. Das Ganze spielt während eines Verlobungsfestes an einem südfranzösischen Adelshof. Eine alte Legende, die eine unmittelbare Wahrheit enthalten sollte. Alles bedeutete etwas mehr, als was zu sehen war. Er verstand das erst, nachdem er sich nach dem Film Klarheit verschafft hatte über den Sinn einiger entscheidender Szenen. Es war vor allem anderen eine Liebesgeschichte oder besser eine Liebespoesie, die ihn deshalb anrührte, weil er selbst auch solch höheren Phantasien nachhing. Abgesehen davon, dass der Film ihn in seinen eigenen, von jeder Erfahrung unberührten Träumereien bestärkte, zog ihn wieder das Irreale, das über der Realität Stehende an. Das war sein Thema.

Les Enfants du Paradis war tatsächlich überwältigend. Die Pariser Epoche vor hundert Jahren und ihre so gegensätzlichen Gestalten. Am meisten machte ihn die Tatsache glücklich, dass Theater und Schauspieler eine Hauptrolle spielten. Die romantische Figur des theatralischen Schauspielers Frédéric le Maître hatte es ihm fast mehr angetan als der traurige Mime Baptiste, obwohl der vom größten Schauspieler des gegenwärtigen klassischen französischen Theaters, Jean-Louis Barrault, gespielt wurde. Und dann dessen unglückliche, alleingelassene Frau Nathalie, gespielt von der gleichen Schauspielerin, die in *Orphée* die Prinzessin des Todes gespielt hatte: Maria Casarès. Diesmal aber wurde sie von der außerordentlich sinnlichen Erscheinung der Schauspielerin Arletty in der Rolle der Garance überstrahlt, deren Namen er zum ersten Mal hörte. Alles war Sinnlichkeit, alles war in großer Bewegung, alles war Theater. Auch die Politik, das Zeitalter der zweiten Revolution in Frankreich. Es war genau in diesem Monat, dass er Büchners *Dantons Tod* in einer Inszenierung von Studenten der Universitätsstadt sehen konnte und sich völlig unvorbereitet noch einmal eine Idee von der Revolution in ihm festsetzte, die unendlich grandios war und sich ganz von dem unterschied, was er im Zusammenhang der russischen Oktoberrevolution gedacht hatte. Die Reden vor allem! Die Dialoge waren in ihren gebildeten Anspielungen noch immer zu spitzfindig, als dass er sie in ihrer Mehrheit ganz begriffen hätte. Aber eines wurde deutlich, und das war wie eine besondere Entdeckung: Sie spielten ständig auf griechische und römische Gestalten und Vorgänge an. Natürlich völlig anders als in *Orphée*. Der Mythos wurde nicht schön widergespiegelt, sondern in einer lang hingezogenen Diskussion mit vielen scharfen Spitzen zersetzt. Aber trotzdem war er absolut verzaubert von den intensiven Farben der Revolution. Diese mischte sich jetzt hinein als triumphierende, taumelnde Massen am Ende von *Les Enfants du Paradis*. Und noch etwas faszinierte ihn, nämlich die immer wieder gefährlichen Situationen. Vor allem der elegant-düstere Verbrecher Lacenaire. Er las nach, wie ungemein berühmt der damals gewesen war. Dass und wie er den Grafen im türkischen Bad umbringt, mit dem er schon vorher auf der Treppe des Theaters eine bedrohlich klingende Unterhaltung hatte, das wirkte wirklich wie ein Zeichen der ewigen Revolution. Der Verbrecher und sein Kumpan waren, wie ihre Reden, von unglaublicher Kühnheit.

Noch etwas kam ihm bei den drei französischen Filmen zu Bewusstsein. Sie unterschieden sich vollständig von den Filmen, die er in den Ferien in der Heimatstadt sah, egal, ob es ein Seeräuberfilm mit Errol Flynn war oder ein Kriminalfilm mit James Mason oder ein Wildwestfilm mit John Wayne. Er war ja seit dem Kriegsende, als er zwölfjährig im Millowitsch-Kino in der Aachener Straße als seinen ersten Film *Der große Bluff* mit Marlene Dietrich gesehen hatte, in den Ferien eine Art ständiger Filmgänger geworden. So neu waren die französischen Filme nicht. Die von Carné waren schon zehn Jahre alt, Cocteaus *La Belle et la Bête* immerhin sechs Jahre, nur *Orphée* war erst im letzten Jahr in Paris angelaufen. Aber sie wirkten alle zusammen wie eine neue Erfindung, eine große neue Erfindung. Mehr als das. Ihre Bilder senkten sich so ein in sein alltägliches Gefühl, dass er selbst die Wirklichkeit nach ihrem Impuls zu sehen begann. Er wollte sie so sehen. Wirklichkeit musste mehr sein als ihre Alltäglichkeit. Vor allem die Liebe. Seitdem er diese Filme gesehen hatte, wurden Frankreich und Paris ein Magnet. Was dort vor sich ging, was ihn jetzt besonders anzog, war die Liebe und die Revolution und die Mythologie.

War es Zufall oder hing es mit diesen Filmen zusammen, dass die Erwähnung des französischen Lyrikers Charles Baudelaire an einem der Abende mit dem Griechischlehrer bei ihm haften blieb? Der Griechischlehrer sprach lange über ein besonderes Gedicht Baudelaires und betonte, es gäbe bei diesem Dichter zwei zentrale Worte, die das deutsche Wort für »Abgrund« ausdrückten: »gouffre« und »abîme«. Was Baudelaires Abgrund genau sei, sagte er nicht. Es war ja immer die Art und Weise dieses Lehrers gewesen, manchmal etwas über ihre Köpfe hinweg zu sprechen. Er nannte das: strategische Überforderung. Indem er ihnen geistig mehr zumutete, als sie von Kenntnis und Alter her schon beherrschten, würden sie auf Neues stoßen. So ähnlich hatte er schon im Vorjahr den englischen Lyriker John Donne erwähnt, den sie nicht nur wegen ihres nichtvorhandenen Englisch nicht verstehen würden. Das sagte der Griechischlehrer selber. Jedenfalls hatte es bei ihm die Folge, dass er sich eine zweisprachige Baudelaire-Ausgabe besorgte. Je länger er darin herumlas, desto mehr gefielen ihm einige Gedichte, in denen sich eine Stimmung der Ruhe und einer gefassten Trauer ausbreitete. Manchmal war es nur eine Strophe. Das Gedicht *Recueillement/Sammlung* war so ein Gedicht. Die ersten Worte, »sois sage o ma douleur«, hatte der Griechischlehrer auch einmal zitiert. Wenn es dann hieß: »mein Schmerz, gib mir die Hand« – im Französischen noch schöner »ma douleur, donne moi la main«–, dann hatte er nur eine ungefähre Ahnung, was Baudelaire eigentlich sagen wollte. Offenbar wollte er den Schmerz, der ihn quälte, begrüßen, ihn nicht beklagen, nicht über ihn klagen. Aber warum, was für ein Schmerz und weshalb? Das blieb ihm völlig unklar. Er war aber von solchen Sätzen so angezogen, weil sie die Atmosphäre eines Zustandes ausdrückten, den er seit einiger Zeit zu kennen glaubte. Das hatte schon angefangen, als der Vater ihn auf der Straße gefragt hatte, warum er so traurig aussähe und er keinen Grund dafür angeben konnte. Wunderbar klang auch der Satz in der vierten Strophe: »Sieh die verstorbenen Jahre neigen sich von den Balkonen des Himmels«. Wiederum verstand er nicht genau, was das sagen sollte. Aber dass Jahre verstorben waren, was für ein Gedanke!

Der Griechischlehrer hatte etwas bissig, wie es häufig seine Art war, auch noch gesagt, Baudelaire sei nicht romantisch. Für ihn war das aber romantisch. Zum Beispiel der Satz: »Gedachtest du da jener Tage, die so schön und glänzend waren«.

Er hatte darüber fast geweint, so stark brachten ihn die Worte zum Nachdenken über die vorbeifließende eigene Zeit hier im Internat. Diese Worte erinnerten ihn an einige Gedichte von Hofmannsthal, die er auch nur schön fand, ohne ihnen einen genauen Sinn zu geben. So ein Satz wie »Ganz vergessner Völker Müdigkeiten kann ich nicht abtun von meinen Lidern«. Allerdings, die meisten Gedichte in der Sammlung *Les Fleurs du Mal* blieben ihm fremd, abgesehen von den aufreizenden erotischen Beschreibungen nackter Frauen, die ihm fast den Atem verschlugen: ihre weißen oder braunen Brüste! Natürlich wäre es unmöglich gewesen, so etwas im Französischunterricht zu lesen. Ihr Französisch war ohnehin noch nicht gut genug dafür. Der Name Baudelaire war im Unterricht nie gefallen. Hätte er nicht immer wieder an den Arbeitsgemeinschaften des Griechischlehrers teilgenommen, wäre ihm der Name Baudelaire unbekannt geblieben. Jetzt aber setzte er sich in ihm fest als ein geheimes Zeichen für etwas, das er noch nicht genau ausdrücken konnte. Es war wohl die Anmaßung dieses Dichters! Wenn ihn das Gefühl des unbekannten Traurigseins überkam, dann dachte er von nun an an Baudelaire. Er fühlte endgültig keinen Einfluss des Vaters und des Mentors mehr. Dieses Traurigsein von Baudelaire aber blieb als ein unklares, herausforderndes Gefühl in seinem Kopf.

An einem Nachmittag, als er während der Freizeit in seinem Zimmer in Baudelaires Gedichten las, kam Rüdiger herein, wahrscheinlich ohne zu klopfen. Rüdiger war kurz davor, in die Oberprima versetzt zu werden. Er sah sich an, was er las, und fragte plötzlich, was er denn einmal studieren wolle. Die Antwort kam ihm ganz selbstverständlich: Germanistik. Da erwiderte Rüdiger: »Das studiert man nicht, das weiß man.« Er hatte darauf keine Antwort parat. Nur die innere Stimme, die ihm sagte: Was der da an überheblichem Zeug auch von sich gibt, kann meine Vorfreude auf ein solches Studium nicht beeinflussen. Es war klar, dass Rüdiger nicht bloß seine literarische Bildung ausstellen wollte. Das tat er ja jeden Tag, wenn er mit einem Gedichtband in der Hand alleine in der Gegend spazierenging. Nein, er wollte sagen, dass Germanistik etwas für zukünftige Lehrer sei, nicht fein genug für ihn. Rüdiger würde Jura studieren und Rechtsanwalt werden. Das sagte er nicht so direkt, aber es wurde schon deutlich, worauf er hinauswollte. Er selbst erklärte nicht, was er mit dem Germanistikstudium eigentlich bezweckte, nämlich Literatur berufsmäßig zu erklären, das heißt Universitätsprofessor zu werden. Das war nun seinerseits ein ziemlich anmaßender Einfall, den er überhaupt keinem hätte sagen wollen. Nicht einmal Adrian. Ihm war dieser Gedanke vertraut seit der Analyse von Goethes Gedicht *Willkommen und Abschied*. Und der Lektüre der Bücher von Bruno Snell, Wolfgang Kayser und Emil Staiger. So etwas wollte er auch einmal schreiben.

Obwohl er diese Werke ja überhaupt nicht wirklich genau gelesen und eine Reihe von Ausführungen auch nicht verstanden hatte, war der Eindruck von etwas ganz Großem, Beispielhaftem, Nachzueiferndem bei ihm haften geblieben. Die nun dem Ende zugehende Obersekunda und die bevorstehende Versetzung in die Unterprima war für ihn zur bisher schönsten Zeit in der Schule geworden. Seine Noten in Griechisch und Latein wurden immer besser, sie lagen zwischen sechzehn und achtzehn Punkten nach der französischen Benotung, also sehr hoch. Den Deutschunterricht absolvierte er sowieso immer mit dem besten Prädikat. Die Naturwissenschaften waren dagegen verheerend. Physik und Chemie gingen völlig an seinem Interesse vorbei, nur in Mathematik bemühte er sich, das Notwendigste mitzukriegen. Aber das beunruhigte ihn nicht, obwohl er sich manchmal fragte, woher eigentlich dieses absolute Desinteresse und die schlechte Leistung in den Naturwissenschaften kamen. Das war ja schon in der Volksschule so, als der Lehrer dem Vater erzählt hatte, was der Junge auf die Frage, warum er denn nicht an dem Experiment teilnehmen wolle, geantwortet habe: dass die Physik nichts mit ihm selbst zu tun habe. Er verscheuchte diese manchmal an ihm nagende Frage. Irgendwie ahnte er, dass da etwas nicht stimmte, der Deutschlehrer hatte ihm ja sowieso schon gesagt, er sei ganz widersprüchlich. Einer, der so glänzende Aufsätze schriebe und so strukturierte Schlussfolgerungen ziehe, der müsse sich zumindest in Mathematik etwas mehr Mühe geben können. Dass er aus seinen inneren Bildern nicht vertrieben werden wollte und deshalb Fakten und Wirklichkeit beiseite schob, war das der heimliche Grund für diese Abwesenheit seines Geistes bei naturwissenschaftlichen Themen?

Er durfte seit einiger Zeit jüngeren Schülern Nachhilfeunterricht in Latein geben. Schließlich hatte man ihn auch zum Kulturhelfer gewählt. Das war vorher Rüdiger gewesen, der vor allem literarische Abende vorbereitet hatte. Die Aufführung des nur aus einer Szene bestehenden Schauspiels *Der Tor und der Tod* von Hofmannsthal war der Höhepunkt von Rüdigers Zeit als Kulturhelfer. Rüdiger selbst sprach die Hauptrolle des Claudio. Es war ungemein beeindruckend. Nicht bloß Hofmannsthals Verse, sondern wie Rüdiger sie sprach. Konrad sprach die Verse des Todes. Auch er mit einer für ihn immer schon charakteristischen Autorität. Wie er den Satz aussprach: »Steh auf! Wirf dies ererbte Graun von dir! Ich bin nicht schauerlich, bin kein Gerippe. Aus des Dionysos, der Venus Sippe ein großer Gott der Seele steht vor dir.« Konrads außergewöhnlich bestimmte und artikulierte Stimme war noch deutlicher geworden. Rüdigers dunklere, melodiösere passte genau zum Charakter des Helden. Und die Hofmannsthalschen Worte passten zu seiner eigenen Stimmung, auch wenn er eigentlich dessen Problem nicht kannte. Dafür war er viel zu spontan. Es hatte ihm genügt, aus Rüdigers Mund den Satz zu hören, nicht wirklich gelebt zu haben: »Musik?

Und seltsam zu der Seele Redende! Hat mich des Menschen Unsinn auch verstört? Mich dünkt, als hätt' ich solche Töne von Menschengeigen nie gehört…« Das bezog sich auf das Geigenspiel des Todes, der ins Zimmer getreten war. Die Aufführung dauerte nicht länger als eine Stunde, aber sie blieb das ganze Trimester im Gedächtnis haften. Wie normal sie dagegen lebten. Das geistige Leben musste etwas anderes sein.

Als er nun selbst Kulturhelfer geworden war, war ihm Rüdigers Hofmannsthal-Aufführung ein Vorbild gewesen. Das war Kultur! Aber zu etwas ähnlich Großartigem kam es nicht. Er bekam nämlich den Auftrag, den Schülern der Obertertia, wenn sie schon zu Bett gegangen waren, abends vorzulesen. Er könne sich dafür aussuchen, was er wolle. Er wählte E. T. A. Hoffmanns Roman *Die Elixiere des Teufels*. Das würde für das ganze Trimester reichen, und die Spannung würde nicht nachlassen. Es war zwar keine Aufgabe, die vergleichbar war mit der Aufführung von *Der Tor und der Tod*, aber er fühlte sich abermals verantwortlich gemacht. Zuerst durch den Nachhilfeunterricht für schwächere Schüler in Latein, für dessen Erfolg er schon Anerkennung bekommen hatte. Jetzt selbst entscheiden zu können, was zum Vorlesen für die jüngeren Klassen geeignet sei – es war eine glorreiche Zeit. Die Entdeckung des Geistes war auch bei ihm im Gange, so sagte er sich. Er hatte die großen Vorbilder gefunden.

Es kam noch häufiger vor, dass seine Phantasie stärker war als seine Beobachtung. Er war immer ein Phantasierer gewesen. Es trat aber eine Änderung seiner guten Stimmung ein. Er sah die Dinge allmählich weniger im rosigen Licht seiner großen Eindrücke von der Schule und von sich selbst. Das führte am Ende zu einem Zwischenfall, der ihm um ein Haar das Consilium abeundi eingebracht hätte. Harmloser blieb sein Irrtum beim abendlichen Vorlesen der *Elixiere des Teufels*. Das war für Vierzehnjährige die falsche Wahl gewesen, wie er sich schon vorher hätte denken können. Es handelte sich ja um die Geschichte, wie ein junger, zum Priester ausersehener Mann der Sinnlichkeit und Todsünde verfällt. Das war zwar zunächst spannend und immer wieder wie in einem Kriminalroman. Gleichzeitig wurden die erotischen Empfindungen des Helden berichtet, die nichts für Jugendliche waren. Als er die Wörter »glühender Atem« und »wollüstige Qual« vorlas, gab es die ersten Reaktionen des einen oder anderen im Bett liegenden Obertertianers, der offenbar wie der Held im Roman ein »Weib« im Arme halten wollte. Noch schlimmer wurde es, als von der »unbezähmbaren Wollust« die Rede war. Es war eine Katastrophe. Der Busen und die Küsse, die auf ihm brannten, das war zuviel. Er tat zwar in Unschuld so, als ob das alles die reinste Literatur sei, aber er musste sich eingestehen, dass auch er selbst beim Lesen unmerklich lüstern wurde. Der Busen blieb jedenfalls alles andere als literarisch.

Am nächsten Tag sollte er zum Geschichts- und Deutschlehrer kommen, der auch zuständiger Hauserwachsener war und ihm den Auftrag des abendlichen Vorlesens anvertraut hatte. Eine zornige Strafpredigt ergoss sich über ihn. Ob er denn nicht gewusst habe, dass das Vorlesen dazu dienen sollte, dass die Vierzehnjährigen auch richtig einschliefen und nicht auf irgendwelche Gedanken kämen? Der Lehrer war ganz außer sich. Es habe eine Art Onaniewettbewerb gegeben, nachdem er weggegangen sei. Am nächsten Tag rief der Lehrer sogar laut im Treppenhaus, als sehr viele Schüler und Schülerinnen in der Pause versammelt waren, ab jetzt würde nicht mehr onaniert, das sei eine Anweisung.

Entscheidend für die Veränderung seiner Stimmung war etwas anderes. Seit einiger Zeit bemerkte er, dass einige Schüler, die neu auf der Schule waren, einen Tonfall an sich hatten, den er bisher nicht gehört hatte und der ihm zuwider war. Es war vor allem ein Schüler aus der Klasse unter ihm, der um sich herum einen Kreis bildete und eine betont banale, forsche Art zu reden verbreitete. Peter kam aus einer sehr reichen Industriellenfamilie aus dem Rheinland. Er benahm sich sofort sehr laut. Eben wie einer aus der normalen Staatsschule, so dachten sie. Peter hatte keinerlei Respekt gegenüber der Art und Weise des Redens, die sich unter dem jahrelangen Einfluss der alten Lehrer ausgebildet hatte, sowohl in der Klasse Rüdigers, Konrads und Feos, aber auch in der eigenen Klasse mit Adrian, Alex und Eberhard. Als er mit dem Geschichtslehrer darüber sprechen wollte, antwortete dieser kühl, er solle sich etwas mehr an das gewöhnen, was normal sei. Der Peter aus Wuppertal sei ein sehr vernünftiger Junge, der sogar das Zeug hätte, einmal erster Helfer zu werden. Das war es. Er selbst würde nie erster Helfer werden. Obwohl Peter ein miserabler Schüler war, offensichtlich ohne eigene geistige Interessen, legte er ein Selbstbewusstsein an den Tag, das fast unheimlich war. Peter war dabei für viele andere offen und sympathisch. Die beiden, die bald die besten Freunde Peters wurden, waren sogar zwei Klassen über ihm und alles andere als auf den Kopf gefallen, sondern besonders intelligent. War er der einzige, der das plötzliche Auftreten Peters und seiner Freunde als eine Bedrohung des bisherigen Schulklimas empfand? Er nannte sie »Die Drei von der Tankstelle«, nach dem berühmten Film, der wieder oft gespielt wurde. Das Ganze wurde für ihn noch bedrückender, als diese Gruppe begann, exklusive Tanzabende für das Wochenende zu organisieren. Nur wer eingeladen war, konnte hingehen. Es gab ein Grammophon mit wunderbaren alten Platten aus den dreißiger Jahren. Ein Großteil der Schülerinnen der höheren Klassen war dabei, auch eine Reihe von Schülern mit Ring. Er und Adrian und ihre Freunde wurden nie eingeladen. Adrian konnte sowieso nicht tanzen, er selbst wollte nicht, obwohl er es ja während des letzten Faschingsfests regelrecht gelernt hatte, Foxtrott und Tango, Walzer weniger. Dieses Faschingsfest war ihm noch tagelang durch den Kopf gegangen. Es war ein Rausch phantastischer Kostüme gewesen, der ganze Esssaal verkleidet wie ein Feenmärchen, kaum ein Schüler oder Lehrer war noch zu identifizieren gewesen. Er hatte vor allem mit der Frau des 20. Juli-Mannes getanzt, die ein Zigeunerkostüm anhatte und in dieser Aufmachung ungewöhnlich anziehend wirkte. Sie sah mit ihren vierzig Jahren sowieso noch immer sehr jung aus. Die verkörperte Weiblichkeit. Er hatte noch nie zuvor eine solche körperliche Nähe zu einem weiblichen Wesen gespürt. Die Hand auf ihrer Schulter, die Berührung bei der Drehung im Rhythmus der Melodie löste einen tranceartigen Zustand aus, den er nur mühsam überspielen konnte.

Da der Geschichtslehrer kein Ohr für seine Bedenken hatte, schüttete er sein Herz dem Griechischlehrer aus, der einer ähnlichen Meinung war wie er. Er fand die Tatsache, dass bestimmte Schüler eingeladen würden und andere nicht, völlig unpassend. Nicht weil sie benachteiligt würden, eine Zurücksetzung empfanden sie ja auch gar nicht, sondern weil so etwas nicht zur Schule passte. Der Griechischlehrer benutzte das Wort »neureich«, um die Veränderung zu charakterisieren. Viel Geld in der Wirtschaft zu verdienen, galt ihm als verächtlich. Das hatte der Junge schon einmal gehört: von einem Mitarbeiter seines Vaters. Dieser Mann hatte Germanistik studiert, aber kein Abschlussexamen für den Staatsdienst gemacht. Und so schlug er sich einfach durch. Er hatte ihm Rilkes *Sonette an Orpheus* vorgelesen. Sogar das Fach des Vaters, Volkswirtschaft, galt ihm als akademisch minderwertig. Der Junge hatte den Eindruck, dass es auf der Schule verpönt war, Geschäftsmann zu sein. Tatsächlich kamen sehr viele Schüler, jedenfalls diejenigen, die als wichtig auffielen, in der ersten Zeit nach dem Krieg aus akademischen oder adligen Familien. Einige von ihnen erhielten Stipendien. Der eigene Vater war mit den Schulzahlungen immer hinterher, sodass sich eine beträchtliche Schuldensumme anhäufte. Wenn er aber gehört hätte, was einige Lehrer in der Schule oder Leute aus seinem eigenen privaten Kreis über Geschäftsleute oder auch Ökonomen an der Universität sagten, hätte er sie zur Rede gestellt. Vielleicht ihn sogar von der Schule genommen. Der Vater kannte diese hochnäsigen, auf ihn lächerlich wirkenden Ansichten über alles Ökonomische ja schon seit seiner Studienzeit vor fünfundzwanzig Jahren, als er ganz bewusst Nationalökonomie studierte und sich fernhielt von den Korpsstudenten aus Medizin und Jura.

Insofern war diese plötzliche Veränderung in der Atmosphäre des Internats für ihn widersprüchlich. Es gab sie aber. Er spürte es, weil es ihn mehr betraf als manche andere, und es wurde stärker. Die Söhne aus der Geschäftswelt, so fand er, gaben jedenfalls den neuen Ton an. Man hörte auch, dass gerade ihre Väter es waren, die sich für die Schule engagierten und Gelder spendeten. Kein Wunder also, dass die Schuldirektion nichts gegen die Tanzabende hatte. Aus Lust an der Störung gingen er und der Griechischlehrer bei der nächsten

Gelegenheit dieser Abende in das große, zum Tanzen leergeräumte Klassenzimmer und verwickelten den ersten Besten in ein Gespräch oder – besser: sie ironisierten diese neue Geselligkeit im Abenddress als spießig. Derjenige, mit dem sie sprachen, war ein Schüler mit einem Ring, an dem er auch sofort zu drehen anfing. Er antwortete gar nicht auf diese Charakteristik, sondern sagte sehr ruhig und bestimmt: Dieses Fest sei von der Schulleitung erlaubt worden, es gebe gar nichts dagegen einzuwenden. Fertig. Was sie beide vorbrächten, sei ausschließlich ihre eigene Sache. Ein paar Tage später hörte er, dass ihr vergeblicher Besuch auf der Tanzfläche offiziell übel aufgestoßen war. Irgendjemand hatte den Schuldirektor von der Störung wissen lassen. Diesmal ging die Kritik aber direkt an den Griechischlehrer, der ohnehin bald die Schule verlassen würde und ja nie zum engen Kreis des Platonarchivs gehört hatte.

Der sehr viel ernstere Zwischenfall, der sich einige Zeit danach ereignete, hatte indirekt auch etwas mit den Veränderungen zu tun, spielte sich aber in einem ganz anderen Schulbereich ab. Er selbst war seit anderthalb Jahren Mitglied des Schulchors. Wie er – der außer Adrian der einzige seiner Klasse war, der kein Instrument spielte, keine Noten lesen konnte und sich für grundsätzlich unmusikalisch hielt – zu dieser Ehre gekommen war, blieb ihm eigentlich immer verborgen. Wegen seiner guten Stimme, geeignet für den Tenor, und weil es dem Chor an solchen Stimmen ermangelte? Wenn sie auftraten, es war meistens Bach oder Schütz, stand er immer in der Nähe von Rüdiger, damit er die Stimme hielt, wenn der Bass oder, noch gefährlicher, der Sopran der Mädchen einsetzte.

Eines Tages war die Tenorgruppe für eine Übungsstunde mit der Orgel in der Dorfkirche angesagt. Man fuhr auf einem offenen Lieferwagen in Richtung Dorf. Plötzlich überkam ihn ein Widerwille, der schon seit längerer Zeit in ihm rumort hatte. Das Singen im Chor war nichts für ihn. Ohne weiter über diese oder jene Folge nachzudenken, klopfte er an die Hinterscheibe der Fahrerkabine, rief dem Fahrer zu, er möge bitte einmal halten und sprang mit einem Satz über die Bretterbrüstung des Lieferwagens. Er sei nicht mehr im Chor, rief er den verdutzten Sängern zu. Unter den Zurückbleibenden war auch ein junger Referendar, der eine feste Anstellung an der Schule hatte und zuständig für die alten Sprachen, aber auch für das Platonarchiv war. Der geriet außer sich und drohte ihm, wenn er nicht sofort wieder aufsteige, die allerernstesten Konsequenzen an.

Diese drohende Ansprache bestärkte ihn in seinem Entschluss, mit dem Chor nichts mehr zu tun haben zu wollen, und er machte sich, ohne eine weitere Antwort zu geben, auf den Weg zurück ins Internat. In ihm hatte sich zu viel aufgestaut. Zuerst gefiel es ihm sehr, im Chor zu singen. Er war bei der Aufführung von Bachs *Bauerncantate* dabei und konnte die Melodie der Strophe »Gib Schöne viel Söhne von edler Gestalt« nicht oft genug hören und singen. Der Chorleiter war der bei Kennern hochgeschätzte Professor Thomas, der seit Jahren regelmäßig für sechs Wochen im Sommertrimester auf die Schule kam, um mit dem Chor ein für das Sommerfest besonders geeignetes Stück einzustudieren. Sogar Albert Schweitzer kam einmal aus Straßburg, um ihnen auf der Orgel vorzuspielen. Für die Musikmacht der Schule am wichtigsten aber wurde ihm ein Klassenkamerad namens Yngve. Der komponierte schon und war hervorragend in Mathematik. Ein berühmter Schriftsteller, er hieß Hans Henny Jahnn, war sein Patenonkel. Und der hatte ihm eine neugebaute Orgel geliehen, auf der Yngve spielte. Ihn manchmal zu hören, war ihm wie höhere Sphärenmusik. Er war nicht sehr lange an der Schule geblieben. Wegen Yngve kam ihm die Schule wie ein musikalisches Fest vor, und obwohl er ja keine Ahnung von klassischer Musik hatte, war er ihr durch seine Mitgliedschaft im Chor näher gekommen. Wenn Professor Thomas im Sommer da war, lud ihn die Regisseurin, mit der er so eingehend über die Ereignisse des Sommers 44 gesprochen hatte, zusammen mit Rüdiger zu kleinen Autotouren in die Gegend ein. Ihr Picknick bestand aus Brot, Käse, Tee oder Wurst und manchmal einer Flasche Wein. Wenn sie dann auf einer Decke lagerten, legte sie auf dem mitgebrachten Grammophon die eine oder andere Platte auf. Nicht nur Klassik, auch Schlager. Für ihn waren diese Fahrten ins Freie eine Herausforderung, sich bei den Gesprächen, die sich meist um Musik drehten, nicht zu blamieren. Da er der Jüngste war, fiel sein Schweigen immerhin nicht weiter auf. Diese Landpartien und das gemeinsame Singen unter der Leitung von Professor Thomas änderten aber nichts daran, dass er anfing, das ständige Musizieren als etwas zu viel des Guten zu empfinden. Es gefiel ihm nicht, wenn sie Sonnabend für Sonnabend auf den langen Stuhlreihen im Esssaal saßen und einem auf der Empore sitzenden berühmten Pianisten oder Cellisten anderthalb Stunden stumm zuhören mussten. Ihm gefiel der Ernst nicht, der sich auf den Gesichtern ausbreitete. Ohne genau sagen zu können, was es war, stieß ihn eine bestimmte Art von Gemeinschaftlichkeit ab. Vielleicht war es einfach der fromme Ausdruck, den er nicht mochte, die Unterwerfung, die stillschweigende Übereinkunft, den Mund zu halten.

Wenn er Feos schönes, nur dem Hören hingegebenes Gesicht sah, dann bewegte sich in ihm eine Gegenwehr. Er spürte den Reiz, diese Feierlichkeit zu unterbrechen. Wenn er dagegen einem griechischen Drama zugehört hätte, dann wäre ihm die Lust zu stören nicht hochgekommen. Es war ein Unterschied, einem Theaterstück zu folgen oder einer Musikaufführung. Es kam hinzu, dass das, was ihm so brav, so untertänig vorkam, tatsächlich besonders bei Schülern auftrat, die wirklich etwas brav waren. Adrian war nicht so. Aber Peter aus dem Rheinland war einer von ihnen. Als sie an einem

Sonntagmorgen vor dem Frühstück im Chor das Lied »Die güldne Sonne, voll Freud' und Wonne« zu singen hatten, platzte er fast vor innerer Feindseligkeit. Die Frau des Verschwörers merkte das und fragte ihn, was er denn hätte. Und da erklärte er ihr, dass ihm speziell dieses Lied auf die Nerven ginge. Er begrüße die Sonne am Sonntagmorgen nicht voll Freud' und Wonne. Es sei doch nur ein Lied, erwiderte sie und lachte, obwohl sie sehr wohl verstand, was ihn bedrückte. Jedenfalls wurde ihm zu diesem Zeitpunkt bewusst, dass er keine Lust mehr hatte, weiter im Chor mitzusingen.

Das war die innere Stimmung in ihm, als er entschied, vom Lastwagen hinunterzuspringen und in die Schule zurückzugehen. Beim Abendessen am gleichen Abend passierte es dann. Er musste von seinem Tisch aus auf die Empore hinaufgehen, um sein Essen zu holen. Auf der Empore, am runden Tisch, hatte in dieser Woche der Referendar, dem er wenige Stunden vorher nicht gehorcht hatte, die Saalaufsicht. Als er an ihm vorbeischritt, rief ihm dieser etwas Beleidigendes zu. Er drehte sich um und fragte selbst in einem scharfen Tonfall, was er eigentlich wolle. Und plötzlich hatte er den Eindruck, der Referendar hole mit der Hand aus, und die Folge dieser absichtlichen oder unabsichtlichen Handbewegung war, dass er dem Referendar die Faust ins Gesicht schlug. Während der Referendar zurücktaumelte, waren schon zwei andere Lehrer herbeigeeilt, um ihn vor weiteren Misshandlungen zu schützen.

Nicht die ganze Schule, nicht einmal der ganze Esssaal hatte das, was passiert war, mitgekriegt. Dafür ging alles viel zu schnell. Aber es machte sofort die Runde. Was für eine Aufregung! Ein Referendar war zu Boden gegangen! Am nächsten Tag gab es schulfrei. Das Lehrerkollegium tagte stundenlang. Schließlich wurde er gerufen und man teilte ihm mit, dass er eigentlich die Schule verlassen müsse. Man würde ihm aber, ein Jahr vor dem Abitur, noch eine Chance geben. Er hätte sich im nächsten Trimester vor der Versetzung in die Oberprima als Zimmerführer eines sehr schwierigen Zimmers zu bewähren, damit er endlich die Verantwortung und die Reife, die ihm zur Zeit offenbar noch immer fehle, erlangen könne. Es folgte eine Art Zeremonie. Er musste sich in Gegenwart des ersten Helfers, einem äußerst höflichen, liebenswürdigen Jungen – der auch im Chor war und einen Ring mit Wappen trug –, bei dem Referendar entschuldigen. Obwohl er fühlte, was für ein Kelch an ihm vorbeigegangen war, konnte der verletzte Stolz, sich ganz offiziell entschuldigen zu müssen, es nicht unterlassen, die Entschuldigung in einer Form hervorzubringen, die alles andere als bescheiden klang. Er sagte, es solle nicht wieder vorkommen. Er hatte sich diesen Satz keineswegs zurechtgelegt, er rutschte einfach aus ihm heraus. Der Referendar, der nur etwa sechs Jahre älter war als er selbst, sagte kein Wort, der musikalische erste Helfer sagte einen würdigen Satz. Dann war alles vorbei.

Er hörte später, wie knapp die Entscheidung gewesen sei, dass er doch noch auf der Schule bleiben durfte. Die Regisseurin war für ihn eingetreten. Er bekam noch eine Chance. Das Zimmer, für das er im nächsten Trimester verantwortlich wurde, war tatsächlich schwierig. Vor allem Ansgar, ebenfalls Sohn einer alten Familie, der sowohl schulisch als auch im Internat nicht den Anforderungen entsprach, forderte ihn heraus. Er war ein besonders gutaussehender Junge, groß, kraftvoll, ein zugleich imponierendes wie auch sympathisches Gesicht mit ausgeprägten, charaktervollen Zügen. Ansgar hatte sechs Jahre zuvor als noch ziemlich kleiner Junge bei dem letzten Sturm der russischen Armee mitansehen müssen, was seiner Mutter geschah, als der Familiensitz verwüstet worden war. Das jedenfalls hatte man ihm gesagt, damit er auf Ansgars manchmal seltsames Verhalten richtig reagiere. Ansgar gehörte auch zu denen, die Tanzfeste organisierten, und er hatte ebenfalls einen Siegelring, an dem er auch sehr häufig drehte. Zunächst lief alles einigermaßen gut. Aber eines Abends, als er die Bettdecke aufschlug, fand er dort eine tote Ratte. Diese Überraschung hatte sich Ansgar ausgedacht. Beinahe hätte er sich ihn vorgenommen, auch wenn Ansgar, zwei Jahre jünger, schon wie ein erwachsener Mann wirkte und stärker war als er selbst. Aber schließlich ließ ihn die Untat ungerührt. Wahrscheinlich hing es damit zusammen, dass vor kurzem ein neuer junger Lehrer angekommen war, der vor allem im Platonarchiv arbeiten sollte. Er war nicht festangestellt, denn er hatte eine Assistentenstelle an der philosophischen Fakultät der Universität unten im Tal. Und zwar bei Professor Heidegger, wie sich schnell herumsprach. Dieser Philosophieassistent hatte soeben ein Buch des Professors, *Holzwege*, ins Französische übersetzt. Er war während des Kriegs in Frankreich aufgewachsen und sprach französisch wie seine Muttersprache. Sein Vater hatte das Land aus politischen Gründen verlassen müssen. Sein jüngerer Bruder war zu dieser Zeit als Sekundaner auf der Schule, ohne allerdings den hochbegabten Älteren erwähnt zu haben. Der Ältere war das glatte Gegenteil des Jüngeren. Dieser war ein sanfter, stiller, an Musik und sogar an Sport interessierter Schüler. Der Ältere war ein temperamentvoller, laut lachender, ungeheuer witziger Mensch. Wenn er seinen dunklen Kinnbart strich und lächelte, dann konnte man darauf gefasst sein, dass irgendetwas Herausforderndes aus seinem Mund kommen würde, gefolgt von einem dröhnenden Lachen. Dieser auffallende Mann entwickelte ein besonderes Interesse an ihrer Klasse, obwohl er sie nicht unterrichtete. Er hatte ihnen etwas Wichtiges zu sagen: Sie müssten das Leben leben lernen.

Das kam dem Jungen gelegen, denn er hatte gerade Hemingway entdeckt. Die *47 Stories* lagen irgendwo herum, er blätterte darin und war elektrisiert. An Hemingways Geschichten beschäftigten ihn vor allem die kurzen Unterhaltungen. Zum Beispiel die scheinbar banalen Sätze zwischen Vater und Sohn in der Erzählung *Im Indianerlager*. Und der eigenartige Ton, in dem die einfachsten, unwichtigsten Sätze gesagt wurden. Die Geschichte zwischen Jim Gilmore und Liz aus *Oben in Michigan* wirkte eigentlich langweilig im Vergleich zu den eher hochdramatischen Situationen oder einfühlsamen lyrischen Bildern, die ihn bisher gefesselt hatten. Zum ersten Mal nahm er wirklich wahr, was man »modern« nannte. Das ganz Selbstverständliche, Normale, Alltägliche wurde plötzlich nachdenkenswert. Der dramatische Augenblick, wenn Jim schließlich mit Liz geschlafen hatte und dann alles wieder zurückfiel in den absehbaren Alltag, das beeinflusste seine Lust am Nachdenken über das Leben. Von den Wortwechseln blieb vor allem einer aus *Im Indianerlager* haften. Der Sohn fragt den Vater: »Ist Sterben schwer?«, und der antwortet: »Nein, ich glaube, es ist ziemlich leicht, Nick. Es kommt darauf an.« Und der letzte Satz des Erzählers, dass der Sohn überzeugt davon sei, dass er niemals sterben würde, flößte ihm sogar das Glück eines Lebensgefühls ein, das nur darauf gewartet hatte, so etwas zu hören oder zu lesen.

Hemingways Geschichten trafen ihn mit einer Wucht, über deren Ursache er sich erst allmählich Rechenschaft ablegte. Es war in der Tat das Gegenteil zu dem hohen Ton der griechischen Tragödie und auch dem hohen Ton, in dem der Griechischlehrer über das Moderne und über Baudelaire gesprochen hatte. Die Aufführung von *Unsere kleine Stadt* war gefolgt, und seine Neigung zum Geheimnisvollen war auch dort befriedigt worden: Die eigentümliche Vergegenwärtigung jedes normalen Augenblicks und die Wiederholung der Lebenszeit der Toten gaben dem Alltäglichen eine neue Tiefe. Aber entscheidend war, dass das Stück im großen und ganzen das totale Gegenstück war zu allem anderen, das er vorher kennengelernt hatte. Nichts Großartiges ging vor sich, sondern etwas völlig Normales. Normaler als diese Leute konnte man nicht sein. Die Sprache bestand aus Wörtern ohne Phantasie, ohne die extremen Bilder, die er in den Komödien von

Shakespeare und Caldéron gelesen hatte. Es dämmerte ihm bald, dass der ehemalige Schüler – es war Jürg – *Unsere kleine Stadt* genau wegen dieses undramatischen Realismus ausgesucht hatte. Wenn Jürg in der Rolle des Spielleiters das Leben der kleinen Stadt kommentierte, dann war es so, als würde er sagen: »So ist es eben, auch heute, auch hier!« Jedenfalls begann er, den hohen Ton des Direktors und den hohen Ton, den andre an sich hatten, ziemlich nüchtern zu sehen. Das Stück war modern, und Jürg war modern. Die Wörter »modern« und »Moderne« wurden zu Kennworten, die den Ausschlag gaben.

Der neue Realismus des Lebens, den er bei Hemingway entdeckte, passte vollkommen zusammen mit dem vor Gelächter platzenden Heideggerassistenten. Dieser hatte meist ein Hemd an, das wie ein amerikanisches Holzfällerhemd gemustert war. Er kam auch manchmal in ihr Zimmer oder saß mit ihnen im Garten und hielt ihnen regelrechte Predigten über das reale Leben, das man durch alle Bildung hindurch erst noch entdecken müsse. Allmählich nannte der Philosophieassistent für diese Lebenslehre auch zwei Namen: Der eine war der Name Heidegger, und der andere war der des französischen Philosophen und Schriftstellers Jean-Paul Sartre, von dem man überall sprach. Was er von Heidegger sagte, war eigentlich ganz einfach, so schien es ihm jedenfalls. Irgendwie ging es um die Dinge selbst, nicht so sehr um die Menschen. Das hörte sich gut an, aber es ging ihm nicht wirklich nahe. Völlig anders war das im Falle Sartres. Wieso dieser neue Lehrer beide zusammendachte, abgesehen davon, dass er ihnen erzählte, dass Sartre von Heidegger gelernt habe, blieb ihm völlig dunkel. Denn Sartre, das war für ihn das Drama *Die Fliegen* und das Wort »Freiheit des Einzelnen«. Das hatte doch gar nichts mit den Dingen Heideggers zu tun.

Der junge Philosoph erklärte ihnen vor allem, was Existentialismus bedeutet. Er erklärte ihnen das mit so viel Feuer, so viel Leidenschaft, dass selbst Adrian davon gefangen wurde. Was die Existentialisten trieben, davon hatte er in der Heimatstadt etwas mitbekommen. Es gab dort ein sogenanntes Kellerlokal mit dem Namen »Tabu«. Dort spielte man die neue amerikanische Musik, Boogie-Woogie und den *Chattanooga Choo Choo*. Vor allem aber auch Jazz. Das Wort »Jazz« hatte früher in diesem Lande auf der Verbotsliste gestanden. Es gab einmal einen Schlager, an dessen Melodie und Worte er sich erinnerte, und der hieß »Heut' ist Negerjazz auf dem Alexanderplatz. Alle Leute bleiben stehen, um den Jazz zu sehen«. Das konnten nur Leute gesungen haben, die von nichts eine Ahnung hatten. Waren die Menschen in diesem Land früher wirklich so ahnungslos? Im »Tabu« tanzte man jetzt mit Kreppsohlenschuhen und kurzen Socken, die auffällig gemustert waren, und diese Leute wurden Existentialisten genannt. Natürlich wusste er, dass es vor allem um eine Philosophie aus Paris ging. Aber was für ein Lebensgefühl dahinter steckte, wusste er bisher nicht. Jetzt aber, als der philosophische neue Lehrer davon sprach, ging ihm zumindest ein Licht auf. Zum Beispiel die individuelle Freiheit. Die sei das, was dem Menschen immer bliebe und bleiben müsse. Philosophisch sei die zukünftige Zeit dadurch zu bestimmen, inwiefern die Freiheit jedes Einzelnen verwirklicht werden könne. Nichts hörte er lieber. Jeder habe immer die Möglichkeit, diese Freiheit zu wählen. Die Wahl selbst sei schon ein Ausdruck von Freiheit. Die Diskussion mit dem Ostberliner Schüler fiel ihm ein. Nach dessen Behauptung gab es ja so etwas wie die individuelle Entscheidung eines Einzelnen gar nicht. Das wäre erstens gar nicht möglich und zweitens auch gar nicht wünschenswert. Nun hörte er sogar von einer neuen Philosophie der Freiheit. Als er den Assistenten fragte, was denn sein Philosophieprofessor dazu sage, setzte dieser zu einer sehr langwierigen Antwort an. Es ging um das Sein, das Selbst und viele andere Begriffe, die er durcheinanderwirbelte. Zum Beispiel hatte Heidegger eine Theorie der Angst formuliert. Aber was hatte diese Angst mit der Freiheit Sartres zu tun? Sie saßen bei diesen Erklärungen häufig unter freiem Himmel im Garten, und der Philosoph war nicht gehalten, pädagogisch zu reden.

Entscheidend für ihn wurde Sartres Drama *Die Fliegen*, das es schon in deutscher Übersetzung gab. Er war von der ersten Szene an gefangengenommen. Plötzlich hatte sich sein Griechenland, wie es sich in der Schule in ihm als Bild entwickelt hatte, ins Unheimliche verwandelt. Zeus hieß Jupiter und war der Gott der Fliegen und des Todes. Seine Statue hatte weiße Augen und ein blutverschmiertes Gesicht. Das war das eine, die absolute Düsternis, die über den anziehenden Schrecken seiner Agamemnon-Erinnerungen weit hinausging. Das andere war die Sonne, die zitternde Luft. Eine Atmosphäre, die Tragik und Furcht ausdrückte. Und dann der Orest! Dieser sprach von Anfang an von einer Tat. Und davon, wie frei er sei. Er sei so frei, dass er nirgendwo hingehöre. Dieser Satz setzte sich in ihm fest. Er erkannte zwar, wie die alte griechische Geschichte von der Rache des Sohnes an der Mutter, die den Vater ermordet hatte, wiederholt wurde. Aber eben unter dem vollkommen neuen Gesichtspunkt der alles verändernden Tat. Die Tat selbst war es, nicht der Grund für sie, also die alte Geschichte.

Aber durch die alte Geschichte hindurch, so sah er ihn vor sich, ging Orest, vielleicht ähnlich modern angezogen wie der Orpheus im Film. Und trotzdem war alles antik an ihm. Das lag daran, dass er, wenn es darauf ankam, ganz einfache Sätze sprach, zum Beispiel in der Unterhaltung mit der Schwester Elektra. Das Einfache daran war anders einfach als in Hemingways Erzählungen, an die er wiederum dachte. Es ragte aus dem Alltäglichen heraus. Es hatte etwas Hohes. Auch die Beschreibung von Klytämnestra. Orestes' erste Reaktion auf ihr Äußeres, auf ihre toten Augen, wie er sagte, gehörte dazu. Wie alles Antike ins Moderne umgestülpt war und trotzdem antik blieb, hatte für sein Denken über die gegenwärtige Zeit eine aufregende und anregende Wirkung. Das Antike blieb erhalten. Die feindseligen Sätze der Elektra, dieser Hass, diese Worte des Hasses, diese Herabwürdigung der hohen Gestalten der Tragödie, des Vaters durch die Mutter, der Mutter durch Elektra selbst. Das war das eine. Aber es gab auch die anderen Sätze. Von Orest, dem großen Krieger, mit seinem Schicksal und seiner Jugend. Es gab noch immer das Schicksal der Atriden. Es gab noch immer die Angst. Wenn Elektra zu ihrem Bruder zum ersten Mal »Orest« sagt, hatte das einen pathetischen Klang, der aber schön war. Eine Mischung aus Schönheit und Schrecklichkeit. Elektra und Orestes waren schön. Selbst ihre blutige Tat änderte das nicht. Das hob sie heraus aus dem Alltäglichen der anderen Menschen, die nur litten. Ihre Einsamkeit und ihr Stolz waren der wichtigste Grund dafür, dass ihm das Drama so nahe ging. Sie zogen ihn als neue Gestalten der alten Mythologie an. Ja, das waren sie wohl. Noch immer war er glücklich, Spuren der griechischen Mythologie als Zeichen der Gegenwart zu entdecken. Griechische Mythologie und Existentialismus waren plötzlich für ihn dasselbe. Es war die Atmosphäre, die immer wieder beschrieben wurde bis zum grausam befreienden Ende. Die Örtlichkeit, auf der ein Bann lag, und die Wörter, vor allem des Orestes, die den Bann nicht fürchteten. Aber wäre der philosophische Lehrer mit dem Kinnbart nicht gewesen, hätte er die *Fliegen* gar nicht gelesen und auch nicht die Kraft einer Wahrheit für die Gegenwart empfunden. Denn der philosophische Lehrer führte ihnen mit allem, was und wie er es sagte, eine Unabhängigkeit des Denkens vor, die selbst der Griechischlehrer nicht an sich hatte. Denn auch dieser bezog sich immer nur auf Bücher, nicht aber auf das, was sie im Leben bedeuten könnten. Die übrigen, vor allem die Latein- und Griechischlehrer, waren sowieso ausschließlich gelehrte

Menschen, die sich für das Leben nicht interessierten. Jedenfalls sprachen sie nicht darüber. Doch, der Direktor sprach vom Leben. Aber in einer besonderen, pädagogischen Weise, die ihm immer unsympathischer wurde. Als ob es ein Gesetz zu erfüllen gäbe. Das grenzte schon an die Selbstbestrafung der Kommunisten. Das Objektive sei wichtiger als das Subjektive. Der junge Philosoph aber überraschte sie immer wieder aufs neue und verführte sie dazu, alles, was ihnen von nun an geboten wurde, an dieser Überraschung zu messen. Dabei kam er auch auf die Liebe zu sprechen. Liebe hieß, den Körper der Frauen zu genießen. Der junge Lehrer wusste genau, dass keiner von ihnen bisher einem Mädchen zu nahe gekommen war. Seine Erziehungsreden, die sich immer mehr auf dieses Thema konzentrierten, wurden von ihnen mit ungläubigem Staunen aufgenommen. Er sagte immer wieder, man müsse die Liebe ganz physisch kennenlernen, am besten im Bordell. Diese verliebte Vorstellung von einem anmutigen Mädchen, ohne dass daraus etwas würde, das sei ganz schlecht für den Charakter. Das stachele die Phantasie zu falschen Vorstellungen an, die sich festsetzten. Der Philosoph hatte recht: Das war ja genau das, was er selbst schon seit Jahren machte: sich Frauen vorstellen, ohne jede Annäherung. Liebe war etwas Physisches. Gerade das Poetische an der Liebe war physisch. Das war ihm längst schon an den mythologischen Geschichten Ovids aufgefallen. Es ging so weit, dass die Begierde der Götter nach Menschenfrauen oder weiblichen Wesen jeder Art eigentlich immer auf Vergewaltigung hinauslief. Das wurde aber nicht etwa angeprangert. Nein, in die Gewalttat mischte sich etwas Poetisches. Weil es Götter waren? Es war jedenfalls das Gegenteil des Poetischen von *Minnesangs Frühling*, wo die verliebten Männer nur Sehnsüchte ausdrückten.

Eines Tages erzählte der Philosoph ihnen eine ganz unglaubliche Geschichte von sich und einer Pariser Hure. Sie sei eine wunderschöne und intelligente Frau gewesen, und deshalb habe er sich immer wieder mit ihr getroffen. Diese Hure sei auf den Einfall gekommen, ihn am Schwanz hinter sich herzuziehen durch die kleine Straße bis in ihre Wohnung. Das sei die wahre Liebe. Der Junge war zutiefst beeindruckt.

Er selbst hatte es nie gewagt, während der Ferien die Bordellstraße im alten Zentrum seiner Vaterstadt auch nur zu betreten. Den Namen dieser Straße kannte jeder. Er war immer wieder an ihren Eingang gegangen, von dem aus man die Frauen gut sehen konnte. Die Jüngeren standen in kurzen Hosen und Büstenhalter rauchend auf der Straße. Die Älteren hingen aus dem Fenster, ihre schweren Brüste entweder ganz oder halb entblößt auf dem Fensterbrett oder in kleinen Blumentöpfen. Die Älteren sahen eigentlich aus wie müde Arbeiterinnen oder Putzfrauen, keine Spur von Erotik. Er hatte seine erotischen Vorstellungen von Prostituierten bisher nur durch Bücher bilden können. Da war die wunderbare Erzählung von Flaubert namens *Novembre*, die er als Taschenbuch besaß. Auf dem Umschlag war das Bild eines gefühlvoll kühlen Mädchens zu sehen. Der Anblick der im rheinischen Tonfall daherredenden Frauen dagegen war für die Erwartung, die er aus *Novembre* hatte, eine Desillusion. Unmöglich, zu einer solchen Frau auf ihr Zimmer zu gehen. Und auch die Jüngeren auf der Straße hatten eine Art zu reden, die ihn endgültig abschreckte, das zu tun, was er sich fest vorgenommen hatte, nämlich endgültig die Angst davor zu überwinden und eine nackte Frau im Bett zu haben. Die Lust danach, die immer stärker geworden war, konnte so nicht befriedigt werden. Jedenfalls nicht in dieser Straße. Er musste sich etwas anderes ausdenken, wenn es denn kein Mädchen von der Schule sein konnte.

Die Geschichte von der jungen Hure und dem Philosophen in der kleinen Pariser Straße blieb ihm vor Augen. Sie wurde ein Ansporn, so etwas auch zu erleben. Die ganze Idee von der sinnlichen Liebe wurde noch mehr aufgestachelt, als er und Adrian den Philosphen unten in der Universitätsstadt besuchten. Er hatte sie eingeladen, um mit ihnen weiter über die Existentialisten in Paris zu reden. Als sie in die unverschlossene Wohnung kamen, saß er im Bett mit zwei nackten Frauen, die ihre vollen Brüste frei über der Bettdecke ausgelegt hatten. Was für ein Anblick! Ihm verschlug es den Atem. Ohne Hemmung und Scham stellte der Philosophieassistent beide Frauen mit ihrem Vornamen vor. Waren das Huren? Nackt wie er war, begann der junge Lehrer über Heidegger zu sprechen. Er zeigte ihnen seine Übersetzung der *Holzwege*. In dem Wort steckte ja auch ein ganz sinnliches Bild. Der Lehrer erklärte ihnen den deutschen Titel, indem er die vorgesetzte Bemerkung Heideggers vorlas. Und dann erklärte er ihnen die Schwierigkeiten, ein solches Buch zu übersetzen. Chemin forestier. Schon das Wort »Holzwege« verlöre in der üblichen französischen Übersetzung seinen eigentlichen Sinn: nämlich was es bedeutet, auf einem Holzweg im Wald zu sein. Er habe den deutschen Titel deshalb mit dem Satz übersetzt »Chemins qui ne mènent nulle part«. Und diese Schwierigkeit gelte auch für eine ganze Reihe anderer Wörter und Begriffe. Der Philosoph zog sich später an, während die beiden Frauen in aller Ruhe weiter wortlos im Bett liegen blieben. Der Philosoph hatte tatsächlich einen mächtigen Schwanz und gutgeformte Hoden. Das konnte man gar nicht übersehen. Es wäre lächerlich gewesen, etwa wegzusehen. Im Café um die Ecke gab es keine weitere Bemerkung darüber, wer die Frauen seien. Der Junge dachte aber, wie unvorhersehbar und farbig das Leben sei. Man müsse nur Mut dazu haben. Hätte er den Mut dazu? Dieser junge Philosoph und die beiden nackten Frauen in seinem Bett waren ein Zeichen. Auch ein Zeichen des Existentialismus.

Irgendwie hatte sich in der Schule herumgesprochen, worüber sie mit dem Philosophen redeten. Auch die Geschichte mit den beiden Frauen im Bett machte die Runde. Jedenfalls verabschiedete sich der Philosoph eines Tages von ihnen auf eine Weise, dass sie glauben mussten, ihm wäre vom Schuldirektor die weitere Unterrichtung untersagt worden. Das Verschwinden dieses prophetischen Menschen war wie das Erblicken eines leeren Raums. Das reizte seinen Widerspruch zum Internatsleben. Sein Ausscheiden aus dem Chor und der Zusammenstoß mit dem Referendar waren das eine. Das andere war, dass sich sein immer schon schwieriges Verhältnis zu dem Schuldirektor und dessen Pädagogik verschärfte.

Der Schuldirektor hatte eine Reihe Schüler der beiden oberen Klassen, die er für interessiert hielt, eingeladen, einmal in der Woche in seinem Studierzimmer in dem uralten Bauernhaus unterhalb des Internatsgebäudes zusammenzukommen, um gemeinsam Platon zu lesen. Natürlich auf Griechisch. Der Junge war auch eingeladen, ging aber nicht hin. Das einzige Mal, dass er den Direktor über Platon hatte reden hören, hatte ihm ja nicht gefallen. Der Direktor hatte so getan, als ob seine eigene Art zu diskutieren letztlich unwiderlegbar sei, weil er sich der platonischen Methode bediene. Er benutzte das Wort »Dialektik«. Der Junge misstraute der Behauptung, eine Beweisführung könne unbestritten zu Ende gehen, wenn jeder einzelne Schritt logisch geprüft würde. Dagegen erhob sich der Einwand, es gebe ja auch plötzliche Einfälle, die ohne solche Vorbereitung gedanklich weiterführten. Mehr aber noch störte ihn die hochmütig wirkende Art des Direktors. Dessen Sprache selbst schon störte ihn. Er hatte keine Lust, sich das anzuhören. Seit den Reden und Gesprächen über die Existentialisten war ihm dieser hohe Tonfall des Direktors regelrecht zuwider. Alex und auch Adrian gingen manchmal hin, Feo war immer da. Doch, es sei interessant, berichtete Alex, und er war sich mit einem Male unsicher, ob er denn nicht doch etwas verpasse. Eine positive Entscheidung wurde ihm aber durch einen weiteren Vorfall unmöglich gemacht.

Er hatte sich bei einem Schüler der Klasse unter ihm den Roman *Die Haut* des italienischen Schriftstellers Malaparte ausgeliehen. Das war eine ähnlich spannende geistige Erfahrung wie das Thema des Existentialismus. Nachdem er das Buch zurückgegeben hatte, behauptete sein Besitzer, es fehle eine bestimmte Seite. Und zwar die Seite, auf der geschildert wird, wie auf einer Straße Neapels amerikanische Negersoldaten italienischen Prostituierten unter den Rock fassen und diese es sich gerne gefallen lassen. Diese Seite sei verschwunden, und er, der letzte, der das Buch gelesen habe, habe diese Seite offenbar aus besonderem Interesse für sich herausgelöst. Er wurde zum Direktor bestellt. Statt über Platon zu reden, forderte dieser ihn auf, doch zu bekennen, dass er diese besondere Seite herausgerissen habe. Nachdem er verneinte, erwiderte der Direktor, er solle darüber nachdenken. Fortan solle er jede Woche einmal zu ihm in sein Denkzimmer kommen und die Frage erneut beantworten.

Das gab den letzten Anstoß. Unter diesen Umständen war es für ihn ganz ausgeschlossen, an den Platongesprächen teilzunehmen. Es machte ihm sogar eine gewisse Freude, jede Woche einmal das Studierzimmer des Direktors zu betreten, nur um zu sagen, dass er die Seite nicht rausgerissen habe. Wenn er dann dem Direktor frei ins Gesicht sah, empfand er wieder die alte Anziehung. Von Augen und Mund ging eine gleichzeitig so beunruhigende wie beruhigende Wirkung aus. Beunruhigend wegen des forschenden, suchenden Ausdrucks. Nicht nur nach einem Geheimnis, sondern überhaupt nach allen Geheimnissen. Beruhigend wegen des absolut seiner selbst sicheren Benehmens. Es war ein außerordentlicher Mann, das wurde ihm wieder klar. Aber er blieb bei seiner inneren Ablehnung und ihren Gründen.

Natürlich sprach er darüber mit seinen Klassenkameraden. Es wäre doch irgendwie verständlich, dass er die Hurenseite aus *Die Haut* nach den Existentialistengesprächen so interessant gefunden hätte. Er solle es doch zugeben. Das war nicht böse gemeint, sondern kameradschaftlich. Manche Mitschüler redeten genauso wie der Direktor. Es war abstoßend für ihn. In ihm wuchs eine Verachtung gegenüber diesem immer mit sich einverstandenen Mann. Die ursprüngliche Bewunderung, die er gerade für den hohen Tonfall so lange gehabt hatte, verkehrte sich in ihr Gegenteil. Daran änderte auch das gedankenvoll tiefe Gesicht nichts. Es war aus. Aus mit Platon, aus mit den Schulgesetzen, aus mit den feinen Mitschülern, die immer an ihrem Ring drehten. Er redete darüber mit dem Griechischlehrer und der Witwe. Sie vor allem war ganz auf seiner Seite, obwohl sie mit dem Schuldirektor und seiner Frau eine Freundschaft verband. Sie verstand seine kalte Wut. Noch bevor das Trimester zu Ende ging und die Versetzung in die Oberprima bevorstand, sagte ihm der Direktor, er brauche nicht mehr in seine Studierstube zu kommen. Er ahnte nicht, dass es das letzte Mal war, dass er mit dem Schuldirektor alleine gesprochen hatte.

Es begann eine Zeit der Erwartung und der großen Veränderung. Das betraf vor allem sein Verhältnis zu Adrian. Sie beide hatten sich angefreundet mit einem neuangekommenen Schüler. Er hieß Siegfried, sie nannten ihn aber Krümel. Nicht nur, weil er das Gegenteil von jedem Siegfried war, eher klein, dunkel und witzig, sondern weil das Wort »Krümel« so etwas wie die Verballhornung seines Familiennamens darstellte. Krümel war sich einig mit ihnen, dem edlen Gehabe mancher Schüler und Lehrer, den Schulgesetzen und vor allem dem Direktor nicht zustimmen zu können. Der Existentialismus breitete sich allmählich auch auf sein Verständnis der neuen amerikanischen Literatur aus, die er zu lesen begann. Vor allem die Kurzgeschichten William Saroyans. Obwohl der optimistische Inhalt nicht seinem Lebensgefühl entsprach, mochte er den einfachen Tonfall. Mehr noch aber liebte er Thomas Wolfe. Thomas Wolfes *Vom Tod zum Morgen* verschlang er. Es wurde neben Hemingways Erzählungen sein Lieblingsbuch. Auch *Wem die Stunde schlägt* wurde wichtig, wegen der beiden zentralen Themen: des Kommunismus und der Liebe. Aber die Sprache von *Oben in Michigan* gefiel ihm besser.

Wenn sie den jungen Philosophieassistenten in der Stadt besuchten, kam der wieder auf Sartre und Heidegger zu sprechen. Er redete über einen Spruch von Anaximander, einem Philosophen vor Platon. Diesen Satz hatte Heidegger an den Anfang des letzten Kapitels von *Holzwege* gestellt. Der Satz wurde von Heidegger in zwei Übersetzungen zitiert, einmal der von Friedrich Nietzsche und einmal der eines namhaften Philologen, Hermann Diels. Der Satz lautete in der Übersetzung Nietzsches: »Woher die Dinge ihre Entstehung haben, dahin müssen sie auch zugrunde gehen, nach der Notwendigkeit; denn sie müssen Buße zahlen und für ihre Ungerechtigkeit gerichtet werden, gemäß der Ordnung der Zeit.« Er war nicht besonders beeindruckt. Aber die Tatsache, dass sie das auch auf Griechisch lasen und der Satz dann eine dunkle Wahrheit ausstrahlte, beflügelte doch sein Interesse. Er merkte auch, dass er mehr in eine eigene Spekulation über die von dem ihm bis dahin unbekannten Anaximander gebrauchten Wörter verfiel, als dem zu folgen, was der Prophet dazu sagte. Dieser las mit ihnen natürlich nicht das ganze Kapitel, sondern benutzte es nur, um in möglichst einfacher, verständlicher Form Heideggers Verständnis des Satzes zu erklären. Es ging meist aber über das hinaus, was er verstehen konnte. Am anziehendsten war die Übersetzung einzelner griechischer Sätze, in denen vom Seienden die Rede war. Das übersetzte er sich selbst noch einmal in seinen eigenen Existentialismus. Er hatte nach wie vor die Vorstellung im Kopf, dass der Existentialismus und die Existentialisten nicht nur das Selbst gegen die Welt durchsetzten, dass Freiheit Stolz des Einzelnen heiße, sondern dass sie den Dingen näher seien, allen Dingen. Dinge aber wiederum hatten eine mythische Einfachheit.

Er war auf den Einfall gekommen, keine Schuhe zu tragen, sondern Sandalen ohne Strümpfe. Das schien ihm der Erde näher, und es sah auch irgendwie antik aus. Es entsprach auch keiner der gegenwärtigen Schuhformen. Außerdem war heißer Sommer. Adrian und Krümel sagte er von seinen inneren Bildern noch immer nichts. Er wusste genau, dass sie dafür zu praktisch dachten und ihn wahrscheinlich noch immer als idealistisch verspotten würden. Krümel hatte eine besonders feindselige Art allen Schulordnungen gegenüber angenommen. Sie sprachen über die hohe Art des Direktors, des ersten Helfers und dessen Freunden. Besonders darüber, dass diese keine Ahnung davon hätten, was in Menschen alles verborgen vorginge. Es blieben ja in jedem Gefühle verborgen, die allem widersprächen, was an Gesetzlichkeit und Moral offiziell verlangt und behauptet würde und von dem alle Wahrheiten der Schule abgeleitet würden.

Krümel las zu dieser Zeit die gerade bekannt gewordenen Bücher von Franz Kafka. Es stellte sich heraus, dass er selbst auch Geschichten schrieb, wobei Kafka sein Vorbild war. Er zeigte diese Geschichten aber keinem. Auf seinem Bücherbord standen schon zwei weitere neue Kafkabücher. Die habe er, ohne zu bezahlen, aus der guten Buchhandlung unten in der Stadt geholt. Gestohlen?, fragte er Krümel, um ganz sicher zu sein. Ja, gestohlen. Das sei ganz einfach, man müsse nur die Nerven behalten. Er solle mal mitkommen. Krümel – das gehörte zu seiner Taktik, unauffällig zu sein – trug ein weißes Hemd, keine Jacke, keine Tasche. So streiften sie für eine Weile zwischen den Bücherregalen und -tischen herum, jeder für sich alleine. Als sie wieder draußen waren, holte Krümel einen neuen Kafkaband aus seinem aufgeknöpften Hemd hervor, wie ein Zauberer. Er selbst fand das zwar beeindruckend, aber auch beunruhigend und fremd. Krümel war ein

Krimineller geworden, ohne dass ihre Freundschaft darunter litt. Immerhin benahm er sich so, wie die meisten anderen Jungen sich nie benehmen würden. Und das war viel, wenn auch auf Kosten des Gesetzes.

Adrian äußerte sich nicht direkt zu Krümels Diebstählen. Wenn er Kritik andeutete, war es nicht die Moral, sondern die Vernunft, die sprach. Vielleicht aber auch beides zusammen. Das hatte sich ja schon gezeigt, als Adrian zum Helfer des Schülergerichts gewählt worden war. Da galt es, nach Kriterien der Gerechtigkeit, nicht mit Gefühl, über Mitschüler zu befinden. Man durfte an diesen Verhandlungen teilnehmen, auch wenn man nicht selbst beteiligt war. Sie waren öffentlich. Dem Jungen gingen Adrians ernste Miene und ausgezeichnete Rede sofort gegen den Strich. Man bekam eigentlich das Gegenteil von dem zu hören, was sie bisher gedacht und miteinander besprochen hatten. Adrian war plötzlich der Anwalt des Schulgesetzes, der den subjektiven Faktor, warum und wie jemand etwas Gesetzwidriges gemacht hatte, ganz klein schrieb, und den Gesetzesbruch als solchen ganz groß. Er schien geradezu eine Freude daran zu haben, Recht sprechen zu dürfen. Wie ein autoritärer Richter saß er da und verkündete mit unverhohlener Eitelkeit und einem ausgeprägten Willen zur Ordnung, was er für Recht hielt. Krümel kam nicht vor seinen Richterstuhl.

Als er selbst vor Adrians Gericht zu erscheinen hatte, wurde ihm dessen Gehabe wirklich zuwider. Der Grund dafür, dass er als Angeklagter dastand, war der Zusammenstoß mit einem neuangekommenen Schüler seiner Klasse. Das war ein pikfeiner Junge in Knickerbockern aus Bremen, Kaffeeimport. Lutz-Melchior bekam im Unterschied zu den meisten fast jede Woche ein Päckchen mit besonders feinen Sachen zu essen, die er vom Schulpostamt ängstlich in sein Zimmer trug und möglichst unbeobachtet aufaß. Als ihm Lutz-Melchior wieder einmal mit einem Päckchen, diesmal war es ein Körbchen mit

Erdbeeren, auf seinem Wege durch den Gartenhof begegnete, verwickelte er ihn in ein Gespräch über den süßen Inhalt des Päckchens. Sein Besitzer, ängstlich und empört zugleich, drohte sofort mit einem Hauserwachsenen. Du willst mit einer Anzeige drohen? Er verpasste ihm einen Stoß, und als der Erdbeerjunge noch förmlicher drohte, einen zweiten, und dabei fiel das Erdbeerkörbchen auf den Boden, und alle Erdbeeren lagen rundherum zerstreut. Er schlug dem fassungslos Dastehenden vor, die Erdbeeren einzusammeln und gemeinsam zu verspeisen. Am nächsten Tag teilte ihm Adrian mit, er habe sich vor dem Schülergericht zu verantworten. Immerhin war die Petze nicht zu einem Hauserwachsenen gelaufen. Die Gerichtsverhandlung verlief so, wie es Adrians Willen entsprach: Der Kläger erhielt Recht, über die Gründe, warum der Junge den anderen gestoßen hatte, wurde kein Wort verloren. Die Strafe lautete, dass er am nächsten Sonntag früh morgens, wenn alle anderen noch schliefen, mit einem anderen Bestraften auf dem Leiterwagen die Milchkannen aus dem Dorf holen musste. Dieser Zwischenfall hatte nicht zur Folge, dass Adrian und er ihre Freundschaft beendeten, im Gegenteil, eine höhere Stufe der Freundschaft wurde angestrebt. Sie wussten inzwischen, dass es große Unterschiede in ihrem Denken gab. Adrians Verhalten imponierte ihm in gewisser Weise sogar. Er bewunderte seine Sachlichkeit. Wahrscheinlich fand Adrian das pikfeine Benehmen des Bremers genauso lächerlich wie er. Adrians Lust am Unerlaubten, Fremden hätte vielleicht auch das Erdbeerkörbchen nicht geschont. Vor allem das, was ihn so herausgefordert hatte, was ihm ehrpusselig vorkam, hätte Adrian auch herausfordern können. Aber bei Adrian hatte das nicht zur Folge, die Gesetze zu vergessen. Seine Fähigkeit, unabhängig von persönlichen Emotionen eine Sache zu analysieren, das imponierte ihm. Bei ihm selbst war ja bei jeder Erkenntnis die Emotion mit im Spiel. Er glaubte auch weiterhin, dass solche Emotionen gerade auch beim Erkennen von etwas eine entscheidende Rolle spielen würden. Aber der Respekt für Adrian war groß.

Der Respekt wuchs sogar noch. Adrian hatte seit einiger Zeit eine geheimnisvolle Miene aufgesetzt. So geheimnisvoll, dass er ihn fragte, was eigentlich los sei. Daraufhin ging Adrian mit ihm in sein Zimmer und wies mit der Hand auf ein dickes dunkelrot gebundenes Buch. Es war von Dostojewski, und sein Titel hieß *Der Idiot.* Er selbst hatte bisher noch nichts von Dostojewski gelesen und kannte nur zwei seiner Romane dem Namen nach, *Schuld und Sühne* und *Die Brüder Karamasow.* Von *Schuld und Sühne* kannte er allerdings das Thema, das ihn schon immer sehr gefesselt hatte: dass jemand ohne eigentlichen Grund einen Mord begeht, sozusagen als philosophisch-psychologisches Experiment, das war von erregender Amoralität. Aber eben eine Amoralität, die den einzelnen, der dies vollbringt, von allen anderen unterscheidet. Die Isolation dieses Täters von allen Moralgesetzen faszinierte ihn. Adrian dagegen hatte bei Dostojewski eine andere Entdeckung gemacht. Adrian tat so, als ob man ohne tieferes Verständnis dieses Romans und dieses Fürsten Myschkin kein wirklich geistiger Mensch werden könne.

Er war gerade dabei, den schwierigen schönen letzten Monolog des Oberon in seinem Zimmer zu üben – eine Woche vor der Aufführung des *Sommernachtstraums* und ihrer Versetzung in die Oberprima im Juli 52 –, da öffnete sich nach kurzem Klopfen die Tür und Adrian trat zusammen mit Krümel ins Zimmer. Etwas herablassend nahmen sie sein Rollenspiel wahr, dessen letzte Worte sie mitbekommen hatten. Sie übergaben ihm einen Brief. Den solle er am nächsten Morgen der Regisseurin geben, sobald sie hinter der Grenze nach Frankreich seien. Ja, sie würden per Anhalter nach Paris fahren und dort ins Bordell gehen. Adrian und Krümel machten sogar einen Versuch, ihn zum Mitkommen zu bewegen. Sie sahen darin, das spürte er deutlich, einen existentialistischen Akt, die wahre Probe aufs Exempel. Krümel hatte sich innerlich sowieso längst abgewandt vom Schulbetrieb. Aber auch Adrian war offenbar dabei, die Schulordnung zu brechen, zumal das in keinem Widerspruch zu seiner Dostojewskineigung stand. Würde er selbst mitfahren? Er geriet tatsächlich von einer Minute zur anderen in einen ernsten Konflikt. Nach allem, was sie seit einem Jahr gedacht und geredet und gelebt hatten, war der Gedanke eines solchen Bruchs der Schuldordnung eigentlich die richtige Konsequenz. Es war ja gar nicht gesagt, dass sie nach drei Tagen nicht wiederkämen. Ohnehin lag ein Wochenende vor ihnen, also handelte es sich eigentlich nur um eine unerlaubte Entfernung von der Schule.

Es war letztlich die Oberonrolle, die ihn nicht mitfahren ließ. Nach dem Skandal mit dem Chor war ein weiterer Zwischenfall solcher Art undenkbar. Es hatte auch mit der Regisseurin zu tun, die beim *Sommernachtstraum* wieder dabei war. Sein plötzliches Verschwinden würde die ganze Aufführung in Gefahr bringen. Es wäre rücksichtslos gegenüber den anderen Mitspielern. Er dachte vor allem an den Puck, der von Uli, dem jüngeren Bruder Konrads, gespielt wurde, mit dem er zusammen in einem Zimmer wohnte und den er wegen seines raschen Witzes und seiner Klugheit besonders gerne hatte. Nein, es war ausgeschlossen, dass er mitfuhr.

So übergaben ihm Adrian und Krümel kühl den geschlossenen Brief und verschwanden. Am Montag gab es dann abermals eine jener Schulversammlungen, bei der der Direktor eine jener moralischen Ansprachen hielt, die ihn am Anfang so beeindruckt hatten. Es konnte keine Rede davon sein, dass Adrian und Krümel wiederkommen durften. Sie wurden in einer Art Bannfluch aus der Schulgemeinschaft verstoßen. Auch er selbst wurde dabei namentlich erwähnt, weil er zu dieser Clique von Unreifen gehöre, die sich von falscher Literatur verführen ließen. Alle Untaten wurden minutiös aufgeführt. Aber damit sei nun ein für allemal Schluss.

So geschah es. Adrian und Krümel kamen eine Woche später nur noch vorbei, um ihre Koffer zu holen. Adrian wechselte in die Oberprima des Gymnasiums der Universitätsstadt. Krümel improvisierte. Ob sie tatsächlich im Bordell gelandet waren? Mit Adrian und Krümel hatte er seine nächsten Vertrauten verloren. Er spürte eine große Isolation. Der *Sommernachtstraum* war das Ende seines Glücks auf der Schule. Der neue Griechischlehrer, mit dem ihn eine tiefe wechselseitige Abneigung verband, sagte schon nach der zweiten Stunde, er könne dem Unterricht fernbleiben, wenn er Lust dazu verspüre. Offenbar leistete sich dieser die vor der ganzen Klasse ausgesprochene Zurückweisung, weil er bisher immer mit die besten Noten hatte und das Risiko eines Leistungsabfalls gering sein würde. Der neue Lehrer hatte ihm ja nicht verboten, anwesend zu sein, sondern nur nahegelegt, es nicht zu sein. Er blieb tatsächlich einen Monat dem Griechischunterricht fern. Dann kam es heraus, und er wurde von dem um ihn besorgten Geschichts- und Deutschlehrer aufgefordert, sofort wieder teilzunehmen. Der neue Griechischlehrer kannte schon das Schuldkonto des Jungen. Er hätte längst hinausfliegen müssen, sagte er ihm persönlich ins Gesicht, als er wieder am Unterricht teilnahm. Er versuchte mit allen Mitteln, sein Selbstbewusstsein anzuknacksen. Ihre gegenseitige Abneigung kannte keine Grenzen. Es hatte etwas von einer grausamen Verfolgungsjagd. Als er schließlich zur Empörung des Direktors, aber mit großer Zustimmung von dessen Frau den modernen Herodes im altehrwürdigen Weihnachtsspiel gespielt hatte und auch der ernste Geschichtslehrer Bedenken äußerte, war der einzige Lichtblick vor dem Abitur im Frühjahr 53 wieder die Witwe des 20.-Juli-Verschwörers. Sie schenkte ihm direkt nach dem umstrittenen Herodesauftritt ein Buch des spanischen Philosophen Ortega y Gasset mit dem Titel *Über die Liebe*. Sie hatte sich vom Urteil des immer ernster gewordenen Geschichtslehrers und des noch ernster sich gebenden Direktors nicht beeinflussen lassen. Sie hatte etwas sehr Freies, das spürte er jedes Mal, sie stand über eingefleischten Überzeugungen. Wie sie lachen konnte! Das Lachen eines, wie er fand, ganz unabhängigen Menschen. Nur der alte Griechischlehrer und der Prophet mit dem Kinnbart hatten eine ähnliche unabhängige Art des Denkens und Redens.

Drei Monate später machten sie zu siebt das Abitur: Feo, Eberhard, Alex, Martin, Mopsi, Jophi und er. Jophi war im letzten Jahr dazugekommen. Er war, wie Adrian, aus disziplinarischen Gründen aus seiner Schule herausgeflogen und nahm jetzt sozusagen Adrians Platz ein. Auch als neuer Freund, obwohl er ungeheuer wohlerzogen wirkte. Trotzdem ein wagemutiger Typ, leichten Herzens und glänzend in den Naturwissenschaften. Er wollte Architektur studieren und ein wirklich künstlerischer Baumeister werden. Jophi konnte Adrian nicht ersetzen, aber doch etwas vergessen machen. Adrian hatte schon eine Woche früher in seinem neuen Gymnasium unten in der Universitätsstadt das Abitur hinter sich gebracht. Er selbst schrieb fast widerwillig den Deutschaufsatz, den die zentrale Schulbehörde gestellt hatte. Ein irgendwie banales Thema über Goethes *Faust*, ein Besinnungsthema der alten Sorte, aber die beiden anderen nichtliterarischen Themen waren es noch mehr. Er erhielt 18 Punkte dafür und den Scheffel-Preis. Mit dem Namen des Verfassers des *Trompeters von Säckingen* zeichneten die badischen Schulbehörden den jeweils besten Aufsatz aus, sofern er die Note »gut« überstieg.

Von heute auf morgen veränderte sich sein Leben, als er die Schule für immer verlassen hatte. Die Universität Köln war anders, als er erwartet hatte. Oder lag das wieder nur an ihm und seiner Stimmung? Plötzlich gab es nicht mehr die altgriechische Landschaft, nicht mehr den symmetrischen Garten, nicht mehr das alte Haupthaus mit seinen römischen Säulen und den Zimmern mit der holzgetäfelten Decke. Darauf war er nicht vorbereitet. Das neue Haus des Vaters – es war ein altes Haus, das der Vater kürzlich gekauft hatte, von dem der Junge jetzt, einen Monat nach dem Abitur, täglich in die Universität fuhr – war zwar geräumig, auch sehr altmodisch, ganz nach seinem Geschmack. Es lag aber nicht im Süden der Stadt, woher die Familie kam und wo die im Krieg zerstörten Häuser der Urgroßmutter und des Großonkels gelegen hatten. Es lag im Norden am Botanischen Garten, eine Gegend, die er nicht mochte. Sein eigenes Zimmer hatte er mit modernen Kunstplakaten tapeziert, aber eine große Leere hatte sich um ihn ausgebreitet. Dagegen half auch nicht, dass er die alte Büchse mit den Granatsplittern in eines der Bücherregale stellte. Er hatte sie vor Jahren in der Wohnung der Mutter gelassen und fast vergessen. Die Granatsplitter waren jetzt nur noch ein seltsames Überbleibsel aus einer vergangenen Zeit, ohne ihre alte Wirkung auf ihn. Trotzdem wollte er sie behalten. Immerhin hatten sie noch immer eine Bedeutung für ihn und wirkten wie eine Art Aufforderung, etwas Ähnliches, Gleichwertiges zu finden.

Er kannte keinen Gleichaltrigen in der Stadt. Das hatte sich in den vielen Ferien der sechs Jahre, in denen er im Internat gewesen war, nie ergeben. Der Wunsch, in Heidelberg zu studieren, wo jetzt Adrian und Krümel in einer Wohnung hausten, der eine als Student der Politologie und Nationalökonomie, der andere als Abiturient, dieser Wunsch hatte sich vorerst nicht erfüllt. Der Vater hatte ein striktes Veto eingelegt, weil er fürchtete, die Freundschaft zwischen ihm und diesen beiden Freunden wirke sich ungünstig auf seine weitere Entwicklung aus. So lange er vom Geld des Vaters abhängig war – staatliche Unterstützung konnte er nicht erwarten und sein Studiengeld von zirka 250 Mark im Monat konnte oder wollte er selbst nicht erarbeiten –, so lange blieb ihm nichts anderes übrig, als nicht gegen den Wunsch des Vaters zu handeln. Es war nicht ausgemacht, an der Heimatuniversität zu bleiben. Es standen schon andere Namen auf dem Programm. Aber Heidelberg durfte es nicht sein.

Warum die Kölner Universität ihm nicht behagte, hatte vielfältige Gründe. Er war mit der Selbstsicherheit der alten Schule hinter sich in die Hörsäle für Geschichte, Philosophie und Germanistik gegangen. Dort traf er auf gleichaltrige Erst- und Zweitsemestrige, von denen einige das große Wort schwangen, zu diesem oder jenem Thema. Besonders einer fiel ihm auf, der sehr überlegen und ziemlich unverständlich über Jean-Paul Sartre redete. Der Großsprecher hatte alle einschlägigen Vokabeln zur Verfügung. Dagegen konnte er selbst, mit seiner etwas verträumten, äußerst subjektiven Lesart, nicht an. Da half ihm auch nicht die Erinnerung an die Gespräche mit dem Assistenten von Heidegger. Es war nicht so, dass er nichts zu sagen gewusst hätte. Aber diese informierte Rederei eines Studenten, der gerade wie er an einem humanistischen Gymnasium der Vaterstadt Abitur gemacht hatte, setzte ihn schachmatt. War es auch die großstädtische Mundfertigkeit, das Balancieren mit allen Termini, die er nicht gewohnt war? Ein zündendes Wort folgte dem anderen. Es war keine Charakteristik Sartres, nicht einmal eine Analyse irgendeines Satzes oder Stücks. Es war ganz einfach eine Riesenkenntnis von allem. Als er hörte, dass dieser Sartre-Kenner gelegentlich schon für das Feuilleton der wichtigsten hiesigen Zeitung schrieb, gab er alle Hoffnung auf, hier bald eine Rolle spielen zu können, die seiner würdig gewesen wäre.

Auch die andere Begegnung der ersten Tage war einschüchternd. Er wurde in der Mensa plötzlich von einem jungen Mann mit Baskenmütze, rotem Schal und über die Schultern geworfenem Regenmantel angesprochen und gefragt, was er so mache. Auf seine zögernde Antwort, er wisse es noch nicht genau, sagte der Student mit der Baskenmütze, er heiße Jürgen Becker und studiere Theaterwissenschaften. Das war nach dem Sartre-Reinfall immerhin eine zweite Möglichkeit, Anschluss zu finden. Aber dann tauchte eine auffällig modische junge Frau auf, die keine Studentin mehr zu sein schien, hakte sich bei dem Theaterstudenten ein und zog ihn mit sich fort. Er ging tatsächlich, wie abgemacht, in das nächste Seminar des bekannten Professors für Theaterwissenschaften, wo es um alte Masken ging. Alle waren höhere Semester als er, kannten sich gut, redeten viel, und der Professor mitten unter ihnen. Was sollte er da? Maskengeschichte war nicht das, was er hören wollte. Es war wieder das ihm fremde, bedrückende Milieu. Zwar Theater, aber ohne Laurence Olivier als Heinrich V. Nichts Erhabenes, nichts Erhebendes.

Zu diesen beiden ersten Enttäuschungen kam die Enttäuschung im Hörsaal. Ein Professor Heimsoeth sprach über Kants *Kritik der reinen Vernunft*, der andere, Professor Volkmann-Schluck, über Heideggers *Sein und Zeit*. Dieser erwähnte auch häufig Nietzsche. Die Heimsoeth-Vorlesung war von einer väterlichen Umsicht und Klarheit getragen. Kants Kategorien wurden vor der bis dato herrschenden Erkenntniskritik der englischen Philosophen Hume und Locke dargestellt. Die Volkmann-Schluck-Vorlesung war dagegen eine Art Gewitter aus plötzlich wirkenden Einsichten. Professor Heimsoeth trug einen einfachen, einfarbig braunen, altmodisch geschnittenen Anzug mit Krawatte. Professor Volkmann-Schluck, mächtig schon als Gestalt, trug dagegen in eleganter weißer Jacke und weißer Hose etwas dick auf. In beiden Vorlesungen fiel auch der Name Hegel und dessen Werk *Die Phänomenologie des Geistes*. Er bekam den Eindruck, dass dieses Werk das Alpha und Omega der ganzen modernen Philosophie sei und kaufte es sich deshalb in einer billigen Ausgabe in der Universitätsbuchhandlung nahe dem Aachener Weiher. Damit legte er sich in die Maisonne, auf die Wiese vor dem Hauptgebäude der Universität und versuchte herauszukriegen, warum dieses Buch denn so berühmt war. Er verstand kein Wort. Aus der Einleitung lernte er immerhin, dass Hegel selber glaubte, dass in Zukunft keiner mehr Philosophie betreiben könne, ohne seine Gedanken zu kennen. Umso mehr verzweifelte er an den folgenden Kapiteln. Schon die Unterscheidung zwischen Objektivem und Subjektivem trieb ihm eine Art psychischen Schweiß auf die Stirn. Denn er erkannte jetzt einerseits, wie ungeheuer wichtig es war, diesen Philosophen rundherum gelesen und verstanden zu haben, andererseits fühlte er seine eigene Subjektivität nun endgültig in Frage gestellt. Als er einen älteren Studenten der Philosophie um Hilfe angehen wollte, meinte dieser lachend: Das wäre viel zu früh. Das müsse er in einem späteren Seminar unter der Anleitung eines Professors zu verstehen versuchen. So, ohne systematische Hilfe, ginge das nicht. Er solle besser Hume und Locke lesen. Dazu gehöre nur Logik, noch keine spekulative Phantasie.

Diese Auskunft war eine kalte Dusche. Nein, er wollte Hegel verstehen. Da dies offenbar nicht sofort möglich war, konzentrierte er sich auf die Themen der Germanistik. Da war ein Professor Langen, der über den pietistischen Wortschatz sprach. Das klang irgendwie vertraut, denn der interessante Griechischlehrer hatte sie ja schon damit bekannt gemacht, inwiefern die dichterische Sprache aus traditionsreichen Wörtern bestehe. Aber es langweilte ihn. In einem Seminar über das Motiv der Stille bei Stifter erging es ihm nicht besser. Die Referate, die ausgegeben wurden, hörten sich schrecklich an, sehr nach »Hand aufs Buch«. Er konnte sich nicht vorstellen, sich jemals an diesen frommen Tonfall zu gewöhnen. Dann aber kam eine Erleuchtung, und zwar in der Gestalt des Professors Richard Alewyn. Dessen Vorlesung handelte von der Lyrik des Barock, von der er eigentlich noch nie etwas gehört hatte. Professor Alewyn kam immer drei Minuten später, als es die akademische Zeit vorschrieb. Er hatte eine Art Tennisdress an, weiße Hose, weißes Hemd und weißen Wollpullover mit Ausschnitt. Gleichzeitig trug er eine rote Fliege. Er kam mit einem federnden Schritt, zuweilen die beiden Stufen zum Katheder mit einem einzigen Sprung nehmend, und setzte nach einem musternden, kritischen Blick in den vollbesetzten großen Hörsaal sofort zu sprechen an. Er las nicht einfach ab, er schien keine ausgearbeitete Vorlesung vor sich zu haben, sondern Zettel, die er mit beiden Händen jeweils aufnahm oder ertastete, immer wieder den kritischen Blick auf die Studenten gerichtet.

Seit dem Tag, als er Professor Alewyn, der aus der Emigration in die USA zurückgekommen war, gesehen und gehört hatte, ging es ihm besser. Endlich eine Aussicht! Das erinnerte ihn sehr an die Atmosphäre im Deutschunterricht damals oben im altgriechischen Elysium. Die Erinnerung an die Schule hatte sich tief in ihm eingegraben. Alles, was er nun erlebte, wurde mit ihr verglichen und bestand nur selten vor der Erinnerung. Es fehlten ihm nicht nur die beiden Freunde. Es fehlten auch der ernste Geschichtslehrer und vor allem die Witwe. Sie in den Semesterferien im Süden zu besuchen, wäre nur möglich, wenn er sich Geld dazu verdiente, zum Beispiel auf dem Bau. Um seinen Vater zu überraschen, nahm er eine Arbeit an. Aber nachdem ihn die Bauarbeiter eine Woche lang schikaniert hatten, indem sie ihm immer die schwersten Sandsäcke auflegten, sodass er einmal fast vom Gerüst gestürzt wäre, gab er auf. Er konnte auch nicht ertragen, dass er sich, wenn er in der Pause mit der Thermosflasche und einem Wurstbrot in die Holzbaracke kam, dreckige Witze anhören musste. Er empfand das als Niederlage, die irgendwie wieder ausgewetzt werden musste. Deswegen war er überrascht und angezogen von einer Anzeige auf dem schwarzen Brett der Universität, auf der europäische Studenten für die Ernte in England gesucht wurden. Der Verdienst, 12 Pfund die Woche, zuerst auf den Apfelplantagen von Kent und dann in den Kartoffeln von Lincolnshire. Das klang gut. Er meldete sich sofort für die Reise im September nach Dover an.

Das Sommersemester 1953 hatte er bald hinter sich. Obwohl nicht nur Professor Alewyns Vorlesungen über das Barock, sondern auch eine Geschichtsvorlesung von Professor Schieder über Bismarck ihn weiterhin fesselten, sodass er keine versäumte, gab es keine Kontakte mit Studenten mehr. In diesem Frühjahr war für den neuen Bundestag gewählt worden. Der Vater, der eigentlich mit der liberalen Partei sympathisierte, hatte diesmal die Partei des Kanzlers gewählt, weil er und seine Frau seit dem Studium mit einer Tochter desselben befreundet waren. Hinzu kam, dass der Vater radikalsozialistische Propaganda gegen die sogenannte neue Marktwirtschaft gehört hatte, von der er glaubte, dass diese von ihm selbst und seinen Universitätskollegen sozusagen schon im letzten Kriegsjahr erfunden worden war, gestützt auf die Lehre von Röpke und Müller-Armack. Er selbst konnte aus Altersgründen noch nicht wählen. Vielleicht hätte er es auch nicht getan, wenn er wahlberechtigt gewesen wäre. Zu viele andere Dinge gingen ihm durch den Kopf, und des Vaters ökonomische Argumente bei jedem politischen Urteil passten ihm auch nicht. Die Sozialdemokraten hätte er nicht gewählt. Deren Sprache klang ihm fremd. Mit der individuellen Freiheit schienen sie nicht viel am Hut zu haben. Es ging immer um das Wohlergehen von allen. Wogegen nichts einzuwenden war, solange der Einzelne nicht auf der Strecke blieb.

Im übrigen versuchte er, seine alten Gänge durch die noch unverbauten Teile der Südstadt wieder aufzunehmen und in Antiquariaten nach interessanten Büchern zu suchen. So fand er eine Erstausgabe von Friedrich Schleiermachers Übersetzung der Werke Platons aus dem Jahre 1807. Jetzt, da die Platonschule hinter ihm lag und er sich nicht mehr mit dem Direktor innerlich auseinandersetzen musste, fühlte er sich aufgefordert, Platons Philosophie doch wieder zu lesen und zu verstehen. Vielleicht existentialistisch? Außerdem kaufte er sich eine alte Ausgabe der Werke Grillparzers aus den zwanziger Jahren, den er seit *Ein Traum ein Leben* nicht vergessen hatte. Abgesehen von der Aussicht, im Herbst nach England zu fahren, was der Vater unterstützte, gab es eine weitere Hoffnung, die ihn beflügelte und aus dem Stadium der Melancholie herausriss: Er hatte sich trotz Professor Alewyn entschieden, im Wintersemester an die Universität Göttingen zu wechseln. Einmal gab es ein Gespräch zwischen ihm und der ökonomisch beschlagenen Frau des Vaters, die immer wieder versuchte, von ihrem praktischen Standpunkt aus seine geistigen Interessen zu ergänzen und zu kritisieren. Das begann ein Problem zu werden. Zum andern aber hatte er sich von der Ausstrahlung des Germanisten Wolfgang Kayser in Göttingen erzählen lassen, dessen Methode ihm ja schon im Deutschunterricht so sehr gefallen hatte. Dazu kam, dass das Göttinger Theater unter der Leitung des Intendanten Hilpert etwas für ihn versprach: Hilpert, so hörte er, gab auch Regieunterricht für Studenten. Und von Göttingen gab es vielleicht auch eine Möglichkeit, doch noch nach Heidelberg zu kommen.

Der Vater hatte ihm vorgeschrieben, nach acht Semestern das Staatsexamen zu machen und danach sofort, wenn er dazu fähig sei, in kurzer Zeit zu promovieren, wie er es selbst gemacht habe. Wenn er in Göttingen Fuß gefasst hätte, so seine eigene Überlegung, könnte er, wenn er diese Bedingung des kurzen Zeitplans erfüllte, mit Heidelberg abschließen. Er hatte schon brieflich mit Adrian ausgemacht, dass sie einmal eine Woche lang täglich die Debatten im Parlament verfolgen würden. Ins Parlament, den Bundestag, führe man in einer halben Stunde mit der Rheinuferbahn. Bevor das Semester zu Ende war, gab es noch einmal eine freudige Überraschung: Krümel besuchte ihn in einem gebrauchten Volkswagen zusammen mit einem gleichaltrigen, aparten Mädchen mit üppigen Brüsten. Unerhört aufregend. Krümel hörte seinen Erzählungen über die Universität mit etwas angestrengter Aufmerksamkeit zu. Im Grunde interessierte er sich nicht dafür. Das Abitur hatte er in Heidelberg nicht mehr gemacht, aber er schrieb noch immer Erzählungen. Im Auto lag die letzte Kafka-Ausgabe, die erschienen war, er hatte sie am Vortage gestohlen. Er fand Krümels kühle Haltung, das Desinteresse für das akademische Studium beeindruckend. Krümels Lächeln dagegen hatte einen melancholischen Zug. Im Unterschied zu Adrian hatte Krümel ein Jahr zuvor tatsächlich seine erste Erfahrung in einem Pariser Bordell hinter sich gebracht. Im Gespräch hielt er nicht zurück mit seinen erotischen Eskapaden. Seine Freundin sei schwanger, und deshalb fahre er jetzt mit ihr auf eine alte Landstraße außerhalb der Stadt, wo der Wagen mächtig ins Schütteln gerate. Auf diese Weise hoffe er, dass es doch noch zu einem frühen Abort käme.

Der Junge hatte weder einen Freund noch eine Freundin an der Universität gefunden. Das musste sich in England ändern. An dieses heikle Thema wurde er auch deshalb erinnert, weil er von Jophi eine Karte aus Südfrankreich bekommen hatte mit einem Bild von Matisse. Nur wenige Sätze. Er habe das schönste Mädchen der Welt gefunden! Eine Amerikanerin aus Chicago. Das war etwas anderes als Krümels Liebschaften! Etwas mehr in die eigene Richtung. Es wurde wirklich höchste Zeit.

In den Sommerferien besuchte er noch einmal die Großmutter, die nicht mehr im alten Haus am westlichen Ende der Stadt lebte, sondern in einem Dorf nahe der belgischen Grenze, wo sie geboren war. Sie sorgte jetzt für ihren erblindeten Bruder. Der irische Großvater war gestorben, als der Junge sein Abitur machte. Als der Bus an der Landstraße zum Dorf hielt, war es gerade vier Uhr, und der Zufall wollte es, dass die Großmutter ihm ganz in Schwarz und mit einem schwarzen Tuch über dem Kopf entgegenkam, weil sie zur Nachmittagsandacht in die Kirche gehen wollte. Als sie ihn erkannte, schlug sie wie immer die Hände zusammen und sagte: »Dass ich das noch erleben kann!« Sie nahm ihn sofort mit zu ihrem Bruder in das kleine Haus aus rotem Backstein, wo sie gelebt hatte, bis sie den irischen Großvater auf einer Kirmes drüben im Holländischen getroffen hatte. Hier waren die meisten Häuser aus Backstein gebaut, nur einige hatten schwarzweißes Fachwerk. Im Dorf herrschte eine gewisse Unordnung. Es wirkte nicht so aufgeräumt wie die Dörfer rechts des Rheins und weiter nach Osten hin. Wie war die Großmutter damals ins Niederländische gekommen und wie der Großvater hierher? Galt der Pass aus Irland in den Niederlanden und auch für Deutschland, damals vor dem Ersten Weltkrieg? Sie wusste es nicht mehr. Sie hatte es wohl nie gewusst. Es gab Reste vom Apfelkuchen des letzten Sonntags, und er musste der Großmutter und ihrem blinden, über achtzigjährigen Bruder erzählen, was er so mache. Die Großmutter fragte ihn, ob er denn auch immer in die Kirche ginge. Er wollte sie einerseits nicht belügen, ihr andererseits auch keinen Kummer bereiten. Er redete sich so heraus, dass sie nicht mitkriegen konnte, wie schlimm es mit seinem Glauben inzwischen stand: dass er keinen Funken mehr davon in sich fühlte und dass ihm das inzwischen sogar vollkommen gleichgültig geworden war.

Er hatte diese Landschaft im äußersten Westen gerne. Sie war nicht schön, ganz flach. Aber die lang sich hinziehende Landstraße mit den Pappeln auf beiden Seiten, direkt in Richtung auf die belgische Grenze, ließ ihn denken: Das ist der unendliche Westen. Da ist der Horizont nie zu Ende. Das Wort »Westen« hatte es in sich. Es bedeutete ihm das Meer. Er erinnerte sich daran, wie der Vater vor Jahren erzählt hatte, dass er den Freund über die westliche Grenze gebracht hatte. Dass die zertrümmerte Heimatstadt die letzte große Stadt im Westen war, war jedenfalls zur Zeit noch das Beste an ihr.

III

54 DRAYTON GARDENS

Die Überfahrt nach Dover war stürmisch wie im Roman. Zuerst ein sonniger Septembernachmittag, dann aber Wolken, Regen und die sehr bewegte See. Studenten aus Deutschland, Italien und Frankreich standen auf dem Deck, um das Auftauchen der weißen Felsen nicht zu verpassen. Ihm war vom Schaukeln des Schiffs übel, fast hatte er sich an der Reling übergeben. Als sich die englische Küste, erst nur wie ein feiner Strich in der Ferne, abzeichnete, begann es zu dämmern. Da war es: England! Seit dem Film mit Heinrich V., seit dem Hamletfilm, löste das Wort »England« bei ihm eine seltsame Wirkung aus. Widersprüchlich. Vor wenigen Jahren hatten die Erwachsenen noch gerufen »Die Engländer kommen«, wenn die Stadt bombardiert wurde. Das sagten sie ohne besondere Tendenz. »Engländer« hießen ganz einfach die Männer in den Flugzeugen. »England« klang schon bedrohlicher. Vor allem während seiner ersten Schulklasse im Internat, als die Engländer zusammen mit den Amerikanern in der Normandie gelandet waren. England war der Feind. Andererseits hatte er ja zugehört, wenn der Vater und der Großvater im letzten Kriegsjahr den englischen Sender anschalteten, wo am Anfang immer die kühle Stimme zu hören war: »Hier ist London« und dazu ein aufweckendes Klopfzeichen. Da sprach nicht nur der siegreiche Feind. Die Stimme hatte etwas Ruhiges, Vertrauenswürdiges, Selbstbewusstes: Das hatte sich ihm eingeprägt. Und dann waren die Engländer selbst gekommen, nach den Amerikanern. Mit ihren flachen Helmen, die sie manchmal schief auf dem Kopf trugen, wirkten sie wie das absolute Gegenteil der starren deutschen Soldaten, die er so bewundert hatte. Außerdem gab es die lustigen Käppis, die auch die Belgier trugen, die die Stadt später besetzt hielten. Die Käppis der Engländer hatten farblich ganz unterschiedliche Kokarden, je nachdem, zu welchem Regiment sie gehörten. Die Schotten trugen karierte Mützen. Entscheidend aber war: England hieß Sieg. Die Engländer hatten in der britischen Besatzungszone als Sieger noch immer mehr oder weniger alles unter ihrer Kontrolle: die Zeitungen, den Rundfunk, die neuen Parteien. Sie machten das ohne großes Getue. Es gab ja seit vier Jahren eine deutsche Regierung. Aber die Engländer hatten das Sagen. Ihre Sprache, ihre Filme, ihre Musik. Er wollte sie nicht bewundern, aber er tat es, je mehr er von ihnen und ihrer Geschichte erfuhr.

Das Wichtigste aber, das er mit ihnen verband, war die See. Und jetzt tauchte der weiße Felsen Englands gut sichtbar hinter einer zerrissenen Nebelwolke auf. Das Schiff hielt auf den Hafen von Dover zu, über dem die Festung schwebte. Gab es ein anderes Land, das einen gleich an seiner Grenze so stolz, so abwehrbereit empfing? Dachte er das nur, weil er bei England an Sieg dachte? Viel mehr gab es nicht zu sehen. Der Regen patschte. Sie hatten unter Deck ihre Sachen zu holen und sich einer nach dem andern in der Schlange auf einem Laufsteg von der Reling hinüber auf die Hafenzone zu tasten, wo die ersten sich schon in Gruppen aufgestellt hatten und auf einen kräftigen Mann mit rotem Gesicht guckten, der ihnen etwas erklärte, was nicht zu verstehen war. Es war der Warden, der für sie die nächsten vier Wochen verantwortliche Leiter des Camps. Er hatte eine lederne Jacke ohne Ärmel an, die er schon von englischen Soldaten in der Heimat kannte: Tatsächlich war der Warden ein ehemaliger Sergeant, der sie auch wie eine Ladung Rekruten behandelte. Von den französischen und italienischen Studenten konnte eigentlich überhaupt keiner Englisch. Unter den deutschen Studenten gab es einige, die sogar recht gut die Sprache beherrschten, jedenfalls besser als er, und übersetzen mussten, was der Sergeant sagte.

Er hatte ein gutmütiges Gesicht über einem mächtigen Körper, und sein Englisch klang so gequetscht, wie er es schon manchmal bei englischen Besatzungssoldaten gehört hatte. Ganz flach und nasal. Ein Berliner, der tatsächlich eine große Schnauze hatte, erklärte sofort, das sei der Cockneyakzent. In Wirklichkeit aber war es der südöstliche Akzent von Kent, von wo der Sergeant herkam, wie sie später von ihm erfuhren. Er hieß Rawley. Auf die Studenten hatte schon eine Reihe von militärischen Lastwagen gewartet, deren Oberdeckbezüge trotz des Regens zum Teil nicht geschlossen waren. Die Fahrt ging über enge Straßen, fast Wege, rechts und links gesäumt von bebuschten Mauern oder Hecken, in Richtung der Stadt Canterbury. Solche engen Landstraßen hatte er noch nie gesehen. Sie gaben einem das Gefühl von Beschütztsein, von einer weiten Entfernung zu den großen Städten. Als das Schild »Canterbury« im Scheinwerferlicht des Wagens auftauchte, sagte er sich: Jetzt sind wir tief im Herzen Englands angekommen. Er kannte den Namen dieser englischen Stadt. Er wusste, dass sie eine berühmte Kathedrale hatte und der Erzbischof gleichzeitig der höchste Bischof der anglikanischen Kirche war. Er erinnerte sich sogar an die Geschichte von der Ermordung eines Erzbischofs von Canterbury durch Adlige des englischen Königs.

Aber von Canterbury bekamen sie vorerst nichts zu sehen. In der Nähe gab es große Apfelplantagen, wo sie arbeiten sollten. Das Lager bestand aus einer Reihe von Wellblechhäusern und großen, graugelben Zelten, in denen früher englische Soldaten gehaust hatten. Überhaupt begann für sie jetzt ein Leben unter einem gewissen Drill. Der Tagesablauf war von früh bis zum späten Nachmittag eingeteilt in Frühstück, Morgenarbeit, Lunch, Nachmittagsarbeit. Dann folgte die Freizeit vor dem Abendbrot, und um 10 Uhr war Schluss: Bettruhe. Denn morgens um 7 Uhr wurden sie geweckt und hatten sich zu duschen, worauf ein englisches Frühstück mit zwei Spiegeleiern, Würstchen, Schinken, Weißbrot und Milchtee folgte. Ihre eintönige Arbeit bestand darin, stundenlang Äpfel von den Bäumen zu pflücken und in Säcke zu füllen, die auf bereitstehende Lorries gehievt wurden. Am Wochenende wurden die verdienten britischen Pfund ausgezahlt. Es gab einen Grundlohn, aber man konnte auch im Akkord arbeiten. Das bedeutete, dass man zu zweit ein System des Pflückens entwickelte, das die doppelte und dreifache Menge von Äpfeln in die Säcke beförderte, sodass man am Spätnachmittag einen großen Vorsprung vor dem Durchschnitt erreichte. Das war eine schweißtreibende Anstrengung, der er sich zuerst nicht aussetzen wollte, denn er war ganz zufrieden mit dem Grundgehalt von 12 Pfund. Sie hatten Glück, dass das Septemberwetter hielt und nach dem Frühnebel sich eine Sonne durchkämpfte und die Landschaft selbst sich im idyllischen Grün wohlfühlte. Zu ihrer aller Überraschung gab es auch einige Studentinnen im Lager, die in einem Extrazelt lebten. Unter ihnen war eine Berlinerin, etwa vierundzwanzig Jahre alt, die sofort die Aufmerksamkeit seiner Zeltkameraden, eines Franzosen und eines Spaniers, auf sich zog. Sie schwärmten sozusagen von ihr. Auch ihm gefiel die dunkelhaarige, selbstbewusste und offensichtlich ziemlich intelligente Studentin sehr. Plötzlich kamen seine beiden Mitbewohner auf die Idee, darauf zu wetten, wer es als erster fertigbrächte, dieses Mädchen zu einem Ausflug nach Canterbury zu überreden. Sie verständigten sich darüber in einem gebrochenen Redestrom verschiedener Sprachen, wobei Französisch, das er und der Spanier etwas verstanden, die tägliche Leitsprache wurde.

Bevor es aber zu diesem Wettbewerb kam, den er selbst nicht richtig ernstnahm, hatte sich der Sergeant etwas zur

Unterhaltung ausgedacht. Sie durften an einem Wochenende nach London fahren und eine Dancing Hall besuchen. Nach London fahren hieß, in dem Militärlastwagen vor die ausgesuchte Dancing Hall gebracht zu werden und von dort wieder zurück. Von London selber sahen sie nichts, weil es schon dunkel war, als sie eintrafen. Das Innere der Dancing Hall bestand aus eisernen Geländern, Stützpfeilern, Balkonen, die in verschiedenen Farben angemalt waren. Eine knallige Atmosphäre, die durch die lautdröhnende Tanzmusik ins Enorme verstärkt wurde: Boogie Woogie. Die Mädchen flogen hoch, manchmal sogar über die Schultern der Tänzer. Es war zum Fürchten beeindruckend, jedenfalls für ihn, der ja bisher nur mit Schwierigkeiten Walzer, Foxtrott und Tango gelernt hatte.

Seit dem Fasching auf der Schule hatte er nicht mehr getanzt. Da die wenigen Mädchen, die er wenigstens flüchtig kennengelernt hatte, im Lager geblieben waren, stand er ziemlich hilflos herum. Und dann trat ein, was er befürchtet hatte: Damenwahl! Und so geschah es, dass ziemlich bald eine junge Londonerin vor ihm stand und klatschte. Sie war sehr hübsch und machte sich gar nichts daraus, als er mit Handbewegungen klarmachte, dass er nicht Boogie Woogie könne, nicht gut Englisch spreche und darüber hinaus ein German sei. Sie lachte nur und zwang ihn, ihre Schritte nachzumachen. Es klappte sogar nach einer Weile, jedenfalls etwas. Nach ihr kam sofort wieder eine und klatschte, dann eine dritte. Es war beunruhigend. Was würde daraus werden?

Die Tänzerinnen waren großenteils Mädchen, die in Büros und Kaufläden der City arbeiteten. Sie wurden Shopgirls genannt. Da der Tanz trotz Körpernähe so sportlich und drastisch war, kam nicht gerade eine große erotische Stimmung auf. Die Mädchen waren lustig und freundlich. Am Ende des Abends wechselte die Musik. Nicht mehr Boogie Woogie, sondern ein populäres englisches Lied, das alle kannten und offenbar zum Abschluss einer solchen Gelegenheit liebten. Dabei bildeten sie eine lange Reihe, jeder und jede hintereinander, fassten sich mit beiden Händen an den Schultern und bewegten sich in einer hüpfenden Schlangenbewegung durch den ganzen Saal. Es war ähnlich wie eine Polonaise, hatte aber zusätzlich etwas kindlich Albernes an sich. Das war es gerade! Natürlich machten er und die anderen Studenten mit, weil man sich wenig blamieren konnte. Und ganz zum Schluss fassten sie sich alle an den Händen und sangen ein wunderschönes Lied: »Auld lang syne«, eine volkstümliche, aber ergreifende Melodie. Später ließ er sich die Worte von einem der Mädchen, mit dem er getanzt hatte, aufschreiben: »Should auld acquaintance be forgot, / And never brought to mind? / Should auld acquaintance be forgot, / And auld lang syne! // For auld lang syne, my dear, / For auld lang syne. / We'll take a cup o' kindness yet, / For auld lang syne.« Die Worte waren schottisches Englisch, aber sofort verständlich, nur das »auld lang syne« musste er sich erklären lassen. Auf Englisch hieß das: »For old times' sake«, also »um alter Zeiten willen«. Wie schön war dieses Lied! Und wie besonders das englische Wort »kindness«! Es war ein ganz einfaches Wort, häufig zu hören. Aber es hatte eine unübersetzbare englische Eigenschaft: Herzlichkeit. Das ergriff ihn bis ins Mark. Als sie wieder auf ihre Lastwagen stiegen, um zurück ins Lager bei Canterbury zu fahren, kamen einige der Londoner Mädchen an den Wagen und versprachen, sie würden sie besuchen kommen. Tatsächlich, einige von ihnen kamen am nächsten Wochenende, ebenfalls in einem Lastwagen, und es gab unter den Augen des Sergeanten noch einmal eine große Tanzparty in dem größten Wellblechzelt. Zum Verdruss seiner beiden Zeltkameraden, die etwas älter waren als er und mit ihrer Frauenkenntnis renommierten, passierte leider nicht mehr.

Spätnachmittags spielte man manchmal Pingpong. Pingpongspielen, fand er, war immer ein Zeichen von Langeweile, auch wenn manche meisterhaft den Ball schmettern oder schneiden konnten. Pingpong war für ihn wie Rodeln statt Skifahren. Er war jedenfalls mit einer derartigen Überlegung befasst, als die schöne Berlinerin hereinkam, etwas zuschaute und ihn am Ende des Spiels ansprach. Sie hätte eine Bitte: Ob er sie gegen Abend noch einmal nach Canterbury begleite, sie müsse einen Brief mit der letzten Post wegschicken. Der Bus gehe in einer halben Stunde. Natürlich sagte er ja. Als er mit der Studentin das Lager verließ, sahen seine beiden Lagergenossen wie gebannt hinter ihnen her. Sie kannten den Grund ihres gemeinsamen Weggehens nicht. Sie dachten, er habe die Wette eingelöst und das Mädchen zu einem einsamen Spaziergang in den nahen Wiesen eingeladen. Er selbst wusste gar nicht, wie ihm geschah. Gewiss, sie wollte bei der Rückfahrt ins Lager nicht in der Dunkelheit alleine sein. War es bloß Zufall, dass sie ihn gefragt hatte? Immerhin, sie hatte ihn gefragt. Die ganze Frauensache hatte sich seit der Schulzeit ja nicht verändert. In der Bekanntschaft der Eltern gab es keine einzige Tochter, in der Universität war er zu okkupiert gewesen mit seinem glücklosen Versuch mit Hegel und der Enttäuschung, in den langweiligen germanistischen Seminaren zurechtzukommen. Dann kam Krümel mit seiner üppigen Geliebten und dann die Karte von Jophi. Wahrscheinlich überschätzte er die Situation. Ja, sie mochte ihn, das war zu erkennen. Aber er hatte ja nicht einmal Zeit gehabt, sich in sie zu verlieben. Er dachte nur, jetzt müsse er etwas beweisen. Jedenfalls stellte er seine Armbanduhr vorsorglich schon einmal um, als sie in Canterbury in ein altes Pub gingen, nachdem sie den Brief in den roten Briefkasten mit der Royal-Mail-Krone geworfen hatte. An wen hatte sie eigentlich den Brief geschickt? Ohne dass er sie gefragt hätte, erwähnte sie ihre Mutter in Berlin. Die sei krank. Das gab Hoffnung für eine günstige Entwicklung des Abends. Sie tranken beide ein dunkles Bier und sprachen über England oder eher darüber, was sie davon bisher mitbekommen hatten. Seine Aufmerksamkeit war jedoch beeinträchtigt durch eine innere Anspannung. Sie sah wirklich sehr attraktiv aus, ein schmales Gesicht mit einem lebhaften Blick, ziemlich groß gewachsen, Formen, aber unaufdringlich. Er versuchte, an ihrem Verhalten jedes mögliche Anzeichen zu entdecken, das er als ein Jenseits der kameradschaftlichen Tonlage verstehen konnte. Das blieb lähmend ungeklärt.

Der Bus sollte um zehn zurückfahren, nach seiner Zeit hatten sie noch eine halbe Stunde. Im Pub gab es keine Uhr. Wie er erwartet hatte, verpassten sie den Bus, ohne dass sie irgendeinen Argwohn bekommen hätte. Seine Armbanduhr funktionierte eben nicht. Vor ihnen lag ein mehr als anderthalbstündiger Fußweg, meist durch einen Buchen- und Eichenwald. Allein schon dadurch, dass sie von einem nur spärlichen Mondlicht begleitet wurden, empfand er ihr Nebeneinander im stetigen Weitergehen wie eine Drohung. Würde sie irgendetwas unternehmen? Was sollte er unternehmen? Er hörte längst schon nicht mehr richtig zu, was sie sagte, und seine eigenen Worte kamen mechanisch aus seinem Mund, ohne dass er noch eine Mitteilungsabsicht verfolgte. Der Wald würde bald vorbeisein und dann wären es nur noch zehn Minuten bis zum Camp. Wartete sie auf etwas, genauso wie er? Ohne irgendeine Gewissheit, ohne das geringste Anzeichen einer Veränderung ihres Daherredens und Miteinanders zählte er bis zehn, zog sie dann plötzlich an sich und versuchte sie zu küssen. Die Reaktion war verheerend. Sie lachte und stieß ihn zurück. Was ihm einfiele! Schweigsam erreichten sie das Lager. Sie schien ihm irgendwie über die Peinlichkeit hinweghelfen zu wollen, nickte ihm zu und sagte nur »bis morgen«. Es war Mitternacht. Die beiden Lagergenossen empfingen ihn mit einem großen Hallo, sozusagen wie einen Sieger und wollten natürlich einen Siegesbericht. Er schüttelte nur den Kopf. Er konnte ihnen nicht sagen, was passiert war, aber auch nicht bestätigen, was sie erwarteten. So ließ er sie im unklaren über die ganze Unternehmung und ging bedrückt auf sein Lager.

Am nächsten Tag bekam er eine Genugtuung. Aus welchem Grund auch immer, plötzlich tauchte die Berliner Studentin an dem Apfelbaum auf, an dem er und andere gerade beschäftigt waren, und schlug ihm vor, zusammen eine Akkordgemeinschaft zu bilden. Sie wusste nichts von der Wette seiner Zeltkameraden und ahnte deshalb nicht, dass ihre zukünftige Zusammenarbeit in den Äpfeln als eine Bestätigung ihrer Annahme wirkte, dass sie beide etwas miteinander hätten. Ihm war das eigentlich zuwider, aber jetzt war sie für ihn tatsächlich doch begehrenswert geworden. Aber etwas lenkte ihn ab. Ein Brief aus London war eingetroffen, ein ungewöhnlicher Brief. Der Absender in der rechten oberen Ecke lautete »Reform Club«. Die Unterschrift war nicht gut lesbar, nur der Vorname, nämlich Guy. Der Absender redete ihn nicht mit Mr. und seinem Familiennamen an, sondern mit »Sir«. Der Inhalt bestand nur aus einem Satz, den er gut verstand: Man erwartete ihn am soundsovielten Oktober zur Lunchzeit im Reform Club, Pall Mall, London. Das war die Einladung zu einer der sogenannten Hospitalities, die vom britischen Landwirtschaftsministerium organisiert worden waren: Englische Familien waren gebeten worden, ausländische Studenten, die in der Landwirtschaft arbeiteten, für eine bestimmte Zeit einzuladen, um bei ihnen zu leben und England besser kennenzulernen. Er und andere Studenten, die daran interessiert waren, hatten ihre Lebensläufe und Studieninteressen samt Foto an das Landwirtschaftsministerium geschickt, und jetzt schon war die Antwort da, noch bevor sie alle nach Lincolnshire zur Kartoffelernte fuhren. Die Berlinerin fuhr nicht mit. Sie pflückten noch eine Woche zusammen Äpfel, dann verabschiedete sie sich von ihm, streifte dabei mit ihrem Mund kurz seine Wange und meinte, er solle sie in Berlin besuchen.

Sie sagte noch: »Das nächste Mal ein besseres Timing.« Dann war sie weg.

Er war froh, als sie nach Lincolnshire fuhren und er nicht zu viel an sie denken musste. Inzwischen war es kälter und feuchter geworden. Die Nebel lagen über dem neuen Camp, das ähnlich wie das alte war. Erdklumpen hingen jeden Abend an den schweren Schuhen. Er bereitete sich innerlich schon auf die Fahrt nach London vor. Dem Sergeanten, der noch immer sein Chef war, hatte er den Brief gezeigt, worauf dieser eine Art innere Haltung annahm und so etwas sagte wie: »Boy, boy, das ist eine ganz feine Adresse. Dazu musst du dir was Entsprechendes zum Anziehen kaufen. Am besten eine dunkelblaue Jacke, eine graue Hose und darüber einen Dufflecoat.« Dufflecoats, ursprünglich die Überzieher britischer Seeoffiziere, waren bei englischen jungen Leuten in Mode gekommen. Auch der Film *Der dritte Mann* hatte dazu beigetragen, in dem Trevor Howard einen solchen Dufflecoat getragen hatte, wohlverstanden in gelblich verschlissener Farbe und mit den richtigen Kordeln aus Schiffstauen. Mitte Oktober war es soweit. Mit einem beträchtlichen Verdienst in der Tasche, die buchstäblich mit Pfundnoten vollgestopft war, und vollständig neu eingekleidet fuhren sie in verschiedene Richtungen davon. Der Spanier hatte ihm den Brief einer schottischen Witwe gezeigt, von der er sich etwas versprach, der Franzose fuhr nach Manchester.

Als er nach einer viereinhalbstündigen Eisenbahnfahrt in Victoria Station ankam, verstaute er Koffer und Rucksack bei der Gepäckaufgabe, ging zum nächsten Taxi und sagte die Adresse »Reform Club, Pall Mall«, hörte »Yes, Sir« und stand nach nur einer Viertelstunde vor einem mächtigen, würdevollen, palastartigen, dunklen Gebäude. Es war zwölf Uhr dreißig, genau die Zeit, zu der er erwartet wurde. Ein Pförtner in einer prächtigen Uniform und mit Zylinder geleitete ihn zu den marmornen Treppenstufen im Inneren, die er erwartungsvoll emporstieg. Oben wurde er von einem mittelgroßen, etwa fünfzigjährigen Mann mit einem Glas in der Hand empfangen, der auf ihn herabblickte und mit einem tiefen englischen Akzent »Hello« rief und seinen Vornamen nannte. Er war völlig überrascht. Er stand also vor Guy, seinem Gastgeber. Aber wieso sprach er ihn, ohne ihn zu kennen, ohne jede Begrüßungsformel, so einfach selbstverständlich mit dem Vornamen an? Und so freundlich. So ungewöhnlich freundlich, als ob er ihn schon lange kenne und möge. Als er oben auf der ersten Etage angelangt war und sie sich gegenüberstanden, gab Guy ihm nicht die Hand, sondern legte sie ihm auf die Schulter und sagte nur »Come on«. Sie gingen zu einem eleganten Speisesaal, wo schon ein gedeckter Tisch mit weißem Tischtuch auf sie wartete. Er fragte, wie die Reise gewesen sei und wie er England fände. Das fragte er aber nicht auf Englisch, sondern in deutscher Sprache, die er mit leichtem Akzent fließend beherrschte. Innerhalb von zehn Minuten war er in einer neuen Welt aufgetaucht, von der er bisher nichts gewusst hatte. Sie saßen zwischen prächtigen Säulen, an den Wänden hingen riesige Gemälde, die offenbar wichtige Männer der Vergangenheit, die auch Clubmitglieder gewesen waren, zeigten, oder aber Landschaften und historische Szenen. Der Saal war ziemlich gefüllt mit anderen Gästen, aber man hörte von den verschiedenen Tischen keine laute Rede, wie man es aus Restaurants kennt. Alles ging in gedämpftem Ton vor sich. Was ihn überraschte, war, dass er keine Frauen sah. Er fragte seinen Gastgeber, was das bedeute, und der erklärte ihm eingehend, dass alle englischen Clubs nur Männer als Mitglieder hätten. Es gäbe unter Männern dies und das zu besprechen, und das schöne Geschlecht lenke dabei ab. Ihm leuchtete das sofort ein, wenn er bloß an die Berlinerin zurückdachte. Wie wäre die ganze Atmosphäre mit einem Schlag verändert, wenn an jedem Tisch auch Frauen säßen. Doch, diese Regelung war sehr weise. Abgesehen von der Ablenkung verstünden die meisten Frauen auch nichts von den Dingen, die hier besprochen würden. Die Verschiedenheit der Clubs läge in Berufs- und Klassenzugehörigkeit. Direkt um die Ecke gebe es den besonders exklusiven Athenaeum Club, in dem vor allem hervorragende Theologen, Bischöfe und namhafte Akademiker die Mehrheit der Mitglieder stellten. Sein Club, der Reform Club, werde vor allem von Juristen und einflussreichen Journalisten besucht. Guy selber war als Anwalt im Home Office tätig, also dem Innenministerium.

Da er es nicht gewohnt war, am Tage Wein zu trinken, stieg ihm die Flasche Sancerre, die sie miteinander leerten, leicht in den Kopf, und die prächtige Decke, das ganze Dekor dieses grandiosen Gebäudes wurde noch grandioser in seinem träumerischen Geist. Als sie dann in der Bibliothek den Kaffee einnahmen und er all die prächtig eingebundenen historischen Werke, vor allem zur englischen Geschichte, entdeckte, da wusste er, dass er in einem Zentrum der Welt, ja der Weltgeschichte selbst angekommen war. Sie fuhren in Guys Cabriolet, dessen Dach trotz der Jahreszeit nicht geschlossen war, nach Victoria Station, wo er sein Gepäck holte, dann nach South Kensington, wo Guy wohnte. Den Namen South Kensington hatte er noch nicht gehört, im Unterschied zu anderen Londoner Gegenden wie Fleet Street oder Bloomsbury. Guys Haus lag in einer schönen, nicht allzu breiten, altmodischen Straße mit Bäumen, Drayton Gardens 54. Der Eingang war eingerahmt von zwei weißen Säulen, wie er sie schon auf der Autofahrt bei vielen Familienhäusern dieser Gegend in verschiedenem Stil und verschiedener Größe bemerkt hatte. Das Haus stammte bestimmt aus dem vorigen Jahrhundert. Oberhalb des ebenfalls weißen Sockelbaus alles in grauem Backstein, wovon sich die großen weißgestrichenen Fensterrahmen und Fensterbänke elegant abhoben. Die Tür war aus grünem Holz und hatte einen Türklopfer. Er bemerkte noch, dass das Haus dreistöckig war. Er bekam einen wohl als Gästezimmer benutzten kleinen, aber gemütlichen, mit Büchern versehenen Raum, von dem aus man in den Hintergarten sehen konnte. Ihm fiel sofort die eigentümliche englische Fensterform auf. Diese Fenster bestanden nicht, wie er es aus der Heimat kannte, aus zwei Flügeln, die man nach rechts und links öffnete, sondern aus zwei Teilen, deren oberen Teil man herunterzog. Guy hatte ihm gesagt, er solle sich einrichten, etwas ausruhen und in einer Stunde herunterkommen. Die paar Sachen waren bald im Schrank, der neue Dufflecoat am Türhaken, und er lag auf der enggemusterten wollenen Bettdecke und dachte nach. Eigentlich war er sprachlos. Der Lunch und der Kaffee in der Bibliothek waren ein angenehmer, aber irgendwie ungenau gebliebener Eindruck. Was für ein Mann war dieser Guy? Offenbar ohne Familie, sehr wohlhabend und gebildet. Wahrscheinlich politisch interessiert, denn er hatte ja berufshalber mit Politikern zu tun. Dass er fließend Deutsch sprach, war überraschend. Aber er wusste schon, dass vor dem Krieg Engländer mit einem gewissen Bildungsgrad nach Deutschland gekommen waren, um Land und Leute kennenzulernen, vor allem die Kultur. Über seinem Bett hing ein kleineres Bild, auf dem eine Reihe ineinander übergehende, gotisch und barock aussehende, sehr schöne Gebäude zu sehen waren. Das war Cambridge, der Name stand am unteren Rand. Guy hatte dort wohl studiert. An der gegenüberliegenden Wand erblickte er ein Bild in relativ dunklen Farben, auf dem ein Flötenspieler zu erkennen war. Der kam ihm bekannt vor. Er stand auf und sah, dass es eine Gestalt in dunkelblauem Uniformrock und einem Dreispitz auf dem mit einer gezopften Perücke bedeckten Kopf war. Natürlich, es war der preußische König. Er las die Unterschrift: »Frederic the Great, playing the flute«. Auch das war nicht verwunderlich. Das Bild hätte ihn überrascht, wenn er nicht schon gewusst hätte, dass sein Gastgeber fließend Deutsch sprach und wohl keine Animositäten gegen alles Deutsche unterhielt, obwohl der Krieg ja gerade erst wenige Jahre vorbei war.

Unten im Salon hatte Guy in einem großen Kamin ein Feuer angezündet. Ob er Musik gerne hätte, fragte ihn sein Gastgeber. Das war eine gefährliche Frage. Seine Antwort war ausweichend. Er hätte zwar im Internat im Chor gesungen, spiele aber kein Instrument und verstehe auch nicht allzu viel von Musik. Guy legte darauf entschlossen eine Platte von Purcell auf. Purcell hatte die Witwe, seine Regisseurin, oft gespielt. Guy erzählte ihm, dass er häufig vor dem Krieg und auch danach wieder zu den Musikfestspielen in Herrenhausen gefahren sei. Deutsch habe man in der Familie gesprochen, sodass er es nicht in der Schule lernen musste. Die häufigen Fahrten nach Deutschland hätten seine Sprachkenntnisse noch verbessert. Kein Wort wurde über den Krieg gewechselt oder gar über das, was ihn ausgelöst hatte. Stattdessen fragte ihn Guy, was er in London alles sehen wolle, und als sein Gastgeber hörte, dass er zuallererst die Gegend um die St Paul's Kathedrale kennenlernen wolle und dann das East End und die Hafendocks, vor allem die East Indian Docks, meinte Guy, bis St Paul solle er ruhig zu Fuß gehen. Das dauere zwar etwas länger als eine Stunde, wenn er wirklich zügig ausschritte, aber dadurch lerne er das Zentrum von London von West bis Ost etwas kennen. Die Docks würden bald ihre alte Bedeutung verlieren, weil sich Englands Handelswege mit der Welt jetzt schon völlig änderten. Im übrigen gab Guy ihm einige Tickets, mit denen er, wenn er wolle, auch alleine im Reform Club lunchen gehen könne.

Er kam sich ziemlich verloren vor. Er hatte ja Geld verdient und wusste inzwischen auch aus Lincolnshire, dass es zum Beispiel Kabeljau mit in Öl gebratenen Kartoffelscheiben, genannt »Fish 'n' Chips«, für wenig Geld an jeder Straßenecke gab. Das hätte er jeden Tag essen können, so gut hatte es ihm geschmeckt. Nun also die Aussicht, häufiger in den Reform Club gehen zu können, was ihn weniger wegen der Mahlzeiten als wegen des großartigen Inneren, vor allem auch der Bibliothek, freute. Die unteren Räume von Guys Haus bestanden aus zwei auf der rechten Seite liegenden Zimmern, dem Salon mit dem Kamin und einem weiteren Esszimmer zum Garten hin, das durch eine Flügeltür vom Salon getrennt war. Außerdem lag am Ende des Flurs links unter der Treppe der Eingang zu einer relativ kleinen Küche. Sein Eindruck, Guy habe keine Familie, war wohl richtig, denn sonst wäre sicher der Name seiner Frau gefallen. Der Abend kam, und Guy schlug vor, dass man zum Abendessen, zum Dinner, in ein naheliegendes indisches Restaurant gehen sollte. Dort wartete auch einer seiner Freunde auf sie. Ob er schon einmal indisch gegessen habe? Nein, noch nie. Dann wäre es höchste Zeit, denn er würde sehen, das sei köstlich.

Das indische Restaurant am Ende der Straße schimmerte in dunkelrot ausgelegten Seidenwänden, an denen schwarzweiße Fotografien von indischen Offizieren und Soldaten mit Turban hingen. Die Lampen war aus golden wirkendem Messing, zu deren Licht die hier und da stehenden Kerzen ihren Schein beitrugen. An einem der Tische saß schon der Freund Guys, der viel jünger wirkte, etwa fünfunddreißig Jahre alt. Er hatte im Unterschied zu Guys jovial wirkendem ruhigem Ausdruck ein scharfgeschnittenes längliches Gesicht unter blondem, etwas zerzaustem Haar. Erwartungsvoll begrüßte ihn dieser mit Handschlag, und er musste von seinen Erfahrungen in Kent und Lincolnshire erzählen, während die beiden ihm abwechselnd rieten, was für eine Wahl er unter den indischen Speisen treffen sollte. Das allerschärfste oder, wie sie es nannten, allerheißeste Fleischgericht, Huhn oder Lamm, sollte es nicht sein. Aber doch etwas Exotisch-Würziges. Dazu Pilawreis, der nicht ganz weiß, sondern mit winzigen roten Körnern durchsetzt war. Auch etwas Brot, »nan« genannt. Als Vorspeise entschied er sich für in Öl gebratene Zwiebeln. Es gab eine Karaffe Wasser, aber Guy meinte, er solle heute ruhig ein Glas von besonderem Rotwein dazu trinken.

Schon der Raum hatte einen wie ein seltenes Parfum wirkenden Duft, nicht betäubend, aber doch sich auf die Sinne legend. Die Vorspeise, zusammen mit schon auf dem Tisch stehenden süß und scharf aromatisierten marmeladeartigen Gelees sowie zwei großen Scheiben ganz dünnen Brots, ähnlich wie das der Hostie bei der Heiligen Kommunion, Papadam genannt, war wie die Einführung in ein riesiges exotisches Reich. Das, was folgte, das Lamm, war noch immer so scharf, dass er ständig von dem süßen Gelee Gebrauch machte. Es schmeckte ihm aber so gut, wie ihm selten etwas geschmeckt hatte. Waren es die Gewürze der Gelees oder die Soßen, jedenfalls wurde er in einen gehobenen rauschhaften Zustand versetzt. Da auch der Freund Guys fließend Deutsch sprach, konnte er seiner gelösten Zunge nachgeben und seiner glücklichen Stimmung Ausdruck verleihen, wie er wollte. Er hatte auf den Fotografien mit dem indischen Militär auch englische Offiziere entdeckt und fragte die beiden Tischnachbarn danach. Julian, so hieß Guys Freund, begann sofort, ihm das ausführlich zu erklären, denn sein Vater war Offizier in der britisch-indischen Armee gewesen. Diese indischen Offiziere gehörten zu einem bekannten nordindischen Regiment unter dem Kommando eines britischen Generals. Es war ja erst fünf Jahre her, dass die ehemalige britische Kronkolonie vom Mutterland unabhängig geworden war und mehr oder weniger alle Engländer abgezogen worden waren. Guy und Julian redeten über Indien in einer vertrauten Weise, denn beide waren mehrfach dort gewesen, Julian sogar noch nach der Unabhängigkeitserklärung, die einen bestialischen Bürgerkrieg zwischen Hindus und Muslims auslöste. Der Vater Julians hatte dort noch Beziehungen unterhalten und gehörte zu der Sorte von englischen Konservativen, die ähnlich wie Winston Churchill die britische Oberherrschaft unbedingt aufrechterhalten wollten.

Was er denn von Indien wisse, fragten sie ihn. Ihm fiel nur ein ungeheuer spannendes Buch ein von John Masters, *Nightrunners of Bengal*, von dem ihm sein Griechischlehrer erzählt hatte, der sich in der englischen Geschichte gut auskannte. Die Geschichte schilderte den berühmten Aufstand der indischen Soldaten der britisch-indischen Armee gegen ihre britischen Offiziere, ja das Töten der gesamten weißen Oberschicht in Verwaltung und Business, deren sie habhaft werden konnten. Das war fast genau hundert Jahre her. Der Bericht des Griechischlehrers hatte seine Phantasie enorm gefangengenommen: Der Aufstand, die Meuterei der Sepoys, wie die indischen Soldaten hießen, war nicht nur extrem blutig gewesen und hatte England beinahe die Kontrolle über ganz Indien gekostet, sondern war auch der Ausdruck zweier so überaus gegensätzlicher Kulturen, die sich in manchem aber auch angenähert hatten. Das war das Aufregende daran. Julian erzählte von der Liebe seines Vaters zu dem exotischen Land, nicht zu den Indern. Die Verwaltung der East-India Company, die seit 1700 die Interessen englischer Unternehmer garantierte und im 18. Jahrhundert von Kalkutta aus praktisch ganz Bengalen kontrollierte, war ja erst nach dem Sepoy-Aufstand in der zweiten Hälfte des 19. Jahrhunderts durch die unmittelbare Herrschaft der britischen Regierung ersetzt worden. Das hatte bei Leuten wie Julians Vater zur Folge gehabt, dass sie nunmehr innerlich noch härter Indien als Zentrum des britisches Empires halten wollten. Die britische Indienarmee war nach dem niedergeschlagenen Sepoy-Aufstand zum stolzesten Teil von Britisch-Indien geworden. Ohne sie wäre Rommel, der neue Liebling der englischen Presse, wahrscheinlich bis nach Ägypten vorgedrungen. Deshalb die Fotografien an den Wänden. Das Interesse von Söhnen aus mittleren und etwas besseren, aber keineswegs aus den adligen und reichen Familien, als Berufssoldaten nach Indien zu gehen, habe erst Ende des 19. Jahrhunderts begonnen. Die Kämpfe gegen die Pathanenstämme an den Pässen der Nordwestgrenze hätten eine Courage gefordert, wie sie Gary Cooper und seine bengalischen Lanzenreiter nur andeutungsweise spielen konnten. Andererseits wäre das Kasinoleben bis zum Schluss feudal gewesen. Das war die Generation vor Julians Vater, von dem dieser alles wusste, was er im indischen Restaurant zum besten gab. Obwohl es also indische Regimenter gab, die gegen die Deutschen in Afrika gekämpft hatten und auch weiterhin den Engländern halfen, ihre Kolonien zu verteidigen – war nicht die Mehrheit der politisch denkenden Inder gegen die Briten und ihre Herrschaft eingestellt? Er wusste ohnehin aus der Lektüre deutscher Zeitungsartikel, dass die britische Kolonialherrschaft nicht nur so zivil gewesen war, wie die Engländer es sich gerne vorstellten. Danach fragte er die beiden auch. Ja, nach der japanischen Eroberung der englischen Besitzungen in Ostasien, vor allem nach dem Fall von Singapur, hofften viele Inder, bald ebenfalls die britische Oberhoheit loszuwerden und die Unabhängigkeit zu erlangen. Und dennoch. Es gebe auch nach der Unabhängigkeitserklärung die fortgesetzte Mitgliedschaft vieler indischer Soldaten in der britischen Armee. Und außerdem: Gandhi hatte trotz seiner Gegnerschaft zur britischen Herrschaft ausgesprochene Sympathie für die englische Kultur gezeigt, und Nehru wirkte fast wie ein englischer Gentleman.

Wie er so mit den beiden ihm fast noch fremden Engländern in diesem Restaurant saß, hatte er den Eindruck, dass das, worüber sie redeten, eigentlich nicht vergangen war. Inder und Indien waren etwas ganz Selbstverständliches für sie. Das war so weit entfernt von zu Hause, wo man von solchen Ländern eigentlich nur durch Sagen und Märchen hörte und wusste. Waren die Engländer solchen bunten, heißen Gegenden näher als den anderen Europäern? Vor kurzem war das offenbar noch so. Und jetzt? Wie sie ihm die scharfen Speisen erklärten, da klang das so, als ob es ihr Alltag wäre. So sprachen sie auch von Neu-Delhi und Kalkutta wie von Vororten Londons. Dabei war Indien inzwischen aber doch in weite Ferne gerückt. Das hatte auch damit zu tun, so Guy, dass in England die Lebensmittel noch immer rationiert waren und der Krieg die Leute erschöpft hatte. Mit dem Abzug der Briten aus Indien im September 1947 wäre auch die Zeit der unermesslich reichen Maharadschas, die die englische Herrschaft unterstützt hatten, vorbei gewesen. Offenbar entsprach der extrem luxuriöse, zum Teil auch halbkriminelle Lebensstil vieler dieser Maharadschas, wie er ihn in dem Film *Der Tiger von Eschnapur* gesehen und den er für eine Kinoübertreibung gehalten hatte, der Wirklichkeit.

Dass das Empire noch nicht vorbei war, das war ja schon sein Eindruck im Reform Club gewesen. Dieser Eindruck verstärkte sich am nächsten Tag, als er sich, ausgerüstet mit einer Karte von Zentrallondon, auf den Weg zur Fleet Street machte. Guy hatte ihm einen uralten kleinen Guide aus dem Jahre 1909 mitgegeben, wo er nicht nur die wichtigsten Gebäude und Sehenswürdigkeiten, sondern vor allem auch die Straßen fand, die er nehmen musste. Vom Historischen Museum an der Cromwell Road ging es hinauf nach Knightsbridge und zu Hyde Park Corner. Von dort bis zum Piccadilly Circus und zum Leicester Square, dann über den Trafalgar Square in den Strand, wo er praktisch schon in Fleet Street und der City war. Fleet Street war das berühmte Zeitungsviertel, das wusste jeder. So einfach war das aber nicht, dorthin zu kommen. Es war ein düsterer Vormittag, ein grauer Himmel und dichter Nebel. Anstatt nach Knightsbridge zu kommen, stieß er, irgendwie sich verlaufend, auf Eton Square. Hier standen viel mächtigere Häuser als in Drayton Gardens. Zu Hause hätten in diesen Häusern mehrere Familien gewohnt, hier waren das wohl Einfamilienhäuser, halbe Paläste, die häufig auch als Botschaften benutzt wurden. Wer wohnte aber ansonsten in solchen Bauten? Natürlich gab es immens reiche englische Familien, obwohl die Labour-Regierung nach dem Krieg durch hohe Steuern vor allem die landbesitzende Aristokratie entmachtet hatte. Der Reichtum kam zum Teil noch immer aus den Kolonien, zum Beispiel von den Gummiplantagen in Malaysia, weshalb die Engländer dort drauf und dran waren, einen neuen Kolonialkrieg gegen die nationalistischen Aufständischen zu führen. Fast ganz Belgravia, wie der Stadtteil hieß, bestand aus diesen Prachthäusern und gehörte dem Herzog von Westminster, der allerdings manche Wohnungen zu einem geringeren Preis als üblich an adlige Familien vermietete.

Als er auf den Buckingham Palace stieß, überkam ihn eine heftige Vorstellung von der unendlichen Macht dieses Landes. Irgendwie schien sie unvergänglich. Merkwürdigerweise dachte er nicht länger an die Krönung der jungen Elizabeth, die in diesem Jahr alle Welt im Fernsehen hatte verfolgen können. Auch er hatte das zu Hause im Fernsehen verfolgt und sich an der prunkvollen Zeremonie, an den gewaltigen Chören nicht satt sehen können. Seine einzelnen Eindrücke über die noch immer vorhandene englische Macht liefen auf einen Punkt zu, als er schließlich in der St Paul's Kathedrale stand. Unglaublich, was für eine Architektur, was für eine Entscheidung, so zu bauen. Dieser Barock! Genau zu dem Zeitpunkt, als das britische Empire wirklich begann, war dieses Wunderwerk errichtet worden. Das Innere der Kathedrale war voll von Erinnerungszeichen an das Empire. Er sah sich jede Statue und jede Büste an, die ihm bewusst machten, dass an den meisten der Orte, wo Siege und auch Niederlagen in den Marmor eingeschrieben waren, noch immer die britische Herrschaft stand.

All diese auf der ganzen Weltkugel verstreuten Namen, ob

Rhodesien, ob Südafrika, Singapur, Burma, Hongkong, Sudan, Suez, Irak, die West-Indies, Malta und was sonst noch für Regionen oder Länder, die vor hundert, zweihundert Jahren oder noch früher erobert worden waren, aber noch immer von der britischen Krone kontrolliert wurden. Und dazu kamen die Länder des Commonwealth und der Dominions. Noch immer waren Australien, Neuseeland, Kanada eng mit England verbunden, die ja im Krieg beträchtliche Truppenhilfe geleistet hatten. Das alles hatte eine enorme Fähigkeit zur Verwaltung erfordert, die aus solcher jahrhundertealten Erfahrung kam. Das hatte ja immer nur eine Handvoll Engländer, Schotten oder Iren gemacht! Bewundernswert, einfach bewundernswert. Selbst die entschlossene Art, wie der letzte englische Vizekönig von Indien, Lord Mountbatten, die Teilung Indiens vorbereitet und durchgesetzt hatte, war als Mischung aus Diplomatie und Tatkraft beeindruckend, auch wenn die Folgen, der Bürgerkrieg zwischen Hindus und Moslems, furchtbar waren.

Ihm war nie zuvor bewusst gewesen, wie einflussreich Großbritannien in der Welt gewesen war und zum Teil noch immer war. Vor allem im Vergleich mit dem eigenen Land. Dort gab es zwar keine Rationierung der Lebensmittel mehr, aber selbst der gerade wiedergewählte, auch im Ausland angesehene Kanzler kam nicht an die selbstverständliche Reputation der englischen Staatsmänner heran, von dem alten Churchill ganz abgesehen. Auch die neuen Labourführer hatten inzwischen klangvolle Namen. Zum Beispiel Aneurin Bevan. Er hatte sich sogar den für ihn exotisch klingenden Vornamen gemerkt. Der passte zu dem radikalen Ruf des ehemaligen Bergarbeiters aus Wales, der als Gesundheitsminister den berühmten Health Service erfunden hatte. Was für eine mächtige Gestalt, was für ein Charakter, Churchill fast ebenbürtig. Solche Männer hatte England seit langer, langer Zeit. Eigentlich war das eigene Land nie in der Lage gewesen, diese

Vormachtstellung zu verdrängen. Dafür war es trotz seiner Wissenschaft und Technik viel zu isoliert gewesen, ohne auch nur annähernd über so viel politische und ökonomische Reserven zu verfügen wie England. Der Krieg hatte England zwar fast sein ganzes Vermögen gekostet, aber von seiner Macht war noch immer viel da. Es würde auch immer etwas davon da sein, nämlich wegen seiner Sprache, die jetzt in immer mehr Ländern gesprochen wurde. Ein fast eifersüchtiger Gedanke war dies für ihn. Nie zuvor war ihm solches in den Kopf gekommen, gewiss noch nicht damals, als er die ersten englischen Soldaten gesehen hatte. Ihm fiel jetzt wieder ein, wie viele Leute zu Hause in einer hämischen Art sagten, auch die Engländer hätten den Krieg verloren. Keiner von denen, die das sagten, war jemals hier gewesen. Es war die aus offener Schadenfreude kommende Feindseligkeit derjenigen, die tatsächlich den Krieg verloren hatten. Dazu gehörte auch, dass man sich über die englische Monarchie lustig machte, über das, was diese Leute falschen Pomp nannten. Jetzt erst war ihm klar, wie ahnungslos die waren. Sie kannten ja keine ehrwürdigen Zeremonien, sondern nur den Nazischwulst.

Auf dem Rückweg nach South Kensington und Drayton Gardens, den er wieder zu Fuß machte, kaufte er sich in Fleet Street die berühmteste englische Zeitung, die *Times*. Nicht weil er in der *Times* viel lesen konnte, sondern um sie einmal in den Händen zu haben. Die erste Seite bestand nur aus Anzeigen, Familien- und Geschäftsangelegenheiten, fein und klein gedruckt. Die waren offenbar nur für Leser aus höheren Gesellschaftsschichten interessant. Auch auf der nächsten Seite gab es keine Bilder, und die Überschriften waren sehr zurückhaltend. Gott sei Dank hatte er, bevor er ins Internat kam, in der Quinta ja etwas Englisch auf der Schule gelernt. Er hatte eine Ahnung davon behalten, einige Grundregeln der Aussprache, das berühmte »th«, aber auch die Kenntnis einiger Verben, die ja so ähnlich wie im Deutschen waren. Die Wörter für sehen, sprechen, laufen, essen, aber auch für Schiff, See, Wind, Haus, Feuer. Eigentlich erstaunlich, wie viel Grundwörter ähnlich oder sogar gleich waren und wie wenig man verstand, wenn Engländer sie aussprachen. Das wurde ihm unüberhörbar vorgeführt, als er in Fleet Street in einem ungeheuer gemütlichen Fachwerkhaus Fisch essen ging. Nicht Fish 'n' Chips, sondern eine riesige Dover Sole mit Salzkartoffeln.

Er sollte schon um 19.30 Uhr zum Dinner in Drayton Gardens zurücksein. Eigentlich wollte er einen Bus nehmen, traute sich aber nicht, weil er fürchtete, an der falschen Stelle auszusteigen und die Richtung zu verlieren. Also ging er wieder zu Fuß. Dabei fiel ihm etwas fast Unheimliches auf: Die Zeichen für die Londoner Untergrundbahn! Die rot im Dunkeln glühende düstere Kokarde erinnerte ihn an die Abzeichen der englischen Bomber im Krieg. Und so wurde der ganze Rückweg zu einer Wiederholung der mächtigen Eindrücke des Vormittags: Eine Stadt wie London hatte er noch nie gesehen. Dabei war er noch nicht einmal an den Docks gewesen, von wo ein Teil des britischen Handels in alle Welt ging oder, wie er nun wusste, gegangen war. Aber er hatte doch einiges gesehen. So etwas gab es wohl nicht noch einmal auf der Welt. Aus der Heimat kannte er nur die Vaterstadt am Rhein. So groß ihm die auch vorgekommen war, wenn er in den Ferien aus der altgriechischen Landschaft zurückkehrte, im Vergleich zu dem, was er hier erblickte, war sie ein zerstörtes Nichts.

Noch etwas fiel ihm auf: Die Straßennamen oder Viertel klangen zum Teil gar nicht englisch. Woher kam zum Beispiel Piccadilly? Oder Pimlico? Er hatte eigentlich auch keine historischen Straßennamen gesehen oder Plätze wie zu Hause, die etwa Chlodwigplatz hießen. Einen Alfred-den-Großen-Platz gab es hier auch nicht, auch keinen Sachsen-Ring. Das hätte wegen der englischen Geschichte doch nahe gelegen. Aber es gab viele Prinz-Albert-Orte. Es gab vor dem Parlament auch die Statue von Heinrich Löwenherz, aber keine Straße und kein Platz waren nach ihm benannt. Zu Hause gab es auch viele Straßennamen nach berühmten Geisteshelden, in der alten deutschen Hauptstadt wimmelte es sogar davon. Hier in London nichts dergleichen. Woran lag das, obwohl in den großen Kirchen die historische Erinnerung einem auf Schritt und Tritt begegnete? Vielleicht weil die englische Geschichte der letzten dreihundert Jahre sowieso von Siegen und Macht so übervoll war, dass die Nelsonsäule mit den vier Löwen ohnehin alles, was man sonst in der Welt an Vergleichbarem sehen konnte, in den Schatten stellte? Und Geistesberühmtheiten stellten die Engländer wohl sowieso nicht auf, obwohl sie so viele davon hatten. Nicht nur Shakespeare. Aber die Straße, in der er jetzt wohnte, Drayton Gardens, ging auf einen Renaissancedichter zurück, auf Michael Drayton, der viel geschrieben hatte, aber vergessen war.

Zu seiner Überraschung war beim Abendtisch abermals Julian anwesend. Wie er nun erfuhr, wohnte dieser mit Guy zusammen in dem Haus. Er hatte oben im dritten Stock sein eigenes Zimmer. Das war schon etwas überraschend. Viel überraschender aber war, als er nun beim Abendessen hörte, dass Julian Theaterschauspieler war. Und zwar in der Truppe eines Regisseurs, der als der große Gegenspieler zu Laurence Olivier fast genauso berühmt war wie dieser, nämlich John Gielgud. Für Julian war John Gielgud der allergrößte aller englischen Shakespearedarsteller. All die Jahre, in denen er Laurence Olivier bewundert hatte, war ihm der Name Gielgud unbekannt geblieben. Er konnte gar nicht anders, als das ganz offen zu bekennen. Julian fand das nicht überraschend. Zur Zeit könne er Gielgud nicht auf der Bühne sehen, weil dem das Geld ausgegangen sei. Aber es gebe einen jungen Schauspieler, der schon seit einiger Zeit in aller Munde sei,

Richard Burton. Der spiele gerade in einem alten Theater namens Old Vic den Hamlet.

Welch ein Glück er hatte! Zwei Dinge waren es, die er in London unbedingt näher kennenlernen wollte: das Theater, vor allem Shakespeare-Aufführungen, und die Politik. Er wollte unbedingt eine Debatte im Unterhaus mitansehen dürfen. Gewissermaßen hatte beides ja miteinander zu tun, das war ihm durchaus klar, ohne dass er daraus irgendeine tiefere Einsicht über den englischen Charakter entwickelt hätte. Guy und Julian waren ganz begeistert von seiner Reaktion. Der eine würde ihm ein Ticket für eine Mittwochnachmittagssitzung im Parlament beschaffen, weil dann die Zeit für Debatten am interessantesten sei. Der andere würde ihm eine Karte für die nächste Matinee im Old Vic beschaffen. So kam es. Zuerst das Old Vic. Da passierte eine Panne, die ihm um ein Haar den Eintritt ins Theater verdorben hätte. Der Taxifahrer brachte ihn nicht ins »Old Vic«, sondern ins »Aldwych«. Englische Vokale sind schwer richtig auszusprechen! Zum Glück war noch Zeit genug, um zum Old Vic auf der anderen Seite der Themse zu kommen und den Beginn der Aufführung nicht zu verpassen.

Was ihm sofort an dem jungen Mann, der den Hamlet spielte, auffiel, war die federnde, aggressive Art der Rede. Das war ganz unerwartet. Er stellte sich Hamlet anders vor. Der Hamlet von Laurence Olivier war anders gewesen. Zwar auch sehr männlich, aber doch von großer Melancholie. Das Melancholische dieses Hamlet war mehr eine Form von innerem Zorn und Verachtung gegenüber der Welt. Dieser Hamlet hätte um ein Haar den König früher getötet, als er sollte. Er hatte eine Art, mit Augen und Lippen zu sprechen, so als ob er die Zuschauer einzeln ansähe, um sie zu sich auf die Bühne zu ziehen. Diese Manier hatte einen entsprechenden Effekt. In der Pause zwischen den Vorhängen kreischten die vielen jungen Mädchen der höheren Schulklassen, die in der Drei-

Uhr-Vorstellung saßen, hysterisch auf. Als am Ende des Stücks der junge Burton allein vor den Vorhang trat und sich verbeugte, sah er von seinem guten Platz aus, was für ein warmherziges, sinnliches Gesicht er hatte. Eigentlich passte es nicht zu jemandem, der zu einem jungen Mädchen sagte, sie solle sich wegscheren in ein Kloster. Eigentlich war er kein Hamlet. Das kam auch am Abend mit Julian und Guy zur Sprache. Julian hielt jetzt eine regelrechte Brandrede gegen das Spiel von Richard Burton. Der hätte ohnehin schon Hollywoodkontakte. Burton sei als Hamlet eine Fehlbesetzung. Entscheidend aber sei, dass dieser nicht in der Tradition von Gielgud, sondern von Olivier spiele. Viel zu physisch, zu wenig die poetische Sprache Shakespeares sprechend. So also verhielt es sich.

Der Besuch im House of Commons war ein fast noch größeres Ereignis, für seine Seele und für seinen Verstand. Schon der Eintritt in das, wie man sagte, berühmteste Parlament der Welt. Er sah jetzt aus nächster Nähe, was er schon auf den vielen Ansichtskarten und Fotos gesehen hatte. Guy war mit ihm gegangen, um ihn zur Besuchergalerie zu führen. Das durfte man nicht ohne die Zustimmung eines befreundeten Parlamentsmitglieds. Normale Besucher hatten nur mit der Karte eines Abgeordneten Zutritt zur Besuchergalerie. Das bedeutete, dass Ausländer im allgemeinen nicht und Engländer nur in seltenen Fällen die Debatten verfolgen konnten. Es gab keine eigentliche Zuschauertribüne, sondern nur eine, wie es hieß, »members stranger's gallery«. Er hatte einen ausgezeichneten Überblick. Es war der eigentliche, der große Eindruck vom englischen Parlament. All das wunderbare Gehölz und Gestein und Glas, all die Gemälde über den Kreuzgängen und Galerien und Korridoren, der ganze großartige Bau im neugotischen Stil, der in der weltbekannten Uhr mit ihrem weltbekannten Namen seinen Höhepunkt hatte – was war das alles gegen diesen relativ schmalen Raum, in dem sich auf jeweils nur vier oder fünf grünen Lederbänken die beiden britischen Parteien gegenüber saßen. Wie oft hatte er davon gehört. Der ernste Geschichtslehrer hatte sogar, als er vom Berliner Kongress und von Bismarck gesprochen hatte, ausführlich über den damaligen britischen Premierminister Disraeli geredet und das englische Parteiensystem mit dem Bismarckschen verglichen. Dabei war er auf das Unterhaus zu sprechen gekommen: wie sich das Zweiparteiensystem – im 19. Jahrhundert waren es die Liberalen und Konservativen, im 20. kam die Labourparty dazu – in der Sitzordnung des Unterhauses ausdrücke. Nun aber sah er es mit eigenen Augen.

Er guckte sofort, ob er Churchill sehen würde. Eine große Enttäuschung, er war nicht da. Aber er sah den Außenminister Eden. Der war sofort erkennbar, ganz das Inbild des englischen Gentleman. Eine ganze Reihe von vor allem konservativen Abgeordneten, auch jüngeren, sah ähnlich aus. Ein Labourabgeordneter aus der zweiten Sitzreihe stand und redete in einem herausfordernden Ton in Richtung des ihm gegenübersitzenden Ministers in der ersten der konservativen Reihe. Manchmal wurde das, was er sagte, von anderen Labourleuten mit einem zustimmenden Wort begleitet. Es kam zu einem Wortgefecht. Sie sprachen alle ohne Manuskript. Plötzlich stand Eden auf und trat an das Rednerpult, das zwischen beiden gegnerischen Parteien stand. Das Thema hatte wohl gewechselt. Er konnte ja nicht genau verstehen, um was es politisch ging, abgesehen davon, dass Guy ihm manchmal etwas zuflüsterte. Er hörte Namen, die sich wohl auf die Kolonien bezogen. Eden hatte einen metallischen Tonfall, dessen melodiöses Auf und Ab auf ihn leicht arrogant wirkte. Aber wohl nur deshalb, weil er die Sprache dieser Oberschicht nicht gewöhnt war. Guy und Julian sprachen auch vollkommen anders, als was er sonst so auf der Straße hörte oder beim alten Sergeanten in Kent und Lincolnshire. Nun aber Eden. Manchmal verschlang dieser die Wörter oder sprach sie nur halb aus, so empfand er das, obwohl er deren Sinn nicht mitbekam. Als Eden geendet hatte, trat der Führer der Opposition, Attlee, ans Pult. Nur diejenigen von jeder Partei, die in der ersten Reihe saßen, hatten das Recht, von diesem Pult aus zu sprechen. Es hieß, das erklärte ihm Guy, »dispatch box«. Die Tatsache, dass die beiden Parteien sich so auf Augennähe gegenüber saßen, trug zu der frontalen Art und Weise ihrer Rede bei. Deshalb gab es auch eine Art Schiedsrichter zwischen den Parteien. Der saß auf einem prächtigen erhöhten Sessel fast wie auf einem Thron und unterbrach die Sitzung, wenn jemand zu ausfällig oder die Reaktion der Zuhörer zu laut wurde. Dann rief er »order, order«, auch so ein halbdeutsches Wort. Als Eden sprach, passierte das zweimal, weil die Labourbank aufgebracht war.

Er hatte erst kürzlich mit dem Vater in der Heimatstadt eine Parlamentsdebatte im Fernsehen verfolgt. Auch da ging es heftig zu, aber hier im englischen Unterhaus war es völlig anders. Fernsehübertragungen der Debatten gab es hier nicht. Zum einen saßen die Abgeordneten sehr viel ungezwungener da, manche standen auch oder lehnten sich an die Wand, weil die Bänke voll besetzt waren. Zum anderen flogen die Wortwechsel unmittelbarer von der einen Seite zur anderen. Als er auf die Parlamentarier hinunterblickte, kam ihm der Gedanke, dass von diesen Plätzen – es war ja gar nicht solange her – die berühmten Kriegsreden englischer Politiker, vor allem von Churchill gehalten worden waren. Derselbe Raum, dieselben Plätze, zum Teil noch dieselben Männer. Er hatte von diesen Reden zu Hause gehört, von ihrer Wucht, einem furchtgebietendem Mut. Das wurde inzwischen auch von manchen deutschen Politikern und Journalisten anerkannt, die etwas Ahnung von England hatten.

Guy war im Unterschied zu dem viel spontaneren Julian ein sehr nachdenklicher Mann. Nach dem Erlebnis im Unterhaus, das ihm tagelang nachging, obwohl es gar kein besonderer Tag gewesen war, kam er mit Guy in eine Unterhaltung über die englische Demokratie. Das war ja das Stichwort in Deutschland nach dem Krieg geworden: Demokratie! Guy, der Jurist, erklärte ihm, warum man bei diesem Wort in Bezug auf England vorsichtig sein müsse. Ja, die parlamentarische Demokratie sei eine englische Erfindung gewesen, zurückreichend ins frühe Mittelalter. Aber es ginge dabei vor allem um Repräsentation. Was Guy dann sagte, verstand er nicht in jedem Detail. Der entscheidende Punkt war aber, dass das britische Parlament keineswegs eine eindeutige demokratische Institution sei. In ihm kämen keineswegs die Stimmen der Bevölkerung proportional zum Ausdruck. Das liege am Wahlsystem. Die Abgeordneten würden nämlich ausschließlich direkt gewählt. Eine zweite Liste wie in Deutschland gebe es nicht. Das sei in gewisser Weise ungerecht, aber es entspreche dem englischen Individualismus, und der bevorzuge das frontale Zweiparteiensystem und deshalb die Benachteiligung kleiner Parteien. Guy sagte in dem Zusammenhang auch etwas über den Unterschied des englischen Common Law zum kontinentalen Recht, das auf der römischen Tradition beruhe. Englische Urteile gingen dagegen nicht auf abstrakte Definitionen, sondern auf historische Fallbeschreibungen zurück.

Es wurde November, und er war nun schon drei Wochen in London. In der Heimatstadt hatte das Semester bereits angefangen, und eigentlich wollte er nach Göttingen. Er entschied sich, länger in England zu bleiben als vorgesehen. Er hatte sich, ohne Wissen seiner Gastgeber, eine zweite Hospitality ausgehandelt. Eine Woche Margate, eine kleine Seestadt an der Ostküste nördlich von Canterbury. Es war der reine Zufall, dass es die gleiche Gegend war, wo er im September England und die Äpfel von Kent zum ersten Mal kennengelernt hatte. Guy hatte er gesagt, er mache eine Tour, noch einmal in die Gegend von Lincolnshire und York, sei aber in einer

Woche wieder zurück. Man konnte sich keinen größeren Gegensatz zu Drayton Gardens vorstellen als das Ehepaar in Margate und ihr kleines Haus. Der Hausherr war, eine freudige Überraschung, konservativer Abgeordneter für Margate im Unterhaus mit zum Teil recht strikten Ansichten. Sie war eine warmherzige Hausfrau. Das Problem war, dass beide kein Wort Deutsch verstanden und wohl gehofft hatten, er spräche viel besser Englisch. Aber zu mehr als einfachen Mitteilungen reichte es nicht. Das Merkwürdige aber war, dass er mit dem konservativen Abgeordneten und seiner Frau, die er Mr. and Mrs. Lawson nannte, großartig zurechtkam. Vielleicht war sein Gastgeber kein unbedingter Freund der Deutschen, geschweige ein Kenner ihrer Musik wie Guy und Julian. Aber er war neugierig. Irgendwie imponierte ihm der deutsche Kanzler, »a good man«, wie er immer wiederholte. Überhaupt: Die Disziplin der Deutschen fand der Hausherr beeindruckend. Aus diesen Trümmern sich herauszuarbeiten! Manchmal sagte er auch: »They were good soldiers.«

Eines Tages, als ihm Mrs. Lawson sein Frühstück, Porridge, Spiegelei und Würstchen, am Bett serviert hatte, fand ihn Mr. Lawson beim Lesen einer deutsch-englischen Shakespeare-Ausgabe und brach zu einer langatmigen Verdammungsrede gegen Shakespeare aus. Davon verstand er immerhin, dass Shakespeare ein Anarchist sei, kein richtiger Engländer. Er solle das nicht lesen. Der shakespearefeindliche Ausbruch von Mr. Lawson kam offensichtlich aus tiefverankerten Überzeugungen. Deshalb war es eine willkommene Ablenkung, als dieser ihm vorschlug, zur nächsten Versammlung der konservativen Partei von Margate mitzugehen. Stolz stellte ihn der Gastgeber seinen Parteifreunden vor: ein wirklich reizender, intelligenter deutscher Student, der auf eine gute Zukunft des Landes hoffen lasse. Er benutzte tatsächlich das Wort »charming«, was ihm etwas peinlich war. Dann kam ein Vortrag eines jungen Konservativen, ein Plädoyer für

Europa und Englands wichtige Rolle dabei. Das verstand er ziemlich gut. Es tauchten ja immer dieselben Hauptwörter auf, ohne komplizierte Nebensätze oder Begründungen. Als der Redner fertig war, traf den Jungen der Schlag. Man fragte ihn, was er denn von Europa halte. Er fasste sich ein Herz, stand auf und sah in die Runde der angeregten, ruhig zu ihm blickenden Gentlemen und sagte in einem möglichst nicht zu deutschen Tonfall: »I think Europe is a good thing.« Mehr nicht. Auf diesen Satz hin ergab sich ein tumultartiger Beifall. Mehrere schlugen ihm auf die Schulter, andere riefen das berühmte »hear, hear«. Sein Gastgeber kam und schüttelte ihm überglücklich die Hand.

Aber was hatte er denn gesagt? Die Antwort war: Es war der absolut richtige Satz gewesen, den ihm seine Unsicherheit in der englischen Sprache zugeflüstert hatte. Und es war nur ein einziger Satz gewesen, keine lange Rede. Die Kürze war es, der die versammelten Männer so applaudierten. Er ahnte diesen Grund schon, aber Mr. Lawson setzte ihm danach beim Dinner, erstaunlicherweise mit Rheinwein, noch ausführlicher auseinander, bis er es wirklich verstand: »The best of all, you kept it short.« Es war in der Tat kürzer als Shakespeare. Er hätte sich so gerne mit dem konservativen Unterhausmitglied über englische Politik unterhalten. Aber die Woche ging zu Ende, und irgendwie war er auch erleichtert, denn wie hätten sie noch viel länger miteinander reden können, ohne wieder über Shakespeare zu streiten? Es war ein überaus herzlicher Abschied, und das Versprechen, Karten aus Köln zu schicken, machte den Abschied nicht endgültig.

Auf der Busfahrt zurück nach London las er in T. S. Eliots *Murder in the Cathedral*, das er sich in London in dem alten Antiquariat an der Charing Cross Road gekauft hatte. Das richtige Buch für die Fahrt zurück durch das Novembergrau von Kent in die Hauptstadt. Er verstand schon vieles, auch wenn es beim Lesen nur langsam vorwärts ging und er immer wieder im Wörterbuch nachschlagen musste. Er träumte sich in die englische Vergangenheit hinein, was bei der Fahrt durch den Nebel, an alten Eichen vorbei, nicht schwierig war. Es war klar, dass er nur ein paar Seiten bis London gelesen haben würde. Aber er bekam etwas von der Atmosphäre mit.

Er hatte nur noch vierzehn Tage vor sich, dann musste er zurück, sollte das Semester an der Heimatuniversität nicht völlig aufgegeben werden. Nach Göttingen, das war entschieden, würde er erst im Frühjahr 1954 gehen. Guy und Julian wollten ihm zum Abschied eine regelrechte Party geben, und als Überraschungsgast hatten sie Laurence Olivier eingeladen. Was für eine fast beängstigende Aussicht!

Er durchstreifte in den letzten Tagen Central London wieder zu Fuß. Dabei stieß er auf ein Kino, vor dessen Filmreklame er sofort stehen blieb: »Richard Burton« stand da in großen Lettern. Der Film hieß *The Desert Rats*. Es gab kein Zögern, das musste er sehen. Burton spielte einen englischen Leutnant, der sich bei der Verteidigung der Festung Tobruk gegen Rommels Afrikacorps bravourös auszeichnet. Rommel wurde wieder von James Mason gespielt. Er hatte diesen Schauspieler schon in den Ferien als »Wüstenfuchs« gesehen. Diesmal sah sein Rommel aber sehr viel sinistrer aus. Überhaupt kamen die Deutschen diesmal nicht so gut weg! Das ärgerte ihn. Es war ja seine Thematik in der Zeit gegen Kriegsende gewesen: die Tapferkeit der deutschen Soldaten! Er hatte in den Jahren danach nicht mehr viel daran gedacht. Aber jetzt stieß ihm das wieder auf, ausgerechnet hier in London. Im gleichen Kino gab es am nächsten Tag noch einen anderen Kriegsfilm, einen amerikanischen mit dem Titel *Sands of Iwo Jima*. Da ging es um den blutigen Kampf zwischen Amerikanern und Japanern. Ob die Amerikaner wirklich so heroisch gewesen waren, wie John Wayne es vorführte? Er bezweifelte es. Es passte ihm nicht. Er verstand von den Dialogen kein einziges Wort, aber das Ganze genügte ihm, um sich wieder zu sagen: Die haben den Krieg nur wegen ihrer Übermacht gewonnen. Merkwürdig, dass er sich das sagte, obwohl er doch genau wusste, was damals geschehen war. Vielleicht deshalb, weil er einen Rest von Achtung gegenüber dem eigenen Land behalten wollte?

Er ging jetzt mehrfach mittags in den Reform Club, vor allem wegen der Bibliothek, in der er außer den schon beim ersten Mal entdeckten Büchern über das britische Empire, zum Teil wunderbar bebildert, auch literarische Zeitschriften fand. Ihm fiel auf, wie hoch das Wort »Kritik« gehalten wurde und wie oft Ezra Pound und James Joyce erwähnt wurden. Vor allem Ezra Pound, der zu dieser Zeit in einer italienischen Klinik lebte. *Scrutiny* und *Horizon* hießen die beiden Zeitschriften, und einer der wichtigsten Beiträger war ein gewisser Cyril Conolly, der Herausgeber von *Horizon*. Seine Beiträge vermittelten ihm die Einsicht, dass Kritik das neue Stichwort war. Kritik schien fast wichtiger als die Literatur selbst. Nicht bloß Literaturkritik, sondern Kritik der Zeit. Dass die beiden Zeitschriften gegensätzliche Auffassungen vertraten – *Scrutiny* eine klassisch-traditionelle, *Horizon* eine kritisch-aktuelle –, machte die mühsame Lektüre noch spannender. Jedenfalls wusste er jetzt: Kritik ist das Entscheidende für die Zukunft des Denkens. Und noch etwas: Kritik und Parlament hatten etwas Gemeinsames. Beide waren Ausdrucksformen der Epoche, in der man lebte. Man musste also einen Sinn für Formen haben.

Beim Herumlesen in der Wochenzeitschrift *Spectator* stieß er dann auf zwei Schriftsteller, von denen er noch nichts gehört hatte. Der eine war Anthony Powell, der schon vor dem Krieg durch satirische Romane bekannt geworden war, aber jetzt erst offenbar mit einem ehrgeizigeren Thema begonnen hatte, dessen erster Teil *A Question of Upbringing* gerade erschienen war. Das Ganze sollte heißen *A Dance to the Music of Time*. Der andere Name war Evelyn Waugh. Sein soeben erschienenes Buch hieß *Men and Arms*. Was er aus dem *Spectator* erfuhr, war, dass dieser Waugh ein sarkastischer Kommentator zu allem war, das sich »modern« nannte. Auch die Nazis und die Kommunisten galten ihm vor allem als das hässliche Gesicht von allem Modernen. Außerdem stieß er auf den Namen Kingsley Amis, dessen Gedichtband *A Frame of Mind* eine starke Begabung ankündigte, man wartete auf den ersten Roman, *Lucky Jim*, den einige schon als neue Prosa anpriesen. Unter den Zeitgenossen von Evelyn Waugh kannte er eigentlich nur Graham Greene aus dem Bücherschrank der Mutter. Zum Beispiel *Das Ende einer Affäre*. Greenes Romane hatten eigentlich auch nichts mit der Moderne zu tun, von der ihm Conollys Aufsatz eine Idee gegeben hatte. Am nächsten Tag ging er in das alte Antiquariat an der Charing Cross Road, um dort eine der beiden Zeitschriften zu kaufen, aber es gab sie dort nicht. Er kaufte aber ein Buch von Cyril Connolly mit dem vielversprechenden Titel *Enemies of Promise*. Dieses Buch war zuerst 1938 veröffentlicht worden, also unmittelbar vor dem Krieg. Er würde das erst wirklich verstehen, wenn er besser Englisch könnte. Dennoch begriff er beim ersten Kapitel »The next ten years« noch besser, welch ein explosiver Geist dieser Conolly war, einer, für den Ausdruck alles bedeutete, moderner Ausdruck! Es fiel ihm auch auf, dass unter den Namen von Schriftstellern, die Conolly erwähnte, kein einziger deutscher war. Gab es keine, abgesehen von denen, die emigriert waren? Oder kannte Connolly keine deutsche Literatur?

Auf seinem Weg in das Geschäft, wo er den *Horizon* finden würde, kam er an dem Theater vorbei, zu dem ihn vor zwei Wochen irrtümlicherweise der Taxifahrer gebracht hatte: Aldwych. Und dort entdeckte er, dass am gleichen Abend die Aufführung von Shakespeares *Anthony and Cleopatra* stattfinden würde. Shakespeare! Eine seiner berühmtesten Tragödien! Es gab kein Zögern. Er musste sich sofort eine Karte besorgen. In einer Stunde würde die Kasse aufgemacht. Beim Warten an einem der Tische, wo man Tee trinken konnte, sprach ihn plötzlich eine sehr sympathisch aussehende, jung wirkende Frau an, die etwa zehn bis fünfzehn Jahre älter sein musste als er. Sie wartete auch und hatte mitgekriegt, wie er sich nur schwer verständlich machen konnte. Es war eine deutsche Jüdin, die als junges Mädchen lange vor dem Krieg von Berlin nach England gekommen war. Obwohl sie ihn überhaupt nicht kannte, sprach sie sofort deutsch. Sie sprachen bald über England und die Engländer. Sie vertraute ihm an, dass sie sich manchmal geistig einsam fühle, weil man mit den Engländern nicht so reden könne, wie sie selbst gerne reden würde. Er erzählte ihr von seinen Gastgebern, wie freundschaftlich sie ihn behandelten. Das sei eine glückliche Ausnahme, erwiderte sie und meinte ganz offen, das hätte auch etwas damit zu tun, dass seine neuen Freunde zwei Männer seien, die zusammenlebten. Zwei zusammenlebende Männer wären kein Problem. Dafür sei die englische Gesellschaft zu diskret und zu pragmatisch. Auch zu liberal. Er habe großes Glück, von solchen Freunden in London eingeführt worden zu sein.

Sie erzählte ihm auch, dass die berühmte Peggy Ashcroft die Darstellerin der Cleopatra sei. Da sie schließlich nebeneinanderliegende Plätze bekamen, sahen sie das Stück gemeinsam und konnten in der Pause darüber reden. Nach dem *Hamlet* mit Richard Burton war das seine zweite Shakespeareaufführung. Der theatralische Eindruck des Zuschauerraums versetzte ihn in eine ungeheure Erwartung, sodass er auf die erklärenden Sätze der Nachbarin kaum achtete. Und wieder war es der dunkelrote Vorhang, der ihn ganz gefangen nahm. Elektrisierender konnte es nicht sein. Den Augenblick, als Cleopatra den toten Antonius mit einem großen Seil zu sich emporziehen lässt und in ihre Klage ausbricht, nahm das Publikum wie eine Erscheinung höherer Art. Nach der Aufführrung verabschiedeten sie sich voneinander und tauschten noch die Namen. Sie hieß Louise Cohn. Sie war eine große Theatergängerin. Vielleicht würden sie sich ja noch einmal sehen?

Und schließlich gab es die Party mit Laurence Olivier, der Abschied von London. Eine innere Anspannung, den seit seinem zwölften Lebensjahr bewunderten, so absolut englischen Schauspieler leibhaftig zu sehen, nahm Besitz von ihm. In den oberen Räumen von Drayton Gardens drängten sich immer mehr Gäste. Guy und Julian stellten ihn wechselseitig jedem Neuankömmling vor, meist nur mit dem Vornamen, manchmal aber auch mit ganzem Namen. Wovon das abhing, war ihm nicht ganz klar. Jedenfalls war die Leichtigkeit des Miteinanders aller das Gegenteil von dem, was er sich von Engländern bisher vorgestellt hatte. Hier lag auch seine Schwierigkeit. Er hatte inzwischen begriffen, dass keine allzu ernsten Themen gefragt waren. Er wusste ohnehin, dass ihm kaum ein wirklich nennenswerter Satz zu Gebote stand.

Dann erschien Laurence Olivier! Er erkannte ihn sofort. Nicht etwa, weil die anderen ihm ehrfürchtig Platz gemacht hätten, auch nicht, weil er ungemein eindrucksvoll ausgesehen hätte. Es war das Lächeln, nur das Lächeln. Unmerklich, aber wiedererkennbar aus den beiden Filmen. Dieses halb melancholische, halb spöttische Lächeln. Das Lächeln Heinrich des V., wenn er aufsteht von seinem Thron und im Beisein der französischen Gesandten dem französischen König den Krieg erklärt. Das Lächeln Hamlets, wenn er mit Rosencrantz und Güldenstern spricht. Aber gleichzeitig, jedenfalls an diesem Abend, war auch etwas erstaunlich Schüchternes im Ausdruck. Ihm fiel auf, dass manche Gäste seinen Familiennamen nicht mit der französischen Endbetonung aussprachen, sondern mit der schlichten angelsächsischen. Sie ließen das letzte I im Namen einfach weg: Oliver wie Oliver Cromwell. Irgendwie passte das ja auch.

Natürlich wurde er bald dem berühmten Schauspieler vorgestellt. Mit allen möglichst ansehnlichen Erklärungen, deutscher Student, angeblich der Philosophie, Theatergänger und Schauspielschüler und Bewunderer des Ehrengastes. Nachdem Olivier wieder gelächelt hatte, war eigentlich er an der Reihe. Er machte nur eine Handbewegung, die seine sprachliche Hilflosigkeit andeuten sollte und brachte einen Satz heraus wie: »Yes, I like you very much.« Diesen aus Unfähigkeit kommenden, unklaren Satz hätte er sich für immer zu eigen machen sollen, so gut gefiel er dem großen Mann. Es war kein Schade gewesen, dass er mit ihm nicht hatte sprechen können. Was hätte er, der in allem so Unerfahrene, diesem großen Künstler denn gesagt, wenn er der Sprache mächtig gewesen wäre? Dass er ihn bewundere? Das hatten ihm schon so viele gesagt. Dass er den sinnlichen Stil dem bloß literarischen vorziehe? Das wäre schon ein Zuviel des Bekenntnisses gewesen. Nein, es war besser so, wie es war. Er hatte ihn gesehen und ihm die Hand gegeben und gelächelt.

Zwei Tage später war die Zeit in Drayton Gardens zu Ende. Guy und Julian sagten, sie würden ihn im Sommer in Göttingen besuchen kommen, denn sie führen wieder zu den Musikfestspielen nach Herrenhausen. Es war die zweite Dezemberwoche 1953. Auf dem Schiff, wieder an der Reling stehend, blickte er zurück, bis die Küstenlinie verschwunden war. In ihm kam der Gedanke auf, dass es nicht die Küste war, die verschwand. Die würde ja daliegen wie immer, auch wenn er sie nicht mehr sah. Was endgültig verschwand, waren seine englischen Tage. Daran änderte die Erinnerung nichts. Nein, die Erinnerung änderte das Verschwinden nicht. Dass etwas für immer endgültig verschwindet, nicht als Ort, aber als Zeit, das empfand er in diesem Augenblick zum ersten Mal.

Postscriptum:

Dies ist nicht Teil einer Autobiographie, sondern Phantasie einer Jugend. Der Erzähler sagt nicht das, was er über seinen Helden weiß, sondern das, was sein Held selbst wissen und denken kann – je nach seinen Jahren. Die Neugier des Lesers wird auch nicht durch eine biographische Identifizierung der übrigen Charaktere und Schauplätze befriedigt, sondern ausschließlich durch die Darstellung der Atmosphäre und der Gedanken einer vergangenen Zeit.

INHALT

»Ein gelehrtes, faszinierendes und immer wieder erhellendes Buch.«

Johan Schloemann, Süddeutsche Zeitung

Vor 2500 Jahren fanden Aischylos, Sophokles und Euripides in Athen eine Theatersprache, die uns bis heute bewegt. Ein wesentliches Element der attischen Tragödie ist der Schrecken. In der Moderne hat sich die Kunst von Ansprüchen der Moral befreit. Karl Heinz Bohrer konzentriert sich bei seiner Interpretation der griechischen Tragödien deshalb auf ästhetische Fragen. Aus dieser Perspektive werden Verbindungslinien sichtbar, die aus dem antiken Griechenland und der Welt der Polis in die Moderne führen.

416 Seiten. Gebunden

www.hanser-literaturverlage.de

HANSER

Bruno Schulz bei dtv

»Es blieb sehr viel übrig, nämlich fast das gesamte Werk dieses genialen Menschen, fast seine gesamte gestorbene Welt, empfangen in dieser märchenhaften, wunderbar deformierenden und uns dadurch bereichernden Phantasie, die tausendmal reicher war als die gewöhnliche Phantasie, das Zeichen des Göttlichen trug und darum vom Anfang bis zum Ende Leiden und Angst war... Schulz' Genie besteht für mich darin, dass dieser Schriftsteller durch die Deformierung der Wirklichkeit bis zu den innersten, tief versteckten Winkeln der menschlichen Seele vordringt.«

Andrzej Szczypiorski

Die Wirklichkeit ist Schatten des Wortes

Aufsätze und Briefe

Herausgegeben von Jerzy Ficowski

Übersetzt von Mikolaj Dutsch und Joseph Hahn

ISBN 978-3-423-**12822**-3

Das graphische Werk

Illustrationen von Bruno Schulz

ISBN 978-3-423-**12823**-0

Die Zimtläden

Illustrationen von Bruno Schulz

Neu übersetzt von Doreen Daume

ISBN 978-3-423-**13838**-3

Das Sanatorium zur Sanduhr

Erzählungen

Neu übersetzt von Doreen Daume

ISBN 978-3-423-**14206**-9

Bitte besuchen Sie uns im Internet: www.dtv.de